Stephen Dobyns

# Sépulture

Traduit de l'anglais
par Julien Deleuze



J'AI LU

*Titre original :*
THE CHURCH OF DEAD GIRLS
Metropolitan Books, New York

*Pour Toby et Catherine Wolff*

# Prologue

Voilà à quoi elles ressemblaient : trois filles mortes, assises sur trois chaises à dossier droit. Celle qui avait quatorze ans dépassait les autres d'une demi-tête et se trouvait au milieu, encadrée par celles de treize ans. Leur poitrine était barrée par une corde passant en croix sur les épaules, autour de la taille et attachée dans le dos. Les trois filles étaient pieds nus, chevilles liées à la traverse de leur chaise. Cependant, les cordes étaient lâches, comme si elles avaient servi à maintenir les corps droits plutôt qu'à garder les filles prisonnières, ce qui indiquait qu'elles avaient été attachées après leur mort.

Je n'ai pas été témoin de cette scène. J'ai juste regardé les photos que mon cousin m'a montrées. Elles étaient nombreuses, et il m'a confié que la police avait filmé en vidéo tout le grenier, mais je n'ai jamais vu la bande.

Les chaises étaient écartées d'une soixantaine de centimètres environ. Le grenier était tellement sec que les filles paraissaient vieilles. Elles n'avaient plus l'air d'adolescentes. Décharnées, anguleuses, on leur aurait donné plus de soixante-dix ans. Un climatiseur avait été laissé en marche, jour après jour, et leurs corps s'étaient déshydratés. Leur peau desséchée ressemblait à du papier brun froissé. Mais cet état de dessiccation variait pour chacune d'elles parce qu'elles avaient été tuées à des moments différents, si bien que la fille tuée en dernier semblait la plus jeune. Leurs têtes étaient rejetées en arrière ou sur le côté. La fille du milieu avait les cheveux blonds. De longues mèches pendaient sur son visage. Les autres étaient brunes. Leurs cheveux à toutes trois descendaient jusqu'au milieu du dos, ce qui avait peut-être une signification cachée. Cela leur donnait une apparence virginale, encore qu'à présent, avec leur visage flétri, elles faisaient plutôt penser à des nonnes, à des vieilles filles. De plus, au moment où les photos avaient été prises, de la poussière s'était déposée sur leurs cheveux. Elles étaient émaciées, deux d'entre elles du moins, comme si elles n'avaient pas été nourries. Mais peut-être était-ce un effet de la déshydratation. Leur peau avait perdu tout éclat. Leurs joues étaient creusées de façon effrayante. Leurs gencives s'étaient rétractées sur les dents.

Que portaient-elles ? Pas leurs vêtements personnels, qu'on leur avait retirés. Elles étaient revêtues de robes fabriquées à la main, taillées dans un épais velours. Celle de la fille du milieu était vert foncé, avec de longues manches et un ourlet qui atteignait presque les chevilles. La fille de droite avait une robe rouge foncé et celle de gauche une robe bleue. Mais il ne suffit pas de parler des couleurs. Cousus, agrafés ou même collés sur les robes, se trouvaient des étoiles, des lunes et des soleils découpés dans du tissu brillant argenté et doré. Et aussi des animaux, ou plutôt leurs silhouettes : chiens et ours, chevaux et poissons, faucons et colombes. Et des chiffres également, apparemment disposés au hasard, des 5, des 4, des 7, le genre de chiffres brillants que l'on achète en quincaillerie pour coller sur les boîtes aux lettres – ils ne semblaient pas ici former de motif particulier. Des bijoux aussi, des bijoux fantaisie bon marché, épinglés sur le velours et tendus en travers des chiffres, des étoiles et des animaux : bracelets, colliers et boucles d'oreilles. Il fallait un moment pour discerner la couleur exacte des robes, tant elles étaient couvertes de chiffres, de bijoux et de bouts de tissu.

Ai-je mentionné les mots ? Sur certaines des découpes, on voyait des mots, mais dépourvus de sens. CN, PTE, SLETE et CTTE. Des fragments de mots, des débuts et des fins de mots. Que pouvaient-ils donc signifier pour quelqu'un ? Il y avait aussi, attachés au tissu, des cloches en laiton et des petits miroirs, des morceaux de métal et des billes de verre multicolores.

On peut supposer que cet amas de découpes et de bijoux, de mots et de chiffres avait été fixé aux robes une fois celles-ci enfilées et les filles attachées aux chaises, car il n'y en avait ni dans leur dos, ni sous leurs fesses osseuses. On comprenait qu'elles avaient été placées sur les chaises et ainsi décorées après leur mort. Et ce labeur avait dû prendre des jours car rien n'avait été fait à la va-vite.

Que dire des chaises elles-mêmes ? Elles avaient un dossier droit mais n'avaient certainement été achetées nulle part. Bricolées avec des planches, de guingois, elles tenaient dans un équilibre précaire. Mais on ne remarquait pas immédiatement de quoi elles étaient faites car pratiquement chaque centimètre carré de leur surface disparaissait sous des couvercles de boîtes de conserve brillants ou des réflecteurs ronds et rouges et des fonds de bouteille, verts et jaunes, transparents et bruns. La plupart étaient cloués, sauf les cercles de verre que l'on avait fixés avec des clous repliés.

Les chaises brillaient, scintillaient et – comment dire ? – paraissaient retourner son regard au spectateur. Elles n'étaient pas immobiles. Leurs couleurs et leurs reflets chatoyants les rendaient actives, agressives même. Leurs pieds étaient recouverts de papier aluminium, décoré de cercles de métal, de verre et de réflecteurs. Mais là aussi, on se rendait compte que cela avait été fait après que les filles avaient été assises car, là où elles étaient appuyées et où elles touchaient les sièges, le bois était nu.

Et le grenier ? C'était une grande pièce au plafond en pente. À son sommet, il devait faire environ trois mètres cinquante mais descendait jusqu'à soixante centimètres de part et d'autre. La pièce mesurait environ dix mètres sur quinze, avec une fenêtre cachée par un rideau à chaque extrémité. Le climatiseur avait été installé dans une lucarne au milieu du toit et près de son faîte. Mais je n'ai jamais eu de vue d'ensemble ; je l'ai seulement reconstituée à partir des photos prises sous des angles différents. On voyait entre les montants l'isolant doublé d'aluminium brillant, si bien que la pièce tout entière étincelait et avait dû paraître tout à fait vivante à la lumière des bougies. Des centaines de bandes argentées pendaient également du plafond. Peut-être bougeaient-elles doucement dans le courant d'air du climatiseur. Et elles avaient dû tellement briller.

Parce qu'il y avait autre chose : des chandelles. Beaucoup étaient presque entièrement consumées mais elles avaient été remplacées de nombreuses fois ; quiconque les allumait était donc venu à maintes reprises. Sur les photos, les bougies étaient éteintes. Il fallait les imaginer, imaginer leur reflet sur la doublure en aluminium, leur scintillement sur le verre, les réflecteurs rouges et les disques métalliques ornant les chaises, leur éclat sur les bijoux fantaisie bon marché épinglés sur les robes des filles. Comme le grenier avait dû paraître animé à la lumière de ces cierges, reflétés des centaines de fois. Les murs, les chaises, les vêtements : tous formaient une conversation de lumière, un chatoiement ecclésiastique. Et comme le visage des filles avait dû briller ! La combinaison de l'ombre et de la lumière devait animer leurs traits, comme si elles n'étaient pas mortes, ne l'avaient jamais été.

Mais tout cela, il faut l'imaginer. Je sais avec certitude que les autorités n'ont jamais allumé les bougies.

On a pris des photos, enlevé les corps et démonté tout le décor. J'ignore s'il est conservé quelque part ou s'il a été détruit. On peut supposer que des gens sans scrupules essaient de le voler afin d'exposer les chaises flamboyantes contre paiement. Peut-être y mettraient-ils des mannequins et les habilleraient-ils comme les filles l'avaient été. On pourrait appeler ça l'Église des Filles mortes ou l'Antre du Monstre.

Car, bien sûr, la personne qui avait tué les filles était un monstre. Mais cette personne n'avait-elle pas vécu parmi nous ? Notre ville n'était pas grande. Cette personne allait et venait, menait ses affaires, avait des connaissances, des amis proches même. On ne la regardait pas en pensant : « C'est un monstre. » Peut-être était-ce là l'aspect le plus troublant de l'affaire, que cette personne, du moins en apparence, n'ait jamais paru extraordinaire ou qu'aucun d'entre nous n'ait eu la finesse d'interpréter les signes. Qu'auraient été ces signes ? Le mal et la monstruosité ne se seraient-ils pas signalés d'eux-mêmes ? Et pourtant, cette personne avait sa place dans notre communauté. Que croyez-vous que nous ayons ressenti les uns envers les autres, même après coup, quand tout fut révélé ? Si l'un d'entre nous, détenteur d'un secret aussi terrible, paraissait innocent, qu'en était-il des autres ? Quels étaient leurs secrets ? Me regardaient-ils de la même façon ? Bien sûr que oui.

Trois filles mortes sur trois chaises à dossier droit, affaissées sur les cordes, la tête penchée, la peau comme du parchemin, les pieds nus sur le plancher, ressemblant plus à des pattes qu'à des pieds, bruns et osseux. Leurs bouches étaient entrouvertes et leurs lèvres rétractées. On pouvait voir leurs petites dents, imaginer leurs langues sèches et sombres, la noirceur de leurs gorges muettes. Comme leurs dents avaient dû briller à la lueur des bougies ! Et leurs yeux, entrouverts comme si les filles somnolaient, eux aussi avaient dû briller.

Mais il y avait autre chose. Leurs mains gauches manquaient. La main gauche de chacune des filles avait été tranchée au poignet. On pouvait voir leurs os et ces moignons, eux aussi, avaient dû briller. Sur les photos, les os se montraient d'une étonnante couleur laiteuse. La peau et la chair s'étaient rétractées, les laissant saillir des moignons. Leur blancheur arrondie me faisait penser à des yeux, des yeux aveugles bien sûr, car comment pourraient-ils jamais voir ?

Et les mains manquantes ? Elles ne se trouvaient pas dans le grenier, ni dans la maison.

# PREMIÈRE PARTIE

# 1

Après coup, les gens dirent que tout avait commencé avec la disparition de la première fille, mais, en fait, cela remontait à bien plus loin. Il y a toujours avant un crime des incidents qui paraissent isolés ou parfaitement anodins, tout un réseau d'événements à l'enchaînement imperceptible. Prenez le cas d'un homme qui se tranche la gorge. N'a-t-on pas constaté que le médecin légiste trouve plusieurs entailles d'essai, comme si le mort avait essayé de découvrir à quel point ça ferait mal ? Et, dans le cas de notre ville, il y a sans aucun doute eu, avant même la disparition de la première fille, plusieurs événements comparables à deux ou trois entailles sur la peau au niveau de la jugulaire.

Par exemple, un mardi matin, début septembre, juste après le début des cours, on trouva une bombe sur l'appui de fenêtre d'une classe de cinquième du lycée Albert Knox. Elle était composée de trois bâtons de dynamite enroulés de papier collant argenté. Deux fils verts allaient de la dynamite à un sac en papier posé sur le sol. Un élève la montra au professeur d'anglais, Mme Hicks, qui déclencha l'alarme. Nous avons parfois des alertes à la bombe, comme toutes les écoles. Ce sont des farces de mauvais goût, et on ne trouve jamais de bombe. En général, quand l'école est fermée pour la journée à cause d'une alerte à la bombe, il règne une atmosphère de fête. Personne ne croit à la réalité de la menace, et on entend les élèves rire et bavarder en évacuant le bâtiment.

Mais, en ce jour de début septembre, la nouvelle que la bombe était bien réelle se répandit rapidement. Les élèves avaient peur. Sarah Phelps, élève de quatrième, fut bousculée et tomba dans l'escalier en s'enfuyant. D'autres élèves furent eux aussi contusionnés. L'évacuation se fit en désordre. Les professeurs consciencieux, comme Lou Hendricks et Sandra Petoski, marchaient en tête de leurs élèves et les tenaient en main. Mais d'autres ne se montrèrent pas aussi efficaces et, dans certaines classes – celle de Mme Hicks par exemple –, la panique se déclara. Mme Hicks est une femme nerveuse et prompte à l'excitation, elle pensait sans doute avoir enfin trouvé quelque chose à propos de quoi s'énerver en toute bonne foi.

Le bâtiment fut fermé, et tout le monde se rassembla sur le parking. Je guidais quelques-uns de mes élèves de biologie, en classe de seconde, mais la plupart avaient disparu. Harry Martini, notre principal, était parti voir la bombe et revint en courant. Il portait une chemise blanche à manches courtes, et de larges marques de sueur s'étalaient en demi-lune sous ses aisselles. Harry est plutôt corpulent, c'est un effort pour lui de courir. Il nous fit aller au bout du parking, sur les terrains de sport au sol boueux. L'école compte six cents élèves et nous formions une belle foule. Heureusement, il ne pleuvait pas.

Ryan Tavich, récemment nommé lieutenant, fut le premier policier sur les lieux, bientôt suivi par trois voitures de patrouille. Ryan prit la direction des opérations. Il était en civil – un costume gris, dans mon souvenir – avec une casquette de tweed repoussée en arrière. Les policiers installèrent une barrière. Puis nous attendîmes l'équipe de déminage de la police de l'État, basée à la caserne de Potterville. Les élèves nous entouraient. Quand il devint évident que l'école serait fermée pour la journée, quelques étudiants venus en voiture partirent, emmenant certains autres. Mais la plupart choisirent de rester, pour voir s'il y aurait vraiment une explosion.

Ce matin-là, j'observais les événements à travers un voile d'ignorance teintée de bonne humeur. Aucune fille n'avait encore disparu. La ville avait une certaine unité, et le maire pouvait parler d'un sentiment de communauté. Maintenant que je me repasse la scène à travers le filtre d'autres événements, je vois de la fragilité là où j'avais imaginé de la résistance, de la fugacité où j'avais vu de la permanence. C'était une matinée chaude et seuls quelques érables avaient commencé à changer de couleur. Des corbeaux croassaient dans les chênes derrière le diamant de base-ball. Le ciel était de ce bleu profond du début de l'automne, avec deux ou trois petits nuages poussés par le vent. L'école se trouvait au nord de la ville, je voyais par-dessus les arbres le clocher de St. Mary et une partie du toit rouge du Weber Building, notre plus grand bâtiment, haut de quatre étages. Un labrador sable venu d'une maison voisine se précipitait d'un groupe d'élèves à l'autre, s'arrêtant juste assez longtemps pour se faire gratter les oreilles ou caresser le dos.

Je les vois ensemble, debout. Meg Shiller avec ses longs cheveux bruns, en train de parler au timide Bobby Lucas, que j'ai fait entrer au club d'échecs. Bonnie McBride avec son habituelle pile de livres, Hillary Debois portant son étui à violon. Sharon Malloy passant machinalement les doigts dans sa chevelure blonde. Il devait y avoir des élèves dont j'ignorais le nom, mais j'avais l'impression de les connaître tous. Dans certains cas, j'avais été en classe avec leurs parents. Quelques garçons commencèrent à taper dans un ballon. Deux autres avaient un frisbee. Les professeurs les regardaient d'un air impatient, comme pour dire que nous n'étions pas là pour nous amuser.

Les élèves sont mieux habillés en septembre : nouveaux vêtements, nouvelles chaussures, nouvelles coupes de cheveux. En septembre, même les professeurs sont pleins d'espoir. Harry Martini faisait les cent pas entre les élèves et les hommes de la police municipale, formant une barrière à lui seul. J'ai bien peur de ne l'avoir jamais beaucoup aimé ; il marchait les pieds en dehors comme une vieille oie, poussant en avant son estomac saillant. Les professeurs eux-mêmes me faisaient penser à des mères poules. Ce n'était pas la première fois que de telles comparaisons me venaient à l'esprit.

Il fallut une demi-heure pour que se présente l'équipe de déminage, et à ce moment-là les bus de transport scolaire étaient arrivés pour ramener chez eux la majorité des élèves. Beaucoup voulaient rester mais Harry Martini ne le leur permit pas. L'objet posé sur l'appui de la fenêtre avait l'air très dangereux, et on n'aurait pu dire combien de dégâts il pourrait causer. Le lycée était un bâtiment à un étage, en brique jaune, construit au milieu des années 1950 ; on imaginait les briques volant en éclats. Et, bien sûr, Harry était terrifié à l'idée de faire quelque chose qui lui vaudrait des ennuis avec le conseil de l'école.

Je décidai moi-même de rester pour voir ce qui se produirait, malgré le regard que me lança Harry. De là où je me tenais, au bout de la ligne de policiers, la bombe n'était qu'une forme argentée contre la fenêtre. Une vingtaine d'autres professeurs étaient restés aussi, et des gens étaient venus de la ville. Franklin Moore, de l'*Independent*, était arrivé et interviewait Ryan Tavich. Ils étaient très amis, jouaient au basket le jeudi soir dans le gymnase de l'école et passaient souvent le week-end ensemble. Tous deux avaient l'air très grave. Ryan ne cessait d'enlever sa casquette pour passer la main dans ses courts cheveux noirs. Franklin était grand, mince, et avait environ trente-cinq ans. Il interviewa aussi Mme Hicks, qui répétait : « Nous avons eu de la chance de ne pas être tués. » Elle le dit une douzaine de fois, sur des tons différents, comme si elle s'entraînait.

J'avais eu comme élève de cinquième la fille de Franklin, Sadie, une jolie brune aux longues jambes, qui avait un port de danseuse. Elle était déjà repartie chez elle en bus à l'arrivée de son père. Sa mère était morte d'un cancer du sein deux ans plus tôt, et je suppose que Sadie avait trouvé une maison vide, comme beaucoup d'élèves dont les parents travaillaient. Un mois plus tard, personne ne laisserait plus les enfants seuls à la maison.

À voir le comportement du capitaine de la police de l'État, je m'attendais à ce que la bombe explose d'une minute à l'autre. Les policiers déplacèrent encore leurs barrières sur le parking, nous repoussant tous sur les terrains de sport. Bien que Ryan Tavich fût théoriquement le responsable, le capitaine prit immédiatement les choses en main. Je n'entendis pas ce qu'ils se dirent, mais le visage du supérieur était sévère, comme si Ryan avait fait quelque chose de mal, ce qui n'était bien sûr pas le cas.

On garait les voitures derrière l'école pour qu'elles ne soient pas endommagées si la bombe explosait. Deux des démineurs portaient des tenues rembourrées, avec des casques argentés qui les faisaient ressembler à des cosmonautes. Ils examinèrent un long moment, à la jumelle, la bombe et le sac de papier, puis s'en approchèrent avec des précautions infinies, portant une sorte de grosse poubelle blanche.

Nous retînmes notre souffle. La plupart d'entre nous s'attendaient vraiment à voir ces hommes vêtus de blanc réduits en lambeaux. Un des hommes s'avança, baissa lentement la tête pour regarder à l'intérieur du sac. Il s'immobilisa puis fit un signe impatient à son collègue, qui se hâta de venir voir. Même si leur tenue dissimulait leur visage, je pouvais sentir leur soulagement. Le sac contenait une brique autour de laquelle étaient enroulés les fils. Cela n'aurait jamais pu exploser. Cependant, les hommes firent très attention en mettant la dynamite, ou ce qui paraissait en être, dans la poubelle blanche. Ils chargèrent celle-ci dans une camionnette de même couleur et partirent.

Les policiers commencèrent à démonter les barrières. Franklin Moore interviewait le capitaine de la police de l'État. Nous apprîmes ensuite que, si la bombe contenait bien de la dynamite, elle n'avait pas de détonateur. Elle avait été mise sur l'appui de fenêtre simplement pour effrayer les gens. L'après-midi même, Phil Schmidt, le chef de la police municipale, reconnut que c'était la deuxième bombe : une autre avait été placée quelques jours plus tôt dans l'école élémentaire Pickering. C'était une révélation inquiétante, qui valut une certaine attention à notre ville. Des équipes de télévision vinrent de Syracuse et d'Utica. Tout le monde se demandait où la prochaine bombe serait posée. La police de l'État maintint un homme supplémentaire en ville vingt-quatre heures sur vingt-quatre, et la police municipale embaucha un autre agent.

On s'interrogeait beaucoup sur l'identité du poseur de bombes. Était-ce un individu ou un groupe ? S'agissait-il d'une blague, ou était-ce plus compliqué ? Les membres de l'Église baptiste Ebenezer, par exemple, faisaient beaucoup de bruit à propos du rétablissement de la prière à l'école. J'entendis des gens se demander à haute voix si un membre de la congrégation n'avait pas perdu les pédales et envoyé un avertissement, pour ainsi dire. Beaucoup de théories semblables circulaient. Un parent d'élève mécontent ? Un professeur ou un employé renvoyé ? De telles élucubrations faisaient plus de mal que les bombes elles-mêmes. Elles créaient une suspicion qui pouvait toucher n'importe qui, selon les événements. Et ce n'était pas rien, étant donné les événements qui se produiraient bientôt.

Notre ville, Aurelius, compte sept mille habitants ; il y en avait neuf mille au début du siècle. La ville fut créée en 1798, à partir de terres accordées aux soldats après la guerre d'Indépendance. Le siège du comté, Potterville, se trouve à seize kilomètres au sud. La grande ville la plus proche, Utica, est à une soixantaine de kilomètres au nord-ouest. Avant la construction du canal de l'Érié, la grand-route se dirigeant vers l'ouest passait juste au nord d'Aurelius, qui, jusqu'à la période de la Renaissance grecque, portait le nom de Loomis Corner. Le nouveau nom fut adopté en 1843. Il nous reste encore de nombreux bons exemples d'architecture de la Renaissance grecque, de grandes maisons blanches à colonnades. Mais Aurelius ne s'agrandit plus après la mise en œuvre du canal, alors que les villes qui bordaient celui-ci se développaient. Certaines personnes le regrettaient, d'autres en étaient heureuses.

Il y eut peu de changements par la suite. Un monument aux morts de la guerre de Sécession fut érigé devant l'hôtel de ville, une haute colonne soutenant un soldat de bronze tenant un fusil. On construisit une gare qui fonctionna cent ans avant de décliner et de renaître sous forme de pizzeria. Les ormes furent abattus, laissant la rue principale dénudée. La faculté d'Aurelius, au début école pour jeunes filles de bonne famille, fut transformée en collège dans les années 1920, en faculté pour filles dans les années 1950, et devint mixte dans les années 1970. Elle compte cinq cents étudiants, offre de bons cours d'équitation, et quelques élèves, après leur diplôme, entrent directement à l'école vétérinaire de Cornell.

On construisit un centre commercial aux portes de la ville, avec un supermarché Wegmans, un garage Napa, et un drugstore Fays. Une centaine de personnes travaillent à Utica et font le trajet tous les jours, d'autres sont employées à Potterville ou par l'entreprise pharmaceutique de Norwich. Il y a une corderie à côté de la ville, et une petite centrale électrique appartenant à la General Electric. De nombreux fermiers plantent du chou, transformé en choucroute à Potterville. On élit chaque automne une Reine de la choucroute. Nous avons un petit hôpital, un cinéma qui s'appelle le Strand, et maintenant trois loueurs de vidéos.

La bibliothèque est convenable et peut se faire envoyer des livres de celle de Potterville, plus grande, ou même de plus loin. Il y a deux vendeurs de voitures: Jack Morris pour Ford, et l'agence Central Valley de Chevrolet. Le concessionnaire Ford vend aussi des Volkswagen et celui de Chevrolet des Toyota. Et l'on trouve bien sûr chez l'un comme chez l'autre des camionnettes. Depuis des années, plus de gens semblent quitter Aurelius que s'y installer. Je remarque sans cesse des maisons à vendre. Le club de lecture se réunit toujours une fois par mois à la bibliothèque, comme quand j'étais jeune. Les Terriers, l'équipe de football américain du lycée, étaient champions du district l'automne dernier mais ils ont perdu la finale de l'État contre Baldwinsville. Tout le monde avait été plein d'espoir pendant un temps. L'équipe de football de la faculté, les Romains, s'était classée troisième dans sa catégorie, celle de Hamilton étant la première. Le service de chemin de fer entre Utica et Binghampton a cessé il y a quarante ans. La ligne de bus a disparu il y a huit ans. L'opéra n'a pas connu de spectacle depuis *Li'l Abner* en 1958. On entend souvent parler de projets de rénovation, mais il n'en sort jamais rien. Nous avons deux motels, Gillian's et l'Aurelius. Le grand hôtel du centre-ville a brûlé pendant que j'étais au collège à Buffalo dans les années 1960. Il y a maintenant une petite agence de la Key Bank à la place. Nous avons deux restaurants italiens, plus un McDonald's, un Dunkin' Donuts et un Pizza Hut. La librairie, Dunratty's, s'est peu à peu transformée en papeterie et boutique de cadeaux, mais on peut toujours y commander des livres. La quincaillerie Trustworthy[1] fait de bonnes affaires, comme la boulangerie de Weaver. Deux maisons offrent des chambres d'hôtes, qui accueillent souvent des clients venus voir les couleurs du feuillage d'automne ou des parents rendant visite à leurs enfants inscrits à la faculté. Il y a six congrégations. L'Église épiscopalienne de St. Luke était la plus grande, suivie par St. Mary, mais toutes deux sont maintenant dépassées par l'Église évangélique, qui tient ses services dans l'ancien supermarché. En plus de Phil Schmidt, le chef de la police, nous avons dix policiers à plein temps et de quatre à six à temps partiel, selon l'époque de l'année. Nous avons quatre voitures de patrouille. Les pompiers sont principalement des volontaires, mais leur chef, Henry Mosley, perçoit un salaire.

Le centre-ville est fait d'immeubles de brique rouge à un ou deux étages, dont la partie supérieure – des corniches, des pilastres et de simples frises représentant le Progrès et la Liberté – a un certain charme. L'immeuble Weber, au coin de Main Street et State Street, a des fenêtres de fronton à pignon rond au dernier étage. De temps à autre, on essaie de le faire inscrire à l'inventaire national. Mais les étages inférieurs de l'immeuble ont été modernisés à l'aide de Formica, de plastique et d'aluminium, de vitrines et de portes métalliques. Cela remonte aux années 1950. Maintenant, les grandes chaînes responsables des rénovations – Western Auto, Monty Ward, Rexall – ont déménagé et l'immeuble paraît décrépit.

1. *Trustworthy* : fiable, digne de confiance. *(N.d.T.)*

L'hôtel de ville, dans lequel se trouve le poste de police, est de l'autre côté de la rue, en face de l'immeuble Weber. On le dirait plus gothique que classique, avec ses tourelles et sa brique rouge. Vingt marches de marbre blanc mènent à la grande porte double. Les huisseries sont sombres et les fenêtres poussiéreuses. Ce mélange d'élégance et de délabrement donne à notre centre-ville un caractère ambivalent, et il y a toujours des bâtiments à vendre.

Il doit y avoir des centaines de villes comme la nôtre dans l'Est. On les dit assoupies. L'une ou l'autre a parfois une équipe vedette de football ou de basket. Autour d'Aurelius, la campagne est vallonnée, avec de longues crêtes courant du nord au sud, séparées par d'étroites vallées où se trouvent de petites rivières ou des lacs. Les fermes prospères sont dans les vallées, les plus pauvres sur les collines. Il y a des pommeraies à l'ouest, vers les Finger Lakes. La Loomis River traverse Aurelius et on peut y pêcher la truite au printemps. De nombreuses personnes ont des cabanes au bord des lacs, où elles vont camper en été, et pêcher sous la glace en hiver.

Avant cet automne où tout tourna mal, mes collègues du lycée parlaient de l'agrément de leur vie. Parfois, un couple ou toute une famille se rendait à New York pour voir quelqu'un ou pour aller au théâtre, mais la plupart des gens restaient à Aurelius. Je ne dirai pas qu'ils se sentaient pleinement satisfaits, mais ils ne trouvaient guère d'intérêt à d'autres villes. La faculté organisait des conférences et, de temps en temps, un quatuor à cordes de Syracuse nous rendait visite, mais peu d'habitants d'Aurelius allaient au concert. Parfois, quelqu'un affrétait un car pour aller voir un match de football ou de basket à Syracuse. Beaucoup d'hommes chassaient à l'automne, on entendait des coups de feu dans les collines. Les gens avaient tendance à voter républicain, mais ils pouvaient accorder leur voix à un démocrate s'il proposait un programme intéressant.

En fait, la plus grande émotion qui ait agité notre ville depuis des années fut éveillée par l'*Independent*, grâce à son rédacteur en chef Franklin Moore. Certaines personnes pensaient que Franklin aurait dû trouver du travail dans un journal d'Utica ou de Syracuse après la mort de sa femme, ce qui aurait permis à beaucoup d'habitants de la ville de dormir sur leurs deux oreilles ; mais le fait que son journal rapportait certains événements ne le rendait guère responsable des conséquences de ceux-ci. D'autres personnes pensaient qu'il aurait dû se remarier, entendant par là qu'il aurait mieux fait de se trouver une occupation et de nous laisser en paix.

## 2

Franklin Moore n'était pas originaire d'Aurelius. Ce n'est pas pour l'accuser de ce qui s'est passé, bien que certains aient soutenu que, s'il avait été de la ville, Franklin se serait montré plus circonspect. Peut-être le fait de venir de l'extérieur amène-t-il à agir sans le sentiment de responsabilité que ressentirait une personne ayant plus de liens avec la communauté. Les gens disaient que Franklin n'avait rien à perdre ; il n'était pas marié à Aurelius, pouvait déménager s'il le voulait, n'y avait pas de liens réels. Mais c'était faux, il avait sa fille.

Franklin était arrivé de Rochester cinq ans plus tôt avec sa femme, Michelle, et Sadie, alors âgée de huit ans. À Rochester, il était journaliste pour le *Chronicle*. Auparavant, il étudiait à l'école de journalisme de Cornell ; plus tôt encore, lycéen, il avait écrit pour le *Sun* et était devenu un de ses correspondants. Il venait de New York.

Quand Franklin fut nommé rédacteur en chef adjoint de l'*Independent*, il était entendu qu'il deviendrait rédacteur en chef de plein droit au bout de deux ans. Mais, un an après leur arrivée à Aurelius, sa femme fut atteinte d'un cancer du sein. Elle n'avait pas trente ans. Je crois qu'elle travaillait comme photographe à Rochester et faisait des piges pour l'*Indepen-*

*dent*. Sa maladie y mit fin. La progression en fut tristement familière : mastectomie, chimiothérapie puis radiothérapie, des métastases, de nouvelles opérations et thérapies, puis la mort. À ce moment, ils vivaient à Aurelius depuis trois ans. Comme dans toute petite ville, nous nous rapprochâmes d'eux et vîmes l'état de Michelle s'aggraver progressivement. Elle fut enterrée au Homeland Cemetery, et sa famille vint de Bronxville pour les funérailles.

Pendant les deux années de maladie de sa femme, Franklin était bel et bien devenu rédacteur en chef du journal ; il travaillait dur, même s'il consacrait son attention et beaucoup de son temps à Michelle. Les cheveux noirs, étonnamment belle, elle dut subir non seulement la maladie mais aussi toutes les humiliations qui l'accompagnaient – la mastectomie, le teint plombé, la chute des cheveux. Elle y fit face avec une force qui impressionna tous ceux qui la connaissaient.

Je la rencontrai alors que Sadie se trouvait dans ma classe de sciences de cinquième, quand sa mère et elle vinrent à un échange parents-enseignants. Sadie travaillait-elle bien ? Était-elle attentive en cours ? La mère m'assura que je ne devais pas hésiter à donner beaucoup de travail à Sadie, que c'était une bûcheuse. Michelle Moore était très maigre à cette époque et portait une perruque, qui lui allait bien. Malgré l'impression de santé que donnaient la perruque et son épais maquillage, elle semblait déjà appartenir à la mort, paraissait déguisée en femme vivante et palpitante.

Elle était assise à mon bureau, dans ma classe, me poussant à me montrer dur avec sa fille, non par méchanceté mais pour faire de Sadie une meilleure élève. À l'évidence, cette femme n'avait plus longtemps à vivre, mais elle ne fit pas allusion à sa maladie, elle me défiait presque de la remarquer. Elle était très fière, un trait qui se remarquait aussi chez Sadie, et elle disait que sa fille deviendrait peut-être médecin, ou vétérinaire. Dans une ville où beaucoup de jeunes gens quittent le lycée avant leur diplôme et où seuls quelques-uns de ceux qui l'ont obtenu vont en faculté, ses ambitions pour Sadie étaient remarquables. Michelle Moore se tenait très droite sur sa chaise, parlait calmement, se touchant le menton d'un doigt effilé, arrangeant parfois son écharpe, et elle garda ses yeux sombres fixés sur moi pendant toute l'entrevue. Si elle souffrait, elle n'en montra aucun signe.

Trois semaines plus tard, à la fin octobre, j'appris qu'elle était morte. Sadie s'absenta de l'école une semaine, puis revint. Je cherchai sur son visage des signes de chagrin et vis de la pâleur et un profond sérieux, mais elle ne mentionna jamais sa mère ni ce à quoi elle avait assisté. Sa mère était morte à la maison, elle s'était effondrée dans la cuisine. Franklin appela le médecin, mais il était trop tard. Les gens dirent qu'ils avaient eu de la chance que ce soit si rapide, mais qu'en savent-ils ? Ne parlent-ils pas toujours, dans ces remarques, de leur propre mort ? Qui sait si une façon de mourir vaut mieux qu'une autre ?

Six mois après la mort de la femme de Franklin, on commença à voir un changement dans l'*Independent*. Il devint plus agressif, les éditoriaux évoquaient des questions sociales. Il y avait plus d'interviews d'habitants d'Aurelius. Les gens dirent que Franklin avait beaucoup changé après le décès de son épouse, mais je crois surtout qu'il avait plus de temps à lui et qu'il cherchait à oublier son chagrin. Il écrivait plusieurs articles supplémentaires chaque semaine, ainsi que ses éditoriaux et ses colonnes hebdomadaires. En plus de Franklin, le journal employait un reporter à plein temps, un journaliste sportif, un photographe et une femme qui servait de réceptionniste, de secrétaire et de correctrice. Sans augmenter de volume, le journal devint plus dense, d'une certaine façon ; il y avait moins de remplissage.

Mais peut-être y avait-il là autre chose que de l'énergie à dépenser et le besoin d'oublier. « Il faut réveiller les gens », me disait Franklin. Il semblait même conduire plus vite. Il avait une Ford Taurus bleue qu'on voyait prendre les tournants à toute allure. Franklin avait alors trente-quatre ans. Il faisait un peu plus d'un mètre quatre-vingts, était très maigre et avait des cheveux châtains, tirant sur le roux, qu'il portait longs et rejetés en arrière. Il marchait penché en avant pour que la partie supérieure de son corps, celle qui était pleine de volonté, arrive plus tôt que la partie inférieure. Il parlait vite et un peu fort; si vous étiez lent à répondre à une question, il vous offrait plusieurs réponses possibles et vous laissait choisir. Son visage mince portait quelques taches de rousseur qui lui donnaient l'air gamin. Et il avait une sorte d'innocence, si c'est ainsi que s'appelle le fait de croire que les autres partagent votre amour pour la vie.

Beaucoup de gens le trouvaient trop agressif, mais Aurelius est une ville fort provinciale, plutôt endormie. Franklin semblait toujours en mouvement, mais peut-être avait-il conservé le rythme que suivait le monde en dehors d'Aurelius. Il était énergique et attentif à autrui. Il venait à chacune des rencontres parents-enseignants et parlait avec passion de sa fille. La seule chose étrange – et peut-être ai-je tort de la trouver étrange – était qu'il n'évoquait jamais sa femme. Je pensais que cela tenait à ses efforts pour surmonter son chagrin mais, quand il parlait de sa fille et de l'enfance de celle-ci, Franklin donnait l'impression d'avoir toujours été parent unique, comme si Michelle n'avait jamais existé.

Autre changement, Franklin vendit la maison de style ranch qu'il possédait en bordure d'Aurelius et déménagea en centre-ville, dans Van Buren Street. Il acheta en fait une maison presque voisine de la mienne, une bâtisse victorienne qui semblait trop grande pour juste Sadie et lui. Toutes les maisons de Van Buren Street datent des premières années suivant la guerre de Sécession, à part la maison Sutter, l'ancienne ferme dont dépendaient les terres attenantes. La maison que j'occupe seul est celle où naquit ma mère et où elle revint après la mort de son mari, mon père, à la guerre – la guerre de Corée, pour être précis. Les gens dirent que Franklin voulait se rapprocher du siège du journal, mais il paraissait aussi vouloir s'éloigner de ce qui lui rappelait sa femme décédée. Il vendit même sa Taurus pour acheter un break Subaru blanc.

Je le voyais dans son jardin peindre les volets, tondre la pelouse ou ramasser les feuilles mortes. Ses gestes étaient toujours rapides, presque impatients. Sadie avait un vélo tout-terrain, violet avec des flammes jaunes en forme d'éclair, et je la voyais passer devant chez moi. Si elle m'apercevait, elle me faisait signe. Elle était très mince, et ses cheveux bruns flottaient derrière elle.

J'ai entendu dire qu'après la mort de sa femme, Franklin avait perdu tout sens civique dans sa façon de diriger le journal. Les gens prétendaient que l'*Independent* devenait de plus en plus hostile à Aurelius. Par exemple, Franklin se mit à dire dans ses éditoriaux que la municipalité devrait adopter un plan quinquennal de développement, que la rénovation des voies était mal faite et que les égouts étaient en mauvais état. Si la ville adoptait un plan spécifique, soutenait-il, les électeurs auraient une idée précise de ce qu'il fallait faire et la municipalité pourrait établir une méthode claire de planification des ressources au lieu de gérer une catastrophe mineure après l'autre.

Franklin attaqua aussi le conseil de l'école pour avoir repoussé une proposition visant à accorder au personnel enseignant et administratif une augmentation de sept pour cent et le remboursement des frais dentaires. C'est ce dernier point qui posait problème.

Puisque la moitié des habitants du comté ne bénéficiaient d'aucune assurance médicale, le conseil ne voyait pas pourquoi les enseignants et administrateurs auraient à la fois une assurance et le remboursement des frais dentaires.

Franklin soutenait que l'école devait donner l'exemple tant dans les salles de classe que parmi son personnel, et qu'Aurelius ne pouvait espérer attirer des enseignants de premier ordre sans offrir salaires convenables et avantages complémentaires. Dans ses éditoriaux, Franklin parvenait à laisser entendre non seulement que la municipalité et le conseil de l'école étaient vieux jeu, mais aussi que les enseignants et administrateurs de l'école n'étaient pas des meilleurs.

La majorité de la population semblait satisfaite de sa vie telle qu'elle était, chose peut-être compréhensible. On connaissait les membres du conseil municipal et de la direction du lycée, ce n'étaient pas de mauvaises gens. Ils remplissaient leur mandat, puis se voyaient réélus ou remplacés. Les articles, éditoriaux et rubriques de Franklin ne causèrent jamais de scandale, mais c'était comme de trouver du sable dans son lit. Quand les gens l'apercevaient, ils faisaient en sorte de l'éviter. Je suppose qu'il aurait été encore plus impopulaire s'il n'avait été beau et veuf de fraîche date avec une fille adolescente. Il était affable et traitait les gens avec respect, mais il devint une croix à porter pour ceux qui faisaient le sujet de ses écrits. Ils ne lui voulaient aucun mal mais auraient aimé qu'il s'en aille, parce que les habitants de la ville commençaient à lui prêter l'oreille. Ils remarquaient des choses qui, jusque-là, leur avaient échappé. Même s'ils n'étaient pas d'accord avec Franklin, ils se mettaient à penser qu'Aurelius n'était pas aussi parfait qu'ils l'avaient supposé.

Les interviews hebdomadaires de Franklin étaient encore plus irritantes que ses éditoriaux. Il amenait les gens à révéler des choses personnelles que les autres ne souhaitaient pas entendre. Une des premières interviews fut celle de Herb Wilcox, agent immobilier et assureur, qui faisait partie du conseil municipal depuis vingt ans. Tout le monde connaissait Herb, et sa femme, Betty. On avait vu grandir leurs trois enfants. Deux étaient partis au collège et le jeune Bobby était entré dans l'affaire de son père. Dans l'interview, Herb expliquait clairement que tout allait bien à Aurelius.

« Je suis allé dans d'autres villes, je les aime bien, mais aucune n'égale ce qu'on a ici. On a des écoles de premier ordre, un bon hôpital. Je n'arrive pas à comprendre pourquoi les gens s'en vont. Prenez mes gosses, Bruce et Mary Lou. La faculté d'Aurelius leur offrait des bourses à tous deux, mais Bruce est parti à Albany et Mary Lou à l'université de Cortland. Et maintenant, Bruce est à Cohoe. Quel genre d'endroit est-ce que c'est, ça ? »

L'entretien continuait sur le même ton, et les lecteurs comprenaient que Herb ne parlait pas des défauts et qualités d'Aurelius mais du départ de ses deux aînés, de son amour pour eux et de sa déception. Franklin avait révélé une vulnérabilité chez Herb, et cela le diminuait d'une certaine façon, si c'est bien ce qui se produit quand quelqu'un devient soudain plus humain.

La semaine suivante, Franklin interviewa Will Fowler, le directeur exécutif de la ville. Nous avons à la fois un maire et un directeur exécutif. Le maire est élu, ne perçoit pas de salaire, mais bénéficie d'une secrétaire, de notes de frais et de quelques fonds. C'est d'habitude un membre de la communauté qui aime serrer des mains. Le directeur exécutif est différent. Il est embauché par le conseil municipal et vient souvent de l'extérieur de la communauté. Notre maire actuel, Bernie Kowalski, parle de Fowler comme de son lieutenant. « J'ai un lieutenant, et il s'occupe de tout », dit souvent Bernie.

Franklin demanda à Will Fowler de lui parler d'Aurelius. « C'est une ville charmante pleine de gens charmants. » La trouvait-il parfaite ? « Non, pas tout à fait », répondit-il. Et le conseil municipal ? « Lui aussi, je ne le trouve pas tout à fait parfait. » Fowler avait-il des griefs particuliers à l'égard du conseil ? « Peut-être que certains de ses membres en font partie depuis trop longtemps. » Que pensait Fowler de l'éventualité d'un plan quinquennal de développement ? « Potterville en a un. Toutes les villes de la taille d'Aurelius en ont un, d'ordinaire. L'ennui, c'est qu'un tel plan rend le conseil municipal responsable devant le public. Peut-être les conseillers ne le souhaitent-ils pas. » Et une dernière question, vous êtes arrivé ici il y a six ans, venant d'Albany. Cette ville vous manque-t-elle ? « Certainement. Albany est une plus grande ville. »

Ceux qui avaient lu l'interview de Herb la semaine précédente avaient eu l'impression qu'il avait été ridiculisé. En se montrant si enthousiaste, il rabaissait Aurelius, et la perfection qu'il vantait servait d'excuse pour ne pas se donner plus de mal. Quant à Will Fowler, il ne paraissait pas du tout apprécier Aurelius. Il aurait préféré vivre à Albany. « Il nous prend pour des ploucs », me dit un de mes collègues.

Et nous étions peut-être des ploucs, mais nous n'aimions pas y penser. Comme dans le cas de Herb Wilcox, nous avions l'impression d'en savoir plus que nous ne le souhaitions sur Will Fowler. « Pour qui se prend-il ? » entendis-je protester un enseignant. Fowler avait été embauché pour faire tourner la ville. Les gens voulaient qu'il se sente heureux de vivre dans un endroit si agréable. Ils savaient maintenant que ce n'était pas le cas.

Bien sûr, la plupart des interviews de Franklin n'avaient pas de répercussions aussi fortes. Mais nous apprenions quand même des choses les uns sur les autres. On sut ainsi que Tom Henderson, qui dirigeait la quincaillerie Trustworthy, construisait des bateaux en bouteille. Margaret Debois, une infirmière de l'hôpital, était pianiste de jazz chez Tiny, à Utica. Lou Fletcher, de Fletcher's Feeds, était un Irrégulier de Baker Street[1] et faisait des économies pour s'offrir une visite du Londres de Sherlock Holmes. Quelques personnes refusèrent d'être interviewées, comme le chef des pompiers, Henry Mosley, et le pharmacien, Donald Malloy. Je refusai également.

« Mais pourquoi ? » me demanda Franklin. C'était il y a plus d'un an et je ratissais mon jardin. Il m'avait vu et s'était approché.

« Je ne me trouve pas intéressant.

— Vous avez travaillé à New York dans un laboratoire avant de revenir à Aurelius. C'est intéressant.

— Je n'étais qu'un technicien. Et, que ce soit intéressant ou non, je ne veux pas être interviewé. »

Je ne voulais pas me montrer désagréable, mais il aurait dû accepter mon refus. Ce n'était pas qu'il me trouvât intéressant, il ne savait rien de moi à part ce que sa fille avait pu lui apprendre. Selon toute probabilité, il réfléchissait à son interview de la semaine suivante et m'avait vu dans mon jardin. Beaucoup des gens qu'il interviewait n'étaient pas intéressants – des mécaniciens, des emballeurs de chez Wegmans, un plombier. Mais je dois dire qu'il trouvait un élément pittoresque en chacun, et c'est peut-être pourquoi je refusai. Je ne voulais pas que les gens me regardent en se disant : « Aha, je sais quelque chose sur vous. » En fait, je crois que Franklin me respecta pour mon refus. Nous commençâmes à nous voir plus souvent, pas en amis mais en connaissances. Il s'arrêtait de temps en temps chez moi et je lui offrais une tasse de thé, ou je passais chez lui et il me proposait une bière. Comme je le disais, une seule maison séparait les nôtres.

1. Club d'admirateurs de Sherlock Holmes. *(N.d.T.)*

Curieusement, l'interview qui eut le plus grand retentissement ne fut pas celle d'un membre de la communauté mais d'un professeur d'histoire embauché à la dernière minute par la faculté d'Aurelius pour le second semestre. Il fut choisi très vite. Je le précise car, si le recrutement avait été fait normalement, ce type n'aurait jamais eu le poste. Non qu'il fût incompétent ou stupide, loin de là. Mais il était marxiste et algérien. Il avait aussi son franc-parler. Avant l'interview, nous ne savions rien de lui, sinon qu'il conduisait une petite Citroën rouge qu'il avait apportée de Kingston, Ontario, où il vivait. Nous vîmes d'abord sa voiture, la petite Citroën rouge, puis nous apprîmes son nom : Houari Chihani.

# 3

Franklin interviewa Chihani dans son bureau, à la faculté. La partie centrale du campus, qui date de 1870, se compose de bâtiments en brique rouge distribués autour d'un carré d'érables et de chênes. Ces bâtiments, couverts de lierre, ont des frises et des colonnades blanches, ainsi que de larges marches de granit. Malheureusement, à cause de contraintes budgétaires, les immeubles ont l'air assez fatigué, la peinture s'écaille et les briques ont besoin d'être rejointoyées. Les pelouses sont un peu pelées et les arbustes mal taillés. Quant aux élèves, ils sont assez disparates. Si certaines filières, comme le programme d'équitation, attirent de bons étudiants, les recrues des autres laissent à désirer.

Il y a beaucoup d'écoles dans le centre de l'État de New York, et Aurelius est rarement choisi en premier. Aussi la faculté propose-t-elle des cursus spécifiques pour des élèves aux problèmes particuliers, des cours destinés aux dyslexiques ou aux étrangers possédant mal l'anglais. Certains étudiants étaient de brillants jeunes gens venant de familles défavorisées, mais beaucoup d'entre eux avaient intégré Aurelius parce qu'aucun autre établissement ne voulait d'eux, pour une raison ou une autre. Et s'ils obtenaient de relativement bons résultats, ils avaient tendance à s'inscrire ailleurs après leur deuxième année.

On pourrait dire que ces étudiants ne connaissaient pas grand-chose en dehors de ce qu'ils avaient pu tirer de MTV et du magazine *People*. Ils ne réfléchissaient pas au passé, ni ne s'interrogeaient sur le futur. Pour la plupart d'entre eux, ce n'était pas un problème. Ils ne seraient jamais des penseurs, et tout le discours sur les difficultés d'apprentissage et les défis intellectuels ne servait qu'à déguiser le fait qu'ils n'étaient pas très malins. Mais quelques étudiants intelligents n'attendaient que la personne appropriée, comme des éponges sèches attendent une goutte d'eau. Ça aurait pu être n'importe qui. Malheureusement, ce fut Houari Chihani.

Il avait la cinquantaine, cinquante-cinq ans pour être précis, avait grandi à Alger puis, adolescent, était parti à Paris pendant la guerre de libération menée contre la France. Son père était médecin, sa mère professeur. Ils se sentaient peut-être plus proches de leurs maîtres français que de leurs coreligionnaires. Et, pendant cette guerre, les rebelles s'attaquèrent aux musulmans modérés aussi férocement qu'aux Français. Houari Chihani étudia à la Sorbonne pendant quelques années, puis il quitta la France pour Montréal où il s'inscrivit à l'université. C'est à la Sorbonne, vers 1960, qu'il devint marxiste. Il paraît ironique que tant d'intellectuels marxistes viennent des classes privilégiées. Ayant été élevés dans le confort, ils essaient de refuser ce confort à autrui, tout en continuant eux-mêmes à vivre confortablement. Mais peut-être ceci n'était-il pas entièrement vrai dans le cas de Chihani, qui semblait avoir un tempérament d'ascète.

Chihani resta à Montréal trois ans, puis trouva un poste d'enseignant associé à l'université de Chicago, où il obtint son doctorat d'histoire. Il avait toujours réussi brillamment. Malgré son accent, c'était un excellent enseignant, très convaincant. L'ennui était qu'il ne fût pas seulement un enseignant, mais un prosélyte au zèle presque religieux. En conséquence, partout où il enseignait, il transformait le cercle de lecture en club marxiste. Il aurait peut-être été plus prudent de sa part d'attendre d'être bien installé avant de se faire ainsi remarquer ; d'un autre côté, son imprudence ne faisait que témoigner de son intégrité. Sa position était parfaitement claire, et il faut reconnaître que beaucoup de gens trouvaient justifiées les controverses qu'il déclenchait. Mais après deux ou trois ans dans un établissement, il devait plier bagage. Il était ainsi passé par l'université de l'État du Michigan, Carnegie-Mellon, l'université de Windsor, celle de Cleveland, Lafayette College, Olivet College, et il avait fini par enseigner l'histoire dans une petite faculté de Kingston, Ontario. Là aussi, il avait perdu ce poste, ou plutôt on ne l'avait pas réembauché pour l'automne suivant. Il ne lui restait qu'un semestre à faire.

Mais, en décembre, Max Schnell, professeur d'histoire apprécié de la faculté d'Aurelius, mourut dans un accident de voiture. Il fallait immédiatement lui trouver un remplaçant et Roger Fielding, chef du département d'histoire, fut chargé de commencer les recherches.

Fielding publia une annonce demandant une personne spécialisée en histoire européenne moderne, et Houari Chihani présenta sa candidature. Sur le papier, il faisait très bon effet : le doctorat de Chicago, les nombreuses publications, les avis élogieux de ses étudiants. Même les recommandations des établissements où il avait enseigné étaient excellentes. Ce genre de lettres ne dit pas toujours la vérité, surtout si la faculté souhaite voir partir la personne en question. Le doyen du collège X voulait le départ de Chihani et lui donna donc un brillant certificat. Et il faut admettre que Roger Fielding et Priscilla Guerthen, la responsable des études, avaient certaines ambitions pour Aurelius. Peut-être avaient-ils les yeux plus gros que le ventre, mais ils pensèrent que Chihani apporterait du prestige à leur petite communauté. Après tout, ses livres et nombreuses autres publications mentionneraient qu'il avait enseigné à Aurelius. On lui offrit donc le poste.

Cela ne gênait pas Chihani de quitter Kingston avant la fin de l'année scolaire. On lui avait dit qu'on ne voulait plus de lui et il était heureux de retourner le compliment. Il emballa ses livres, les expédia à Aurelius, où il se rendit dans sa Citroën rouge. Début janvier, il était installé. Il avait trois cours : Civilisation occidentale, Mouvements politiques européens du XIX^e^ siècle et Capitalisme et travail. Au début de février, il avait lancé un petit groupe de lecture, comprenant une demi-douzaine d'étudiants, qu'il appelait Groupe de recherches sur la justice, ou GRJ, intitulé suffisamment vague. C'est à ce moment que Franklin Moore l'interviewa.

Le bureau de Chihani se trouvait dans Douglas Hall, le centre des sciences humaines, juste à côté du bâtiment administratif. C'était une pièce au deuxième étage, avec une lucarne au plafond, et Franklin précisa qu'il n'y avait pas assez d'étagères pour les livres de Chihani, si bien que des cartons s'empilaient contre le mur. Franklin décrivit le professeur comme un grand et bel homme dont le visage évoquait un oiseau de proie. Je me souviens en effet que son nez était très long, fin, avec une bosse assez nette au milieu. Il avait de hautes pommettes, le menton en saillie et d'épais cheveux noirs frisés. Son teint me rappelait le vernis couleur chêne d'une table ou d'un bureau. Ses mains étaient longues et fines, des mains de joueur de basket, bien qu'il ne s'intéressât pas le moins du monde au sport. Il portait toujours un costume sombre avec une chemise blanche et une cravate, et parfois un béret.

Franklin ne mentionna pas un détail : la jambe gauche de Chihani était plus longue que la droite, si bien que sa chaussure droite avait une semelle plus épaisse d'au moins sept centimètres. Chihani boitait, il lançait en avant son pied droit qui touchait le sol avec un bruit sourd. Il se servait souvent d'une canne. Je l'entendais parfois dans la bibliothèque Carnegie, en ville, arpentant les rayonnages, et je savais que c'était lui à cause du bruit de sa lourde chaussure frappant le plancher.

Pendant l'interview, Chihani resta assis derrière son bureau, sur lequel il n'y avait rien d'autre qu'un bloc de papier blanc, un stylo de prix en or et un téléphone. Franklin était assis en face de lui. Il demanda à son interlocuteur s'il pouvait enregistrer la conversation, mais celui-ci refusa. Franklin prit donc des notes. Il supposait au début que Chihani était heureux de faire partie de la faculté d'Aurelius mais, il le comprit au bout de quelques secondes, Chihani considérait que la faculté avait de la chance de l'avoir. Le professeur n'avait aucun sens de l'humour en ce qui le concernait. Il se considérait comme un homme remarquable, dépositaire d'un message. Peut-être était-ce seulement pour transmettre au moins en partie ce message qu'il avait accepté de recevoir Franklin un quart d'heure.

Franklin demanda d'abord à Chihani si Aurelius lui plaisait, question banale à laquelle il attendait une réponse banale. Il commençait en douceur. Chihani répondit : « C'est une petite ville comme tant d'autres : surannée, pittoresque et ignorante. »

Franklin lui demanda ce qui causait cette ignorance.

« Aucune connaissance du monde, aucun sens du passé, aucun sens du futur. »

Chihani était en bras de chemise, les coudes appuyés sur le bureau, les doigts de la main gauche touchant ceux de la droite et formant comme une tente.

A-t-on besoin d'une connaissance du monde, demanda Franklin, pour mener une vie heureuse ?

« Pas nécessairement, mais on a besoin de connaissance si on veut s'élever au-dessus des vaches et des moutons. Vous me direz que vaches et moutons sont contents de leur sort. Je répondrai que leur ignorance les mène à l'abattoir. Les actes ont des conséquences. Ignorer la nature de vos actions ne vous exonère pas de votre responsabilité quant à leurs conséquences. »

Franklin réalisa qu'il se trouvait en terrain mouvant. Interviewer Chihani, ce n'était pas comme interviewer un dentiste ou un boulanger d'Aurelius. Franklin interrogea donc Chihani sur son passé : sa jeunesse à Alger, ses études à Paris, les universités de Montréal et de Chicago. Chihani était divorcé, sans enfants. Il était fils unique, ses parents étaient morts. Il déclara ne pas savoir combien de temps il resterait à Aurelius, mais dit que peu lui importait où il vivait du moment qu'il avait ses livres. Il avait loué une maison en ville, et ne pensait pas en acheter une car il ne croyait pas à la propriété privée.

Franklin rapporta que Chihani parlait lentement, mais sans faire de pauses ni chercher ses mots. Il n'était pas à court d'idées et ne laissait pas le tact émousser son message.

Franklin dit qu'il était dommage que le poste de Chihani se soit trouvé vacant à cause d'une tragédie.

« Ce n'était pas une tragédie, répondit Chihani. Un malheur peut-être, ou même une grande perte. Mais la mort accidentelle d'un être humain occupé à ses activités quotidiennes n'est jamais tragique. »

Il laissait derrière lui une femme et deux enfants, dit Franklin.

« Alors, c'est encore plus triste, mais ce n'est pas tragique. »

Franklin demanda à Chihani ce qu'il pensait de ses élèves d'Aurelius.

« On s'attend à ce que la jeunesse soit ignorante. C'est une définition de la jeunesse, elle ne sait pas. On présume qu'il est possible d'éduquer les jeunes. Ici, les étudiants ne sont pas seulement ignorants, ils sont apathiques. Toutefois, on trouve dans toute situation quelques élèves enthousiastes, et cet enthousiasme même crée de l'intelligence, ou une disposition qui passe pour de l'intelligence. Et ces quelques étudiants peuvent en enrôler d'autres. Partout où il y a de la paille, on trouve quelques grains. Ici, il y a beaucoup de paille. »

Et les collègues de M. Chihani à Aurelius ?

« Ils ressemblent aux étudiants par l'ignorance, mais leur esprit s'est pétrifié. Ils peuvent au mieux transmettre des connaissances que le bon sens ordinaire trouve utiles. Les étudiants absorbent mieux ces connaissances si le processus est rendu agréable, mais le véritable savoir ne dépend pas de l'agrément. Il suffit des facultés de raisonnement de l'auditeur pour le convaincre de la vérité. »

Et pourquoi Houari Chihani était-il enseignant ?

« J'enseigne pour aider les jeunes gens à se sentir responsables du monde, et les uns des autres. L'éducation a forcément des résultats. Le plus souvent, ce résultat est vu comme une augmentation du pouvoir d'achat. C'est une chimère liée à une autre chimère, la croissance illimitée. Pour moi, le résultat de l'éducation doit être la responsabilité et le changement. »

Par « changement », entendait-il « révolution » ?

« C'est un terme de mélodrame. J'entends la responsabilité à l'égard du monde. Historiquement, on voit une fraction de la population prendre avantage du plus grand nombre, transformant ceux-ci en consommateurs ignorants qui travaillent dur à des emplois dépourvus d'intérêt afin d'acheter les vêtements, voitures et jouets qui, pensent-ils, les rendront heureux. Ils s'endettent, deviennent des sortes d'esclaves salariés et cherchent à se distraire par la violence et les rencontres sportives. L'éducation est minimisée, les arts discrédités. L'alternative est une société qui accorde une valeur égale à chacun de ses membres, une société qui est responsable d'eux et agit en ce sens, une société qui travaille à diminuer l'avidité, l'ignorance et les passions les plus basses de ceux qui en font partie plutôt que de les flatter. »

Franklin demanda si c'était cela que Chihani appelait le marxisme.

« On trouve nombre de ces idées dans Marx mais, tout comme la théorie de l'Évolution a dépassé Darwin, la théorie économique a dépassé Marx. »

Mais enseignait-il Marx ?

« Ses idées constituaient un début. On peut soutenir qu'elles sont présentes aussi dans le Nouveau Testament. Notre travail consiste à préparer les jeunes gens au XXI^e^ siècle – c'est une tâche plus compliquée que de simplement enseigner le marxisme. »

Et que pensait M. Chihani des habitants d'Aurelius ?

« Ils sont endormis. C'est leur condition préférée. Ils ont peur du monde et leur sommeil est une réaction à cette peur. Ils s'éveilleront un jour. Peut-être une chose terrible se produira-t-elle. Il n'y a pas de plus grande tentation pour les gens effrayés que l'ignorance – c'est-à-dire le sommeil. »

# 4

L'interview de Chihani ne plut à personne. On considéra que Roger Fielding et Priscilla Guerthen avaient fait une erreur en l'engageant, et les gens se rappelèrent d'autres erreurs commises par le passé. Le jeudi où sortit le journal, le troisième jeudi de février, Harvey Shavers, président de la faculté d'Aurelius, convoqua Roger et Priscilla dans son bureau pour leur lire l'interview. Les gens qui passaient dans le couloir dirent qu'ils avaient entendu le sermon de Shavers. C'était un homme robuste, à la voix forte, et il avait l'habitude de parler en public. Le travail de Shavers consistait avant tout à trouver des financements, et il savait à quel point il serait difficile d'obtenir des donations si un enseignant du collège déclarait que les membres de la communauté étaient des imbéciles. Pour lui, un beau vernis comptait plus que ce qu'il recouvrait. Il savait bien que les gens brillants cachent rarement leurs capacités ; en d'autres termes, ils parlent trop et se font connaître à mauvais escient. Shavers trouvait plus facile de laisser des médiocres se faire passer pour brillants que d'engager des gens vraiment doués.

Des explications furent demandées au conseil de la faculté. La compétence des enseignants n'avait-elle pas été mise en cause ? Robinson Smart, responsable du département d'anglais, dit qu'il lui serait difficile de regarder en face ses étudiants si Chihani ne faisait pas d'excuses publiques. Ces points de vue furent longuement discutés, puis on décida que ce serait une erreur de donner à Chihani une tribune d'où s'exprimer à nouveau. En fait, le conseil tomba d'accord pour envisager une censure éventuelle si jamais Chihani contestait une nouvelle fois la compétence des professeurs.

Le conseil étudiant alla plus loin et envoya une délégation de trois personnes auprès de Chihani pour exiger une explication.

« Niez-vous être ignorants ? » demanda celui-ci.

S'ensuivit une discussion ardue du terme *ignorance* ; mettait-il en cause des notions telles que les capacités, le potentiel ou l'intelligence d'un individu ? Par exemple, Chihani avouait tout ignorer de la langue japonaise.

« Vous devriez être heureux de votre ignorance, dit-il, parce qu'elle vous permet d'apprendre. »

Ils étaient tous assis dans son bureau ; il était tombé plus d'un mètre de neige lors ce mois de février, où il n'y avait eu que deux journées vraiment belles. J'avais l'impression de voir tomber la neige chaque fois que je regardais par la fenêtre.

« Je ne suis pas d'accord avec vous, dit Sharon McGregor, la vice-présidente du conseil étudiant, si vous dites que j'ai besoin de connaître l'histoire russe pour être vétérinaire.

— *Absolument pas*[1], répondit Chihani, seulement pour être une *bonne* vétérinaire. »

En dehors de la faculté, la réaction fut moins forte, mais aussi amère. Il y a toujours eu une séparation entre la communauté agricole – les cultivateurs de choux et les producteurs de lait – et la ville elle-même. Les fermiers ont un certain mépris envers la ville et plus encore envers la faculté. Les remarques impolies de Chihani ne faisaient que confirmer leurs idées. Les

1. En français dans le texte. *(N.d.T.)*

enseignants étaient des imbéciles, comme le prouvait cet imbécile-ci. Le fait qu'il soit étranger, non chrétien et marxiste aggravait les choses. Pour les rares fermiers qui s'en souciaient, Chihani n'était pas tout à fait humain. Sa petite voiture rouge, son béret et sa peau basanée étaient trop excentriques. On parla brièvement de lui dans les quelques bars où se rassemblaient les fermiers, puis on l'oublia. Le fumier pue, et Chihani n'avait fait que révéler son odeur.

Les citadins réagirent plus violemment. Ils trouvaient en majorité que leur ville était un endroit agréable, et voilà que ce marxiste prétendait qu'Aurelius était moins civilisé que le pôle Nord. Dans les bars, les récriminations contre Chihani tendaient vers la violence, il faudrait que quelqu'un lui flanque son pied au cul. Dans des cercles plus policés, on parlait de l'ignorance que montrait Chihani des valeurs communautaires. Les médecins, avocats et hommes d'affaires évoquaient le tissu d'amitiés et de relations qui permettent à une ville de bien fonctionner. Même au lycée Albert-Knox, les enseignants parlèrent d'envoyer à Chihani une lettre de protestation, mais rien n'en sortit.

Si celui-ci réalisait à quel point il était impopulaire, il n'en montrait rien. Il faisait cours comme auparavant, soutenant sa position d'une voix sèche et dépourvue de passion. On le voyait en ville et dans le centre commercial. Chihani était une de ces personnes qui ne semblent jamais détourner le regard de leur but, dont les yeux ne se posent jamais avec curiosité sur les gens ou les choses. Il regardait droit devant, comme s'il n'y avait rien autour de lui. On voyait souvent sa Citroën rouge aller dans les rues enneigées de sa maison au campus, puis en ville pour diverses courses, au supermarché Wegmans ou à la quincaillerie Trustworthy. Il aurait mieux valu qu'il conduise une voiture plus ordinaire, car sa petite Citroën retournait le couteau dans la plaie de la communauté. Cinq jours après la parution de l'interview dans l'*Independent*, Chihani sortit de chez Wegmans un après-midi pour trouver son pare-brise fracassé et une grosse pierre sur le siège. Il plaça ses sacs à provisions dans le coffre, retourna au magasin et téléphona à la police. Chuck Hawley, un de mes cousins, répondit à l'appel. Il n'y avait aucune trace du coupable, et il était clair que Chihani n'avait appelé la police que pour se couvrir vis-à-vis de son assurance.

« Il n'était même pas en colère, dit Chuck. La neige tombait dans sa voiture, mais il n'y faisait même pas attention. Il a fait sa déposition, signé le formulaire, et voilà. Je lui ai demandé s'il avait vu quelqu'un, et s'il avait des ennemis. J'avais lu l'interview, bien sûr. Il a répondu qu'il n'avait aucune raison d'avoir des ennemis. Puis il est monté dans sa voiture et est parti, la neige dans la figure. Il devait crever de froid. »

Le lendemain du jour où le pare-brise de Chihani avait été brisé, Franklin passa chez moi dans la soirée avec Sadie, et je leur offris du thé. Je conserve sur une étagère du salon les livres que ma mère lisait jeune fille, et Sadie se mit à lire *Understood Betsy*. Elle était assise les jambes repliées sous elle dans la vieille bergère, le visage encadré par ses cheveux bruns. Elle ressemblait à son père, grande et osseuse. J'avais mis des biscuits sur une assiette, et Sadie en cassait de petits morceaux qu'elle mettait dans sa bouche. Sauf pour dire bonjour, merci et bonsoir, je ne crois pas qu'elle ait dit un mot.

Franklin était nerveux et ne voulut pas s'asseoir. Il se sentait coupable à cause de cette interview, et cela même le mettait en colère, comme si son sentiment de culpabilité signifiait qu'il n'était pas aussi bon journaliste qu'il le devrait.

« Je n'ai pas modifié ce qu'il a dit, ni exagéré, m'expliqua-t-il. En fait, j'ai plutôt adouci ses déclarations.

Je ne voulais pas donner l'impression que c'était un fanatique. »

Franklin portait un vieux manteau en peau de mouton qui lui arrivait aux genoux. Il avait autour du cou une écharpe aux couleurs d'une université britannique, bleue avec deux bandes rouges. Il tenait à la main un chapeau de pêche irlandais qu'il frappait sans cesse contre sa cuisse, faisant tomber des gouttes d'eau. Il devait avoir chaud, mais n'en montrait rien. Il portait des bottes aux semelles de plastique et laissait de petits morceaux de neige en forme de coin sur le tapis turc de ma grand-mère Francine. Je suis sûr qu'il avait envie d'une cigarette, mais je ne laisse personne fumer chez moi. De temps en temps, Sadie lui adressait un sourire affectueux avant de revenir à son livre.

« Il y a des gens de toutes sortes dans une ville, dit Franklin. Si tout le monde se conduit de la même façon, à quoi bon ? Le simple fait que ce genre de polémique existe prouve que la ville n'est pas endormie. »

Mais il ne semblait pas y avoir de polémique, juste de la colère et du ressentiment. La plus grande part de ce ressentiment était dirigée contre Chihani, mais les gens savaient qui avait fait connaître ses vues. Si Franklin ne l'avait pas interviewé, personne n'aurait su qu'il y avait un marxiste parmi nous.

Franklin jeta son écharpe sur le divan. Le geste paraissait réfléchi, pas tout à fait étudié, pas tout à fait spontané – le geste d'un homme qui n'est pas sûr de son identité et qui emprunte un geste vu ailleurs, le trouvant adapté à l'occasion.

« Mon travail en tant que journaliste est de faire réfléchir les gens. Je peux écrire de jolies choses auxquelles personne ne prêtera attention, mais alors je ne ferais pas mon boulot. »

Je lui demandai ce qu'il allait faire à propos du pare-brise fracassé.

« Je vais écrire un éditorial là-dessus. »

Et Franklin le fit. Quand le journal parut, le premier jeudi de mars, il contenait un éditorial attaquant celui qui avait endommagé la voiture de Chihani et ceux qui trouvaient ce vandalisme mérité. « Si nous avons une richesse en tant que ville, écrivait Franklin, elle réside dans notre diversité. Nous sommes différents les uns des autres – et ceci n'est pas seulement notre richesse, ce devrait être notre fierté... La personne qui a fracassé le pare-brise de la voiture de Houari Chihani s'en est prise à cette richesse même... Nous devons considérer la présence de Chihani comme bénéfique. Il nous aide à nous voir nous-mêmes, et nous voir mieux, c'est nous améliorer. »

Je ne pense pas que cet éditorial ait diminué le mécontentement général. Comme je l'entendis dans la salle des professeurs, « Franklin nous montre encore du doigt ». Il aurait mieux valu laisser tomber l'affaire et laisser les gens oublier Chihani, mais Franklin prit la position inverse. Comme il avait peur qu'on le crût froussard ou, ainsi qu'il aurait dit, non professionnel, Franklin se mit à demander l'avis de Chihani sur de nombreux événements tant d'Aurelius que du monde. Il ne le faisait pas régulièrement mais, de temps en temps, un article citait Chihani. C'était en général innocent; par exemple, lors d'un débat au sujet des réformes du système de santé, le professeur avait déclaré que tout pays se prétendant civilisé devait soigner ses citoyens. Mais, dans certains cas, les remarques de Chihani étaient gênantes, et elles finirent par le devenir plus encore que tout ce qu'il avait pu dire dans sa première interview.

Il serait faux de laisser entendre que les déclarations de Chihani étaient reçues avec un mépris général. Un petit groupe les applaudissait, son groupe de lecture.

À cette période, le Groupe de recherches sur la justice comptait cinq membres. Nous avons sans doute tous connu de tels groupuscules lors de nos études. Quand on voyait ensemble les membres de celui-ci, on pensait qu'ils étaient liés par des facteurs psychologiques plus que par des convictions. Le timide, le boutonneux, le rancunier – on avait l'impression qu'ils s'étaient joints au groupe afin d'être contre quelque chose.

Par exemple, il y avait deux frères, Jesse et Shannon Levine, en deuxième et troisième années respectivement, des nihilistes du skateboard qui écoutaient à la radio de la musique où les grésillements jouaient un grand rôle. Ils avaient des barbiches blondes et étaient maigres comme des lévriers, ce qui faisait paraître énormes leurs coudes et leurs genoux. Ils s'étaient fait des imitations de tatouages de prisonniers sur les mains et les bras : de petits messages d'amour et de haine, d'anarchie et de rejet. Ils portaient invariablement des jeans, des T-shirts et de grosses chaussures de basket aux lacets défaits. Leur père enseignait la psychologie à l'université de l'État, à Cortland. Avant de s'inscrire au cours de Chihani, ils étaient sur le point d'être renvoyés. Chihani les motiva suffisamment pour qu'ils obtiennent la moyenne. Il stimula aussi leur ressentiment. Au lieu d'être simplement en colère, ils avaient maintenant un argument intellectuel pour justifier leur sentiment. Cela faisait de leur rébellion un acte rationnel, une voie raisonnable à suivre.

Je voyais parfois Jesse et Shannon en ville. Leurs nouvelles convictions étaient comme un manteau protecteur qui leur permettait de vaincre leur sentiment d'insécurité, de se sentir supérieurs. Ils adoptèrent la façon qu'avait Chihani de regarder droit devant lui, de toujours paraître seul. Ils remplacèrent leurs skateboards par les livres que Chihani leur expliquait, et se mirent à penser que les membres de la communauté étaient stupides, méprisables et avares. Leur langage devint un jargon qui plaçait une barrière entre eux et les impies. Ils pensaient que l'interview de Chihani attaquait ceux qui se montraient contents d'eux-mêmes, et ils attendaient avec impatience de futures batailles. Ils se considéraient comme des soldats et commencèrent à s'habiller de façon vaguement militaire, en jeans foncés et chandails épais. Ils se mirent même à attacher leurs lacets.

Un autre membre du GRJ était Léon Stahl, un jeune homme trop gros qui passait la journée à dormir puis lisait et parlait toute la nuit. On ne le voyait jamais sans une grande bouteille de Coca-Cola. Il avait un visage rond couvert de boutons et une petite moustache noire. Il portait des chemises blanches au col sale, avec des taches dans le dos là où des boutons avaient éclaté. Il arborait sa laideur comme un coup porté aux conventions ; cependant, il aurait été assez beau s'il avait perdu quarante kilos. Léon s'essoufflait affreusement et disposait d'une clef permettant d'utiliser les ascenseurs réservés aux enseignants et aux handicapés. Avant de connaître Chihani, son livre favori était *Le Rameau d'or*[1]. Maintenant, il lisait les livres et les articles de Chihani ; il était capable d'en citer des passages entiers. Il débattait avec passion et ne lâchait jamais prise. Une fois, il soutint pendant vingt-six heures contre deux autres étudiants une discussion sur la propriété privée. Lors de sa première année, il avait adhéré au cercle du collège, lors de la deuxième il en avait été élu président, puis expulsé durant la troisième. Il portait d'épaisses lunettes à monture couleur chair dont les verres étaient couverts de marques de doigts gras. Il venait de Dunkirk, au sud de Buffalo, où ses parents étaient professeurs de lycée.

1. Œuvre du philosophe et ethnologue J.G. Frazer, consacrée à l'analyse des mœurs, croyances et superstitions (1890). *(N.d.T.)*

Le quatrième membre était Jason Irving, un jeune homme mince que je pensais être homosexuel, mais qui prétendit par la suite être totalement asexué. Il fumait à la chaîne et buvait tasse sur tasse de café. Il jouait aux échecs avec une pendule. Jason était fier de ses longs cheveux et les peignait sans cesse. Il aimait lire *Das Kapital* au McDonald's. Il était extrêmement poli, tout en *merci* et *s'il vous plaît*, mais ne semblait jamais rien dire d'autre. Il portait des bagues bon marché à tous les doigts, même aux pouces. Jason était un bon élève et voulait faire des études d'histoire. Avant de se joindre au GRJ, il avait appris par cœur comment dire l'équivalent de « Portez ce vieux whisky au juge blond qui fume[1] » en vingt-quatre langues, y compris le farsi. Telle était l'étendue de ses ambitions intellectuelles avant qu'il ne se tourne vers le marxisme.

Le cinquième membre était une jeune femme, Harriet Malcomb, une étudiante de troisième année à Binghampton, aux longs cheveux noirs, qu'elle laissait libres ; on la trouvait très jolie. Elle était maigre au point de paraître anorexique et ne souriait jamais. Elle accentuait la pâleur de son visage par un maquillage plâtreux qui lui donnait l'air d'un membre de la famille Addams. On disait qu'elle avait subi des abus sexuels de la part d'un cousin dans son enfance. J'essayai d'apprendre comment cela s'était su, on me répondit que Harriet avait elle-même raconté l'histoire. Bien que féministe de choc, elle s'habillait de façon provocante, exhibant ses jambes et ses seins. Elle flirtait souvent avec des garçons et, quand ils montraient de l'intérêt, elle leur découvrait des défauts. Peut-être le terme de *flirt* est-il trop fort. Elle semblait disponible jusqu'à ce qu'un garçon essaie de s'approcher d'elle ; à ce

1. Phrase utilisée en dactylographie parce qu'elle comporte toutes les lettres de l'alphabet. En anglais, *The quick brown fox jumps over the lazy dog. (N.d.T.)*

moment, elle n'était plus disponible, et elle s'en prenait au jeune homme pour avoir essayé, comme si c'était la marque de son sexisme ou même de sa perversion. On avait l'impression qu'elle avait une mauvaise opinion des hommes et, de plus, s'arrangeait pour les faire apparaître sous le pire jour. C'était une amie intime de Jason Irving, ils portaient souvent les mêmes vêtements, des chemises de soie rouge et de grosses vestes kaki. Léon Stahl s'imaginait être amoureux d'elle, il la suivait partout, essoufflé. Elle se montrait le plus souvent gentille avec lui et l'envoyait acheter des cigarettes et du chewing-gum ; c'était sans doute le seul exercice que faisait le pauvre garçon. Les deux frères, Jesse et Shannon, paraissaient quant à eux insensibles aux charmes de Harriet.

Ces cinq étudiants formaient le cercle de lecture. Chaque semaine, ils se retrouvaient dans la petite maison de Chihani, sur Maple Street, pour débattre des thèmes qu'il leur avait assignés, le plus souvent des textes fondateurs du marxisme. Lorsque l'interview parut, Chihani faisait partie du collège depuis sept semaines environ ; le fait qu'il ait déjà trouvé des disciples, même en petit nombre, était étonnant.

Le GRJ fut ravi de cette interview. Le visage de ces jeunes gens ne savait d'habitude exprimer que deux choses, le dédain et le mépris, mais ils avaient maintenant l'air heureux. Les habitants d'Aurelius comprendraient enfin qu'ils constituaient une force avec laquelle compter. Quand la Citroën de Chihani fut endommagée, ils étaient prêts à manifester devant l'hôtel de ville et l'auraient fait si le professeur ne les en avait pas dissuadés.

Dans la semaine qui suivit la parution de l'interview, cinq nouveaux membres se joignirent au GRJ. Quatre d'entre eux venaient de la faculté : Barry Sanders, un étudiant en biologie qui avait grandi à Aurelius, Bob Jenks et Joany Rustoff, étudiants de dernière année qui sortaient ensemble depuis qu'ils s'étaient rencontrés au lycée à Utica, et Oscar Herbst, venu de Troy pour étudier l'histoire à Aurelius. Il était en troisième année et disait qu'on sous-estimait terriblement le marxisme. Ces quatre-là étaient jeunes, peu sûrs d'eux et d'intelligence moyenne ; un vague mécontentement les avait amenés à se joindre avec enthousiasme au cercle de Chihani. Le cinquième membre était d'une tout autre sorte. D'abord, il ne faisait pas partie de la faculté. Bien qu'étant né à Aurelius et y ayant grandi, il avait fait ses études à Buffalo. Ensuite, il était plus âgé, environ vingt-trois ans, et avait passé une année au loin avant de revenir à Aurelius. Il s'appelait Aaron McNeal et son père, Patrick, avait été mon collègue au lycée.

# 5

Quand Aaron McNeal revint à Aurelius, j'eus conscience d'un soupir collectif de regret. Nous avions suivi la plus grande partie de sa vie embrouillée. Nous connaissions la triste histoire de ses parents et la fin affreuse de sa mère. Voir Aaron nous rappelait tout ça.

Janice, la mère d'Aaron, avait quitté son mari quand son fils avait six ans. Au lieu de partir d'Aurelius, elle acheta une maison deux blocs plus loin, sur Hamilton Street, afin d'être plus proche de son fils, disait-elle. Patrick obtint la garde d'Aaron, à cause des aventures de sa femme, dont elle ne faisait pas mystère et qui impliquaient certains des citoyens les plus éminents d'Aurelius, parmi lesquels le juge Marshall, qui refusa de siéger à l'audience, à Potterville, décidant du placement de l'enfant. La paternité de Patrick fut même mise en doute ; une blague répandue voulait que Patrick McNeal soit sans doute le seul homme d'Aurelius avec lequel Janice n'avait pas de relations sexuelles.

Janice était la deuxième épouse de Patrick. Il était plus âgé qu'elle et avait été marié à une femme d'Utica appelée Rachel ou Roberta, je ne m'en souviens plus. En tout cas, ils avaient eu une fille, Paula, qui, d'après ce que j'ai compris, avait souvent la responsabilité d'Aaron. Certaines personnes soutenaient que c'était par jalousie envers l'ancienne épouse de Patrick et par ressentiment à l'encontre de Paula que Janice en était venue à mal se conduire, mais je ne suis pas sûr qu'elle ait eu besoin d'une excuse. Elle avait beaucoup d'énergie et elle trouvait son mari ennuyeux, même si elle pouvait avoir pour lui l'affection d'une sœur.

Une fois séparée de son mari, Janice continua à avoir de nombreux amis. Elle travaillait comme technicienne pour la compagnie pharmaceutique de Norwich et, heureusement, beaucoup de ses amants venaient de là, ce qui les mettait hors de portée de nos ragots. Aaron passait son temps entre les deux maisons, même si Patrick était légalement responsable de lui. Paula, elle, ne rencontrait jamais sa belle-mère, ce qui semblait confirmer les arguments des gens qui disaient que Janice lui en voulait. Je voyais souvent Patrick à l'école, et je me sentais désolé pour lui. Les étudiants étaient au courant des débordements de sa femme et lui rendaient la vie impossible. On prétendit même que trois étudiants de dernière année avaient un soir rendu visite à Janice, qui leur avait accordé du plaisir, ou du moins ils s'en vantaient. Dans une petite ville comme la nôtre, une chose qui s'est produite et une chose qui ne s'est pas produite mais dont on parle sont équivalentes. Il est possible que ces jeunes gens n'aient jamais couché avec Janice mais, étant donné ce que racontait la population, cela ne faisait aucune différence.

On pourrait croire, aux attentions qu'elle recevait, que Janice était d'une grande beauté, mais ce n'était pas le cas. Elle était petite, un peu trop grosse et avait une grande bouche. Quand elle riait, elle montrait toutes ses dents. Elle avait des yeux bizarres, un peu bridés et d'un ton verdâtre, le nez légèrement camus et le menton trop carré. Ses cheveux noirs, courts, se recourbaient sous la ligne de la mâchoire. Je suis peut-être un piètre juge de la beauté féminine, mais j'étais surpris de voir que les hommes la trouvaient attirante. Elle s'habillait bien, avait une jolie démarche et à l'évidence le sentiment de sa dignité mais, tout compte fait, je la trouvais un peu boulotte.

Si Patrick avait pu oublier son ex-femme, sa vie aurait été plus facile, mais il était clair qu'il l'adorait, et toute allusion à elle le torturait. Mon cousin policier, Chuck Hawley, découvrit une fois Patrick devant la maison de Janice à deux heures du matin. Il lui offrit de le raccompagner chez lui, mais Patrick refusa. Chuck me dit qu'il pleurait. Il en plaisanta. Je lui demandai si Patrick avait bu, mais il affirma que non. « Il était parfaitement sobre », ajouta-t-il.

Les gens s'attendaient à ce que Patrick ou Janice quittent Aurelius, mais aucun ne le fit. On avait l'impression que, malgré leur divorce, leur relation restait prépondérante, comme si elle prenait plaisir à le torturer et comme s'il en avait besoin ; mais je suis sûr qu'ils repousseraient l'un et l'autre cette idée. Si Aaron souffrit du comportement de ses parents, il n'en montra rien, du moins au début. Peut-être cela était-il en partie dû à sa demi-sœur, Paula, qui paraissait très affectueuse envers lui. Aaron était un gentil petit garçon qui saluait poliment les gens dans la rue par leur nom. Il s'habillait bien et semblait très propre, avec ses cheveux blonds impeccablement peignés et son visage souriant, couvert de taches de rousseur. Alors qu'il allait encore à l'école primaire, il se mit à distribuer les journaux d'Utica et de Syracuse à vélo, son épagneul, Jefferson, courant à côté de lui. Il semblait avoir peu d'amis, mais ne paraissait pas en souffrir. C'était faux, bien sûr, parce que tout le monde a besoin d'amis, pourtant il semblait content de rester seul ou en compagnie de son chien, aussi personne ne s'inquiéta. Ce n'est que plus tard, quand les gens se souvinrent de sa solitude, qu'ils essayèrent de l'interpréter comme un indice.

Aaron était certainement au courant pour sa mère, parce qu'elle ne cachait pas ses aventures, et les autres enfants se moquaient de lui. J'eus Aaron dans deux classes, en cours de sciences en quatrième et de biologie en seconde. Il était très brillant, le genre de garçon enthousiaste qui lève toujours la main et se porte volontaire pour du travail supplémentaire. Je pensais que j'arriverais à bien le connaître, mais je n'y parvins jamais.

À seize ans, Aaron avait atteint sa taille définitive d'un mètre soixante-quinze. Ses cheveux blonds étaient devenus châtain clair. Il était mince sans paraître fragile ; en fait, il avait un corps de gymnaste bien qu'il ne fît pas de sport, à part la bicyclette. Il aurait été beau si ses yeux n'avaient pas été aussi rapprochés, ce qui le faisait un peu ressembler à un poisson. Il avait aussi une petite cicatrice en forme de L sur la joue gauche, là où son chien l'avait mordu. Aaron livrait des journaux quand le dogue de Lou Hendricks s'était échappé et avait attaqué son épagneul. Aaron s'était lancé dans la bataille et son chien, paniqué, l'avait mordu. Aaron avait treize ans à l'époque. On lui fit des points de suture, mais la cicatrice resta visible, en particulier quand il se mettait en colère. Alors que le reste de son visage pâlissait, la cicatrice en forme de L rougissait.

Une fois, alors qu'Aaron était en quatrième, sa mère vint à l'école. Je ne dirai pas qu'elle ait flirté, mais elle me mit mal à l'aise. Elle me fixait de ses yeux bridés sans détourner le regard ; je dus moi-même regarder ailleurs. Bien sûr, je connaissais la réputation de Janice. C'était une de ces rencontres où les parents passent quelques minutes avec chacun des professeurs de leurs enfants. Janice semblait assez peu intéressée par le travail d'Aaron à l'école et, après que je lui ai dit que tout allait bien, elle demanda comment était la vie à New York. Quelqu'un lui avait raconté que j'y avais vécu. « Mais pourquoi êtes-vous revenu à Aurelius ? » me demandait-elle. Je fus soulagé quand un autre parent prit sa place. Janice ne se montra pas lors des rencontres parents-professeurs de seconde. Évidemment, je voyais souvent Patrick, et il savait que son fils travaillait bien.

L'adolescence est une période terrible. On remarque les jeunes qui se conduisent mal et attirent l'attention sur eux, mais il y en a d'autres, aussi malheureux, qui ne reçoivent aucune aide, juste parce qu'ils restent silencieux. Je suppose qu'Aaron souffrait autant que les autres, mais ce n'est que lors de sa dernière année au collège que nous eûmes un signe de ce que certains appelaient sa face cachée. Peut-être n'en aurions-nous même rien vu sans l'intervention de Hark Powers, qui tourmentait Aaron de longue date.

Hark Powers était un de ces jeunes qui n'excellent guère qu'en sport et se montrent bravaches. Peut-être enviait-il à Aaron ses capacités scolaires. Peut-être était-il vraiment offensé par le comportement de la mère d'Aaron. En tout cas, Hark avait commencé à s'en prendre à lui en seconde. Ils étaient tous deux dans ma classe de biologie, et je dus les faire asseoir aussi loin l'un de l'autre que possible. Aaron obtint un A, Hark un D. Il aurait été recalé si Pendergast, l'entraîneur, ne m'avait convaincu de ne pas lui donner de note éliminatoire, pour qu'il puisse continuer à faire partie de l'équipe de football.

Hark Powers pesait vingt-cinq kilos de plus qu'Aaron. Il venait d'une famille de fermiers, le cadet de cinq frères qui avaient traversé le système éducatif sans se faire remarquer. Hark portait des jeans et un blouson de même matière, gardait longs ses cheveux gras et déambulait en faisant claquer ses bottes de moto noires avec une chaîne sur le cou-de-pied. Il semblait trouver que le comportement de la mère d'Aaron était la chose la plus drôle au monde. Le fait que le père d'Aaron soit professeur ne faisait que l'encourager. Même dans ma classe de biologie de seconde, j'avais dû le réprimander pour avoir chanté « Je me demande qui la tripote aujourd'hui », sur l'air de *Marlborough s'en va-t-en guerre.*

Il y eut de nombreux incidents mineurs entre Hark et Aaron. Une fois, Hark laissa tomber un mégot incandescent dans le short d'Aaron, y mettant le feu. Il renversa à plusieurs reprises de la nourriture sur lui au réfectoire. Je suis certain que ce genre de choses se produisait chaque semaine, des moqueries ou des grimaces, des notes circulant en classe qui disaient qu'une certaine femme était une pute. Je pourrais donner beaucoup d'exemples de supplices de cette sorte. Aaron fut même obligé de cesser de venir au collège à bicyclette parce que Hark l'endommageait délibérément.

Aaron ne réagissait jamais. Il essuyait sa chemise souillée, versait de l'eau sur son short enflammé et ignorait les moqueries comme si elles ne le concernaient en rien. Le fait qu'il ne réagissait pas poussa d'autres garçons à s'en prendre à lui, mais la plupart d'entre eux le laissaient tranquille, non par gentillesse, mais parce que le silence d'Aaron était étrange. Ces brimades durèrent plusieurs années, jamais assez graves pour attirer l'attention des autorités, jamais assez négligeables pour qu'on les ignore complètement.

Il y a à Aurelius un bar à sandwiches – chez Junior – où les étudiants vont après les cours jouer sur des machines vidéo et manger un morceau. On y trouve des magazines et un juke-box. Parfois, il y a jusqu'à trente gosses chez Junior. Hark y était presque tous les après-midi, mais Aaron ne fréquentait pas l'établissement, même pour acheter une revue.

Vers quatre heures, par un après-midi de mai, alors qu'il était en dernière année, Aaron entra chez Junior. Il y avait eu ce jour-là un autre incident au réfectoire : Hark avait renversé son verre, une boisson à l'orange, sur l'assiette de macaroni au fromage d'Aaron. Cela semble dénué d'importance, Hark avait fait pire, mais il se comportait ainsi depuis longtemps. Plus tard, j'entendis des gens dire qu'Aaron aurait dû s'y habituer, comme si on pouvait s'habituer à être une victime.

Lorsqu'il vit entrer Aaron, Hark s'exclama : « Hé, fils de pute ! » Il était assis à une table en compagnie de sa petite amie, Cindy Loomis, et de deux autres garçons, qui accueillirent avec plaisir cette distraction.

Aaron portait une chemise blanche et un short, chose importante si on réfléchit à ce qui s'était passé auparavant. Cindy me raconta plus tard qu'Aaron souriait, d'un sourire certes peu amical, mais certainement pas menaçant.

« Raconte-nous comment ta mère fait ça avec des marins en goguette », demanda Hark en riant. Il fumait une cigarette et fit tomber les cendres sur le sol.

Aaron s'approcha de lui, l'air détendu ; Cindy assura qu'ils s'attendaient à ce qu'Aaron dise quelque chose, réponde peut-être par une plaisanterie. Arrivant près de Hark, il lui fit un clin d'œil, puis se pencha vers lui comme pour lui parler. Hark fut surpris, mais il se pencha pour tendre l'oreille. Aaron ne lui avait jamais adressé la parole, ou alors Hark ne se serait sans doute pas penché ainsi.

Au lieu de parler, Aaron prit l'oreille de Hark entre ses dents. Hark hurla. Il fit voler la table d'un coup de pied, renversant les verres, et saisit la chemise d'Aaron, mais la douleur devait être insoutenable. Aaron recula, l'oreille dans la bouche, tirant de sa chaise Hark qui essayait de le frapper sans y parvenir et continuait à hurler. Junior jaillit de derrière son comptoir. Aaron tirait Hark en arrière, mordant toujours. Puis il serra encore plus les dents et repoussa Hark qui tituba dans la salle, les mains sur son oreille ensanglantée. Debout près de la porte, Aaron mit la main à sa bouche et en sortit quelque chose. C'était l'oreille de Hark, ou au moins les trois quarts de celle-ci.

« Rends-moi ça ! » cria Hark. Il pensait peut-être que l'oreille pourrait être recousue. Bien sûr, tous les autres criaient aussi.

Aaron remit l'oreille dans sa bouche et commença à la mâcher. Sa chemise blanche était couverte du sang de Hark. Celui-ci était couché par terre, les genoux repliés contre lui, et il hurlait. Cindy était à ses côtés, mais la plupart des autres gosses se contentaient de regarder Aaron mâcher l'oreille de Hark. Puis il la cracha, et l'oreille rebondit sur le sol de marbre blanc. Un des garçons dit qu'elle ressemblait à un chewing-gum fantaisie, une chose rose informe sur le marbre blanc, près d'une paille verte oubliée.

Aaron se lécha les lèvres et jeta autour de lui un regard parfaitement calme. Junior appela la police.

Aaron passa plusieurs heures en cellule avant que Patrick ne vienne le chercher. Pendant ses dernières années au collège, il paraissait mépriser son père. On ne les voyait jamais ensemble et Aaron ignorait Patrick quand il le croisait. Chuck Hawley me raconta que, lorsque son père était venu au poste, le gosse avait refusé de le regarder en face.

Aaron fut inculpé pour violences, mais l'affaire ne passa jamais au tribunal. De nombreuses personnes affirmèrent que Hark tourmentait sans cesse Aaron, et il était clair que celui-ci ne serait pas condamné. On décida plutôt de lui imposer un suivi psychologique. Il ne revint pas au lycée, étudia à domicile et se présenta aux examens en candidat libre. Excellent élève, il avait déjà été accepté en faculté à Buffalo. Il fallait juste qu'il ne revînt pas au lycée d'Aurelius, où sa présence aurait certainement causé des troubles.

Hark ne revint pas en cours lui non plus. Il n'avait pas été possible de recoudre son oreille, Aaron l'avait trop mâchée. Elle fut mise dans du formol et conservée à titre de preuve. Chuck Hawley me raconta qu'elle avait beaucoup de succès au poste de police.

Des auxiliaires d'autres villes et même des membres de la police de l'État venaient la voir.

Aaron partit pour Buffalo. Patrick continua à enseigner. Janice travaillait à Norwich et avait ses amants. Je vis une fois Hark dans la rue pendant l'été. Il avait un bandage là où s'était trouvée son oreille. Plus tard, une cicatrice rose se forma, que Hark cachait sous ses cheveux. Je ne sais pas si la chirurgie était incapable de lui rendre une oreille ou s'il s'y était refusé. Patrick aurait certainement payé les frais.

Aaron ne revint pas avant trois ans. Il ne serait peut-être jamais revenu sans la mort de sa mère. Cela n'a rien de nouveau de dire qu'une ville ressemble à une famille. Même les inconnus partagent vos expériences. On emprunte les mêmes rues, on fait ses courses dans les mêmes magasins. Personne ne pourrait être plus étranger à la vie de notre ville que moi, mais la mort de Janice affecta brutalement mon existence. Elle modifia ma vision du monde et le regard que je portais sur mes voisins. Si la mort de Janice eut cet effet sur moi, d'autres durent en être bien plus violemment touchés. Et puis bien sûr, ce n'était pas juste une mort, c'était un meurtre.

# 6

Le corps de Janice fut découvert par Megan Kelly, qui venait le mercredi matin à dix heures faire le ménage. C'était la mi-octobre et la chaudière était allumée. La maison était chaude. Les trois chats de Janice, deux noirs et un tigré, étaient surexcités. Ils avaient vidé leur écuelle et mouraient de faim. Les gens s'étonnèrent que les voisins ne se soient pas inquiétés du bruit que faisaient les chats, de leurs hurlements. Mais les voisins dirent qu'ils avaient l'habitude d'entendre du bruit chez Janice.

Mme Kelly était une femme robuste, âgée de la soixantaine. Elle prétendit avoir su que quelque chose n'allait pas au moment où elle ouvrit la porte. Les chats étaient énervés, bien sûr, mais Mme Kelly dit qu'elle sentit également une odeur, une légère odeur douceâtre de putréfaction. Un des chats s'enfuit immédiatement de la maison, et les deux autres se frottèrent tant aux jambes de Mme Kelly qu'elle faillit tomber. Elle accrocha son manteau dans le placard de l'entrée et prit l'aspirateur. Elle le passa d'abord dans l'entrée. Les chats restèrent près d'elle, ce qui l'étonna, car ils détestaient le bruit de l'appareil. Janice était une de ces femmes qui aiment les pièces de couleur vive ; il y avait au mur du papier peint rose et jaune, avec des reproductions de tableaux français pleins de fleurs et de lumière : Matisse et Bonnard, en particulier Bonnard. Les meubles étaient massifs, recouverts de tissu pâle à fleurs, et il y avait par terre un tapis aux motifs triangulaires violets et jaunes.

Quand Mme Kelly poussa l'aspirateur dans le salon, elle vit le corps. Janice gisait sur le dos entre le canapé et la cheminée, portant un peignoir de bain bleu qui devait appartenir à un des plus robustes de ses amis. Le peignoir était ouvert, si bien que Mme Kelly vit la peau nue de Janice. Son visage était bleuâtre, ses yeux bridés ouverts et protubérants, tournés vers le haut comme si elle essayait de regarder quelque chose sur le linteau de la cheminée. Elle avait été étranglée, mais ce n'était pas le pire. Le pire, selon Mme Kelly, était que la main gauche de Janice avait été tranchée, et que l'os faisait saillie « comme un bâton blanc dans une mare de sang ». Mme Kelly pensa d'abord que les chats avaient dévoré la main, mais cela se révéla ne pas être le cas.

Mme Kelly se précipita chez les voisins, les Washburn, pour appeler la police. En dix minutes, trois voitures de patrouille étaient arrivées, causant plus d'émoi que Hamilton Street n'en avait connu depuis des décennies. Le policier responsable était Ryan Tavich. Il avait la quarantaine et était apprécié. L'ennui était que lui aussi, peu de temps auparavant, avait fait partie des amants de Janice.

Et cela devint un problème, les amants de Janice. Une fois l'enquête commencée, aucun meurtrier n'ayant été découvert en vingt-quatre heures, l'attention se tourna vers ces hommes. Certains étaient mariés et fréquentaient la jeune femme en secret. Maintenant, on chamboulait leur vie. Ils étaient suspects, ou potentiellement suspects. On ne les connaissait pas tous, si bien que des hommes qu'on n'aurait jamais crus liés à elle pouvaient en fait l'être. Les gens spéculèrent beaucoup là-dessus, avec beaucoup d'exagération.

Le chef Schmidt prévint le shérif à Potterville. Puis la police de l'État fut appelée. Ryan, au moins à son avis, fut traité sans égards. C'était un homme râblé, au corps rectangulaire, un haltérophile dont les épaules, le torse, les hanches et les cuisses semblaient de la même largeur. Il avait le visage épais, la mâchoire carrée, des cheveux noirs courts et des yeux sombres presque moroses, le genre d'yeux qui font songer à des déceptions passées. Il commença l'enquête et dirigea les premiers interrogatoires, ceux des voisins et de l'ex-mari de Janice, Patrick. Puis Phil Schmidt parla au maire, qui parla au directeur exécutif de la ville, et on jugea préférable de retirer l'affaire à Ryan.

Des journalistes étaient venus d'Utica et de Syracuse, même d'Albany, et les agences de presse répandirent l'histoire. La main gauche manquante de Janice donnait un éclat particulier à l'affaire. Pendant quelques jours, on vit des équipes de télévision dans le commissariat. La liaison de Ryan avec Janice, même si celle-ci avait rompu l'été précédent, fut considérée comme un problème par tout le monde, sauf par Ryan lui-même. Il n'avait jamais fait un secret de ses rencontres avec elle. Il était célibataire, divorcé en fait, et on les avait vus aller ensemble au restaurant ou au cinéma. Ses relations avec Janice rendaient Ryan impatient de capturer le criminel. Pour les autres, elles faisaient de lui un suspect. Malheureusement, les membres des services du shérif et de la police de l'État traitaient souvent avec peu de respect les policiers des petites villes, ne serait-ce que parce qu'ils étaient moins bien payés. Ils connaissaient Ryan, l'appréciaient peut-être, mais il n'était pas vraiment professionnel à leurs yeux.

Ryan parla de cela à Franklin. C'était peu de temps avant la mort de Michelle, mais tout le monde pensait qu'elle vivrait plus longtemps. Sadie avait alors onze ans. Ryan se rendit chez Franklin, pas la maison proche de la mienne, celle de style ranch dans Jackson Street. Michelle avait un lit dans le bureau du rez-de-chaussée. La maison sentait les médicaments et il y faisait très chaud, plus de vingt-cinq degrés. À la fin, Michelle avait toujours froid et demandait sans cesse à sa fille de monter le chauffage.

Les deux hommes prirent une bière dans la cuisine. En bonne santé, Michelle s'était montrée une ménagère énergique malgré son emploi de photographe, cependant, depuis qu'elle était malade, la maison allait à vau-l'eau. Non que Franklin soit paresseux ou ne sache pas passer l'aspirateur, mais il était assommé par la maladie de sa femme et avait du mal à faire quoi que ce soit d'autre que son travail au journal.

Ryan n'était pas venu voir Franklin à cause du meurtre de Janice, mais parce qu'ils étaient amis et qu'il plaignait Michelle. De telles relations n'ont guère besoin de mots, aussi leur conversation se composait-elle surtout de banalités : les bons résultats de l'équipe de football du lycée et ses chances dans un prochain match. Néanmoins, Franklin comprit que Ryan avait du chagrin. Janice était morte depuis moins d'une semaine.

« Tu l'aimais ? demanda Franklin.

— Elle avait une manière de vous remplir l'esprit, répondit Ryan en changeant de position sur sa chaise.

— Qui a rompu ?

— Elle trouvait que je m'attachais trop à elle. »

Franklin attendit que Ryan continue, mais il détachait l'étiquette de sa bouteille de bière avec l'ongle du pouce.

« Cela t'a mis en colère qu'elle rompe ?

— Sûr, mais je savais qu'elle avait raison. Tu me parles en tant que journaliste ? » Ryan essaya de sourire.

« Je voulais juste savoir comment tu te sentais.

— Je pensais à elle toute la journée. Et quand j'arrivais chez elle le soir, je lui disais à peine bonjour. Je me mettais à la toucher et à l'embrasser. Elle me mordait la lèvre. C'était douloureux. J'avais encore mal une semaine après la rupture, et je n'avais pas envie que la sensation disparaisse.

— Combien de temps votre liaison a-t-elle duré ?

— Trois mois. Et elle voyait quelqu'un d'autre en même temps. Je m'en moquais. Elle aurait aussi bien pu voir deux autres types, pour ce que j'en sais. Ça lui donnait plus de pouvoir.

— A-t-on une idée de qui l'a tuée ?

— On pensait qu'elle avait fait l'amour peu avant sa mort. On aurait trouvé de l'ADN à l'autopsie, sauf si l'homme avait mis un préservatif. Mais il n'y avait aucune trace. Alors peut-être est-ce une femme qui l'a tuée. Une épouse jalouse, par exemple.

— Et la main ? demanda Franklin.

— Aucune explication. C'est dingue, voilà tout.

— Et on t'a entièrement retiré l'affaire ?

— C'est la police de l'État qui mène l'enquête. Ça ferait mauvais effet si je travaillais dessus. Il a fallu chercher pour trouver des types qui *n'étaient pas* liés à elle. Elle en connaissait même dans les services du shérif. Bien sûr, les flics de l'État n'admettent rien en ce qui les concerne.

— Elle avait de l'appétit.

— On peut dire ça, répondit Ryan en gardant les yeux sur le sol.

— Et c'était seulement, tu sais, pour le sexe que tu la voyais ?

— Si ce n'était que ça, je l'aurais déjà oubliée. C'était une femme merveilleuse, drôle, pleine d'énergie. Bon Dieu, j'aurais été content d'être près d'elle, même sans le sexe.

— Tu vas rester en dehors de l'enquête ?

— Je ne peux pas m'empêcher de penser à elle. Elle avait une marque de naissance juste en dessous du nombril. Je la revois sans cesse. Je ne vais pas me fâcher avec Schmidt, mais je continue à réfléchir. Si elle a été tuée par quelqu'un d'Aurelius, je trouverai qui.

— Et que feras-tu ?

— Il faut que mes émotions s'apaisent. Quand je suis entré chez elle ce matin-là, je n'étais pas venu depuis des mois. J'ai reconnu les odeurs et, par-dessus ces odeurs, il y en avait une autre, l'odeur de sa mort. Elle était sur le sol, le visage tout bleu et les yeux révulsés. J'avais embrassé ce visage. Je ne sais pas si tu peux imaginer le visage de la femme que tu aimes comme ça. L'horreur de ce visage mort. » Ryan se souvint de Michelle, dans la pièce voisine, perdit contenance et se tut.

Aaron revint de Buffalo pour les funérailles. Il était en dernière année de maths à la faculté. Il ne s'installa pas chez son père mais préféra descendre au Gillian's Motel. Cela choqua les gens. S'il l'avait voulu, il aurait pu séjourner chez bon nombre d'entre eux, cependant il préféra aller au motel. Et il le fit savoir, non pas qu'il aurait dû le cacher, mais il en parla à plusieurs personnes, comme si d'être au motel constituait une sorte de déclaration.

Paula était elle aussi revenue, elle habitait chez son père. Je ne l'avais pas vue depuis quelques années, et elle était devenue très belle. Elle ne manquait certainement pas d'attraits auparavant, mais sa joliesse d'adolescente s'était transformée en féminité. Elle était grande et mince, avec des cheveux noirs bouclés qui lui couvraient les épaules. Elle portait des lunettes aux grands verres ronds. Elle avait passé une maîtrise à Binghampton et travaillait pour IBM.

Les funérailles eurent lieu à l'église épiscopale St. Luke. Patrick se tenait au premier rang avec Paula. Aaron était assis quelques rangs plus loin, dans l'autre travée, avec un cousin venu de Scarsdale. L'église était bondée. Bien sûr, il y avait les collègues de Janice, à la compagnie pharmaceutique de Norwich, ainsi que quelques parents, et même plusieurs voisins. Mais beaucoup de gens vinrent par curiosité. En plus de Ryan Tavich, assis près de Franklin, il y avait un certain nombre d'hommes dans l'église, certains seuls, et il était impossible de ne pas se demander si ces hommes avaient été amants de Janice.

Janice avait été incinérée, et une boîte blanche en carton, de taille à contenir un corsage, se trouvait sur un support devant l'autel. Il était stupéfiant de penser que le contenu de cette boîte avait été assez puissant pour s'emparer du cœur de tant d'hommes. Tout autour de la boîte, on avait disposé des asters, des lis et des roses, des centaines de roses. Le fleuriste de Jefferson Street avait été dévalisé, et certaines fleurs venaient même d'Utica. Cela aussi était stupéfiant : le volume des fleurs représentait peut-être mille fois celui de la petite boîte blanche. Il était difficile de ne pas imaginer que cette boîte contenait non les cendres de Janice mais son cœur.

Le père John conduisit la cérémonie et Eunice Duncan joua de l'orgue. Du Bach, je crois. Le père John parla de la carrière scientifique de Janice, une femme qui travaillait en lisière de la médecine, même si, comme je l'ai dit, elle n'était guère qu'une technicienne. Il parla de la tragédie qui avait si brutalement arraché Janice à notre communauté. Il évoqua sa gaieté et sa bonne humeur, son caractère chaleureux et aimant. En fait, c'était la seule remarque qui pouvait faire référence à ses amants.

Le soupçon que l'assassin de Janice puisse se trouver à ce moment même dans l'église faisait planer une certaine tension. Ryan ne cessait de regarder autour de lui, et il y avait des policiers en civil bien visibles, dont un auprès d'Eunice Duncan l'organiste. Espéraient-ils que le ou la coupable se démasquerait soudain en voyant cette triste petite boîte de carton, en écoutant les mots affligés du père John ? Je suppose que beaucoup de gens s'attendaient à un coup de théâtre, et qu'ils étaient venus pour ça. Mais rien ne se produisit.

La cérémonie se termina et les gens se dirigèrent vers le Homeland Cemetery, en une procession de voitures aux phares allumés suivant le corbillard Cadillac des pompes funèbres Belmont. Il pleuvait, les feuilles commençaient à tomber et à perdre leurs couleurs. La moitié peut-être des gens présents à l'église vinrent au cimetière, et parmi eux Ryan Tavich et Franklin, ainsi que plusieurs policiers en civil. Le père John s'adressa aux personnes réunies autour de la tombe ; il y avait beaucoup de parapluies.

Homeland est un bel endroit, avec de grands pins et de nombreuses stèles de l'époque victorienne, des dryades et des anges en pleurs. Les gens formèrent un demi-cercle, Aaron se tenait d'un côté de la tombe, son père et sa demi-sœur de l'autre. C'était une petite tombe, pour une petite boîte, rendue minuscule par les fleurs, en particulier les roses, qu'on avait apportées de l'église. La tombe recevrait bientôt une très grande stèle, payée par Patrick. Quelqu'un dit que la stèle était si énorme qu'elle aurait pu contenir un tiroir où mettre les cendres. D'autres personnes pensaient que l'achat d'une stèle pareille, d'au moins un mètre quatre-vingts de haut, était un défi de la part de Patrick. D'autres encore trouvaient cela de mauvais goût, comme si Janice ne méritait pas de pierre tombale, comme s'il aurait mieux convenu de répandre ses cendres dans la Loomis River.

Il ne se produisit rien d'inhabituel. La cérémonie se termina et les gens partirent, laissant une piste boueuse dans le gazon humide. Avant la fin du mois, certaines de ces mêmes personnes se réunirent à nouveau pour l'enterrement de Michelle Moore, et cette fois-là Franklin et la petite Sadie conduisaient le deuil. Ce fut une cérémonie plus modeste, avec bien moins de fleurs, mais le cercueil était de taille normale. Aucun policier ne vint, à l'exception de Ryan Tavich.

# 7

Plusieurs personnes, y compris mon cousin, me parlaient de l'enquête sur le meurtre, compliquée par une surabondance de pistes – tous les amants de Janice – et l'absence de témoignages : personne n'avait rien vu. De nombreux amants de Janice furent identifiés. On vérifia leurs alibis, ce qui causa un certain scandale, puisque certains étaient mariés, avaient des liaisons avec d'autres femmes, ou étaient des membres importants de la communauté, comme le juge Marshall à Potterville. Il manquait certainement des noms sur cette liste déjà longue. Il ne fallait pas non plus exclure la possibilité que l'assassin soit une femme et, bien sûr, le meurtre pouvait ne pas être lié à la vie amoureuse de Janice.

Il était difficile de ne pas s'interroger sur la main gauche manquante. Elle se trouvait sans doute quelque part, et devait représenter le même volume que la boîte de carton blanc. Pourquoi avait-elle été tranchée, de toute façon ? Tuer Janice dans une crise de jalousie s'expliquait peut-être, mais couper sa main était un geste de folie.

J'entendis plusieurs fois mon cousin dire que la police allait procéder à une arrestation, mais il ne se passa rien. Certains des hommes liés à Janice n'avaient pas d'alibi, ou de très mauvais, mais ce fait ne suffisait pas à établir la culpabilité. Patrick McNeal fut interrogé, et on demanda à la police de Buffalo de vérifier où se trouvait Aaron au moment du meurtre. On s'intéressa même à l'emploi du temps de Paula.

Au fil des jours, nous réalisions que les réponses seraient lentes à venir. On entendait de plus en plus souvent dire que l'assassin n'appartenait pas à notre ville, que c'était un inconnu. Il devait être venu d'Utica ou de Syracuse, ou même de Norwich. La police de l'État avait entièrement pris l'affaire en main, même si les services du shérif maintenaient un suppléant sur le cas. La police de l'État disposait de davantage de ressources que le comté. Quant à nos propres policiers, seul Ryan Tavich restait actif, mais seulement en dehors de son service et très discrètement. Après tout, il faisait lui-même partie des suspects.

On détermina que Janice avait été tuée tard le dimanche soir ou tôt le lundi matin. Ses voisins dirent qu'elle avait passé toute la soirée dehors et qu'ils devaient dormir quand elle était rentrée. Rien n'indiquait l'endroit où elle était allée, on savait seulement qu'elle avait pris de l'essence vers onze heures à la station-service de Cumberland Farms, au nord de la ville. Et personne ne vint dire qu'il ou elle se trouvait en compagnie de Janice. L'après-midi, elle avait ramassé les feuilles mortes dans son jardin. Restait à déterminer où elle se trouvait dans la soirée, à quelle heure elle était rentrée chez elle, et avec qui. Après que deux semaines se furent écoulées sans apporter de réponse, l'intérêt commença à faiblir.

En tout cas, peu après les funérailles, l'attention soulevée par le meurtre de Janice fut en partie éclipsée par le comportement de son fils, Aaron. Il avait sans doute eu l'intention de retourner au collège mais, au lieu de partir après la cérémonie, il resta en ville. Il avait juste vingt et un ans, et on le vit dans plusieurs des bars de la ville.

Sheila Murphy, une rousse d'environ un an plus âgée qu'Aaron, travaillait à la Taverne de Bud. Je l'avais eue en cours de sciences – une élève de caractère agréable mais tout à fait médiocre. Sheila servait chez Bud depuis sa sortie de l'école. Son père était employé à l'entretien des routes par la municipalité et je crois que sa mère n'avait guère d'autre occupation que jouer au bingo.

Pendant deux semaines après l'enterrement de sa mère, personne ne réalisa qu'Aaron sortait avec Sheila, et peut-être ne sortait-il pas à proprement parler avec elle, ne la voyant qu'à la taverne. Ils ne semblaient pas avoir d'histoire, ou plutôt leur histoire commença *in media res*.

Voici ce qui se produisit. Vers deux heures et demie du matin, une douzaine de clients du Gillian's Motel furent réveillés par des cris de douleur et de rage. C'est du moins ce que les témoins dirent à Franklin. C'étaient des gens de passage en ville – des représentants, des hommes d'affaires – et peut-être y avait-il quelques hommes et femmes d'Aurelius se voyant en secret, mais d'habitude ces couples illégitimes préfèrent se rendre à Potterville ou plus loin encore.

Plusieurs hommes sortirent dans le hall, remontant leur pantalon ou resserrant leur pyjama. À cet instant, la porte d'Aaron s'ouvrit brutalement et Sheila Murphy se précipita hors de la pièce. Elle portait des jeans, et rien d'autre. Il y avait une grande quantité de sang sur sa poitrine. Je dis « une grande quantité » parce que les témoignages divergeaient sur ce point, mais même une petite quantité de sang aurait été une chose terrible et, bien sûr, elle hurlait. Elle avait de gros seins, et on vit que le gauche saignait. Le sang coulait sur la moquette, il y en avait même sur les murs. Un des hommes l'emmena dans sa salle de bains. Un autre appela la police. Aaron apparut sur le seuil de la chambre. On dit qu'il souriait, d'un sourire non pas heureux mais plutôt fanfaron. Il était torse nu et sa queue de cheval était défaite. Plusieurs hommes mentionnèrent la cicatrice en forme de L sur sa joue gauche, rouge sur la chair blanche.

On découvrit qu'Aaron avait mordu Sheila, arrachant presque un morceau de son sein gauche. La morsure était si grave qu'il fallut lui poser des points de suture. Mon cousin répondit à l'appel. Aaron refusa de parler. En fait, Chuck dut le protéger de certains des hommes présents au motel, qui pensaient qu'il devait être puni immédiatement.

À ce moment, Sheila avait cessé de hurler et se trouvait dans le hall, une serviette blanche tachée de sang pressée contre la poitrine, traitant Aaron d'animal et de pervers. Bien sûr, elle avait réveillé tout le monde dans cette partie du motel ; les propriétaires, Jimmy et Kate Gillian, étaient bouleversés. Les gens supposaient qu'Aaron était ivre. Chuck l'emmena, menotté, au poste de police. Une ambulance vint chercher Sheila et la conduisit à l'hôpital ; elle affirmait pouvoir conduire elle-même mais accepta finalement de monter dans l'ambulance. Quelqu'un lui apporta le reste de ses vêtements. Les Gillian essayèrent de calmer leurs clients et chacun finit par rentrer dans sa chambre.

Personne n'avait oublié qu'Aaron avait, trois ans plus tôt, arraché d'un coup de dents l'oreille de Hark Powers. Les gens se mirent à appeler Aaron « le Vampire ». Ses actes étaient horribles, mais présentaient aussi un côté comique, sauf pour les personnes directement concernées. Aaron et Sheila avaient bu quelques verres et étaient retournés chez Gillian après la fermeture de la Taverne de Bud. Sheila raconta qu'Aaron voulait qu'elle enlève son jean, et qu'elle avait refusé. Leur dispute avait dégénéré en bagarre. Sheila était une fille robuste, et ses années de travail à la taverne l'avaient habituée aux pires comportements masculins. En tout cas, elle se débattit. C'est alors qu'Aaron la mordit, refusant de desserrer les dents jusqu'à ce que Sheila lui donne un coup de genou dans l'aine. Il avait déjà causé des dégâts.

Aaron prétendit qu'il était ivre, mais cette excuse ne suffit pas à le tirer d'affaire. Il fut inculpé, et la date du procès fixée. Patrick versa une nouvelle fois une caution pour faire libérer son fils, caution qui fut acceptée à la condition qu'Aaron habite chez son père. Ryan Tavich parla à Sheila et au juge. On tint grand compte du fait que la mère d'Aaron avait été enterrée deux semaines auparavant. Sheila était furieuse, mais elle avait bon cœur. En fin de compte, Aaron paya les frais médicaux et fut condamné avec sursis, peine assortie d'un an de mise à l'épreuve. Il devait aussi suivre une thérapie, ce qu'il choisit de faire à Buffalo; au début du deuxième semestre, il était donc de retour au collège.

Les gens furent surpris de voir qu'Aaron s'en tirait si facilement et certains, comme Hark Powers, allèrent jusqu'à parler de favoritisme, mais rien ne permettait de le prouver. Nous réalisions tous qu'Aaron avait eu de la chance, et nous fûmes contents de le voir quitter la ville. Cela semblait être la fin d'une histoire déplaisante.

Les mois passèrent et les gens cessèrent de penser à Aaron. Hark Powers fut engagé comme mécanicien au garage Ford de Jack Morris. Chaque fois que je le voyais, ce qui était rare, je me souvenais de ce qu'Aaron lui avait fait; Hark avait beau porter les cheveux longs, nous savions tous qu'il lui manquait une oreille. Et il n'avait pas changé, il se faisait toujours remarquer, c'était toujours une brute. Si Aaron avait eu l'intention de lui donner une leçon, il avait échoué; peut-être Hark faisait-il simplement plus attention à qui il s'en prenait. Il fréquenta brièvement Sheila Murphy, ce qui paraissait approprié puisqu'ils portaient tous deux la marque des dents d'Aaron, mais cela ne dura pas. Sheila raconta que Hark la frappait, et les gens dirent qu'elle était une de ces femmes destinées à être battues par les hommes. J'entrai une fois dans la Taverne de Bud juste pour la voir, elle semblait tout à fait agréable, même si elle parlait fort et fumait trop.

Personne ne vit Aaron pendant plus d'un an. Il obtint son diplôme et suivit des cours d'informatique pendant un semestre. Il était sans doute en contact avec son père et sa demi-sœur, mais nous n'en savions rien. Comme nous enseignions ensemble, je voyais souvent Patrick, mais il s'était renfermé sur lui-même et n'avait pas de vie sociale. On disait qu'il cherchait du travail dans une autre ville et, l'automne suivant la mort de Janice, il partit à Utica. Par coïncidence, c'est à cette époque que sa fille revint à Aurelius pour travailler comme conseillère d'orientation auprès du doyen du collège. Même les gens qui trouvaient qu'Aurelius était la meilleure ville du monde ne comprenaient pas pourquoi elle était revenue. Elle s'installa dans la maison de son père.

Je ne pense pas que quiconque ait réalisé qu'Aaron était de retour lui aussi, mais sa sœur devait le savoir, et quelques autres personnes aussi, bien qu'il évitât les bars et ne semblât pas sortir beaucoup. En décembre, il avait loué un appartement dans un immeuble de brique rouge près de l'hôtel de ville ; il était employé comme analyste par une entreprise d'informatique de New York, ce qui voulait dire qu'il travaillait à domicile sur un ordinateur. C'est ce qui me paraissait le plus étrange. Le travail d'Aaron lui permettait de vivre où il le souhaitait, mais il avait décidé de s'installer à Aurelius. Et sa sœur n'était-elle pas revenue aussi, comme s'ils avaient tous deux besoin de se rapprocher des cendres de Janice ? Mais peut-être tout cela est-il trop mélodramatique.

Quant au meurtre de Janice, la police n'était pas plus avancée qu'au jour de sa mort. Dans de tels cas, on sait souvent ce qu'il en est, même si les preuves ne sont pas suffisantes pour un procès. La police a des soupçons ou même des certitudes, dont les gens parlent. Dans ce cas, aucune piste ne semblait aboutir. On supposait que Janice avait rencontré un inconnu de passage, ou peut-être reçu la visite d'un étranger à la ville. Bien sûr, tous les clients des motels, même des plus éloignés, avaient fait l'objet d'une enquête.

La théorie la plus répandue était la plus confortable, l'assassin venait de loin. Si quelqu'un avançait l'idée que le meurtrier puisse être une personne que nous voyions régulièrement – un enseignant d'une des écoles, ou l'employé d'un magasin –, on accueillait cette suggestion avec mépris. Pour nous, l'affaire était close. C'était même avec une certaine tartufferie qu'on évoquait la mort de Janice : son mode de vie et l'irrégularité de sa vie sexuelle avaient causé son décès.

Mais nous avions cru l'affaire d'Aaron McNeal terminée elle aussi, et voilà qu'il était de retour.

# 8

Il se trouvait, par hasard, que je connaissais, en plus d'Aaron, un autre membre du Groupe de recherches sur la justice, Barry Sanders. Je l'avais eu comme élève dans trois classes, en sciences générales, en biologie et en biologie avancée. Il était maintenant en dernière année de biologie à la faculté d'Aurelius. J'avais essayé de le convaincre de s'inscrire dans un des meilleurs collèges de l'État, mais il avait choisi de rester là afin d'être près de sa mère, qui se prétendait malade ; je pense qu'elle exagérait beaucoup ses problèmes de santé. Barry était un de mes meilleurs élèves et, s'il réussissait à faire carrière dans la biologie, une bonne partie du mérite m'en reviendrait.

Si Barry ratait sa carrière, ce ne serait pas par manque d'intelligence, mais par manque d'assurance. Il m'avait fallu beaucoup de persuasion pour le convaincre de suivre mon séminaire de biologie avancée, pourtant réservé à peu d'étudiants et que j'assurais sur mon temps libre.

On songe au cours que prend la vie des gens. Pour certains, tout paraît simple, ils n'hésitent jamais. Ils sont beaux, intelligents, et la vie s'ouvre devant eux comme la mer Rouge devant Moïse. Cependant, même eux peuvent être frappés par le destin. Par exemple, Franklin semblait destiné à une vie heureuse, mais qui aurait pu prévoir la mort de Michelle ? J'ai entendu des gens dire que ce n'était pas juste, mais qu'est-ce que la justice a à voir avec ce genre de choses ? Et pourtant, certaines personnes semblent traverser la vie sans encombre, menant des existences pleines de bonheur et laissant derrière elles des enfants heureux.

D'autres mènent une lutte continuelle. Ils sont timides ou d'apparence particulière, ils bégaient ou ne sont pas doués pour les sports, et sont toujours conscients de leurs défauts. Ils trébuchent et ricanent bêtement, ils parlent quand ils devraient se taire et restent muets quand ils devraient parler. Quand ils entendent un rire, ils pensent que c'est d'eux qu'on rit. Bien qu'intelligents et créatifs, ils se sentent stupides et obtus. Leur parcours dans la vie évoque celui d'une personne qui progresse avec peine dans une boue épaisse. Beaucoup d'entre eux semblent être nés ainsi. Leur vie ressemble à une punition, et me ferait presque croire à la réincarnation. Quelle pourrait être la raison d'un tel châtiment, sinon des péchés antérieurs ?

Barry Sanders était albinos : les cheveux et la peau très blancs et des yeux de lapin russe qui clignaient sans arrêt derrière ses lunettes sombres. De plus, il était trop gros, pas obèse, mais victime de toutes les sucreries – biscuits, gâteaux, fondants – que sa mère préparait pour lui ; c'était sa façon à elle de compenser le fait qu'il était différent des autres enfants. Barry était petit, plus petit que les autres pendant toute sa scolarité ; quand il atteignit sa taille définitive, il faisait un mètre soixante-cinq. Et il était timide, malédiction supplémentaire pour un garçon qu'on remarquait tant.

À l'école primaire, on appelait Barry « Petit Rose ». Élève moyen, il était cependant plutôt brillant. Seule l'angoisse l'empêchait d'avoir de bonnes notes, car Barry n'oubliait jamais son apparence. C'était comme s'il se tenait hors de son enveloppe charnelle, s'observant en classe ou au bord du terrain de sport et remarquant tout ce qui le différenciait des autres.

Il vivait seul avec sa mère, Mabel Sanders, dans Birch Street. Le père avait disparu quand Barry était âgé de deux ans. Mabel était chef de service à la compagnie d'assurances State Farm. Elle pensait que Barry était fragile – mais je pense que c'était faux –, et le traitait comme s'il pouvait se casser à tout moment. Au printemps, quand les autres enfants enlevaient leurs blousons, Barry restait engoncé dans ses vêtements. Il n'avait pas le droit d'aller sonner aux portes le soir de Halloween. Il ne participait pas aux activités sportives.

Barry était le meilleur élève de ma classe de sciences de quatrième, et il ne prononça pas un mot de toute l'année. Il s'asseyait au fond de la salle, sur le côté, et gardait la tête baissée. Il était si timide que j'hésitais moi-même à attirer l'attention sur lui. Je lui parlais parfois après le cours, mais il semblait trouver même cela insupportable, surtout quand je le félicitais pour un travail bien fait. J'empêchais les autres garçons de l'appeler Petit Rose.

En classe de seconde, cela allait mieux, mais il refusait toujours de prendre la parole. Nous discutâmes pourtant quelquefois après le cours et, à la fin de l'année, il lui arrivait de prendre l'initiative de ces conversations. Bien sûr, nous parlions de sciences. Je ne connaissais rien de sa vie hors de l'école, mais je savais qui était sa mère et où ils habitaient. Je pris l'habitude de lui prêter des exemplaires de *Scientific American* après les avoir lus; Barry les attendait avec impatience.

Lors du printemps de sa dernière année de lycée, je réalisai que Barry était homosexuel. Il suivait mes cours de biologie avancée et avait de bons résultats. Le cours avait lieu en fin de journée, et il restait souvent un peu plus, au moins une fois par semaine. Il fallut plusieurs mois pour évoquer le sujet de son homosexualité, mais il admit enfin avoir une liaison avec un homme d'Aurelius, tout en refusant de dire qui c'était. Quand j'essayai de l'interroger, il se referma sur lui-même. Ce n'était pas moi qu'il semblait craindre, mais l'homme en question. Barry se contentait de dire que c'était un « homme de profession », comme pour indiquer qu'il ne sortirait pas avec n'importe qui. Puis je découvris que l'homme se décrivait lui-même ainsi. Je connaissais plusieurs hommes ouvertement homosexuels, mais je ne pensais pas que ce fût l'un d'eux. Cela devint pour moi un autre des petits mystères d'Aurelius. Le sujet me mettait légèrement mal à l'aise, non pas le sujet de l'homosexualité, mais peut-être l'intérêt que Barry me portait en tant que célibataire. Nous n'en arrivâmes jamais au point où j'aurais dû lui dire que je n'étais pas disponible, mais je suppose que Barry le pressentit. Quand il s'inscrivit en faculté, je me sentis très soulagé. Au moins, je ne le verrais plus tous les jours.

Pendant la première année, il continua d'habiter chez sa mère. Toutefois, les relations entre eux se tendirent. Barry ne se montrait pas rebelle, mais il était morose et, je pense, rancunier, comme si sa mère était responsable de sa particularité physique. Elle l'entourait, lui faisant prendre des médicaments quand il n'était pas malade et s'inquiétant des courants d'air. Elle ne le laissait même pas tondre la pelouse, parce qu'il était mauvais pour lui de se trouver dehors. Elle engagea un garçon du quartier pour le faire. Barry me raconta à quelques reprises qu'il regardait de la fenêtre Sammy McClatchy tondre le gazon, souhaitant pouvoir le faire lui-même. C'était vraiment une histoire pathétique.

Au collège d'Aurelius, Barry se fit des amis. Pas beaucoup, juste deux ou trois, mais ils lui offrirent un monde à opposer à celui de sa mère. Il continuait à me rendre visite à l'école, sous prétexte de m'emprunter mes *Scientific American*, et il me parlait de jeunes hommes qui semblaient parfaitement ennuyeux à part leur intérêt pour les échecs, la science-fiction ou les jeux de rôles comme « Donjons et Dragons ». Lors du deuxième semestre de sa première année, Barry entama une liaison avec l'un d'eux, un garçon de Wilkes-Barre qui étudiait le piano. La liaison ne dura pas, et cela rendit Barry encore plus aigri, non contre son homosexualité, sa mère ou le fait qu'il était albinos, mais contre la vie elle-même, le fait qu'on naît, qu'on se fraie péniblement un chemin, puis qu'on est arraché au monde contre sa volonté, en général dans des cris de souffrance.

Il n'y a rien d'inhabituel à cela. Barry en avait assez d'être anormal, il cherchait des gens ou des systèmes à blâmer. C'est pourquoi il emménagea dans le dortoir pendant sa deuxième année à la faculté, alors que cela l'obligeait à travailler quinze heures par semaine à la cafétéria du campus. Une des bizarreries des timides est qu'ils n'apprennent jamais vraiment à parler, à se sentir à l'aise avec les mots. Barry prononçait chaque mot aussi brièvement que possible, et son discours en était heurté. Il parlait surtout du collège, de sa mère et de sa vie quotidienne, des choses plutôt banales. À la fin du premier semestre de sa deuxième année, il cherchait encore ce qui pourrait le libérer de son terrible malaise. C'est à ce moment que Houari Chihani arriva à Aurelius.

Barry ne suivit pas les cours de Chihani ce printemps-là, mais il avait entendu parler de lui. Le contraire eût été impossible. Il connaissait aussi l'existence du groupe de lecture parce qu'il avait pour ami, ou au moins pour relation, Jason Irving ; ils appartenaient tous deux au club d'échecs. Comme d'autres, Barry présumait peut-être que Jason était homosexuel même si, je l'ai déjà dit, Jason semblait répudier les deux sexes. Barry ne se serait pas joint au GRJ dès le début, car il détestait attirer l'attention sur lui. Mais, après la publication de l'interview de Chihani, Barry devint curieux. Ensuite, quand les élèves de théâtre, Bob Jenks et Joany Rustoff, adhérèrent au groupe, Jason commença à pousser Barry à en faire autant.

Je ne sais pas si Jason serait parvenu à convaincre Barry si Aaron McNeal ne s'était pas joint au groupe à ce moment-là. Barry avait trois ans de moins et ne connaissait pas personnellement Aaron. Mais il avait appris son histoire, avec toutes les exagérations qui s'y étaient ajoutées au fil du temps. Il était certainement théâtral qu'Aaron ait arraché d'un coup de dents l'oreille de Hark Powers, mais lorsqu'on raconta l'histoire à Barry, c'était devenu du grand opéra. Même l'attaque d'Aaron sur Sheila Murphy fut transformée en un conte qui présentait Aaron sous un jour favorable, surtout parmi ces malchanceux jeunes gens pour qui elle était hors d'atteinte.

Barry se joignit aux Recherches sur la justice vers la fin mars. Il était fier de sa décision. Il frappait un grand coup pour une chose importante, bien qu'il ne soit jamais capable de la définir exactement. Mais il m'en parla. Il venait à l'école tous les quinze jours et se rendit chez moi une ou deux fois, bien que j'essaie de décourager ces visites d'élèves ou anciens élèves. Après tout, les gens bavardent.

Au début, le GRJ se retrouvait le lundi soir dans une salle de cours du campus, dans le Webster Hall. Chihani parlait de l'émergence de la classe moyenne après la Révolution française, de la nature de l'impérialisme et de l'exploitation du travail. Les membres du groupe lisaient Marx et en parlaient, mais aussi Veblen, et des romans comme *Les Raisins de la colère*, car l'objectif de Chihani n'était pas seulement d'enseigner, mais de provoquer l'indignation chez ses étudiants. Bien sûr,

Chihani contrôlait les débats de sa voix sèche et détachée – la voix de la raison, aurait-il dit. Ces jeunes gens ne savaient rien de l'Histoire, si bien que même des récits du rôle du gouvernement des États-Unis en Amérique latine les troublaient profondément. À l'école, l'histoire américaine était heureuse; Chihani leur montrait maintenant son autre face.

Si le GRJ s'était limité à ces réunions du lundi, ce serait resté une entreprise relativement innocente, mais Chihani commença bientôt à inviter le groupe chez lui le vendredi. Il s'agissait de réunions amicales – cependant, pour lui, aucune entrevue ne pouvait être purement amicale. S'il mettait de la musique, il pouvait choisir Paul Robeson et raconter à ses étudiants la vie de cet homme injustement traité. Ou il leur montrait une cassette vidéo, par exemple l'histoire de Woody Guthrie, *Bound for Glory*. Chihani ne cessait jamais d'enseigner, même quand il semblait organiser une soirée entre amis. Et une grande partie de ce qu'il disait était exact. Il n'avait pas besoin d'inventer de contes sur les horreurs du capitalisme, les histoires vraies ne manquaient pas.

Au fur et à mesure que de nouveaux membres rejoignaient le GRJ, les réunions devenaient plus des débats que des conférences. Les participants discutaient de leurs lectures, de Marx et de ce qui n'allait pas à Aurelius. Nous étions la communauté-témoin du GRJ, l'exemple de ce qui pouvait mal tourner. Les jeunes gens qui faisaient partie du groupe depuis le plus longtemps – Jesse et Shannon Levine, Léon Stahl, Jason Irving et Harriet Malcomb – en devinrent pour ainsi dire les sous-officiers. Ils avaient un sentiment de propriété envers Chihani et s'en prenaient aux nouveaux membres. Le problème était qu'Aaron, plus âgé, avait lu davantage. Il devint le chef des nouveaux membres. Il ne s'opposait pas à Chihani, mais contestait les interprétations de Harriet et du gros Léon

Stahl. Les anciens et nouveaux membres se disputaient les faveurs du professeur, qui s'en aperçut et encouragea cette tendance. Après tout, il recherchait des disciples plus que des amis.

On voyait aussi les membres du GRJ en d'autres occasions. Quand il neigeait, deux ou trois d'entre eux dégageaient l'allée et le trottoir de leur mentor. Quand le temps se radoucissait, ils s'installaient dans l'arrière-cour de Chihani le vendredi soir pour débattre sans fin autour de carafes de thé glacé. Les voisins le voyaient bien, et même les plus tolérants devinrent soupçonneux. Les jeunes gens élevaient parfois la voix, et parfois il y avait des rires.

En avril, les cinq nouveaux membres commencèrent à se réunir tous les jeudis dans l'appartement d'Aaron, en ville. Je ne pense pas qu'ils se soient considérés comme en opposition aux autres, mais Aaron analysait ce dont ils allaient parler la semaine suivante, les préparant pour qu'ils puissent faire face à Léon et Harriet. Ces réunions enthousiasmaient Barry et il en vint à s'amouracher d'Aaron, à lui rendre de petits services et à le suivre partout. Aaron ne s'intéressait pas sexuellement à Barry, mais était flatté par ses attentions. Ou, s'il n'en était pas à proprement parler flatté, Aaron aimait exercer son pouvoir, le peu de pouvoir dont il disposait. Il aimait envoyer Barry faire une course pour lui, et se mit même à l'appeler Petit Rose mais ce, à mon avis, à titre affectueux. En tout cas, Aaron ne laissait personne d'autre appeler Barry ainsi.

Lors des réunions du lundi, la rivalité s'exerçait surtout entre Aaron et Harriet. Même si Léon Stahl était cultivé, son embonpoint le rendait plutôt comique. Lorsqu'il était assis par terre, il lui fallait de l'aide pour se relever. Jesse et Shannon le hissaient sur ses pieds pendant que les autres riaient. Chihani lui-même considérait qu'être aussi gros indiquait une certaine dépravation. Cela signifiait un manque de discipline et, bien que Chihani ne se moquât pas de Léon, il lui parlait de perte de poids. Je crois que Léon se mit à boire moins de sodas ou au moins, temporairement, à consommer du Diet Coke. Léon était le plus intelligent du groupe, mais son obésité et les éléments comiques qui s'y rattachaient, comme sa passion pour Harriet Malcomb l'empêchaient de jouer un rôle dirigeant. Il restait Harriet et Aaron.

Selon Barry, ils se méprisaient mutuellement, mais ce n'était pas si simple, ni même peut-être vrai. À sa façon, Harriet était très hargneuse. Sa beauté, ses cheveux d'un noir brillant, sa pâleur, sa taille étroite et son ample poitrine, telles étaient ses armes. À l'école, elle portait des jupes courtes et des sweaters, et en dehors des jeans et des T-shirts très serrés. Aaron paraissait indifférent à l'apparence de Harriet. Lors des réunions, il s'adressait à elle poliment mais avec condescendance, et toujours brièvement, comme s'il était pressé d'accorder son attention à quelqu'un d'autre. Elle lui parlait sur un ton sarcastique et il l'écoutait sans signe d'émotion, sauf peut-être un léger sourire.

Vers la mi-mai, Aaron dit à Barry qu'il allait « se faire » Harriet Malcomb. Barry supposa qu'il allait la ridiculiser devant le groupe, mais il se trompait. Ils déjeunaient chez Junior. Aaron avait commandé un hamburger, Barry, décidé à devenir végétarien, une salade. Ils étaient installés au comptoir. Les cheveux d'Aaron étaient à présent un peu clairsemés au-dessus des tempes, ce qui lui donnait un air plutôt distingué. Il portait encore une queue de cheval.

Barry lui demanda ce qu'il voulait dire par « se faire » Harriet Malcomb.

« Je veux faire d'elle mon soldat. »

Aaron haussa un sourcil comme pour laisser entendre que Barry comprenait ce qu'il voulait dire.

« Comment y arriveras-tu ?

— Je ferai d'elle ma prostituée. »

Barry n'aimait pas parler de sexe, il en était venu à considérer de telles conversations comme mauvaises en soi. Il savait bien sûr que Harriet était belle, mais il se sentait fier d'être immunisé contre ses charmes. Il se mit à bégayer.

« Qu'est-ce… qu'est-ce que tu as l'intention de faire ?

— Je veux que tu lui apportes une lettre. » Aaron sortit une lettre de sa sacoche de toile.

C'est alors que Barry comprit que le jour, le déjeuner et l'heure avaient été choisis dans l'optique de transmettre cette lettre. Après tout, celle-ci était déjà rédigée. C'était un jeudi, et Harriet n'avait pas de cours le jeudi. En fait, elle ne se cachait pas de réserver ce jour-là aux lectures du GRJ.

« Que dit cette lettre ? »

Aaron la lui tendit, puis saisit Barry par le cou de façon à demi amicale. Barry ne savait pas trop si Aaron avait l'intention de se montrer gentil ou de le soulever du sol comme un chaton.

« La lettre l'invite à venir discuter. Elle flatte son intelligence. »

# 9

Barry alla porter la lettre. Il était deux heures de l'après-midi, par un jeudi de mai, une journée venteuse où le ciel était parfois dégagé et parfois couvert de nuages noirs. Le sable répandu sur la chaussée pendant l'hiver volait dans les rues. Quelques retraités ratissaient les feuilles mortes sous leurs rhododendrons. Barry conduisait une Ford Fairlane rouillée qui avait appartenu à sa mère, une voiture aux amortisseurs cassés et aux pare-chocs enfoncés qui tanguait comme un navire sur l'océan. Un désodorisant en forme de sapin pendait au rétroviseur.

Harriet Malcomb occupait un appartement mansardé dans une maison d'Adams Street, à deux pâtés de maisons du campus. Barry se gara devant la maison et monta l'escalier. Malgré le meurtre de Janice McNeal, on ne fermait jamais les portes à Aurelius, cependant celle de Harriet avait un verrou. Elle n'avait pas l'air contente de voir Barry, semblait plutôt agacée et méprisante, mais je suis certain que cela venait en partie de sa propre angoisse. Elle portait un short et un sweat-shirt Colgate. Barry lui remit la lettre et elle commença à lui refermer la porte au nez.

« Je dois ramener la réponse, dit Barry en mettant la main sur le chambranle.

— Attends, alors », répondit-elle, et elle ferma la porte.

Barry resta sur le palier. Il aurait aimé avoir quelque chose à lire, pas vraiment pour le lire, mais pour avoir l'air occupé quand Harriet reviendrait, pour montrer qu'il ne se contentait pas d'attendre mais lisait aussi, qu'il en avait oublié l'attente. La fenêtre du palier donnait sur le campus, Barry apercevait la coupole blanche et la cloche au sommet du bâtiment administratif. Un chien aboya en bas. Au loin, il entendit une moto accélérer, poussant chaque vitesse à fond.

Dix minutes plus tard, Harriet ouvrit la porte. Elle portait toujours un short mais avait remplacé le sweat-shirt par un corsage blanc. Barry n'aimait pas ce corsage, parce qu'il donnait à Harriet l'air sérieux, et que cela ne lui inspirait pas confiance. Elle portait ses cheveux en tresse lâche maintenue par un épais élastique rouge, et avait autour du cou un collier de perles bleues.

« Je suis prête », dit-elle.

Barry, ignorant ce que contenait la lettre, ne savait pas ce qu'elle voulait dire, mais il détestait paraître indécis.

« Ma voiture est dehors », répondit-il.

Ils descendirent l'escalier. Barry ne lui tint pas les portes, ni celle de la maison ni celle de la Ford Fairlane. Pendant tout le trajet jusqu'à l'immeuble de brique près de l'Hôtel de ville, il chercha quelque chose à dire. Harriet regardait droit devant elle, et Barry estima que c'était pour imiter Houari Chihani.

Le groupe d'immeubles où habitait Aaron s'appelait le Belvedere Apartments. Le bâtiment d'Aaron comportait quatre appartements avec, au milieu, un hall s'élevant jusqu'au plafond du premier étage, d'où pendait un lustre surchargé, d'aspect bon marché. Aaron se trouvait au premier étage. Harriet suivit Barry dans l'escalier et il frappa deux fois puis une ; c'était son signal privé, même si Aaron ne demandait rien de tel.

Quand Aaron ouvrit la porte, il ne sembla nullement surpris de voir Harriet et leur dit d'entrer. L'appartement comprenait un grand salon donnant sur State Street, une chambre et une petite cuisine. La table de travail et l'ordinateur d'Aaron se trouvaient dans la chambre. Sur les murs du salon étaient scotchés des posters représentant Zapata et Pancho Villa, avec le mot « *Huelga !* ». Il y avait des étagères bourrées de livres, une chaîne stéréo, plusieurs fauteuils, un divan moderne jaune pâle, long et bas, et aussi une natte sur le sol.

Aaron se tourna vers Barry et lui dit : « Va donc attendre dans la chambre. »

Barry comprit qu'ils allaient se livrer à une sorte de jeu d'adultes.

« D'accord », répondit-il. Il entra dans la chambre et ferma la porte. Il n'y avait pas de trou de serrure, et il en fut déçu. Au-dessus du lit étroit trônait le tableau d'une femme avec une écharpe jaune, une copie d'un portrait de Vermeer. La vie dans ses yeux, son appétit pour l'existence contrastaient avec le caractère ascétique de la pièce. Des murs blancs, un sol blanc, une table bricolée avec une porte blanche et des tréteaux, un ordinateur Compac, un téléphone et un fax, une imprimante Hewlett Packard. Le seul objet personnel sur le bureau était la photographie encadrée d'une jeune femme à grande bouche et aux yeux tournés vers le haut ; Barry trouvait que ce visage évoquait un peu une grenouille. Il prit la photo et réalisa au bout d'un moment que c'était Janice McNeal, la mère d'Aaron. Il l'aurait peut-être deviné plus tôt si la femme de la photo n'avait pas été aussi jeune, à peine plus âgée qu'Aaron lui-même.

Barry s'approcha de la porte. Il entendit la voix d'Aaron, mais ne put distinguer les mots. Le ton était insistant. Barry supposa qu'ils parlaient de leurs débats chez Chihani, puis il entendit Harriet dire « Non » très fort, et Aaron rire. Une chaise fut renversée. Barry avait la main sur la poignée de la porte. Il se dit que Harriet était venue avec lui de son plein gré et se demanda ce que ça pouvait signifier.

Barry se sentait de plus en plus mal à l'aise. Il tendit la main vers le téléphone, mais ne savait qui appeler. Il avait peur et ne comprenait pas ce qui se passait. La voix d'Aaron était maintenant plus forte, plus insistante. Barry revint vers la porte et entendit claquer une gifle, puis une deuxième, et Harriet poussa un cri. Barry posa de nouveau la main sur la poignée. Au bout d'un moment, il entendit Aaron dire « connasse », de façon presque affectueuse.

Barry alla vite se tenir devant la fenêtre. Il avait dix-neuf ans et beaucoup de choses l'effrayaient, en particulier celles qu'il ne comprenait pas, et elles étaient nombreuses. Face au soleil, il cligna des yeux. Il vit la Citroën rouge de Chihani tourner dans Monroe Street. Il reconnut plusieurs des gens qu'il voyait passer, même s'il ne connaissait pas leurs noms.

Au bout d'un certain temps, il entendit Aaron l'appeler.

« Petit Rose, Petit Rose ! »

Barry se précipita vers la porte.

« Petit Rose, viens ici ! »

Barry ouvrit la porte. Harriet était allongée sur la natte de sol. Elle ne portait plus son short, la peau de ses hanches était très blanche. Aaron se trouvait sur elle, le pantalon baissé sur les chevilles. Harriet regardait le plafond, puis ses yeux se tournèrent lentement vers Barry. Celui-ci pensa qu'elle avait du mal à voir. Elle fixa Barry et dit tout bas : « Petit Rose. » Aaron se tenait en appui sur les mains, encadrant les épaules de Harriet. Il ne souriait pas, il paraissait plutôt regarder d'un air furieux Barry, qui bondit en arrière et referma sur lui la porte de la chambre. Appuyant le dos contre celle-ci, Barry se boucha les oreilles et se laissa glisser jusqu'à être assis sur le sol. Sans bouger, il regarda ses baskets, lacées par un double nœud. Il enleva les mains de ses oreilles et entendit un cri. Il se reboucha immédiatement les oreilles pour ne plus entendre. Il se sentait très seul. Il observa les ombres se déplacer sur le sol et grimper sur le lit étroit d'Aaron. Il regarda la fenêtre et imagina qu'il sautait dans le vide, il savait pourtant bien qu'il ne ferait que se blesser. Mais il eut bientôt besoin d'aller aux toilettes, qui se trouvaient dans l'autre pièce. Il avait toujours les mains plaquées sur les oreilles. Les ombres recouvrirent bientôt entièrement le lit d'Aaron.

La porte heurta brutalement ses épaules et s'immobilisa, puis fut trois fois heurtée du poing. Barry se remit sur ses pieds. Aaron se tenait devant lui, suivi par Harriet. Ils étaient tous deux habillés.

« On va manger une pizza, dit Aaron. Tu veux venir ? »

Barry commença à dire qu'il n'avait pas faim, puis se tut et hocha la tête. Mais il avait toujours envie d'aller aux toilettes. Il s'y rendit et verrouilla la porte. Ensuite, alors qu'il se lavait les mains, il vit un morceau de papier sur le sol. C'était la note qu'il avait remise à Harriet, et Barry l'empocha.

Quand Barry revint chez lui ce soir-là, il lut la lettre.

*Nous avons beaucoup de choses à nous offrir. J'ai besoin de ton aide. Viens me voir avec Petit Rose.*

Barry ne comprenait pas pourquoi ce mot avait convaincu Harriet de venir chez Aaron, ni ce que celui-ci entendait par l'aide de Harriet. Il se sentait trahi parce qu'Aaron l'avait appelé « Petit Rose ».

Barry ne se rendit pas à la réunion du GRJ la semaine suivante, ni à la réunion chez Aaron le jeudi, ni à la séance du lundi, le dernier de mai. Le mardi, Aaron lui téléphona.

« Viens chez moi jeudi soir », dit-il avant de raccrocher.

Barry ne cessait d'avoir des fantasmes impliquant Aaron. Il s'imaginait couché par terre comme Harriet, Aaron sur lui et plongeant en lui. Au début, Barry essayait de lutter contre ces images, puis il cédait et se masturbait. Quant à Harriet, il la haïssait et s'imaginait follement que, sans elle, Aaron lui aurait accordé plus d'attention, c'est-à-dire d'attention sexuelle. Il relisait sans cesse le mot envoyé par Aaron : « Nous avons beaucoup de choses à nous offrir. »

Quand Barry se rendit chez Aaron le jeudi, il y trouva tous les membres du GRJ. Aaron était assis sur le divan, Harriet à côté de lui. Ils étaient côte à côte mais ne se touchaient pas, ne montraient aucun signe d'affection l'un pour l'autre.

À partir de ce moment, Aaron fut le chef officieux des Recherches sur la justice. Chihani, quant à lui, était le mentor du groupe. Il ne dirigeait pas le GRJ, ses membres lui demandaient conseil. Et c'est Aaron qui les amenait à Chihani, au moins en apparence. Lors des discussions du jeudi soir, on parlait des livres à lire et Aaron s'assurait qu'ils avaient été compris. Le vendredi, ils étaient nombreux à se rendre chez Chihani pour parler et boire du café, mais il était fréquent qu'Aaron ne vienne pas. Il se montrait amical envers le professeur, mais détaché. Il ne courbait pas l'échine comme d'autres, notamment Jason Irving qui suivait Chihani comme un chien. Aaron gardait ses distances, tout en reconnaissant toujours la supériorité intellectuelle de son mentor. Quand ce dernier demandait un service, que ce soit faire une course ou une petite réparation dans sa maison, Aaron se montrait efficace. Mais il ne s'attardait jamais chez Chihani.

Aaron et Harriet étaient souvent ensemble. Elle passait fréquemment la nuit chez lui, et il était difficile de ne pas les imaginer ensemble sur le lit étroit d'Aaron, ce qui tourmentait Barry. En public, Aaron et Harriet n'étaient guère affectueux. Ils se tenaient parfois la main, mais ce geste même paraissait froid, comme si leurs doigts ne s'étaient entremêlés que par hasard. Toutefois, ils se montraient passionnés en privé, et même bruyants ; un enseignant du lycée, Martin Tyson, logeait dans l'immeuble d'Aaron et dit qu'il avait plusieurs fois entendu de la vaisselle brisée et des meubles renversés. Il s'était même déplacé une fois et avait frappé à la porte d'Aaron pour voir si tout allait bien.

Les gens se souvenaient de Sheila Murphy et observaient Harriet, cherchant des contusions ou des signes de détresse. Mais sa peau était aussi nette et pâle qu'auparavant. Si Aaron la battait, il ne laissait pas de marques visibles. Selon toute probabilité, il n'y avait pas de marques du tout. Mais, étant donné le passé d'Aaron, les gens espéraient presque en découvrir, preuve que son comportement n'avait pas changé, comme on savait bien que ce serait le cas. Sheila Murphy travaillait toujours à la Taverne de Bud, et se montrait dubitative.

« Attendons de voir », disait-elle toujours.

# 10

Le fait que les vies des gens ne cessent de se croiser est peut-être une particularité des petites villes. Une personne fait partie de votre existence quotidienne pendant un certain temps, puis s'écarte de vous avant de revenir. On voit les mêmes gens dans la rue et dans les magasins. On a de brèves conversations avec ses voisins, et on apprend les nouvelles. Même moi, qui mène une vie retirée, je ne peux aller faire des courses chez Wegmans le samedi après-midi sans parler à quatre ou cinq personnes. On me raconte que Mme Dunratty a eu la grippe, que Midge, la fille de Tom Henderson, a eu son diplôme à l'université de Cortland, ou que la vieille Mme Howster a heurté un cerf avec sa Dodge Caravan. J'apprécie beaucoup ces entretiens, et j'achète toujours l'*Independent* et le *Syracuse Post Standard* à la pharmacie Malloy plutôt que de m'abonner, à cause des brèves conversations que cela me permet.

Ainsi, par substitution, ma vie sociale est très riche. Et le résultat en est bien sûr que je me sens plus impliqué que je ne le suis en fait. Je m'inquiète pour Mme Howster et je me réjouis pour Tom Henderson ; on pourrait prétendre que ce genre de contacts me font me sentir concerné tout en préservant mon isolement.

Pendant un an environ après la mort de sa femme, Franklin Moore resta très renfermé. Il s'occupait de

Sadie, et continua ses relations amicales avec Ryan Tavich. Son travail au journal le prenait beaucoup. Mais Franklin avait à peine trente-cinq ans, et il était évident qu'il s'intéresserait à d'autres femmes. Étant donné la taille de notre ville et le faible nombre de femmes disponibles, il était sans doute inévitable qu'il tourne les yeux vers la demi-sœur d'Aaron, Paula.

Paula avait trente ans et était célibataire. Les gens disaient qu'elle avait vécu avec un homme pendant quatre ans, à Binghampton, mais il buvait et la liaison se termina mal. En fait, on disait qu'elle avait dû obtenir une injonction de justice contre lui, et que c'était une des raisons pour lesquelles elle était revenue à Aurelius. Une autre raison était peut-être que la maison de son père était vide. Je suppose que Patrick avait l'intention de la vendre, puisqu'il avait décidé d'enseigner à Utica et en avait clairement fini avec notre ville. Mais, quand Paula revint à Aurelius, Patrick loua la maison à sa fille pour une faible somme. C'était typique de Patrick. Il ne pouvait pas lui laisser utiliser la maison gratuitement, il fallait qu'il impose une restriction mettant une distance entre lui et son propre enfant, mais je n'ai jamais entendu dire que Paula se plaignît de cet arrangement. Patrick était toujours plus à l'aise quand il y avait des papiers et des hommes de loi ; sa défunte femme s'était moquée de lui à cause de ça, disant qu'il utilisait les avocats comme d'autres hommes utilisent des préservatifs. Par coïncidence, Henry Swazey, l'avocat de Patrick, avait été un des amants de Janice.

Paula était à Aurelius depuis plusieurs semaines quand j'appris son retour. Elle ne voyait personne et sortait rarement. On pourrait d'ailleurs se demander où irait à Aurelius une personne qui ne jouait pas au bowling ou au bingo et qui n'appartenait pas à une Église ni à une organisation quelconque. Elle assista plusieurs fois à des manifestations culturelles au collège – des conférences ou des concerts. Je suis certain que la plupart des gens ignoraient le retour de Paula mais, s'ils y avaient prêté attention, ils auraient pu, le soir, la voir promener son chien, Fletcher, un grand bâtard noir et feu, mi-labrador mi-berger.

La position de Franklin, rédacteur en chef de l'*Independent*, lui permettait d'apprendre tout ce qui se passait. Il était donc inévitable qu'il se rendît au bureau du doyen et inévitable qu'il y vît Paula.

Elle avait coupé ses cheveux noirs ondulés assez court ; ils ne lui arrivaient plus qu'à la mâchoire et étaient très bouclés. La première femme de Patrick, Rachel ou Roberta, était juive, et le mélange juif-écossais donnait à Paula un attrait exotique. Ses yeux, par exemple, qui étaient bleu pâle. D'un autre côté, ses vêtements et ses manières dataient un peu, ce qui n'est pas rare dans les petites villes. Et ses lunettes lui donnaient un air sérieux qui semblait convenir à sa position au collège.

Paula et Franklin formaient un beau couple. Franklin avec ses pantalons kaki et ses vestes de tweed, Paula avec ses jupes écossaises et ses corsages blancs. Les gens leur souhaitaient d'être heureux. Leur histoire malheureuse – la première femme de Franklin morte d'un cancer, la belle-mère de Paula assassinée – leur épargna sans doute la touche de malveillance qu'on trouve dans la plupart des ragots. Non que Paula et Franklin aient rendu leur amour public, ils étaient trop discrets pour ça. Mais on les voyait ensemble au restaurant ou au cinéma, et parfois la voiture de Franklin, une Subaru blanche, était garée tard le soir devant la maison de Patrick McNeal.

Ryan Tavich aurait pu lui aussi courtiser Paula s'il n'avait pas eu de liaison avec sa belle-mère. Ryan se montrait délicat à l'égard de ce genre de choses. Mais, parce que Ryan et Franklin étaient amis, les deux hommes et Paula prenaient parfois un verre à la

Taverne de Bud ou allaient faire du ski de fond dans la forêt qui borde Lincoln Park. Ryan sortait lui aussi, mais il ne se fixa sur aucune femme. Les gens disaient qu'il était encore amoureux de Janice. Il voyait parfois Patty McClosky, la secrétaire du chef Schmidt, et parfois Ronnie Glivens, une infirmière de l'hôpital.

Sadie n'aimait pas Paula, encore que cela soit peut-être inexact. Elle aurait apprécié Paula si celle-ci n'avait pas eu de relations avec son père. Les adolescents ont des esprits compliqués mais à certains égards rudimentaires. Après la mort de sa mère, Sadie se montra très proche de Franklin. Ils étaient toujours ensemble. Quand la liaison de Franklin et Paula commença, cela signifiait qu'il ne pouvait plus passer autant de temps avec sa fille. Franklin et Paula emmenaient souvent Sadie au cinéma ou se promener dans le parc mais, même si la jeune fille ne se montrait pas désagréable, elle était silencieuse et triste.

Franklin m'en parlait parfois quand il me rendait visite. « Elle pense que je trahis le souvenir de sa mère, disait-il.

— Elle est jalouse de ton temps », lui répondais-je.

Sadie estimait que son père la trahissait, elle, plus que le souvenir de sa mère. Elle avait l'impression d'avoir été remplacée, ce qui était idiot, mais elle n'avait que treize ans. De plus, Sadie avait entendu les histoires terriblement exagérées à propos de Janice et de son assassinat, et elle s'imaginait que la même perversité – c'est-à-dire le même appétit sexuel – devait exister chez Paula, même si les deux femmes n'étaient pas liées par le sang. L'ironie était que, lorsque Patrick, le père de Paula, avait commencé vingt-cinq ans plus tôt à fréquenter Janice, Paula avait ressenti la même jalousie envers celle-ci ; Patrick aurait peut-être dû écouter cet avertissement.

Sadie se mit à punir son père. Elle ne voyait bien sûr pas les choses ainsi, mais elle travaillait mal à l'école et quittait la maison sans dire à Franklin où elle allait. Cela inquiétait beaucoup son père. Sadie s'était toujours montrée responsable et, en tant que parent unique, Franklin lui faisait confiance et la laissait parfois seule. Il avait une femme de ménage, Megan Kelly, celle qui avait découvert le corps de Janice McNeal. Les lundis, mardis et mercredis soir, Mme Kelly faisait la cuisine pour Franklin, ou plutôt pour Sadie, car le journaliste était habituellement retenu à l'*Independent* ces soirs-là.

Quand Sadie quittait la maison sans dire où elle allait, elle venait souvent me voir. Franklin le savait, bien sûr, parce que je le lui avais dit, mais je n'avouai jamais à Sadie que je parlais d'elle dans son dos. Depuis qu'elle avait onze ans, je l'amusais en lui montrant les spécimens que je conserve dans des bocaux de formol, et que j'appelais des cornichons monstrueux. Il y a plusieurs grenouilles, un rat, un serpent à sonnette, un fœtus humain que m'a légué le professeur de biologie précédent, dix yeux ayant appartenu à des vaches et un fœtus de cochon. Je les ai réunis au fil des ans pour m'en servir dans mes cours de sciences. Le formol leur a donné à tous la même couleur foncée, et la plupart des poils du rat sont tombés. Les yeux de vache montrent une intelligence mélancolique, et le fœtus de cochon a l'air triste. Sadie était toujours fascinée par le fœtus humain. Elle se demandait qui étaient ses parents et à quoi il aurait ressemblé s'il avait eu l'occasion de grandir. Ça la rendait très philosophe.

D'autres fois, Sadie partait seule faire de longues promenades, à pied ou à bicyclette, ce qui était parfois inquiétant, surtout si Franklin voulait l'emmener quelque part, ou juste savoir où elle se trouvait. Sadie avait plusieurs amies de son âge, y compris la pauvre Sharon Malloy, et elle allait souvent chez celle-ci. Mais les parents de Sharon ne se montraient pas très attentifs et ne prévenaient pas toujours Franklin que sa fille était chez eux.

Paula essayait parfois de sortir seule avec Sadie mais celle-ci ou bien refusait, ou n'ouvrait pas la bouche pendant toute leur promenade. Cela dura environ six mois, et je fus impressionné par la ténacité de Paula. Mais Sadie n'appréciait pas sa compagnie, et peut-être était-ce juste de l'entêtement. En conséquence, Franklin se mit à passer de plus en plus de temps avec Paula sans sa fille, ce qui aggrava la situation.

Il espérait que le problème disparaîtrait de lui-même. Après tout, Paula était gentille, racontait des histoires drôles et achetait de jolies choses à Sadie – Franklin ne pouvait imaginer que sa fille ne finirait pas par l'aimer. Mais les qualités de Paula rendaient la petite soupçonneuse.

« Pourquoi m'offre-t-elle des cadeaux ? demandait Sadie. Elle m'a apporté un pull, dimanche, un pull bleu à col rond.

— Elle a envie que tu l'aimes, répondis-je.

— Je n'ai pas envie de l'aimer.

— Qu'as-tu fait du pull ?

— Je l'ai donné à Sharon. Vous ne trouvez pas que Paula sourit trop ? »

Chez un adulte, un tel comportement serait névrotique, mais un adolescent peut combiner sans difficulté névrose et normalité. J'aidai Sadie à faire ses devoirs et ses notes s'améliorèrent, mais elle continua à disparaître sans prévenir et, à la fin du printemps, Franklin parlait de l'emmener voir un conseiller à Hamilton. Ce devait être une suggestion de Paula, puisque son domaine était le conseil aux adolescents. Bien sûr, Ryan Tavich prévint ses collègues que Sadie vagabondait, et elle fut plusieurs fois ramenée à la maison par un policier, ce qui fit bavarder le voisinage.

Je me serais plus inquiété du comportement de Sadie si je n'en avais pas bénéficié. Bien que je vive très bien le fait de ne pas avoir de famille, la présence de Sadie m'était douce. Je me sentais idiot et adolescent et me faisais des reproches après son départ, même si ces rencontres étaient parfaitement innocentes. Cependant, je n'aurais pas aimé qu'on sache à l'école que j'avais passé une soirée à faire des biscuits au chocolat avec Sadie Moore. Nous n'en faisions pas souvent, peut-être une fois par mois, mais j'y prenais plaisir. Je savais que j'aurais dû essayer de convaincre Sadie des bonnes intentions de Paula, pourtant je ne voulais pas importuner la fillette ni lui faire perdre confiance en moi. Ce n'était pas bien de ma part, mais les visites de Sadie comptaient plus pour moi que la façon dont elle s'entendait avec Paula.

Ryan Tavich s'intéressait lui aussi à Sadie et, j'imagine, essayait de l'amener à accepter Paula. Sadie et lui allaient skier ensemble en hiver, et pêcher la truite au printemps. Ryan n'était pas très doué pour la conversation, mais il parlait des arbres et des fleurs sauvages, du mode de vie des truites et de ce qu'elles font à différentes heures de la journée. C'était un homme pratique, sans beaucoup d'imagination, et il donnait à Sadie des informations sur le monde.

Ainsi, Sadie et moi faisions des biscuits au chocolat et nous intéressions à des spécimens de laboratoire, et Ryan Tavich l'emmenait à la pêche – il ne s'était encore rien passé qui rendît étonnant, en quelque façon que ce soit, de voir un homme mûr en compagnie d'une jeune fille. Mais un autre homme qui faisait partie de la vie de Sadie nous causait plus de souci : Aaron McNeal. Même Franklin s'inquiétait de l'amitié que lui portait Sadie, étant donné ce qu'il avait fait. Je suspecte Sadie d'avoir eu conscience des sentiments de son père et de le manipuler dans une certaine mesure – en toute innocence, bien sûr. Franklin fréquentait Paula, et donc Sadie fréquentait le demi-frère de celle-ci. La gosse devait trouver ça juste.

La relation de Paula avec son frère était compliquée. Elle avait aidé à l'élever et s'était souvent trouvée responsable de lui quand il était petit. Mais Paula n'aimait pas sa belle-mère, et Aaron lui ressemblait. Il avait les mêmes yeux un peu bridés. Il avait même certaines des manières de Janice – la façon dont elle haussait une épaule, ou dont elle se cachait la bouche en riant.

Et quels étaient les sentiments d'Aaron envers sa sœur? Après le divorce de Patrick et de Janice, Paula ne prit pas seulement la place de la mère d'Aaron, elle écarta celle-ci. Paula le nourrissait et l'isolait du monde. C'est elle qui donnait des livres à Aaron, et qui l'emmena à la bibliothèque municipale. Elle avait même essayé de le protéger de Hark Powers quand celui-ci venait à la maison le provoquer. Peut-être avait-elle encouragé Aaron à se défendre, mais bien sûr elle ne lui aurait jamais suggéré d'arracher l'oreille de Hark d'un coup de dents. Il est presque impossible de comprendre les relations familiales: l'affection voisine avec la haine, l'amour avec l'égoïsme. Et l'envie, la rancune, la colère, tout ce mélange pose des problèmes. Je suis quant à moi heureux d'être enfant unique, et d'avoir été élevé par un seul parent, mais je ne peux en aucune façon éclaircir ma relation avec ma mère, en particulier dans les dernières années précédant sa mort.

Quand Franklin commença à sortir avec Paula, Aaron n'était pas encore revenu en ville. Trois mois plus tard, en décembre, il réapparut, et ils passèrent Noël tous ensemble, ce qui fut sans doute un cauchemar. Sadie n'apprécia pas les cadeaux de Paula: ce pull n'était pas de la bonne couleur, ce corsage était trop petit. Et Aaron se montra froid envers Franklin, bien que celui-ci fût tout à fait aimable et même gentil à son égard. On aurait pu penser qu'Aaron sympathiserait avec Franklin à cause de la mort de Michelle, mais il était à tel point immergé dans sa propre histoire que le chagrin d'autrui ne signifiait rien pour lui. De plus, peut-être reprochait-il à Franklin son mode de vie. Franklin avait une vie stable, ne cherchait pas sa voie. Et, bien sûr, Paula l'aimait, ce qui irritait peut-être Aaron dans la mesure où il désirait lui-même l'attention de sa sœur.

À cet égard, Aaron et Sadie se ressemblaient, et, lors de ce Noël, ils jouèrent au Monopoly et lancèrent des boules de neige, prenant principalement Franklin pour cible. Mais c'est après l'interview de Houari Chihani, quand Aaron se fut joint au GRJ, que Sadie et lui se mirent à se voir souvent, ce qui fit craindre à Franklin qu'il ne s'agisse d'autre chose. Aaron offrait de petits cadeaux à Sadie – des bijoux fantaisie, et parfois un livre. Franklin n'avait pas confiance en Aaron, même s'il l'aurait souhaité, et Paula, pourtant sa demi-sœur, se méfiait elle aussi de lui.

« On ne peut jamais savoir ce qu'Aaron va faire, me dit Franklin. La plupart du temps il se conduit comme tout le monde, puis il fait quelque chose de quasiment pervers, comme donner du punch au rhum au chien de Sadie, ou cacher mes clefs juste pour s'amuser. Tu sais qu'avec la plupart des gens on a, en fait, deux conversations, une conversation cachée sous celle qu'on tient ? On voit la peur, la fierté ou la vanité de son interlocuteur, c'est comme un deuxième discours. Je ne vois jamais chez Aaron cette deuxième conversation. (Franklin eut un rire.) Elle est enfouie trop profond. Et, sans elle, je ne comprends jamais ce qu'il va faire, ni pourquoi. Je ne saisis pas comment fonctionnent chez lui les relations de cause à effet. C'est comme la surface d'une mare. Quelque chose bouge dans les profondeurs, mais je ne sais pas quoi. »

Sadie ne passait pas tellement de temps que ça en compagnie d'Aaron, mais on la voyait parfois dans sa voiture, ou alors elle appelait son père depuis son appartement pour qu'il vienne la chercher, bien qu'Aaron n'habitât pas loin. Ils mangeaient parfois ensemble une glace chez Junior. Ils paraissaient s'apprécier mutuellement, mais Aaron avait vingt-trois ans et Sadie treize, et nous connaissions tous le passé du garçon.

Sadie était elle aussi au courant, mais elle trouvait l'histoire romantique. Elle voyait Aaron comme une victime, et elle savait que son amitié pour lui troublait son père, ce qui plaisait à son âme d'adolescente. Une fois, elle se fit au crayon rouge une marque sur la joue ressemblant à la cicatrice en forme de L d'Aaron. Quand Franklin s'en aperçut, il eut envie de forcer Sadie à l'effacer, mais il ne dit rien.

## 11

Il est important de savoir qu'aucun des dix membres des Recherches sur la justice ne quitta Aurelius ce printemps-là, quand les cours se terminèrent. La plupart d'entre eux trouvèrent des petits boulots d'été en ville. Harriet Malcomb fut embauchée comme hôtesse à l'Auberge de la Pomme de Pin. Léon Stahl obtint un travail de bureau chez Ames. Jesse et Shannon Levine se joignirent aux équipes d'entretien du collège. Oscar Herbst avait un emploi à la scierie. Je ne suis pas sûr pour les autres. Cependant, le groupe continua à se réunir deux ou trois fois par semaine. Ils lisaient les livres recommandés par Chihani et se retrouvaient chez Aaron pour en discuter et définir leur jargon, même s'ils n'employaient jamais ce terme. Pour eux, c'était plutôt un vocabulaire sacré. Le vendredi soir, on trouvait quelques-uns d'entre eux chez Chihani pour d'autres discussions, de nature plus amicale. Jesse et Shannon tondaient la pelouse de Chihani ainsi que celles du collège. Joany Rustoff faisait son ménage et passait l'aspirateur, mais le professeur la payait pour cela.

Les membres du GRJ étaient devenus des croyants, certains plus que d'autres. Dans le cas de Barry, il y avait le grand désir de croire en *quelque chose*. À ce moment était arrivé Chihani. Cela semblait vrai d'eux tous, sauf d'Aaron : le désir de croire précédait l'objet de leur foi. Chacun des dix membres du GRJ ressentait un manque, finalement comblé par le groupe lui-même, mais qui aurait pu l'être par la danse classique, des activités au sein de Greenpeace, ou l'achat d'un chien. Si j'avais suggéré cela à Barry, il se serait senti insulté. Chacun des membres du groupe croyait que son manque avait une forme particulière, et que seul le GRJ pouvait le combler.

Aaron faisait exception. Je ne pense pas qu'il ait compté parmi les croyants, c'était plutôt un nihiliste contre son gré, cherchant une alternative au nihilisme. Il avait un sens de l'humour particulier – on hésite à appeler ça de l'humour – qui se manifestait par l'esprit de contradiction. Cela le rendait plus difficile à vivre que les autres car, quand des divisions se révélaient parmi les membres du GRJ, Aaron s'amusait aussi de ces contradictions. En fait, il les encourageait peut-être. J'avais cependant tort de croire qu'Aaron se laissait mener par son caprice. Une passion unique dirigeait ses actes – mais ici je m'avance trop.

Il était dommage qu'Aaron manque si souvent les soirées chez Chihani, car celles-ci devinrent des sessions d'autocritique. Je fus touché par la façon dont Barry exposait au groupe ce qu'il ressentait, petit et albinos. Il admit même qu'il avait horreur d'être appelé « Petit Rose ». Ces jeunes gens étaient typiques et peu fins, mais l'insistance de Chihani leur permit de voir certains de leurs défauts, comme l'envie et la paresse. Léon Stahl dut faire face à sa gourmandise. Jason Irving parla de sa crainte du sexe. Bob Jenks et Joany Rustoff admirent qu'ils se servaient de leur relation pour repousser le reste du monde. Je ne parvins pas à croire que Jesse et Shannon Levine ne se soient pas vus comme supérieurs aux autres mais, sous la tutelle de Chihani, ils réalisèrent qu'ils favorisaient leur propre point de vue, contre tout autre. S'il n'y avait rien de mal à ce que Chihani éveille la conscience de ses partisans, c'était peut-être une erreur, en revanche, de remplacer leurs faiblesses par sa version particulière du marxisme.

Comme Aaron, Harriet Malcomb ne paraissait pas intéressée par l'autocritique. Elle disait qu'elle devait travailler à l'Auberge de la Pomme de Pin ces soirs-là, mais peut-être Aaron ne voulait-il pas qu'elle assiste aux sessions de Chihani, craignant qu'elles n'entament l'influence qu'il exerçait sur elle. Il était difficile d'estimer quel contrôle avait Aaron sur Harriet, en particulier à partir du moment où elle se mit à sortir avec Ryan Tavich. Ryan l'avait vue à l'Auberge de la Pomme de Pin, où il avait emmené dîner Ronnie Glivens. Harriet lui avait ensuite téléphoné.

« Bien sûr que je sors avec elle, répondit Ryan quand Franklin lui posa la question un jeudi soir, après un match de basket. Si une belle femme a envie de me voir, je serais fou de ne pas sortir avec elle.

— Mais tu as vingt ans de plus qu'elle !

— Je sais compter, dit Ryan. Si ça ne la gêne pas, pourquoi m'en soucierais-je ? »

Harriet était plus grande que Ryan, mais l'haltérophilie l'avait musclé et il faisait bonne figure. Il paraissait bizarre qu'ils sortent ensemble, mais nous n'en étions pas encore arrivés au point où la bizarrerie déclencherait immédiatement les soupçons.

« Et de quoi parlez-vous ? demanda Franklin.

— Des histoires de flics. Elle aime mes récits de guerre. »

Chihani contrôlait de façon stricte les réunions qui se déroulaient chez lui. Quand Aaron y participait, il montrait une personnalité différente, studieuse et pleine de déférence.

Lors d'une réunion du lundi chez Chihani, en juillet, les membres du GRJ devaient avoir lu *L'Élite du pouvoir*, de C. Wright Mills. Le salon de Chihani était meublé de façon spartiate : plusieurs chaises à dossier droit et deux estrades avec des futons, qui servaient de divans. La seule décoration était un tapis algérien rouge et bleu accroché au mur et, sur le sol, un autre tapis en teintes différentes d'ocres et bruns. Il n'y avait pas de livres, de disques ou de photos. Chihani possédait de nombreux ouvrages, mais ils se trouvaient à l'étage. Il servait du thé à la menthe sans sucre et des biscuits amers du Canada.

Lui était assis sur une chaise, les autres se trouvaient çà et là dans la pièce.

« Et qu'appelez-vous l'équité ? demanda Chihani. N'importe lequel d'entre vous peut répondre.

— Ce qui est bon pour le plus grand nombre ? » avança Léon. Il était assis par terre, les jambes croisées, mais, son obésité l'empêchant de les croiser aisément, il lui fallait refermer les mains sur ses tibias pour garder la position.

« Alors, qu'est-ce qui est bon ? » continua Chihani. Sa voix était sèche et il abrégeait tant ses mots que toutes ses syllabes paraissaient de la même longueur.

« Ce qui est bon, c'est ce qui est équitable, dit Harriet, assise sur un futon à côté d'Aaron qui feuilletait un magazine français.

— "De chacun selon ses capacités, à chacun selon le travail accompli", dit Léon en citant Marx.

— Et pourquoi cela est-il équitable ? demanda Chihani. Cette idée d'équité se base-t-elle sur l'exigence morale du sujet ?

— Elle se base sur une théorie de l'histoire, dit Léon.

— Explique-toi, fit Chihani.

— L'histoire progresse, répondit Léon. Elle progresse en direction d'un meilleur ordre social.

— Je te demande à nouveau ce qui est meilleur.
— L'émancipation de l'humanité, avança Shannon.
— Et en quoi ceci est-il meilleur ?
— L'exploitation de l'homme par l'homme crée des frictions au sein de la société, dit Harriet. Tous ses membres ne travaillent pas en vue de l'amélioration du sort de l'humanité. Tout groupe laissé de côté est un groupe exploité, qui finira par se retourner contre le pouvoir. »

Léon leva la main et se mit à lire une citation de Marx.

« "C'est seulement lorsqu'une grande révolution sociale aura maîtrisé les produits de la période bourgeoise, le marché mondial et les moyens de production modernes, et les aura soumis au contrôle des peuples les plus avancés, que le progrès de l'humanité ne ressemblera plus à une de ces hideuses idoles païennes qui ne buvaient de nectar que dans le crâne des sacrifiés."

— J'adore le passage sur le crâne des sacrifiés », dit Oscar. Il portait, insérée au coin gauche de la lèvre inférieure, une perle d'or. Pendant qu'il écoutait, il aimait jouer avec du bout de la langue, comme s'il goûtait une chose sucrée.

« Lénine a dit que tout ce qui aide à détruire l'ancienne société exploiteuse et à unir les travailleurs pour créer une nouvelle société communiste est moral, dit Harriet.

— Cela ne tendrait-il pas à dire que la fin justifie les moyens ? » demanda Barry. Il était fier d'avoir parlé, cela lui arrivait rarement.

« Quel mal y a-t-il à ça ? voulut savoir Oscar.
— Lorsque le mal sert au bien, ce n'est plus le mal, déclara Aaron.
— C'est très discutable, répliqua Léon.
— Parfois oui, et parfois non, dit Aaron.

— Et la police ? demanda Léon.

— Léon a peur de la police », dit Oscar. Il était le genre d'hérétique qui cherchait des preuves et s'intéressait peu à la théorie. Il ressemblait à un mécanicien ne voyant aucune raison de parler philosophiquement d'une panne de voiture. Enfin, ce n'est pas tout à fait exact. Oscar n'était pas un réparateur : ce qui l'excitait était la démolition. Il voulait démanteler les choses.

Bien que les hivers à Aurelius soient froids, neigeux et longs, les étés sont merveilleux, ensoleillés et pas trop chauds. Cet été fut particulièrement doux. Je me souviens d'une semaine en juillet où il plut un peu chaque nuit, mais les journées étaient claires. En bref, il semblait que la nature avait triomphé. Mon jardin est grand, mais j'ai choisi de le tondre moi-même. J'aime que mes voisins me voient jardiner, comme si cela faisait de moi l'un d'eux. Sadie m'aidait parfois, et je lui versais une petite somme pour s'occuper de mes fleurs, si bien que j'avais des géraniums, des impatientes et des lis d'un jour. Elle m'aida à repeindre mon garage, en blanc bordé de vert. Elle portait des shorts et des T-shirts. À ma grande tristesse, il était clair qu'elle ne resterait plus longtemps une enfant.

Comme je l'ai dit, le GRJ se réunit pendant tout l'été, mais ses membres étaient agités, il y avait des tensions au sein du groupe. Je ne peux croire que Chihani les encourageait, mais peut-être ne les avait-il pas remarquées. Selon Barry, Aaron mettait de l'huile sur le feu. Il méprisait les choses qui allaient bien. En juin, il consacra pendant plusieurs jours tout son temps à Joany Rustoff, l'emmenant nager ou au cinéma. Peut-être essayait-il de faire d'elle aussi son soldat, quoi que cela veuille dire. Cela ennuyait

Harriet et Bob Jenks. Puis Aaron cessa de la voir, ce qui peina Joany. Je ne crois pas qu'ils couchaient ensemble, mais il avait d'abord paru l'apprécier, avant de se montrer indifférent. Elle était blonde, jolie, portait des jeans serrés et des hauts découvrant son ventre. Elle avait un petit nez retroussé comme les actrices de cinéma des années 1950 et en était fière, comme certains peuvent être fiers de leur cerveau. Elle se maquillait rarement, mais le fit pendant toutes ces journées où Aaron la courtisait. Puis ce fut terminé, et Joany revint auprès de Bob.

Il y avait aussi des tensions entre Barry et Oscar Herbst. Oscar méprisait Barry. Il n'aimait pas le fait qu'il soit albinos, ni qu'il soit gay ; Barry avait admis être homosexuel lors d'une des séances d'autocritique de Chihani. Oscar n'appréciait pas non plus qu'Aaron traite Barry comme son animal domestique. Peut-être Oscar convoitait-il lui-même cette position, en tout cas, il essayait de séparer les deux garçons.

Quant à Jesse et Shannon, ils se montraient imprudents, se soûlaient dans les bars et se faisaient remarquer. Et comment expliquer la liaison de Harriet avec Ryan sinon par l'imprudence ? Quand on les voyait dans la rue, ou dans la voiture de Ryan, elle était littéralement accrochée à lui. En fait, à mesure que l'été avançait, leur comportement à tous devint de plus en plus extravagant.

Ils firent par exemple une fête début août, organisée par Aaron. Ce devait être une fête nocturne dans le Homeland Cemetery, en lisière de la ville. Je ne suis pas certain que les autres, sauf Oscar Herbst, aient réellement eu envie de venir. Léon Stahl, qui n'aimait pas marcher, en particulier dans les cimetières, dit à plusieurs reprises qu'il n'était pas « fana des fêtes ». Barry ne voulait pas y aller, mais ne souhaitait pas non plus rester en arrière. Je présume que Joany et

Bob Jenks s'y rendirent pour montrer qu'ils n'étaient pas affectés par le flirt d'Aaron avec Joany quelques semaines plus tôt. Harriet vint, annulant pour cela un rendez-vous avec Ryan. À la fin, même Léon envisagea de les rejoindre, disant que ça irait peut-être s'il entourait ses genoux de bandes. Vu ce qui se passa, il fit bien de rester chez lui.

Le groupe avait un petit radiocassette, des gobelets en carton, plusieurs litres de jus d'orange et deux bouteilles de vodka, plusieurs packs de bière et, je crois, des bretzels.

« Pas de serpentins ? demandai-je plus tard à Barry.

— Je vous en prie », répondit-il.

Barry me dit qu'il imaginait sans cesse qu'une main décharnée allait sortir d'une tombe pour lui saisir la jambe ou le bas du pantalon. En conséquence, il essayait de rester au milieu du groupe, heurtant et bousculant les autres jusqu'à ce qu'ils se missent en colère. Peut-être étaient-ils tous nerveux. Après tout, ils n'avaient pas le droit d'être là, et il était minuit. La lune n'était qu'au premier quartier, mais Aaron avait une lampe électrique, ainsi que Shannon et Bob Jenks. Barry n'avait pas pensé à en emporter une.

Près du centre du cimetière se trouvait une stèle de granit devant un obélisque haut de quatre mètres cinquante. C'était le caveau familial de Hyram Peabody, un banquier d'Aurelius du XIXe siècle. La stèle faisait deux mètres cinquante sur un mètre quatre-vingts, une inscription y était gravée : « L'esprit de progrès était sa préoccupation constante ». De chaque côté de l'obélisque se trouvaient des stèles plus petites, celles de Hyram Peabody, de sa femme et de leurs fils et filles, dont plusieurs étaient morts enfants. Dans cette partie du cimetière, les chênes étaient très vieux ; près de l'obélisque, il y avait aussi cinq ou six tombes majestueuses, en marbre, avec des colonnes grecques. Une d'elles, appartenant à Cyrus Tucker, était aussi grande qu'une petite maison.

Quand j'étais étudiant, à la fin des années 1950 et au début des années 1960, on disait que des couples audacieux venaient la nuit faire l'amour sur la tombe de Hyram Peabody, et plusieurs de mes condisciples prétendirent avoir vu des préservatifs dans l'herbe ou sur la tombe elle-même, mais qui sait s'ils disaient la vérité ?

La pierre tombale de granit était le but d'Aaron. Ils danseraient dessus, boiraient de la vodka-orange, seraient obscènes et parleraient de Marx. Pendant qu'ils avançaient entre les tombes, Aaron taquinait ses acolytes en prétendant voir ou entendre des choses. Ils se serraient alors les uns contre les autres.

Shannon posa le radiocassette au pied de l'obélisque. Aaron mit les Doors. Oscar prépara les verres. Bob et Joany dansèrent sur la chanson de *Mahagonny* qui parle de la lune sur l'Alabama : « *Oh, show me the way to the next whisky bar*[1] ». Ils dansaient de façon saccadée, parodique. Jason tourna le dos aux autres et croisa les bras, mettant les mains sur ses épaules et ondulant, si bien qu'il paraissait enlacer une fille encore plus maigre que lui.

« Baise-la, dit Shannon.

— Yahou ! » cria Jesse.

Barry se tenait aussi près d'Aaron qu'il le pouvait sans le toucher. Il avait peur de s'asseoir, il imaginait que le sol allait s'ouvrir pour l'engouffrer. Il ne savait pas pourquoi il avait accepté de venir. Partout où il portait le regard, il apercevait une chose potentiellement terrifiante.

« Quelle est la différence, demanda Oscar, entre la dialectique épistémologique, la dialectique ontolo-

---

1. « Montre-moi le chemin du prochain bar. » *(N.d.T.)*

gique et la dialectique relationnelle ? Celui qui trouve la réponse a droit à une pipe de Joany.

— Ferme-la, dit Joany, indignée.

— De Harriet, alors, dit Oscar.

— Léon saurait répondre, dit Barry pour défendre la seule personne assez intelligente pour ne pas être venue.

— C'est pour ça qu'on ne veut pas de lui ici, fit Oscar.

— Je détesterais faire une pipe à Léon », dit Harriet. Elle rit, et Aaron rit lui aussi.

Barry fut terrifié à l'idée que Joany ou Harriet pourraient vouloir toucher son pénis avec leur bouche. Il but sa vodka-orange. Il ne sentait pas le goût de l'alcool mais savait qu'il était là. Les rayons des torches dessinaient des zigzags sur le sol.

« Les gens meurent-ils parce qu'ils méritent de mourir ? demanda Jason.

— Ils meurent parce qu'ils sont vieux et malades, répondit Harriet.

— Ils meurent parce qu'ils s'ennuient », dit Aaron.

La lune brillait à travers les feuilles des chênes. Harriet avait placé six bougies de part et d'autre du radiocassette. Il ne semblait pas y avoir de vent, mais les flammes vacillaient comme au rythme de la musique.

Aaron et Bob Jenks se mirent à parler de la paupérisation et de la différence entre la paupérisation absolue et relative. Ils avaient tous deux bu plusieurs verres. Bob disait que la paupérisation était maintenant surtout limitée aux pays du tiers-monde.

« Baisons un pauvre ! s'écria Oscar Herbst.

— Hé, dit Shannon, les pauvres sont avec nous. Baisons plutôt un capitaliste.

— Un capitaliste mort, ajouta Jesse.

— Je parie qu'on peut renverser quelques-unes de

ces stèles », dit Oscar. Il essaya d'ébranler l'obélisque, mais celui-ci ne bougea pas.

« Ne fais pas ça ! dit Barry.

— Hé, dit Oscar, Petit Rose ne veut pas déranger les capitalistes endormis.

— Hou, hou, hou ! cria Jesse.

— Pas de bruit, dit Harriet. Vous voulez que quelqu'un appelle la police ?

— Cette pierre bouge, dit Shannon à quelques mètres d'eux.

— C'en est une petite, dit Aaron avec indignation. Elle appartient évidemment à un pauvre, à un déshérité ! »

Oscar essaya d'ébranler une stèle de plus grande taille, celle de Wilhelm Bockman, qui avait possédé une fabrique de tricot à Aurelius. « Venez ! » s'écria Oscar. Jesse et Shannon se joignirent à lui, et firent osciller la pierre. Barry se boucha les oreilles, il était sûr que quelque chose de terrible se produirait. La stèle faisait environ un mètre quatre-vingts de haut. Bob et Jason vinrent aider les autres, et Joany poussait aussi. La stèle vacilla puis tomba en arrière avec un bruit sourd.

« Voilà pour cet enfoiré, dit Oscar.

— Qui d'autre ? demanda Shannon.

— Renversons donc l'obélisque », suggéra son frère.

Ils commencèrent à pousser, mais l'obélisque ne bougea pas. Aaron vint à leur aide, mais sans résultat.

« Viens, Petit Rose, dit Aaron.

— Non.

— Fais ce que je te dis.

— Je ne veux pas », dit Barry. Il tourna le dos aux autres, mais il se sentait trop seul ; et il se retourna pour les regarder.

« Enfoirés de capitalistes, dit Oscar. D'autres stèles ! »

En une demi-heure, ils renversèrent une bonne dizaine de stèles. Barry resta debout près de l'obélisque, seul ; la voix de Jim Morrison le réconfortait un peu, mais le texte de la chanson l'effrayait : « *When the music's over, turn out the lights*[1]. »

Harriet s'approcha de lui. « Tu es une femmelette, dit-elle avec une touche de gentillesse dans la voix.

— Je sais. Je suis désolé.

— Ne dis rien à la police. » Le visage de Harriet était pâle dans la pénombre.

« Je ne ferais jamais ça.

— Tu ferais un drôle de révolutionnaire, Petit Rose.

— Je ne veux pas être un révolutionnaire », répondit-il.

Au bout d'un moment, les autres revinrent à l'obélisque Peabody. Oscar se jeta sur le sol et parut s'endormir. Shannon et Jesse buvaient de la bière. Aaron prépara plusieurs vodka-orange et les tendit à Harriet, Jason et Bob. Barry avança la main pour prendre un verre.

« Tu n'y as pas droit, dit Aaron. Tu as été méchant. »

Oscar était couché sur le ventre, le visage dans l'herbe. « Méchant, méchant, méchant », chantonna-t-il.

« *Cancel my subscription to the resurrection*[2] », chantait Jim Morrison.

Aaron regarda autour de lui, dans une direction puis l'autre. « Ma mère est enterrée ici, dit-il.

— La dame assassinée, dit Bob Jenks.

— Je crois qu'elle est par là », dit Aaron. Il partit vers la gauche. Harriet le suivit. Les autres regardaient. Oscar sauta sur ses pieds et leur emboîta le pas, suivi de Shannon et Jesse.

---

1. « Quand la musique s'arrête, éteins les lumières. » *(N.d.T.)*
2. « Annule mon abonnement à la résurrection. » *(N.d.T.)*

Barry resta seul. Il regarda autour de lui, puis courut derrière Jesse. « Attendez-moi », demanda-t-il.

La tombe de Janice McNeal se trouvait dans la partie récente du cimetière. Sa grande stèle rectangulaire avait encore l'air neuf. Il y avait des fleurs sur la tombe, et Barry se demanda qui les y avait déposées. Aaron, Bob et Shannon éclairèrent la pierre tombale de leurs torches.

« Veux-tu qu'on la renverse ? demanda Oscar.

— N'essaie même pas, fit Aaron.

— Comment était-elle ? voulut savoir Harriet.

— Elle aimait se faire baiser », répondit Aaron après un silence.

Personne ne dit rien.

« Elle aimait branler les hommes et regarder leur sperme jaillir.

— C'est elle qui t'a dit ça ? demanda Harriet.

— Certains me l'ont raconté, dit Aaron. Ils trouvaient que je devrais savoir qui était ma mère. Quand je suis à la Taverne de Bud, il arrive qu'un ivrogne vienne me dire : "Ta mère aimait me branler." »

Une voiture passa dans la rue.

« Enfoirés », marmonna Shannon. Le faisceau de sa lampe dansait sur la tombe de Janice.

Aaron parut se mettre en colère. « Vous trouvez qu'il y a quelque chose de mal à branler quelqu'un ? Peut-être aimait-elle ça. Elle aimait plein de choses.

— Que penses-tu de son assassinat ? » demanda Barry. Ce n'était pas ce qu'il voulait dire, il voulait savoir si Aaron soupçonnait quelqu'un.

« Qu'est-ce que tu crois qu'il en pense ? demanda Jason.

— Il me semble que Petit Rose se permet beaucoup de choses, ce soir, dit Oscar.

— Honte sur Petit Rose, fit Shannon.

— Il ne nous a pas aidés avec les tombes capitalistes, ajouta Jesse.

— Je pense, dit Oscar, que nous honorerions la mémoire de Janice McNeal en lui donnant le pantalon de Petit Rose.

— Génial, dit Shannon avec un rire.

— Et son slip », reprit Oscar.

Barry recula, mais il fut immédiatement saisi et jeté à terre. Shannon pesa des genoux sur ses épaules pendant qu'Oscar et Jesse s'attaquaient à la boucle de sa ceinture. Bob Jenks les rejoignit, les autres restèrent en retrait.

Barry se débattit. « Non ! » cria-t-il, et Shannon lui mit la main sur la bouche. Ils enlevèrent les chaussures de Barry, puis se mirent à tirer sur son pantalon. Pendant qu'il essayait de résister, il vit Aaron et Harriet qui le surplombaient et le regardaient. Harriet avait un petit sourire, le visage d'Aaron ne trahissait aucune émotion.

Quand le pantalon et le slip de Barry eurent été retirés, Shannon et Jesse le maintinrent sur le sol ; Oscar se releva et tourna sa torche vers les parties génitales de Barry.

« Pas étonnant qu'on t'appelle Petit Rose, dit-il.

— Hé, Barry, quand crois-tu que ça commencera à pousser ? » demanda Shannon.

Ils continuèrent à plaisanter au sujet du pénis de Barry.

« Il faudrait peut-être des vitamines, suggéra Joany.

— Ou de l'engrais rapide », dit Bob.

Aaron resta silencieux. Il regarda Barry, puis détourna les yeux. Barry ferma les siens très fort et souhaita disparaître.

Oscar drapa la stèle de Janice avec le pantalon de Barry.

« Chère disparue, dit-il, nous plaçons ceci sur votre tombe en hommage et en témoignage de notre éternelle dévotion. »

Ils éclairèrent la tombe de leurs lampes. Les jambes des jeans de Barry formaient un V inversé qui encadrait le nom de Janice.

« Partons d'ici, dit Aaron. Je m'ennuie. »

Oscar saisit le pantalon et fila vers la rue. Jesse le suivit et Shannon prit lui aussi la course. Les autres les suivirent en hâte. Barry resta sur le sol, se cachant les yeux des mains. Il réalisa qu'il se trouvait au-dessus des restes de Janice, mais ne bougea pas. Le ciel s'assombrit, un oiseau de nuit hulula. Puis le silence se fit. Barry garda les mains sur ses yeux.

« Petit Rose, dit-il à voix haute. Petit Rose. » Dans le silence, c'était comme s'il avait crié. Il n'entendait plus les autres, mais une voiture s'éloigna en faisant crisser ses pneus. Il s'attendait encore à être entraîné parmi les morts, mais à présent, il souhaitait que cela arrive.

Rien ne se produisit. Barry resta là presque une heure, jusqu'à ce qu'il eût trop froid. Il se dirigea vers la rue. Les autres avaient aussi pris ses chaussures. Il regarda sa montre et vit qu'il était trois heures et demie du matin. Il se fit mal aux pieds en marchant sur le gravier.

« Petit Rose », dit-il de nouveau à voix haute.

Une fois dans la rue, il se cacha derrière un arbre. Aucune voiture ne passait, les maisons étaient sombres. Il y avait plus d'un kilomètre jusqu'à chez lui. La maison de sa mère était moins éloignée, mais il ne pouvait pas y aller. Barry s'imagina traverser la ville sans son pantalon. On le verrait forcément. Il avait envie de rester pour toujours dans le cimetière. Il se disait que les morts avaient de la chance.

Vers quatre heures et demie, il entendit une voiture approcher et se cacha derrière l'arbre. La voiture s'arrêta devant la clôture du cimetière, et une portière s'ouvrit.

« Barry ! »

C'était Aaron. Barry sortit de derrière l'arbre.

Aaron se tenait près de la clôture, tenant à la main le pantalon de Barry. Il regarda celui-ci, puis lui lança le vêtement.

« Monte dans la voiture », dit-il.

# 12

Aaron avait dix ans de plus que Sadie, ce qui était trop pour qu'on les considère comme faisant partie du même groupe d'âge. J'ai des amis de dix ans plus jeunes ou plus vieux que moi et je les considère comme de mon groupe d'âge, mais Sadie avait treize ans. Personne n'approuvait leur amitié, et Sadie en avait été avertie. Le simple fait qu'Aaron s'intéressât à elle prouvait pour les gens que quelque chose n'allait pas. Et il y avait une question : pourquoi souhaitait-il sa compagnie ? La vie est compliquée, ce n'est pas une raison unique qui détermine nos choix, mais plusieurs, à la fois conscientes et inconscientes. Le fauteuil que je préfère pour lire est celui dans lequel ma mère s'installait pour me faire la lecture. Pourtant, quand je revins m'installer dans cette maison, je ne réalisai pas que c'était le même fauteuil, alors que je m'y asseyais sans doute plusieurs heures tous les soirs. Autrefois brun foncé, il avait été recouvert d'un tissu bleu pâle, avec des fleurs jaunes. Ce n'était pas le siège le plus confortable du salon, les accoudoirs étaient bosselés et l'assise défoncée. Pourtant, quelque chose m'amena à le choisir comme fauteuil de lecture. C'était l'endroit le plus douillet pour moi d'un point de vue psychologique. Voilà un exemple de motif inconscient.

Aaron appréciait peut-être Sadie parce qu'elle était fraîche et regardait le monde avec des yeux émerveillés. C'était certainement une des raisons pour lesquelles je l'aimais bien ; sa vision n'était pas encore blasée. De plus, mignonne et aimable, elle se montrait pleine d'énergie et d'enthousiasme. Elle avait le sens de l'humour, appréciait les choses un peu bizarres d'une façon que je trouvais charmante, comme en témoignaient les histoires qu'elle racontait au sujet du fœtus de cochon ou du rat presque sans poils dans leur bocal de formol ; elle avait baptisé ce dernier Tooslow[1], et lui inventait des aventures où tout tournait mal.

Aaron devait aussi avoir d'autres raisons. Étant donné son passé, il avait l'habitude des facettes les plus sombres du caractère humain. Avec Sadie, il n'y avait pas de face cachée, ou pas encore. Même l'idéalisme du GRJ, pour sot qu'il puisse paraître, était fondé sur l'espoir que les éléments obscurs pourraient être gommés de l'existence grâce à un changement des institutions, mais je suis sûr que cette conception aurait surpris certains membres du groupe. Cependant, cet idéalisme était une des raisons pour lesquelles Aaron s'était joint au GRJ, même s'il en avait une demi-douzaine d'autres. L'innocence de Sadie nous attirait tous deux. D'un autre côté, je n'aurais jamais rien fait qui puisse mettre Sadie en danger, mais cela ne semblait pas tout à fait vrai d'Aaron.

Dix jours après l'affaire du cimetière, Aaron emmena Sadie nager dans une ancienne carrière inondée, plusieurs kilomètres à l'est d'Aurelius. C'était une propriété privée, et les hommes du shérif y jetaient parfois un œil parce qu'il s'y était produit trois ou quatre noyades au cours des années passées. Il y avait aussi de vieilles machines, ou bien submergées ou

---

1. « Trop-lent ». *(N.d.T.)*

bien dépassant de la surface, du métal rouillé, tordu à tel point qu'on ne pouvait en deviner la fonction première. Franklin aurait été furieux s'il avait su qu'Aaron emmenait Sadie dans un endroit aussi dangereux, mais il ne l'apprit que plus tard.

J'ai cru comprendre que Sadie avait demandé tout l'été à Aaron de l'y emmener, aussi n'était-il peut-être pas coupable à cent pour cent. D'un autre côté, c'est lui qui avait parlé de la carrière à Sadie, et ses récits étaient sans doute excitants. Les gens allaient déjà y nager quand j'étais jeune et, même alors, on savait que l'endroit était dangereux. Je n'y étais jamais allé moi-même, de peur de mettre ma mère en colère.

Aaron gara sa vieille Toyota sous des arbres à environ un kilomètre du lac et ils traversèrent à pied des champs de maïs et un bois pour arriver au bord de la carrière. Sadie avait fait des sandwiches au salami et ils avaient un pack de Pepsi dans une petite glacière. C'était la mi-août et il faisait très chaud. Le ciel était dégagé. Les cigales chantaient. Il n'avait pas plu depuis une semaine et tout était sec. Les deux jeunes gens avaient quitté Aurelius vers dix heures, et atteint la carrière une heure plus tard. Sadie aurait voulu emmener son chien, Shadow, un cocker noir qui détestait prendre de l'exercice, mais Aaron lui dit de le laisser à la maison.

L'incident de Homeland Cemetery avait suscité beaucoup d'émotion, mais personne ne fut inculpé, les vandales restèrent inconnus. Il y eut un article dans l'*Independent*, et Franklin avait rédigé un éditorial disant qu'on pouvait juger du présent par son respect pour le passé. Une douzaine de stèles avaient été renversées, et l'une d'elles s'était cassée en deux ; des boîtes de bière jonchaient le sol. On présuma que les responsables étaient des lycéens. Personne ne parut suspecter le groupe, même si certaines personnes durent le faire. Quelques mois plus tard, le GRJ aurait été soupçonné de n'importe quoi, depuis le vol de chiens jusqu'au dépôt d'ordures sur la voie publique. Une troupe de boy-scouts du coin se porta volontaire pour nettoyer le cimetière et la police renforça ses patrouilles.

Quand Sadie évoqua l'affaire devant Aaron, il admit s'être trouvé au cimetière.

« As-tu renversé des tombes ? demanda Sadie.

— Quelques-unes. Elles étaient lourdes. »

Ils avaient atteint la carrière et suivaient un chemin de terre qui en longeait le bord, un peu au-dessus de l'eau. La partie inondée, un ovale grossier, faisait environ cent cinquante mètres de long. Sur l'autre rive, quatre jeunes garçons sautaient dans l'eau depuis une branche d'arbre, un chien qui les accompagnait aboyait.

« Vous n'aviez pas peur d'avoir des ennuis ?

— Nous n'y avons pas pensé. Les morts s'en moquent, et il n'y avait pas de vivants dans le coin.

— Pourquoi avez-vous fait ça ?

— Par ennui, je suppose. »

Ils choisirent un endroit dégagé près de la rive, où trois troncs abattus formaient un triangle. On avait fait du feu au centre, il restait une tache noire. Au-delà des troncs, une petite élévation dominait l'eau d'environ cinq mètres. Des buissons de sumac poussaient sur le rivage. Aaron et Sadie se trouvaient directement en face des quatre garçons, qui étaient au bout d'un chemin de terre par lequel apparaissaient parfois les hommes du shérif. Le chien continuait à aboyer. Un des garçons lui lança une pierre, mais le manqua.

Aaron, souvent silencieux, se montrait bavard avec Sadie. Je ne sais pas s'il était vraiment différent en sa compagnie, mais il paraissait moins sur ses gardes, moins ironique. Il avait lui aussi grandi à Aurelius et, enfant, paraissait heureux. Le changement vint avec son adolescence. On pouvait superficiellement blâmer Hark Powers, mais celui-ci ne faisait que représenter le monde extérieur. On pouvait aussi rendre responsable du changement d'Aaron l'arrivée de la puberté et la prise de conscience du mode de vie choisi par sa mère. Ou, aussi bien, par son père.

Aaron parlait à Sadie de ce qu'il avait lu – l'histoire, la philosophie et les œuvres sociales recommandées par Chihani –, mais aussi de son enfance à Aurelius, quand il livrait des journaux avec son chien, et de ses visites à la carrière, alors qu'il était encore plus jeune que Sadie.

Il parla de quitter Aurelius.

« Pas immédiatement. Mais je me dis que j'aimerais traverser à moto le sud du Mexique – le Chiapas et le Yucatan –, là où il y a ce début de révolution.

— Quelle révolution ? » demanda Sadie. Ils avaient déballé leur déjeuner et mangeaient les sandwichs. Aaron avait enlevé sa chemise, il portait un short de bain noir qui descendait au milieu de ses cuisses osseuses. Il était assis par terre, appuyé à un rocher. Sadie, assise sur un tronc, portait des jeans aux jambes coupées sur un maillot une pièce vert. Elle avait de longues jambes, bien plus longues que son torse. Ses genoux portaient d'anciennes cicatrices de chutes en roller-skate.

« Les révolutions concernent une redistribution du pouvoir, dit Aaron. Quelqu'un a un bâton et s'en sert pour frapper ceux qui l'entourent, jusqu'à ce qu'on le lui prenne. C'est alors quelqu'un d'autre qui tient le bâton pour un moment, et c'est *lui* qui frappe. Au sud du Mexique, c'est les Indiens contre les propriétaires terriens.

— Faut-il toujours qu'il y ait une révolution ?

— Pas nécessairement. Si tu veux prendre son bâton au type qui te frappe, la révolution est la dernière chose à essayer.

— Tu pourrais travailler là-bas ?

— N'importe où, pourvu qu'il y ait le téléphone.

— Qu'est-ce que tu fais, en tant qu'analyste ? Les gens te racontent leurs problèmes ?

— Je n'analyse que des informations, dit Aaron avec un rire. Des choses mortes. En ce moment, j'analyse la base de données d'un hôpital de New York pour aider la direction à décider si cela vaudrait la peine de développer les départements d'obstétrique et de gynécologie.

— Ça n'a pas l'air très excitant, répondit Sadie en fronçant le nez.

— Tu serais surprise de voir à quel point c'est paisible. Chaque élément d'information trouve sa petite niche.

— Et que comptes-tu faire après la révolution ?

— Quiconque fait des projets pour après la révolution est un réactionnaire. Du moins, c'est ce que disait Marx. » Aaron prit une canette de Pepsi dans la glacière, l'ouvrit et la tendit à Sadie.

« Si un type a un bâton, il s'en servira pour frapper ceux qui l'entourent, sauf s'il y a des lois pour l'en empêcher. C'était comme ça quand les gens vivaient dans des cavernes, et c'est toujours comme ça maintenant qu'ils voyagent dans des fusées.

— C'est une brute, alors.

— Il y a une brute en chacun de nous, du moins c'est ce que je pense. » Aaron s'interrompit, se demandant si c'était vrai. Il gratta ses pieds nus, de grands pieds aux longs orteils avec lesquels il pouvait ramasser des cailloux.

« Y a-t-il une brute en moi ? demanda Sadie, un peu taquine.

— Peut-être. Il te faudrait d'abord un bâton.

— As-tu mordu Hark Powers parce que c'était une brute ?

— Je l'ai mordu parce que j'étais malade.

— Et Sheila Murphy ?

— J'étais furieux contre elle, mais j'étais malade à ce moment-là aussi.

— Tu étais furieux contre elle parce qu'elle ne voulait pas... tu sais ?

— J'étais furieux parce qu'elle ne voulait pas répondre à mes questions.

— Quelle sorte de questions ?

— Juste des questions.

— Tu es toujours malade ?

— Je n'en suis pas sûr », répondit Aaron en se grattant la tête.

Sadie commença à dire autre chose, se reprit, puis demanda : « Quel goût avait son oreille ? »

Aaron prit une gorgée de Pepsi et la fit rouler dans sa bouche.

« Cireuse, répondit-il, comme un morceau de salami en plastique. Je ne te conseille pas d'essayer.

— Ça veut dire quoi, être malade ?

— Ça veut dire faire quelque chose alors qu'on sait qu'on ne le devrait pas, mais le faire quand même.

— Tu es revenu à Aurelius parce que tu es malade ?

— Non, j'avais des raisons claires pour revenir ici.

— Pour apprendre la révolution et te joindre au GRJ ?

— J'avais décidé de revenir avant ça.

— Es-tu revenu à cause de ta mère ?

— En partie. Je veux trouver qui l'a tuée.

— Tu as des idées ? demanda Sadie en baissant la voix.

— C'est un de ses petits amis, et il sait rester caché. Peut-être un prêtre, peut-être un médecin, peut-être un flic.

— Alors, tu penses à quelqu'un en particulier ?

— Bien sûr. » Aaron se leva.

« Hé, tu ne veux pas venir nager ?

— Et Harriet ? voulut savoir Sadie, qui n'en avait pas fini avec ses questions.

— Quoi, Harriet ? demanda Aaron, de l'eau jusqu'aux chevilles.

— Tu l'aimes ?

— C'est une amie. Et mon soldat.

— Tu as d'autres petites amies ?

— Des tas.

— Tu couches avec toutes ? »

Aaron sourit, puis son visage redevint sérieux. « Presque toutes. » Il plongea et nagea quelques mètres puis se retourna et demanda à Sadie si elle venait se baigner. Il lissa ses cheveux en arrière.

« Il n'y a pas de serpents ?

— Tu crois qu'ils oseraient s'en prendre à toi ? »

Sadie plongea elle aussi. Aaron nageait en gardant la tête hors de l'eau et Sadie, elle, avait suivi des cours de natation. Aaron essaya de la rattraper, mais elle était plus rapide. Il se mit sur le dos et revint vers la rive. Son corps était très blanc, comme s'il n'avait pas enlevé sa chemise de tout l'été. Il était maigre, ses côtes saillaient. Sadie le rejoignit.

Aaron sortit de l'eau et grimpa sur l'élévation.

« Tu vas sauter de là-haut ? demanda Sadie.

— Pourquoi pas ? »

Le tertre ne tombait pas à pic dans le lac, si bien qu'Aaron dut prendre de l'élan. Ses cheveux longs flottaient derrière lui. Il releva les genoux en tombant et heurta l'eau à environ trois mètres du bord. Une gerbe d'éclaboussures s'éleva. Il sortit de l'eau et, quand il revint sur le monticule, Sadie s'y trouvait.

« Ça fait peur », dit-elle. Le tertre était aussi haut qu'une petite maison, et il y avait le risque de ne pas sauter assez loin.

« Seulement si on y pense.

— C'est profond ?

— Suffisamment. »

Aaron recula de quelques mètres et prit son élan. En sautant, il écarta les bras et poussa un cri. Il s'enfonça dans l'eau et ne réapparut pas avant une trentaine de secondes, puis fit surface à quelque distance de son point d'immersion.

« Ne le fais pas si tu n'as pas envie », dit-il. Il revint au rivage ; Sadie regardait à nouveau par-dessus le bord.

« Ça paraît haut, dit-elle.

— C'est ce qui est drôle, répondit Aaron. Fais juste attention de sauter assez loin. » Il monta sur un rocher pour regarder.

Sadie recula, disparaissant à sa vue, et Aaron attendit. Elle réapparut soudain et vola dans l'air, blanche et mince. Elle hurla, gardant le corps droit et tombant les pieds en avant. Elle toucha l'eau à environ deux mètres du bord.

Quand elle refit surface, Aaron vit à son visage que quelque chose n'allait pas.

« Je me suis cognée sur quelque chose, cria-t-elle. Ça fait mal. »

Aaron sauta de son rocher, puis pataugea dans l'eau pour se rapprocher d'elle. Il perdit l'équilibre et s'enfonça sous l'eau. Quand il revint à la surface, toussant, Sadie approchait du bord. Il lui saisit le bras et ils escaladèrent tous deux la rive. La jambe gauche de Sadie saignait.

« Il y avait quelque chose sous l'eau, dit-elle. Je me suis fait mal dessus. » Elle avait les dents serrées.

Aaron se pencha sur sa jambe et essuya le sang pour voir la taille de la coupure, mais elle continuait à saigner. Il prit de l'eau dans ses mains en coupe pour lui laver la jambe. Sadie avait une profonde estafilade qui partait du genou et remontait sur sa cuisse.

« Tu peux te tenir debout ?

— Ça fait mal. »

Aaron prit sa serviette, la mouilla et l'enroula autour de la cuisse de Sadie. « Je vais t'emmener chez un médecin. » Il remit ses chaussures.

En soutenant Sadie, il lui fit traverser les champs jusqu'à la voiture. Elle était si légère qu'il aurait facilement pu la porter.

Sadie ne disait rien, elle essayait de ne pas pleurer et gardait les lèvres serrées. Aaron ne disait rien non plus. S'il se sentait responsable de ce qui s'était passé, il n'en parla pas.

Aaron avait l'intention de l'emmener aux urgences de l'hôpital mais, le temps qu'ils arrivent en ville, la blessure ne saignait plus.

« Je n'ai pas besoin d'aller à l'hôpital », dit Sadie.

Ils en discutèrent, et décidèrent finalement de s'arrêter à la pharmacie et de soigner la coupure eux-mêmes.

Il y avait deux pharmacies à Aurelius : Fays Drugs, dans le centre commercial, et le drugstore Malloy sur Main Street. Donald Malloy était venu de Buffalo quelques années plus tôt, suivant son frère Allen, médecin et père de Sharon, l'amie de Sadie. C'était un homme corpulent qui avait la quarantaine passée, des cheveux d'un roux sableux et le visage sanguin. Il portait une blouse blanche avec son nom inscrit en lettres rouges sur la poche de poitrine. Il était seul dans le magasin. Une femme appelée Mildred Porter travaillait avec lui, mais elle était partie déjeuner.

Malloy insista pour qu'Aaron emmène Sadie voir un médecin.

« Ça ne saigne plus, dit Aaron. On peut s'en occuper nous-mêmes.

— Montrez-moi ça », dit Malloy. Il avait une voix haut perchée et nasillarde. Sadie trouva qu'il avait l'haleine sucrée, comme s'il avait mangé des bonbons.

Elle s'assit sur le comptoir, près de la caisse enregistreuse chromée, à l'ancienne mode. Malloy retira la serviette de sa jambe. L'estafilade faisait une trentaine de centimètres de long.

« C'est vilain, dit Malloy. Il te faut une piqûre antitétanique. » Il nettoya la coupure à l'alcool, et Sadie serra fort la main d'Aaron.

« Tu es une fille courageuse. Comment t'appelles-tu ?

— Sadie Moore. »

Malloy dit qu'il connaissait son père, puis fit un signe de tête à Aaron.

« Je suis sûr de vous connaître, mais je ne me souviens pas...

— Aaron McNeal.

— Ah », dit Malloy. Il continua à nettoyer le reste de la cuisse de Sadie avec un morceau de coton.

« Ma réputation est si mauvaise que ça ? demanda Aaron en manière de plaisanterie. Vous connaissiez sans doute aussi mes parents.

— Oui, dit Malloy. Je me souviens d'eux. » Il semblait sur le point d'en dire plus mais changea d'avis. Il avait de grandes mains roses aux ongles parfaitement manucurés. Prenant un tube de pommade, il en mit sur la coupure et autour puis posa avec beaucoup de précision une compresse de gaze par-dessus. Il s'arrêta et désigna une bague au majeur gauche de Sadie, un anneau d'argent bon marché décoré d'une colombe, qu'Aaron lui avait donné.

« Pourquoi portes-tu cet anneau ? demanda Donald.

— Il est joli. C'est un ami qui me l'a donné.

— Tu sais ce que ça veut dire ?

— Ça a une signification ?

— Toutes les créatures ont une signification. Par exemple, un lion peut signifier le courage, ou bien la grande Bête du livre de l'Apocalypse.

— Je suppose qu'une colombe symbolise la paix et l'amitié, dit Sadie. Ou même l'amour. » Ses joues rosirent un peu.

« Ce sont quelques-unes de ses significations », dit Donald. Il commença à enrouler une bande autour de la gaze.

« Que signifie-t-elle d'autre ? demanda Aaron, debout à côté de Sadie, une main posée sur son épaule.

— La victime divine, ou même l'espoir.

— Que symbolisent les chiens ? demanda Sadie avec plus d'intérêt.

— Ça dépend de la race. En général, simplement la fidélité. » Quand Donald eut fini d'enrouler la bande, il tapota le genou de Sadie.

« N'oublie pas la piqûre antitétanique. Mon frère peut la faire, ou son infirmière. Vas-y immédiatement, je vais l'appeler. »

Sadie toucha le pansement, précisément aligné sur sa jambe, la bande se croisant et se recroisant comme un jeu de morpion dessiné par un professionnel.

« C'est formidable, dit-elle. Vous auriez dû être médecin.

— Mon frère y est arrivé le premier, répondit Donald avec un sourire.

— Combien vous dois-je ? demanda Aaron.

— C'est ma bonne action du jour », dit Malloy en secouant la tête.

Le drugstore était encombré de présentoirs de cartes de vœux, de magazines, d'armoires réfrigérantes contenant des sodas et des glaces. Près de la porte se trouvait un grand panier rempli de ballons de volley et de basket à côté de boîtes de jeux de badminton.

« Quelque chose te fait envie ? » demanda Aaron à Sadie. Il avait le sentiment qu'il fallait acheter quelque chose pour remercier Malloy de sa gentillesse.

« Si on achetait un ballon de volley ? dit Sadie.

— Bonne idée. » Aaron en choisit un et le lança à Sadie avant de payer.

« Votre père ne s'est-il pas installé à Utica ? demanda Malloy en rendant la monnaie.

— Il enseigne au lycée là-bas. » Le ton d'Aaron laissait entendre qu'il parlait d'un parent éloigné.

« Et vous avez une sœur, si je ne me trompe pas ? »

Aaron rit. « C'est la petite amie du père de Sadie. Vous voyez à quel point tout ça est incestueux ? »

Il passa le bras autour de la taille de Sadie et l'aida à sortir de l'officine. Malloy les regarda partir.

Aaron emmena Sadie chez le médecin pour sa piqûre, puis la reconduisit chez elle. Quand Franklin vit sa jambe bandée ce soir-là, il lui demanda ce qui s'était passé. En lui racontant l'histoire, Sadie ne songea pas à cacher quoi que ce soit. Après tout, c'était une aventure.

## 13

Ryan Tavich vivait seul dans un bungalow de brique de Jackson Street, qu'il occupait depuis son arrivée à Aurelius à la fin des années 1970. Il y avait deux érables devant la maison et pas de jardin à l'arrière, ou du moins aucun digne de ce nom. Je connaissais un de ses voisins, Whitey Sherman, qui disait souvent que la maison de Ryan paraissait vide, comme si personne n'y vivait. J'aurais pu soupçonner quelque chose de bizarre, mais Franklin était entré chez Ryan, et n'avait rien vu d'anormal. La seule particularité était que les deux fauteuils du salon avaient été déchiquetés par son chat, une grosse bête noire et blanche au poil très duveteux nommée Chef.

Ryan avait une collection de disques de jazz, et des haltères au sous-sol. Les murs étaient nus, sauf au-dessus de la cheminée où il avait accroché un tableau représentant un faisan qui survolait un champ de maïs jaune. Il y avait également une petite étagère, mais Ryan prenait la plupart de ses livres à la bibliothèque municipale, et lisait peu de toute façon. Il s'était contenté d'y disposer une chaîne stéréo et un jeu d'échecs électronique. Dans un coin, une armoire en bois fermée à clef, où Ryan rangeait ses fusils de chasse. Il avait eu plusieurs chiens, surtout des setters, mais n'en avait plus à cause du chat.

Quand Ryan partait le matin, il criait : « Garde la maison, Chef » et, quand il rentrait le soir : « Quoi de neuf, Chef ? » Entre-temps, Chef détruisait le mobilier.

Ryan Tavich était originaire d'Oneonta, mais il en partit quand il avait dix-huit ans pour s'engager dans l'armée. La guerre du Vietnam avait commencé, néanmoins il fut envoyé en Corée où, comme il le dit à Franklin, il « se gela le cul ».

Franklin avait interviewé Ryan quelques années plus tôt. Ce n'était pas une de ses meilleures interviews, ou bien parce que Ryan était secret, ou bien parce qu'il n'avait pas grand-chose à révéler. Après l'armée, il avait travaillé pour une agence de sécurité d'Albany comme vigile, puis était entré à l'école de police et avait été agent à Cohoes avant d'être embauché par la municipalité d'Aurelius. Les policiers des petites villes sont mal payés et ce travail attire des hommes qui ne peuvent faire mieux ou ont une raison particulière d'habiter là. Ryan n'entrait dans aucune de ces deux catégories. Il connaissait son travail et aurait pu trouver un poste n'importe où dans le pays. Mais il s'était installé à Aurelius, ce qui était à notre avantage, et je sympathisais avec lui à cause des ragots dont il était l'objet, comme s'il y avait un secret dans son passé. Il avait peu d'amis en dehors de Franklin, de Ralph Belmont, l'entrepreneur en pompes funèbres, et de Charlie Kirby du YMCA, mais il se montrait très loyal à leur égard. Il suffit de penser à tout le temps qu'il consacrait à Sadie, l'emmenant à la pêche et même à la chasse. Je supposais qu'il profitait de ces occasions pour chanter les louanges de Paula McNeal ou au moins convaincre Sadie qu'elle était inoffensive, mais Sadie me dit qu'il ne parlait jamais d'elle.

Ryan sortait avec un certain nombre de femmes, mais jamais pour longtemps. C'était parfois lui qui rompait, parfois la femme, mais dans ce cas c'était parce que celle-ci réalisait que cette liaison n'avait aucun avenir, que Ryan ne se plierait jamais au mode de vie d'autrui. Janice McNeal était pour lui une exception. Selon Franklin, ce qui faisait la différence dans le cas de Janice, c'était sa sexualité. Elle contrôlait entièrement l'homme avec lequel elle se trouvait, et peut-être Ryan aimait-il ça.

Franklin racontait que Ryan continuait à parler d'elle et de sa vie sexuelle.

« Elle disait que le sperme de chaque homme a un goût différent, avait-il raconté à Franklin. Parfois sucré, parfois fade, parfois amer. Je lui ai demandé le goût du mien, elle a répondu qu'il était entre le sucré et le fade. »

Et qui, selon Ryan, l'avait tuée ?

« Je suis sûr que c'est un habitant d'Aurelius. Un homme qui venait chez elle à pied et repartait à pied. »

Cela aurait-il pu être une femme ?

« Une femme ne l'aurait pas étranglée. »

Ryan me paraissait parfois obtus. Je pensais qu'il n'avait aucune imagination, qu'il ne s'était jamais marié ni n'avait jamais trouvé de compagne parce qu'il était parfaitement heureux tout seul. Mais je me sentais également jaloux de sa relation avec Sadie, et je ne dois pas le critiquer injustement. J'avais parfois l'impression qu'il n'était rien de plus qu'un bloc de bois dur, mais peut-être était-ce parce qu'il n'était pas très grand et que son entraînement d'haltérophile lui avait donné un corps rectangulaire. Je lui adressais rarement la parole.

Mais il donnait une impression de tristesse, de secrets, et il était facile d'imaginer qu'il lui était arrivé quelque chose dans son enfance, ou même lors de son séjour en Corée, dans l'armée. Franklin disait que les parents de Ryan étaient morts, mais qu'il avait une sœur à Corning. Je crois qu'elle était mariée à un employé de la verrerie. Ryan ressemblait à une plante qui ne se développe jamais. Il lui manquait cet élément ultime qui relie quelqu'un à la vie, qui l'amène à faire partie de son flux. Et peut-être me sentais-je mal à l'aise avec lui parce qu'on pouvait dire la même chose de moi.

J'aimerais bien que les gens aient de petits écrans dans la poitrine, de petits téléviseurs qu'on pourrait allumer pour voir leur vie intérieure. Je ne parle pas du sang qui circule et des poumons qui inspirent, mais de leurs pensées, de leurs soucis et de leurs émotions. Car tout cela n'est que spéculation de notre part, on observe leurs actions et on envisage quelques possibilités qu'on essaie de transformer en probabilités.

Pendant cinq semaines, en juillet et en août, Ryan sortit avec Harriet Malcomb ; il la voyait souvent. Je supposais que seul le sexe les réunissait, car de quoi auraient-ils pu parler ? Mais j'appris plus tard que ce n'était pas tout à fait le cas. Puis Ryan rompit avec Harriet, principalement à cause de son rôle dans le vandalisme du Homeland Cemetery. Il ne la dénonça pas, tout en sachant que cela faisait de lui un complice après le fait. Il semble qu'il ait eu d'autres raisons de ne pas être sûr de Harriet. Comme il le dit à Franklin : « Elle pose trop de questions au sujet de Janice. »

Trois semaines après que Ryan eut cessé de voir Harriet, la fausse bombe fut découverte au lycée Albert-Knox. Dès le début, Ryan conduisit sa propre enquête avec des collègues de la police d'Aurelius. Je le précise parce que la police de l'État continuait ses investigations. Mais, depuis le meurtre de Janice, Ryan avait de mauvaises relations avec les hommes de la police de l'État. Même s'il travaillait avec eux sur cent autres cas, il ne pouvait oublier la façon dont on lui avait retiré l'affaire McNeal. Il savait que, d'un point de vue professionnel, le comportement de la police de l'État avait été correct, mais il le trouvait impardonnable d'un point de vue personnel. C'était un autre trait de Ryan, il avait une mémoire d'éléphant. Il ne se montrait pas hostile envers eux, mais il se souvenait et pouvait ne pas leur dire tout ce qu'il savait.

Un vendredi matin vers neuf heures, dix jours après la découverte de la bombe, Ryan quitta son bureau sans dire où il allait. Ce n'était pas particulièrement inhabituel, mais Patty McClosky, la secrétaire du chef, raconta qu'elle l'avait vu vérifier son pistolet et mettre une paire de menottes dans sa poche. En son for intérieur, Patty l'appelait le Vieux Muet.

Ryan prit une voiture de police banalisée, une Ford Taurus grise, et se rendit au collège d'Aurelius, où les cours avaient repris depuis la fin août. C'était une de ces journées ensoleillées et fraîches qui vous font réaliser que l'été est terminé et qu'autre chose commence. Les gamins se trouvaient à l'école, les rues étaient tranquilles.

Ryan se gara dans Juniper Street, près du coin de Spruce Street, à quelques blocs du campus. Il verrouilla sa voiture, regarda un morceau de papier tiré de sa poche, puis marcha jusqu'au numéro 335 de Juniper, une maison victorienne blanche qui avait été divisée en six appartements loués à des étudiants. La maison avait besoin d'être repeinte, la véranda branlait, et la pelouse n'était qu'herbes folles et plaques de terre dénudée, avec des traces de pneus. Il y avait deux boîtes de bière vides sur la véranda.

Ryan Tavich entra dans la maison. Oscar Herbst louait un appartement au premier. Ryan vérifia le numéro de la porte sur son papier avant de frapper.

Au bout d'un moment, il entendit une voix étouffée.

« Qui est-ce ?

— Police », répondit Ryan.

Il attendit, puis frappa de nouveau, plus fort. Il colla l'oreille au battant, se recula vivement et enfonça la porte d'un coup de pied. Ryan commença à sortir son arme, puis jugea que c'était inutile.

Oscar, vêtu d'un T-shirt et de jeans mais pieds nus, était à moitié sorti par la fenêtre. Ryan le saisit par la ceinture et le tira dans la pièce. Oscar trébucha et tomba sur le sol. Il jeta un regard à Ryan, puis sauta sur ses pieds et bondit vers la porte. Ryan le saisit à nouveau, un peu plus brutalement cette fois-ci.

« Arrête », dit-il.

Oscar tenta à nouveau de s'enfuir.

Ryan l'empoigna et le gifla avant de lui passer les menottes. Il mesurait dix centimètres de plus que son adversaire.

« On va au poste de police, dit Ryan. Veux-tu mettre tes chaussures ? »

Oscar lécha le bout de métal qui lui perçait la lèvre et dit à Ryan d'aller se faire foutre. Ryan prit quand même les chaussures.

Dans la rue, Oscar essaya encore de s'enfuir, mais Ryan le saisit par le col. « Tu veux que je te porte ? » demanda-t-il.

Il fit entrer Oscar à l'arrière de la Ford Taurus, puis roula jusqu'au poste.

« Vous baisez toujours Harriet ? » demanda Oscar derrière lui. Ryan ne se donna pas la peine de répondre.

« Vous devriez avoir peur de moi », dit Oscar.

Au poste, Ryan l'emmena dans son bureau et ferma la porte.

Patty McClosky assista à la scène. Quelques minutes plus tard, quand Phil Schmidt sortit de son bureau pour aller jouer au squash, Patty lui dit que Ryan avait dans son bureau un étudiant du collège, avec les menottes aux poignets.

Schmidt fit passer son poids d'une jambe sur l'autre. Il avait horreur d'être en retard pour sa partie de squash. Juste à ce moment, Ryan sortit de son bureau avec Oscar.

« Le gamin a avoué qu'il avait posé ces bombes », dit-il.

Ryan arrêta Oscar et le mit en cellule. Il laissa à Phil Schmidt le soin d'appeler la police de l'État.

Oscar avait avoué, mais il prétendait avoir agi seul. Un homme qui promenait son chien tôt le matin l'avait vu devant le lycée, et un autre témoin affirmait qu'il se trouvait à côté de l'école Pickering la semaine précédente.

« Ce n'étaient pas de vraies bombes, dit Oscar. C'était une blague. »

Ce même vendredi et pendant le week-end, Ryan interrogea les autres membres des Recherches sur la justice, y compris Houari Chihani. Ils affirmèrent tous ne rien savoir des agissements d'Oscar.

Le problème était Aaron. Ryan était certain qu'il en savait plus qu'il ne le disait, mais sa relation avec lui était compliquée. Après tout, Ryan était encore amoureux de la mère décédée du jeune homme.

« Je ne sais rien de ces bombes, dit Aaron. Oscar a dû agir seul.

— Il n'en a jamais parlé ? demanda Ryan.

— Pas à moi, non. » Aaron se montrait froid envers Ryan, comme s'il ne l'aimait pas. Il l'avait laissé debout sur le palier, devant la porte de son appartement. Ryan se demanda si Harriet était là, il imagina son corps nu dans le lit d'Aaron. Elle aussi lui avait affirmé qu'elle ne savait rien des bombes.

Franklin interviewa Oscar en cellule. Comme il avait été arrêté le vendredi et que le journal sortait le jeudi, tout le monde avait appris l'arrestation par les journaux d'Utica et de Syracuse longtemps avant que l'*Independent* soit sous presse.

« Ils ont eu de la chance que ce ne soit pas de vraies bombes, dit Oscar à Franklin. Pourquoi n'écrivez-vous pas un article pour raconter l'histoire d'un flic qui saute une étudiante moitié plus jeune que lui ? » Et il traita Franklin de « laquais du capitalisme ».

« C'est quoi, un laquais ? me demanda Sadie quand l'article parut.

— Un serviteur, répondis-je.

— Comme un domestique ?

— Techniquement, je crois que c'est un valet de pied. »

Oscar passa le week-end en prison. Le lundi, son père vint en voiture de Troy pour payer sa caution. Après s'être entretenu avec le juge, M. Herbst retira son fils du collège d'Aurelius et l'emmena chez lui. Il y aurait des audiences préliminaires et d'autres visites à Aurelius avant le procès mais à part cela, Oscar resterait à Troy.

La nouvelle qu'Oscar avait posé les bombes était surprenante et, en essayant de l'expliquer, on parla beaucoup des Recherches sur la justice. On s'interrogea parmi les enseignants et au conseil municipal au sujet d'une éventuelle interdiction du groupe.

Il y eut aussi une tentative pour retirer à Chihani son poste d'enseignant, mais il avait l'habitude de telles tactiques, et il embaucha un avocat. Il se trouvait au second semestre d'un contrat de trois ans et, à moins qu'on puisse prouver une faute de sa part, il avait l'intention de rester jusqu'à la dernière minute. Bien entendu, il ne pouvait espérer être repris à la fin de son contrat mais à ce moment-là, le sujet était hors de propos.

Ryan interrogea Chihani chez lui. Peut-être avait-il encouragé Oscar et les autres ?

« Pourquoi ferais-je une chose pareille ? dit Chihani. Je suis un philosophe, pas un révolutionnaire.

— Vous ne prêchez pas la révolution ?

— J'apprends aux gens à voir clairement. Je prêche la clarté de vision.

— Vous ne vous sentez pas responsable ?

— En aucune façon.

— Et si cela avait été une vraie bombe ?

— Mais ce n'en était pas une.

— Oscar Herbst était votre élève.

— Il est de nature excitable. C'est un problème génétique plus qu'éducatif. Vous feriez mieux d'enquêter sur ses parents.

— Savez-vous ce qu'est un complot ? demanda Ryan.

— Un complot est une chose qu'il faut prouver devant un tribunal », répondit Chihani.

Franklin aussi s'adressa à Chihani.

« L'éducation, déclara le professeur, offre aux jeunes gens des informations sur le monde. Si ces jeunes gens agissent à partir de ces informations, on ne peut pas blâmer leurs professeurs, pas plus qu'on ne peut blâmer un journal pour les nouvelles qu'il imprime. Je suis simplement le véhicule d'une sorte particulière d'information.

— Vous ne vous sentez pas responsable des Recherches sur la justice ? demanda Franklin.

— C'est un groupe d'études, rien d'autre. Ses membres lisent des livres et se réunissent pour en discuter.

— Pensez-vous qu'un de ces livres ait poussé Oscar Herbst à passer à l'action ?

— Nous en revenons à la nature de l'information. Il est possible qu'Oscar ait été poussé à l'action par un livre qu'il a lu. C'est un enthousiaste. En apprenant la nature du monde, il s'est indigné. Ce n'est pas surprenant, n'est-ce pas ? Mais ce qui m'inquiète, monsieur Moore, est que vous vouliez vous en prendre au livre et au professeur.

— Je vous assure que je n'en ai aucunement l'intention.

— Alors, je ne comprends pas le sens de vos questions. »

Il semblait invraisemblable à certaines personnes que Ryan Tavich ait pu découvrir la culpabilité d'Oscar sans informateur au sein du GRJ, et on en parla beaucoup. Harriet jura qu'elle ne lui avait rien dit et, après tout, elle avait cessé de le voir des semaines avant la découverte des bombes.

Le matin du dimanche suivant l'arrestation d'Oscar, Barry se rendait chez Aaron. Le temps était doux et quelques érables avaient commencé à changer de couleur, des branches portaient des feuilles orangées sur des arbres à dominante verte. Quand Barry arriva devant l'immeuble d'Aaron, il entendit une voiture s'arrêter et se retourna pour voir Jesse et Shannon sortir de leur Chevrolet ; il reconnut leurs queues-de-cheval blondes avant même de voir leurs visages. Comme Aaron lui avait dit que personne d'autre ne viendrait, Barry fut désappointé, avant de comprendre que Jesse et Shannon étaient en colère. Barry se hâta vers la porte de l'immeuble.

Jesse le bouscula et le fit tomber à terre avant que Barry ait fait la moitié du chemin. Quand il tenta de se remettre sur ses pieds, Jesse le gifla, faisant tomber ses lunettes.

« Tu as parlé, dit Jesse.

— Parlé de quoi ?

— Parlé d'Oscar.

— Non, je jure que non », répondit Barry.

Barry était assis sur le sol, se frottant le visage d'une main et tenant ses lunettes de l'autre. La monture était cassée, il gardait les deux morceaux dans sa main et ne cessait de cligner des yeux. Sans lunettes, tout lui semblait flou et trop brillant.

« Tu mens », dit Shannon.

Barry entendit s'ouvrir la porte de l'immeuble, puis la voix d'Aaron dit : « Laissez-le tranquille.

— Il a dénoncé Oscar aux flics, fit Shannon.

— Petit Rose n'a rien dit à personne, répondit Aaron.

— Je suis sûr que je peux le faire parler.

— Tu as entendu ce que j'ai dit ? » demanda Aaron en posant la main sur le bras de Shannon.

Barry ne voyait pas très bien et le soleil lui faisait mal aux yeux. Il parvenait à peine à distinguer les barbiches blondes des deux frères. Ceux-ci échangèrent un regard, et Jesse haussa les épaules.

« Allons-y », dit Shannon. Ils retournèrent à leur voiture. Sous le T-shirt, leurs omoplates saillantes ressemblaient à des ailes en train de pousser sur leur dos étroit.

Barry se releva et se frotta la joue.

« Je n'ai rien dit, vraiment rien.

— Ne pleurniche pas, je sais que tu n'as rien dit. » Aaron prit Barry par le bras et le guida vers la porte.

## 14

L'arrestation d'Oscar amena un sentiment de satisfaction : une chose folle avait été faite, et le fou responsable avait été identifié. On attacha beaucoup d'importance au piercing en or qu'il portait à la lèvre. Il eût été insensé que le coupable soit un adolescent considéré comme normal et connu de tous depuis des années, même si on l'avait craint. Le seul regret était qu'on ne puisse lier aux bombes le reste du GRJ. Il ne faisait aucun doute que les dix membres étaient impliqués dans l'affaire et que Chihani les avait encouragés, ou du moins certains le prétendirent. Parce qu'on savait que Franklin fréquentait Paula McNeal, on supposa qu'il protégeait son demi-frère. Et tout le monde était au courant des relations de Ryan Tavich avec la mère d'Aaron. Les gens parlaient beaucoup d'un complot visant au silence ourdi par ces hommes, et celui qui en parlait le plus était Hark Powers. Il racontait au comptoir de la Taverne de Bud que Chihani et Aaron se trouvaient à l'évidence derrière les fausses bombes. Bien sûr, puisque Aaron avait arraché l'oreille de Hark, ce dernier était peu crédible. Mais les gens parlaient entre eux, et il paraissait invraisemblable qu'Oscar ait agi seul.

Les rumeurs concernant une complicité entre Franklin et Ryan se firent si insistantes que Phil

Schmidt convoqua un matin son subordonné dans son bureau. Schmidt était chef de la police depuis vingt-cinq ans et en était venu à considérer Aurelius comme sa propriété privée. C'était un homme massif à l'estomac rebondi, sur lequel il aimait croiser les mains quand il parlait. Il portait un costume, qu'il préférait à l'uniforme, mais un costume ressemblant à un uniforme, en tissu bleu et brillant. Sa femme, Gladys, travaillait à la poste, et il semblait qu'à eux deux ils savaient tout ce qu'il y avait à savoir à Aurelius.

« Je ne voudrais pas vous offenser, Ryan, dit Schmidt, mais il faut que je vous pose une question. »

Ryan se doutait de ce qui allait venir.

« Je n'essaie pas de protéger Aaron McNeal, dit-il.

— Croyez-vous qu'il était mêlé à cette histoire de bombes ?

— Aaron le nie, et Oscar affirme avoir agi seul.

— Vous les croyez ?

— Je ne me fie pas à mes impressions mais aux preuves. » Ryan contrôla son irritation et prit une profonde inspiration. « Je ne sais rien d'autre que ce que j'ai mis dans mon rapport. Et Franklin non plus.

— Êtes-vous en termes amicaux avec Aaron ?

— Vous plaisantez ? Il semble me haïr. »

Si Phil Schmidt fut satisfait, ce n'était pas le cas de certains autres. Chihani fut interrogé par le président de la faculté, Harvey Shavers. Sa secrétaire raconta qu'elle avait entendu pendant une heure la voix tonnante de Shavers et les répliques sèches de Chihani. Shavers finit par abandonner la partie sans apparemment avoir rien appris.

Le comité de la faculté mit en cause les étudiants membres du GRJ. Puisqu'ils n'avaient pas été pris sur le fait, on ne pouvait les sanctionner, mais Barry me dit qu'on leur avait rappelé les belles traditions de l'établissement.

« Où que vous alliez, avait dit le doyen Phipps, les gens ne voient pas Jason Irving, Harriet Malcomb ou Bob Jenks. Ils voient la faculté d'Aurelius. »

Shannon Levine faisait des bruits porcins à demi audibles en se cachant la bouche de la main mais, selon Barry, il était effrayé. Si les gens avaient su qu'ils avaient vandalisé le cimetière, ils auraient été expulsés de la faculté. Il y avait chaque semaine dans l'*Independent* des lettres indignées à ce sujet et, chaque semaine, le chef Schmidt disait que l'enquête continuait.

La peur du complot est insidieuse. Le fait que les membres du GRJ affirmaient être innocents ne signifiait rien. Les gens croyaient qu'ils se livraient à un complot, et cette croyance devint une sorte de preuve. Peu nombreux étaient ceux qui pensaient que les bombes constituaient la fin de l'affaire, la plupart s'attendaient à un nouvel incident. En fait, ils en attendaient un avec impatience.

Il se produisit alors quelque chose qui chassa presque Oscar Herbst et ses fausses bombes de l'esprit des gens, presque mais pas complètement, et c'était là une partie du problème.

Megan Kelly vivait dans une petite maison blanche en bordure d'Aurelius, la dernière maison de Jefferson Street avant Adams Street, où se trouvent les Pneus Hapwood et plusieurs entrepôts. Quand on s'éloigne de la ville par Adams Street, la première habitation est une ferme, celle des Bell, à trois cents mètres. Megan Kelly avait la soixantaine. Son mari, Winfred, travaillait comme sous-directeur de la quincaillerie Trustworthy, mais il était mort d'une attaque cinq ans plus tôt. Ils avaient eu quatre filles, qui étaient toutes parties. Pour compléter sa retraite, Mme Kelly faisait des ménages.

Je l'avais employée un certain temps, elle venait tous les jeudis, mais je trouvais qu'elle fourrait son nez partout et je cessai de faire appel à ses services. Elle se montrait trop curieuse de mes habitudes et trop prête à m'expliquer comment je devrais vivre. J'avais essayé de me dire que Mme Kelly se sentait sans doute seule, que c'était pour cette raison qu'elle s'intéressait tant aux gens pour lesquels elle travaillait. Je n'ai jamais pensé qu'elle était malveillante ou cherchait des ragots à propager, mais l'attention qu'elle portait à ma vie faisait peser sur moi une pression qui me déplaisait. C'était sans doute dû en partie à ma propre sensibilité.

Le lundi 18 septembre, dans l'après-midi, Mme Kelly rangeait son salon. Elle « faisait gonfler les coussins », comme elle l'expliqua par la suite. Il était un peu plus de trois heures, et elle devait être chez Franklin Moore, à quelques minutes en voiture, à cinq heures et demie. En jetant un œil par sa fenêtre, Mme Kelly vit Sharon Malloy passer seule à bicyclette, dans Adams Street. Elle supposa que Sharon allait chez les Bell, dont la fille, Joyce, avait le même âge qu'elle. Sharon portait des jeans et un pull bleu. Elle avait sur le dos un sac à livres en toile rouge. Son vélo était un modèle tout-terrain, un Husky, rouge et bleu. La sortie de l'école avait eu lieu un quart d'heure plus tôt.

Sharon Malloy, âgée de quatorze ans, était en troisième. Sa famille venait de Rochester et s'était installée à Aurelius au milieu des années 1980. Mme Kelly avait plusieurs fois consulté le docteur Malloy à propos de ses rhumatismes. Elle l'aimait bien, mais préférait des médecins qui soient vraiment d'Aurelius. Le docteur Malloy était un étranger, et Mme Kelly se sentait mal à l'aise quand il la touchait, même s'il se montrait toujours courtois.

Mme Kelly remarqua Sharon Malloy, c'est tout. Plusieurs voitures passèrent, mais la seule qu'elle reconnut était la Citroën rouge de Houari Chihani. Mme Kelly connaissait cette voiture – tout le monde la connaissait –, et elle pensa à ce qu'elle avait lu dans l'*Independent* au sujet d'un ami de M. Chihani, ou peut-être un de ses élèves, qui avait été arrêté pour avoir déposé ces bombes à l'école élémentaire et au lycée. Pour Mme Kelly, c'était une preuve de la corruption rampante des grandes villes, une preuve de pourriture et de dissolution des mœurs, expression qui lui plaisait.

Environ une minute plus tard, Mme Kelly alla dans la cuisine se préparer une tasse de thé. La fenêtre de la cuisine était à l'arrière de la maison et donnait aussi sur Adams Street, mais au sud plutôt qu'au nord. Mme Kelly pouvait apercevoir au loin le silo qui s'élevait près de la grange de Frank Bell. Elle s'attendait à voir de nouveau Sharon Malloy sur sa bicyclette, mais la jeune fille ne se montrait pas. Mme Kelly jeta un œil à sa montre, puis regarda de nouveau par la fenêtre. Elle ouvrit la porte de derrière et sortit.

Mme Kelly n'était pas une personne soupçonneuse mais, depuis qu'elle avait découvert le corps de Janice McNeal presque deux ans plus tôt, elle s'attendait toujours au pire. Si elle n'avait pas trouvé sa patronne morte, elle ne se serait pas étonnée de ne pas voir Sharon. Mais, pour Mme Kelly, le monde était devenu plus dangereux depuis le meurtre. Elle songea qu'elle avait aperçu Sharon et ne la voyait plus, alors que la fillette aurait dû être là. Elle regarda à nouveau sa montre, puis se dressa sur la pointe des pieds pour mieux scruter l'horizon. Elle était certaine que seuls quelques instants s'étaient écoulés, et ne voyait pas comment Sharon aurait déjà pu arriver chez les Bell.

Mme Kelly rentra dans sa cuisine et, pendant que l'eau chauffait, réfléchit à Sharon Malloy. Si celle-ci était déjà arrivée chez les Bell, cela signifiait que Mme Kelly elle-même n'avait pas vu le temps passer, éventualité qui l'inquiétait. Une de ses vieilles cousines à Munnsville avait perdu la tête, et sa propre mère oubliait des choses à la fin de sa vie. Mme Kelly était fière de sa vivacité d'esprit, et cet incident l'inquiétait. Mais elle réfléchissait aussi à Janice McNeal, sans inquiétude mais à titre d'exemple de l'inattendu. Peut-être la vieille dame s'ennuyait-elle un peu, et la perspective d'une énigme à résoudre l'amusait-elle.

Après que la bouilloire se fut mise à siffler et que Mme Kelly eut versé l'eau sur le sachet de thé, elle téléphona aux Bell. Sylvia Bell l'emmenait souvent à la messe en voiture, et Mme Kelly s'était parfois occupée de Joyce quand elle était petite. Sur l'appui de fenêtre, au-dessus de l'évier, se trouvaient une demi-douzaines de tomates que Sylvia avait déposées la veille.

Joyce répondit au téléphone.

« Sharon est-elle arrivée ? demanda Mme Kelly, se sentant un peu bête.

— Pas encore, répondit Joyce, mais je l'attends d'un instant à l'autre. Vous voulez que je lui demande de vous rappeler ? »

Mme Kelly eut un frisson. « J'aimerais beaucoup », dit-elle avant de raccrocher.

Mme Kelly prit sa veste et sortit par la porte de la cuisine. Elle marcha jusqu'au coin et tourna vers le sud dans Adams Street. Il y avait du vent, le temps s'était rafraîchi. Des feuilles volaient sur la route, des nuages lourds venaient du lac Ontario. Il allait sûrement pleuvoir. Mme Kelly essayait de contenir une peur extravagante. Elle pensa à l'attaque de son mari, qu'elle avait trouvé dans le jardin, tenant encore une pelle. Et elle se souvint de Janice McNeal, étranglée dans son salon, et de son visage.

Après avoir parcouru une trentaine de mètres, elle vit quelque chose dans les hautes herbes au bord de la route, une tache de couleur inattendue : une bicyclette rouge et bleu. En s'approchant, elle reconnut le vélo de Sharon. Elle le poussa du pied, la chaîne avait sauté. Mme Kelly regarda en direction de la ferme des Bell, mais il n'y avait aucun signe de Sharon. Plusieurs voitures passèrent. Mme Kelly ramassa le vélo et le fit avancer ; les roues tournaient librement. Elle envisagea de rapporter la bicyclette chez elle, puis la reposa sur le sol. Elle fit demi-tour et retourna sur ses pas d'une démarche raide, marchant aussi vite qu'elle le pouvait.

Le fait que la chaîne ait sauté ou se soit cassée pouvait expliquer qu'elle n'ait pas vu Sharon de la cuisine, mais pourquoi n'avait-elle pas poussé le vélo jusqu'à la ferme, qui n'était pas loin ? Peut-être quelqu'un l'avait-il prise en stop.

Arrivant chez elle, Mme Kelly rappela les Bell.

« Sharon est-elle arrivée ? demanda-t-elle.

— Non, répondit Joyce, quelque chose ne va pas ? »

Mme Kelly réfléchit. « Je ne sais pas », dit-elle avant de raccrocher. Elle réfléchit aux choses qui pouvaient ne pas aller. Sur son téléphone étaient indiqués les numéros des pompiers, des urgences et de la police. Mme Kelly appela la police.

Ryan Tavich ne se trouvait pas au poste quand Megan Kelly appela. Il faisait réparer les freins de son Escort au garage Ford de Jack Morris. La voiture était montée sur un vérin, et Hark Powers avait démonté la roue arrière. Hark utilisait ses outils avec brutalité, cognant la visseuse pneumatique contre la roue et appuyant sur le contact pour remplir de bruit le garage. Quand l'engin se tut, Ryan réalisa que son bippeur sonnait. Il était trois heures et demie juste. Il entra dans le bureau pour appeler le poste de police.

« Nous venons de recevoir un appel de Megan Kelly, dit Chuck Hawley. Elle croit qu'il est arrivé quelque chose à Sharon Malloy, la fille du médecin. »

Il parla d'une bicyclette, de la fenêtre du salon donnant au nord et de celle de la cuisine au sud, mais Ryan n'y comprit rien. Il vit à travers la vitre du bureau son Escort qu'on reposait sur le sol.

« Je vais aller jeter un œil là-bas », dit-il.

Une heure plus tard, s'étant assuré que Sharon ne se trouvait pas chez les Bell, n'était pas rentrée chez elle et n'était pas allée rendre visite à une de ses nombreuses autres amies, Ryan Tavich appela la police de l'État. Il pensait encore que Sharon allait reparaître, mais il voulait de l'aide, juste par précaution. Quand le centre de Potterville prévint par radio les hommes en service, l'appel fut capté par des récepteurs privés dans tout le comté, y compris celui des bureaux de l'*Independent*. Franklin Moore n'était pas là, il devait rendre compte d'une réunion du conseil de ville dans la soirée et avait pris son après-midi. Frieda Kraus, à la fois réceptionniste, chef de bureau et correctrice, l'appela chez lui.

Parce que Sadie n'appréciait pas les relations de son père avec Paula, ils se voyaient souvent chez Franklin quand la gosse était à l'école. Ce lundi après-midi-là, Sadie ne devait pas rentrer avant cinq heures et demie – elle avait dit qu'elle irait rendre visite à une amie. Paula était arrivée à deux heures et demie.

Franklin et Paula étaient au lit.

Peu après quatre heures et demie, le téléphone sonna. Franklin essaya de l'ignorer, mais l'appareil se trouvait sur la table de chevet.

Paula s'écarta de lui et se redressa.

« Tu ferais mieux de répondre. »

Avant même de décrocher, Franklin savait que c'était Frieda Kraus. Personne d'autre n'aurait laissé sonner vingt fois le téléphone. Et elle savait probablement qu'il était avec Paula, elle avait même sans doute une plaisanterie à faire à ce sujet.

La voix de Frieda était sérieuse.

« La police croit que quelque chose est arrivé à Sharon Malloy. Je pensais que vous voudriez être au courant. »

À ce moment, la porte de la chambre s'ouvrit sur Sadie. Elle tenait un ballon de volley, portait des jeans et un chandail gris trop grand. Elle fixa son père et Paula. « Elle avait les yeux comme des soucoupes », me dit Franklin. Paula tira le drap sur sa poitrine nue.

« Je m'en occupe immédiatement », dit Franklin à Frieda avant de raccrocher.

Franklin regarda sa fille, qui observait les vêtements répandus sur le sol. « Je croyais que tu ne reviendrais pas avant cinq heures et demie », dit Franklin d'une voix qu'il espérait détendue.

Le visage de Sadie était pâle. Ses longs cheveux étaient nattés dans son dos. « Aaron devait me retrouver après l'école, dit-elle, mais il ne s'est pas montré. » Puis son visage se tordit de colère. Elle souleva à deux mains le ballon et le projeta sur son père. Il alla rebondir sur le mur derrière la tête de Franklin.

# DEUXIÈME PARTIE

# 15

Tout comme nous ne connaissons que la partie apparente des pensées d'autrui, nous ne percevons que la partie apparente de son comportement. Nous en voyons l'aspect civilisé, l'aspect public, et ne pouvons qu'imaginer ce qui se cache en dessous. Mais si cette surface est d'habitude convenable et ordinaire, nous supposons que le reste l'est aussi, alors que cela ne veut rien dire. Comment pouvons-nous présumer que la personnalité secrète de quelqu'un est tout aussi convenable et ordinaire que sa personnalité publique ? Si c'est la peur du qu'en-dira-t-on qui rend une personne inoffensive, il semble possible que la personnalité intérieure de cet individu cache n'importe quoi.

Il n'y a pas longtemps, un de mes élèves m'a montré un article dans *Rolling Stone*, et j'ai vu aux dernières pages du magazine les annonces classifiées, deux pages de numéros de téléphones roses. Ces publicités figuraient sous le titre de « Récréation téléphonique » et proposaient toutes les combinaisons sexuelles dont on peut rêver. Le fait que le magazine publie ces annonces ne m'impressionna pas tant que leur nombre, plus de deux cents. « Léchez des bottes ! Homme sur homme ! » disait l'une. « Apprenez le cuir ! » ; « Bisexuelles à la maison ! » offrait une autre. « De gentilles petites filles ensemble ! » promettait une troisième. Cela indiquait que beaucoup de gens trouvaient du plaisir à appeler ces numéros. Je ne l'ai jamais essayé moi-même, je n'oserais pas. Mais aucune de mes connaissances ne m'a jamais avoué l'avoir fait, alors que ce doit être le cas de certains.

Je suppose que beaucoup de ceux qui appellent ces numéros dissimulent leurs goûts à leurs voisins. C'est un exemple du comportement caché auquel je faisais allusion. Je ne dirais pas que c'est immoral, mais cela suggère que notre société abrite de nombreux désirs inassouvis. Si on regarde d'autres magazines, on trouve bien d'autres annonces du même type. Combien de gens téléphonent à ces numéros ? Des milliers ? Plus d'un million ?

Nous pensons que les passions inassouvies nous poussent vers l'abîme, et nous craignons qu'elles n'exigent, si nous y cédons, des plaisirs de plus en plus monstrueux. Je ne suis pas certain que cela soit vrai. Mais même moi, qui mène une vie tranquille, j'ai l'impression que céder à la tentation serait comme commencer une longue chute.

Entre ma maison et celle de Franklin se trouve la maison victorienne blanche qui appartient à Pete Daniels et à sa femme Molly. Nous nous parlons parfois, mais ne sommes pas amis ; ni pour autant en mauvais termes. Je garde un œil sur leur maison quand ils s'en vont, et ils font de même pour moi. Ce sont les simples relations de bon voisinage d'une petite ville. Ils voient en moi un professeur de biologie célibataire, d'âge moyen, un peu tatillon, qui proteste parfois parce que leur fox-terrier saccage ses plates-bandes.

Pete Daniels est un bon électricien, mais je ne l'ai jamais employé. Je ne veux pas qu'il rentre dans ma maison, pour la simple raison qu'il en sait déjà trop sur moi, même si ce n'est que bien peu. Molly travaille à Fays Drugs, dans le centre commercial. En conséquence, si j'ai besoin d'une chose un tant soit peu embarrassante – même des somnifères ou un laxatif –, je ne vais pas chez Fays mais à la pharmacie Malloy, dans le centre-ville. Donald Malloy est aimable, et le fait que son frère soit médecin m'a toujours fait penser qu'il en savait un peu plus.

Pete et Molly ont trois enfants. Les deux plus âgés, Dennis et Jenny, approchent de la trentaine. Dennis est marié et travaille avec son père. Jenny a épousé un accordeur de pianos et vit à Oneonta. Quand les deux enfants avaient onze et neuf ans, Molly eut la petite Rosa, qui naquit aveugle. Ce fut une grande épreuve, mais Rosa était brillante, et il vaut mieux être aveugle de naissance que le devenir plus tard. Pete et Molly voulaient faire pour le mieux, aussi leur fille passa-t-elle plusieurs années à l'École pour aveugles Perkins, à Boston. En fait, à Watertown.

J'avais parfois discuté avec Rosa. Elle avait dix-huit ans et pensait entrer en faculté l'automne suivant. Elle portait souvent des lunettes noires parce que ses yeux vides étaient agités d'un mouvement incessant ; elle ne contrôlait pas entièrement son visage. Elle grimaçait en serrant les dents quand elle voulait sourire, et elle gardait la bouche ouverte quand elle aurait dû la fermer, mais elle ne pouvait se voir, n'avait jamais pu se contempler dans un miroir.

J'évoque ceci parce que je dois admettre une chose embarrassante. La fenêtre de la chambre de Rosa, au premier étage, se trouve à moins de six mètres de celle de ma propre chambre, ou de ce qui était ma chambre. Quoi qu'il en soit, je l'avais souvent vue se déshabiller, et faire aussi d'autres choses. Elle sortait de sa douche le soir avec un vieux peignoir marron, et rien d'autre. Elle aimait s'asseoir dans un fauteuil face à la fenêtre. Elle se laissait aller en arrière, ouvrait son peignoir et commençait à se caresser. Je ne l'ai pas regardée souvent, peut-être une douzaine de fois. Les choses sont certainement plus faciles depuis que j'ai changé de chambre. Les volets de Rosa étaient habituellement ouverts, et elle ne pensait pas qu'on pût l'observer. Après tout, elle fermait sa porte.

Son comportement ne m'excitait pas à proprement parler. Au début, je trouvais ça répugnant et je dus me forcer à regarder, aussi étrange que cet aveu puisse paraître. On pourrait croire que je me serais détourné, ou que j'aurais dit à sa mère qu'elle devrait fermer ses volets. Mais je ne fis ni l'un ni l'autre ; au bout de quelques mois, je changeai de chambre. Je me sentais bien sûr coupable de l'observer ainsi, mais je surmontai cette culpabilité et le spectacle devint pour moi une sorte de drogue ; j'attendais à ma fenêtre qu'elle monte dans sa chambre. Si ses activités m'avaient excité, j'aurais peut-être été plus troublé, mais je n'avais pas l'impression d'assister à un acte sexuel, plutôt de plonger le regard au plus profond de sa nature.

Et puis je me demandais ce qu'il en serait si nos positions étaient inversées, si j'étais moi-même observé. Je me caresse moi aussi à l'occasion, et je le faisais bien plus souvent quand j'avais l'âge de Rosa. Et, quoique je sois très discret et que cela se soit rarement produit, j'ai parfois invité chez moi des partenaires sexuels. Quelles contorsions déforment alors mes traits ? Mon visage, ou mon visage intérieur, si je puis dire, est-il moins expressif ?

Souvent, après avoir observé Rosa le soir, je l'apercevais le lendemain. Je la voyais parfois dans le jardin et je lui parlais. Je cherchais sur son visage les expressions d'extase de la veille, mais il n'y en avait bien sûr aucune trace. Quant à ses pensées, c'étaient sans doute des pensées que j'ai eues moi aussi. Rosa était une jeune femme normale. C'était uniquement parce qu'elle était aveugle qu'on pouvait l'observer. Dans nos activités quotidiennes, nous voyons le comportement apparent d'autrui, et nous nous demandons parfois ce qu'il cache. N'est-ce pas parce que nous nous demandons à quels actes pourraient nous pousser nos passions ? Si j'étais assuré du secret absolu, ne pourrais-je pas appeler à l'occasion un numéro de téléphone rose ? Mais il n'y a pas que la sexualité. Toutes nos émotions – amour, haine, envie, convoitise, fierté – ont des aspects publics acceptables, et d'autres aspects privés qui peuvent être excessifs. N'ai-je pas éprouvé de pincement d'envie ? Ou de bouffée d'orgueil ? Et quand je suis au restaurant avec des amis et que la serveuse apporte nos plats, est-ce que je ne regarde pas qui a la plus grosse portion ?

Mais j'ai le sens des limites. À un moment, je me dis que j'en ai eu assez, je restreins mon appétit. Je dis non. La perdition, l'abîme, la perte du contrôle de soi – imaginez une personne dépourvue du sens des limites. N'est-ce pas cela, être un monstre, une créature aux plaisirs excessifs ? Nous nous abandonnons à ce qui nous paraît être une chose insignifiante, et celle-ci devient bientôt immense, nous possède entièrement. Imaginez une telle personne vivant parmi nous, menant une vie apparemment normale. Quelle est la vraie personnalité derrière une porte verrouillée, que ce soit un homme ou une femme ? Quels actes peuvent être commis ? Puis imaginez qu'on commence à voir les empreintes de cette personne, les effets de l'appétit, les restes et les os rongés du terrible repas. Comment cela nous affecterait-il ? Cela n'induirait-il pas un sentiment de permissivité qui a ses conséquences propres ? Plus je regardais Rosa Daniels, plus j'étais fasciné, tout en étant dégoûté par ma propre fascination. Son plaisir devenait le mien. Même si je restais l'observateur, je voulais connaître chaque nuance de son comportement. Mon sens des limites s'altérait rapidement.

Et à Aurelius aussi, certains événements altérèrent notre sens des limites. Quelque chose d'affreux se produisait, et il fallait des choses affreuses pour y mettre fin. C'était le discours de la puissance morale, du surmoi. Mais le fait que des choses affreuses soient désormais permises n'apportait-il pas un certain plaisir ? Je ne veux pas dire que des gens normaux seraient naturellement poussés à des actes abominables, mais peut-être l'abomination qu'ils observaient ou imaginaient augmentait-elle leur sentiment de permissivité, de liberté. Ils pouvaient justifier leurs actions en les considérant comme des réactions. Ils pouvaient faire des choses terribles et les appeler punition, vengeance ou rétribution, mais ces choses restaient terribles. Leurs tentations cachées se transformaient en actes, et eux aussi en venaient à partager les caractéristiques du monstre. Du moins est-ce ainsi que cela se produisit dans ma ville.

# 16

Sharon Malloy avait disparu, mais les gens crurent encore pendant vingt-quatre heures qu'elle reviendrait ou donnerait un coup de téléphone, ou même que son ravisseur, s'il y en avait un, appellerait. Mais rien n'arriva et, avec le passage des jours, l'espoir diminua.

Bien sûr, on avait dès le matin suivant envoyé sa photo et sa description dans tout le pays. La photo la montrait debout devant une porte de garage blanche, tenant un gant de base-ball. Le menton levé, elle souriait. Elle avait le visage ovale, l'air mutin, et un appareil dentaire qui brillait faiblement derrière ses lèvres. Elle portait le même chandail bleu que le jour de sa disparition. Les cheveux blonds de Sharon pendaient sur ses épaules. Elle avait les genoux légèrement pliés et les pieds un peu écartés. Son visage était très joli, avec une expression d'attente et d'impatience qui suggérait qu'elle n'attendait pas seulement qu'on lui lance une balle, mais qu'elle attendait la vie elle-même. Cela lui donnait une expression de grande innocence, comme si elle regardait l'avenir avec passion. Et quel était son avenir ? Personne ne le savait, mais cela ne rendait la situation que plus terrible.

En une semaine, la photo de Sharon fut affichée partout, dans les vitrines des commerces, les bureaux de poste, les banques, sur les poteaux et les cabines de téléphone, à l'arrière des voitures. On voyait de nombreuses fois par jour le joli visage de Sharon avec son expression d'attente et d'espoir, et on pensait à chaque fois à la différence entre ce qu'elle attendait et ce qui lui était peut-être arrivé. Et cela ne conduisait-il pas les gens, moi y compris, à songer aux tournants inattendus que peut prendre la vie ? Sharon en vint à représenter la trahison d'une promesse, une promesse à laquelle nous avons tous cru un jour, la promesse de ce qu'offre la vie.

Dès le début, l'enquête se déroula à deux niveaux : national et local. Les services de police de toute la côte Est commencèrent à rechercher Sharon. La police de l'État, le FBI, tous les agents en uniforme et en civil avaient sa photo. La télévision locale fit un reportage, et CNN lui consacra dix minutes. Des journalistes et des équipes télé vinrent de centaines de kilomètres à la ronde. La famille de Sharon était en état de choc et refusa d'abord de parler aux journalistes, mais Megan Kelly fut interviewée cinquante fois. Joyce Bell raconta la peur qu'elle avait eue en ne voyant pas arriver Sharon chez elle cet après-midi-là. Les professeurs et les amis de Sharon furent interrogés, même Sadie. De nombreuses personnes mirent au point des réponses standard pour expliquer quelle merveilleuse fillette était Sharon, bien que ces gens n'aient certainement pas eu conscience du caractère stéréotypé de leurs déclarations. Junior, des Sandwiches Junior, qui la connaissait à peine, raconta la même chose. En fait, nombre de ceux qui prétendaient être des amis de Sharon ne lui avaient sans doute adressé la parole qu'une fois ou deux avant sa disparition.

Il est difficile de parler de tout ceci sans quelque cynisme. La disparition de Sharon offrait à tant de gens la chance d'un peu de publicité inoffensive. Harry Martini, le principal du lycée Albert-Knox, passa sur les chaînes de télévision d'Utica et de Syracuse pour expliquer les dangers que couraient les enfants en allant à l'école tout seuls. Il dit que Sharon était un des meilleurs éléments de la classe de troisième. Harry s'enflait, paraissait désespéré et s'essuyait les yeux. Je suis persuadé qu'il se croyait sincère, mais je suis tout aussi certain qu'il se souvenait à peine de Sharon. C'était une bonne élève, qui avait le plus souvent des B, mais elle était timide et n'attirait pas l'attention. Avec toute cette publicité et ce qu'on disait d'elle, on aurait cru que c'était l'élève la plus brillante et la plus populaire de l'école.

Je ne veux pas dire que les gens mentaient. Ils croyaient dire la vérité, mais c'était comme s'ils s'appropriaient un peu de l'importance acquise par Sharon, l'importance due à sa disparition, en se liant à elle et en parlant d'elle à la presse ou aux services officiels. Si j'avais donné mon avis sur ceci à Harry Martini, il aurait été scandalisé. Et quand je demandai dans la salle des professeurs à Ruth Henley, qui enseignait l'anglais à Sharon, si elle l'avait vraiment bien connue, elle se montra soupçonneuse et dit, fort injustement, que je regrettais de ne pas avoir eu moi-même Sharon pour élève.

En fait, si ses frères aînés, Frank et Allen Junior, avaient suivi mon cours de biologie, je ne regrettais pas que Sharon n'ait jamais été dans une de mes classes. C'était cet éclairage que je trouvais déplorable, et la façon dont les gens se précipitaient pour annoncer qu'ils la connaissaient. De la fenêtre de ma classe, je voyais des équipes de télé filmer l'extérieur du lycée. On en trouvait aussi dans les couloirs, interrogeant des élèves, des enseignants ou des administrateurs. Avec leurs projecteurs et tout leur équipement, on les remarquait immédiatement. Même Herkimer Porter, un handicapé mental léger qui suivait les cours de l'école depuis des éternités, s'absenta d'une classe pour dire à un journaliste d'Albany qu'il avait une fois donné un chewing-gum à Sharon et que celle-ci lui avait dit merci.

J'en vins à considérer comme un cancer le fait que tant de gens veuillent attirer l'attention sur eux. Ça exposait une de leurs passions secrètes. Mais, quand j'en parlai à Franklin, il haussa les épaules.

« Ça rend plus facile le travail d'un journaliste. Quatre-vingt-dix-neuf pour cent des gens ont envie de parler.

— Ils veulent se sentir importants.

— Ils veulent qu'on les prenne en compte.

— Harry Martini veut plus que ça.

— Qu'on les prenne en compte et qu'on les rende réels, dit Franklin. Ça prouve qu'ils existent. »

Mais je ne pouvais m'empêcher de penser que les gens se montraient sous un jour déplaisant.

L'enquête locale, elle, n'attirait pas autant d'attention. La police municipale y participait, surtout Ryan Tavich, mais le capitaine Raymond Percy, de la police de l'État, menait les recherches. Je ne le connaissais pas à cette période ; toutefois Franklin et mon cousin Chuck Hawley en disaient du bien. Percy se montrait professionnel au point de ne plus avoir aucune personnalité. Il vivait à Norwich et n'avait obtenu que récemment le grade de capitaine. Il avait passé huit ans dans l'armée, principalement dans la police militaire, avec le grade de sergent. Il était grand, athlétique, et avait des cheveux noirs striés de gris. Son nez long et très fin me rappelait le fer d'une hachette. Il portait des complets sombres et des cravates discrètes. Il avait la quarantaine, probablement. Il ne semblait avoir aucun défaut de caractère et paraissait efficace, mais il ne manifestait aucune émotion. Je ne sais pas ce que j'aurais souhaité d'autre, bien que j'eusse aimé parfois un juron ou un sourire. Mais je dois paraître inconséquent, à me plaindre des gens qui ont des vices secrets puis de ceux qui semblent n'en avoir aucun.

Apparemment, Percy voulait être une machine, et peut-être cela était-il un vice secret en soi. Il cachait sa vie intérieure, ce qui ne faisait qu'attiser ma curiosité. Telle était sans doute ma faiblesse personnelle, le désir de découvrir ce qui se trouvait sous la surface, la conviction que Percy était un homme différent à quatre heures du matin quand il s'éveillait pour fixer le plafond.

On voyait souvent Ryan Tavich en sa compagnie.

« Mais à quoi ressemble-t-il ? demanda Franklin.

— Il est minutieux.

— C'est-à-dire ?

— Beaucoup de paperasses, beaucoup d'interrogatoires, beaucoup de rapports. »

Franklin et Ryan, assis dans la cuisine de Franklin, lors de la première semaine de l'enquête, buvaient de la bière. Ils croyaient que Sadie faisait ses devoirs dans sa chambre, mais elle était perchée en haut de l'escalier et les écoutait.

« Lui arrive-t-il jamais de parler de sport ? demanda Franklin.

— Il ne parle jamais de choses qui ne concernent pas l'affaire.

— Tu as déjà vu des taches de sauce sur sa chemise ?

— Qu'est-ce que tu racontes ?

— Je veux savoir à quoi il ressemble. Comment puis-je écrire un article sur lui s'il ressemble à un morceau de bois ? »

Je suis passé une fois devant chez Percy. Norwich compte beaucoup de belles maisons victoriennes, mais le capitaine vivait dans une baraque neuve au coin d'une rue, peinte en blanc avec des volets en plastique noir. Une cour entourée d'une palissade, pas de panier de basket-ball, pas de bicyclettes ni de jouets dans l'allée, tous les rideaux tirés. Il était difficile de ne pas penser que la maison du capitaine

Percy ressemblait à celui-ci, et pourquoi pas ? Je savais qu'il était marié et avait deux fils adolescents, mais on n'en voyait rien de l'extérieur.

Ryan Tavich prit la déposition de Megan Kelly une heure après qu'elle eut appelé la police. Le capitaine Percy s'entretint avec elle le lendemain matin au commissariat. Mme Kelly répéta encore et encore son histoire, elle avait vu Sharon par la fenêtre du salon et ne l'avait plus vue par celle de la cuisine. Il s'était écoulé de trois à cinq minutes. Mme Kelly admettait que de nombreuses voitures étaient passées pendant ce temps, même s'il n'y avait pas beaucoup de circulation dans Adams Street, mais la seule voiture dont elle se souvenait était la Citroën rouge de Houari Chihani.

Plus tard ce matin-là, le mardi 19 septembre, Ryan et le capitaine Percy se rendirent au collège pour parler à Chihani. Il donnait un cours d'histoire sur le XIXe siècle européen, et le capitaine le fit appeler. Ryan me dit plus tard que lui n'aurait pas agi ainsi, qu'il lui semblait inutile d'attirer l'attention sur Chihani. Percy était accompagné d'un sergent et d'un chauffeur ; leur visite n'avait rien de discret. Megan Kelly avait déjà dit à plusieurs personnes qu'elle avait vu la Citroën de Chihani, et quelques-unes s'étaient étonnées que le professeur ne soit pas encore en prison, qu'il n'ait pas été arrêté la veille.

Le sergent en uniforme et une secrétaire du collège allèrent chercher Chihani dans sa classe. Ryan et le capitaine Percy l'interrogèrent dans un bureau vide du bâtiment administratif. Ryan raconta qu'ils l'avaient entendu arriver en boitant, un pas léger et un plus lourd. Chihani portait un col roulé noir sous une veste de sport grise, et son béret. Il avait aussi une canne. Il n'était pas content.

« Je vois les étudiants de cette classe vingt-six fois par semestre. Vous venez d'interrompre une de ces séances. Il me faudra maintenant prévoir un nouveau cours.

— Asseyez-vous, dit le capitaine Percy.

— Je choisis de ne pas m'asseoir.

— Je vous demande de vous asseoir.

— De quel droit ? »

Le capitaine Percy expliqua qui il était.

« Cela ne peut en aucune façon, dit Chihani, me convaincre de m'asseoir si je ne le souhaite pas. »

Ainsi, Chihani resta debout, la canne le long de la jambe droite. Le capitaine Percy resta debout lui aussi. En fait, aucun des quatre hommes ne s'assit, bien qu'il y eût assez de chaises. Chihani et Percy faisaient la même taille, un peu plus d'un mètre quatre-vingts, tous deux d'allure svelte mais, alors que Percy était musclé, Chihani était sec et filiforme.

« On vous a vu hier, dit le capitaine, en voiture dans Adams Street peu après trois heures. Pouvez-vous me dire où vous vous rendiez ?

— En quoi cela est-il nécessaire ?

— Cela concerne une enquête en cours. »

Chihani baissa les yeux, apparemment peu désireux de répondre. Puis il se décida :

« Je me rendais au verger Henderson, où je voulais acheter des pommes, du cidre et un pot de miel. » Il avait l'air méprisant, comme s'il trouvait ridicule que la police s'intéresse à ses achats.

« En quittant la ville, avez-vous vu une jeune fille à bicyclette ?

— Je n'ai vu personne.

— Vous avez dû la dépasser, dit Ryan.

— Je n'ai quand même vu personne.

— Vous vouliez acheter des pommes, dit Percy. L'avez-vous fait ?

— Je me suis aperçu en chemin que je n'avais pas assez d'argent, et je suis rentré chez moi. Je compte retourner au verger cet après-midi.

— Êtes-vous revenu à Aurelius par Adams Street ?

— J'ai tourné dans Drake Street pour passer à la banque.

— Êtes-vous allé jusqu'au verger avant de faire demi-tour ? demanda Ryan.

— J'ai fait demi-tour avant. En quoi est-ce important ?

— La jeune fille portait un chandail bleu et avait un sac rouge, dit Percy. Son vélo était rouge et bleu.

— Je ne l'ai pas vue.

— Où se trouve maintenant votre voiture ?

— Sur le parking du collège.

— Je crains de devoir vous emmener en ville », dit Percy.

Chihani parut surpris pour la première fois.

« Pourquoi feriez-vous cela ?

— La jeune fille a disparu.

— Alors, je voudrais appeler mon avocat. »

Percy fit remorquer la Citroën de Chihani jusqu'aux bureaux de la police de l'État à Potterville. Il avait déjà obtenu des mandats de perquisition pour la voiture et la maison de Chihani.

Au commissariat, Chihani ne dit rien qu'il n'eût déjà dit au collège. Il n'avait pas vu la fillette. Il avait fait demi-tour avant d'arriver au verger. Son avocat était une femme, Agnès Whitehead. Elle fit savoir clairement que son client devait être inculpé ou relâché. Pendant que Chihani se trouvait entre les mains de la police, sa maison fut fouillée par une équipe du laboratoire de la police de l'État. Après avoir attendu aussi longtemps que possible, Percy relâcha Chihani tard dans la soirée. On n'avait trouvé aucune trace de Sharon chez lui. La police de l'État garda sa voiture une journée de plus, mais ne trouva rien qui indiquât que Sharon Malloy y était jamais montée.

« L'ennui, dit Ryan à Franklin, c'est qu'il est peu probable que Chihani aurait pu faire disparaître toute trace d'elle. Il y avait des empreintes d'autres personnes, y compris des femmes, mais pas de Sharon.

— Quelles femmes ? demanda Franklin.

— Des membres du GRJ. Harriet Malcomb, par exemple, et Joany Rustoff. »

Ils étaient une fois de plus assis dans la cuisine de Franklin. Dans l'autre pièce, Sadie faisait des gammes au piano.

« Alors, on peut supposer que Chihani n'a pas nettoyé sa voiture.

— En effet. De plus, il est impossible de faire un nettoyage sélectif, d'effacer les empreintes d'une personne et pas celles d'une autre.

— Y a-t-il une preuve que Chihani ait jamais parlé à Sharon ?

— Aucune. »

Franklin appela Sadie et lui demanda si Sharon avait déjà parlé de Houari Chihani.

« Qui ça ? » demanda Sadie. C'était son père qui lui faisait faire du piano, et Sadie ne regrettait pas d'être interrompue.

« Il enseigne au collège et conduit une Citroën rouge.

— Cette petite voiture rouge ? Je l'ai vue mais je ne savais pas à qui elle appartenait. Il a un drôle de nom.

— Un nom algérien.

— Il est né là-bas ?

— Je suppose, dit son père.

— C'est loin d'Aurelius. »

Chihani avait été relâché, mais il restait suspect. Les hommes de la police de l'État et ceux du shérif interrogèrent les gens d'Adams Street et des rues avoisinantes pour savoir s'ils l'avaient remarqué. Nombre d'entre eux se souvenaient de la Citroën rouge, mais ne savaient pas s'ils l'avaient vue ce lundi après-midi.

On sut bientôt en ville que Chihani avait été emmené au commissariat et que sa voiture avait été remorquée à Potterville. Je serais prêt à parier que chaque personne pensant à Chihani pensait aussi à Oscar Herbst, arrêté pour avoir posé ces bombes. Et les gens pensaient au GRJ en général, et commençaient en fait à se demander si le groupe n'était pas impliqué dans le vandalisme au cimetière, sur lequel la police continuait à enquêter. Il n'y avait aucune preuve d'un lien entre les bombes et l'affaire du cimetière, mais Aurelius était une petite ville, et le nombre d'individus prêts à violer la loi était limité. Les gens se disaient donc qu'il y avait peut-être aussi une relation entre le GRJ et la disparition de Sharon. Franklin n'oubliait pas qu'Aaron était censé voir Sadie ce lundi après-midi mais ne s'était pas montré. Où se trouvait-il ? Bien sûr, Franklin transmit l'information à Ryan Tavich.

Ryan devait se sentir mal à l'aise. Il savait que le GRJ était responsable du vandalisme au cimetière mais avait décidé de ne rien dire. Il ne pensait pas protéger une fois de plus le fils de sa maîtresse morte, ni même Harriet Malcomb. Il évitait simplement des ennuis à une bande d'étudiants plutôt inoffensifs. Étant donné l'impopularité de Chihani et les soupçons qui pesaient sur le GRJ, le fait que ses membres aient renversé les stèles de certains des défunts les plus respectés d'Aurelius serait très mal vu. Aussi s'était-il tu.

# 17

Ryan avait cherché Aaron le jour où Sharon avait disparu. Il était allé quatre fois chez lui et deux fois chez Harriet. Ryan et elle étaient en froid depuis août. Il était mécontent parce qu'il ne pouvait la regarder sans la désirer et parce que, durant les cinq semaines de leur liaison, il n'avait jamais su ce qu'elle ressentait à son égard. Ryan s'était aussi rendu chez les autres membres du GRJ, y compris Barry, qui me dit plus tard : « Il avait l'air furieux. J'ai cru qu'il allait me frapper. »

Ryan ne pouvait s'empêcher de penser à la violence d'Aaron envers Hark Powers et Sheila Murphy. Il pensait aussi qu'Aaron fréquentait Sadie. Peut-être Ryan était-il un peu jaloux. Quand il emmenait Sadie à la pêche, il luttait peut-être contre l'influence d'Aaron. Mais, même s'il désapprouvait le jeune homme, il ne pouvait s'empêcher quand il le voyait d'apercevoir le visage de Janice, ces yeux un peu bridés.

Ryan aurait dû prévenir immédiatement Percy qu'Aaron était introuvable, mais il ne le fit pas. Il le chercha toute la nuit du lundi et le mardi matin, il réveilla les membres du GRJ et alla deux fois demander à Paula McNeal si elle savait où se trouvait son demi-frère. Mais personne n'avait de nouvelles.

Paula était partie de chez Franklin vers cinq heures, peu après que Sadie les eut surpris au lit. Elle regrettait que Sadie soit bouleversée, mais elle était aussi furieuse contre Franklin, qui s'était comporté comme s'il avait trahi sa fille. Cependant, quand Paula était troublée, elle restait silencieuse, cachait ses émotions, si bien que les gens pouvaient croire que tout allait bien. La nouvelle de la disparition de Sharon lui fit oublier son ressentiment mais ne l'effaça pas. Elle rentra donc chez elle, et Franklin passa une heure ou deux avec Ryan Tavich avant de se rendre à la réunion du conseil municipal. Il laissa Sadie chez moi parce que Mme Kelly était encore avec les policiers.

Je fus étonné de voir que Franklin m'amenait Sadie lui-même au lieu de la laisser venir à pied. Après tout, j'habitais deux maisons plus loin. Ce fut la première impression que j'eus des changements qui se produiraient à la suite de cette disparition.

Sadie était triste pour Sharon, mais elle n'avait pas vraiment réalisé. Avoir trouvé Paula en compagnie de son père l'affectait davantage.

« Pourquoi lui plaît-elle ? demandait-elle sans cesse. Ne voit-il pas qu'elle se moque de lui ?

— Pourquoi se moquerait-elle de lui ?

— Parce qu'elle est malhonnête. » Sadie me jeta un regard mauvais sous sa frange, puis sourit devant son propre sérieux.

« Mais que crois-tu qu'elle veuille de lui ? demandai-je.

— Peut-être son argent, peut-être notre maison. Peut-être qu'elle me déteste et qu'elle cherche à me faire du mal.

— Peut-être qu'elle l'aime.

— Il n'a pas besoin de ce genre d'amour », dit Sadie.

J'avais toujours quelques boîtes de macaroni au fromage en prévision des visites de Sadie, et nous en partageâmes une ce soir-là. Sadie fit ses devoirs puis regarda la télévision pendant que je m'occupais de corriger des copies. Le journal télévisé de onze heures parla brièvement de la disparition de Sharon et montra sa photo, debout devant le garage.

« C'est mon chandail, dit Sadie. C'est le chandail que Paula m'a donné. »

Ryan Tavich finit par trouver Aaron à huit heures le mardi matin. Ou, plus exactement, Ryan était garé devant l'immeuble d'Aaron quand, regardant dans son rétroviseur, il le vit marcher sur le trottoir. Il faisait frais, mais Aaron était en bras de chemise. Ryan sortit de la voiture.

« Je te cherchais », dit-il.

Aaron ne répondit pas. Ses cheveux dénoués pendaient sur ses épaules, et il avait les yeux cernés.

« Où étais-tu ?

— Dehors, dit Aaron.

— Où ça ?

— Juste dehors.

— Pourquoi n'as-tu pas vu Sadie hier, après l'école ?

— J'étais occupé.

— Tu sais quelque chose sur Sharon Malloy ?

— J'ai vu la télé hier soir. On l'a retrouvée ? » Aaron sortit un élastique de sa poche et se fit une queue-de-cheval.

« Où étais-tu hier après-midi vers trois heures ?

— J'étais occupé.

— Sois plus précis. »

Aaron réfléchit un moment, puis dit : « Je ne serai pas plus précis. »

Ryan emmena donc Aaron au commissariat et le remit à Percy. Il parla à celui-ci de l'histoire d'Aaron et du GRJ, et laissa entendre qu'il soupçonnait le groupe d'être responsable du vandalisme au cimetière. Chuck Hawley, qui s'occupait de cette affaire, surprit leur conversation.

« Pourquoi diable ne m'avez-vous pas dit ça plus tôt ? » demanda Percy avec plus de surprise que de colère.

Ryan fit mine de dire quelque chose, puis haussa les épaules. Chuck me raconta plus tard que Ryan avait rougi.

Percy appela la police de Troy et demanda qu'on interpelle Oscar. Il fit aussi amener les autres membres du GRJ au commissariat. Puis Ryan et lui se rendirent au collège, où ils s'entretinrent avec Chihani avant de l'amener lui aussi au poste. Tout cela ne passa pas inaperçu et, à midi, la plus grande partie de la ville savait que les membres du GRJ avaient été arrêtés. On en parlait aussi au lycée, mais les versions les plus fantaisistes circulaient. On disait que Jesse et Shannon avaient tenté de résister et avaient été frappés. Léon Stahl avait eu une attaque. Jason Irving avait essayé de s'enfuir par la fenêtre mais avait été rattrapé. On avait trouvé Harriet cachée dans son placard. Joany Rustoff et Bob Jenks avaient été surpris ensemble, nus, et on les avait amenés au poste en sous-vêtements. Barry avait pleuré. Rien de tout cela n'était vrai, néanmoins il y avait peut-être un grain de vérité dans chaque histoire. Par exemple, Barry me dit qu'il était bouleversé, mais il jura ne pas avoir pleuré. Peu importe, car telles étaient les histoires qui couraient. Il ne semblait pas invraisemblable que ce groupe marxiste du collège ait enlevé Sharon. N'avaient-ils pas déjà essayé de faire sauter l'école ?

Peu de gens croyaient que les membres du GRJ étaient totalement coupables, mais on ne les croyait pas entièrement innocents. Ils avaient à l'évidence fait quelque chose de mal – après tout, ils avaient été arrêtés. Puis, plus tard dans la journée, on apprit que des inculpations pour vandalisme avaient été retenues contre tous les membres du GRJ sauf Léon Stahl, et les gens se souvinrent des stèles renversées du Homeland Cemetery. Et ceux qui n'avaient jamais soupçonné le GRJ s'étonnèrent de ne pas y avoir pensé, ou le prétendirent, car, après tout, n'était-ce pas logique ?

La peur et le soupçon forment un mélange malsain. À la fin de la journée, les élèves parlaient de satanisme et de sorcellerie. J'ai même entendu Mme Hicks, la professeur d'anglais, évoquer la possibilité que Sharon soit la victime d'un sacrifice humain. À ce moment-là, Sharon avait disparu depuis vingt-quatre heures. Beaucoup de gens pensaient encore qu'on allait la retrouver, mais la présence de journalistes, de policiers et d'inconnus divers provoquait de nombreuses conjectures. Et il y avait l'affaire de l'arrestation des membres du GRJ. Le fait qu'aucun d'eux n'ait été inculpé de l'enlèvement de Sharon importait peu. Les gens avaient une vague idée de l'histoire du groupe, une vague idée des événements, et à partir de ces idées vagues bâtirent une histoire.

Dans la salle des professeurs, Sandra Petoski, une femme d'ordinaire sensée, s'interrogeait sur Barry Sanders, disant qu'elle s'était toujours demandé s'il ne souffrait pas de troubles émotionnels. D'autres personnes s'empressèrent de raconter des histoires sur Barry, et sur Aaron ; au bout du compte, il semblait que Sharon était destinée à disparaître. Et, l'école n'étant qu'un microcosme de la ville, les mêmes spéculations avaient cours partout. Les Recherches sur la justice devaient être impliquées, disait-on, et le cerveau du groupe était Chihani. Quant à savoir pourquoi Chihani aurait voulu faire renverser les tombes du cimetière – eh bien, n'était-il pas musulman, n'était-il pas communiste ? Même sa voiture rouge était retenue contre lui. Je trouvais que les policiers auraient dû agir plus discrètement, mais ils étaient naïfs eux aussi et, dans de telles situations, n'avaient qu'un sens rudimentaire des causes et effets. Ils ne pouvaient prévoir le résultat de ces événements sur notre ville.

Le mardi après-midi, les membres du GRJ furent déférés au tribunal de Potterville. On leur intima de reconnaître leur rôle dans la disparition de Sharon, et l'inculpation de vandalisme était un moyen pour les faire parler. Pendant ce temps, des mandats de perquisition furent établis, et leurs appartements fouillés par la police.

Barry fut escorté dans un bureau où on le fit attendre. Deux policiers en civil entrèrent et lui dirent qu'il risquait cinq ans de prison à cause du vandalisme. Y avait-il eu de la drogue ? Barry n'en avait aucun souvenir. Il ne pouvait penser qu'à ce que dirait sa mère, à sa colère. Il savait que Sharon avait disparu, mais n'imaginait pas que son arrestation y soit liée. Un des policiers lui dit que l'accusation de vandalisme serait peut-être abandonnée s'il disait ce qu'il savait sur Sharon. Barry connaissait un de ses frères, mais il n'était pas sûr d'avoir jamais vu la jeune fille, du moins pas récemment.

« Que signifie pour vous le nombre 666 ? » lui demanda-t-on.

Barry réfléchit. Était-ce le téléphone des services d'urgence, ou le numéro de son placard à l'école ?

« Je ne sais pas », dit-il. Il restait assis, complètement immobile, et clignait des yeux.

Les policiers demandèrent à Barry ce qu'il avait fait durant les vingt-quatre heures précédentes, et où il se trouvait la veille à trois heures. Barry était à l'école, et il avait rendu visite à sa mère dans la soirée. Il pensait voir Aaron, mais celui-ci n'était pas chez lui.

« Comment savez-vous qu'il n'était pas chez lui ? demanda le policier.

— J'y suis allé, et il n'a pas répondu.

— Et où pensez-vous qu'il était ?

— Je n'en ai aucune idée.

— Et quand avez-vous vu M. Chihani pour la dernière fois ?

— À la réunion de vendredi soir. » Les deux hommes posaient leurs questions en alternance, cela faisait tourner la tête de Barry.

« Et de quoi avez-vous parlé ?

— De l'*Économie marxiste* de Desai. M. Chihani l'a présenté, et on a discuté. » Barry espérait qu'ils ne lui demanderaient pas de quoi il s'agissait, parce qu'il n'en avait qu'une très vague idée.

« Quelqu'un a-t-il parlé de Sharon Malloy ?

— Pas que je me souvienne. Non, je suis sûr que non.

— Tu la trouves jolie ?

— Je ne sais pas à quoi elle ressemble.

— Tu aimes les petites filles ?

— Je suppose », répondit Barry qui, en fait, n'aimait pas les petites filles, mais avait peur de donner une mauvaise réponse. « Je les aime bien, mais je n'en ai pas vu beaucoup depuis, eh bien, depuis que j'étais un petit garçon. »

Ryan s'arrangea pour séparer Harriet des autres et l'interroger dans une petite pièce.

« Je croyais que tu ne dirais rien au sujet du cimetière », dit Harriet.

Elle avait enlevé ses verres de contact et portait des lunettes à la monture transparente. Ses cheveux noirs pendaient de part et d'autre de son visage. Un sweat-shirt Colgate cachait sa silhouette, et Ryan ne voyait aucune trace des seins qui l'avaient tant séduit. Elle semblait âgée de douze ans à peine et avait un bouton sur le menton. Ryan se sentait horrifié d'avoir couché avec elle.

« Ça aurait été découvert d'une façon ou d'une autre, dit-il.

— Je dirai à tout le monde que tu m'as baisée.

— Fais ce que tu veux », dit Ryan. Il n'arrivait pas à la regarder en face.

« Tu t'imagines que j'aimais ça, pas vrai ? Je l'ai fait uniquement parce que Aaron me l'a demandé. Tu es petit et vieux.

— Aaron ? dit Ryan sans prendre garde à l'insulte. Pourquoi ?

— Demande-lui, si tu veux le savoir.

— Je suppose que je vais devoir lui poser la question », dit Ryan ; il ne regardait pas Harriet dans les yeux, il fixait le bouton sur son menton. Et il se demandait s'il avait jamais fait l'amour avec une femme pour une autre raison que cesser de penser à Janice McNeal.

Aucun des membres du GRJ n'avait rien à dire à propos de Sharon. Certains, comme Léon Stahl et Joany Rustoff, prétendirent ignorer sa disparition. Aaron dit qu'il se souvenait vaguement d'elle, ainsi que Barry, mais les autres affirmèrent qu'ils ne savaient pas de qui il s'agissait. Quant à leur emploi du temps des dernières vingt-quatre heures, on pouvait en vérifier la plus grande part : ils avaient suivi des cours, étaient allés en ville, avaient bu une bière chez Bud. Ils avaient fait des choses diverses, mais aucun ne pouvait justifier de tout son temps.

Léon fut relâché, et Ryan le ramena à Aurelius.

« Je suis content d'être resté chez moi ce soir-là, répétait Léon. Ils voulaient que je vienne au cimetière, ils insistaient. C'est la première fois que je suis heureux d'être gros. »

Les autres furent inculpés de vandalisme, et tous remis en liberté, sauf Aaron, qui resta en prison. Sa caution était fixée à 25 000 dollars. Il appela sa demi-sœur qui joignit l'avocat de leur père, Henry Swazey. Il essaierait de faire libérer Aaron le lendemain. À Troy, la police de l'État avait enquêté sur Oscar Herbst ; il ne pouvait pas avoir enlevé Sharon, il se trouvait chez le dentiste en fin d'après-midi le lundi.

Le mercredi après-midi, Franklin se rendit au collège pour parler à Houari Chihani, espérant obtenir quelque chose pour l'*Independent* du lendemain. Il trouva Chihani dans son bureau du deuxième étage. Il n'y avait rien de nouveau au sujet de Sharon, mais la police avait de nombreuses pistes, pour la plupart ridicules, des gens qui pensaient avoir vu Sharon loin d'Aurelius, jusqu'à Chicago. Mais on parlait du GRJ, et personne n'oubliait que Mme Kelly avait vu la Citroën rouge de Chihani.

Chihani, ayant été interrogé par la police et sachant que le GRJ était soupçonné, devait certainement se méfier de Franklin, mais il n'en montrait rien.

Franklin s'assit devant le bureau de Chihani et sortit son carnet.

« Avez-vous une idée de ce qui a pu arriver à Sharon Malloy ?

— Aucune. » Chihani avait des lèvres minces qui rappelaient à Franklin un *M.* aplati au-dessus d'un *W* aplati lui aussi. Cela lui donnait l'impression que Chihani souriait un peu, mais il n'en était pas certain.

« Vous n'avez aucune idée de la cause de son enlèvement ? demanda Franklin en prenant des notes sur son bloc.

— Je peux imaginer toutes sortes de raisons, mais ce ne sont que des possibilités. Nous ne sommes même pas sûrs qu'elle ait été enlevée. Elle peut avoir accompagné quelqu'un de son plein gré. Ou peut-être n'y a-t-il pas d'autre personne, peut-être est-elle partie toute seule. Elle pourrait se trouver n'importe où au monde en ce moment.

— Vous ne pensez donc pas qu'il y ait eu acte criminel ?

— Je dis que, pour autant que je le sache, il n'y a pas de raison de présumer un acte criminel. Elle a disparu depuis deux jours. Bien sûr, il est très possible qu'elle ait été victime d'un crime.

— Elle semble avoir disparu dans Adams Street, en bordure de la ville, vers trois heures lundi après-midi. On vous a vu dans le quartier à ce moment-là. Est-il possible que vous ayez dépassé Sharon sans la remarquer ?

— C'est possible. Il y avait beaucoup de choses autour de moi, des arbres, des oiseaux, des maisons, d'autres voitures, des chiens. Je ne me souviens de rien en particulier. »

Franklin nota tout cela.

« Supposons qu'elle ait été enlevée ; quelles raisons pourrait-il y avoir à ça ?

— Votre question est bien trop vague.

— Alors, laissez-moi évoquer l'éventualité du viol. À certains endroits, le viol est fréquent, et dans d'autres très rare. Avez-vous une explication pour cela ? »

Chihani appuya ses coudes sur le bureau.

« Les violeurs se sentent souvent émasculés par la société. La victime n'est qu'un prétexte, elle représente la société. Le violeur essaie faiblement de montrer qu'il n'est pas émasculé, ou il lutte contre sa condition de victime, car il en est certainement une lui aussi. Il ne s'agit que rarement de sexe. Les impuissants recherchent le pouvoir, les faibles expriment leur mécontentement. Ce sont des mobiles généraux. Il faut aussi tenir compte de la psychologie individuelle du violeur, et pour cela il faut l'avoir identifiée.

— Pensez-vous que Sharon Malloy puisse avoir été violée ?

— Je n'en ai aucune idée.

— Croyez-vous qu'un violeur est autant une victime que la personne qu'il viole ?

— C'est sûrement une victime, mais cela ne veut pas dire qu'il ne faut pas le punir. Certains crimes se produisent parce que la société est corrompue, des crimes qui sont une réaction à cette corruption. La société peut changer pour diminuer la fréquence de ces crimes ou peut punir ceux qu'elle considère comme des criminels. Le violeur est autant une victime que la personne qu'il viole, mais il enfreint la loi de la société et sera donc puni.

— Vous pensez qu'un violeur ne devrait pas être puni ?

— Je pense que les raisons qui le poussent à violer sont plus importantes que le viol lui-même. Mettre le violeur en prison ne résout pas le problème. Cela ne fait que retirer temporairement de la circulation un violeur particulier.

— Quels changements pourraient diminuer la fréquence des viols ?

— Une société dont chaque membre se considérerait l'égal de tous les autres connaîtrait bien moins de viols.

— Mais le viol ne disparaîtrait pas entièrement ?

— Il peut y avoir des causes de viol qui ne soient pas politiques, mais si le viol concerne le pouvoir et la propriété, alors ce sont là les maux à traiter. Un des problèmes de cette société est qu'elle essaie de traiter les causes en punissant les effets, en terrifiant les criminels éventuels. On n'essaie pas de lutter contre les causes elles-mêmes.

— Pourquoi ?

— Parce que le système repose sur le pouvoir et la propriété. Nous ne pourrons pas limiter la criminalité sans faire de changements dans la société. »

Aucune de ces déclarations ne parut dans l'*Independent*. Franklin récrivit le texte, déplaçant les phrases. Il avait le sentiment d'être fidèle à l'interview originale, mais il essayait aussi d'éviter des ennuis inutiles à Chihani. Par exemple, il ne signala pas que Chihani se trouvait à proximité au moment de la disparition de Sharon. Mais les gens le savaient, et c'était entre autres pour voir ce que Chihani en dirait qu'ils lurent l'interview.

Franklin omit aussi les explications théoriques de Chihani, pensant qu'elles ne feraient que compliquer les choses. Il aurait peut-être mieux valu ne pas du tout l'interviewer, mais Franklin ne voulait pas que le journal semble timoré.

Revue par Franklin, la réponse de Chihani à la question sur l'enlèvement devenait : « Nous ne sommes même pas certains qu'elle ait été enlevée. Peut-être a-t-elle accompagné cette personne de son plein gré. Peut-être est-elle partie toute seule. Elle pourrait se trouver n'importe où au monde en ce moment. Il n'y a pas de raison d'envisager automatiquement un acte criminel. »

Au sujet du viol, Franklin faisait dire à Chihani : « Il ne s'agit que rarement de sexe. C'est une question de pouvoir. Mais je crois que la raison qui pousse un homme au viol est plus importante que le viol en lui-même. Le violeur est lui aussi une victime mais, dans cette société, il enfreint la loi et sera puni. Une société dont chaque membre se croirait sincèrement l'égal de tous les autres connaîtrait bien moins de viols. »

Aaron fut relâché sous caution le mercredi après-midi. Il était inculpé de vandalisme pour l'affaire du Homeland Cemetery. Il refusait toujours, pourtant, de dire où il se trouvait l'après-midi et le soir du lundi. Mon cousin me dit que la police avait failli inculper Aaron de l'enlèvement de Sharon, mais c'était faux. Il n'y avait pas de preuve sérieuse que Sharon ait été enlevée, et rien ne liait Aaron à l'incident. Chuck voulait dire que la police *aurait aimé* inculper Aaron. Il avait refusé de répondre aux questions, refusé de parler. Les policiers voulaient qu'il soit coupable parce qu'ils voulaient le punir. Je ne dis pas que ce soit vrai du capitaine Percy, et ce ne l'était pas de Ryan Tavich, mais Aaron ne s'était pas fait d'amis.

L'endroit où il se trouvait lundi resta un mystère, et Aaron prit plaisir à l'entretenir. Il aimait être détesté par la police. Pourquoi sinon n'aurait-il pas dit où il se trouvait ? J'étais sûr que, même s'il ne faisait rien de condamnable, Aaron aurait refusé de répondre. Juste par plaisanterie, juste parce qu'il était comme ça. De plus, il avait de nombreuses raisons de nous en vouloir. Sa mère avait été assassinée et on s'était moqué de lui parce qu'il était son fils.

## 18

Un groupe de gens n'est pas encore apparu dans ce récit : la famille de Sharon Malloy. Si bouleversés que nous fussions tous par la disparition de Sharon, nos sentiments n'étaient qu'un faible écho de ceux des Malloy. En vérité, il est difficile d'estimer le chagrin d'autrui, c'est une émotion sans limites. Je pense au chagrin que j'ai connu à la mort de ma mère, ou lors de celle d'amis, dont certains, très jeunes, étaient atteints du sida. J'essaie à partir de cela d'imaginer les sentiments de la famille de Sharon, et je ne peux me représenter qu'une fraction de leur chagrin.

Les Malloy étaient venus de Rochester s'installer à Aurelius quand Sharon avait trois ans. La sœur du docteur Allen Malloy, Martha, était mariée à un comptable d'Aurelius, Paul Leimbach, un homme très admiré qui remplissait sans doute les déclarations d'impôts de la moitié de la ville. Le docteur Malloy ne voulait plus vivre dans une grande ville. Sa maison de Rochester avait été cambriolée à plusieurs reprises, et il pensait qu'il serait préférable pour sa famille de vivre dans un environnement plus sûr. Il choisit Aurelius pour se rapprocher de sa sœur et de son beau-frère. Il acheta une grande maison blanche et ouvrit son cabinet. À cette époque, sa femme Catherine et lui avaient trois enfants, Sharon, Francis ou Frank, âgé de six ans, et Allen Junior, huit ans. Toute la famille fréquentait l'église St. Mary. Deux ans après leur arrivée, Catherine eut un autre enfant, la petite Millie, qui avait cinq ans de moins que Sharon.

Martha Leimbach avait elle aussi quatre enfants, et les deux familles étaient très proches. Trois ans après que les Malloy se furent installés à Aurelius, le frère du docteur Malloy, Donald, le pharmacien, arriva de Buffalo. Donald Malloy était divorcé. Il travailla un certain temps chez Fays, puis acheta une petite pharmacie en ville, qu'il agrandit pour y vendre des journaux, des magazines et des boissons fraîches, les bricoles habituelles des drugstores. Je ne pense pas qu'il gagnait beaucoup d'argent, mais avoir un frère médecin l'aidait certainement.

Les Malloy et les Leimbach passaient beaucoup de temps ensemble. Ils avaient d'autres amis – Roberta Fletcher, l'infirmière du docteur Malloy, et le docteur Richards, dont le cabinet était dans le même immeuble, près de l'hôpital –, mais ils semblaient préférer rester en famille. Les enfants des Leimbach étaient constamment avec ceux des Malloy, et les deux familles déjeunaient ensemble le dimanche après la messe.

Quand Ryan Tavich alla voir Mme Kelly le lundi après-midi, une de ses premières décisions fut de faire contacter par ses collègues les parents de Sharon, ainsi que sa tante, Paul Leimbach et Donald Malloy, pour vérifier s'ils l'avaient vue. Il fallut bien sûr poser la même question à ses frères et sœurs, et à ses cousins. On les eut presque tous trouvés en une heure, et aucun d'eux n'avait vu Sharon. C'est à ce moment-là que Ryan appela la police de l'État, à ce moment-là qu'on peut faire remonter le malheur de la famille.

À six heures, ils étaient réunis chez les Malloy, cinq enfants et cinq adultes, pour attendre les nouvelles. Les plus âgés des garçons, John Leimbach et Allen Junior, étaient au collège, on ne les appellerait que le lendemain. Mon cousin, Chuck Hawley, se trouvait avec eux, ainsi que Roberta Fletcher. Plusieurs voisins apportèrent des plateaux de sandwiches et des salades, mais personne ne mangea beaucoup. Je fus surpris de voir avec quelle rapidité les gens apprirent la disparition de la jeune fille et essayèrent de faire ce qu'ils pouvaient, même si cela se résumait à préparer de la salade de pommes de terre.

Le mobilier du salon des Malloy était un mélange d'ancien et de moderne, des chaises et des sofas trop rembourrés, des tissus imprimés d'un motif suranné, des guéridons qui ressemblaient à des barattes. On n'entendait presque aucun autre bruit que celui de la grande horloge. Les gens murmuraient. De temps en temps, le téléphone sonnait, des voisins qui posaient des questions inquiètes ou témoignaient leur sympathie. Roberta Fletcher prenait les appels. C'était une femme robuste, pleine de bon sens, qui répondait aussi brièvement que possible. Elle ne comprenait pas pourquoi les gens ennuyaient les Malloy à un moment pareil.

Le docteur Malloy était grand, avec des cheveux blond roux qui commençaient à tomber, et une grosse moustache rousse qu'il lissait entre le pouce et l'index. Il portait des complets sombres et avait bien l'air d'un médecin. Ses yeux étaient bleu pâle, et il avait de grandes mains roses, presque sans poils, avec des taches de rousseur sur le dos. Il sentait toujours le savon. Je suis allé plusieurs fois à son cabinet pour me faire vacciner contre la grippe, mais je ne lui ai jamais parlé que brièvement. Je suppose que je me suis toujours senti un peu mal à l'aise avec les médecins. Certains ont tellement l'air de docteurs qu'ils paraissent n'avoir aucune personnalité propre. On se demande si les gens choisissent ces professions pour la personnalité stéréotypée qui va avec. À cet égard, Allen Malloy ressemblait au capitaine Percy.

Le docteur Malloy était assis sur un divan, les coudes posés sur les genoux, le menton dans les mains, et attendait. Il ne pleurait pas, ne parlait pas. De temps en temps, sa femme se mouchait. Les enfants paraissaient effrayés. Paul Leimbach reniflait sans cesse. Donald Malloy était assis dans le fauteuil à bascule et se rongeait l'ongle du pouce. Il secouait parfois la tête.

On ne peut que deviner leurs pensées. Sans aucun doute, ils se demandaient tous ce qui avait pu arriver à Sharon. La jeune fille était toujours à l'heure, disait toujours à ses parents où elle allait et se conduisait en général comme une adulte responsable. On envisageait maintenant les possibilités affreuses ou sans gravité. Au fil des heures, les éventualités inoffensives devenaient de moins en moins vraisemblables. À l'évidence, le docteur Malloy pensait à des choses abominables et, à chacune de ces pensées, il se disait que c'était impossible, puis comprenait que ce ne l'était pas. Alors il se disait qu'il n'était peut-être rien arrivé à Sharon, avant de réaliser qu'il lui était forcément arrivé quelque chose. À la maison, il appelait souvent sa fille « Petite colombe », et il ne pouvait penser à ce nom sans que les larmes lui montent aux yeux.

La disparition de Sharon rendait plausibles des choses terribles. Peut-être avait-elle été enlevée et les ravisseurs appelleraient-ils. Peut-être avait-elle été battue, violée ou assassinée. L'ironie de la chose était que les Malloy avaient emménagé à Aurelius pour s'éloigner des dangers de la grande ville, et ils en étaient tous conscients.

Le docteur Malloy lui-même réalisait que, s'ils étaient restés à Rochester, Sharon serait en sécurité. Il imaginait une main anonyme se tendant vers elle, l'empoignant, déchirant les vêtements de sa mince fillette de quatorze ans qu'il avait vue ce matin même au petit déjeuner. Le chien sautait partout, Millie avait fait brûler son toast, Frank ne retrouvait pas son livre de biologie. Puis le docteur Malloy était parti, par une matinée de septembre où on sentait à peine le gel. Il était allé à son cabinet, avait reçu des patients et fait ses visites à l'hôpital. Il avait déjeuné avec son collègue le docteur Richards, puis vu d'autres patients. Vers quatre heures, la police était arrivée. Savait-il où se trouvait sa fille ? Et elle avait disparu.

La famille passa la soirée à attendre, et chaque sonnerie du téléphone ou de la porte les faisait tressaillir. Mais ce n'étaient jamais des nouvelles de Sharon. Après minuit, on envoya les enfants au lit, puis le docteur Malloy donna un sédatif à sa femme. Donald Malloy embrassa son frère et rentra chez lui. Les Leimbach partirent. Vers trois heures du matin, Roberta Fletcher en fit autant. Mon cousin Chuck s'endormit sur un fauteuil. Il se réveillait de temps en temps et changeait de position. Chaque fois, il voyait le docteur Malloy assis sur le divan, la tête dans les mains. Chuck me raconta qu'il aurait bien dit quelque chose, mais ne voyait pas quoi.

Le mardi arriva et passa sans nouvelles. Les enfants Malloy et Leimbach n'allèrent pas à l'école. Le docteur Malloy annula ses rendez-vous ou les transféra au docteur Richards. Il se rendit au commissariat, puis à Potterville. Il vit arriver puis repartir Houari Chihani. Il savait bien sûr qu'on avait vu sa Citroën dans Adams Street. Plusieurs journalistes de télévision essayèrent de lui parler, mais le chef Schmidt lui attribua une pièce au commissariat où on ne le dérangerait pas. Il vit par la fenêtre qu'on amenait Aaron, puis Jesse et Shannon Levine, Harriet Malcomb et les autres, et même Barry Sanders. Il en connaissait certains. Il avait soigné Barry pour des grippes et des problèmes mineurs, car Barry était aussi hypocondriaque que sa mère. Le docteur Malloy les vit ensuite être emmenés à Potterville. Il demandait sans cesse s'il y avait des nouvelles, mais ce n'était jamais le cas.

Au moins une centaine d'hommes et de femmes, agents de la police de l'État et volontaires, passèrent au peigne fin les terrains proches d'Adams Street. On amena des chiens auxquels on fit sentir des vêtements appartenant à Sharon. Ils ne trouvèrent rien, ce qui renforça la supposition que Sharon avait été emmenée en voiture. On interrogea à nouveau des voisins à qui on avait déjà demandé s'ils avaient vu quelque chose. La télévision et la radio diffusèrent des demandes d'information au sujet de Sharon Malloy. Plusieurs personnes qui l'avaient aperçue sur son vélo se manifestèrent, mais aucune n'avait rien vu de particulier.

Le docteur Malloy participa à la fouille, accompagné de son frère. Donald pleurait, le docteur Malloy avait les traits tirés. Ils marchaient côte à côte dans les broussailles. Donald avait une canne, dont il se servait pour écarter les branches. Quand la nuit tomba, ils retournèrent tous deux au commissariat, pour apprendre que les membres du GRJ avaient été inculpés de vandalisme et relâchés. On leur dit qu'Aaron se trouvait en prison à Potterville mais que les chefs d'accusation n'avaient rien à voir avec Sharon. Percy avait interrogé tous les membres des familles Malloy et Leimbach. Les deux frères rentrèrent chez le docteur. Et il y eut une autre soirée d'attente. Chuck Hawley dormit à nouveau dans le fauteuil, et le docteur Malloy passa la nuit sur le divan.

« Apparemment, il n'a pas dormi du tout, me dit Chuck. En tout cas, il était réveillé à chaque fois que j'ai regardé. »

Le mercredi, on apprit que Sharon avait été vue à différents endroits, à New York, Albany, Rochester, Buffalo et Syracuse. On l'avait aussi vue marcher sur une petite route près de Plattburg. Chaque signalement provoquait un élan d'optimisme qui disparaissait quand la nouvelle se révélait fausse, et chaque déception était pire que la précédente.

Aaron fut libéré de la prison de Potterville et revint à Aurelius. Chihani fut emmené une deuxième fois au commissariat et relâché de nouveau. Le mercredi après-midi, Sharon avait été vue – à tort – à tant d'endroits que des volontaires se mirent à répondre au téléphone. Sa photo était affichée partout.

Le docteur Malloy rentra chez lui le soir et, une fois de plus, les Malloy, les Leimbach et Donald attendirent dans le salon. Les voisins apportèrent de la nourriture. Chuck Hawley dormit une fois de plus dans le fauteuil. Le docteur Malloy resta sur le divan près du téléphone mais cette fois-ci, selon Chuck, il dormit un peu.

Le jeudi parut l'*Independent* avec les commentaires de Houari Chihani. « Peut-être est-elle partie de son plein gré », disait-il dans l'interview. « Le violeur est autant une victime que la personne qu'il viole [...] La raison pour laquelle il viole est plus importante que le viol lui-même. »

Le docteur Malloy lut l'interview et secoua la tête, l'air incrédule.

Il y avait à la une du journal la photo de Sharon devant la porte du garage, un gant de base-ball à la main. Elle servait de receveur à son frère Frank, et leur père avait pris la photo. Il y avait des interviews des camarades de classe de Sharon. « C'est l'amie la plus merveilleuse que j'aie jamais eue », disait Joyce Bell. « Elle ne se fâchait jamais, elle riait tout le temps », disait Meg Shiller. « Je ne dirais pas que c'était ma meilleure élève, déclara Lou Hendricks, qui avait Sharon en cours d'histoire, mais c'était une des meilleures, et une jeune fille charmante. »

Le journal rapportait les déclarations de plusieurs membres de la famille.

« Nous n'avons aucune idée de ce qui a pu se passer, disait son frère Frank. Quand je l'ai vue lundi matin, tout allait bien. »

« Si quelqu'un lui a fait du mal, disait son oncle Donald, eh bien, j'ai des envies de meurtre. C'est une sainte, une merveilleuse petite fille. »

« Je veux que ma sœur revienne », disait la petite Millie.

Franklin s'était aussi entretenu avec le capitaine Percy.

« En ce moment, des centaines d'agents travaillent sur cette affaire. Des milliers de personnes la recherchent. Nous espérons encore la retrouver. »

Il y avait beaucoup de terres en friche autour d'Aurelius, et des centaines de personnes prirent part aux recherches : des troupes de boy-scouts, des unités de la Garde nationale, des volontaires. On vit des groupes d'écoliers arpenter les bois de Lincoln Park et les terres agricoles voisines. On fouilla les deux rives de la Loomis River de Hamilton à Norwich. On explora le parc national Henderson, les lacs du secteur et la carrière. Les étudiants du collège séchèrent les cours pour participer aux recherches, et personne ne songea à le leur reprocher. Les gens semblaient croire que, si tout le monde s'y mettait, on retrouverait Sharon en bonne santé et que, si on fouillait chaque centimètre carré du comté, on la découvrirait sûrement. L'expression « chaque centimètre carré » était répétée sans cesse, comme une formule magique. La disparition complète de Sharon, comme si elle s'était évanouie dans les airs, ainsi que l'avait dit Ryan, rendait la magie vraisemblable. Avant la fin de l'affaire, des médiums et des guérisseurs furent consultés. Je crois même qu'il fut fait appel à un radiesthésiste, mais pas par la famille ni les autorités.

La disparition de Sharon eut un autre effet : à partir du mercredi, il y eut un petit embouteillage devant le lycée au début et à la fin des cours. De nombreux enfants y allaient d'habitude à pied ou à vélo, mais maintenant les parents les amenaient en voiture. S'il était arrivé quelque chose à Sharon Malloy, qui pouvait dire que la même chose n'arriverait pas à un autre gosse ? Le chef Schmidt embaucha deux policiers supplémentaires, et on voyait partout des agents de la police de l'État.

Le numéro de l'*Independent* qui contenait les remarques malheureuses de Chihani comportait aussi un article relatant l'inculpation des membres du GRJ pour le vandalisme perpétré en août au Homeland Cemetery. Cela n'améliora pas leur popularité. Jason Irving quitta la faculté et retourna chez ses parents à Kingston. Il lui fallut bien sûr obtenir la permission de la police. Les autres ne disparurent pas complètement, mais ils essayèrent de ne pas attirer l'attention. Les exceptions étaient Houari Chihani, dont on voyait toujours la voiture rouge en ville, et Aaron McNeal qui ne changea en rien ses habitudes.

La police cherchait toujours à découvrir où Aaron se trouvait l'après-midi et le soir du lundi. On parla d'une injonction du tribunal pour le forcer à avouer. Je sais de source sûre que le procureur du comté préparait le dossier.

Le samedi après-midi, Sadie m'aida à ramasser les feuilles mortes dans mon jardin. Je gardais un œil sur elle parce que Franklin était occupé.

« Aaron n'a rien à voir avec la disparition de Sharon », me dit-elle. Elle portait une veste rouge et avait les cheveux dénoués.

« Pourquoi le penses-tu ?

— Parce qu'il ne la connaissait pas et, même dans ce cas, il ne l'aurait pas enlevée. Il n'est pas comme ça.

— Comme quoi ? » J'avais cessé de ramasser les feuilles.

« Comme le genre de personne qui enlèverait un enfant.

— Et à quoi ressemble ce genre de personne ? » Je ne taquinais pas Sadie, je voulais vraiment savoir ce qu'elle allait dire.

« Méchant. Aaron n'est pas méchant.

— Qu'est-il arrivé à Sharon, à ton avis ?

— Vous savez qu'il y a des gens qui volent des chiens pour les vendre à des laboratoires ? Peut-être est-ce quelque chose comme ça qui est arrivé à Sharon. Peut-être a-t-elle été enlevée pour un genre d'expérience. Mais vous savez quoi ?

— Quoi donc ?

— Je me dis qu'il vaudrait mieux qu'elle soit morte, parce que sinon on la torture sans doute.

— Peut-être la retrouvera-t-on saine et sauve », dis-je.

Sadie me regarda d'un air sévère.

« Vous n'y croyez pas vous-même. »

# 19

L'énergie de Franklin Moore fut sérieusement mise à l'épreuve par la disparition de Sharon. Il ne travaillait plus maintenant cinquante heures par semaine, mais soixante-dix. En plus de l'*Independent*, il écrivait des articles sur la fillette pour des journaux de Kingston, Rome, Binghampton et Albany. Quand des journalistes et des équipes de télévision se rendaient à Aurelius, c'était à Franklin qu'ils s'adressaient, à lui qu'ils demandaient des informations et des pistons. Je ne sais pas si Sadie supportait mal qu'il soit aussi occupé, mais elle passait plus de temps avec Mme Kelly ou chez moi. Je faisais semblant de grogner, mais j'appréciais sa présence. Je laissais Sadie choisir le menu, et nous mangions beaucoup de macaroni au fromage. Elle passait tellement de temps en compagnie de mes animaux au formol que les bocaux trouvèrent une place permanente sur la table de la cuisine. J'étais tous les matins accueilli par le regard morose des yeux de vache.

En plus de l'enquête officielle dirigée par le capitaine Percy, d'autres groupes procédaient à des recherches, des boy-scouts, une association d'anciens soldats, des congrégations religieuses. Pendant la deuxième semaine, un groupe plus important, appelé les Amis de Sharon Malloy fut constitué ; il prit la place des groupes plus petits, les absorbant dans certains cas. Il distribuait des affiches et réunissait des fonds pour récompenser toute information concernant Sharon ou permettant son retour (au début, ils offraient dix et vingt mille dollars, mais la somme augmenta beaucoup par la suite).

Le groupe recevait aussi les appels de gens qui croyaient avoir des informations utiles. La plupart étaient tout à fait sincères. Ils avaient vu une fille ressemblant à Sharon ou un homme au comportement suspect (d'ordinaire dans une camionnette), et pensaient que cela valait la peine de téléphoner ; bien sûr, certains devaient guigner les dix mille dollars. Il y avait aussi des appels de cinglés, parfois malveillants – des gens qui parlaient de sorcellerie ou accusaient Sharon d'amoralité, la traitaient de sale gamine qui avait eu ce qu'elle méritait. Mais ces appels étaient rares.

Les Amis de Sharon Malloy travaillaient en liaison étroite avec la police et aidèrent aux recherches ; ils firent gagner beaucoup de temps aux enquêteurs en répondant aux appels. Ils se joignirent à un réseau de groupes analogues dans tout le pays, qui envoyaient et recevaient des informations sur les cas de disparition. Des affiches montrant le visage d'autres enfants disparus apparurent bientôt à Aurelius. Certaines disparitions s'étaient produites des années plus tôt, souvent sur la côte Ouest.

Sandra Petoski, professeur d'histoire, était coprésidente des Amis de Sharon Malloy, avec Rolf Porter, le directeur de l'agence immobilière Century 21. Rolf avait été marié à Mildred Porter, qui travaillait à la pharmacie de Donald Malloy, mais ils avaient divorcé quelques années auparavant. Les Amis espéraient enrôler les parents de Sharon, se disant que la présence du docteur serait un grand avantage, mais ni Allen Malloy ni sa femme ne voulaient de cette attention constante, et ils se contentèrent de soutenir l'initiative. Toutefois, Paul Leimbach se joignit au groupe et entraîna son beau-frère Donald, qui fut d'une grande aide parce qu'il permettait d'utiliser le nom de Malloy pour réunir de l'argent en vue d'une récompense. Donald consacrait quelques heures par jour aux Amis, répondant au téléphone et parlant aux gens.

Donald avait environ cinq ans de moins que le docteur et le teint aussi coloré que celui-ci, mais il était plus épais, franchement gros en fait. Il avait plus de cheveux que son frère, de la même couleur blond roux. Ses mains étaient très soignées, fines pour sa taille, avec des doigts longs et délicats. Donald souffrait beaucoup de la disparition de sa nièce, il était plongé dans un abattement dont le sortaient des éclats de colère. Venant de la grande ville, les deux frères se sentaient trahis de voir les dangers qu'ils avaient fuis réapparaître dans une petite communauté comme Aurelius. Le mari de leur sœur, Paul Leimbach, qui était né à Aurelius, ne partageait pas leur colère, même s'il adorait sa nièce et était bouleversé.

Franklin s'entretenait régulièrement avec Donald et le présenta à des journalistes venus de l'extérieur. Sa colère faisait de bons articles, et il applaudissait souvent le rétablissement de la peine de mort dans l'État de New York par le gouverneur Pataki. Il semblait en effet qu'une peine de prison, même longue, soit une punition trop légère pour un ravisseur d'enfants. Donald installa dans la vitrine de sa pharmacie un énorme agrandissement – au moins deux mètres cinquante sur un mètre cinquante – de la photo de sa nièce debout devant la porte du garage avec son gant de base-ball. La pharmacie n'était certes pas le quartier général des Amis de Sharon Malloy, mais l'énorme affiche en faisait un point de ralliement, et on voyait parfois des gens la prendre en photo. Harry Martini, notre principal, dit que l'affiche ne faisait pas de mal au commerce de Donald Malloy, mais sa remarque fut considérée comme trop cynique. Le cabinet comptable de Paul Leimbach se trouvait également dans le centre-ville, et il y avait là aussi une affiche de Sharon dans la vitrine, mais de taille normale, vingt centimètres sur trente.

Quand il parlait avec Franklin, Donald expliquait qu'il ne pouvait comprendre la psychologie d'un ravisseur d'enfants.

« Comment quelqu'un peut-il faire ça ? se demandait Donald. Il n'y a pas de châtiment trop sévère pour une telle personne. »

Donald faisait souvent ces remarques derrière le comptoir de sa pharmacie, qui était légèrement surélevé, le faisant paraître plus grand que les clients. Comme toujours, il portait une blouse blanche avec son nom brodé en rouge sur le cœur, et en dessous *Pharmacien*. Il avait des lunettes à monture transparente et, quand il voulait souligner quelque chose, il les enlevait et s'en frappait doucement la paume.

Donald put raconter à Franklin de nombreuses anecdotes concernant Sharon : elle avait soigné et guéri un écureuil à la patte brisée et vendu plus de biscuits que toutes les autres filles de sa troupe d'Éclaireuses, sa mère lui avait appris à faire la cuisine et elle s'occupait du dîner tous les mercredis soirs, préparant habituellement un sauté de poulet ou des côtes de porc à la florentine. Ces informations firent de Sharon bien plus qu'un visage sur une affiche, et valurent aux Amis plus de soutien et de fonds. Sharon était une fillette de quatorze ans typique, et les articles dans l'*Independent* parlant de sa gentillesse et racontant sa vie quotidienne menèrent les gens à considérer qu'elle faisait partie de leur famille. Pam Larkin, une caissière de la banque Fleet, me dit à plusieurs reprises que Sharon ressemblait exactement à sa sœur Betsy, qui s'était installée en Californie dix ans plus tôt et vivait maintenant à Bakersfield. L'idéalisation de Sharon, si je peux employer ce terme, la fit entrer dans de nombreuses familles et augmenta la tristesse et l'incompréhension. Tout le monde semblait se souvenir d'une fillette de quatorze ans comme Sharon, et le choc de sa disparition nous affectait tous.

En écrivant ces articles, Franklin considérait qu'il faisait son devoir de journaliste. Son travail était de donner des informations, mais en fait ses lecteurs lisaient un condensé, une version déformée des faits. Je ne suis peut-être pas en terrain très sûr mais, en idéalisant Sharon et en décrivant ainsi sa disparition en noir et blanc, les articles de Franklin amenaient tout le monde à penser dans les mêmes termes. J'entendis dans la salle des professeurs Frank Phelan, un prof d'histoire, dire que lorsque les Anglais du IXe siècle capturaient un pillard danois, ils l'écorchaient et clouaient sa peau au portail de l'église. On devrait, disait-il, agir de même avec le ravisseur de Sharon. Que cette personne puisse être malade, folle ou handicapée de quelque façon ne comptait pas.

Mais Franklin était totalement engagé dans sa profession. Ce n'était plus le type d'à côté avec ses doutes, ses chagrins et ses ambitions, il devenait l'incarnation de son boulot. Je connais, en tant que professeur de biologie, cette impression de tant me consacrer à mon travail que mon côté faillible et incertain s'efface et que je m'identifie à mon rôle. Il serait faux de dire que Franklin était moins humain, mais les événements de notre ville lui permirent d'incarner de plus en plus sa définition du journaliste. Peut-être était-ce ce que je voyais chez le capitaine Percy et le docteur Malloy, le fait qu'ils avaient été absorbés par leurs professions. Ils étaient délivrés des obligations personnelles, leur profession décidait.

Je trouvais bizarre que Franklin laissât Sadie seule alors qu'une fillette avait disparu, mais ce n'était pas lui, c'était sa profession. Et, en l'incarnant, il se libérait de ses peurs. Même son apparence – son vieux manteau en mouton et son chapeau irlandais, son air d'être constamment pressé, ses cheveux en désordre, sa cravate défaite et son carnet –, même son air de savoir ce qu'il y avait derrière les faits caractérisaient le journaliste de petite ville. En de telles occasions, les vulnérabilités et les peurs disparaissent.

Début octobre, tout le comté savait que Chihani et les membres du GRJ avaient été interrogés au sujet de la disparition de Sharon. L'ambiance était déplaisante et, comme je l'ai dit, les parents de Jason Irving jugèrent préférable de le retirer du collège et de le faire revenir à Kingston. Franklin avait bien sûr une certaine responsabilité dans l'attention qui se portait sur le GRJ, mais le *Syracuse Post Standard* avait lui aussi publié un article sur Chihani et le GRJ, et plusieurs journaux avaient parlé de la profanation du cimetière et des deux bombes factices posées par Oscar Herbst. Les journaux ont besoin d'établir des relations de cause à effet et dirent donc, ou laissèrent entendre, que ces actions étaient préméditées et faisaient partie d'un complot mené par le GRJ. Ils trouvèrent des officiels de la municipalité et même des policiers qui partageaient ce sentiment, mais Ryan Tavich et le capitaine Percy ne s'exprimèrent jamais en public sur le groupe.

Les gens n'aiment pas les informations isolées, et ils bâtirent donc à partir de celles-ci une théorie du complot qui débutait avec l'arrivée de Chihani à la fin de l'année précédente. Les gens les plus modérés considéraient le GRJ comme un groupe de réflexion marxiste. Les plus extrêmes voyaient dans le GRJ un ferment de révolte qui commettait des actions anarchistes. Ils pensaient que l'arrivée de Chihani était clairement liée à la disparition de Sharon. Les Amis de Sharon Malloy allèrent jusqu'à se procurer des photos de Chihani, Aaron, Oscar et les autres pour les envoyer dans d'autres régions du pays où il y avait eu des enlèvements. Ils y joignirent même une photo de la Citroën rouge. Un employé de la station-service Texaco releva un rapport entre la couleur de cette voiture et le fait que le diable était traditionnellement vêtu de rouge. Je faillis souligner qu'on pouvait en dire autant du Père Noël, mais je jugeai plus prudent de me taire. Les temps étaient dangereux et, si je me moquais d'une hypothèse pareille, on pourrait me soupçonner moi aussi.

Paula faisait partie de ceux qui craignaient ce qui pourrait se produire, et son inquiétude s'accroissait. Elle connaissait l'intransigeance de son frère et son goût pour la provocation. Elle pensait peut-être que son comportement était lié à la mort de sa mère, comme s'il considérait que la ville entière était responsable de ce meurtre. Étant donné le caractère d'Aaron, les articles enflammés de Franklin, la réaction des habitants d'Aurelius et les activités des Amis de Sharon Malloy, Paula aurait pu prévoir ce qu'il allait en advenir et être terrifiée.

Elle voyait bien aussi comment les gens la traitaient parce qu'elle était la sœur d'Aaron. Elle était accueillie froidement dans les magasins, et les gens qui la saluaient auparavant dans la rue ne le faisaient plus. Paula était une belle femme, pleine de charme et d'énergie, qui se montrait amicale et que les gens trouvaient sympathique. Cela changea. Elle faisait faire tous les soirs une promenade de trois kilomètres en ville à son chien, croisant régulièrement les mêmes personnes, avec lesquelles elle échangeait quelques mots. Mais celles-ci cessèrent de lui adresser la parole ; Paula se sentait mal à l'aise. Elle modifia ses habitudes, sortant son chien à d'autres heures et empruntant d'autres rues.

Elle se rendit même compte d'un changement à son travail de conseillère, au bureau du doyen. Les étudiants ne la traitaient pas différemment, mais elle sentait une froideur ou de la curiosité de la part du personnel, des gens originaires d'Aurelius, pour qui la ville comptait plus que la faculté. Paula sentait qu'ils l'observaient avec désapprobation ou la considéraient simplement comme la sœur d'Aaron. Pam Larkin, de la banque Fleet, se montrait à peine polie et Loïs Schmidt, une chef de rayon chez Wegmans, se détourna lorsque Paula lui posa une question parfaitement innocente à propos de la laitue. Paula savait que, si elle recevait ce genre de traitement, on réservait bien pire à son frère et aux autres membres du GRJ.

« C'est une petite ville, dit Franklin quand elle lui en parla. Les gens se montent la tête. »

Cela causa une tension dans leur relation, si profonde qu'elle fût : Franklin, en tant que journaliste, avait tendance à énoncer l'évidence alors que Paula, en bonne psychologue, n'avait aucune confiance en l'évidence. Ils étaient assis sur le divan du salon, chez Paula, dans la maison qu'elle louait à son père. Le divan était recouvert d'un tissu à fleurs bleues et violettes plutôt élimé. Patrick et Janice l'avaient acheté peu de temps après leur mariage, vingt-cinq ans auparavant.

« Ce qui m'inquiète, c'est le fait que les gens échafaudent n'importe quelle théorie, dit Paula. Et chaque jour qui s'écoule sans nouvelles de Sharon fait empirer les choses.

— Il faut qu'Aaron dise où il se trouvait, déclara Franklin.

— Il prétend que cela n'a rien à voir avec Sharon.

— Il peut dire tout ce qu'il voudra, répondit Franklin, mais ce n'est pas pour ça qu'on le croira.

— Parle-lui à nouveau. J'ai peur de ce qui pourrait se passer. »

Franklin émit un bruit rassurant.

« Sharon réapparaîtra un de ces jours, ou on découvrira qui l'a enlevée, et ce sera fini. Les gens ne penseront plus au GRJ.

— Tu dis ça parce que tu veux le croire, dit Paula. On n'a jamais trouvé l'assassin de Janice. Les gens sont inquiets, et la pression monte chaque jour. Regarde-nous, on ne se voit presque plus. »

Franklin lui prit la main.

« J'ai été très occupé, et puis il y a Sadie. Je ne peux pas la laisser toute seule.

— Sadie », dit Paula comme si elle allait ajouter quelque chose. Mais elle se tut.

## 20

Franklin et Aaron étaient assis dans le salon de ce dernier. C'était le mercredi matin, plus de deux semaines après la disparition de Sharon, le 4 octobre. Aaron attachait un élastique autour de sa queue-de-cheval.

« Rien de ce que je vous dis n'est destiné à être publié. »

Franklin cessa de feuilleter son carnet et le posa sur la table.

« Je comprends bien.

— Vous parlez de causes et d'effets. Il n'y a pas de cause qui ne soit aussi un effet.

— Et cela en remontant jusqu'au Big Bang, j'imagine.

— Et quelle en était la cause ? demanda Aaron, à demi sérieux. Je dis simplement que l'arrivée de Houari Chihani à Aurelius n'a rien causé. Au plus, il a servi de catalyseur à quelques étudiants. »

Franklin éternua et tira un mouchoir de la poche de sa veste de sport. Il avait attrapé un rhume qui lui donnait des migraines et des démangeaisons dans la poitrine.

« Alors, où étiez-vous quand Sharon a disparu ?

— Nous étions d'accord pour ne pas en parler », dit Aaron.

Il était assis dans le fauteuil près de la fenêtre, et le soleil éclairait son épaule. Franklin occupait le divan, bosselé et trop bas. En face de lui, sur le mur, se trouvait l'affiche représentant Zapata, et en dessous une étagère bourrée de livres parmi lesquels ne figurait aucun roman à part *Les Raisins de la colère*.

« Vous essayez de comprendre ce qui s'est passé en étudiant les traces laissées par l'événement, dit Aaron. C'est comme tenter de découvrir ce qu'est un éléphant en étudiant ses empreintes.

— Vous voudriez que je remonte à la naissance de l'éléphant ? Ça ressemble à du Chihani.

— Il m'a appris beaucoup de choses.

— Par exemple ?

— Imaginez deux paysages », dit Aaron. En parlant, il défit puis renoua sa queue-de-cheval. « Le premier paysage est un pré à la fin du printemps ; il y a des fleurs, la végétation pousse, des lapins gambadent, des papillons volettent. Il y a aussi des oiseaux : des rouges-gorges, des mésanges, des merles, peut-être quelques faisans. Une marmotte apparaît. Les pommiers sont en fleur, et les oiseaux construisent leurs nids dans les branches.

— On dirait du Walt Disney, dit Franklin.

— Exactement.

— Et à quoi ressemble l'autre paysage ?

— C'est le même, mais on y ajoute un chat, un renard, un serpent et un faucon.

— Que voulez-vous dire au juste ? » demanda Franklin. Aaron lui avait servi un verre de jus d'orange, et il but une gorgée.

« Le premier paysage est celui qui plaît aux gens, celui où ils veulent croire qu'ils vivent. Le second est le paysage réel. Une Sharon Malloy ne disparaît pas dans le premier paysage, et ma mère n'y aurait pas été assassinée. L'ennui, c'est qu'il n'est pas réel, seul le deuxième l'est. Et cela n'a rien de mal. Le monde est comme ça, plein de changements violents, de créatures qui se dévorent mutuellement et d'incertitude. Cette instabilité radicale est naturelle.

— C'est ce que Chihani vous a appris à voir ?

— Il m'a appris à ne pas rêver au premier paysage, à ne pas voir le monde comme je voudrais qu'il soit.

— Qu'est-ce que cela a à voir avec le marxisme ? demanda Franklin.

— Il y a toujours des imperfections, mais certaines peuvent être corrigées, d'autres non. Je ne peux pas m'empêcher de vieillir, mais je peux faire quelque chose contre l'inégalité et les abus de pouvoir. »

Franklin se moucha. Il savait qu'en bon journaliste, il posait des questions pour acquérir non du savoir mais de l'information, et que celle-ci lui servirait seulement à écrire un article vite oublié. Se souciait-il le moins du monde de ce que disait Aaron, de son monde où le chat, le renard, le serpent et le faucon se livraient à leurs plaisirs nécessaires ?

« Pourquoi êtes-vous revenu à Aurelius ?

— Pourquoi pensez-vous que je sois revenu ?

— Pour découvrir qui a tué votre mère.

— C'est vous qui l'avez dit, pas moi.

— Et vous croyez que Chihani peut vous aider ?

— Il peut m'aider à voir les choses plus clairement.

— Quelles idées avez-vous au sujet de la mort de votre mère ? »

Aaron inclina la tête de côté, rappelant à Franklin un oiseau écoutant quelque chose.

« Je crois qu'elle a été tuée par un homme qui vit à Aurelius. Mais quel rapport avec ce que nous disions ?

— Je me demandais dans quelle mesure vos idées sur le monde sont influencées par la mort de votre mère. Peut-être son décès constitue-t-il la fenêtre par laquelle vous voyez le monde.

— Donc, si je réclame plus d'égalité, c'est simplement parce que ma mère a été assassinée ?

— C'est une simplification excessive.

— Si quelqu'un étudie la philosophie et l'histoire, puis en arrive à une conclusion sur la nature du monde, cette conclusion est en fait basée sur sa propre psychologie, formée par les circonstances de sa vie et par son hérédité, laquelle est antérieure à ses études ; c'est cela que vous pensez ? »

Franklin se dit qu'il ne pourrait rien utiliser de tout ça pour un article, et que le journal, qui devait paraître le lendemain, n'était pas terminé. Il se représentait les blancs à la une et à la place de l'éditorial, des blancs qu'il lui faudrait remplir dans l'après-midi.

« Pas nécessairement.

— Eh bien, reprit Aaron, réfléchissons à votre point de vue et à ce qu'il signifie en termes de responsabilité. Si la façon dont vous réagissez aux événements est déterminée par votre psychologie, c'est un facteur de libération, non ? Ça veut dire que vous n'êtes responsable d'aucun événement en particulier.

— Quelle sorte d'événement ?

— La mort de votre femme, par exemple.

— Elle est morte d'un cancer.

— C'était donc le destin et vous n'y pouviez rien.

— Je ne pouvais rien y faire.

— Et si la maladie avait été diagnostiquée plus tôt ?

— Il n'y avait aucun signe avertisseur.

— Mais si elle avait subi un check-up ?

— Elle en avait passé un, une année plus tôt.

— Et si ç'avait été six mois ou même trois mois avant ? »

Franklin ne répondit pas ; il était surpris de sa propre gêne.

« Revenons à ma question précédente. Quelles idées avez-vous concernant le meurtre de votre mère ? »

Aaron reprit cette posture qui rappelait à Franklin celle d'un oiseau. Elle avait un caractère ironique qui lui déplaisait, comme si Aaron pensait avoir découvert quelque chose à son sujet.

« Quel genre d'idées devrais-je avoir ? demanda Aaron.

— Par exemple, qui pourrait l'avoir tuée.

— Avez-vous jamais couché avec elle ? »

Franklin fut surpris.

« Bien sûr que non.

— Pourquoi "bien sûr que non" ? Votre ami Ryan Tavich l'a fait.

— Il est célibataire.

— Croyez-vous que ma mère ne couchait qu'avec des célibataires ?

— Je n'en ai aucune idée. Vous croyez qu'elle a été tuée par un homme marié ?

— Un homme l'a tuée, un homme qui couchait avec elle. C'est tout ce que je sais pour l'instant. Selon votre cadre de références, elle était destinée à mourir à cause d'un comportement déterminé par sa psychologie. Attendez, dit Aaron alors que Franklin allait l'interrompre. Je sais que j'exagère, mais le désir qu'elle avait pour des hommes dont elle ignorait tout augmentait la possibilité qu'elle tombe sur quelqu'un qui la tuerait. Je pense qu'elle s'imaginait ne courir aucun danger parce qu'elle avait confiance. Si elle avait appris à voir le monde tel qu'il est, le monde du serpent et du renard, elle aurait été plus prudente et serait peut-être encore en vie.

— Et Sharon Malloy ? demanda Franklin.

— Je ne blâme pas les enfants parce qu'ils voient le paysage dont ils souhaitent l'existence, dit Aaron. C'est ce qui me plaît en eux, leur douceur. Et c'est pourquoi ils doivent être protégés par des adultes. Suggérez-vous que Sharon était destinée à disparaître ? »

Franklin ne voulait pas penser que cela pût être vrai.

« Elle parcourait toute la ville à bicyclette ; c'était peut-être une erreur. Ça lui faisait courir plus de risques, alors, sans doute était-il inévitable qu'il lui arrive quelque chose, répondit-il.

— Est-ce la faute de ses parents ?

— Ce n'est la faute de personne.

— Pensez-vous que cet argument puisse justifier le peu de temps que vous passez avec Sadie ? »

Franklin s'aperçut qu'il fixait la cicatrice en forme de L sur la joue d'Aaron.

« Je ne veux pas en parler.

— C'est drôle, n'est-ce pas, dit Aaron, quand le journaliste doit répondre à des questions, ça ne lui plaît pas non plus. »

Le soir du 6 octobre, les membres des Recherches sur la justice, sauf Aaron, Jason et Oscar, se réunirent chez Houari Chihani. D'après Barry, ils se racontèrent ce qui leur arrivait en ville :

« Une femme a insulté Harriet au supermarché, la traitant de putain. On s'en est pris à Jesse et Shannon dans la rue. Le professeur Chihani voulait discuter de ces incidents, disant qu'ils offraient un exemple du système capitaliste et de son besoin de boucs émissaires. Mais, cette fois-ci, c'est nous qui étions les boucs émissaires. C'était une soirée effrayante, et je regrette d'y être allé. »

Chihani vit qu'il y avait un problème et essaya de le résoudre en le transposant en termes philosophiques. Ce soir-là, il avait prévu deux douzaines de beignets et plusieurs litres de cidre, attention touchante parce qu'il n'offrait jamais que du thé et des biscuits à ses étudiants. La présence même des beignets était l'aveu que les choses allaient mal. Les étudiants étaient dispersés dans le salon, pour la plupart assis par terre. À cause de la façon dont Jesse et Shannon s'en étaient pris à Barry, il s'était assis aussi loin d'eux que possible, près de Léon, la personne qui le dérangeait le moins. Léon avait des gargouillements d'estomac et sentait la sueur.

« Qu'est-ce qu'un bouc émissaire ? demanda Chihani.

— Une personne qui est blâmée pour ce qui a été fait par quelqu'un d'autre, dit Bob Jenks.

— Ça vient de l'Ancien Testament », dit Léon. Il était assis sur le sol, trois beignets posés sur un papier devant lui. Le quart d'un des beignets avait disparu, et Léon avait la bouche pleine. « Lévitique, ajouta-t-il. Le troisième livre de Moïse. »

Chihani se tourna vers Harriet.

« Quelles sont les caractéristiques du bouc émissaire ?

— Il doit être différent des autres, répondit-elle, même si cette différence n'est due qu'au hasard, comme l'albinisme de Barry. Il a l'air différent et il est donc vu comme étranger. Parce qu'il est étranger, il devient un bouc émissaire convenable.

— Très bien. (Chihani regarda son public.) En créant les Recherches sur la justice, vous êtes devenus différents. En devenant différents, vous avez attiré l'attention, et en attirant l'attention vous vous êtes mis en position d'être blâmés quand la communauté a eu besoin de quelqu'un à blâmer. Dans une communauté véritablement égalitaire, il n'y aurait pas besoin de boucs émissaires. Les gens se considéreraient comme responsables de leurs propres échecs et ne chercheraient pas à rejeter le blâme sur autrui. »

Mais Barry savait que ce n'était pas tout. Les membres du GRJ n'avaient-ils pas renversé les stèles du cimetière ? L'un d'eux n'avait-il pas placé de fausses bombes dans deux écoles ?

Chihani débattit de la responsabilité et de comment celle-ci, dans un système capitaliste, est rejetée sur les dépossédés alors qu'elle revient en réalité aux capitalistes eux-mêmes. Cependant, puisque la petite-bourgeoisie guette les miettes des classes privilégiées, elle condamne les dépossédés avec encore plus de férocité car, sans ceux-ci, elle serait elle-même condamnée.

« La petite-bourgeoisie désire avidement appartenir aux classes privilégiées, dit Chihani, tout comme les dévots désirent entrer au paradis. C'est la tâche des classes privilégiées de maintenir ce désir. »

C'est à ce moment, peu après neuf heures, que la sonnette de la porte retentit.

« C'est Aaron », dit Harriet.

Mais ce n'était pas Aaron. C'était le docteur Malloy.

Barry me dit qu'il avait un air affreux, il était hagard et il ne lui restait rien de son teint coloré d'Irlandais. Comme ils attendaient Aaron, ils furent surpris de voir un inconnu. Barry se rendit compte qu'il était le seul à connaître le docteur Malloy.

« À quoi devons-nous…, commença Chihani avec une politesse exagérée.

— Je suis Allen Malloy. Je voulais voir de quoi vous aviez tous l'air. » Le médecin parcourut la pièce du regard.

« Pourquoi vouliez-vous voir notre air ? demanda Chihani.

— Je voulais voir vos visages coupables », dit le docteur Malloy en criant presque.

Les étudiants le regardèrent avec stupéfaction.

« De quoi sommes-nous coupables ? » voulut savoir Chihani.

Le docteur Malloy fit un pas en avant, et sa face s'empourpra.

« Vous ne comprenez pas que ma fille a disparu ? »

Chihani hocha doucement la tête, comme si, me le dit Barry par la suite, il venait de comprendre que c'était ce Malloy-*là*.

« Vous avez toute ma sympathie…, répondit Chihani.

— Quelqu'un a enlevé ma fille ! hurla le docteur Malloy. Comment osez-vous dire que cet individu est plus une victime que Sharon ? Seul un imbécile pourrait dire une chose pareille ! Ou un sadique ! »

Barry ne savait pas de quoi parlait le docteur Malloy, mais Chihani comprit sur l'instant.

« J'ai dit beaucoup de choses à M. Moore et il a choisi celles qu'il citerait, mais je ne pense pas que vous souhaitiez vous lancer dans une discussion philosophique…

— Je veux vous voir puni, voilà ce que je veux », dit Malloy tout bas.

Le visage de Chihani se tordit d'émotion.

« Croyez-moi si je vous dis que personne ici n'a rien à voir avec la disparition de votre fille. Si nous pouvons faire quoi que ce soit pour vous aider à la retrouver, dites-le-nous. »

Ce même vendredi soir, Sadie était sortie avec Aaron jusqu'à dix heures. Quand elle rentra, son père l'attendait dans le salon.

« Je t'interdis de fréquenter Aaron McNeal », dit Franklin. Il gardait les mains dans ses poches de peur de la prendre par les épaules pour la secouer.

« C'est mon ami », répondit Sadie. Aaron lui avait donné un collier en argent avec une figurine d'épagneul, et elle y porta la main. Elle se demanda si elle allait le montrer à son père, puis décida de s'abstenir.

« Que faut-il que je fasse, t'enfermer dans ta chambre ? Tu ne comprends pas que j'ai peur qu'il t'arrive quelque chose ?

— Aaron n'a rien fait de mal, dit Sadie.

— Tu ne le sais pas plus que moi.

— J'en suis sûre. »

Mais Sadie obéit à son père, dans une certaine mesure. J'en bénéficiais, puisqu'elle passait plus de temps en ma compagnie. Elle venait chez moi après l'école trois après-midi par semaine, et aussi le week-end. Pourtant, rien que cela déclencha des ragots.

# 21

Ryan Tavich ouvrit les yeux. Il était six heures du matin, le lundi 9 octobre. Il n'avait pas besoin de regarder le réveil pour savoir qu'il était six heures, il se réveillait toujours à la même heure, même s'il s'était couché tard. Allongé sur le dos, il regarda le plafond. Il dormait toujours ainsi, dans ce que Janice McNeal appelait sa « position de gisant ». Il faisait encore noir dehors, mais une faible lumière venait de la salle de bains. Ryan aimait y laisser la lampe allumée, même s'il jugeait cela un peu embarrassant ; il trouvait cette lumière réconfortante, mais estimait qu'un homme de quarante-quatre ans ne devrait pas avoir besoin d'un tel réconfort.

Ryan s'était réveillé en pensant à Aaron, comme s'il avait inconsciemment songé à lui toute la nuit. Il pensa aussi à Janice et aux traits que semblaient partager la mère et le fils. Il entendit une voiture démarrer ; son voisin Frank Penrose faisait chauffer sa vieille Pontiac Cutlass avant de partir pour Norwich, où il travaillait pour la compagnie pharmaceutique. Ryan se dit pour la centième fois que, s'il ne se réveillait pas à six heures, Frank Penrose l'éveillerait de toute façon cinq minutes plus tard, comme il éveillait tout le voisinage.

Puis Ryan se mit à penser à Arleen Barnes, la voisine de Paula McNeal. Arleen avait environ trente-cinq ans. Son mari était pharmacien à Norwich. Ryan croyait qu'il s'appelait Harold. Ils n'avaient pas d'enfants. Arleen travaillait à mi-temps pour les assurances State Farm avec la mère de Barry Sanders mais s'habillait, selon Ryan, comme si elle travaillait chez Saks, le magasin de luxe de la Cinquième Avenue. Ryan n'avait jamais mis les pieds chez Saks, mais sa voiture était assurée chez State Farm, comme le proclamait un autocollant sur son pare-chocs. Regardant toujours le plafond, Ryan imagina le même autocollant sur le pare-chocs arrière de la Toyota d'Aaron.

Ryan évoqua la maison d'Arleen, un bungalow peint en vert, en retrait de la route, si bien qu'il se trouvait derrière celui de Paula. Aaron le voyait sans doute chaque fois qu'il rendait visite à sa sœur. Ryan se souvint qu'Arleen était une amie de Janice. Après tout, elles avaient été voisines un certain temps. Ryan essaya de se rappeler à quoi ressemblait Harold Barnes, mais il ne pouvait évoquer qu'un crâne chauve et une impression générale d'embonpoint. Il se souvenait cependant très bien d'Arleen, une femme mince qui aimait porter des tailleurs avec des foulards colorés. Ryan la trouvait élégante. Elle s'habillait comme si elle était sexuellement disponible et ressemblait à un modèle de salon de beauté, avec des cheveux châtains soigneusement ondulés. En y songeant, Ryan put se représenter Arleen sortir du salon de beauté de State Street, presque au coin de Main Street, qui appartenait à Cookie Evans, une femme gaie et pleine d'énergie. Ryan était sorti avec elle quelquefois, et elle l'avait épuisé. Si vite qu'il marchât, elle avait toujours quelques pas d'avance sur lui, et elle lui parlait sans cesse par-dessus son épaule.

Ryan se leva, enfila son survêtement et descendit à la cave soulever ses haltères. Le chat le suivit.

« J'ai une idée, Chef », dit Ryan.

Pendant une demi-heure, on n'entendit que le bruit des haltères, puis Ryan se doucha et prépara du café.

Il éplucha soigneusement un pamplemousse rose, s'assurant de ne pas laisser de peau blanche, et le coupa en seize quartiers. Le chat se frotta contre ses jambes jusqu'à ce que Ryan lui verse une soucoupe de lait. Il mangea ensuite le pamplemousse en buvant son café et en lisant le *Syracuse Post Standard*. Il posait parfois le journal pour fixer à nouveau le plafond.

« Tu as de la chance d'être un chat, Chef, dit Ryan. La vie est plus facile pour les chats. Même l'amour est plus facile. »

À sept heures et demie, Ryan était dans son Escort, en route vers le salon de beauté. Il était certain que Cookie y serait, elle ouvrait toujours tôt. Et, à cette heure, il n'y aurait peut-être pas de clientes. Les salons de beauté embarrassaient Ryan ; ils ressemblaient à des clubs pour femmes – rideaux et verre givré –, c'étaient des endroits où s'échangeaient des confidences féminines, et c'est bien pour cela que Ryan venait voir Cookie Evans. Il voulait savoir de qui et de quoi parlait Arleen Barnes.

Il n'y avait pas de clientes, mais Cookie n'était pas seule. Jaime Rose se taillait la barbe devant un miroir. Jaime travaillait pour Cookie. Il était né à Aurelius sous le nom de James Rozevicz, mais son activité professionnelle en tant que coiffeur avait pris un tour bien plus favorable quand il avait changé de nom. Ses cheveux noirs étaient brossés en arrière et ajoutaient quelques centimètres à sa stature. Il était mince, nerveux, et atteignait la trentaine. Jaime avait appris la coiffure à Albany, mais il racontait à tout le monde, Cookie y compris, qu'il sortait de l'école de Los Angeles. Il avait vécu un certain temps à New York mais était revenu à Aurelius depuis environ cinq ans. Il prononçait son nom à l'espagnole.

Jaime me dit plus tard que Cookie emmena Ryan dans son minuscule bureau, où ils restèrent presque une demi-heure. Jaime avait été tenté d'écouter à la porte, mais n'avait pas osé. Les policiers le rendaient nerveux, il les trouvait trop curieux. Peu avant huit heures, Ryan sortit du bureau et s'en alla sans regarder Jaime, qui coiffait à ce moment Mme McAuley.

« De quoi s'agissait-il ? » demanda Jaime à Cookie.

Elle peignait une perruque pour une cliente qui viendrait la chercher dans la matinée. Cookie faisait à peine plus d'un mètre cinquante, une bonne tête de moins que Jaime.

« Tu serais surpris des choses scandaleuses qui se passent dans cette ville, répondit-elle.

— Rien à Aurelius ne pourrait me surprendre », dit Jaime.

Ryan se rendit au cabinet d'assurances de Main Street. Il ne voulait pas parler à Arleen Barnes, juste la regarder. Ryan expliqua à Mme Sanders qu'il avait perdu sa carte routière offerte par State Farm et en voudrait une autre, si elle en avait. Arleen parlait au téléphone, riant et se cachant la bouche de la main. Elle portait une robe gris foncé avec au cou un foulard orné de motifs géométriques jaunes et violets. Ses cheveux châtains formaient deux vagues, de part et d'autre de sa tête, et une pointe sur la nuque. Elle était maquillée mais pas trop, du moins au goût de Ryan.

Mme Sanders donna la carte à Ryan ; il jeta un nouveau coup d'œil à Arleen, qui riait toujours au téléphone. Ryan ne pensait pas qu'elle parlait à un client. Il remercia Mme Sanders, puis se rendit au collège.

Il passa vingt minutes avec Paula McNeal dans le bureau du doyen, à parler d'Aaron, avant de revenir au commissariat. Il se trouvait derrière son bureau à neuf heures. Patty McClosky lui apporta une tasse de café noir avec deux sucres.

« Vous avez l'air content de vous », lui dit-elle.

Ryan fut surpris, il croyait que son visage interposait un mur entre le monde et lui.

« Rien de nouveau pour Sharon Malloy ? » demanda-t-il. Il savait qu'il n'y avait rien, son bippeur aurait sonné.

« Le capitaine Percy a appelé pour dire qu'il serait ici à neuf heures et demie, mais ça n'avait pas l'air urgent. »

Ryan sirota son café. Sur son bureau se trouvait un rapport de Chuck Hawley décrivant le week-end passé à observer le docteur Malloy et sa femme, et racontant la visite du médecin à Chihani le vendredi soir. Il était resté un quart d'heure, puis était rentré chez lui. Chuck demanda plus tard à Barry Sanders ce que voulait Malloy.

« Il nous a demandé si nous avions enlevé sa fille », expliqua Barry.

Ryan pensait que l'enquête serait bientôt confiée à deux ou trois hommes dont le travail serait d'attendre qu'il arrive quelque chose. La police de l'État ne pouvait pas se permettre de garder vingt hommes sur l'affaire. C'était ce qui s'était produit pour le meurtre de Janice, un tourbillon d'activité qui n'avait rien donné. Ryan se mit à songer aux mains de Janice. Elle en était fière, soignant ses ongles vernis et parlant de ses cuticules. Il réfléchit à la main tranchée, la main gauche. Il ne pouvait s'empêcher de penser que cette main se trouvait quelque part en ce moment même, dans un fossé, un champ, sur une étagère. Cette dernière éventualité le fit tressaillir.

À neuf heures trente, juste avant l'arrivée du capitaine Percy, Ryan appela le cabinet d'assurances et demanda à parler à Mme Barnes.

« Bonjour, Arleen, c'est Ryan Tavich. Vous faites une pause-café ? Je me demandais si je pourrais vous parler cinq minutes. Je passerai vers dix heures et demie. À tout à l'heure. »

Ryan emmena Arleen chez Junior, et se demanda s'il avait eu raison. Arleen était trop élégamment habillée pour Junior et n'allait pas avec les jeux vidéo. Ryan choisit une table au fond.

« Voudriez-vous un beignet ? demanda-t-il.

— Sûr, s'il y en a à la cannelle. »

Ryan rapporta deux cafés et quatre beignets à la cannelle du comptoir. Arleen lui sourit. Elle s'était remis du rouge à lèvres pendant qu'il passait commande. Ryan ne comprenait pas comment les femmes pouvaient manger en portant du rouge à lèvres. Cela devait donner un goût de parfum à tout. Ryan mit deux cuillerées de sucre dans son café. Levant les yeux, il vit qu'Arleen attendait qu'il parle. Il se sentit embarrassé.

« Arleen, commença-t-il, je suis parfois obligé, en tant que policier, de poser des questions que je ne poserais jamais dans des circonstances normales. » Il s'interrompit, se demandant s'il ne parlait pas trop fort. Des explosions électroniques venaient des jeux vidéo. Arleen le regardait, un doigt posé sur le menton.

« Ce que je veux dire, reprit Ryan, c'est que je ne voudrais pas vous vexer, parce je ne vous demande ça qu'en tant que policier.

— Vous voulez savoir si je couche avec Aaron McNeal ? » Arleen eut un bref sourire, puis son visage redevint sérieux.

Ryan regarda alentour pour voir si quelqu'un avait entendu. Un fermier, Lou Weber, mangeait un beignet à la confiture trois mètres plus loin. Il ne faisait attention à rien d'autre.

« En fait, dit Ryan, c'est exactement ce que je voulais savoir.

— Eh bien oui, dit Arleen, ou du moins je le faisais. Je n'ai pas eu de ses nouvelles depuis plus d'une semaine. »

Ryan prit un beignet à la cannelle, puis le reposa sur l'assiette.

« Était-il avec vous le jour où Sharon a disparu ?

— Tout l'après-midi et toute la nuit. (Arleen arrangea son foulard.) Harold devait rester à Norwich et il m'a appelée au début de l'après-midi pour me le dire. J'ai téléphoné à Aaron, et il est arrivé chez moi vers deux heures. Il a laissé sa voiture dans l'allée de sa sœur. Nous avons passé un très bon moment. Quand Harold est revenu le lendemain vers cinq heures, j'avais remis la maison en ordre. »

Ryan essaya d'imaginer leurs activités. Il supposa que, s'il le voulait, il pourrait sans doute lui-même rendre visite à Arleen, et rougit.

« Comment saviez-vous que j'avais l'intention de vous poser cette question ?

— Parce que Aaron m'a dit que vous vouliez savoir où il était. Il craignait que Harold l'apprenne. À mon avis, si Harold l'apprenait, ce serait parce qu'il le mérite. Ça lui ferait le plus grand bien, il apprendrait à apprécier ce qu'il a. »

Ryan faillit faire un commentaire, mais se tut. Il demanda à la place si Aaron avait dit autre chose sur lui à Arleen.

« Il m'a dit que vous étiez un des hommes qui fréquentaient sa mère. Bien sûr, j'étais déjà au courant.

— Il vous a parlé de Janice ?

— Évidemment. Janice et moi étions de bonnes amies, mais je n'ai aucune idée de qui peut l'avoir tuée. Aaron voulait savoir avec qui elle sortait. Je lui ai donné quelques noms, ceux dont je me souvenais, dix hommes peut-être. Nous faisions parfois des sorties à quatre, avec Janice et deux hommes. Discrètement, vous comprenez. »

Ryan songea à Aaron et Arleen Barnes au lit, en train de parler des amants de Janice. Mais peut-être n'avaient-ils pas fait l'amour au lit, peut-être Aaron ressemblait-il à sa mère. Pour Janice, le lit n'était qu'une possibilité parmi d'autres. Ryan secoua la tête pour chasser ses souvenirs.

« Vous voulez manger ces beignets ? demanda-t-il.

— J'ai changé d'avis, répondit Arleen. Il faut que je perde du poids. »

Ryan enveloppa les beignets dans des serviettes, faisant deux paquets qu'il plaça dans ses poches, l'un à gauche et l'autre à droite.

« Je vais les garder pour le déjeuner », dit-il.

Dix minutes plus tard, roulant vers l'appartement d'Aaron, Ryan pensa qu'Arleen mentait peut-être mais, comme il le confia plus tard à Franklin, il ne voyait pas pourquoi elle s'en serait donné la peine. Arleen l'excitait un peu et il se dit qu'il pourrait lui rendre visite une fois, tout en sachant qu'il ne le ferait pas. Il n'avait aucune amitié pour son mari, mais l'idée de coucher dans le lit d'un autre homme lui déplaisait, notamment parce qu'il avait été jaloux des amants que Janice voyait en même temps que lui.

Les Amis de Sharon Malloy avaient loué une boutique dans Main Street et Ryan passa devant en se rendant chez Aaron. Il y avait une grande photo de Sharon dans la vitrine, et un certain nombre de voitures étaient garées sur le trottoir. La porte s'ouvrit et Hark Powers sortit, accompagné d'un autre homme. Ryan fut étonné de le voir, et surpris que Hark se soucie le moins du monde de Sharon Malloy. Hark souriait, et cela aussi étonna Ryan ; il n'y avait rien là qui prête à sourire.

Ryan se gara devant l'immeuble d'Aaron, verrouilla sa voiture et entra. Il frappa une fois, puis deux. Après un moment, Aaron ouvrit. Il portait un peignoir et des pantoufles. Ses mollets nus étaient maigres et presque dépourvus de poils, ses longs cheveux pendaient sur ses épaules. Il recula pour laisser Ryan entrer.

« Vous me surprenez en vêtements de travail », dit Aaron.

Ryan se demanda s'il y avait un sous-entendu sexuel, puis se souvint qu'Aaron travaillait à domicile.

« Vous étiez avec Arleen Barnes le 18, dit Ryan.

— Elle vous l'a dit ?

— Pourquoi ne me l'avez-vous pas dit vous-même ?

— Je n'en avais pas envie.

— C'était une enquête policière, et ça vous a valu des ennuis.

— Que m'importent les enquêtes policières ? » Aaron prit un paquet de Pall Mall, en sortit une cigarette et l'alluma. On entendit un bruit de chasse d'eau, et Ryan réalisa avec surprise qu'ils n'étaient pas seuls.

« Une amie », dit Aaron.

Ryan faillit poser une question mais se ravisa, et dit qu'en se taisant Aaron avait nui à la marche de l'enquête.

« Votre enquête ne signifie rien pour moi.

— Vous ne vous souciez pas de Sharon Malloy ?

— Me soucier d'elle et me soucier de la police sont deux choses différentes. Vous ne trouverez jamais le coupable, pas plus que vous n'avez découvert qui a tué ma mère. Sharon est sans doute morte à l'heure qu'il est. Votre travail est de protéger la propriété, et moi je ne crois pas à la propriété. »

Ryan jeta un œil aux livres et aux meubles, et se demanda si Aaron accepterait qu'on les lui prenne.

« Êtes-vous sorti avec Arleen parce que c'était une amie de votre mère ?

— Je suis sorti avec elle, comme vous dites, parce que je voulais la sauter.

— Vous ressemblez plus à votre mère que je ne croyais.

— Vous voulez dire que, comme elle, j'aime le sexe ? »

En regardant Aaron, Ryan fut de nouveau troublé de voir le visage de Janice caché sous celui de son fils.

Ça l'empêchait de réfléchir clairement au sujet d'Aaron. Il pensa encore à Harriet Malcomb ; elle lui avait dit qu'elle avait couché avec lui sur l'ordre d'Aaron. Ryan avait envie d'interroger Aaron là-dessus, mais il ne s'y sentait pas prêt, il était encore en colère.

« Je ne sais pas au juste ce que je voulais dire », fit Ryan avant de partir. Il ne voulait pas voir qui se trouvait dans la salle de bains. Une partie de lui voulait l'apprendre, et une autre refusait les complications. Il dit plus tard à Franklin que c'était peut-être Harriet, mais cela aurait tout aussi bien pu être quelqu'un d'autre.

En revenant au commissariat, Ryan songea à l'appétit que manifestait Janice envers les hommes. Elle n'avait aucune retenue en matière sexuelle, si ce n'est qu'elle n'aimait pas la douleur – ou du moins la vraie douleur, puisqu'une fessée ne lui déplaisait pas. Elle prenait parfois plaisir à masturber Ryan, serrant son pénis si fort que cela lui faisait mal, retenant son orgasme pour que le sperme jaillisse plus loin. Elle appréciait à l'occasion le recevoir en plein visage. Elle disait que ça l'excitait beaucoup, et étalait le fluide sur ses joues et son front. Ryan trouvait ça à la fois excitant et dégoûtant, mais il n'avait jamais connu, avant ou après, d'autre femme qui appréciât de tels jeux.

# 22

Hark Powers fut le premier à prétendre que la cicatrice en forme de L sur la joue d'Aaron était le signe de Lucifer, comme si celui-ci avait conféré à Aaron un tatouage particulier qui le faisait sien. Bientôt, tout le monde disait la même chose. C'était le genre d'affirmation que les gens aimaient, parce que ça simplifiait le monde. Bien sûr, on le disait toujours en manière de plaisanterie, mais certaines personnes le prenaient plus au sérieux que d'autres.

Les brutes ont souvent un côté sentimental, et refusent d'admettre que la méchanceté les attire en soi. Il leur faut mettre leur désir de violence et de domination au service d'une cause plus élevée. Ce n'est qu'un prétexte, mais la brute peut ainsi jouir de son sentiment de puissance avec moins de culpabilité, et peut se dire qu'elle frappe sa victime non parce qu'elle aime porter des coups, mais parce que la victime mérite d'être punie. C'était le cas de Hark Powers.

Contrairement à Ryan Tavich, je n'étais pas surpris que Hark se soit lié aux Amis de Sharon Malloy. Comme beaucoup d'autres, il pensait que le ravisseur de Sharon était un étranger à notre ville, mais il était tout aussi certain que cette personne avait un lien avec Chihani et les Recherches sur la justice. Hark était furieux qu'un membre du GRJ ait placé des bombes sur les fenêtres de deux écoles d'Aurelius, et indigné par la profanation du Homeland Cemetery. La famille de Hark y était enterrée, aussi ce sacrilège le touchait-il particulièrement. Il ne cessait de penser aux stèles renversées, dont l'image restait nette et claire dans son esprit. Du moins était-ce l'impression qu'il donnait quand il en parlait à la Taverne de Bud. « Des athées », disait Hark des membres du GRJ, même s'il n'avait lui-même que rarement vu l'intérieur d'une église.

Hark n'était pas stupide, mais c'était un de ces jeunes gens, nombreux dans les petites villes, qui ont choisi l'ignorance, presque comme une position philosophique adoptée à l'encontre du monde extérieur; il portait ses œillères avec fierté et défi. Sur le pare-chocs de sa camionnette, il y avait « Achetez américain », et un petit drapeau sur la vitre arrière. Un autre autocollant disait qu'il faudrait desserrer ses doigts froids de la crosse de son revolver fumant. Inutile de dire qu'il pensait que chacun devrait détenir des armes de guerre. D'un autre côté, c'était, paraît-il, un bon mécanicien, et il avait parfois bon cœur: il aidait souvent son père et son frère aîné à la ferme. Je ne souhaite pas excuser Hark, mais il serait injuste de le prendre pour un faible d'esprit. Il se méfiait de tout ce qui venait de l'extérieur. Ce n'était pas seulement Houari Chihani qui lui déplaisait, mais la faculté entière. Et qu'Aaron ait étudié à Buffalo n'était qu'un élément de plus contre lui.

Bien sûr, Hark haïssait Aaron à cause de ce que celui-ci avait fait à son oreille, mais depuis cet incident, un certain nombre de nouvelles insultes avaient empêché Hark d'oublier Aaron. Par exemple, la jeune femme qui se trouvait dans la salle de bains lors de la visite de Ryan n'était pas Harriet Malcomb mais Jeanette Richards, une vendeuse du grand magasin

Ames. Elle avait un visage assez ordinaire mais un corps splendide. L'ennui, c'est qu'elle était sortie avec Hark tout l'automne. Puis il apprit qu'elle voyait aussi Aaron. Dans une ville comme Aurelius, où il y a peu d'autres distractions que la télévision, les histoires sentimentales prennent une importance exagérée. Le fait qu'on avait vu la petite amie de Hark dans l'immeuble d'Aaron fit beaucoup jaser. Hark avait certainement proposé ses services aux Amis de Sharon Malloy parce que la disparition de Sharon l'inquiétait, mais aussi parce que sa petite amie fréquentait son ennemi.

Dans la boutique louée par les Amis de Sharon Malloy, Hark répondait au téléphone, ouvrait le courrier et collait des timbres. Il prit aussi part à quelques recherches dans la campagne. À cause de son travail au garage de Jack Morris, il ne pouvait consacrer aux Amis qu'une dizaine d'heures par semaine. Les oncles de Sharon, Donald Malloy et Paul Leimbach, étaient souvent là, et Hark s'attacha à eux, comme une garde d'honneur composée d'un seul homme. Il mettait ses muscles à leur service, et faisait volontiers des courses pour eux, comme si cela lui donnait une importance particulière. Hark était un garçon robuste au visage lunaire. Il avait un air ironique qui laissait entendre qu'il en savait plus que les autres, et qu'on ne la lui faisait pas. Donald Malloy et Paul Leimbach l'appréciaient, le considéraient comme un de leurs meilleurs volontaires, mais je suis sûr qu'ils ne réalisaient pas quel instrument dangereux il pouvait être.

Hark gardait l'œil sur Aaron et les autres. Et il avait des copains, des petites brutes prêtes à l'aider. Parfois, quand Chihani allait chez Wegmans faire ses courses de la semaine, un de ces hommes le suivait. Il était clair pour Hark et ses amis que la police s'intéressait à Aaron, et pas seulement pour l'affaire de vandalisme au cimetière. En conséquence, ils considéraient que leurs actions venaient en aide à la police, tout comme leurs activités avec les Amis de Sharon Malloy.

Hark suivait parfois aussi Barry Sanders, mais il trouvait celui-ci à tel point répugnant que même le surnom de Petit Rose lui semblait insuffisant. Hark ne lui donnait pas de nom, seulement une désignation, la Merde rose. Hark voyait bien qu'il terrifiait Barry, et il prenait plaisir à ce harcèlement mineur. Et le fait que Barry ait peur signifiait qu'il avait autre chose que Hark à craindre, c'est-à-dire qu'il se sentait coupable.

Hark ne savait peut-être pas que Barry était gay, mais il avait un certain nombre de fois fait de son mieux pour se montrer déplaisant envers Jaime Rose. Il y avait à Aurelius quelques homosexuels, mais Jaime était le seul à l'être ostensiblement, même s'il n'avait pas de pancarte. D'un autre côté, il répétait souvent : « Si tu en es, montre-le. » Je lui avais demandé une fois pourquoi il ne s'installait pas dans une ville où il y avait une communauté gay bien acceptée.

« Je l'ai déjà fait, me répondit-il. Les homos d'Aurelius sont délicieux, ils veulent passer pour hétéros, et ils sont prêts à tout. Un gentil garçon comme moi trouve toujours quelqu'un avec qui sortir. »

Hark se contentait de jeter à Jaime des regards furieux. Un an plus tôt, Hark l'avait vu dans la Taverne de Bud et avait lancé à voix haute des remarques sur les pédés. Mais Jaime avait renversé la situation. Il se trouvait en compagnie de trois femmes du salon de coiffure, et tous les quatre s'approchèrent du comptoir, où se tenaient Hark et ses copains.

« Écoutez-le, dit Jaime. Je crois qu'il veut m'embrasser. Tu veux me faire un bisou, Hark ? » demanda-t-il en tendant les lèvres.

Même les copains de Hark avaient ri. Par la suite, celui-ci ne s'en prit plus à Jaime en public.

Quand des incidents mineurs comme celui-ci se produisent, on en parle puis on les oublie. Ce n'est qu'à la lumière d'autres événements qu'ils deviennent significatifs. Par exemple, il y eut la rencontre de Hark avec Houari Chihani. Ce dernier était entré dans la pharmacie de Donald Malloy pour acheter de l'aspirine. Il ne savait probablement pas que le propriétaire était l'oncle de Sharon, malgré l'énorme photo dans la vitrine. Comme j'ai essayé de l'indiquer, la réalité concrète ne signifiait pas grand-chose pour Chihani. Son esprit était empli de conversations avec des morts, de discussions intellectuelles et de méditations philosophiques. Ce jour-là, Donald Malloy ne se trouvait pas dans la pharmacie. Chihani fut servi par Mme Porter.

Chihani paya et remercia Mme Porter. Il était toujours poli, de façon assez guindée. Il partait quand Hark, qui entrait, l'arrêta à la porte. Barry Sanders, qui passait, me raconta l'affaire. Il me dit que l'arrivée de Hark à cet instant n'était pas un accident. Hark avait vu Chihani et calculé son moment.

Trouvant quelqu'un devant lui, Chihani fit un pas à gauche. Hark en fit un à droite. Chihani se déplaça de l'autre côté, et Hark en fit autant. Chihani n'avait pas encore regardé Hark. Il leva les yeux et dit : « Excusez-moi.

— C'est moi qui m'excuse », dit Hark. Il était plus petit que Chihani, mais plus large d'épaules et plus musclé.

Chihani fit un pas à gauche et Hark un pas à droite.

« Vous le faites exprès, dit Chihani.

— Vous le faites exprès, répéta Hark.

— Arrêtez ces imbécillités », dit Chihani en faisant un pas de côté, aussitôt imité par Hark.

Ces incidents ont leur façon de mal tourner. Chihani leva sa canne et en agita la poignée devant le visage de Hark.

« Laissez-moi passer ! »

Hark saisit le béret de Chihani et le jeta dans la rue.

« C'est mon béret, dit Chihani. J'exige que vous alliez le chercher. »

Hark sourit. Barry courut chercher le béret. Chihani leva de nouveau sa canne et Hark la saisit, si bien que les deux hommes tiraient dessus en même temps. C'est à ce moment que Mme Porter intervint.

« Laisse-le tranquille, Hark. »

Hark lâcha la canne et Chihani, trébuchant, recula. Barry contourna Hark et rendit son béret au professeur. Hark entra dans le drugstore. Une fois sur le trottoir, Chihani se retourna pour regarder l'immense photo dans la vitrine.

« Pourquoi cette affiche est-elle aussi grande ?

— C'est le drugstore de son oncle, dit Barry.

— Ah, dit Chihani, tout s'explique. » Il redressa son béret, remercia Barry et s'éloigna vers sa voiture.

Je demandai à Barry s'il se rendait lui aussi à la pharmacie.

« Je n'y vais jamais, répondit-il. Je ne faisais que passer. Je vais chez Fays Drugs. »

Barry était retourné habiter chez sa mère parce que les soupçons qui pesaient sur le GRJ et son inculpation pour vandalisme le rendaient nerveux ; il n'osait plus vivre seul, ou le prétendait. Il se sentait claustrophobe chez sa mère, mais il appréciait l'attention qu'elle lui témoignait. Là, il était le centre d'un univers, même si c'était celui de sa mère. Elle le regardait et disait : « Oh, Barry, qu'allons-nous faire de toi ? » Barry levait les yeux au ciel et soupirait, mais il se posait la même question.

Quand il ne supportait plus de rester chez sa mère, Barry venait souvent chez moi. Je dis « chez moi » plutôt que « me voir », parce que Barry venait beaucoup pour voir Sadie, qu'il appréciait notamment parce que c'était une amie d'Aaron. Dans leur relation, Sadie était la plus forte, bien qu'elle n'eût que treize ans et lui dix-neuf ; elle donnait à Barry des conseils et des ordres, mais avec gentillesse. Sadie fabriquait une natte brodée pour l'école, et Barry l'aidait. Ils s'asseyaient par terre, tressant et cousant, pendant que, dans mon fauteuil, je corrigeais des copies. Je faisais parfois du feu et, en fin de soirée, Sadie préparait du chocolat. C'était le début d'octobre. Je me disais souvent que tout cela était un mensonge, une illusion de confort et de chaleur familiale, même si nous formions une bien étrange famille. Sadie était là parce que son père pourchassait le ravisseur de Sharon et qu'il avait peur de la laisser seule. Barry était là parce que les gens croyaient qu'il avait quelque chose à voir avec cet enlèvement. Notre bonheur domestique était fondé sur la disparition d'une jeune fille.

Mais, le mercredi 11 octobre, il y eut du nouveau. À Somerset, Pennsylvanie, à l'est de Pittsburgh, un homme fut arrêté pour avoir essayé de faire monter un garçonnet de dix ans dans sa camionnette. Il s'appelait Daniel Layman et disait être plombier à mi-temps. Il était célibataire et approchait de la quarantaine, et avait déjà eu des ennuis cinq ans plus tôt pour des attouchements sur un petit garçon lors d'un pique-nique.

Interrogé, Layman avoua l'enlèvement et le meurtre de trois autres enfants, dont Sharon Malloy. Il dit l'avoir attirée dans sa camionnette et emmenée dans un parc national à quelques dizaines de kilomètres de là, avant de la violer et d'enterrer son corps dans les bois. Il décrivit ses cheveux bruns ondulés et son chandail bleu. D'après lui, Sharon avait appelé son papa.

Quand la police de l'État fut prévenue des aveux de Layman, le capitaine Percy appela les Amis de Sharon Malloy pour demander des volontaires ; il voulait fouiller plus soigneusement Henderson Park. C'était le plus proche, mais à cinquante kilomètres d'Aurelius se trouvait aussi Hannible Park. Percy envoya deux hommes interroger Layman à Somerset.

Le vendredi matin, deux cents hommes et femmes fouillaient le parc. La police avait fait venir des chiens et un hélicoptère. Hark Powers dirigeait un groupe de vingt volontaires. Rien ne fut découvert le vendredi. Tous revinrent le samedi, mais les recherches restèrent vaines.

Les hommes que le capitaine Percy avait envoyés interroger Layman revinrent avec une information : il disait qu'il y avait une rivière dans le parc. Il n'y en avait pas dans Henderson Park, mais la Loomis traversait Hannible Park. Le dimanche, trois cents personnes s'y réunirent.

Les deux autres enfants dont Daniel Layman avait avoué le rapt et le meurtre avaient eux aussi disparu, et il donnait des indications vagues sur le lieu où il avait enterré les corps. On entama des recherches à deux autres endroits, près de Northampton, Massachusetts, et dans le Vermont. Mais on ne trouva aucun corps et, au début de la semaine, les policiers commençaient à penser que Layman mentait, qu'il était fou, en quête de publicité, ou que le sentiment de culpabilité le poussait à rechercher une punition.

Le mercredi, plus de sept cents personnes avaient participé aux recherches dans les deux parcs, Henderson et Hannible. Certains y avaient passé une demi-journée, d'autres plusieurs jours complets. Des volontaires étaient venus d'Utica et même de Syracuse. Cela eut pour effet de rapprocher les gens et, quand il devint de plus en plus probable que Daniel Layman mentait, ils furent encore plus indignés.

Puis se produisit un événement qui attira l'attention dans une autre direction.

## 23

Le lundi 16 octobre au matin, Chuck Hawley arriva au commissariat à cinq heures et demie. Il faisait encore nuit, et on voyait les étoiles. L'entrée du poste de police se trouve sur le côté du bâtiment et, en s'approchant, Chuck vit un carton – qui avait contenu de la bière Budweiser – posé sur les marches devant la porte. Chuck ne pouvait pas ouvrir la porte sans déplacer le carton, aussi il le ramassa. Les gens dirent ensuite qu'il s'était montré brave, parce que cela aurait pu être une bombe, mais mon cousin n'a pas beaucoup d'imagination, et l'idée que le carton puisse contenir une bombe ne lui vint pas à l'esprit. Le carton n'était pas trop lourd, et il le porta à l'intérieur.

Josh Riley était de service, ou du moins il somnolait à son bureau, la tête sur le buvard à côté de plusieurs emballages de bonbons. Chuck posa le carton sur la table et l'ouvrit. À l'intérieur, soigneusement pliés, se trouvaient un chandail bleu, un chemisier blanc, des jeans, des sous-vêtements de fille, des chaussettes blanches, des tennis et un sac à dos rouge. Chuck commença à ouvrir le sac mais s'arrêta et téléphona à Ryan Tavich qui, à six heures moins vingt, dormait encore.

Ryan répondit à la troisième sonnerie et entendit la voix excitée de Chuck.

« On vient de nous rendre les vêtements de Sharon Malloy. »

Dix minutes plus tard, Ryan arriva au poste, battant le chef Schmidt de cinq minutes. Le capitaine Percy, venant de Potterville, n'arriva qu'à six heures cinq.

Patty McClosky, la secrétaire du chef Schmidt, apprit la nouvelle quand elle vint travailler à huit heures quinze ; à ce moment-là, le carton et son contenu avaient été envoyés au laboratoire de la police à Ithaca. Après s'être versé une première tasse de café, elle appela son amie Denise Clark.

« Tous les habits avaient été lavés, repassés et pliés, dit-elle, même les chaussettes et les sous-vêtements. »

À neuf heures, Frieda Kraus appela Franklin alors qu'il allait partir de chez lui.

« Ce matin, Chuck Hawley a trouvé une boîte contenant toutes les affaires de Sharon juste devant le commissariat. Denise Clark vient de me l'apprendre. »

Franklin se demanda sans doute comment Denise Clark pouvait détenir une telle information. Il appela Ryan Tavich.

« C'est vrai, dit Ryan, mais je ne peux pas en parler pour le moment. »

Dans l'heure, la police reçut des appels des journaux d'Utica, de Syracuse et d'Albany, ainsi que de quatre chaînes de télévision. Channel 9, de Syracuse, envoya une équipe ; leur camionnette blanche se gara devant le commissariat à dix heures. À midi, le chef Schmidt annonça une conférence de presse pour trois heures.

Il y avait tant de monde que la conférence de presse se tint dans la salle du conseil municipal, au premier étage, et non dans le bureau du chef Schmidt. Il y avait un problème de protocole, puisque le capitaine Percy était responsable de l'enquête. Mais le carton avait été déposé à la porte du chef Schmidt, aussi le capitaine Percy suggéra que le chef prenne le fauteuil du maire. Percy s'assit à sa droite avec un de ses lieutenants, Peter Marcos, jeune homme photogénique venu d'Albany. Près de Marcos se trouvaient Ryan Tavich et le docteur Malloy. Le maire, Bernie Kowalski, se trouvait à gauche du chef Schmidt.

Il y avait plus de cinquante reporters, envoyés par les journaux, les chaînes de télé et de radio, des magazines et des agences de presse. Le *New York Times* et le *New York Post* avaient chacun envoyé un journaliste. Franklin parvint à se frayer un passage à l'avant de la foule. Le sol était jonché de câbles de caméras. Franklin s'attendait à voir le carton, mais il n'y en avait aucun signe, et il en fut heureux. Il pensait au chandail bleu que Paula avait offert à Sadie en gage de paix et que celle-ci avait donné à Sharon. Franklin n'avait pas envie de revoir ce chandail.

Le chef Schmidt commença par déclarer que les vêtements de Sharon Malloy avaient été retrouvés devant la porte du poste de police à cinq heures et demie. La famille les avait identifiés et ils avaient été envoyés au laboratoire de la police de l'État, à Ithaca.

« Sait-on qui les a déposés là ? demanda un reporter.

— Pas pour l'instant.

— Quand ont-ils été déposés ?

— Entre trois heures et demie et cinq heures et demie ce matin, répondit le chef Schmidt. Le carton bloquait la porte, et la dernière personne à l'avoir ouverte est partie à trois heures et demie.

— Y avait-il des taches de sang sur les vêtements ?

— Non.

— Y avait-il des taches de quelque nature que ce soit ?

— Les vêtements avaient été lavés, repassés et pliés. Ils semblent avoir été lavés plusieurs fois.

— Alors, il pourrait y avoir eu des taches que le lavage a fait disparaître.

— C'est possible, dit le chef Schmidt.

— Y avait-il un message ?

— Rien », dit Percy.

Le docteur Malloy fixait le plateau de la table. C'était une lourde table en chêne, aussi vieille que l'hôtel de ville lui-même, d'une belle couleur dorée. Quelqu'un alluma une cigarette et Percy annonça qu'il était interdit de fumer. Les caméras de télévision étaient placées sur les côtés, et des photographes s'avançaient au premier rang pour prendre des clichés du chef de la police et du docteur Malloy.

« Y avait-il quelqu'un dans le poste de police quand le carton a été déposé ?

— Un policier était de garde.

— A-t-il entendu quelque chose ?

— Non, dit le chef Schmidt.

— Ainsi, la personne qui a déposé ce carton est peut-être venue à pied ?

— C'est tout à fait possible.

— Cela signifie-t-il que l'homme en question est un habitant d'Aurelius ?

— Rien ne nous indique si ce carton a été déposé par un homme ou une femme, intervint le capitaine Percy.

— Mais cette personne, homme ou femme, vit à Aurelius ? »

Le capitaine Percy se leva et s'appuya sur la table.

« Rien ne nous prouve que la personne qui est responsable de la disparition de Mlle Malloy et celle qui a déposé le carton soient les mêmes.

— Mais n'est-ce pas vraisemblable ?

— Rien ne nous l'indique.

— Pensez-vous que Sharon Malloy est toujours en vie ?

— Nous l'espérons, dit le chef Schmidt, mais nous n'en savons rien.

— Qu'y avait-il dans le sac à dos ?
— Les livres de classe de Sharon, ses cahiers, des affaires d'école.
— La découverte de ces vêtements va-t-elle changer la nature de l'enquête ?
— Que voulez-vous dire ? demanda le chef Schmidt.
— Cela ne soulève-t-il pas la possibilité que le responsable, quel qu'il soit, est d'Aurelius ?
— Nous n'avons jamais présumé que, si Mlle Malloy a été enlevée, le responsable est d'Aurelius ou pas, dit le capitaine Percy.
— Que voulez-vous dire, "si elle a été enlevée" ? demanda un reporter.
— Nous n'avons aucune preuve décisive qu'elle ait bien été enlevée. Nous savons juste qu'elle a disparu.
— Êtes-vous en train de suggérer qu'elle ait pu déposer elle-même ses vêtements ? »
Quelqu'un rit au fond de la salle et le capitaine Percy regarda dans cette direction, mais son visage ne montra aucune émotion.
« Je dis simplement que nous n'en savons rien.
— La famille de Sharon a-t-elle eu des nouvelles d'elle ou de quiconque à son sujet ?
— Non », répondit le chef Schmidt. Percy se rassit.
« Pensez-vous qu'elle puisse être morte ?
— Nous n'avons aucune indication dans un sens ou dans l'autre.
— Pourquoi pensez-vous qu'on ait rendu les vêtements ?
— Nous n'en avons aucune idée, dit le capitaine Percy.
— Cela ressemble-t-il à un défi ?
— Je ne peux faire de commentaire là-dessus, dit Percy. Nous n'avons aucune indication.
— Quel effet la découverte de ces vêtements a-t-elle sur les aveux de Daniel Layman ?

— L'enquête est en cours et je ne peux pas faire de commentaire pour l'instant, dit le chef Schmidt avec un coup d'œil à Percy.

— Layman a-t-il dit qu'il avait enlevé ses vêtements à la jeune fille ?

— Je ne peux pas faire de commentaire.

— Pensez-vous que la personne qui a déposé les vêtements l'a fait pour montrer que Daniel Layman n'a rien à voir dans l'affaire ? demanda Franklin.

— Je n'en ai aucune idée.

— Avez-vous quelque opinion que ce soit ? » demanda un reporter de Channel 9. Plusieurs autres journalistes rirent.

Le capitaine Percy se leva de nouveau.

« Nous sommes confrontés à de nouvelles informations qu'il nous faut interpréter. Nous ne savons pas pourquoi les vêtements nous ont été restitués. Nous ne savons pas si la personne responsable a quelque chose à voir avec l'enlèvement, ni même s'il y a eu un enlèvement. Nous ne savons pas si la restitution des vêtements concerne Daniel Layman en quoi que ce soit. Nous ne savons pas si cela signifie que le criminel est d'Aurelius ou non. »

Percy n'était pas entièrement sincère. Quand il avait appris la restitution des vêtements, il avait modifié les emplois du temps et remis dix hommes sur l'affaire. Ils avaient toute la journée interrogé des gens qui habitaient près du commissariat pour savoir s'ils avaient remarqué quelque chose. Le fait qu'Aaron McNeal vivait tout près n'avait pas été oublié. Percy avait obtenu le matin même un mandat de perquisition, et une équipe du laboratoire d'Ithaca avait passé l'appartement d'Aaron au peigne fin. Sans protester, Aaron avait sorti une chaise sur le palier, pris son ordinateur portable et continué à travailler comme si les policiers n'étaient pas là.

« Il nous regardait comme si on était transparents, me dit Chuck Hawley. J'avais envie de le gifler. »

Chuck avait regardé par-dessus l'épaule d'Aaron et n'avait vu que des nombres sur le petit écran. Cela aussi l'avait troublé.

« Ce n'étaient même pas des mots », dit-il.

On avait également enquêté sur les activités du GRJ et de Houari Chihani pendant la nuit. Percy voulait demander un mandat pour fouiller la maison de Chihani, mais le chef Schmidt pensait que ça ne servirait à rien. Ils en parlèrent dans son bureau, mais Patty McClosky et d'autres les entendirent. Au moment de la conférence de presse, des dizaines de gens étaient au courant de leur discussion. Le principal, et tout le monde le comprenait, était que Chihani et le GRJ étaient toujours suspects.

« La police a perquisitionné l'appartement d'Aaron McNeal ce matin, dit un reporter. A-t-on trouvé des indices ?

— Je ne peux pas vous répondre », déclara le chef Schmidt.

(« Ils espéraient dénicher au moins un peu d'herbe, m'avait dit Chuck Hawley. Comme ça, ils auraient pu faire pression sur lui. Mais il n'y avait rien du tout. »)

« Les membres du GRJ sont donc toujours suspects ?

— C'est une erreur de dire qu'ils sont suspects, dit Schmidt. Pour le moment, personne n'est suspect et tout le monde l'est.

— Herbst pourrait-il avoir apporté les vêtements de Troy ?

— Je ne peux pas vous répondre. »

En fait, rien ne laissait penser qu'Oscar soit sorti de chez lui.

« Et le jeune homme qui est rentré chez lui à Kingston, pourrait-il être venu en voiture ?

— Je ne peux pas vous répondre. »

Le reporter voulait parler de Jason Irving, qui était lui aussi resté chez lui toute la nuit. Mais les membres du GRJ qui vivaient toujours à Aurelius n'avaient pas d'alibi parfait. La mère de Barry jurait qu'il était chez elle, mais la police ne considérait pas que ce soit une preuve.

« N'importe lequel de ces gosses, me dit Chuck, aurait pu sortir cinq minutes pour apporter le carton au commissariat. Même le gros. Il n'y a personne dans les rues à cette heure-là. Tu aurais pu le faire toi-même.

— Serait-il possible d'effacer toute trace de sang des vêtements ? demanda un journaliste.

— Je ne pense pas, dit Schmidt.

— Non, ce ne serait pas possible, dit Percy.

— Alors, quelles conclusions en tirez-vous ?

— Qu'il n'y avait pas de sang sur les vêtements », répondit Percy.

Quelqu'un rit.

« Et d'autres fluides corporels ? demanda un reporter. Toute trace de sperme pourrait-elle être effacée des vêtements ?

— Nous en sommes moins certains, dit Schmidt.

— Vous voulez dire que ce serait possible ?

— C'est ce que l'on m'a dit.

— Vous déclarez donc qu'aucune trace de sperme n'a été trouvée ?

— C'est cela.

— A-t-on trouvé quoi que ce soit sur les vêtements ?

— Juste des traces normales d'usure.

— Les vêtements étaient-ils déchirés ?

— Non, ce n'est pas ce que je voulais dire.

— Donc, si Sharon Malloy est morte, elle a été tuée soit de façon à ne pas faire couler le sang soit alors qu'elle ne portait pas ces vêtements. »

C'est un journaliste d'Utica qui posa cette question. À ce moment, la conférence de presse en était arrivée au niveau d'un de ces jeux télévisés où on pose des questions aux candidats, et personne ne pensait plus à la vraie Sharon. Le docteur Malloy ne dit pas un mot, ne regarda même pas les reporters. Assis un peu en avant sur sa chaise, sans toucher le dossier, il tenait le bord de la table à deux mains. Son frère, Donald, se trouvait au fond de la salle. Son beau-frère, Paul Leimbach, arrivé tard, était près de la porte. Il faisait chaud à cause des projecteurs de télé. La conférence durait depuis presque une heure.

« Nous ne savons pas ce qui est arrivé à Sharon Malloy, dit le chef Schmidt.

— Il est donc possible qu'elle ait été violée ? » demanda un reporter.

C'est à ce moment que le docteur Malloy explosa.

« Réalisez-vous que vous parlez d'une enfant ? D'une fillette de quatorze ans ? Savez-vous à quel point elle est merveilleuse ? Bien sûr que son ravisseur habite ici, ici même, dans cette ville ! »

Il y eut un brouhaha, les reporters demandaient au docteur Malloy s'il connaissait le coupable. Des photographes prenaient des clichés. Les gens se levèrent. Ryan mit le bras sur les épaules du médecin pour essayer de l'écarter de la table et de le faire sortir par la porte arrière. Le docteur Malloy s'était mis à pleurer, et s'essuyait rageusement les yeux du dos de la main. Son frère se fraya un chemin vers l'avant de la salle.

« Comment osez-vous demander si elle a été violée ! » s'exclama le docteur Malloy.

Le chef Schmidt demanda à Ryan de faire sortir le médecin.

Donald Malloy atteignit la table du conseil.

« Bien sûr que c'est quelqu'un de la ville, cria-t-il. Quelqu'un l'a enlevée, kidnappée ! Il faut qu'il soit puni !

— Qui est-ce ? » demandaient les gens.

Le chef Schmidt trouva un marteau et en frappa la table.

« Si vous ne reprenez pas vos places, je fais évacuer la salle !

— Nous trouverons le coupable, déclara Donald. Les Amis de Sharon Malloy offrent cinquante mille dollars pour toute information sur l'endroit où est Sharon et cent mille si elle est retrouvée saine et sauve. »

Cette annonce redoubla l'agitation et d'autres photos furent prises.

Chuck Hawley saisit le bras de Donald et l'entraîna vers la porte du fond. Ryan était déjà parti, avec le docteur Malloy. Les reporters continuaient à poser des questions en essayant de parler plus fort les uns que les autres, et le chef Schmidt à frapper la table de son marteau. Franklin écrivait frénétiquement dans son calepin. La seule personne à garder son calme, et qui, selon Chuck, avait l'air aussi solide que le rocher de Gibraltar, était le capitaine Percy.

Quand l'assemblée se calma, celui-ci reprit la parole.

« Vous en savez exactement autant que nous, ce qui n'est pas grand-chose. Nous ne connaissons pas la nature du crime. Nous ne savons pas si Sharon a été enlevée. Tout ce que nous savons, c'est que ce matin, entre trois heures et demie et cinq heures et demie, ses vêtements et son sac à dos ont été restitués à la police. Les vêtements avaient été lavés, repassés et pliés. Ses chaussures de tennis Adidas en cuir blanc avaient été cirées. Nous ignorons qui a fait cela, et si cette personne a quelque chose à voir avec la disparition de Sharon. »

Une nouvelle fois, le capitaine Percy ne disait pas toute la vérité. Il y avait deux autres choses dans le sac à dos de Sharon, en plus de ses affaires de classe. La première était une main de mannequin, une main gauche, couleur chair, aux ongles peints. Les parents de Sharon et plusieurs de ses amies, y compris Sadie, avaient déclaré ne l'avoir jamais vue.

La deuxième était une enveloppe contenant une unique feuille de papier sur laquelle des lettres découpées dans des journaux formaient des mots. Ceux-ci étaient *CON, SALETÉ, BAISER, CHATTE, PUTE, COCHONNERIE, SALOPE*, et une demi-douzaine d'autres, en une seule colonne. Mais les mots avaient été modifiés, ou peut-être censurés. Des ratures noires effaçaient certaines lettres, si bien que *CON* devenait *ON*, *SALETÉ* devenait *LETÉ*. Tous les mots avaient subi ce traitement, et on était repassé de nombreuses fois sur les ratures, entamant à tel point le papier que le C de *COCHONNERIE*, par exemple, avait presque disparu. Seuls le capitaine Percy et le chef Schmidt connaissaient le contenu de l'enveloppe, et ils le gardèrent pour eux. Quant à la main de mannequin, tout le personnel du bureau était au courant. Même Franklin le savait, mais le chef Schmidt lui avait demandé de ne pas en parler. Peu importait, en deux jours, toute la ville apprit la présence de cette main.

# 24

La déclaration du capitaine Percy selon laquelle la restitution des vêtements ne prouvait pas que le ravisseur de Sharon vivait à Aurelius ou dans les environs ne convainquit personne. Il avait affirmé que rien ne permettait d'être certain que Sharon avait été enlevée, et cela n'eut aucun effet. L'opinion générale était que les vêtements avaient été déposés par le kidnappeur pour défier la police. Les gens y voyaient une bravade. Peut-être la personne en question s'opposait-elle à ce que Daniel Layman, à Somerset, Pennsylvanie, s'arroge le crédit de ce que lui ou elle avait fait. Je dis lui ou elle, mais tout le monde à Aurelius pensait que le ravisseur était un homme.

La police partageait ces idées, du moins selon Ryan, mais le capitaine Percy ne pouvait pas pour autant dire à un groupe de journalistes qu'il pensait qu'un habitant d'Aurelius était responsable de l'enlèvement de Sharon Malloy. Je suis certain que les reporters s'étaient rendus à la conférence de presse dans l'espoir d'apprendre du sensationnel. Ils avaient dans une large mesure été déçus. La restitution des vêtements était inquiétante sans être suffisamment dramatique. L'explosion du docteur Malloy compensa un peu leur désappointement.

Ce soir-là, des milliers de personnes à travers l'État, et peut-être le pays, virent à la télévision le docteur Malloy bondir sur ses pieds et s'exclamer : « Ne réalisez-vous pas que vous parlez d'une enfant ? D'une fillette de quatorze ans ? Savez-vous à quel point elle est merveilleuse ? Bien sûr que son ravisseur vit ici, ici même, dans cette ville ! »

Après la conférence de presse, un certain nombre d'éditoriaux parurent dans des journaux locaux, demandant si les autorités faisaient assez d'efforts pour retrouver le ravisseur de Sharon Malloy. En conséquence, le capitaine Percy reçut l'ordre de mettre plus d'hommes sur l'affaire, ce qui porta à vingt-cinq les effectifs de l'unité d'intervention, titre que s'était donné l'équipe elle-même.

La conviction croissante que le criminel vivait parmi nous augmenta la pression qui pesait sur le GRJ. Tant que les gens pensaient que le ravisseur venait de l'extérieur, Chihani et les autres membres du groupe n'avaient été considérés qu'avec suspicion. Peut-être y avait-il un lien entre le criminel et le GRJ, mais seuls des gens comme Hark Powers le soutenaient. Maintenant, l'idée ne semblait plus si dénuée de sens. La perquisition chez Aaron fut considérée comme la preuve de son implication dans l'affaire. Chihani et les membres du GRJ furent soumis à une surveillance encore plus étroite qu'avant. Barry se plaignit de ce que les gens ne se gênaient plus pour le dévisager. « Comme si j'avais volé quelque chose », disait-il.

Et le groupe n'exagérait pas son impopularité. Paula McNeal apprit dans le bureau du doyen que la faculté avait consulté ses avocats pour savoir s'il était possible légalement de renvoyer les membres du GRJ avant leur procès pour vandalisme.

Vers la fin de la semaine où les vêtements avaient été rendus, Bob Jenks et Joany Rustoff cessèrent d'aller en cours et retournèrent chez leurs parents à

Utica. Quelques jours plus tard, ils partirent pour Seattle, où le frère aîné de Bob travaillait dans l'informatique. Cela laissait six membres du GRJ, en plus de Chihani. Je crains que le départ de Bob et Joany n'ait rendu les gens encore plus soupçonneux envers les autres, comme si leur défection était la preuve de la culpabilité du groupe. Bob et Joany avaient, bien sûr, informé le capitaine Percy de l'endroit où ils se rendaient.

Les gens semblaient considérer que, si le coupable était un habitant de la ville, il vaudrait mieux que ce soit une personne que nul n'appréciait. Aaron avait déjà un passé, Barry était d'apparence bizarre et Léon obèse, preuve en soi de perversité. Jesse et Shannon montraient sans cesse leur mépris des convenances, et la beauté froide de Harriet donnait l'impression qu'elle se croyait supérieure aux autres. Et puis il y avait Houari Chihani et sa Citroën.

Beaucoup de gens redoutaient que le coupable soit un homme que personne ne soupçonnait, un pilier de la communauté comme on dit. Et si par exemple le docteur Malloy avait enlevé et assassiné sa propre fille ? Ou même Paul Leimbach – les soupçons ne retombaient-ils pas souvent sur les membres de la famille ? Si le crime avait été commis par une personne respectée, cela ferait reposer une partie de la culpabilité sur l'ensemble de la communauté, parce que nous n'avions pas vu le mal en lui et l'avions laissé vivre parmi nous. On ne peut abattre un pilier de la communauté sans ébranler celle-ci tout entière. Il vaut bien mieux trouver quelqu'un de l'extérieur déjà rendu suspect par ses particularités.

La restitution des vêtements de Sharon rendait plus vraisemblables les accusations de Hark. Il prétendait depuis le début que le GRJ était impliqué, et maintenant, accoudé au comptoir de la Taverne de Bud, il disait plus fort que jamais à qui voulait l'entendre :

« Je vous l'avais bien dit. » Quand on apprit la découverte d'une main de mannequin dans le sac à dos de Sharon, la simple bizarrerie de la chose rendit Hark plus crédible. Cette fausse main n'avait aucun sens, et Hark disait qu'elle évoquait les bombes factices d'Oscar ou même la violence incontrôlée d'Aaron. Hark était plus écouté et un peu mieux considéré. Ses copains soutenaient son point de vue, parce qu'on les considérait un peu mieux eux aussi. Ce serait une erreur de penser qu'ils avaient de l'influence, mais ils se rendaient compte qu'on les écoutait davantage.

Ces copains, qui étaient-ils ? Il y en avait trois, Jeb Hendricks, qui travaillait chez Midas, spécialiste en pots d'échappement, Ernie Corelli, employé par Henderson, plombier-chauffagiste, et Jimmy Feldman, concierge au lycée Albert-Knox. Ils avaient connu Hark toute leur vie, bien qu'ils soient de quelques années plus jeunes que lui. Ils allaient ensemble à la chasse en automne et à la pêche au printemps. En été, ils jouaient au base-ball. Feldman était marié, mais pas les autres. Il s'était marié alors qu'il était encore au lycée – la fille était enceinte –, et je ne crois pas qu'il ait obtenu son diplôme.

Tout comme Hark, ils se plaignaient sans cesse. Si leur équipe de football favorite perdait un match, c'était à cause de l'arbitre. Si les impôts locaux augmentaient, c'était parce que l'argent était englouti par la ville, l'aide sociale et les minorités avides. À part ça, ils étaient des jeunes gens plutôt normaux qui voyaient le monde et la place qu'ils y occupaient avec un mélange d'incompréhension et de ressentiment. Ils appréciaient Hark parce que celui-ci avait des opinions tranchées et blâmait les gens qu'ils aimaient voir blâmer : les autres. Il était plus costaud qu'eux, parlait plus fort, tenait mieux l'alcool et était bien meilleur chasseur. On trouvait presque tous les soirs au moins deux de ces jeunes gens à la Taverne de Bud en train de boire de la bière, de jouer au billard et de se plaindre. Ils étaient parfois rejoints par deux ou trois autres garçons du même genre. À leurs sujets de conversation habituels s'ajoutait maintenant la disparition de Sharon.

« Si Aaron McNeal n'est pas mêlé à ça, disait Hark, je suis prêt à perdre mon autre putain d'oreille. »

Dans ces discussions, la vérité ne dépendait pas de la logique, mais de la force de conviction et de la capacité à crier plus fort que ses contradicteurs. Plus Hark recevait d'attention, plus il faisait de bruit, jusqu'à croire lui-même tout ce qu'il disait.

« Est-ce qu'on n'a pas vu la voiture de l'Arabe au moment où Sharon a disparu ? » demandait-il.

Ses copains hochaient la tête, et d'autres personnes en faisaient autant.

« Les flics peuvent bien dire qu'ils ont besoin d'une preuve indiscutable pour le tribunal, soutenait Hark, mais c'est autre chose d'être sûr. Je veux dire, d'être sûr du fond du cœur, putain ! »

Même si je parle de Hark Powers, ce qu'il disait ne diffère pas beaucoup de ce que j'entendais dans d'autres bars d'Aurelius, ou chez les gens. Il parlait peut-être plus fort que la moyenne, mais nombreux étaient ceux qui partageaient ses idées. J'ai même entendu exprimer l'équivalent dans la salle des professeurs.

De tous les membres du GRJ, c'était Barry que je comprenais le mieux, puisqu'il me rendait souvent visite. Il se sentait isolé ; depuis début septembre, il avait un petit ami à la faculté, un garçon du nom de Ralph qui faisait des études d'ingénieur électricien. L'intérêt qu'éveillait Barry en tant que membre du GRJ avait déplu à Ralph depuis le début. Après la disparition de Sharon, quand le groupe fut inculpé de vandalisme, il dit à Barry qu'il ne voulait plus le voir, mais l'assura qu'ils resteraient amis. Il semble qu'ils aient eu une dispute dans la chambre d'étudiant de Ralph ; Barry lui avait avoué qu'il était amoureux de lui et qu'il considérait cette décision comme une cruelle trahison.

Le vendredi suivant la découverte des vêtements de Sharon, Barry me rendit visite. Il me parla ouvertement de son amertume. Il se sentait seul, avait le cœur brisé et était destiné à rester seul toute sa vie.

« Personne ne m'aimera plus, dit-il.

— Et cet homme en ville ? demandai-je.

— Que voulez-vous dire ?

— Le premier homme avec qui tu as eu une liaison. » Je continuais à m'intéresser à lui, puisque Barry avait refusé de me révéler son nom.

« Il ne me plaisait pas.

— Que faisais-tu avec lui ?

— Rien de chouette.

— Mais quoi au juste ?

— Il voulait juste que je le masturbe, et il ne me touchait pas du tout. Et il n'était pas gentil.

— Tu veux dire qu'il te criait après ?

— Non, mais il voulait que je me lave les mains et il restait à côté de moi pour vérifier que je m'y prenais comme il faut. »

Le grand problème de Barry était qu'il se trouvait soit à l'école, soit chez sa mère. À l'évidence, il ne rencontrerait pas d'autres partenaires sans élargir le cercle de ses relations. Je songeai à Jaime Rose, mais rien ne me laissait penser que Jaime ne trouverait pas Barry idiot. Je savais cependant que Jaime sortait beaucoup. Il faisait du bowling et appartenait au club de jardinage de la bibliothèque. Je l'avais même parfois vu dans des bars, pas la Taverne de Bud, mais le bar du Gillian's Motel. Je dis donc à Barry qu'il devait sortir plus souvent. Ce n'était pas un conseil très osé.

« Les gens me regardent, dit Barry.

— Tu ne rencontreras personne si tu ne sors pas.

— Je n'aime pas boire.

— Il y a des groupes de lecture à la bibliothèque, et une amicale de jazz, et un club de voyages. Il faut que tu fasses des efforts. »

Les besoins ont ceci d'égalitaire que nous en avons tous. Le besoin de compagnie de Barry ne différait pas de celui des autres. Ce samedi soir-là, le club de ski de la faculté organisait une soirée dansante à la cafétéria, avec un orchestre local, les Extravagants. Et la Ligue latine faisait un dîner mexicain – tacos, enchiladas verdes et guacamole – dans la maison d'un des professeurs d'espagnol, Ricardo Ruiz.

En ville, il y avait une soirée au temple maçonnique, les Elks faisaient une tombola pour subventionner leur équipe junior, et l'Église évangélique de l'amitié distribuait des crêpes. Tous les restaurants italiens d'Aurelius étaient pleins, et le bar du Gillian's Motel proposait aux dames deux verres pour le prix d'un. La Taverne de Bud offrait des grillades, et le parking du bowling était rempli de camionnettes. Les livreurs de pizzas zigzaguaient en ville. Le cinéma Strand projetait un film appelé *Les Imbéciles*, et il était plein. Les adolescents qui travaillaient chez le marchand de sandwiches étaient débordés.

Ce samedi soir-là, Barry Sanders décida de sortir – décision importante – et alla au bowling, pas pour jouer mais pour boire du Coca assis à une table. Cette occupation paraît innocente, mais Barry se trouvait très audacieux. Qui sait à quoi il rêvait ? Il portait une chemise bleue neuve et avait soigneusement peigné ses cheveux blancs. Il buvait son Coca à petites gorgées, clignait ses yeux roses derrière ses épaisses lunettes et sursautait sans doute chaque fois qu'une boule abattait bruyamment les quilles. À sa façon, Barry faisait la fête.

Aaron aussi était de sortie. Il prit un verre chez Gillian's avec Jeanette Richards; leur relation battait de l'aile et, quand elle partit vers sept heures et demie, il resta pour discuter avec un professeur d'anglais du lycée, Ron Slavitt, qui écrivait de la poésie. Aaron considérait que la poésie était une discipline morte, Ron Slavitt n'était pas d'accord. Jaime Rose se trouvait aussi chez Gillian's, il buvait seul au bar. Il aimait les boissons compliquées, des daiquiris aux fruits frais et des cocktails au kahlua.

Franklin et Paula avaient emmené dîner Sadie chez Angotti, à la Maison du spaghetti. Paula essayait de parler de l'école à Sadie, mais elle ne répondait que par monosyllabes. Elle n'avait pas voulu de spaghetti et mangeait un hamburger-frites. Plus tôt dans la semaine, Sadie avait vu son chandail bleu aux nouvelles, après que le laboratoire de la police à Ithaca eut fini ses analyses. Elle n'avait jamais dit à Paula qu'elle avait donné ce chandail à Sharon Malloy, mais Paula était au courant et Sadie se sentait coupable. Elle avait peur aussi, comme elle l'avoua par la suite, qu'on lui rendît le vêtement. Cette crainte n'était pas liée à Paula mais à Sharon. Sadie s'imaginait même qu'elle trouverait des taches de sang là où la police y avait échoué, ce qui était idiot. Quand Sadie mangeait, ses cheveux pendaient dangereusement au-dessus de son assiette couverte de ketchup. Tant Franklin que Paula avaient envie de dire à Sadie de ramener ses cheveux derrière ses oreilles, mais ils se retinrent.

Ryan Tavich avait emmené Cookie Evans manger un steak chez Mike, près du centre commercial. Entre son travail habituel et le temps qu'il consacrait au capitaine Percy, il faisait des journées de douze heures et avait besoin de repos. Mais il ne cessait de penser à la main de mannequin dans le sac à dos de Sharon. Et il pensait à Janice McNeal, à sa voix et à la façon dont elle le touchait. Il pouvait presque sentir ses mains sur sa peau, et ce souvenir lui coupait l'appétit.

Même si l'énergie de Cookie Evans épuisait Ryan, il aimait sortir avec elle parce que ça ne la gênait pas d'être seule à parler. En fait, elle remarquait à peine s'il intervenait ou non. Pendant leur repas, elle lui fit le portrait de toutes les clientes qu'avait eues cette semaine le salon de coiffure. Leur nombre semblait infini. Ryan hochait la tête, souriait, et pensait à Janice McNeal. Cookie comptait ses clientes sur ses doigts. Elle avait les ongles longs et rouge sombre. Ses cheveux courts étaient bouclés et laqués. Ryan se dit que la tête de Cookie avait l'air d'un jardin paysager, et pensa qu'il devrait le répéter à Franklin ; celui-ci prétendait que Ryan ne faisait jamais de plaisanteries.

À un moment, Ryan demanda si toutes ces femmes parlaient parfois de Sharon Malloy. Cookie le regarda avec l'air exaspéré.

« Elles ne parlent *que* de ça. Et de leurs maris, bien sûr. C'est étonnant de voir combien de ces femmes se croient en danger. »

À la Taverne de Bud, Hark Powers avait le même sujet de conversation. Sheila Murphy s'occupait du bar et servait des verres de bière et des chips à Hark, Jeb Hendricks, Ernie Corelli et Jimmy Feldman. La pièce était enfumée, et on entendait le claquement des boules de billard. Le juke-box jouait de la country music et parfois une vieille chanson de Sinatra.

« J'ai vu un film à la télé, disait Hark, où l'assassin mettait le corps au cimetière. Il retirait la terre d'une tombe fraîche et mettait le corps juste sur le cercueil. Je parie que les flics n'ont même pas vérifié les tombes. Et celui qui a enlevé cette fille en enlèvera une autre, c'est une maladie. »

Ses copains réfléchissaient à cette maladie et à la façon de la stopper.

Le docteur Malloy et sa famille passaient la soirée chez eux, avec les Leimbach. Ils essayaient d'avoir un samedi soir normal, avec dîner, télévision et conversation, mais ils savaient bien qu'ils attendaient simplement la sonnerie du téléphone. Mon cousin Chuck Hawley était assis dans une voiture de patrouille garée devant la maison du docteur Malloy, écoutant la radio de la police. Dans le local des Amis de Sharon Malloy, une douzaine de volontaires, parmi lesquels Donald Malloy, mettaient des affichettes sous enveloppe. Le capitaine Percy était chez lui, dans sa maison proprette de Potterville, occupé à lire les rapports de l'unité d'intervention. Il n'y avait rien dedans qu'il ignorât.

À huit heures, au moment où je me préparais un bol de soupe, Barry quittait le bowling. Il monta dans sa Ford Fairlane rouillée et se dirigea vers la boutique de sandwiches en ville, parce qu'il avait faim et s'était lassé de regarder les gens jouer. Il n'avait parlé à personne, mais il était trop tôt pour rentrer chez lui ; sa mère lui demanderait où il était allé et s'il s'était amusé, avant de l'observer d'un air inquiet.

Il n'y avait pas de place libre devant le marchand de sandwiches, aussi il se gara un bloc plus loin. Il n'aimait pas faire des créneaux, et il lui fallait deux places au lieu d'une. La soirée était fraîche, on voyait une demi-lune dans le ciel clair. Barry s'arrêta et tendit l'oreille, essayant d'entendre des oies sauvages. Il aimait les écouter survoler la ville en poussant des cris lointains. Cette nuit-là, il n'entendit que la musique du juke-box de la Taverne de Bud. Barry n'aimait pas la country music. Il préférait un groupe nommé Phish, mais de façon générale ne s'intéressait guère à la musique.

Dans la boutique, il commanda un sandwich fromage-salade et un grand Coca. Il se demanda s'il allait manger sur place, mais cinq adolescents étaient là, qui ne cessaient de le regarder en ricanant. Barry savait qu'il clignait plus des yeux que d'habitude. Pendant qu'il était au comptoir, le dos tourné, il entendit l'un des garçons l'appeler: « Petit Rose ». Barry détestait son apparence, mais s'y était résigné. Il ne songeait plus comme par le passé à se teindre les cheveux, à utiliser du maquillage ou à porter des lentilles de contact colorées. Mais il n'avait pas envie de manger son sandwich pendant qu'on se moquait de lui.

Il se dirigea vers sa voiture. Il irait sur le campus du collège pour manger. S'il rentrait chez lui, sa mère lui reprocherait d'avoir gaspillé de l'argent alors qu'elle aurait pu lui préparer un excellent sandwich.

Comme Barry approchait de sa voiture, on l'interpella.

« Hé, Petit Rose, attends ! »

Hark Powers et trois autres hommes traversaient Main Street, marchant vers lui. Barry sentit un désir presque irrésistible de prendre la fuite, pourtant il ne bougea pas.

Hark monta sur le trottoir, entre Barry et sa voiture garée devant la boulangerie Weaver. Barry reconnut Jeb Hendricks, mais il ne connaissait pas les deux autres. Hark et Hendricks portaient des vestes en jean, les deux inconnus des pulls foncés.

« Où vas-tu, Petit Rose ? demanda Hark.

— Chez moi.

— Tu es pressé ?

— Je veux juste rentrer chez moi, c'est tout.

— Ta mère t'attend, dit Hark, et il ne faut pas que tu te mettes en retard.

— Ce n'est pas ça, je veux juste rentrer chez moi.

— Qu'est-ce que tu as là, Petit Rose ? »

Barry tenait son Coca de la main gauche et son sandwich enroulé dans du papier blanc de la droite.

« Juste un sandwich.

— Voyons un peu. »

Hark lui arracha le sandwich des mains, le déballa et laissa tomber à terre le papier, puis mordit dedans. « Hum, fromage et salade, et c'est encore tiède. J'aime ça. Tu en veux, Jeb ? »

Hark tendit le sandwich à Jeb, qui le goûta et le passa à Ernie Corelli. Barry regarda les trois hommes mastiquer.

« Pas de viande ? demanda Ernie.

— Je ne mange pas de viande, dit Barry.

— La viande ne réussit pas à Petit Rose, dit Hark. Ça le fait rosir. »

Barry pensa réclamer son sandwich mais se dit qu'il n'en voulait plus. Hark prit une autre bouchée.

« Qu'est-ce que tu bois, Petit Rose ? voulut savoir Hark, la bouche pleine.

— Du Coca.

— Montre un peu. »

Barry serra le gobelet contre lui et recula.

« Non, c'est à moi. »

Hark tendit le bras et renversa la boisson, arrosant la chemise neuve de Barry.

« On dirait que tu as renversé ton Coca, Petit Rose », dit Hark.

Barry fit demi-tour et se dirigea vers la boutique à sandwiches. Il ne lui restait pas assez d'argent pour s'en acheter un autre, mais il avait l'intention d'attendre à l'intérieur le départ de Hark et de ses amis. Sa chemise mouillée était froide et collante.

« Hé, je te parle, Petit Rose. »

Barry continua d'avancer. Il avait peur de Hark, mais craignait encore plus de se mettre à pleurer.

Hark le saisit par l'épaule, le fit pivoter et le plaqua contre un mur de briques.

« J'ai dit que je te parlais. » Le visage de Hark n'était qu'à quelques centimètres de celui de Barry, dont la tête avait douloureusement heurté le mur.

« Laissez-moi tranquille », dit Barry.

Hark le gifla sans brutalité.

« C'est moi qui donne les ordres », dit-il gentiment.

Barry vit quelqu'un devant la boutique à sandwiches qui regardait dans leur direction ; il réalisa que c'était Aaron.

Hark le gifla un peu plus fort.

« Je te parle, Petit Rose. Pourquoi tu ne nous racontes pas, à propos de Sharon ?

— Qu'est-ce que vous voulez dire ? » demanda Barry. Du coin de l'œil, il voyait toujours Aaron qui restait immobile, se contentant de les observer.

« Tu avais envie de la toucher, hein ?

— Sharon ? Pourquoi aurais-je eu envie de la toucher ? »

Barry aurait voulu appeler Aaron à l'aide. Il tira un mouchoir de sa poche et essuya le devant de sa chemise. Le Coca était froid contre sa peau.

« J'ai entendu dire que c'était toi qui avais ramené les habits de Sharon », dit Hark.

Barry le regarda et sentit la bière dans son haleine.

« Ses habits ?

— C'est cet Arabe qui te les a donnés ? »

Barry pivota sur sa gauche et se mit à courir vers la boutique de sandwiches. Il n'avait pas fait cinq pas avant que Hark lui saute sur le dos, le projetant sur le trottoir. Barry s'étala sur le ventre et ses lunettes tombèrent. Hark le retourna sur le dos et essaya de lui porter un coup de poing au visage.

« Je ne t'ai pas dit de partir ! » cria Hark.

Barry se couvrit le visage des bras et resta par terre ; Hark à cheval sur lui continuait à le frapper, touchant ses coudes et ses poignets.

Puis Hark parut bondir en arrière. Barry ouvrit les yeux et, malgré sa vision brouillée, réalisa qu'Aaron avait saisi la longue chevelure de Hark et la tirait. Hark parvint à se remettre sur ses pieds et tenta de frapper Aaron, qui lui donna un coup de pied. Jeb Hendricks attaqua Aaron, rejoint bientôt par Ernie Corelli et Jimmy Feldman. Aaron tenta de se défendre, se mettant dos à une voiture et faisant des moulinets des bras, mais il ne savait pas se battre. Barry se roula en boule sur le trottoir et se cacha le visage dans les mains. Il ne supportait pas le bruit des coups qui frappaient Aaron, le son mat des poings sur la chair. Il aurait voulu ne pas être lâche.

Aaron fut projeté sur le trottoir ; Hark et deux des autres essayèrent de lui donner des coups de pied, mais ils se gênaient mutuellement. Barry entendit un bruit de course et écarta les doigts pour voir Ryan Tavich.

« Police ! » cria Ryan. Il saisit Hark par le col et le tira en arrière. Les autres s'écartèrent d'Aaron, qui gisait sur le sol.

« Ils m'ont attaqué, dit Barry. Ils ont pris mon sandwich, et Aaron a voulu les arrêter. »

Il essaya de se lever, mais ses jambes ne le portaient pas. Barry s'essuya les yeux et chercha ses lunettes autour de lui.

Ryan tenait Hark Powers par les bras. Une douzaine de personnes étaient accourues, dont les adolescents de la boutique à sandwiches.

« Demandez-lui pour Sharon Malloy », dit Hark.

Aaron se remit sur pied. Il avait le visage en sang. Il se pencha, ramassa les lunettes de Barry dans le caniveau et les lui tendit. Une voiture de police, les gyrophares en marche, s'arrêta près d'eux.

« Tu devrais être plus prudent, Hark, dit Aaron. Il ne te reste qu'une seule oreille. »

Hark était toujours maintenu par Ryan Tavich. Aaron fit un pas en avant et le frappa violemment du pied à l'entrejambe. Hark eut un hoquet et se plia en deux, échappant à la prise de Ryan. Un policier saisit immédiatement Aaron par-derrière.

# 25

J'avais quatre ans quand mon père fut envoyé en Corée ; je ne l'ai jamais revu. Ma mère est revenue s'installer à Aurelius, dans la maison de ma grand-mère maternelle. Nous vivions à Utica, mais je ne me rappelle pas grand-chose : des rues animées et de grandes personnes. Mon grand-père était déjà mort, mais ma grand-mère était en bonne santé, jouait au bridge et participait aux activités de l'église épiscopalienne St. Luke. La famille de mon père venait d'Utica, je la connaissais à peine. Parfois un de mes oncles, se rendant à Binghampton, s'arrêtait chez moi une demi-heure. J'aurais dû être malheureux de l'absence de mon père, mais j'en étais content. En secret, bien sûr, parce qu'il manquait à ma mère et, quand la nouvelle de sa mort nous parvint, elle pleura des jours entiers. Évidemment, je me sentais affreusement coupable d'être content et quand il fut tué, je crus même que c'était ma faute, parce que son absence me faisait plaisir.

Nous étions revenus à Aurelius en été, la ville était verte, et il y avait des fleurs partout. Je passais toutes mes journées avec ma mère. Elle me faisait la lecture et m'emmenait en promenade. Elle me racontait des histoires sur les occupants des maisons devant lesquelles nous passions. Dans mon souvenir, mon père était brutal. Il aimait me chatouiller et me lancer en l'air, ce qui m'effrayait. Il me semblait mieux qu'il ne soit pas là. Après sa mort, je ne pensai plus que rarement à lui. Bien sûr, les gens me manifestaient beaucoup de sympathie. Ils me caressaient la tête et disaient que c'était bien triste. Ça aussi, ça me culpabilisait. Quant à ma grand-mère, elle ressemblait à ma mère en plus lente et douce, et elle aussi me faisait la lecture et m'emmenait en promenade. Je passai plusieurs années heureuses.

Aurelius était une ville très active au début des années 1950, il y avait encore une ligne de chemin de fer menant à Utica. La foire de Potterville était un grand événement et, tous les étés, Aurelius avait sa propre fête avec des concours hippiques et des jeux de hasard. J'attendais la fête avec impatience et j'étais très fier de mon habileté à crever des ballons avec des fléchettes, même si je doute maintenant avoir montré une adresse hors du commun. Le cinéma projetait deux films tous les samedis après-midi et, une fois, un hypnotiseur vint faire des tours. Il hypnotisa la moitié du public et j'eus l'impression que j'étais affreusement différent parce que je n'avais pas été hypnotisé. Les gens chanceux qui se révélaient de bons sujets eurent le droit de monter sur scène pour cancaner comme des oies, pleurer devant un chiot malade imaginaire et sauter à la corde sans corde, ce qui était très amusant.

Je veux dire qu'Aurelius me faisait l'effet d'une extension de la maison de ma mère. Il n'y avait aucun endroit où je ne puisse aller, même si ma mère m'interdisait de m'approcher de la voie ferrée et de la rivière. Mais, le week-end, j'escaladais des wagons jusqu'à satiété, et peu de plaisirs étaient aussi grands que de jeter des pierres dans la rivière, depuis la rive ou le pont. J'avais quelques amis, mais pas très proches parce que je n'étais pas doué pour le sport. Toutefois, je considérais comme allant de soi de pouvoir me promener partout en étant assuré de la bienveillance des gens. J'évitais peut-être telle ou telle rue à cause d'un chien qui aboyait fort ou même d'une petite brute dans le genre de Hark Powers, mais je n'avais aucune crainte. La Corée et le communisme étaient bien loin. Il y avait assez d'anciens combattants et de récits de la Seconde Guerre mondiale pour laisser penser que les guerres étaient définitivement terminées.

Je ne sais pas si je dirais que mon enfance a été idéale. Je me sentais souvent seul et différent des autres, en partie parce que je n'avais pas de père, en partie parce que je ne brillais pas en sport, en partie parce que je portais des lunettes. On me traitait parfois de femmelette et je n'aimais pas ça. Mon cousin Chuck Hawley était de plusieurs années plus jeune que moi. C'était l'aîné de quatre enfants. Je les voyais souvent, mais ils étaient trop petits pour que je les prenne au sérieux. La mère de Chuck était la sœur de la mienne, encore une femme qui se montrait gentille envers moi. Son frigo et ses placards m'étaient toujours ouverts. Si j'avais une petite faim alors que je me promenais à vélo, je pouvais aussi bien aller grignoter quelque chose chez ma tante que chez ma mère.

Ma tante est maintenant une vieille dame, ma mère et ma grand-mère sont mortes. Chuck est le seul de mes cousins qui soit resté à Aurelius et, bien que nous bavardions parfois ensemble, nous ne sommes pas proches. À Noël, je lui offre une bouteille de whisky, et sa femme m'offre une cravate. Mais, alors que j'écris ces lignes, Aurelius n'est plus que l'ombre de ce qu'elle était il y a quarante ans. On ne perçoit plus la ville comme une extension de sa maison.

Quand je quittai New York, il y a vingt ans, je m'attendais à retrouver l'Aurelius du début des années 1950. Mais la gare était déjà devenue une pizzeria, et il y avait des magasins vacants dans Main Street.

Pourtant, comparée à New York, la ville semblait idéale. Les gens ne fermaient jamais leurs maisons ou leurs voitures à clef. Quand Jack Shelbourne fit installer une alarme sur sa BMW il y a quelques années, les élèves du lycée prirent un grand plaisir à la déclencher. Personne n'avait encore entendu d'alarme de voiture.

Il était normal de connaître plusieurs générations d'une même famille. Je connaissais le père de Hark Powers, c'était un fermier plus vieux que moi de dix ans environ, et aussi son grand-père. Le père de Hark fit jouer son fils chez les minimes, et les gens disaient que si Hark jouait mal, son père le frappait. Il y a longtemps, M. Powers avait acheté un coupé Ford de 1949, dont on avait retiré la figurine décorative du capot et le loquet du coffre, poncé et repeint la carrosserie en rouge foncé avec des mouchetures. Le pot d'échappement émettait un bruit doux et mélodieux et, le samedi soir, le père de Hark faisait le tour des quelques pâtés de maisons du centre-ville avec ses amis. Ou bien il emmenait un copain et deux filles au drive-in de Norwich. Il se maria à dix-neuf ans, et le frère aîné de Hark naquit dans l'année.

La mère de Hark venait de Morrisville. Je crois l'avoir vue pour la première fois quelques mois après son mariage. On la remarquait parce qu'elle était à la fin de sa grossesse. Elle avait des cheveux blonds qui paraissaient très doux, comme ceux d'un bébé, et de grands yeux bleus. Elle eut quatre garçons en sept ans, puis un cinquième, Hark, dix ans plus tard. Je me souviens qu'une fois, Hark se perdit dans le grand magasin Woolworth du centre-ville, qui existait encore à l'époque. Quand je le vis (c'était sans doute la première fois), il était au milieu du rayon de sous-vêtements féminins et hurlait. Il avait environ trois ans et était très potelé. Le magasin avait des sols en parquet ; quand Hark se mit à crier, les gens se précipitèrent et leurs pas résonnaient sur les lattes de bois. Je me souviens que Hark portait un tricot marin et un short bleu. Il hurlait en fermant très fort les yeux, les larmes jaillissaient presque horizontalement entre ses paupières. Sa mère le prit dans ses bras, le secoua un peu puis l'embrassa. Elle regarda autour d'elle, presque avec défi, pour voir si quelqu'un l'avait fait pleurer. Je me trouvais à quelques mètres et elle me regarda d'un air soupçonneux, comme si j'avais bousculé son petit garçon ou lui avais fait une grimace. La mère de Hark mourut quand il était au lycée, je ne sais plus si c'était du cancer ou d'autre chose. En tout cas, elle ne le vit jamais avec une seule oreille.

Maintenant, lors de ma promenade quotidienne, non seulement je voyais l'inquiétude de mes voisins, mais la mienne propre l'exagérait, comme si je regardais le monde à travers cette angoisse. Il était difficile de ne pas se souvenir de temps plus heureux, plus tranquilles.

Harry Martini, le principal du lycée, était autrefois un garçon rondouillard à la tignasse noire qui disait à tout le monde qu'il savait épeler *anticonstitutionnellement*. Ne se contentant pas de ce grand talent, il se vanta bientôt de pouvoir l'épeler à l'envers. Il entrait tout seul dans les banques et en faisait la démonstration aux caissiers. Il arrêtait même les gens dans la rue pour faire étalage de ses dons. Il était fort aussi avec *estramaçon*, mais personne, pas même Harry, ne savait ce que ça signifiait. Je ne prétends pas que son amour de l'orthographe l'ait conduit à devenir principal de lycée, mais je m'interroge.

Phil Schmidt, notre chef de la police, était au lycée une vedette de football américain. Les gens disaient qu'il avait failli grâce à cela obtenir une bourse pour l'université de Syracuse, mais qu'elle avait finalement été attribuée à un garçon de couleur. Peu de temps après, Jim Brown devint célèbre en jouant pour Syracuse, et j'ai toujours pensé, certainement de façon injuste, que Jim Brown avait obtenu la bourse de Phil Schmidt.

Notre maire, Bernie Kowalski, donnait des fêtes dans la maison de campagne de ses parents sur Round Lake. J'y allai une fois, quand j'avais dix-sept ans. Il y avait de la bière, les couples se pelotaient ou dansaient sur *Teen Angel*. À cette époque, il était interdit de boire de l'alcool avant dix-huit ans, ce qui semble raisonnable. Bernie ne laissait personne toucher au tourne-disques. Il fumait des Pall Mall et avait une petite amie de Norwich, appelée Suzie ; on disait qu'elle était très expérimentée. Je restai sur l'embarcadère à faire des ricochets avec des cailloux. J'avais peur, si je buvais de la bière, que ma mère s'en aperçoive à mon haleine. J'avais peur, si je dansais avec une fille, que son parfum imprègne mes vêtements. J'étais venu avec d'autres garçons et ne pouvais partir avant eux. C'était en juin, juste avant la fin de l'année scolaire. Vers minuit, certains fêtards furent jetés dans le lac, surtout des filles. Un joueur de football nommé Hercel Morgan me jeta à l'eau parce que, disait-il, l'expression de mon visage ne lui plaisait pas.

Des années plus tard, quand je revins de New York, Cookie Evans était au lycée et pompom-girl de l'équipe de football. De si petite taille qu'on pouvait la lancer en l'air, c'était le genre de fille qui sourit toujours. Elle portait un gros chandail bleu avec un grand A doré brodé sur le devant. Elle avait la voix très haut perchée, presque criarde et, déjà à l'époque, c'était un moulin à paroles. En dernière année, elle grandit enfin un peu et sa voix devint plus grave ; sa mère disait que c'était dommage, parce que sinon elle aurait pu se faire embaucher dans un cirque.

Aujourd'hui, Megan Kelly est une femme épaisse qui survit en faisant des ménages et des tâches diverses, comme s'occuper de Sadie Moore. Plus jeune, Megan était très belle, dans un genre athlétique. Elle avait quatre filles, toutes membres des Éclaireuses. Quand les scouts vendaient des biscuits au printemps, ma mère n'en achetait qu'aux filles de Mme Kelly. Celles-ci formèrent plus tard un groupe de chant. Elles s'appelaient les Kellyettes et jonglaient avec des bâtons de majorette en chantant *How Much Is that Doggie in the Window*.

Je pense parfois à Janice McNeal, Franklin ou Ryan Tavich à l'époque de leur enfance. Aucun d'eux ne vivait ici, bien sûr. Ils entendaient sans doute parler du Vietnam et écoutaient les Beatles. Ils avaient des bicyclettes et se passionnaient pour des vedettes de cinéma ou de sport. Ils affichaient des posters sur les murs de leur chambre. Ils avaient des chiens ou des chats auxquels ils racontaient leurs secrets.

Allen et Donald Malloy grandirent en dehors de Rochester, à Spencerport je crois. Paul Leimbach disait qu'ils avaient des bateaux sur le lac Ontario. Ils aiment encore la voile, et le docteur Malloy apprenait à Sharon à naviguer. Il y a un an ou deux, le docteur Malloy avait donné une fête pour son cinquantième anniversaire. Sur l'invitation, il y avait une photo du médecin enfant, à huit ans environ. Il portait un short, une veste, une chemise blanche et une cravate. Il avait le visage rond comme la lune et des cheveux blonds coupés en brosse. L'air très sombre, il se tenait sur le perron d'une maison peinte en blanc. Il tendait la main gauche, un Yo-Yo sur la paume. À ses pieds, sur la plus basse marche, était assis Donald, âgé de trois ans et rondouillard. Il fixait le Yo-Yo dans la main de son frère comme si c'était une relique, la bouche entrouverte.

Paul Leimbach était deux classes derrière moi à l'école. C'était un garçon mince, très sérieux, doué en maths. Il collectionnait les cartes de base-ball et aimait demander aux autres enfants, même plus âgés que lui, combien de points avaient marqué Ted Williams en 1956 ou Jackie Robinson en 1955. Que personne ne s'y intéresse ne le dérangeait pas. Il avait une petite sacoche bleue où il rangeait ses cartes. Celles-ci représentaient son domaine de spécialité, qui le distinguait des autres. Il avait les yeux et les cheveux sombres, des sourcils épais, et il aimait se tenir droit, aussi immobile qu'un poteau, tenant sa sacoche de cartes contre sa jambe. On imaginait une suite sans fin de chiffres lui traversant la tête. Que pensait-il devenir plus tard ? Aujourd'hui, il est expert-comptable dans une petite ville. Et sa nièce a disparu.

Je me promène dans Aurelius et je remarque ces gens avec leurs vies, certaines heureuses, d'autres malheureuses. Bien sûr, je connais les jeunes presque depuis leur naissance. Enfant, Aaron était très différent de ce qu'il est devenu ; il était ouvert, amical et gai. J'ai dit plus haut qu'il livrait des journaux à vélo, son chien courant à ses côtés. Parce que son père était mon collègue, je prêtais plus attention à Aaron et, bien avant d'apprendre la conduite de sa mère, j'avais remarqué qu'on le voyait avec son chien partout en ville. Le chien adorait aller chercher des bâtons. Il en apportait même dans sa gueule à des inconnus et leur en touchait la jambe jusqu'à ce qu'on le remarque. Il finit par être écrasé par un camion. Aaron continua à distribuer les journaux jusqu'à ses quatorze ans. Son père, Patrick, disait fièrement qu'Aaron payait lui-même ses vêtements ; je trouvais ça radin de sa part, puisqu'il gagnait bien sa vie. Je ne le lui ai jamais dit, bien sûr. Au lycée, Aaron commença à devenir ce qu'il est maintenant, réservé, un peu mystérieux, un garçon dont les actions semblent souvent ne pas avoir de cause rationnelle.

Barry Sanders était un enfant rose et dodu avec des cheveux blancs et des lunettes aux verres épais. Je ne

l'ai jamais vu jouer ou courir. Ainsi que je l'ai dit, son père disparut quand il avait deux ans, et sa mère était très autoritaire. Elle le forçait à porter un chapeau en été, un chapeau de cow-boy en paille rouge. Les autres enfants le lui fauchaient et Barry les suppliait de le lui rendre. Le chapeau finissait souvent sur la tête du soldat en bronze, tenant un mousquet, devant l'hôtel de ville. Passant en voiture, je voyais le chapeau rouge sur la tête du soldat et je me disais que Barry était en train de pleurer quelque part. Il y avait à cette époque un policier, Potter Malone, qui a depuis pris sa retraite et s'est installé en Floride. C'était un homme affable qui se faisait un devoir de rendre son chapeau à Barry. Cela semblait même être sa seule occupation, et quelqu'un fit remarquer lors d'un conseil municipal que la ville employait un policier simplement pour rendre son chapeau à Petit Rose.

Quand Sadie Moore me rend visite et s'assied sur le canapé pour faire des devoirs ou lire, je vois non seulement son visage actuel mais tous ses visages passés, jusqu'à la fillette de huit ans à la bouche barbouillée de chocolat. Elle s'assied parfois devant la table de la cuisine pour regarder le petit rat sans poils, Tooslow, dans son bocal de verre. Elle pose les coudes sur la table et son visage est tout proche du rat. Elle dit des choses comme : « Une fois, Tooslow traversait la rue quand un camion passait, et devinez ce qui est arrivé ?

— Il a été écrasé ?

— Non, un policier l'a sauvé. C'était peut-être Ryan. »

Ou alors elle regarde le serpent à sonnette dans son bocal et déclare : « Pourquoi les gens disent-ils que les serpents sont méchants ? Ils ont juste l'air tristes. »

Et les copains de Hark, Jeb Hendricks, Ernie Corelli, Jimmy Feldman, je me souviens d'eux tous. Jeb et Ernie étaient mes élèves en cours de sciences de quatrième, des garçons plutôt stupides qui ne fai-

saient pas attention. Je me souviens d'eux encore plus jeunes, sautant du plongeoir dans la piscine de Lincoln Park ou faisant des roues arrière à vélo dans les petites rues. Tout ce que font les gamins qui grandissent… ce long processus qui commence par l'innocence et se termine où ?

Quand Hark Powers se regarde dans le miroir et voit une cicatrice là où se trouvait son oreille gauche, à quoi pense-t-il ? Quand Barry contemple son reflet et cligne ses yeux fragiles, que voit-il ? Quand Aaron se rase tous les matins, peut-il voir son visage sans se rappeler celui de sa mère ? Et celui qui a enlevé Sharon Malloy, que découvre-t-il en étudiant son visage ? Sent-il une pointe de glace dans son cœur ?

Il y a cinq ans, Aurelius avait organisé un défilé de Noël qui comportait un chœur d'anges autour de la mangeoire de l'étable, à Bethléem. Les anges étaient des filles de l'école primaire et elles chantaient *Oh, Douce Nuit*. Sadie faisait partie des anges, comme Sharon Malloy, Sarah Patton, Meg Shiller, Bonnie McBride, Hillary Debois et deux ou trois autres. Les anges portaient des robes blanches taillées dans des draps, avec des bandes de papier argent et des bijoux fantaisie. Des dizaines de broches brillantes étaient fixées au tissu. À chaque mouvement, les robes scintillaient. Les fillettes avaient des ailes en carton étincelantes et des halos dorés dans les cheveux. Dans le gymnase de l'école, leurs voix haut perchées m'agaçaient les dents. Il m'est impossible de penser à Sharon Malloy sans la voir en ange chantant *Douce Nuit*. Ce doit être le cas de centaines de personnes en ville.

Ce qui était terrifiant dans la disparition de Sharon n'était pas seulement la possibilité de sa mort, bien que ce soit déjà affreux, c'était qu'elle faisait planer l'aile de la mort sur toutes ces fillettes. Elles devenaient des spécimens potentiels, comme ceux de mes bocaux. Bonnie McBride vivrait-elle assez pour avoir

son diplôme ? Hillary Debois aurait-elle le temps de devenir adulte ? Sadie atteindrait-elle ses vingt ans ? Telle était l'ombre qui planait sur notre ville : qui d'autre disparaîtrait ? Et à quelles violences pourraient donner naissance les soupçons et les terreurs engendrées par cette ombre ?

## 26

Je ne sais pas comment les choses se passent ailleurs mais, à Aurelius, Halloween a pris de l'importance au fil des années. Quand j'étais enfant, il s'agissait juste de mettre un masque ou un déguisement de fortune et d'aller sonner aux portes pour réclamer des bonbons. Maintenant, les costumes sont assez coûteux, et peuvent même être loués pour la soirée. Les gens décorent leur maison avec des lampes et des dispositifs qui poussent des hurlements. Il y a des poubelles en forme de potiron et de fausses toiles d'araignée, des tombes et des squelettes, de la musique lugubre et des ampoules électriques à la lumière vacillante. On voit des mannequins vêtus de vieux habits pendus aux arbres ou gisant dans les jardins, avec parfois un couteau planté dans la poitrine. On dirait une fête religieuse à laquelle manque une déité.

Les enfants aussi s'attendent à recevoir plus : des sucettes géantes, des boîtes entières de sucreries, et même de l'argent. L'année dernière, alors que je donnais à chaque enfant quelques gâteries – des sucettes et des bonbons, qu'on appréciait de mon temps –, plusieurs gamins regardèrent avec dédain ma petite offrande, disant : « C'est tout ? » Un gosse ne voulut même pas les prendre.

S'il y a quelque chose de religieux dans Halloween, il est difficile de dire quelle pourrait être la religion en question. Rien de bien plaisant, je suppose. Autrefois, on se conciliait les démons en visite avec des sucreries. Maintenant, les occupants des maisons semblent de connivence avec les démons. Pire, avec leurs tombes, faux cadavres et effets sonores de portes grinçantes, de gémissements et de hurlements de loups, ils essaient de les effrayer. Halloween a un caractère frénétique, comme si on courtisait le Prince des Ténèbres lui-même.

Quand j'étais jeune, il y avait lors de Halloween des bandes de jeunes – c'est ainsi qu'ils se considéraient – qui barbouillaient les fenêtres de savon liquide et renversaient les poubelles. Aujourd'hui, leur comportement est plus pernicieux. Une fois, la voiture de Helen Berger a été retournée et mise sur le toit, devant chez elle. Un garage a été incendié dans Alfred Street, plusieurs pétards enfoncés dans le pot d'échappement de voitures en stationnement, et on a retrouvé le chien de Mme Parson entièrement rasé. De mauvaises plaisanteries, disait la police, mais on avait le sentiment qu'il y avait l'intention d'en appeler à une puissance ténébreuse et même de la séduire. Et les adolescents n'étaient pas les seuls à mal se conduire. Hark Powers et ses trois copains, par exemple, étaient des adultes, et ils cherchaient les ennuis.

Ils avaient tous quatre, ainsi qu'Aaron, été inculpés de trouble à l'ordre public pour la soirée du samedi. Aaron était plus une victime qu'un agresseur, mais Ryan n'avait pas apprécié qu'Aaron donne un coup de pied à Hark pendant qu'il le tenait. Aaron fut donc inculpé aussi, et ils furent tous les cinq condamnés à trois cents dollars d'amende. On appela la mère de Barry du poste de police, et elle vint chercher son fils. Finalement, celui-ci mangea chez lui ce soir-là, assis en face de sa mère qui lui demandait comment il avait fait pour s'attirer autant d'ennuis.

Aaron ayant frappé le dernier, le conflit restait ouvert. Hark était furieux d'avoir été ridiculisé devant ses amis. Il avait reçu un coup douloureux dans l'aine sans pouvoir répondre. Hark en parlait à la Taverne de Bud, et au garage de Jack Morris. À chaque nouveau récit, il se sentait plus blessé. Pour lui, Aaron méritait bien pire qu'une amende. Jeb et Ernie le poussaient, demandant ce qu'il comptait faire et comment il se vengerait. Hark était obligé d'agir non seulement parce qu'il avait été frappé en traître, mais aussi pour préserver sa position.

« Attendez Halloween », dit Hark.

Diverses personnes, dont Sheila Murphy, l'entendirent et témoignèrent plus tard en ce sens au tribunal.

La disparition de Sharon avait créé une autre sorte de tension. Rares étaient les enfants qui sortaient seuls. Ou ils étaient en groupe, ou leurs parents les conduisaient en voiture. Bon nombre de familles organisèrent des fêtes chez elles, pour que les enfants ne sortent pas du tout. Et la nuit n'était pas très plaisante, il faisait froid et une pluie fine tombait, qui se transforma en neige dans la matinée.

Sadie s'était déguisée en vampire, avec une robe et une perruque noires. Son visage était maquillé de blanc et elle avait mis un rouge à lèvres très vif. Elle sortit avec ses amies Meg Shiller et Hillary Debois. Meg était costumée en victime d'accident, couverte de pansements sanglants et la jambe gauche dans un plâtre, et Hillary en zombie, avec une perruque hirsute et des dents monstrueuses. Elle portait un bâton traversé par un clou. Elles vinrent frapper à ma porte. Elles paraissaient nerveuses à l'idée de se trouver seules dans les rues, et je leur proposai de les accompagner. C'était une erreur, parce qu'elles furent si vexées par mon offre qu'elles en oublièrent complètement leur peur. C'était bizarre de voir ces trois horreurs dans mon salon en train de manger des sucreries alors que la joliesse de leurs treize ans transparaissait sous le maquillage.

Je passai la soirée assis près de la porte à distribuer des bonbons. J'avais des copies à corriger, mais je ne pense pas avoir été tranquille cinq minutes entre six et neuf heures. Les enfants étaient mouillés et couverts de boue, ils ressemblaient plus à des réfugiés qu'à des démons. Un père ou une mère attendait souvent sur le trottoir. Certains adultes s'étaient déguisés eux aussi et accueillaient les enfants avec des costumes plus terrifiants que les leurs. Moi, je portais comme d'habitude mon blazer bleu et un nœud papillon; si c'est un déguisement, c'est celui que les gens s'attendent à me voir porter.

Hark et ses amis avaient des costumes sommaires. Hark portait un loup noir avec une moustache et une casquette de base-ball, Jeb Hendricks avait la tête entièrement recouverte d'un masque de vampire, et Ernie Corelli un masque de Mickey Mouse. Jimmy Feldman était en mante religieuse. Ils faisaient le tour de la ville dans la camionnette rouge de Jeb, une Chevrolet Blazer, avec une glacière pleine de bière. Plus le temps passait, plus ils s'excitaient.

Ils avaient commencé à se promener vers sept heures, puis s'étaient dirigés vers la faculté, où il y avait un bal. Jeb fonçait sur les gosses qui traversaient la rue, faisant semblant de vouloir les écraser. Puis ils sortirent de la ville pour fracasser six ou sept boîtes aux lettres avec des battes de base-ball. Tom Schneider les entendit détruire la sienne et les poursuivit en voiture, mais ils lui échappèrent. Vers huit heures, ils s'approchèrent de l'appartement d'Aaron. Il n'y avait pas de lumière. Jeb se gara et ils entrèrent dans l'immeuble pour frapper de grands coups à la porte. Leur plan était de s'emparer d'Aaron et de le déposer nu devant l'hôtel de ville. Peut-être le ligoteraient-ils. Peut-être qu'ils l'attacheraient au monument aux morts et l'aspergeraient de peinture jaune. Peut-être attacheraient-ils aussi un chien avec lui. Ils étaient ravis de discuter de ces projets et furent donc déçus qu'Aaron ne soit pas chez lui.

Le pot d'échappement de la voiture de Jeb était particulièrement bruyant, et beaucoup de gens les entendirent passer. Il y avait aussi d'autres groupes de jeunes, pas très différents de Hark et ses amis, cherchant eux aussi un mauvais coup à faire. Quelqu'un attacha le pare-chocs arrière de la Ford Bronco de Randy Beevis à la porte de la boulangerie Weaver et, quand Randy démarra, la porte fut arrachée, déclenchant les sirènes d'alarme. Et quelqu'un, ou peut-être la même personne, versa de l'huile de cuisine sur les marches du poste de police. Chuck Hawley fit une mauvaise chute et se blessa au coccyx.

Franklin était dehors avec Bob Alton, son photographe. Halloween tombait un mardi cette année et Franklin voulait une pleine page de photos pour le journal du jeudi. Ils trouvèrent six adolescents en costume-cravate qui en portaient un septième, Louie Hyde, dans un cercueil. Ils emportaient le cercueil de porte en porte, et il fut bientôt à moitié plein de sucreries. Louie Hyde avait été choisi comme cadavre car, bien qu'âgé de quatorze ans, il faisait moins d'un mètre cinquante. Bob Alton prit vingt clichés et Franklin interviewa Louie ; il déclara que ce n'était pas mal d'être mort, parce qu'on était porté.

Franklin obtint aussi une photo d'un mannequin qu'on hissait au mât devant l'hôtel de ville. Le Rotary donnait une soirée pour enfants avec des jeux et un concours de déguisements. Franklin s'entretint avec les vainqueurs – les jumeaux Tim et Tom Miller –, habillés en paire de dés. Bob Alton prit aussi des photos de gosses vus dans la rue : Lucy Schmidt dans une carriole tirée par un saint-bernard, les six enfants Gillespie, filles et garçons, tous déguisés en vautours. Franklin passa devant la maison du docteur Malloy, mais il n'y avait pas de lumière au rez-de-chaussée, ni chez les Leimbach. La maison de Donald Malloy était obscure elle aussi. Franklin fut très occupé toute la soirée mais, à cause de ce qui se passa plus tard, il décida qu'il serait de mauvais goût de publier les photos.

Ryan Tavich avait rendez-vous avec Cookie Evans ; il comptait l'emmener dîner, mais se décommanda à la dernière minute. Il n'aurait su dire pourquoi, mais il avait une impression bizarre. Il passa la soirée dans sa voiture, circulant en ville ou garé dans Main Street.

Cookie était furieuse.

« Tu aurais au moins pu me prévenir la veille, que je trouve quelqu'un d'autre. »

Sadie, Meg Shiller et Hillary Debois restèrent dans leur quartier. Sadie me raconta plus tard qu'elles ne s'étaient pas amusées, qu'il faisait froid et humide. Elles virent beaucoup de jeunes gens mais, à cause des déguisements et de la pénombre, en reconnurent très peu.

« On a vu de grands adolescents, dit Sadie, qui ressemblaient à des adultes déguisés.

— Combien ? demandai-je.

— Vingt peut-être, beaucoup plus que d'habitude. »

Il s'agissait peut-être de parents surveillant leurs enfants, mais peut-être pas.

Peu après huit heures, Hark et ses amis allèrent chez Barry. Ils montèrent tous les quatre les marches du perron en faisant claquer leurs talons, et Hark appuya sur la sonnette. Mme Sanders ouvrit la porte. C'était une femme robuste, nettement plus corpulente que Barry lui-même.

« Des bonbons, ou gare à vous », dit Hark.

Jeb Hendricks rit. Mme Sanders s'apprêtait à leur tendre un bol de bonbons mais retint son geste.

« Vous paraissez bien grands pour jouer à ça, dit-elle.

— Nous avons gardé notre âme d'enfant », répondit Hark. Il s'avança, prit le bol des mains de Mme Sanders et le donna à Ernie Corelli. Jeb Hendricks et Ernie Corelli commencèrent à se remplir les poches. Puis Jeb lança un bonbon sur Jimmy, qui lui rendit la pareille.

« Rendez-moi ça, dit Mme Sanders, fâchée.

— Barry peut-il venir jouer ? demanda Hark.

— On veut Petit Rose, dit Ernie.

— Comment osez-vous l'appeler ainsi ! » s'exclama la mère de Barry. Elle reprit le bol des mains d'Ernie. Il essaya de l'en empêcher, mais elle le repoussa et il perdit l'équilibre.

« Descendez de mon perron, dit Mme Sanders.

— La vieille dame n'est pas contente », dit Jeb.

Mme Sanders posa le bol à l'intérieur, puis se tourna à nouveau vers eux, tenant un parapluie noir.

« Descendez de mon perron.

— On veut Petit Rose », dit Hark.

Mme Sanders le frappa au creux de l'estomac avec le parapluie et il poussa un grognement.

« Je sais qui vous êtes, Hark Powers, dit-elle. Descendez de mon perron avant que j'appelle la police. » Elle agita le parapluie, et les quatre hommes reculèrent.

Hark songea à lui arracher le parapluie. Il était furieux d'avoir l'air ridicule. Un groupe d'enfants, qui voulaient vraiment des bonbons, s'approcha.

« Filons », dit Hark. Ils revinrent à la voiture de Jeb. Celui-ci jeta par terre les bonbons qu'il avait empochés, et fit crisser ses pneus en démarrant.

Mme Sanders appela la police.

« Vous feriez mieux d'arrêter Hark Powers, dit-elle à Chuck. Il a essayé d'entrer de force chez moi. »

Trois voitures de patrouille circulaient ce soir-là. Chuck les appela par radio et leur conseilla d'intercepter Hark. Il ne savait pas qu'il était dans la Blazer rouge de Jeb, il pensait qu'ils avaient pris la camionnette de Hark.

Hark dit à Jeb de retourner chez Aaron. Les lumières étaient toujours éteintes. Hark alla frapper à la porte, juste au cas où. Il attendit une minute, frappa de nouveau, puis sortit.

« Trouvons un peu de merde de chien », dit-il.

Les quatre hommes trouvèrent dans la cour trois petits tas d'excréments canins, que Jimmy ramassa en se protégeant la main d'un sac plastique. Hark lui dit d'en mettre la moitié dans la boîte aux lettres d'Aaron. Jimmy étala l'autre moitié sur sa porte. Ils ricanaient quand Hermann Potter, qui habitait sur le même palier, jeta un œil dehors.

« Hé, qu'est-ce que vous faites ?

— Va te faire foutre », répondit Hark. Ils rejoignirent en hâte la Blazer de Jeb.

Ils essayèrent ensuite de trouver Léon Stahl, qui avait un petit appartement près de la faculté.

« On va l'emmener en ville et le laisser à poil devant l'hôtel de ville, ce gros fumier », dit Hark.

L'immeuble de Léon avait un interphone. Hark appuya sur le bouton et, au bout d'un moment, la voix se fit entendre.

« Qui est-ce ?

— Des amis, répondit Hark.

— Qui ?

— Aaron McNeal.

— Vous n'avez pas la voix d'Aaron, dit Léon, méfiant.

— Mais si, laisse-moi entrer.

— Quel est ton deuxième prénom ?

— Allez, Léon, laisse-moi entrer.

— Quel est ton deuxième prénom ?

— Appuie sur les autres boutons, dit Jeb. Quelqu'un répondra. »

Il y avait quinze appartements dans l'immeuble, et Hark appuya sur tous les boutons. Après quelques instants, il y eut un bourdonnement et Hark poussa la porte.

Ils allèrent frapper à la porte de Léon. Hark aveuglait le judas de la main. Léon n'ouvrant pas, Hark recula et donna un grand coup de pied à la porte.

« Je sais qui vous êtes, dit Léon. J'appelle la police.

— Qui suis-je ?

— Hark Powers.

— Merde », dit Hark. Ils redescendirent.

« Comment les gens peuvent-ils me reconnaître avec un masque ? demanda Hark une fois dans la voiture.

— Sans doute à cause de tes vêtements, dit Jeb.

— Ou de ta démarche », ajouta Jimmy.

Ils n'osaient pas dire à Hark que c'était à cause de son oreille.

Ils allèrent chez Harriet Malcomb, mais elle n'y était pas. Ils retournèrent chez Aaron, les lumières étaient toujours éteintes.

« Allons choper les deux frères », dit Hark.

Ils trouvèrent l'adresse de Jesse et Shannon dans l'annuaire. C'était un appartement près de la faculté, dans Whittier Street.

Jesse et Shannon étaient sortis plus tôt dans la soirée, parce qu'ils n'avaient pas d'argent mais avaient envie de sucreries. Ils s'étaient mis des foulards sur le nez et prétendaient être des bandits. Au bout d'une demi-heure, ils étaient retournés chez eux regarder la télévision. Vers huit heures et demie, Barry les appela pour leur dire que Hark était passé chez lui. Peu après neuf heures, Léon téléphona pour leur annoncer que Hark et ses copains étaient venus aussi chez lui. Ni Barry ni Léon n'aimaient les deux frères, mais ils voulaient rester en bons termes avec eux. Ils appelèrent également Aaron et Harriet, mais personne ne répondit.

Jesse et Shannon éteignirent les lumières, et allèrent attendre dehors. Ils entendirent bientôt arriver la Blazer rouge de Jeb. Elle se gara, Hark et les autres en sortirent. Les deux frères vivaient dans une grande maison qui avait été divisée en appartements pour étudiants. La porte principale était ouverte. Hark, Ernie et Jimmy entrèrent, Jeb attendit près de sa voiture... Après quelques minutes, Hark revint.

« Ils ne sont pas là non plus.

— Les merdeux », dit Jeb.

Les quatre hommes remontèrent en voiture. Au moment où Jeb démarrait, Jesse et Shannon apparurent sur les côtés. Ils tenaient des bombes de peinture noire et commencèrent à en asperger les vitres latérales. Jeb poussa un cri et écarta la voiture du trottoir. Hark lui cria d'arrêter. Jesse aspergea le pare-brise. Jeb rabattit la voiture vers le trottoir et écrasa le frein. Jesse et Shannon s'occupèrent de la vitre arrière. Jeb, Hark et les autres jaillirent de la voiture, alors que Shannon et Jesse couraient déjà vers le campus. Les quatre hommes les poursuivirent, mais ils avaient bu trop de bière pour sprinter et ne connaissaient pas les lieux. Shannon et Jesse les entraînèrent sur le campus et disparurent.

Hark s'arrêta sur la place centrale, entouré par ses camarades. Ils ne voyaient aucun mouvement mais entendaient de la musique venant du bal de Halloween donné par les étudiants.

« Je veux retourner à la voiture avant qu'ils y mettent le feu, dit Jeb.

— Bon Dieu, dit Hark. Bon Dieu ! »

Quand ils revinrent à la Blazer, ils virent que le pare-brise était fracassé ; il y avait un pavé sur le siège. Les bouts de verre sur le tableau de bord brillaient comme des diamants à la lueur des lampadaires.

# 27

Ce que Hark voyait comme un désir de justice était en fait un désir de vengeance, lui-même jouant le rôle de force punitive. Il se considérait comme une arme maniée par le Bien. La nuit de Halloween, son intention était de punir ceux qui lui avaient fait du mal. Plus ce désir était frustré, plus il s'indignait. Le fait qu'Aaron n'ait pas été chez lui, que la mère de Barry lui ait donné un coup de parapluie, que Léon ait refusé d'ouvrir, que Jesse et Shannon aient aspergé de peinture noire les vitres de la Blazer et cassé le pare-brise, tout cela, à son avis, était destiné à le rendre furieux. À dix heures du soir, Hark se sentait dans une rage folle.

Ernie Corelli et Jimmy Feldman voulaient retourner à la Taverne de Bud. Jeb voulait rentrer chez lui. Son camion, comme il disait, était amoché et il en avait assez. Hark ne contrôlait plus ses copains. Mais il avait l'impression d'une malveillance généralisée, ce qui venait en partie de sa collaboration avec les Amis de Sharon Malloy. Quelque chose allait très mal, et Hark ne voulait pas rentrer chez lui avant d'y avoir remédié.

« Passons devant la maison de l'Arabe », suggéra-t-il.

Ils allèrent donc à Maple Street. Il était plus de dix heures, les rues étaient désertes. Il faisait plus froid et la pluie s'épaississait. Par le pare-brise cassé de la Blazer s'engouffraient la pluie et le froid. Jeb et Hark étaient courbés en deux et avaient mis le chauffage à fond. Les quatre hommes buvaient de la bière, la glacière à l'arrière était presque vide. Pour se réchauffer, ils avaient aussi une bouteille de whisky Seagram Seven Crown.

La maison de Chihani était sombre, mais sa voiture se trouvait dans l'allée.

« Je parie qu'il n'a pas offert de bonbons, dit Jeb.

— Il est sans doute resté en haut avec les lumières éteintes, dit Ernie.

— En train de se branler, ajouta Jimmy.

— Gare-toi devant », ordonna Hark.

Jeb se gara et éteignit les phares, mais ne coupa pas le moteur. La pluie tombait sur le tableau de bord.

« Que vas-tu faire ? demanda Ernie.

— Vous allez voir », dit Hark. Il avait repoussé son masque sur son front et le remit en place. Il regarda la maison de Chihani et la Citroën rouge.

« Tu crois qu'il est réveillé ? demanda Jimmy.

— Je m'en fous s'il dort ou pas. » Tendant le bras à l'arrière de la voiture, il prit une des battes de base-ball qu'ils avaient utilisées pour casser les boîtes aux lettres.

« N'arrête pas le moteur », dit-il. Il ouvrit la portière et sortit.

« Nom de Dieu », dit Ernie. Il prit la deuxième batte. Son masque de Mickey Mouse lui donnait un air de grande gaieté.

Hark remonta l'allée vers la Citroën. Il avait beaucoup bu et titubait un peu. Plusieurs érables bordaient l'allée, et il y en avait un autre devant la maison. La maison voisine était elle aussi obscure, mais il y avait de la lumière dans certaines autres plus éloignées. Ernie se hâta de suivre Hark. Il ricanait tout seul et ne marchait pas droit lui non plus. Les deux autres restèrent dans la voiture.

Quand il arriva près de la Citroën, Hark attendit qu'Ernie le rejoigne. L'avant de la voiture était dirigé vers la rue. Hark se tenait du côté conducteur, tenant la batte d'une main. Il recula, empoigna son arme, et assena un coup sur le pare-brise. Le bruit du verre cassé fut assourdi par la pluie. Hark frappa de nouveau, faisant voler des débris de verre sur les sièges.

« Nom de Dieu », dit Ernie. Il prit son élan et brisa le phare droit. Le bruit fut plus fort cette fois-ci. L'anneau métallique qui enserrait le phare roula sur l'herbe comme un petit cerceau argenté.

Hark frappa la vitre arrière. Le verre s'étoila et Hark cogna de nouveau, le réduisant en miettes, puis il poussa les débris à l'intérieur du bout de sa batte. Les livres posés sur la plage arrière étaient couverts de morceaux de verre. Ernie cassa l'autre phare et Hark s'attaqua aux vitres latérales. Il s'accroupissait puis frappait horizontalement. Il fit voler le rétroviseur jusqu'à la rue. Ernie en fit autant de l'autre rétroviseur.

Les deux hommes étaient tellement concentrés sur leur œuvre de destruction que ni Ernie ni Hark ne purent dire si Chihani était sorti par la porte de devant ou s'il avait contourné la maison. Malgré son handicap, il se déplaçait vite, lançant en avant le pied qui portait une grosse chaussure et poussant sur sa canne. Il portait son béret et une veste sombre. Il leva sa canne en approchant des deux hommes.

« Arrêtez ! » cria-t-il.

Hark et Ernie, de surprise, s'arrêtèrent net et se tournèrent vers Chihani, chancelant sur leurs jambes.

« C'est inadmissible », s'exclama le professeur. Sa voix était haut perchée et son accent paraissait plus prononcé. Il était plus grand et plus mince que Hark et Ernie, et il était sobre.

Hark marmonna une insulte mais, alors qu'il se détournait, Chihani lui donna un coup de canne. Hark

poussa un cri de douleur et porta la main à son visage en titubant.

Ernie écrasa sa batte sur le capot de la voiture, produisant un bruit creux qui résonna au loin.

« Vous n'êtes que des vauriens ! » cria Chihani. Il abattit sa canne sur le dos d'Ernie, qui fit quelques pas en avant. Chihani le frappa en travers de son masque de Mickey, le fendant en deux. La pluie et les feuilles mortes rendaient l'allée glissante. Ernie perdit l'équilibre et tomba sur le dos. Son masque lui glissa sur le cou. Il s'assit sur le sol en se tenant l'épaule. Chihani le frappa de nouveau, à la tête, et Ernie poussa un cri.

Dans la voiture, Jimmy Feldman et Jeb Hendricks regardaient Chihani attaquer leurs amis. Ils étaient surpris par sa rapidité. Ils ne comprenaient pas comment il pouvait se déplacer aussi vite, et Chihani ne cessait pas de bouger.

« Il faut qu'on se tire d'ici, dit Jeb.

— On ne peut pas les laisser », dit Jimmy d'une voix pâteuse. Il revissa lentement le bouchon de la bouteille de whisky.

« Les flics vont arriver dans une minute.

— Bon Dieu, cet Arabe est en train de leur casser la gueule à tous les deux. »

Jimmy sortit de la voiture et courut dans l'allée d'une démarche mal assurée. Ernie était encore assis par terre, se tenant la tête. Chihani avait de nouveau porté un coup de canne au visage de Hark, qui s'était affalé contre la voiture.

Jimmy ramassa la batte qui gisait près d'Ernie. Il avait abaissé son masque de mante religieuse sur son visage et avait du mal à voir par les trous. Essayant d'apercevoir Chihani, il trébucha sur les jambes d'Ernie et se cogna à la Citroën. Il tenta de se rattraper et ses mains glissèrent sur le métal humide du capot.

Chihani fit tournoyer sa canne et frappa Jimmy à l'arrière de la tête, arrachant son masque.

Hark se frottait le visage d'une main, s'appuyant sur sa batte de l'autre. Chihani lui porta un nouveau coup, que Hark bloqua. Il se sentait hébété et ébahi par la rapidité des mouvements de l'Arabe. La canne revint sur lui, le touchant au genou. Hark songea à l'humiliation que cela représentait, trois d'entre eux battus par un étranger portant un béret. C'était comme s'il trichait. Hark était stupéfait par l'injustice du monde. Il frappa de sa batte, sans rien toucher. Son masque avait glissé et lui cachait en partie les yeux.

Jimmy parvint à s'écarter du capot de la Citroën et envoya un coup de batte à Chihani, le touchant au bras. Chihani abattit sa canne sur l'épaule de Jimmy qui recula, trébuchant à nouveau sur les jambes d'Ernie.

Hark vit que Chihani lui tournait le dos et frappa, le touchant à l'épaule. Ce dernier contre-attaqua immédiatement, faisant tournoyer sa canne et le repoussant vers la voiture. Hark parvint à arrêter plusieurs coups mais fut quand même atteint au visage.

Jimmy se remit sur pied et frappa de nouveau Chihani sur le bras. Jeb était sorti de la Blazer et courait vers eux sur les feuilles mouillées. Il saisit Ernie par le col pour le relever. Son masque de vampire n'avait plus l'air d'un masque, on aurait dit un vrai monstre. Mais Jeb avait lui aussi du mal à voir au travers du sien. Pendant qu'il relevait Ernie, il reçut un coup sur la nuque. Il lâcha Ernie et s'effondra sur lui. Jimmy frappa encore et manqua Chihani.

Hark arracha son masque et sa casquette, les jetant au sol. Il vit Chihani faire reculer Jimmy Feldman pendant que Jeb et Ernie essayaient de se relever. Il n'en revenait pas de voir comment cet Arabe les battait. Hark s'écarta de la voiture, prit sa batte à deux mains et courut vers Chihani, voulant le frapper aux épaules. Celui-ci l'entendit et se retourna en levant sa canne, mais ne put parer le coup, qu'il reçut de plein fouet sur la nuque. Son béret vola au loin. Chihani fit quelques pas en trébuchant puis tomba sur le sol. Sa canne glissa sur les feuilles mortes.

« Salopard de fils de pute », dit Hark. Il donna un coup de pied dans les côtes de Chihani, mais celui-ci n'émit pas un son.

« Foutons le camp d'ici », dit Jeb en se remettant sur pied. Ernie était à quatre pattes, comme un chien. Son masque de Mickey Mouse fendu pendait sur le côté, on aurait dit qu'il avait deux visages. Jimmy Feldman était assis dans l'allée et se frottait la tête. Son masque de mante religieuse gisait près de lui.

Hark donna un nouveau coup de pied à Chihani, assez fort pour le faire bouger.

« Viens, dit Jeb. Laisse-le tranquille. »

Jeb releva Ernie, qui tituba vers la maison. Jeb le prit par le bras et le dirigea vers la rue. Ernie fit environ cinq pas mal assurés et eut un haut-le-cœur. Le masque de Mickey Mouse se décrocha et il vomit dessus.

« Seigneur », dit Jeb.

Jimmy Feldman se releva en oscillant. Il ramassa une batte et voulut frapper la voiture mais rata son coup. Il pivota et tomba de nouveau. Hark le remit sur pied.

Jeb prit le bras d'Ernie et le guida vers la Blazer.

« J'ai mal à la tête et au ventre, dit Ernie.

— Laissez-moi m'occuper de ce fumier, dit Jimmy.

— C'est déjà fait, répondit Jeb. Rentrons. »

Il poussa Ernie dans la voiture, puis courut chercher les autres. Il parvint en une minute à faire monter Jimmy à l'arrière. Hark était dans le jardin et regardait la maison de Chihani. Il avait ouvert sa braguette et pissait. La lumière du lampadaire faisait briller l'arc liquide. La pluie se transformait en neige.

Chihani gisait toujours sur le sol. Hark finit de pisser, remonta sa braguette et ramassa les deux battes, une dans chaque main.

« Allez, on va bousiller sa maison, dit Hark.

— Il faut qu'on se tire, la police va arriver », dit Jeb. Il entraîna Hark vers la rue.

« Fous-moi la paix, dit Hark qui se dégagea d'une secousse et lui envoya un coup de batte mal ajusté.

— Bon Dieu, tu es aussi dingue que lui. Viens ! »

Hark suivit lentement Jeb jusqu'à la rue. Il ne cessait de se retourner pour regarder la maison, comme s'il eût aimé causer plus de dégâts. Jeb le poussa dans la Blazer. À l'arrière, Jimmy et Ernie gémissaient en se tenant la tête. Hark regardait toujours la maison de Chihani, sans fermer la portière de la voiture.

« Partons, Hark », dit Jeb.

Hark ne bougea pas. Jeb bondit hors de son siège, passa devant le capot, claqua la portière et courut se remettre au volant. Il ne comprenait pas pourquoi la police n'était pas encore là, mais il en était infiniment heureux. Il se disait qu'il avait beaucoup de chance.

« On va chez Bud ? » demanda Hark.

Jeb ne répondit pas. Il allait ramener ses amis chez eux, puis rentrer à la maison. Pour lui, la soirée était finie. À l'arrière, Ernie était secoué de hoquets et s'étranglait. Jeb gardait devant les yeux l'image de Chihani allongé dans le jardin, et il essayait de s'en débarrasser. Il ne cessait de se dire que Chihani allait reprendre conscience. Il arracha son masque de vampire, dont l'intérieur était couvert de sueur. Il était le seul à ne pas avoir perdu son masque, et il se disait là aussi qu'il avait eu de la chance. Quand il eut déposé les trois autres chez eux, la neige tombait dru et recouvrait les rues. Jeb en avait dix centimètres sur les genoux.

Houari Chihani gisait dans son jardin, à environ cinq mètres de sa voiture dont les vitres et les phares étaient brisés et le capot enfoncé. Le masque noir de Hark se trouvait par terre, du côté passager. Celui de Jimmy était devant la voiture. Au milieu du jardin, les deux moitiés du masque de Mickey Mouse souriaient aux arbres, puis la neige les recouvrit entièrement.

Elle recouvrit aussi Chihani. Il tomba près de vingt centimètres de neige cette nuit-là et, au matin, le corps n'était plus qu'un monticule blanc. Sa canne avait disparu, ainsi que les masques. Les sièges avant de sa voiture étaient couverts de neige.

Tous les matins, vers six heures, Irving Powell promenait son labrador marron, Sidney, dans Maple Street. À cette heure matinale, Powell ne le tenait pas en laisse, il n'y avait personne. Sidney était bien élevé et venait toujours quand on l'appelait, mais il aimait la neige, fourrait son museau dedans avant de se secouer. Il faisait noir, les lampadaires étaient encore allumés.

Powell vit la Citroën de Chihani aux vitres brisées. Il connaissait la voiture et savait qui était Chihani, comme tout le monde à Aurelius. Sidney reniflait un monticule couvert de neige. Powell l'appela, mais le chien continuait à jouer avec ce qu'il avait trouvé. Powell s'approcha. Sidney avait gratté une partie de la neige, et Powell vit qu'il s'agissait d'un de ces mannequins que les gens mettent dans leurs jardins pour Halloween. Powell n'aimait pas Halloween. La veille, il avait été embêté toute la soirée. Il s'était trouvé à court de bonbons assez tôt, avait éteint les lumières, et ses poubelles avaient disparu.

« Allez, viens, Sidney », dit-il.

Le chien continua à gratter et à renifler le mannequin de Halloween.

Irving Powell marcha vers lui et le saisit par le collier. Il n'aimait pas fouler le gazon d'autrui et en voulait à son chien.

« Vilain », dit-il en le tirant en arrière.

Il regarda le mannequin. La neige ne couvrait plus le visage, les yeux du mannequin étaient ouverts et paraissaient regarder Irving Powell.

## 28

Ce serait une erreur de croire que les voisins de Houari Chihani n'avaient pas appelé la police. Le bruit mat d'une batte de base-ball frappant le capot d'une auto inquiète tout propriétaire. Mme Morotti, de l'autre côté de la rue, appela la police à dix heures quinze, et son voisin de droite, James Pejewski, en fit autant quelques minutes plus tard. Mais aucun d'eux n'avait vu tomber Chihani, aussi ne parlèrent-ils que de vandalisme. Quand ils regardèrent à nouveau, ils virent son corps gisant dans le jardin, mais ne réalisèrent pas qu'il s'agissait de Chihani. C'était Halloween, et il y avait beaucoup de mannequins dans les jardins.

Vers deux heures du matin, bien après que la police eut été appelée, une voiture de patrouille passa devant la maison de Chihani. La neige tombait dru. Les deux hommes, Tommy Flanagan et Ray Hanna, n'avaient pas entendu parler des coups de téléphone, néanmoins ils remarquèrent la Citroën abîmée. Hanna voulait s'arrêter, mais Flanagan décida de continuer. La maison de Chihani était obscure, ce genre de problème attendrait demain matin. De toute façon, ils avaient des choses plus importantes à faire que s'occuper d'une affaire de vandalisme.

Les appels des voisins de Chihani avaient sans doute été notés dans le registre. Peut-être avait-on dit à un policier d'aller voir quand il aurait le temps. Mais ces appels avaient été oubliés à cause d'autres événements qui avaient débuté tôt dans la soirée.

Sadie, Meg Shiller et Hillary Debois avaient sonné aux portes de six heures et demie à huit heures mais, à cause du froid et de l'humidité, elles cessèrent vite de s'amuser. Sadie et Meg avaient des parapluies, qui ne correspondaient pas à l'humeur de Halloween et se prenaient dans les taies d'oreiller dont elles se servaient pour transporter les bonbons. Elles virent quelques amies et se joignirent plusieurs fois à d'autres enfants, visitant ensemble cinq ou six maisons avant de se séparer.

À huit heures, elles revinrent chez Sadie. Franklin était toujours à la recherche d'histoires sur Halloween, si bien que les filles se trouvaient seules. Mme Kelly était venue plus tôt dans la soirée et était repartie. Franklin pensait qu'elle resterait jusqu'à dix heures, mais elle avait peur qu'on vole ses poubelles si elle n'était pas là pour les surveiller. Les filles étaient trempées et elles se déshabillèrent, enfilant des peignoirs appartenant à Franklin que Sadie leur prêta. Elles mirent leurs vêtements dans le sèche-linge. Hillary et Meg appelèrent leurs parents pour dire où elles se trouvaient. Meg vivait à deux blocs dans une direction et Hillary à un bloc dans l'autre. En attendant que leurs vêtements sèchent, elles firent du chocolat et mangèrent leurs sucreries. De quoi parlèrent-elles ? Elles avaient un devoir d'histoire pour le lendemain, Shirley Potter semblait s'intéresser à Bobby McBride, Meg devait faire du cheval le dimanche suivant, la cousine de Hillary, Anne, devait venir d'Albany pour le week-end. Meg trouvait Frank Howard mignon, mais les autres n'étaient pas d'accord, il était trop coincé. Discutèrent-elles de Sharon Malloy et de ce qui avait pu lui arriver ? Non, pourtant ça ne voulait pas dire qu'elles n'y pensaient pas.

Elles parlaient à toute allure, s'interrompaient sans cesse et riaient beaucoup.

« Bien sûr que nous pensions à Sharon, me dit plus tard Sadie. On y pense tout le temps, mais c'est trop déprimant d'en parler. »

À neuf heures, leurs vêtements étaient secs. Meg portait des jeans et, par-dessus sa veste, une chemise blanche de son père maculée de peinture rouge pour imiter le sang. Elle n'avait pas eu besoin d'un déguisement élaboré pour incarner une victime d'accident, et elle ne se donna pas la peine de remettre son plâtre. De toute façon, il était fait de vieux journaux et tombait en morceaux. Elle ne remit pas non plus les bandages sanglants autour de sa tête et de ses bras.

Hillary avait emprunté un costume de son père, et Sadie avait décidé qu'une robe noire ayant appartenu à sa mère conviendrait à un vampire. Elle avait fauché le rouge à lèvres de Paula, essuyant le bout du bâton avec un mouchoir en papier pour que ses lèvres ne touchent pas le même endroit que celles de la jeune femme.

Comme il y avait école le lendemain, Meg et Hillary avaient promis à leurs parents de rentrer à neuf heures et demie, ou dix au plus tard. Elles étaient un peu grisées par tous les bonbons qu'elles avaient mangés, mais elles étaient fatiguées, aussi appelèrent-elles leurs parents peu après neuf heures et demie pour dire qu'elles revenaient chez elles. Franklin arpentait encore les rues avec le photographe. J'étais chez moi où je corrigeais des copies, heureux qu'on n'ait pas sonné à ma porte depuis au moins trois quarts d'heure.

La mère de Hillary annonça qu'elle viendrait chercher sa fille en voiture, même si cela ne faisait guère plus d'un bloc. Meg dit qu'elle ne voulait pas qu'on vienne la chercher. Ses parents étaient terriblement désordonnés, elle serait couchée avant qu'ils trouvent leurs clefs de voiture. Il pleuvait toujours, mais Meg avait un parapluie, un grand parapluie noir appartenant à son père. Hillary dit que sa mère pouvait aussi bien ramener Meg chez elle, mais celle-ci avait hâte de rentrer.

Ainsi, vers dix heures moins le quart, Meg dit au revoir aux deux autres et partit sous la pluie. La Dodge Caravan de Joan Debois s'arrêta dans l'allée cinq minutes plus tard et donna un coup de klaxon. Debout sur le porche, Sadie regarda Hillary courir vers la voiture, qui fit ensuite marche arrière. Hillary lui fit signe à travers la vitre. Sadie ferma et verrouilla la porte, puis retourna dans la cuisine. Elle avait encore des problèmes de maths à faire, aussi elle s'installa à la table de la cuisine avec une autre tasse de chocolat chaud et son livre de maths. Elle espérait que son père reviendrait avant qu'elle aille se coucher, mais il rendait souvent visite à Paula McNeal. Certains soirs, lorsqu'elle était seule, Sadie m'appelait vers dix heures et demie pour dire bonsoir. Je n'aimais pas que Franklin la laisse seule, pourtant j'hésitais à lui en parler. Je suis étonné de voir que nous restons silencieux alors que nous pensons qu'il faudrait parler, mais nous ne voulons pas offenser quelqu'un en attirant son attention sur un problème, sur quelque chose qu'à notre avis cette personne devrait faire. Je trouvais mauvais pour Sadie de passer tellement de temps toute seule mais, au lieu de faire quelque chose, au risque d'irriter Franklin, je laissai Sadie rester en danger.

À dix heures quinze, Mme Shiller appela Sadie, demandant à parler à Meg. Elle avait l'air mécontente que sa fille soit restée dehors tard après avoir promis de rentrer immédiatement.

Le réfrigérateur se déclencha et Sadie sursauta.

« Meg est partie il y a une demi-heure », dit-elle.

Elles durent toutes deux calculer immédiatement combien de temps il fallait pour marcher deux blocs.

« Tu es sûre ? demanda la mère de Meg. Ne plaisante pas. »

Helen Shiller enseignait à l'école élémentaire Pickering, et savait que les enfants faisaient parfois des blagues à des moments mal choisis.

« Elle est partie à dix heures moins le quart, dit Sadie qui commençait à avoir peur.

— Oh, mon Dieu ! » dit Helen Shiller. Elle raccrocha.

Sadie appela Hillary Debois, mais le téléphone était occupé. Puis elle m'appela. Je lui dis que j'arrivais immédiatement. J'enfilai mon imperméable et pris un parapluie. Sadie m'attendait sur le perron.

« Elle n'est pas chez Hillary, me dit-elle. Je viens de téléphoner. »

J'avais une lampe de poche et la dirigeai vers elle. Je fus frappé de voir combien Sadie avait l'air vieille et effrayée.

« Allons jusque chez Meg, dit-elle. Peut-être est-elle rentrée maintenant. »

La pluie se transformait en neige. Je nous abritai tous deux de mon parapluie. Nous marchions vite, Sadie me raconta la soirée et me dit que Meg avait décidé de rentrer à pied. Nous n'avions parcouru qu'un demi-bloc quand une voiture s'arrêta près de nous. C'était Helen Shiller.

« Vous l'avez vue ? demanda-t-elle.

— Non. »

Les rues étaient sombres et désertes. Dans ce quartier, les maisons avaient de grands jardins, qui s'étendaient parfois jusqu'à la rue parallèle. Quelques flocons commençaient à s'accrocher au sol.

Helen Shiller démarra. Je vois encore la peur sur son visage, ses yeux paniqués à la lueur du tableau de bord. Sadie et moi avons continué en direction de la maison des Shiller, nous cognant l'un contre l'autre sous le parapluie. J'éclairais les jardins sombres avec ma lampe. Nous avions fait une dizaine de mètres de plus quand le faisceau révéla une mince forme noire dans le jardin de Herb Gladstone.

« Qu'est-ce que c'est ? demandai-je, et Sadie se hâta de regarder.

— Le parapluie de Meg », répondit-elle.

J'appelai moi-même la police, et j'ai honte de ma vanité idiote qui me fait croire que, comme Chuck Hawley était de service, la police réagit plus vite qu'elle aurait pu le faire autrement. Pour la première fois, j'étais heureux que mon cousin soit policier, bien que je n'aie jamais eu de raison de le regretter. Je racontai à Chuck ce qui s'était passé.

« Seigneur, dit-il. Oh non. »

Ryan Tavich arriva chez Sadie en moins de cinq minutes, vite suivi par deux autres voitures de police. La mère de Hillary Debois appela Sadie pour savoir s'il y avait des nouvelles. On entendit d'autres portières de voitures claquer dehors, des pas pressés et un courant d'air froid vint de la porte brutalement ouverte.

« Personne ne répond chez Meg », dit Joan Debois.

Sadie lui dit qu'on n'avait aucune nouvelle de Meg.

« Tu veux dire qu'elle n'est pas rentrée chez elle ? Oh, sa pauvre mère ! »

Des policiers qui n'étaient pas en service arrivèrent bientôt, rejoints vers onze heures par la police de l'État. Il fallut enfermer Shadow, le cocker de Sadie, dans la cave, où il continua à aboyer sans cesse. La pluie s'était transformée en neige dense. Le capitaine Percy arriva à onze heures trente. Son visage inexpressif était particulièrement rigide, comme sculpté dans du bois. J'aurais dû rentrer chez moi, mais Franklin n'était pas encore revenu et je ne voulais pas laisser seule Sadie, qui pleurait. De plus, je ressentais l'excitation ambiante et je n'avais pas envie de partir. Toutefois, il n'y avait rien d'excitant à entendre le capitaine Percy appeler les bureaux de la police de l'État à Utica pour demander qu'on envoie des chiens dès que possible. Des hommes entraient et sortaient, le téléphone sonnait sans arrêt. De nouvelles voitures de police venaient se garer le long du trottoir, et des gens se rassemblaient dans la rue.

Quand le capitaine Percy en eut fini avec le téléphone, Ryan appela discrètement Franklin.

« Tu ferais mieux de rentrer tout de suite chez toi », dit Ryan. Il y eut une pause.

« Sadie va bien, dit Ryan, c'est une de ses amies. » Il raccrocha.

Quelques minutes plus tard, Franklin entra en trombe dans sa maison pour la trouver remplie de policiers.

Ceux-ci fouillèrent centimètre par centimètre le terrain entre la maison de Sadie et celle de Meg Shiller. Ils réveillèrent tous les gens de la rue, et des rues avoisinantes. Personne n'avait vu Meg. Plus tôt dans la soirée, les rues étaient pleines d'enfants, on entendait leurs voix et leurs hurlements. C'était Halloween. Si Meg avait poussé un cri, personne n'aurait rien remarqué.

La neige posait un problème. Sadie montra à Ryan l'endroit où nous avions trouvé le parapluie, dans le jardin de Herb Gladstone. Sa pelouse s'étendait jusqu'à Tyler Street. Il fut réveillé par les policiers, mais n'avait rien vu ni entendu. Si quelqu'un avait traversé son jardin, laissant des traces dans la boue, celles-ci avaient été recouvertes par la neige, et rien ne permettait de dire qu'il y avait des empreintes.

Je rentrai chez moi à minuit ; Franklin étant de retour, rien ne justifiait plus ma présence.

Sadie était furieuse contre son père.

« Tu étais avec Paula, hein. »

Et ce n'était pas une question.

Franklin avait l'air coupable. Ses cheveux châtains étaient en désordre, preuve apparente de ses débor-

dements. On s'attendait presque à voir du rouge à lèvres sur sa joue.

Des reporters d'Utica et de Syracuse débarquèrent vers une heure, en même temps que les chiens policiers. J'étais couché et essayais de dormir quand je les entendis aboyer. À deux heures du matin, je me relevai pour prendre un somnifère. Il y avait encore beaucoup de mouvement dans la rue.

Meg faisait partie de la quatrième génération de Shiller vivant à Aurelius. Son arrière-grand-père s'y était installé peu avant la Première Guerre mondiale. C'était lui qui avait ôté le *c* de son nom – Schiller – dans l'espoir de l'angliciser. Son propre père était né dans une petite ville de Bavière, vers 1870. Il y a une quinzaine d'années, un an ou deux avant la naissance de Meg, Ralph et Helen allèrent visiter cette ville bavaroise dont j'ai oublié le nom, et ils disaient qu'elle était pleine de Schiller. Ralph raconta à de nombreuses personnes qu'il était gêné que son grand-père ait modifié son nom, et qu'il pensait rétablir l'orthographe originale. Je ne crois pas qu'il ait donné suite à ce projet, mais cela devait être une drôle d'impression de découvrir toute une ville de lointains cousins et de visiter un cimetière où des parents étaient enterrés depuis des siècles.

Le nom de jeune fille de Helen Shiller était allemand lui aussi, Kraus. Mais elle ne savait rien de sa famille avant son grand-père, qu'elle ne semblait pas beaucoup aimer. Ralph et Helen ont tous deux grandi à Aurelius, je les ai connus toute ma vie. Ralph, qui est électricien, a travaillé chez moi. Son père aussi était électricien et, la première fois que je m'adressai à Ralph, c'était parce que je savais que ma mère faisait travailler son père. Comme je l'ai dit plus haut, Helen enseignait à l'école élémentaire. Ils

avaient trois enfants, Bobby, neuf ans, Meg, treize ans et Henry, qui en avait seize. Ralph et Helen avaient à Aurelius des frères, des sœurs, des cousins et des neveux, mais peut-être pas autant que dans cette ville de Bavière dont j'ai oublié le nom. De façon un peu bête, je m'imagine que les Allemands sont blonds, mais les Shiller étaient petits, bruns, avec des yeux marron. C'était une bonne famille, sérieuse et travaillant dur, une de ces familles qui ne sont jamais touchées par aucun scandale.

J'avais eu Meg Shiller en cours de sciences, en quatrième, et bien qu'elle n'ait pas été une très bonne élève, elle obtenait d'assez bonnes notes. Elle était vivante, gaie, et je comprenais pourquoi elle était amie avec Sadie. Elle adorait faire de l'équitation et portait une longue queue-de-cheval, comme par affinité. Elle passait la plus grande part de ses week-ends à travailler dans un manège au sud de la ville, juste pour pouvoir monter une heure ou deux. C'était le genre d'enfant – de jeune fille, devrais-je dire – qui vous donnait l'impression que le monde allait bien : elle était heureuse et satisfaite de sa vie. À présent, elle avait disparu.

Ryan Tavich ne dormit pas dans la nuit du mardi au mercredi. Il fallait réveiller beaucoup de gens pour leur demander s'ils n'avaient rien remarqué d'anormal ; en fait, certains d'entre eux se rappelaient avoir vu Meg Shiller déguisée en victime de chauffard plus tôt dans la soirée. Certaines personnes trouvaient prophétique qu'elle soit allée de porte en porte couverte de sang et de bandages.

Lorsque la disparition de Meg fut connue, les gens se mirent à téléphoner à leurs amis, voisins et connaissances. Certains prirent leurs voitures pour rouler lentement dans Van Buren Street, devant ma maison, avant de suivre le chemin emprunté par Meg à partir de

la maison de Sadie. Il neigeait toujours et les rues étaient glissantes. À cause de toutes ces voitures, le capitaine Percy dit à Ryan de bloquer le quartier autour de la maison des Shiller, ce qui était peut-être une erreur, puisque d'autres personnes encore sortirent de chez elles, attirées par les barrages de police. Je ne sais pas si des accidents ont vraiment eu lieu, mais on entendait dire qu'un tel connaissait un tel dont le cousin avait embouti un arbre ou l'arrière d'une autre voiture.

Au milieu de toute cette agitation, Ralph Shiller restait assis, immobile comme un roc, dans sa cuisine, pendant que sa femme Helen pleurait dans leur chambre. La neige recouvrait doucement leur break garé dans l'allée. Un policier prenait tous les coups de téléphone et les deux garçons, Bobby et Henry, étaient assis côte à côte sur le divan du salon, mais Bobby s'était endormi. Il y avait aussi le jeune frère de Ralph Shiller, Mike, qui travaillait à la poste. Il ne cessait de dire à Chuck Hawley que Meg allait sûrement revenir, bien sûr, c'était certain. Chuck hochait la tête et faisait de son mieux pour ne rien dire.

Ils attendaient que le téléphone sonne ou qu'on vienne leur dire que le cauchemar était fini. Ils pensaient tous à ce qui avait pu se passer, comme les Malloy, et chaque éventualité était pire que la précédente. Ne pouvait-il pas y avoir un happy end, Meg franchissant soudain la porte, saine et sauve ? Cependant, personne n'y croyait.

Vers cinq heures et demie du matin, Ryan se rendit chez Aaron. Il se disait qu'il aurait dû y envoyer un homme plus tôt, mais cela aurait officiellement fait d'Aaron un suspect. Il se disait aussi que trop de temps s'était déjà écoulé et que, si Aaron avait quelque chose à cacher, ce serait déjà fait. Finalement, rien de tout cela n'avait d'importance, parce que Aaron n'était pas chez lui quand Ryan arriva. De plus, la neige fraîche lui apprit qu'il n'était pas rentré de la nuit. Il y avait des taches brunes sur la porte de l'appartement. En les sentant, Ryan comprit que c'était l'idée que certains pouvaient se faire d'une farce de Halloween. Il pensa même que l'idée pouvait venir de Hark Powers.

Ryan savait qu'Aaron avait plusieurs petites amies, mais il ignorait qui il fréquentait à ce moment. Il se demanda si *petite amie* était bien le terme approprié. En fait, Ryan craignait que, au lieu d'être en compagnie d'une femme, Aaron ne se livre à des activités plus condamnables liées à Meg Shiller. Et ces activités concernaient-elles le GRJ dans son ensemble ou le seul Aaron ?

De l'appartement d'Aaron, Ryan se rendit chez Harriet Malcomb. Il frappa à la porte sans obtenir de réponse. Il alla ensuite chez Jesse et Shannon, qui ne paraissaient pas non plus être chez eux. À cause de toute l'agitation qui entourait la disparition de Meg Shiller, Ryan se souvenait à peine de l'alerte, plus tôt dans la soirée, au sujet de Hark Powers. Aussi, en roulant vers l'appartement de Léon Stahl, il ne songeait pas du tout à Hark. Il essayait encore de retrouver la trace d'Aaron.

Léon dormait et refusa d'ouvrir jusqu'à ce que Ryan lui en donne l'ordre, en lui montrant son insigne. Léon portait un pyjama à rayures bleu layette si énorme qu'il évoqua une tente à Ryan. La porte ouverte, Léon remplissait tout le chambranle. La veille, vers neuf heures, il avait appelé la police pour se plaindre de Hark, mais personne n'était venu. Léon s'indigna d'abord que la police ne soit pas venue immédiatement, puis se montra mécontent que Ryan le dérange à six heures du matin.

« Vous n'auriez pas pu attendre ? demanda-t-il d'une voix plaintive. J'ai un examen de chimie, aujourd'hui.

— Je cherche Aaron, dit Ryan. Est-ce que vous l'avez vu ?

— Bien sûr que non.

— Et Shannon et Jesse ?

— Je leur ai parlé au téléphone hier soir, mais je ne les ai pas vus non plus. S'agit-il de Hark Powers ?

— Pourquoi donc ? »

Léon expliqua comment Hark et ses amis étaient venus frapper à sa porte, essayant d'entrer. Et il dit qu'ils étaient aussi allés chez Barry.

Ryan alla de chez Léon à la maison de Chihani. Il neigeait toujours. Ryan se souvenait qu'on avait parlé de Chihani plus tôt, mais il ne se rappelait pas à quel propos. Il se disait pourtant que, si Hark était allé voir les autres membres du GRJ, il pouvait bien être allé aussi chez lui.

Ryan se gara devant la maison de Chihani au moment où Irving Powell essayait d'éloigner son labrador du corps de celui-ci. Il sortit de sa voiture.

« Vilain chien, répétait Powell. Vilain chien ! »

Ryan vit la Citroën cabossée. Il s'approcha de Powell.

« Que s'est-il passé ? demanda-t-il.

— Il y a un homme couché dans la neige, répondit Powell. Il a les yeux ouverts. »

Le labrador tenait un béret dans la gueule et le secouait en tous sens. Il fallut un moment à Ryan pour comprendre que l'homme dans la neige était Houari Chihani et qu'il était mort.

# TROISIÈME PARTIE

ta
su
p
q
r
d
b

# 29

Dans n'importe quel texte, il y a des informations tant explicites que voilées, qui s'adressent au lecteur sur différents niveaux cognitifs. C'est une de ces phrases très appréciées dans les conférences d'enseignants que j'évite. Mais je m'en sers ici pour dire que mon homosexualité ne sera pas une surprise. Jusqu'ici, elle ne faisait pas partie de l'histoire, tout comme je n'en faisais pas partie moi-même. Au début, je me voyais seulement comme une paire d'yeux, ou peut-être une fenêtre – oui, j'étais la fenêtre à travers laquelle on voyait mon récit. Il y a sans doute plus d'une centaine d'homosexuels à Aurelius, allant des gays affichés, comme Jaime, jusqu'aux hommes sérieux qui ne ressemblent en rien aux clichés concernant les homosexuels. Il n'y a pas de lieu de rencontre ni d'organisation, pas de groupe structuré, mais ces hommes se connaissent. Quelques-uns sont mariés, certains vivent en couple, mais la majorité sont célibataires ; les petites villes comme Aurelius sont peu favorables aux homosexuels. La plupart de ces hommes sont donc prudents. En fait, nombre d'entre eux ont quitté Aurelius, comme je l'ai fait moi-même avant d'y revenir. Je connaissais également deux personnes d'Aurelius qui sont mortes du sida, ainsi qu'un jeune hémophile. Et plusieurs autres hommes sont séropositifs, ce fléau s'étant étendu même aux plus petites localités.

Je connais aussi des gays qui vivent confortablement et ouvertement leur homosexualité ; ce n'est pas mon cas, peut-être parce que j'ai choisi de revenir dans une petite ville, peut-être parce que je n'aime pas attirer l'attention sur moi. Je ne parle jamais de mon homosexualité et, en fait, j'ai eu peu de partenaires. Je trouve tout ça plutôt déprimant. Non que j'aurais voulu être hétérosexuel, cette option m'attire encore moins, mais l'expérience sexuelle humaine semble destinée à mener à l'humiliation. Pour moi, le célibat a toujours représenté un idéal inaccessible. Je n'ai aucun sentiment religieux, mais j'ai parfois envié le moine érudit dans sa cellule.

Et l'alternative au célibat ? Les jeunes hommes que je trouve attirants ne sont pas attirés par moi, ce qui veut dire que ma vie amoureuse se limite à des hommes de trente-cinq ou quarante ans, ou plus âgés encore. Un de mes amis de San Francisco m'a appris dans une lettre que les bars où se retrouvent les hommes de mon âge sont appelés des « bars à rides ». Un homme ridé cherchant à en enlacer un autre. Le célibat est sûrement préférable. Mais j'ai bien sûr des désirs sexuels, et je ressens la tentation. Je n'ai jamais touché Barry Sanders mais parfois, la nuit, je me suis dit que ce serait agréable. Et même Jaime Rose. J'ai l'impression de fuir la dégradation tout en la désirant. Mais qu'est-ce que la dégradation ? N'est-ce pas une conception du monde des hétéros ? J'envie ces hommes – sont-ils vraiment en majorité ? – qui semblent bien vivre leur homosexualité.

Pendant toutes les années que j'ai passées à Aurelius, je n'ai fait venir de partenaires chez moi que trois fois, et j'étais nerveux tout le temps. Je suis peut-être plus prudent que la moyenne, mais je préfère voir mes amis ailleurs. Même quand je suis en train de faire l'amour, une partie de moi aspire au célibat. Je sais que c'est déplorable, que je devrais accepter ma sexualité, mais l'idée des regards moqueurs de mes élèves me remplit d'horreur. Bien sûr, beaucoup de gens me soupçonnent d'être gay – après tout, je vis seul –, mais ils n'ont pas de preuve. Hélas, c'est le soupçon qui m'occupe ici.

Je ne pense pas qu'aucun des gays d'Aurelius se soit senti heureux de l'existence du Groupe de recherches sur la justice mais, pour quiconque sortant un peu de l'ordinaire, le GRJ servait de tampon. Les gens ont besoin de croire que les mauvaises choses sont faites par de mauvaises personnes. Et qu'est-ce que le mal ? N'est-il pas défini comme tout ce qui est en dehors du bien, lui-même étant ce que la majorité considère comme tel ? Pourquoi, dans les westerns, le méchant doit-il porter un chapeau noir ? Parce que, sinon, nous ne saurions pas que c'est le méchant.

On pensa d'abord que Sharon Malloy avait été enlevée par une personne étrangère à Aurelius. Quand on se mit à en douter, les gens furent de plus en plus nombreux à songer à Houari Chihani et aux Recherches sur la justice. Le GRJ prêchait le désordre, et cette disparition en était le summum. Chihani avait été vu sur les lieux et, de plus, c'était un étranger à l'air bizarre, il portait un béret et avait la peau plus foncée que la moyenne. Tout le monde ne le croyait pas coupable, mais on pensait que ce serait commode. Toutefois, quand Meg Shiller disparut, les gens se mirent à chercher plus loin tout ce qui pouvait sembler bizarre.

Je le sais parce que je l'ai ressenti moi-même. Le fait que je ne sois pas marié rendait les gens méfiants. On savait que Sadie venait chez moi et que je connaissais ses amies. Meg Shiller devait être passée devant ma maison quelques instants avant de disparaître. J'avais parlé à la police mais n'avais jamais été traité en suspect. L'idée était absurde. Mais beaucoup de gens me regardaient différemment, et on parlait de moi au lycée. Les élèves étaient excités par l'idée que le professeur de biologie puisse être un maniaque sexuel assassin. On épiait d'autres personnes aussi : homosexuels, lesbiennes, excentriques, misanthropes, simples d'esprit. Et je regardais moi-même différemment mes voisins ; ces gens qui me croyaient peut-être coupable, les avais-je pris pour mes amis ? Et je les avais connus toute ma vie.

Bob Moreno, qui tenait une boutique de vêtements sur Main Street, était autrefois le petit Bobby Moreno qui était assis devant moi à l'école pendant cinq ans. J'étais allé à son mariage. Au moins six de ses sept enfants avaient été mes élèves. Et il pensait maintenant que j'étais peut-être un criminel. Quand j'étais entré dans sa boutique acheter quelques T-shirts, il m'avait regardé comme s'il ne m'avait jamais vu.

Il faut dire que, dans les quelques jours qui suivirent la disparition de Meg Shiller, l'hystérie fut générale. Un membre du conseil municipal, George Rossi, présenta une motion visant à faire perquisitionner toutes les maisons d'Aurelius par la police de l'État. Rossi disait qu'ils pouvaient commencer par la sienne. Quand d'autres membres du conseil protestèrent, Rossi eut l'audace d'insinuer qu'ils avaient quelque chose à cacher. Il ne s'excusa que plusieurs mois plus tard.

La police demanda à beaucoup de gens, y compris plusieurs homosexuels, où ils se trouvaient le soir de Halloween. Jaime Rose fut emmené au poste et passa une heure avec un sergent de la police de l'État. Bien qu'il ait été relâché, la nouvelle de son arrestation se répandit comme une traînée de poudre. Il faut dire que, de toute sa vie, Jaime Rose n'avait même pas eu de contravention pour stationnement interdit. Les gens firent pression sur Cookie Evans pour qu'elle le renvoie, et huit femmes dirent qu'elles cesseraient de fréquenter le salon de coiffure si Jaime continuait à y travailler. Cookie ne se laissa pas intimider et refusa de traiter Jaime différemment. Quelques personnes l'admirèrent pour cela, mais il ne fait aucun doute qu'elle perdit des clients.

Parmi les gens interrogés figuraient le docteur Malloy et son frère Donald, ainsi que leur beau-frère Paul Leimbach. On demanda même à Ralph Shiller et à son frère Mike où ils se trouvaient au moment de la disparition de Sharon Malloy, le mois précédent. Bien sûr, ils avaient tous des alibis probants.

Je rencontrai par hasard mon cousin à la banque et lui dis que je trouvais excessif que les pères des victimes soient ainsi harcelés par la police.

« Statistiquement, le coupable fait presque toujours partie de la famille, dit-il sèchement avant de se radoucir. Oui, moi non plus je n'aime pas ça. »

Je suppose qu'il voulait dire que la police ne pouvait pas se permettre d'ignorer quelque possibilité que ce soit, mais les gens étaient troublés que les Malloy ou les Shiller puissent être soupçonnés ainsi.

On vit de nouveau des agents du FBI entrer au commissariat. Ryan disait que le capitaine Percy se reprochait la disparition de Meg : s'il avait tout fait pour retrouver Sharon, Meg serait en sécurité. Il ne cessait de le répéter. Certaines personnes suggérèrent que les deux disparitions n'étaient pas liées. Peut-être Meg avait-elle été enlevée par quelqu'un d'autre, ou n'avait-elle pas été enlevée du tout. Cela semblait peu vraisemblable mais, comme Ryan le dit à Franklin, il fallait examiner cette possibilité.

Les Amis de Sharon Malloy trouvèrent un second souffle après la disparition de Meg. Je ne veux pas dire qu'ils en furent heureux, mais les recherches concernant Sharon avaient pratiquement cessé. La disparition de Meg leur donna un coup de fouet. En quelques heures, au moins cinquante des Amis fouillaient les jardins de Van Buren Street, au grand agacement du capitaine Percy, qui disait que leur présence gênait les chiens policiers venus d'Utica et qu'ils allaient brouiller ou effacer la piste.

Le lendemain matin, le 1er novembre, la boutique louée par les Amis de Sharon Malloy était bourrée de volontaires. Ils ne demandaient qu'à mener l'enquête. Tard dans la matinée, plusieurs des Amis, dont Donald Malloy, se rendirent chez Houari Chihani pour lui parler. Ils n'avaient aucune idée de sa mort avant de trouver la police sur les lieux. On peut se demander ce qu'ils auraient fait s'il avait été en vie. Mais ce qui arriva à Harry Martini, le principal du lycée, ne laisse place à aucun doute. Je m'avance trop dans mon récit en le racontant, mais mieux vaut le dire maintenant que plus tard. Je dois dire que c'était très banal et n'avait rien à voir avec les disparitions, mais cela donne une idée de l'état d'esprit des Amis et de l'ensemble de la ville.

Harry Martini était marié à sa femme Florence depuis vingt-cinq ans. C'était au mieux un mariage froid et, si Harry en avait eu le courage, il aurait divorcé. Mais il s'inquiétait de l'opinion du conseil du lycée et de celle de la ville en général, quoique je ne pense pas qu'un divorce aurait nui à sa position. Harry et sa femme avaient deux enfants. L'aînée, Sally, travaillait chez Kodak à Rochester, et le plus jeune, Harold Junior, était étudiant. Ce n'était pas un garçon très brillant, mais il ne manquait pas de bonne volonté. Harry et sa femme vivaient ensemble, mais dormaient dans des chambres séparées et passaient peu de temps tous les deux. D'après ce que j'ai compris, c'est Florence qui avait le plus de griefs. Harry avait une position importante qui l'occupait beaucoup alors que sa femme, bien qu'elle eût un diplôme universitaire d'histoire, travaillait à mi-temps dans une papeterie de Jefferson Street. Elle faisait partie des Amis de Sharon Malloy et jouait un rôle actif dans l'Église presbytérienne. Âgée d'environ quarante-cinq ans, c'était une grande femme avec une légère moustache et les cheveux gris.

Ce qui se passa était très simple. Tôt le soir de Halloween, Harry partit de chez lui, disant qu'il devait travailler sur des dossiers avec son assistant, Frank Armstrong. Faisant partie des Amis de Sharon Malloy, Florence Martini apprit très vite, vers onze heures, la disparition de Meg. Elle téléphona immédiatement chez Frank pour parler à son mari et apprit par son épouse que Harry n'avait pas mis les pieds chez eux. Quand celui-ci rentra à la maison une heure plus tard, sa femme lui demanda où il était allé. Il répondit qu'il s'était rendu chez Frank Armstrong, et Florence l'accusa de mentir. J'arrive presque à voir l'expression de Harry à ce moment, une sorte de moue pleine de supériorité que je lui ai vue plusieurs fois. Florence exigea qu'il lui dise où il se trouvait, et Harry refusa. Le lendemain matin, Florence dit aux Amis de Sharon Malloy que son mari s'était absenté la nuit précédente et refusait de dire où il était allé.

C'était peut-être déloyal. Plusieurs personnes prétendirent que Florence savait parfaitement où son Harry était allé et qu'elle avait tout arrangé pour lui nuire. En tout cas, elle dit à Donald Malloy et à Paul Leimbach que son mari était sorti la veille au soir, et qu'il était bizarre depuis la disparition de Sharon.

Au lieu de prévenir la police, Donald et deux autres membres des Amis de Sharon Malloy vinrent au lycée parler à Harry. Je les vis arriver, vers onze heures, mais n'y prêtai pas attention, pas plus que personne d'autre. Ils entrèrent dans le bureau de Harry et fermèrent la porte. Apparemment, il refusa de leur dire où il était allé. Ils lui demandèrent alors où il se trouvait lors de la disparition de Sharon Malloy. J'ai déjà dit que Donald Malloy était un homme robuste et très gros ; il se penchait sur le bureau de Harry d'un air fort menaçant. J'appris tout cela plus tard. Il se révéla que Harry était absent aussi le jour de la disparition de Sharon Malloy; il prétendait s'être rendu à une conférence à Utica.

Je vis Harry plus tard dans la journée, il avait l'air pâle et tendu. Il devait y avoir une réunion dans l'après-midi, mais Harry l'annula; je crois qu'il partit tôt.

Quand j'arrivai au lycée le jeudi matin, j'étais certain que Harry ne se montrerait pas, mais je me trompais. Il était caractéristique de sa part de ne jamais faire ce qu'il fallait, et de faire trop souvent ce qu'il ne fallait pas. C'était vrai même quand il était enfant. Il exaspérait tout le monde avec son talent pour l'orthographe et ses questions agaçantes. Quelle importance s'il savait épeler *pachyderme* ? Quoi qu'il en soit, Harry entra dans son bureau à huit heures et demie et verrouilla la porte, disant à Mme Miller qu'il ne voulait voir personne ni prendre de coups de téléphone.

À dix heures et demie, Peter Marcos, le jeune lieutenant de police affecté comme assistant au capitaine Percy, arriva au lycée avec trois autres hommes. Marcos était souvent assigné au service du gouverneur de l'État à Albany, et il ne savait pas encore vraiment si Aurelius représentait pour lui une promotion ou un recul, aussi était-il décidé à bien faire. Il voulait tirer profit de cette mission. Dix minutes plus tard, il emmenait Harry.

Harry avait l'habitude – c'était sa marque de fabrique – de porter une fleur à la boutonnière, le plus souvent un œillet. Pendant la récréation qui suivit le départ de Harry, on trouva son œillet dans le hall. Il reçut quelques coups de pied avant que le petit Tommy Onetti le ramasse pour essayer de le vendre. Il ne trouva pas d'acheteur et finit par porter lui-même cet œillet rose un peu froissé et sali.

Mme Miller dit que Harry pleurait quand les policiers l'emmenèrent, et dix autres personnes au moins me le répétèrent. À l'heure du déjeuner, tout le monde savait que Harry avait été arrêté et qu'il était en larmes ; plusieurs personnes prétendaient qu'il avait les menottes, ce qui était faux, et d'autres encore disaient qu'il avait avoué l'enlèvement de Sharon Malloy et Meg Shiller.

Bien sûr, Harry n'avait rien fait de tel. Ryan Tavich raconta à Franklin ce qui s'était passé.

« Martini est arrivé au poste en pleurant comme un veau. Marcos l'a conduit auprès du capitaine Percy, et j'y suis allé aussi. Avant que Percy puisse lui poser une question, Martini a commencé à raconter en bredouillant une histoire compliquée à propos d'une femme qu'il a rencontrée à Utica, qui était venue ici en voiture et s'était installée au Gillian's Motel. Il disait qu'elle l'aimait, qu'elle le comprenait et que maintenant sa vie était foutue. Tout ça était plutôt embrouillé. Je dois dire que Percy s'est montré patient. De toute façon, on a vite compris ce que Martini faisait à ce moment-là ; il s'envoyait une enseignante d'Utica. Je te parie dix dollars que sa femme savait exactement ce qui se passait, et le savait même quand elle a appelé Armstrong le soir de Halloween. »

La nouvelle que Harry Martini n'avait rien à voir avec la disparition de Meg mit plus de temps à se répandre que ne l'avait fait celle de son arrestation. Quand il revint au lycée vers deux heures de l'après-midi, plusieurs élèves qui le rencontrèrent furent pris de panique et s'enfuirent. Cette réaction ne se limita pas au lycée. Des questions furent posées dans différentes instances et même lors du conseil municipal. Les enfants étaient-ils en sécurité avec un principal comme Harry Martini ? On disait qu'il serait peut-être suspendu, mais je pense que c'était exagéré. Évidemment, il aurait eu moins d'ennuis s'il avait, dès le début, avoué sa liaison avec cette dame d'Utica. La semaine suivante, quand on commençait à oublier l'implication présumée de Harry dans les disparitions, sa femme demanda le divorce.

L'incident concernant Harry n'était qu'un parmi d'autres. Je sais de source sûre que Paul Leimbach et deux autres membres des Amis de Sharon Malloy allèrent au salon de coiffure parler à Jaime Rose. Cookie dit que l'entrevue fut amicale, mais qui sait ? En fait, qu'on les ait vus entrer dans le salon était plus important que le résultat de leur visite, tout comme il était significatif que Donald Malloy et quelques autres soient allés voir Harry Martini dans son bureau. Dès qu'on est suspecté, et il y eut d'autres personnes dans ce cas, il est difficile de se débarrasser du soupçon. Tout le monde se souvenait de qui avait été suspect bien après la fin de l'affaire.

Mais c'était encore plus compliqué. Ainsi que je l'ai dit, j'attirais l'attention parce que, célibataire et d'âge moyen, je semblais m'intéresser aux adolescentes. Eh bien, je fus content lorsqu'on soupçonna Harry, parce qu'on faisait moins attention à moi. Bien sûr, je m'en sentais coupable. Je n'ai jamais aimé Harry, c'est un imbécile pompeux, aussi prétentieux qu'un coq, mais je me sentais affreusement mal d'être content de le voir souffrir, simplement parce que les gens ne s'occupaient plus de moi. Et je suis certain que d'autres personnes partageaient mes sentiments.

Il convient de mentionner brièvement deux autres incidents. Le lundi 6 novembre au matin, Tom Schneider se présenta au poste de police et demanda à être mis en état d'arrestation. Schneider possédait une station-service Mobil à la lisière de la ville. Il déclara être un pervers et vouloir être mis en prison, mais nia avoir joué le moindre rôle dans la disparition de Sharon et Meg. Il s'attendait pourtant à en être accusé. Schneider déclara avoir eu des activités sexuelles avec ses deux enfants, de jeunes adolescents. Il dit que sa femme était au courant et qu'il passait aux aveux parce qu'elle avait menacé de le dénoncer s'il ne le faisait pas. Il dit que sa femme le soupçonnait aussi d'être mêlé aux disparitions, mais il jurait que c'était faux.

Ryan interrogea la femme et les deux enfants de Schneider, ainsi que leurs voisins et leur médecin de famille ; en conséquence, Schneider fut inculpé d'inceste et de viol. Il passa plusieurs jours en prison avant d'être relâché sous caution. Apparemment, il avait embauché quelqu'un pour tenir la station-service en son absence ; la justice lui permit de résider à Utica ou Rome, je ne m'en souviens plus, jusqu'au procès. Bien qu'il n'y ait aucune preuve, les gens dirent qu'il était peut-être impliqué dans la disparition de Sharon et Meg. Une semaine après son inculpation, les vitres de sa station-service furent brisées et une pompe renversée. Le lendemain, l'homme que Schneider avait engagé cloua du contre-plaqué sur les vitres cassées et s'en alla. Peu après, quelqu'un écrivit avec une bombe de peinture rouge « maniaque sexuel » sur le contre-plaqué. Personne ne se donna la peine d'effacer l'inscription.

Le deuxième incident concernait Billy Perkins, un ivrogne local qui vivait d'une petite pension d'ancien combattant. Deux jours après que Schneider se fut livré, Perkins vint voir les policiers. Il était terrifié. Il s'était soûlé le soir de Halloween, et plusieurs jeunes gens lui avaient dit qu'il avait sans doute tué Meg Shiller, mais Billy ne se souvenait de rien. Une fois, il avait tué un chien alors qu'il était ivre, et il s'en sentait toujours coupable. Billy demanda qu'on l'enferme. Il avait peur, s'il restait dehors, d'être battu ou même tué par les Amis de Sharon Malloy.

Mon cousin était un des deux policiers chargés de découvrir ce qu'avait fait Billy le soir de Halloween. Ils apprirent qu'il avait acheté une bouteille de bourbon vers six heures. Ils parlèrent aux deux hommes avec lesquels Billy avait partagé la bouteille, et qui en avaient acheté deux autres. Le logeur de Billy, Pat O'Shay, déclara que Billy était rentré vers minuit. Il chantait des chansons militaires. Le logeur dit à Chuck que c'était une des habitudes de Billy. Ce soir-là, il lui avait demandé de la fermer, et Billy s'était excusé avant d'aller se coucher.

« C'est une épave, mais un brave gars », dit Pat O'Shay.

Billy accepta d'aller se faire soigner dans un centre de désintoxication de Syracuse. Il avait déjà essayé, mais peut-être serait-ce différent cette fois-ci. En fait, Ryan voulait que Billy quitte la ville. Il était évident qu'il n'avait rien à voir avec Sharon ou Meg, mais il restait suspect aux yeux de certaines personnes et pouvait se trouver en danger. C'était de nouveau le soupçon, le fait que les gens avaient peur et cherchaient quelqu'un à blâmer. Mais je m'avance trop dans mon récit.

# 30

Quand Ryan découvrit le corps couvert de neige de Houari Chihani, il comprit ce qui s'était passé. Il comprit que la Citroën avait été cabossée à coups de batte, et il savait que, plus tôt dans la soirée, Hark et ses copains avaient joué au base-ball sur des boîtes aux lettres dans la campagne. Ryan dénombra environ trente impacts sur la Citroën. Il sentit la rage monter en lui, il avait envie de massacrer Hark et ses copains comme ils avaient massacré la petite voiture rouge.

« Puis-je m'en aller maintenant ? » demanda Irving Powell. Il avait mis en laisse son labrador et tenait le béret dans la main gauche. On voyait dépasser sous son manteau un pyjama bleu à rayures. Cet homme de cinquante ans avait vécu toute sa vie dans le quartier.

« Bien sûr que non, répliqua sèchement Ryan, vous êtes témoin dans une affaire de meurtre. » Puis il se radoucit : « Rentrez vous habiller et revenez immédiatement. Et laissez le chien chez vous. »

John Farulli était de permanence au poste. Ryan lui dit que Chihani semblait avoir été assassiné. Il savait que le chef Schmidt serait prévenu et que la machine policière se mettrait en route. La rue serait bloquée, les gens interrogés et des mandats d'arrêt préparés. Comme presque tous les flics du comté recherchaient Meg Shiller, Ryan manquerait d'hommes.

Les policiers arrivèrent rapidement. Dans les heures qui suivirent, on découvrit trois masques de Halloween, un loup noir avec une moustache, un Mickey Mouse fendu et une mante religieuse, ainsi qu'une casquette de base-ball et la canne de Chihani. Les policiers trouvèrent aussi six bouteilles de bière, dont deux à moitié pleines. Dans le jardin, la neige était couverte d'empreintes. Les voisins de l'autre côté de la rue – Mme Morotti et James Pejewski – déclarèrent qu'ils avaient appelé la police dans la soirée, et dirent que plusieurs hommes avaient démoli la Citroën à coups de batte de base-ball. Ils ne pouvaient identifier précisément la Chevrolet Blazer de Jeb Hendricks, mais il s'agissait d'un 4 x 4 rouge.

« La voiture n'avait pas de pare-brise, dit James Pejewski. Ça m'a surpris, ces types devaient avoir froid. »

Une dizaine de policiers interrogeaient les voisins et fouillaient le jardin de Chihani. Mme Morotti leur apporta du café.

« Attention, il est très chaud », disait-elle à tous.

Franklin Moore arriva au moment où deux infirmiers plaçaient le corps du professeur sur une civière. L'ambulance l'amènerait à Potterville pour l'autopsie. Comme Ryan et les autres policiers, Franklin était resté debout toute la nuit, mais il avait trouvé le temps de se raser. Alors que les policiers paraissaient épuisés et avaient les yeux cernés, Franklin semblait frais et dispos. Il portait son vieux manteau de peau de mouton et son écharpe rayée.

« Comment va Sadie ? demanda Ryan.

— Je viens de la conduire à l'école. Elle va bien – un peu sonnée. Que s'est-il passé ici ? »

Ils se tenaient près de l'ambulance et buvaient du café dans des tasses de faïence bleue. Mme Morotti avait dit une douzaine de fois qu'elle voulait qu'on les lui rende toutes et avait même chargé un policier, Henry Swender, de les récupérer.

« Hark Powers est venu avec ses amis démolir la Citroën, dit Ryan. Chihani est sans doute sorti pour protester, et ils l'ont démoli lui aussi.

— Ont-ils été arrêtés ? » demanda Franklin. Il prenait déjà des notes.

« Ils n'iront nulle part, dit Ryan. J'irai les chercher bientôt. »

Le policier se dit que le meurtre de Chihani lui donnait une raison supplémentaire de ramasser Aaron et les membres du GRJ. Il pourrait les interroger en même temps sur Hark et sur Meg Shiller.

À ce moment-là, un camion blanc de Channel 9 tourna dans Maple Street, suivi d'un autre de Channel 5. Les deux véhicules roulaient vite.

« Tu ne manqueras pas de journalistes, dit Franklin. Ils sont venus à cause de Meg. »

Ryan se dirigeait déjà vers une voiture de police.

« Schmidt peut s'occuper d'eux, dit-il par-dessus son épaule. Je ne supporte pas ces gens-là. »

Ryan était certain de savoir qui accompagnait Hark et à qui appartenait le 4 x 4 rouge. Il envoya deux hommes chez Midas arrêter Jeb Hendricks, deux autres à la plomberie Henderson pour Ernie Corelli et deux encore au lycée, où travaillait Jimmy Feldman. Il demanda aussi qu'on amène Aaron au poste, ainsi que Barry, Harriet, Léon et les frères Levine. Il dit clairement que ce n'était pas à cause de la disparition de Meg qu'il voulait voir les membres du GRJ, ce qui n'était pas tout à fait vrai.

Quant à Hark, Ryan alla lui-même le chercher au garage de Jack Morris. Il ne songea pas à se faire accompagner, les autres policiers étaient occupés et il voulait régler cette affaire avant l'intervention de la police de l'État.

Il ne neigeait plus et le soleil brillait. Ryan pensait que la neige fondrait avant le soir, sauf peut-être dans quelques endroits abrités. Pour le moment, elle semblait fumer, pendant qu'il traversait la ville. Ryan mit ses lunettes de soleil. Comme à son habitude, il fit un détour par Hamilton Street pour passer devant la maison où avait vécu Janice McNeal, une petite maison de brique rouge avec un porche blanc. Janice avait été assassinée deux ans auparavant. L'anniversaire de sa mort avait eu lieu deux semaines plus tôt, le 16 octobre. Ryan était resté seul chez lui, écoutant Billie Holliday et se soûlant au Jack Daniel's. Il avait fait du feu dans la cheminée. Pendant toute la journée du lendemain, il s'était traité d'imbécile sentimental, mais après tout ça ne le dérangeait pas d'en être un.

La maison de Janice était restée vide un an, puis avait été achetée par un ingénieur de Kingston qui était marié et avait trois jeunes enfants. En passant, Ryan vit qu'il y avait déjà un bonhomme de neige dans le jardin, et deux luges en plastique bleu. Il jeta un coup d'œil à la fenêtre de la chambre de Janice et vit des citrouilles en papier orange sur les vitres. Janice et lui avaient fait l'amour dans chaque pièce de la maison, y compris le grenier et la cave, et même dans le jardin de derrière. Janice en avait sans doute fait autant avec d'autres hommes. Ryan savait avec certitude qu'elle faisait parfois l'amour avec deux hommes dans la même journée. Bon Dieu, il devait lui être arrivé de coucher avec une demi-douzaine de types successivement. Il donna un coup de poing sur le volant, klaxonnant involontairement. Il se dit qu'il ne passerait plus par Hamilton Street, mais il s'était déjà dit ça auparavant. Il regarda la maison et les luges en plastique bleu rapetisser dans son rétroviseur.

Il se demanda à nouveau qui l'avait tuée. Étant donné les appétits de Janice, ça pouvait être n'importe qui. L'homme n'habitait pas forcément Aurelius, il pouvait vivre à Potterville, à Norwich, ou même plus loin encore. Ryan ne pensait pas que Janice ait été tuée par une femme. C'était un de ses amants qui l'avait assassinée, peut-être par jalousie. Ryan se reprit ; ce n'était pas nécessairement par jalousie, il pouvait y avoir de nombreuses autres raisons. Mais si Ryan lui-même l'avait tuée – et il en avait eu envie après qu'elle lui avait dit qu'elle en avait assez de lui –, la jalousie aurait été son mobile. Il pensa aussi à la main manquante, et à la main de mannequin trouvée dans le sac à dos de Sharon Malloy. Rendrait-on aussi les vêtements de Meg ? Et seraient-ils accompagnés d'une main ?

Ryan arriva au garage de Jack Morris peu après neuf heures et demie. Il se gara et sortit de sa voiture sans la verrouiller. Il avait à la ceinture un pistolet et des menottes, mais il n'y pensa pas. Shep McDonald enlevait la neige des voitures neuves exposées. On entendait des bruits métalliques dans le garage, et parfois le bourdonnement d'un outil électrique. Ryan s'approcha de la grande porte ouverte, essayant de ne pas marcher dans la neige en train de fondre, bien qu'il ait déjà mouillé ses chaussures dans le jardin de Chihani. Plusieurs personnes le regardèrent, sans lui adresser la parole. Les gens le reconnaissaient et, à son air, comprenaient qu'il n'était pas venu faire réparer sa voiture.

Hark travaillait sur la Mustang 92 bleue de Pete Roberts, qui était tombée en panne la semaine précédente entre Aurelius et Clinton. Il était penché sur le capot ouvert, et avait mis une bâche pour protéger la peinture. Il tournait le dos à Ryan. Pendant que celui-ci traversait le garage, plusieurs hommes posèrent leurs outils pour le regarder. Personne n'était au courant de la mort de Chihani, mais ils savaient que Hark était sorti avec ses copains la veille, et ils devaient avoir eu des ennuis parce que, le matin, Hark était arrivé morose, avec la gueule de bois et un œil au beurre noir.

Alerté par le silence, Hark réalisa qu'il se passait quelque chose et se retourna. Il portait un bleu de travail; « Jack Morris – Ford » était écrit sur la poche de poitrine. Ses cheveux blond foncé, longs avec une raie au milieu, cachaient son oreille unique. Il avait la joue gauche tuméfiée et une marque rouge sur le front.

Hark ne dit rien, mais ses yeux s'élargirent. Il tenait une clef à pipe dans une main, un chiffon orange dans l'autre. Ryan était encore à quelques mètres de lui. Hark laissa soudain tomber la clef, qui heurta le sol de ciment avec un tintement métallique, et se rua vers une porte au fond de la salle.

« Le vieux Ryan l'a suivi mais sans courir, raconta plus tard Jerry Golding dans la Taverne de Bud. Il a peut-être marché un peu plus vite. On aurait dit une petite locomotive. Il avait l'air décidé. »

La camionnette de Hark était garée derrière le bâtiment. Quand Ryan franchit la porte, il vit le jeune homme à côté de son véhicule, fouillant frénétiquement dans ses poches. Puis il s'arrêta. Ses clefs se trouvaient avec ses vêtements, dans son placard. Hark regarda Ryan approcher, ses épaules s'affaissèrent et il s'appuya contre la camionnette.

Hark essaya de reprendre courage. Il se tourna vers Ryan en désignant sa figure.

« Vous voyez ce qu'il m'a fait ? cria-t-il. Ce foutu Arabe ! »

Ryan ne répondit pas, il continua à avancer. Quelques hommes étaient sortis du garage. Hark avait l'air indécis. Il avait levé les poings, et les laissa retomber à ses côtés.

« Chihani est mort, dit Ryan quand il fut à quelques pas.

— Vous mentez !

— Tu l'as tué, avec ta batte de base-ball. »

L'expression de Hark passa du défi à la surprise et à la peur. Il porta les mains à sa poitrine, laissant sur son bleu des marques de cambouis. Il ferma les yeux et ses épaules s'affaissèrent. Un son rauque sortit de sa gorge, comme un moteur qui peine à démarrer.

Ryan le regarda. Quand le policier s'était installé à Aurelius en 1977, Hark avait six ans. Il se souvenait des cheveux du gamin, qui étaient presque blancs à l'époque, guère plus foncés que ceux de Barry Sanders. Ryan posa le bras sur les épaules de Hark, tandis que les cinq mécaniciens les observaient. Puis le policier conduisit Hark vers son Escort. Plus tard, quand on lui demanda pourquoi il n'avait pas mis les menottes à Hark, il répondit qu'il n'y avait pas pensé, puis qu'il ne voulait pas l'embarrasser.

Quand Ryan arriva avec Hark au poste de police, Jeb Hendricks, Ernie Corelli et Jimmy Feldman faisaient leurs dépositions. Ils dirent que l'idée d'aller chez l'Arabe venait de Hark, qu'ils voulaient, eux, retourner à la Taverne de Bud. Jeb déclara qu'il avait essayé d'empêcher Hark de frapper Chihani à coups de batte. Ernie dit lui aussi qu'il avait essayé d'arrêter Hark, mais en fait il avait oublié tout ce qui avait suivi l'altercation avec Jesse et Shannon. Jimmy ne se souvenait pas non plus de grand-chose, mais il avait un œil au beurre noir ; il expliqua en détail comment Chihani l'avait attaqué presque sans aucun motif. Après tout, il n'avait pas de batte de base-ball. Et il n'avait rien contre l'Arabe. Sa devise était : « vivre et laisser vivre ».

Hark fit une déclaration. Il ne lui vint pas à l'idée de garder le silence. Il se sentait tellement abattu que, même si sa mémoire était confuse, il ne voyait aucune raison de cacher quoi que ce soit. Il ne savait pas pourquoi il avait décidé de démolir la voiture de l'Arabe. Ça lui avait paru une bonne idée sur le moment. Il se souvenait d'avoir frappé l'Arabe, mais il ne voulait pas le tuer, il en était sûr. Il répétait sans cesse qu'il était désolé. Quand il apprit la disparition de Meg Shiller, il dit : « Merde, oh merde. »

Barry et Léon furent interrogés sur les événements de la veille. La mère de Barry l'avait accompagné et refusait de le laisser parler ; elle l'interrompait sans arrêt, expliquait ce que son fils voulait dire et soulignait que les autres membres du GRJ l'avaient influencé. Elle ajouta aussi qu'elle avait toujours su que Hark ne valait rien, mais qu'Aaron ne valait pas mieux. Elle dit que la disparition de Meg Shiller la bouleversait.

« Et le professeur Chihani ? demandait Barry.

— Ne t'occupe pas de lui », disait sa mère.

Pour Barry, la mort de Chihani avait bien plus d'importance que la disparition de Meg. Le professeur jouait un rôle déterminant dans sa vie, alors qu'il connaissait à peine la jeune fille.

Léon ne savait rien au sujet de Meg Shiller. Il ne pensait qu'à Chihani.

« Ils l'ont tué ? demandait-il. Mais pourquoi ? Qu'avait-il fait ? »

Il ne voulait pas parler de Meg, cela n'avait pour lui aucun intérêt. Il songeait aux travaux de Chihani, qui ne seraient jamais finis.

« Quel dommage, disait-il. Cette œuvre qui restera inachevée. »

Jesse et Shannon admirent avoir brisé le pare-brise de la Blazer de Jeb. Ils dirent avoir ensuite traîné un peu, bu deux bières et être rentrés chez eux avant minuit. Oui, ils avaient entendu les policiers frapper à leur porte dans la matinée, mais ils voulaient dormir. Ils ne savaient rien sur Meg. Quand ils apprirent la mort de Chihani, ils devinrent fous de rage.

« Il ne leur avait jamais rien fait, dit Jesse.

— Les enfoirés », dit son frère.

Jesse se mit à sangloter et son frère le prit par les épaules. Ryan regardait leurs barbiches blondes et leurs queues-de-cheval. Leur émotion l'étonnait, et il se demanda pourquoi il était surpris. Il raconta ensuite à Franklin qu'il ne comprenait rien aux gens.

« On s'attend à ce que quelqu'un fasse telle chose et il fait l'inverse », dit-il.

Vers midi, Ryan renvoya les frères chez eux. Harriet Malcomb ne voulait pas dire où elle se trouvait, jusqu'à ce que Ryan lui parle de Meg.

« En quoi cela me concerne-t-il ? » demanda-t-elle.

Harriet elle aussi fut choquée par la mort de Chihani.

« Tu ne peux protéger personne, hein ? dit-elle à Ryan. Ni les professeurs, ni les enfants. »

Elle avait une liaison avec Sherman Carpenter, un professeur d'histoire marié. Elle suivait son cours sur le syndicalisme. Toute la ville connaissait les démêlés conjugaux de Carpenter. Ils étaient allés dans un motel près de Clinton et Harriet, retardée par la neige, était rentrée chez elle vers cinq heures du matin.

Ryan avait envie de lui demander quelle note elle espérait obtenir dans le cours sur le syndicalisme et si elle pensait à la femme de Carpenter, qui se plaignait de la violence de son mari quand il avait bu. Mais Harriet se montrait froide et arrogante, elle regardait Ryan avec un air dégoûté. Elle portait un chandail à col roulé bleu et des jeans serrés. Elle ne cessait de toucher ses longs cheveux noirs, comme s'ils étaient l'objet de sa colère. Ryan pensait que c'était une emmerdeuse mais il dit simplement à Franklin que c'était « une dure ». Leurs relations passées l'empêchaient de réfléchir.

« Tu as tout foutu en l'air, lui dit Harriet. Je vais te dénoncer au maire, et aussi aller voir le président de la faculté.

— Fous le camp d'ici, répondit Ryan.

— Ça me rend malade de penser que je t'ai laissé me toucher », siffla-t-elle en sortant.

Il ne restait plus qu'Aaron.

Celui-ci était resté seul dans un bureau pendant deux heures, et il n'était pas content. Ryan entra et s'assit derrière la table sans le regarder. Il y avait beaucoup de bruit dans le bâtiment, à cause de tous les gens impliqués dans les recherches, mais cette pièce était calme. Aaron avait les mains croisées sur les genoux et il fixait le plancher. Ryan ne comprit pas qu'Aaron était furieux, il paraissait réfléchir, comme s'il songeait aux aléas de la vie. Ryan songea à ce que lui avait dit Harriet, qu'Aaron lui avait ordonné de coucher avec lui. Ryan s'aperçut qu'il n'aimait pas les complications engendrées par la perte de l'anonymat. Peut-être avait-il trop longtemps vécu dans une petite ville.

Ryan ouvrit le tiroir de la table et en sortit un bloc-notes. Il écrivit la date en haut d'une feuille, puis son nom et, en dessous, celui d'Aaron, tout cela sans dire un mot. Il dessina de petites étoiles sous les mots, et ensuite une cane suivie d'une file de canetons. Il dessinait le sixième caneton quand Aaron parla.

« Eh bien ?

— Je suis passé devant la maison de ta mère ce matin, dit Ryan.

— C'est censé m'attendrir ? » Aaron s'appuya au dossier de sa chaise et étendit les jambes, croisant les chevilles. Ses mains étaient jointes sur son ventre plat.

« Je me demande si les gens qui y vivent pensent parfois que ta mère a été tuée dans le salon.

— Il faudrait le leur demander. »

Ryan vit de l'antipathie dans les yeux d'Aaron. Il arracha la page où il avait dessiné des canards, la roula en boule et la lança vers la corbeille. La boule rebondit sur le rebord.

« Que pensais-tu de Chihani ?

— Il était inoffensif, et intelligent. Je l'aimais bien.

— Je me demande si Hark l'aurait tué si tu ne lui avais pas arraché l'oreille », dit Ryan. Il s'était mis à griffonner sur la nouvelle feuille, dessinant cette fois des œufs.

« C'est censé vouloir dire quoi ?

— Juste ce que ça dit. » Ryan pensa qu'il avait eu tort de s'y prendre ainsi.

« Vous croyez que je suis responsable de son meurtre ?

— Penses-tu que l'assassin de ta mère vit à Aurelius ? » demanda Ryan en esquivant la question.

Aaron ne répondit pas.

« Que ferais-tu si tu savais qui c'est ?

— Qu'est-ce que *vous*, vous feriez ?

— Peut-être que je le tuerais.

— À quoi cela servirait-il ?

— Ça me permettrait de mieux dormir la nuit. Tu n'as pas répondu à ma question. Que ferais-tu ?

— Ce n'est pas votre affaire. » Aaron détourna les yeux.

« C'est important pour toi ?

— Évidemment, dit Aaron en changeant de position sur sa chaise.

— Tu voudrais le tuer ?

— Comment savez-vous que c'est un homme ? demanda Aaron d'un ton moqueur.

— Bien sûr que c'est un homme.

— Si elle a été tuée par un homme qui vit à Aurelius, comment se fait-il que vous ne l'ayez pas trouvé ?

— Ce n'est pas si simple.

— C'est une explication, dit Aaron. Pensez-vous que la même personne a aussi enlevé Sharon et Meg ?

— Ça ne me surprendrait pas. » Ryan avait dessiné huit œufs à la suite. Il commença à y ajouter des craquelures.

« Pourquoi as-tu dit à Harriet de coucher avec moi ?

— Elle a dit ça ?

— Pourquoi le lui as-tu demandé ?

— Harriet est un de mes soldats.
— Ça veut dire quoi ?
— Demandez-le-lui vous-même. »

Ryan finit de dessiner les craquelures sur ses œufs.

« Avec qui étais-tu hier soir ?
— Je n'ai pas l'intention de vous le dire. »

Ryan arracha la feuille, la roula en boule et la lança vers la corbeille. Cette fois-ci, il atteignit son but. Il se leva, alla ouvrir la porte et appela Chuck Hawley.

« Chuck, emmène ce type à Potterville et flanque-le en tôle. »

# 31

Les dix jours qui suivirent la disparition de Meg furent des journées d'agitation et d'espoirs déçus. Cette deuxième disparition et la certitude croissante que le responsable devait vivre dans le secteur attirèrent non seulement l'attention du pays, mais aussi des volontaires venus de partout, y compris une voyante – c'est ainsi qu'elle se qualifiait – du nom de Mme Respighi, qui s'installa au Motel d'Aurelius et qui, à partir des vêtements appartenant à Sharon et à Meg, commença une quête psychique pour découvrir où elles se trouvaient. Elle ne demandait pas d'argent ; on se disait qu'elle ne pouvait faire aucun mal, mais chaque fois que je passais devant le motel, je pensais à Mme Respighi, enfermée dans sa chambre et engagée dans un combat avec les forces du mal. De nombreuses personnes la méprisaient, considérant qu'elle tirait avantage des malheurs de notre ville. C'était une femme imposante en tailleur gris, ce qui me décevait ; j'avais imaginé les longues jupes colorées et les boucles d'oreille en or d'une gitane. Elle portait des lunettes à monture de corne noire, et ses cheveux gris coupés court étaient frisés.

Plusieurs personnes amenèrent des chiens à l'odorat particulièrement développé, d'autres vinrent seules, juste parce qu'elles voulaient se joindre aux recherches. Deux écrivains firent leur apparition, imaginant pouvoir tirer un livre des événements. Il y avait des psychologues, des policiers de tout le pays qui avaient enquêté sur des cas similaires, et des travailleurs sociaux formés à aider les gens en proie au chagrin. Les visiteurs les plus gênants, à mon sens, étaient les parents d'enfants disparus ailleurs. Ils venaient pour réconforter les Malloy et les Shiller, mais aussi dans l'espoir que le responsable serait capturé et pourrait donner des informations sur leurs propres enfants. Ils étaient tristes, avec le visage défait, et on ne pouvait les regarder sans percevoir leur chagrin.

À la fin de la première semaine de novembre, tous ceux qui auraient pu voir ou entendre quoi que ce soit avaient été interrogés. On avait retrouvé des automobiles suspectes. Les champs et les parcs entourant la ville avaient été fouillés par des centaines de personnes, les étangs dragués. L'oncle de Meg, Mike, devint un membre actif des Amis de Sharon Malloy, et le groupe fit circuler le signalement de sa nièce dans tout le pays. Il y eut de nouveau des coups de téléphone de gens qui pensaient avoir vu la fillette, et des vérifications à faire.

La photo de Meg Shiller montrait une enfant de treize ans, mince, avec de longs cheveux châtains, debout près d'une table de pique-nique. Elle agitait la main en direction de l'appareil avec un sourire un peu bêta. Elle portait une jupe écossaise et un chemisier clair. Ses cheveux, séparés par une raie au milieu et glissés derrière les oreilles, lui tombaient en dessous des épaules. Elle avait le nez droit, presque pointu, et sa lèvre inférieure un peu saillante lui donnait une moue enjouée. Elle penchait la tête de côté, ce qui lui donnait l'air interrogateur ; un petit sourire, une petite moue, un petit point d'interrogation. En vingt-quatre heures, la photo avait pris place à côté de celle de Sharon dans les vitrines et sur les poteaux et les cabines des péages. De nombreuses personnes avaient collé les deux photos sur la vitre arrière de leur voiture.

La peur qui accompagnait la disparition de Meg était plus vive que celle qu'avait soulevée celle de Sharon. Dans le premier cas, on pouvait encore espérer qu'il s'agissait d'un incident isolé. Mais, avec Meg, il devenait clair que nous avions sans doute affaire à une série de disparitions, et on cessa presque immédiatement de voir seuls dans les rues des enfants, filles ou même garçons, et ceci aussi loin que Binghampton et Syracuse. La disparition de Meg nous faisait attendre un troisième enlèvement, peut-être même un quatrième et un cinquième.

Ces craintes causèrent un certain nombre de fausses alarmes. Betty Brewer, de Forest Street, vit un homme qui surveillait sa maison et pensa qu'il guettait sa fille, Ilene. Elle appela la police, et quatre voitures arrivèrent trois minutes plus tard. L'homme qui surveillait sa maison – en fait, il passait simplement sur le trottoir – était un agent en civil de la police de l'État. Dix hommes en civil arpentaient les rues d'Aurelius, et ils finirent tous par être signalés aux autorités. Les agents qui relevaient les compteurs d'eau et d'électricité le furent également à de nombreuses reprises. Les promeneurs de chien et même les facteurs devinrent suspects. Et il y avait des bruits inquiétants pendant la nuit : des pas dans un jardin, un volet qui claque, des feuilles poussées par le vent. Les policiers recevaient dix fois par nuit de telles fausses alertes et se précipitaient au cas où, cette fois, ils trouveraient le coupable.

Quel genre de personne était ce coupable ? La police avait fait préparer des profils psychologiques et, selon Ryan, tous les habitants de la ville présentaient certaines des caractéristiques de ce suspect type. Mais ce n'était pas vrai. La police cherchait avant tout un célibataire âgé de vingt-cinq à cinquante ans, ou un homme séparé de sa femme. Je suis certain que des vérifications furent effectuées au sujet de milliers d'hommes dans le comté, dont moi. C'est à cette période que Harry Martini fut emmené de son bureau devant toute l'école et que Jaime Rose fut interrogé. Les recherches de la police révélèrent qu'un certain Herbert Maxwell, plombier à Aurelius depuis vingt ans, était un déserteur du Vietnam. Il vivait seul et sortait peu. Il avait déjà été condamné ou amnistié, je ne me rappelle plus, pour sa désertion, mais il ne voulait pas que ça se sache. C'était maintenant de notoriété publique. Il avait été soupçonné parce qu'il était célibataire et peu sociable. C'était le cas de beaucoup d'hommes, parmi lesquels Ryan Tavich et moi-même.

Le samedi qui suivit Halloween, mon voisin immédiat, Pete Daniels, m'adressa la parole pendant que nous ratissions tous deux les feuilles mortes. Il ne me parlait presque jamais, aussi je fus surpris. Il dit d'abord qu'il faisait beau, puis que ce qui était arrivé à Meg Shiller était une honte.

« Sadie Moore vient souvent chez vous, n'est-ce pas ? » dit-il ensuite.

J'eus froid dans le dos. Si je disais non, il trouverait ça suspect. Si je disais oui, il trouverait cela aussi suspect. Bien sûr, ça ne le regardait pas, et sa question même indiquait le soupçon. Mince et portant un chandail de l'université de Syracuse, Pete avait l'air vigilant, comme un homme qui guette un écho. Il s'appuyait sur son râteau.

« J'aide avec plaisir Franklin quand je le peux, dis-je. Il est très pris. »

Les gens parlaient de moi. Je voyais mes voisins me regarder d'un œil nouveau. Bien sûr, il est facile de devenir paranoïaque dans de telles circonstances. Pouvais-je demander à Pete s'il pensait que j'avais enlevé Sharon Malloy et Meg Shiller ? La police savait que je me trouvais au lycée au moment de la première disparition et chez moi ou en compagnie de Sadie lors de la deuxième. Mais qu'en savaient mes voisins ? Et une fois que ce genre de rumeurs commencent à circuler, le vrai et le faux ne signifient plus rien. La rumeur a son propre élan.

Le lendemain, dimanche, Sadie me dit que son père cherchait quelqu'un d'autre pour la garder. Mme Kelly n'était libre que trois après-midi et débuts de soirée par semaine et, en outre, elle était partie en avance plus d'une fois. Franklin voulait trouver quelqu'un en plus. Il avait même dit qu'il allait peut-être envoyer Sadie chez sa tante à White Plains jusqu'à ce que « tout ça soit réglé ». Sadie protesta avec tant de vigueur que le sujet fut momentanément abandonné. Mais Franklin lui dit qu'elle ne pouvait plus venir aussi souvent chez moi. Elle répondit qu'elle croyait que Franklin m'aimait bien.

« Ce n'est pas une question de bien aimer ou non quelqu'un », dit Franklin.

Il suggéra aussi que Sadie pourrait aller tous les soirs chez Paula.

« Je m'enfuirai de la maison », dit Sadie.

Puis, quand elle revint du lycée le lundi après-midi, elle trouva la mère de Barry Sanders installée dans le salon en train de regarder la télévision, comme une grosse plante verte, me raconta Sadie.

« Dis-moi si tu as faim et je te préparerai quelque chose », lui dit Mme Sanders avant de se retourner vers la télé. Comme elle prétendait être allergique aux chiens, elle avait enfermé Shadow dans la cave. Sadie délivra l'animal et alla dans sa chambre. Vers six heures, Mme Sanders prépara des macaronis, du fromage et des haricots verts. Barry vint dîner mais ne parla pas à Sadie, parce qu'il était timide en présence de sa mère. Mme Sanders insista pour que Barry mange ses haricots verts. Après dîner, Barry et Sadie voulurent venir chez moi, mais Mme Sanders dit que ce ne serait pas une bonne idée. Au lieu de cela, ils regardèrent la télévision. Shadow gémissait dans la chambre de Sadie, mais Mme Sanders refusait de la laisser entrer dans le salon.

« Elle veut me garder prisonnière dans ma propre maison », me dit Sadie au lycée le lendemain matin.

Le mardi soir, je vins voir Franklin quand il rentra chez lui vers onze heures.

« Crois-tu vraiment que je pourrais être impliqué dans ces disparitions ?

— On raconte beaucoup de choses folles, dit-il, mal à l'aise.

— Ça ne répond pas à ma question.

— Bien sûr que je ne le crois pas, mais les gens sont inquiets. Qu'est-ce que je peux faire ? »

J'avais envie de lui dire : écoute, Franklin, regarde-moi, je suis ton ami. Au lieu de cela, je déclarai : « Eh bien, j'espère que tout ça sera bientôt fini.

— Moi aussi, répondit Franklin. Bon Dieu, moi aussi. »

Hark fut traduit en justice. Le procureur du comté voulait l'inculper de meurtre, mais Ryan le convainquit de se contenter d'une accusation pour homicide involontaire. J'aimerais croire que Ryan avait un peu de sympathie pour Hark, mais peut-être pensait-il simplement qu'il serait impossible d'obtenir une condamnation pour meurtre. Beaucoup de gens trouvaient que Hark n'aurait pas dû être arrêté, qu'il avait fait ce qu'il fallait faire. On disait que, même si Chihani n'avait rien à voir avec les disparitions, il répandait le genre d'idées qui suscitait des comportements criminels. Les gens disaient que les lois servent à maintenir les marginaux à l'écart de la communauté et que tenter de changer radicalement ces lois comme le faisait Chihani rendait vulnérable cette communauté. L'enseignement de Chihani et l'existence du

GRJ avaient créé une atmosphère qui rendait possibles les enlèvements.

Le danger de la permissivité devint un sujet de conversation répandu et on me raconta que Henry Skoyles, le propriétaire du cinéma Strand de Main Street, avait retiré de l'affiche trois films prévus parce qu'ils étaient trop violents ou sexuellement explicites et les avait remplacés par ce qu'il appelait des « soirées familiales ». J'avais connu Henry Skoyles à l'école. Il était de deux ans plus jeune que moi et avait la réputation de savoir brillamment inventer des insultes. Il avait une fois traité le principal de « tête de cul », et peu après tous les élèves employaient cette expression. Et maintenant il se sentait obligé de programmer des films de Walt Disney pendant un mois.

Mais je ne tiens pas assez compte de la terreur ambiante. Nous ne savions pas seulement que des choses affreuses s'étaient produites, nous craignions qu'il ne s'en produise d'autres. Cela nous rendait encore plus soupçonneux, comme si la méfiance pouvait nous rassurer.

La disparition de Meg amena beaucoup d'autres gens à se joindre aux Amis de Sharon Malloy. On appelait le plus souvent ce groupe les Amis, puisqu'il comprenait maintenant aussi des amis de Meg Shiller, mais sa dénomination légale restait celle d'Amis de Sharon Malloy. Les Amis décidèrent que leur aide prendrait la forme de patrouilles de volontaires. Dès le week-end, trois voitures avec trois hommes dans chacune tournaient dans les rues d'Aurelius vingt-quatre heures sur vingt-quatre. Ils n'essayaient plus maintenant de retrouver les filles enlevées, ils s'efforçaient d'empêcher de nouvelles disparitions. Si j'avais osé, au lycée, suggérer qu'il s'agissait d'une milice, on me l'aurait reproché. Je suis certain que d'autres personnes partageaient mes sentiments, mais la peur était tellement grande que nul ne pouvait faire autrement qu'applaudir les Amis.

Les oncles de Sharon, Paul Leimbach et Donald Malloy, se montraient les plus actifs en ce qui concernait ces patrouilles mais l'oncle de Meg, Mike, jouait lui aussi un rôle. On envisagea de faire porter aux hommes de ces patrouilles des brassards ou des casquettes de couleur pour qu'ils soient reconnaissables, mais Leimbach dit que ça leur donnerait trop l'air d'un service de police. Donald Malloy se procura une bonne quantité de triangles de signalisation en plastique orange vif auprès d'une firme de construction routière d'Utica. Les Amis les plaçaient sur les portières avant de leurs voitures quand ils patrouillaient. Je ne sais combien de fois par jour je voyais par la fenêtre de ma salle de classe ou de mon salon une voiture ornée de ces triangles orange circuler lentement. C'était à la fois rassurant et inquiétant. Ryan Tavich désapprouvait ces patrouilles, mais le chef Schmidt pensait qu'elles ne faisaient aucun mal et en était satisfait. Quant au capitaine Percy, il était indécis.

Paul Leimbach et Donald Malloy passaient de moins en moins de temps au travail. On les entendit tous deux dire que la police n'en faisait pas assez pour trouver le coupable ou pour protéger les citoyens d'Aurelius. Lors d'un conseil municipal, Donald proposa un couvre-feu pour les mineurs. Malgré quelques protestations, sa proposition fut acceptée, avec quelques modifications. Dès lors, aucun enfant âgé de moins de seize ans n'eut plus le droit de se trouver dans la rue après sept heures du soir sans être accompagné d'un adulte.

J'étais tenté de faire remarquer que Sharon avait disparu au milieu de l'après-midi, mais nous avions atteint le point où les gens, y compris moi, faisaient attention à ce qu'ils disaient. Tout le monde, semblait-il, guettait une nuance de culpabilité, un sous-entendu révélateur.

Quand je parlais, j'avais l'impression que les gens écoutaient non ce que je disais, mais ce qui se trouvait derrière les mots. Bien sûr, ils s'imaginaient entendre des choses inexistantes. Il valait bien mieux se taire, arborer un sourire courageux et louer les Amis pour leur sacrifice. J'envisageai même brièvement de me joindre à eux, au moment où j'avais l'impression d'être surveillé, mais je me rebellai à ma façon et m'y refusai ; toutefois, je ne parlai à personne de mon refus et ma rébellion resta privée.

Après l'instauration du couvre-feu, Henry Skoyles annula la projection du soir au Strand ; même en matinée, il y avait peu de monde. Beaucoup de boutiques et de restaurants qui restaient ouverts tard modifièrent leurs horaires. Junior's se mit à fermer à sept heures et Aurelius Grill à huit. Wegmans, qui restait ouvert jusqu'à minuit depuis des années, fermait maintenant à neuf heures. Les réunions tardives disparurent, les répétitions de la pièce qui devait être jouée au lycée furent annulées, comme les soirées à St. Mary's Church. Les bars et les restaurants faisaient de mauvaises affaires, et les gens qui ne l'avaient jamais fait se mirent à verrouiller leur porte.

D'un autre côté, on livrait deux fois plus de pizzas, et la location de cassettes vidéo marchait très fort. Le marchand de vins et liqueurs du centre commercial avait lui aussi plus de clients. La bibliothèque municipale avait davantage de visiteurs, et les églises étaient plus fréquentées. Je dois dire que mes élèves rendaient plus fréquemment leurs devoirs au moment prévu. D'après ce que j'entendais dire dans la salle des professeurs, c'était général. Les Morelli, qui habitaient de l'autre côté de la rue, achetèrent un énorme chien à Utica, un berger allemand qui aboyait toute la nuit et terrorisait les chats du voisinage. En fait, beaucoup de gens se procurèrent des chiens.

Franklin rendit compte de nombre de ces choses dans son journal, et ses articles semblaient augmenter la peur ambiante, amenant l'annulation d'autres réunions et la fermeture moins tardive d'autres commerces. Il semblait pourtant que, si Franklin n'écrivait rien, cela augmenterait encore plus la terreur, aussi écrivait-il autant qu'il le pouvait. Mais, à cause de ses relations avec Paula et Aaron, parce qu'il avait souvent interviewé Chihani, et même parce qu'il n'était pas natif d'Aurelius, les gens pensaient qu'il ne disait pas tout ce qu'il savait. On supposait qu'il dissimulait des informations, comme si la police avait des suspects, tels Aaron ou d'autres membres du GRJ, dont Franklin ne parlait pas.

Franklin se retrouvait dans une position impossible. Écrire, c'était susciter la peur, ne pas écrire aussi. Et il ne parvenait jamais à écrire suffisamment, on croyait toujours qu'il cachait des choses.

# 32

Le gros Léon Stahl se conduisait comme si rien ne sortait de l'ordinaire. Les cours de Chihani étaient assurés par d'autres professeurs et celui que suivait Léon – les relations de classes au XIXe siècle – revenait à Sherman Carpenter, l'enseignant qui avait eu une brève liaison avec Harriet Malcomb. Léon était attristé par la mort de Chihani mais pensait peu à la disparition de Meg et Sharon. Non qu'il fût insensible, il vivait simplement dans un autre monde, comme beaucoup d'étudiants de la faculté. Nombre d'entre eux ne sortaient jamais du campus, si ce n'est pour aller dans un bar ou un restaurant. Léon savait que les filles avaient été enlevées et s'en inquiétait peut-être, mais le fait que Harriet, dont il se croyait amoureux, ait eu des relations sexuelles avec le professeur Carpenter comptait plus pour lui que toute autre chose.

Depuis dix mois qu'il faisait partie du GRJ, Léon avait quelque peu mûri. Il avait ajouté une petite barbiche noire à sa moustache et s'habillait de vestes en tweed qu'il trouvait dans des boutiques d'occasion à Utica, et qui n'étaient ni en très bon état, ni à sa taille. Comme il faisait plus froid, il se mit à porter un chapeau de feutre. Alors que la majorité des étudiants transportaient leurs livres dans des sacs à dos, Léon avait une vieille mallette en cuir, elle aussi achetée d'occasion. Il s'était offert de nouvelles lunettes à la monture très fine. Il se considérait comme un intellectuel, et peut-être en était-il un. En tout cas, il avait toujours le nez plongé dans un livre. Il parvenait même à lire en marchant, et je le voyais souvent sortir du campus, absorbé par sa lecture.

C'est alors qu'il se promenait ainsi qu'Andy Wilkins et Russ Fusco, deux jeunes hommes qui travaillaient à la corderie, lui tombèrent dessus. Ils faisaient partie des Amis et prenaient part aux patrouilles, mais n'étaient pas en service quand ils croisèrent Léon. Ils avaient une haute opinion d'eux-mêmes et se croyaient favorisés par la nature. Andy avait joué dans l'équipe de football du lycée et avait même obtenu son diplôme de fin d'études. Russ venait de Norwich, mais il s'était installé à Aurelius après y avoir trouvé du travail. Ils avaient tous deux environ vingt-cinq ans.

Qui sait ce qu'ils pouvaient avoir en tête ? Ils n'avaient pas mauvaise réputation, mais il n'y avait pas non plus grand-chose à dire en leur faveur. Deux jeunes hommes qui buvaient de la bière, avaient tendance à avaler leurs mots et se montraient choqués, énervés et indignés par les récents événements survenus dans notre ville. Ils voulaient poser une question à Léon, prétendirent-ils par la suite. C'était peut-être vrai, mais la question concernait le GRJ et le rôle de celui-ci dans la disparition de Sharon et Meg. Andy et Russ connaissaient tous deux Hark Powers et, s'ils ne faisaient pas partie de ses amis, ils trouvaient que Hark avait été sévèrement traité. Après tout, Chihani l'avait frappé à coups de canne.

Léon marchait dans Monroe Street, en direction de Main Street. Il était un peu plus de midi et il comptait déjeuner à l'Aurelius Grill. Tous les mercredis, le restaurant proposait du rôti avec des pommes de terre en sauce. C'était devenu un rituel pour Léon, surtout parce que sa serveuse favorite lui coupait une tranche de viande particulièrement épaisse. Il faisait doux, de petits nuages blancs dérivaient dans le ciel bleu. Léon lisait en marchant un livre de Terry Eagleton sur la théorie littéraire marxiste.

Andy conduisait sa Camaro verte et s'arrêta le long du trottoir. Quand Léon arriva à la hauteur de la voiture, Andy le héla.

Léon continua à marcher. Il expliqua plus tard qu'il n'avait rien entendu.

Andy le héla de nouveau mais Léon ne s'arrêta pas. Andy fit une rapide marche arrière, freina sèchement et sortit de la voiture, ainsi que Russ Fusco.

Andy, au milieu du trottoir, regardait approcher Léon, qui lisait toujours.

« Hé ! » fit à nouveau Andy. Il ne pouvait pas imaginer qu'on lise, et encore moins en marchant.

Léon sembla ne remarquer ni son intervention, ni sa présence.

Andy tendit le bras et fit voler des mains de Léon le livre, qui glissa sur le trottoir. Russ le ramassa ; le titre ne signifiait rien pour lui, mais il reconnut le nom de Marx et le montra à Andy.

« Rendez-moi mon livre », dit Léon qui avait pris conscience des deux hommes. Son ton était péremptoire. Il ne comprenait pas pourquoi on lui avait fait tomber son livre des mains. Il était plus grand qu'Andy et Russ, et pesait autant que les deux hommes réunis. Russ dit par la suite que le feutre de Léon était posé sur sa tête comme un raisin sec sur un gâteau, et cette description fut répétée par beaucoup de gens.

« Je veux te poser une question, dit Andy.

— Rendez-moi mon livre, répéta Léon, un peu plus fort.

— Tu l'auras quand je serai prêt à te le donner », dit Russ.

À ce moment-là, Léon chargea. Étant donné la valeur qu'avaient les livres pour lui, c'était presque une affaire religieuse. Il renversa Andy et essaya d'arracher le livre à Russ, mais celui-ci bondit en arrière. Léon se précipita sur lui, mais Andy s'était remis sur pied et il attaqua Léon par-derrière.

Pour finir, Andy cassa la figure de Léon. Il brisa ses lunettes, le fit tomber et envoya son chapeau dans la rue d'un coup de pied. Et, quand Léon, roulé en boule, ne fut plus qu'une grosse masse gémissante, Andy prit le livre et le déchira. Cela se produisait au milieu de la journée, devant témoins. Avant qu'Andy ait fini, une voiture de police où se trouvaient Chuck Hawley et Ray Hanna s'arrêta dans un crissement de freins ; ils arrachèrent Andy du corps de Léon. Russ n'avait pas porté la main sur lui, mais il n'avait rien fait pour retenir son ami.

Léon n'avait pas été sérieusement blessé, mais il était choqué. Andy était furieux qu'un obèse comme Léon ait osé l'attaquer, Léon était furieux qu'on ait pris et déchiré son livre. Il porta plainte, et Andy et Russ furent arrêtés. Léon insista aussi pour être amené à l'hôpital. Les radios montrèrent qu'il n'avait pas de lésion interne, et deux bandes de sparadrap suffirent à le remettre sur pied.

Franklin écrivit un article sur l'incident dans l'*Independent* du lendemain. Les gens apprirent que Russ et Andy faisaient partie des Amis de Sharon Malloy. L'article soulignait l'appartenance de Léon au GRJ et ses rapports avec Chihani. Andy prétendit qu'il voulait simplement poser une question à Léon (il ne précisa pas à quel sujet) et que celui-ci l'avait attaqué. Léon déclara qu'il avait juste voulu reprendre son livre.

Franklin parla de l'incident à Paul Leimbach, espérant obtenir des excuses de la part des Amis.

« Les gens sont bouleversés, répondit Leimbach. Il est donc inévitable qu'il y ait des erreurs. » Personne ne trouva cette déclaration rassurante.

Le jeudi soir, quelqu'un lança des pierres dans les fenêtres de l'appartement de Léon, au premier étage. Il y avait du verre partout et un magnétophone fut endommagé. Léon se trouvait à la bibliothèque à ce moment-là. Personne ne fut inculpé, Ryan avait déterminé que ni Andy ni Russ ne pouvaient être impliqués. Le dimanche soir, vers dix heures, une pierre fut de nouveau lancée dans la fenêtre de Léon, qui appela la police. Chuck Hawley répondit à l'appel mais ne vit personne dans le voisinage. « Les rues étaient désertes », dit-il.

Le lundi matin, le doyen de la faculté demanda à Léon s'il voulait prendre un congé. Ses frais de scolarité pourraient être reportés sur un autre semestre. Léon accepta. Maintenant que le monde avait attiré son attention, il était effrayé. Il ne comprenait pas pourquoi on pouvait souhaiter voler son livre ou briser ses fenêtres.

« Après tout, dit-il, je ne suis même pas allé au cimetière. »

Il ne trouvait pas importante son appartenance aux Recherches sur la justice.

« C'est un groupe de discussion, répétait-il. Pourquoi enlèverions-nous une petite fille ? »

Le mardi, Léon fit ses bagages et rentra chez lui, à Dunkirk, sur les rives du lac Érié. La police avait son numéro de téléphone, si on avait besoin de lui. Cela laissait cinq membres du GRJ, Aaron, Harriet, Barry et les frères Levine. Ils avaient cessé leurs réunions. Barry et Aaron se voyaient parfois, et Aaron sortait de temps en temps avec Harriet. Jesse et Shannon retournèrent à leurs planches à roulettes, mais ils se disaient toujours marxistes. Toutefois, leur forme particulière de marxisme ne nécessitait pas d'études. C'était simplement une alternative à tout ce qui allait mal dans le monde, et leur usage du jargon marxiste leur donnait un avantage dans les discussions avec d'autres étudiants. Praxis ! disaient-ils. Matérialisme dialectique ! Mais nous n'en avions pas encore fini avec eux.

Même si l'attaque dont Léon avait été victime était généralement condamnée, certaines personnes y virent un sursaut nécessaire contre les forces de l'anarchie, et même une action à mettre au crédit des Amis de Sharon Malloy, alors pourtant que Russ et Andy ne participaient pas à ce moment-là aux activités de l'association. Les Amis étaient devenus une force à Aurelius, mais ce n'était pas le goût du pouvoir qui semblait les pousser, plutôt la peur, la crainte de la disparition d'autres enfants. Certains membres profitaient de la situation, mais le groupe semblait dans l'ensemble bien intentionné.

Cependant, leur peur les menait à abuser de leur autorité, du moins j'en avais le sentiment. Un exemple en était la visite qu'ils me firent le jour où Léon fut attaqué. Je dois dire que beaucoup de gens avaient reçu de telles visites sans se sentir pour autant mal à l'aise. En tout cas, ils ne se plaignirent pas.

J'avais fini de préparer mes cours pour le lendemain et je feuilletais le *Scientific American*. Je dois admettre que je ne lis le plus souvent que les premiers paragraphes des reportages, mais les photos sont excellentes, et il y a toujours au moins un article utilisable en classe de biologie. Une fois par mois, je fais faire à un de mes élèves le compte rendu d'un de ces articles.

On sonna à ma porte à neuf heures. Je pensai d'abord que c'était Sadie, bien qu'elle se contente habituellement de frapper ou même d'ouvrir la porte. Maintenant, comme d'autres personnes, je la fermais à clef. Sadie était toujours gardée par la mère de Barry, l'empotée, comme elle l'appelait. C'était un mercredi, et je savais que Franklin serait occupé.

Je vis, à travers le rideau de la porte, trois personnes debout sur le seuil. J'allumai la lampe du perron et reconnus Donald Malloy, Agnès Hilton et

Dave Bauer. Je m'inquiétai, sachant qu'ils étaient tous trois membres des Amis. D'un autre côté, Agnès servait de trésorière et de secrétaire à l'Église baptiste, et Dave Bauer, sous-directeur du YMCA, était pompier bénévole. Ils avaient l'air amicaux, surtout maintenant qu'ils n'étaient plus dans l'ombre.

J'ouvris la porte et les invitai à entrer. Ils passèrent un moment à s'essuyer les pieds, à enlever leurs manteaux et à me serrer la main. La nuit était froide, ils avaient tous des vêtements épais. Je fus à nouveau surpris de leur amabilité, et encore plus de leur désir de se montrer aimables.

« Nous nous demandions si nous pourrions vous parler brièvement, dit cordialement Donald Malloy. Cela ne vous prendra pas beaucoup de temps. »

Je les fis entrer dans le salon. Agnès dit une phrase polie au sujet du mobilier, qui n'avait pourtant rien de particulier. C'était une rouquine approchant la cinquantaine, toujours en robe. Son mari était mort ou avait disparu d'une façon ou d'une autre, et elle vivait seule avec une sœur plus jeune. Elle portait une alliance, donc il y avait sans doute eu un M. Hilton à un moment.

Je leur proposai du thé.

« Avec plaisir », dit Dave Bauer.

Agnès Hilton proposa de m'aider, mais je déclinai son offre. Je voulais rester seul un instant pour me reprendre, et j'allai préparer un plateau dans la cuisine. Il y avait dans le placard une boîte de biscuits danois, j'en posai une douzaine sur une assiette. On se sent toujours idiot dans ce genre de situation. Devais-je mettre les biscuits sur une belle assiette ou une assiette ordinaire ? Je choisis une assiette ordinaire, fabriquée à Syracuse. Je remplis la théière et apportai le plateau au salon. Dave Bauer et Agnès étaient assis sur le canapé, et Donald sur le fauteuil, celui où je m'assieds toujours.

Donald referma le *Scientific American* qu'il feuilletait.

« C'est fantastique, ce projet de génome humain, dit-il. J'aimerais serrer la main de ce Watson. »

Il reposa la revue sur la table basse. Il avait le visage ouvert et affable, ses taches de rousseur le faisaient paraître plus jeune que son âge. En se penchant, il poussa un petit soupir.

Je posai le plateau près de la revue.

« Vous devez être ennuyé, pour l'équipe de football », dit Bauer.

Les matchs du soir au lycée avaient été annulés à cause du couvre-feu, ce qui signifiait que l'équipe ne pourrait plus obtenir de classification. Il me fallut un moment pour comprendre de quoi parlait Bauer.

« C'est bien dommage, dis-je en remplissant trois tasses de thé. Je vous laisse ajouter lait et sucre.

— Je le prends nature », dit Donald.

Je lui tendis une tasse, puis m'en servis une et allai m'asseoir dans le fauteuil de l'autre côté de la cheminée. J'avais préparé un feu avec des bûches de peuplier, mais je le gardais pour le vendredi soir. Je pris une expression attentive.

« Je suppose que vous vous demandez ce qui nous amène », dit Donald en souriant à ses compagnons. Bauer prit un biscuit.

Agnès expliqua leur rôle au sein des Amis de Sharon Malloy, et nous parlâmes un moment des fillettes disparues. J'avais peur de dire ce qu'il n'aurait pas fallu, et peur aussi de paraître nerveux. Bauer prit un autre biscuit. C'était un de ces jeunes hommes filiformes qui peuvent manger toute la journée sans prendre de poids. En été, il entraînait l'équipe junior de football du lycée et en hiver faisait du basket-ball. J'espérais qu'il ne découvrirait pas que je ne m'intéressais nullement au sport, puis je me sentis agacé de me laisser ennuyer par ces gens.

« Mais en quoi tout ceci me concerne-t-il ? demandai-je.

— J'ai cru comprendre que vous avez vu Meg Shiller le soir de sa disparition », dit Donald. Il paraissait très à l'aise dans mon fauteuil. Sa tasse de thé, à laquelle il n'avait pas touché, était toujours sur la table. Il n'avait pas pris de biscuit.

« Elle est venue chez moi avec Hillary et Sadie avant d'aller sonner aux portes. Elles voulaient me montrer leurs déguisements.

— Alors, vous connaissez Meg ? » demanda Agnès.

Je fus frappé qu'elle emploie le présent.

« Je connais Sadie, et Meg est une de ses amies. Bien sûr, je les connais à cause du lycée. Meg suivait mon cours de sciences l'année dernière.

— Et à quelle heure sont-elles venues vous voir ? voulut savoir Donald.

— Vers six heures.

— Et vous n'avez pas revu Meg ? »

Je restai silencieux un moment.

« Puis-je vous demander la raison de ces questions ? J'ai déjà parlé aux policiers, et il me semble que tout cela, dans la mesure où c'est important, ne regarde que moi et les autorités, personne d'autre. En tout cas, je ne suis nullement obligé de répondre à vos questions. »

J'étais hors d'haleine après ce long discours. Les trois visiteurs se regardèrent avec un air d'exaspération modérée et bienveillante, comme s'ils avaient craint que je réagisse ainsi.

« Nous avons questionné beaucoup de gens, dit Bauer. Nous savons que vous avez témoigné auprès des policiers, comme de nombreuses autres personnes. Mais nous pensons qu'il n'y a pas de mal à vérifier de nouveau. Nous ne croyons pas que vous cachez quelque chose, mais les policiers n'ont peut-être pas pensé à tout. »

J'avais envie de leur demander quelle compétence ils avaient pour mener une enquête, mais je me dis que de nouvelles protestations de ma part pourraient être considérées comme une provocation, et je me demandai si le jeu en valait la chandelle.

« Je n'ai pas revu Meg ensuite », dis-je.

Ils posèrent d'autres questions, et je racontai comment Sadie était venue chez moi, comment nous étions sortis à la recherche de Meg et comment Sadie avait trouvé le parapluie.

« C'est vous qui avez appelé la police ? » demanda Agnès.

Je l'admis. J'essayais de répondre calmement à leurs questions, sans montrer d'agacement. Je leur dis que j'étais resté chez Franklin jusqu'à minuit, puis que j'étais revenu ici.

« J'ai une autre question à vous poser, dit Donald, et je souhaite préciser que je ne veux en aucune façon vous offenser. »

Je restai silencieux, m'attendant au pire.

Donald regarda Mme Hilton, qui lui fit un signe de tête.

« Nous voudrions savoir si vous êtes homosexuel. »

Je m'attendais à une surprise, mais je fus quand même choqué.

« Ma vie privée ne vous regarde pas, répondis-je.

— Nous sommes bien d'accord », dit Donald. Il regarda de nouveau les autres pour obtenir leur soutien, puis essaya de me sourire aimablement. Il avait l'air affable avec son gros visage d'Irlandais, mais je ne pensais pas qu'il y ait beaucoup d'affabilité en lui.

« Vous comprenez, dit-il, nous ne vous posons pas cette question à titre personnel, mais dans l'espoir de retrouver les jeunes filles disparues. Connaissez-vous d'autres homosexuels à Aurelius ?

— Peut-être, dis-je après une hésitation.

— Jaime Rose, par exemple ? demanda Agnès Hilton.

— Est-il homosexuel ? répondis-je.

— Et Aaron McNeal ? demanda Donald.

— J'en doute beaucoup. Il collectionne les petites amies. » Sa question m'avait surpris, et je me demandai si elle était causée par l'amitié d'Aaron pour Barry.

Donald se mit à parler plus vite, se penchant en avant ; il avait les coudes sur les genoux, et son énorme estomac reposait sur ses cuisses.

« Que vous soyez ou non homosexuel ne regarde que vous, mais nous nous demandions s'il y avait à Aurelius un groupe gay. Nous aimerions pouvoir nous adresser à eux, juste pour nous assurer que toutes les directions possibles ont été explorées.

— Nous avons approché d'autres groupes », dit Bauer. Il évoqua un club de danse qui se réunissait dans l'église épiscopale, et je trouvai incroyable qu'il puisse comparer un groupe d'homosexuels à un club de danse.

« Nous sommes aussi allés voir le Lion's Club et le Rotary », dit Agnès. Ils me regardaient avec un air de sollicitude affectueuse, comme si je me sentais mal. Je leur rendis un regard inexpressif, essayant de cacher le fait que je me demandais s'ils se sentaient bien eux-mêmes.

« Je ne connais aucun groupe gay à Aurelius », dis-je, ce qui était vrai. En fait, je me disais qu'ils devaient déjà le savoir, ce qui signifiait qu'ils n'étaient pas venus pour obtenir ce genre d'informations mais plutôt pour m'observer de près.

« Je sais que la disparition des fillettes vous bouleverse, dit Donald en se renversant en arrière, surtout dans la mesure où vous êtes proche de Sadie. Ce qui est arrivé est terrible, et ne concerne pas seulement les familles de ces enfants mais l'ensemble de la ville. » Il se frotta doucement la joue d'une main, comme s'il touchait une contusion.

« Je suis certain que tout ce qui s'est passé vous inquiète – l'alerte à la bombe au lycée, la mort de ce professeur, et bien sûr la méfiance générale. Mais la vie ne redeviendra pas normale avant que nous sachions ce qui est arrivé à Sharon et à Meg. Ces disparitions extraordinaires nous ont forcés à prendre des mesures extraordinaires.

— Pensez-vous vraiment que nos vies redeviendront normales ? demandai-je. Même si nous apprenons ce qui s'est passé ?

— Peut-être pas, répondit Donald.

— Mais nous l'espérons, dit Agnès Hilton. Et nous prions pour cela. »

# 33

Deux jours après Halloween, Ryan Tavich reçut un coup de téléphone. Il entendit une voix féminine qui parlait dans un murmure.

« Vous pouvez relâcher Aaron McNeal, dit la voix. Il était avec moi le soir de Halloween. »

L'*Independent* avait signalé qu'Aaron se trouvait en prison à Potterville.

« Et qui êtes-vous ? » demanda Ryan. Il s'attendait à quelque chose de ce genre. Il essaya d'identifier la voix, sans y parvenir.

« Je n'ai pas envie de vous le dire, dit la femme sur un ton pudique.

— J'ai bien peur de ne pas pouvoir libérer McNeal juste sur votre parole, dit Ryan sur un ton de regret. Je ne sais pas qui vous êtes et je ne sais rien de ce qu'il faisait avec vous.

— Vous pouvez sûrement deviner. »

Ryan se demanda s'il le pouvait vraiment.

« Mais je ne sais toujours pas qui vous êtes. Pourquoi devrais-je vous croire ?

— Si je vous dis mon nom, me promettez-vous de ne pas le révéler ?

— Il faudra que je vous parle.

— Vous êtes en train de me parler.

— De vous parler en personne.

— C'est impossible. » La femme avait un peu élevé la voix.

« Alors, Aaron devra rester en prison. » Ryan attendit.

« Mais pourquoi ? demanda la femme.

— Parce que je veux vous parler face à face. C'est à prendre ou à laisser. »

Il y eut une pause, et Ryan écouta la respiration de la femme. Il entendit tinter une caisse enregistreuse quelque part près d'elle. Qui employait encore une vieille caisse enregistreuse ? Le capitaine Percy entra dans le bureau avec deux de ses hommes ; ils s'approchèrent d'une carte d'état-major punaisée au mur et Percy montra un endroit au nord de la ville.

« Il faudrait que ce soit très discret, dit la femme.

— Où vous voudrez.

— Si vous êtes convaincu qu'Aaron était avec moi, est-ce que vous le relâcherez tout de suite ?

— Bien sûr.

— Alors, on peut se voir ce matin. (La femme se tut quelques instants.) On pourrait se retrouver dans la salle des dictionnaires de la bibliothèque à neuf heures et demie. Il n'y a jamais personne. »

Ryan accepta et raccrocha. Il se demanda qui pouvait être cette femme. Sa voix n'était pas celle d'une jeune fille, mais il n'arrivait pas à deviner son âge. Il se posait des questions au sujet de la caisse enregistreuse. Il l'imaginait aisément, chromée avec des touches noires, mais ne voyait pas où elle pouvait se trouver. La bibliothèque était proche du poste de police, et Ryan décida d'y aller à pied. Le capitaine Percy et ses hommes regardaient toujours la carte. En un mois, Percy avait perdu beaucoup de son allure militaire. Il n'était pas plus ouvert, mais il semblait avoir moins confiance en lui. Comme nous tous, se dit Ryan.

Ryan attrapa sa veste, sortit du commissariat et tourna à droite, en direction de Main Street. C'était une journée froide et ensoleillée, les dernières feuilles mortes traînaient dans le caniveau. Il n'y avait pas beaucoup de circulation, mais Ryan vit quelques connaissances et les salua de la main. Des voitures étaient garées en épi devant le siège des Amis de Sharon Malloy. La photo de Sharon se trouvait à droite de la porte, celle de Meg à gauche. Ryan passa devant Junior's et la banque Key, devant la boulangerie Weaver et la pharmacie Malloy. Le poster de Sharon souriait dans la vitrine. Ryan jeta un coup d'œil dans l'officine sans voir personne ; peut-être y avait-il eu un mouvement au fond de la pièce, mais il ne pouvait pas en être sûr. Il arriva à la bibliothèque et entra dans la salle principale. Une dizaine de personnes feuilletaient des journaux et des magazines. Ryan les reconnut presque toutes et en salua plusieurs d'un signe de tête. La bibliothécaire, Mme Wright, le regarda d'un air interrogateur.

« Il faut que je vérifie quelque chose », dit-il. Il se dépêcha de filer avant qu'elle puisse lui proposer son aide et monta au premier étage. La salle des dictionnaires était vide. Les radiateurs faisaient des bruits métalliques. Ryan prit un tome de l'*Encyclopaedia Britannica* et s'assit au fond, face à la porte. Il ouvrit le volume à un article concernant le Tibet et commença à le lire d'un œil distrait. Il se dit qu'il n'irait jamais au Tibet, ni d'ailleurs sans doute en Europe, et se demanda s'il le regrettait. Tout compte fait, non.

Quelqu'un entra dans la pièce. C'était Mme Porter, qui travaillait à la pharmacie Malloy. Ryan fut agacé, craignant que sa présence ne fasse fuir la femme qu'il attendait. Puis, à sa surprise, il vit que Mme Porter venait droit vers lui et il comprit avec plus de surprise encore que c'était elle qui l'avait appelé au téléphone.

Il se rappela où il avait vu la caisse enregistreuse ; ce point au moins était réglé.

Mme Porter était une femme d'allure respectable, d'une quarantaine d'années, d'aspect ordinaire mais bien conservée ; elle portait une veste trois-quarts en laine bleue sur une robe sombre. Ryan pensait qu'elle allait dire quelque chose comme : « J'ai tellement honte. »

« Cet endroit vous convient ? » demanda-t-elle à la place.

Ryan l'avait vue peut-être cent fois, mais jamais hors de la pharmacie. Il réalisa qu'il ne savait rien d'elle. Il se souvenait vaguement d'un M. Porter, mais n'avait aucune idée de ce qu'il faisait. Cette femme n'avait jamais été jolie, Ryan en était certain, mais elle s'habillait bien et avait des yeux bruns attirants. Elle n'était ni maigre ni grosse ; Ryan la décrivit ensuite comme « trapue ».

« Asseyez-vous », dit-il.

Elle hésita, puis s'assit en face de lui et croisa les mains devant elle.

« Devrais-je moi aussi prendre un livre ? demanda-t-elle avec un peu d'ironie.

— Si vous voulez. »

Elle ne bougea pas. Ryan baissa les yeux sur ses propres mains, carrées et aux doigts courts, puis regarda celles de Mme Porter, allongées, avec de longs doigts, sans doute plus grandes que les siennes.

« Quel est votre prénom ? demanda-t-il.

— Mildred. »

Ryan se rappela soudain qu'elle avait été mariée à Rolf Porter, qui dirigeait l'agence immobilière Century 21 et était coprésident des Amis de Sharon Malloy, avec Sandra Petoski. Il ne se souvenait pas s'ils avaient des enfants.

« Parlez-moi de votre liaison avec Aaron, demanda Ryan.

— Nous n'avons pas de liaison. Il est venu passer la nuit chez moi à plusieurs reprises. Je ne suis pas sûre qu'il vienne à nouveau. »

Elle parlait sur un ton de défi, comme si elle s'attendait à ce que Ryan désapprouve. Elle le regardait dans les yeux, sans ciller.

« Et il était avec vous le soir de Halloween ?

— Il est parti le matin quand je suis allée travailler.

— Depuis combien de temps le connaissez-vous ?

— Je sais qui il est depuis des années. Il y a un mois, il m'a parlé dans la pharmacie. Il est revenu le lendemain et nous avons à nouveau discuté. Deux jours plus tard, il est venu chez moi dans la soirée. Je ne l'ai pas renvoyé. »

Sa voix avait de nouveau un ton de défi. Ryan se demandait ce qu'Aaron trouvait d'attirant en elle.

« De quoi parliez-vous ? » demanda Ryan.

Elle parut hésiter un moment, comme si Ryan suggérait qu'un homme de vingt-cinq ans et une femme dans la quarantaine ne pourraient pas avoir de sujets de conversation.

« De toutes sortes de choses.

— Parlait-il de Houari Chihani ?

— Non.

— De Sharon Malloy ?

— Un peu.

— De sa mère ?

— Oui, plusieurs fois.

— Qu'en disait-il ?

— Il parlait de son sens de l'humour, de son énergie, il disait qu'elle paraissait toujours s'intéresser à lui. Il parlait même de la façon dont elle brossait ses cheveux. »

Ryan se souvint soudain de Janice assise devant son miroir et se brossant les cheveux pendant une demi-heure. Ce souvenir le troubla.

« Parlait-il de son assassinat ?

— Pas directement. C'est un sujet très pénible pour lui.

— Et de ses relations avec des hommes ?

— Il disait qu'elle avait probablement couché avec plus de deux cents hommes d'Aurelius. Il en était impressionné. Je lui ai demandé s'il comptait égaler ce nombre avec des femmes, et il m'a répondu qu'il le ferait peut-être.

— Qu'est-ce qui vous plaisait chez Aaron ?

— Il était gentil et il me désirait. Ça vous étonne ? »

Ryan détourna le regard. Ils étaient toujours seuls dans la pièce. Il referma l'encyclopédie qui se trouvait devant lui.

« Connaissiez-vous sa mère ? » demanda Ryan.

Mme Porter hésita.

« Elle est venue un certain nombre de fois à la pharmacie.

— Pour acheter des choses ?

— Bien sûr.

— Quel genre de choses ?

— Les choses habituelles.

— Achetait-elle des préservatifs ?

— Oui.

— Parlait-elle à Donald ?

— C'était parfois lui qui la servait.

— Paraissaient-ils être en termes amicaux ?

— Pas particulièrement. En fait, ils se montraient plutôt froids.

— Que pensiez-vous d'elle ?

— Je n'avais pas d'opinion sur elle.

— Vous en aviez forcément une. »

Elle baissa les yeux avant de le regarder à nouveau en face.

« Elle était votre maîtresse aussi, n'est-ce pas ? »

Ryan se sentit agacé par la question, puis sourit presque de sa pudibonderie.

« Pendant quelque temps.

— Elle vous plaisait ?
— Beaucoup.
— Ce devait être une femme extraordinaire pour que tant d'hommes aient des sentiments si forts à son égard. Vous aimez bien Aaron ?
— Je le trouve insupportable, mais j'ai du mal à ne pas l'apprécier. Il lui ressemble.
— Vous pensez toujours à sa mère ?
— C'est moi qui suis censé poser les questions, dit Ryan en s'appuyant au dossier de sa chaise.
— Posez-les donc, dit Mme Porter d'un air vexé.
— Avez-vous jamais eu une liaison avec Donald Malloy ?
— Bien sûr que non.
— Pourquoi "bien sûr que non" ?
— C'est mon employeur.
— Vous ne le trouvez pas attirant ?
— Je n'ai jamais pensé à lui de cette façon-là. »
Ryan songea aux sentiments de Mme Porter à l'égard des hommes. Il croyait qu'on reconnaissait toujours les femmes qui aimaient le sexe, mais Mildred Porter n'en montrait aucun signe. Ryan supposa qu'il s'était trompé là-dessus, comme sur d'autres choses.
« Allez-vous relâcher Aaron maintenant ? demanda-t-elle.
— Immédiatement. »
Une heure plus tard, Ryan remit Aaron en liberté. Le policier resta silencieux pendant qu'ils marchaient vers sa voiture. Il voulait rendre Aaron curieux, si c'était possible. Le ciel s'était couvert de nuages et la température baissait. Il y aurait de la neige dans la soirée. Aaron regardait droit devant lui à travers le pare-brise et se taisait.
« Dis-moi, fit Ryan après quelques kilomètres, que trouves-tu à Mildred Porter ?
— Elle aime le sexe. » Aaron continua à regarder droit devant lui. Il en voulait à Ryan de l'avoir mis en

prison. Sa colère rendait plus sombre la cicatrice en forme de L sur sa joue.

« Elle doit avoir vingt ans de plus que toi et elle n'est pas jolie.

— Dix-huit ans, et je baisais son corps, pas son visage. »

Ryan était plutôt choqué.

« Mais elle devait te plaire.

— Donnez-moi le choix entre une femme laide qui aime le sexe et une jolie fille qui ne s'y intéresse pas, et je choisirai la laide. J'apprécie Mildred Porter. Elle est passionnée et modeste.

— Tu comptes la revoir ?

— J'en doute.

— Pourquoi pas ?

— J'ai obtenu ce que je voulais.

— Que sais-tu du meurtre de ta mère ? demanda Ryan.

— Rien de plus que vous.

— Tu en es sûr ?

— C'est ce que j'ai dit, non ? »

Ryan resta silencieux un moment. Entre Potterville et Aurelius, il y avait surtout des champs de choux. À ce moment de l'année, la récolte faite, les champs étaient gris. Les quelques choux oubliés évoquèrent à Ryan des crânes en décomposition.

« Penses-tu que le meurtre de ta mère soit lié à la disparition de ces filles ?

— Je n'en ai aucune idée.

— Soupçonnes-tu certains hommes d'avoir pu tuer ta mère ?

— Je n'en ai aucune idée.

— Pourquoi as-tu dit à Harriet de coucher avec moi ?

— Demandez-le-lui vous-même. »

Après que Ryan eut déposé Aaron en ville, il se rendit à la Taverne de Bud. Il voulait approfondir une idée qu'il venait d'avoir. Il n'était pas encore onze heures et demie, et Sheila Murphy se trouvait derrière le bar, lavant des verres. Sa chevelure rousse était rassemblée sur le sommet de sa tête et elle écarta quelques mèches folles en levant les yeux vers Ryan. C'était une jeune femme bien en chair, à la forte poitrine ; elle avait environ vingt-cinq ans et commençait à grossir. Une odeur de viande en train de cuire venait de la cuisine.

« Le déjeuner n'est pas encore prêt, dit Sheila. Vous voulez une bière ?

— Je veux discuter.

— Je suis très occupée, dit Sheila d'un air de regret. Plus tard, peut-être ?

— Je suppose que je pourrais vous emmener au bureau, on pourrait parler là-bas », répondit Ryan en essayant de prendre l'air aimable.

Elle resta silencieuse un moment.

« De quoi voulez-vous parler ?

— Étiez-vous amie de Janice McNeal ?

— On se connaissait, dit Sheila, surprise.

— Je veux en savoir plus, dit Ryan en s'asseyant sur un tabouret.

— Par exemple ?

— Sortiez-vous ensemble avec des hommes ?

— Je ne vois pas en quoi ça vous regarde », dit Sheila en élevant la voix. Elle jeta un rapide coup d'œil vers la cuisine.

« Alors, allons au bureau.

— Très bien, bon Dieu. » Sheila se mordit la lèvre inférieure, laissant sur ses dents une trace de rouge à lèvres.

« Je lui rendais parfois visite chez elle. Je l'aimais bien. Nous sortions parfois avec des hommes que je connaissais ou qu'elle connaissait.

— Vous faisiez l'amour avec ces hommes ? »

Sheila plia sa serviette et la posa sur le comptoir.

« Quelquefois. S'ils nous plaisaient.

— Donc, vous connaissiez les hommes avec lesquels elle avait des relations ?

— Je savais que vous y étiez passé, dit Sheila avec mauvaise humeur, en repoussant une mèche. Mais je ne connaissais pas tous ses amants.

— Aaron vous a-t-il posé ces questions ?

— Quand ça ?

— Cette nuit-là, au motel, quand il vous a mordue.

— Comment le savez-vous ? »

Sheila avait posé les deux mains sur le comptoir et se penchait vers Ryan. Il faisait lentement tourner son tabouret vers la gauche, puis vers la droite. Ça avait quelque chose de presque enfantin.

« Vous ne lui avez pas répondu, n'est-ce pas ? C'est pour ça qu'il s'est mis en colère.

— Je lui ai dit que ça ne le regardait pas. Et ça ne vous regarde pas non plus.

— Lui avez-vous dit quoi que ce soit ?

— On plaisantait. Moi, en tout cas. Je lui ai dit que sa mère se moquait d'un homme qui avait une profession. C'est ainsi qu'elle l'appelait, "un homme de profession", comme si c'était une plaisanterie. Il m'a demandé qui c'était, et je n'ai pas voulu le lui dire. J'avais compris qu'il était sorti avec moi juste pour me poser ces questions, et j'étais vexée. Et puis je ne voulais causer d'ennuis à personne. On jouait à se battre. Il m'a dit qu'il me ferait la même chose qu'à Hark si je ne répondais pas. Je croyais qu'il plaisantait. Je lui ai dit d'aller se faire foutre. À ce moment-là, il m'a mordue.

— Qui était cet homme avec une profession ?

— Je ne veux pas vous le dire. Je ne sais même pas si elle a jamais couché avec lui.

— Que vous le vouliez ou non, il s'agit d'une affaire de police – vous devez parler. »

Deux hommes entrèrent et Sheila se dirigea vers eux.

« Je vais vous emmener au bureau, je vous le jure », dit Ryan.

Sheila lui lança un regard mauvais.

« En fait, je ne sais pas vraiment qui c'était. Mais je parierais qu'il s'agissait du docteur Malloy. Vous êtes content, maintenant ? Janice disait qu'elle aimait baiser des médecins, ils sentent toujours le propre. »

Ryan la regarda s'éloigner le long du comptoir pour accueillir les deux hommes. Il les connaissait de vue, deux fermiers, mais il ne savait pas comment ils s'appelaient. Il pensa à Janice et à ses appétits. Il quitta ensuite la taverne et retourna à sa voiture. Il se rendit devant la maison de Janice, dans Hamilton Street.

Pendant l'heure qui suivit, Ryan s'entretint avec les voisins de Janice, Floyd et Loïs Washburn à gauche et Mme Winters à droite. Il les avait interrogés immédiatement après l'assassinat, mais il voulait maintenant leur parler de nouveau. Il leur posa à tous la même question : Aaron McNeal était-il venu les voir récemment ?

Ils dirent tous trois qu'Aaron leur avait plusieurs fois rendu visite durant les derniers mois. Il voulait savoir qui ils avaient vu entrer chez Janice à l'époque du meurtre.

« Il a même demandé si je vous avais vu, dit Mme Winters, une enseignante à la retraite dont le salon sentait le moisi, une odeur de vieux livres et de chats en trop grand nombre. Avez-vous vu Ryan Tavich, voilà ce qu'il m'a demandé. Mais il m'a posé des questions sur d'autres hommes aussi.

— Qui ? demanda Ryan, debout dans l'entrée de Mme Winters.

— Toutes sortes de gens. Non, ce n'est pas vrai. Il s'intéressait à ce qu'il appelait "des hommes avec une profession". Il y avait plusieurs hommes de loi, un comptable, un professeur, un ingénieur.

— Le comptable était-il Paul Leimbach ?

— Oui, c'était lui.

— Et le professeur ?

— Le professeur Carpenter, de la faculté, dit Mme Winters en clignant de ses petits yeux noirs.

— Et aviez-vous vu l'un de ces hommes ?

— Je lui ai dit que je ne passais pas mes jours et mes nuits à guetter les gens qui rendaient visite à sa mère.

— A-t-il posé des questions sur le docteur Malloy ?

— Pas du tout. »

Floyd et Loïs Washburn firent approximativement les mêmes réponses. Ils étaient en train de déjeuner dans la cuisine et Ryan accepta une tasse de café. Floyd, un réparateur d'appareils électroménagers, portait une chemise et un pantalon verts.

« Il a lâché toute une série de noms, surtout des gens que je ne connaissais pas, mais vous en faisiez partie. Bien sûr, je vous avais vu avec Janice, mais c'était un certain temps avant qu'elle soit tuée.

— On aurait cru qu'on devrait tenir des listes, dit Loïs. Il avait l'air surpris qu'on ne l'ait pas fait.

— Pour vous dire la vérité, dit Floyd, j'essayais de ne pas remarquer qui entrait dans cette maison, ça aurait pu être embarrassant. Comme votre dentiste, pouvez-vous imaginer votre dentiste engagé dans une liaison illicite ?

— Et vous dire qu'il touchera votre bouche avec les mêmes mains... » dit Loïs.

À son départ, Ryan n'en avait guère appris plus que lors des semaines qui avaient suivi l'assassinat de Janice, et ce qu'il avait appris concernait Aaron plus que sa mère. Pourtant, il était satisfait. Le comportement d'Aaron paraissait moins arbitraire. Ryan se rendit à la faculté. Il voulait parler à Sherman Carpenter du département d'histoire, l'homme avec lequel Harriet Malcomb s'était rendue dans un motel le soir de Halloween. Ryan s'était entretenu auparavant avec lui pour confirmer les dires de Harriet. Il avait maintenant une autre question à poser.

Carpenter se trouvait en compagnie d'un étudiant

et Ryan attendit dans le couloir. Les étudiants qui passaient le regardaient avec curiosité. Il entendait Carpenter rire et raconter une anecdote au sujet de John L. Lewis et de ses épais sourcils blancs.

Quand l'étudiant partit, Ryan passa la tête par la porte. Carpenter était assis à son bureau couvert de papiers.

« Juste une question. Harriet vous a-t-elle demandé quelque chose à propos de Janice McNeal ?

— Entrez et fermez la porte, voulez-vous ? »

Ryan entra et ferma la porte. Carpenter était un homme sportif, proche de la quarantaine. Ryan n'avait rien contre lui, si ce n'est qu'il ressemblait trop, d'allure et de langage, à un professeur : trop de tweed et de poils sur le visage.

« Elle m'a demandé si je baisais Janice.

— Et c'était le cas ?

— Une ou deux fois. Pour être franc, elle était trop directive. Fais ci, fais ça. Je n'aimais pas ça.

— Quand était-ce ? »

Carpenter se passa la main sur le front. Il semblait à la fois intimidé et ironique, comme s'il était embarrassé mais pas trop.

« Environ un mois avant sa mort.

— Harriet vous a-t-elle demandé si Janice avait parlé d'un "homme de profession" ?

— Oui, mais Janice ne l'avait jamais fait. Pour autant que je sache, c'était moi l'homme avec une profession. Janice et moi ne parlions pas beaucoup. On se mettait tout de suite au travail, si vous voyez ce que je veux dire. »

Ryan s'aperçut qu'il serrait les dents.

« Harriet vous a-t-elle demandé si Janice avait parlé du docteur Malloy ou de Paul Leimbach ?

— Non, elle ne m'a posé de questions que sur un homme en particulier. » Carpenter eut à nouveau son expression d'ironie embarrassée.

« Et qui donc ?

— Elle m'a demandé si Janice m'avait jamais parlé de vous. Je lui ai répondu que je me souvenais d'une seule chose. Janice m'avait dit que les femmes avec lesquelles vous sortiez vous appelaient le Vieux Muet. Ça a fait rire Harriet. »

Le lendemain du jour où j'avais reçu la visite des Amis de Sharon Malloy, je décidai d'aller me faire couper les cheveux, et ce n'était pas une décision tout à fait ordinaire. J'allais d'habitude chez un barbier, Jimmy's, où un vieil homme du nom de Jimmy Hoblock me coupait les cheveux. En fait, il me les coupait dans ma jeunesse. Mais j'avais remarqué que Make Waves se présentait comme salon pour hommes et femmes, aussi décidai-je de me faire coiffer par Jaime Rose. On comprendra que c'était la curiosité qui me poussait.

Je me rendis en ville après mes cours et, après une courte attente, je me retrouvai dans un fauteuil, avec Jaime derrière moi.

« Ça fait longtemps », dit-il.

J'expliquai que je m'étais fait couper les cheveux le mois précédent.

« Je veux dire, depuis que je ne vous ai pas vu. » Jaime portait une barbe noire impeccable qu'il devait tailler poil par poil. Loin d'être broussailleuse, elle soulignait nettement ses joues. Le drap qui me couvrait semblait être de satin noir.

Je lui dis que j'avais été très pris et que, de toute façon, les affreux événements survenus dans notre ville m'avaient dissuadé de sortir de chez moi sans nécessité absolue. Cookie Evans coiffait Brigit Dally à l'autre bout de la pièce, parlant sans cesse pendant qu'elle officiait.

« Ça ne vaut plus guère la peine de vivre ici, dit Jaime.

— Vous pensez partir ?

— J'y ai songé. J'ai des amis ailleurs. » Il insista un peu sur le mot « amis ». Jaime n'était pas particulièrement efféminé, mais il ne frappait pas par sa virilité.

« Je ne peux pas croire que le responsable de tout ça soit un habitant d'Aurelius, dis-je.

— Oh, ça ne m'étonnerait pas.

— Vous êtes sérieux ? »

Jaime me regarda dans le miroir. Il en savait plus sur moi que je ne l'aurais souhaité, bien que nous ne soyons jamais sortis ensemble, ni ne nous soyons intéressés l'un à l'autre – de cette façon-là, je veux dire. Mais je savais que je l'aiderais s'il en avait besoin, comme il me viendrait en aide si nécessaire. Je n'aurais pas réagi de la même façon à New York, mais Aurelius était une petite ville.

« Croyez-moi, dit-il, j'ai connu des gars givrés.

— Ça ne signifie pas que l'un d'eux pourrait enlever une petite fille. »

Jaime revint à mes cheveux. C'était la première fois de ma vie qu'on me faisait une coupe au rasoir, et je me demandai combien ça me coûterait.

« Peut-être pas, mais si je parlais à la police de deux ou trois de nos concitoyens, ça ferait beaucoup de bruit.

— Que voulez-vous dire ? » demandai-je aussi calmement que je le pouvais.

Jaime me fit un clin d'œil dans le miroir.

« N'allez pas trop vite en besogne.

— Si vous savez quoi que ce soit concernant ces filles, dis-je fermement, vous devez le dire à la police.

— Bien sûr, je ne sais rien de *ce* genre, répondit Jaime, sur la défensive. Je dis juste que certaines personnes ne sont pas ce qu'elles prétendent être. En fait, certaines personnes sont très vilaines. »

Je mourais d'envie de savoir de qui il voulait parler, mais je sentis que je ne pouvais pas insister.

« Nous avons tous nos secrets », dis-je.

Jaime me pulvérisa quelque chose sur les cheveux.

« Certains secrets sont plus noirs que d'autres. »

Il donna encore quelques coups de ciseaux.

« Vous connaissez ces deux frères qui font partie d'un groupe marxiste à la faculté ? demanda-t-il.

— Jesse et Shannon Levine ?

— C'est ça.

— Ont-ils de noirs secrets ?

— Pas du tout, mais j'ai eu l'occasion de leur parler au bar du Gillian's Motel, et ils se sont montrés insultants. J'ai été très surpris.

— Apparemment, ils ont battu Barry Sanders, ou ils ont essayé.

— Ça ne m'étonne pas. Mais je ne faisais que bavarder. »

Debout derrière moi, Jaime posa les mains sur mes joues et me fit tourner la tête à gauche puis à droite devant le miroir.

« Vous pourriez vous les faire épaissir un peu, dit-il.

— J'ai peur de ne plus avoir l'âge.

— Quelle idée affreuse, dit Jaime. Peut-être devrais-je partir après tout. Qu'est-ce que je fais dans une ville aussi idiote ? Même Syracuse vaudrait mieux.

— Ces gens vous font-ils peur ? demandai-je. Je veux dire, les gens qui ont des secrets ?

— Bien sûr que non, répondit-il en ébouriffant mes cheveux pour les gonfler un peu. Je faisais seulement la conversation. »

Ma coupe fut bientôt terminée. En fait, ce n'était qu'un petit incident dans une journée principalement occupée par mes cours, un incident qui n'aurait eu aucune importance sans ce qui se produisit plus tard. Quand je dis que je suis avant tout allé à Make Waves pour voir Jaime Rose, c'est sans doute faux. Le fait est que mes cheveux s'éclaircissent, et que la calvitie me menace. J'espérais par vanité, sans autre motif, que Jaime Rose pourrait y faire quelque chose. Et mes cheveux, j'en suis certain, eurent bien meilleure allure pendant plusieurs jours.

# 34

Depuis la disparition de Meg Shiller, la porte du poste de police et les trois autres entrées de l'hôtel de ville étaient surveillées vingt-quatre heures sur vingt-quatre. Le capitaine Percy était optimiste. Si le même homme était responsable des deux enlèvements, il restituerait certainement les vêtements de Meg comme ceux de Sharon.

La question qui se posa plus tard fut celle du nombre de gens informés de cette surveillance. Il fallait guetter quatre moniteurs vidéo vingt-quatre heures sur vingt-quatre. Deux des caméras se trouvaient dans la réserve des Chaussures Weber, au nord de l'hôtel de ville, de l'autre côté de la rue. Les deux autres étaient installées au premier étage de Bob Moreno's, confection pour hommes, au sud. Les moniteurs se trouvaient au sous-sol de l'hôtel de ville. Bob Moreno connaissait l'existence des caméras, comme Charlie Weber. Aussi, quand on se demanda comment le ravisseur savait que le poste de police était surveillé, la réponse parut évidente : trop de gens étaient au courant pour que le secret soit gardé.

Frieda Kraus, qui de l'avis de beaucoup de gens faisait tourner l'*Independent*, arrivait à sept heures et demie tous les matins, et parfois plus tôt. Franklin avait eu la chance d'embaucher une insomniaque dotée de l'énergie d'un bulldozer. Si elle avait su écrire, elle aurait pu prendre la direction du journal, mais heureusement pour Franklin, ce n'était pas le cas. Elle avait la cinquantaine, cinq chats siamois et un grand jardin. Deux des chats vivaient dans les bureaux du journal, parce qu'ils ne s'entendaient pas avec les trois autres. Frieda avait eu beaucoup de petits amis quand elle était plus jeune, mais aucun lien permanent ne s'était établi. Selon Franklin, elle les avait épuisés. Elle avait maintenant une liaison discrète avec un artisan couvreur de Norwich, qui venait la voir une fois par semaine. À cause de son énergie et de son constant flot de paroles (consacré pour la plus grande part à décrire les rencontres sportives qu'elle regardait toute la nuit grâce à son antenne satellite), elle était de fréquentation difficile.

Frieda était une cousine éloignée de la mère de Meg Shiller, née Helen Kraus, et se sentait donc particulièrement affectée par la disparition de Meg. Frieda avait l'air robuste et portait ses courts cheveux noirs peignés en avant, comme Marlon Brando dans le film *Jules César*. Elle avait des lunettes aux verres énormes qui agrandissaient non seulement ses yeux, mais aussi ses sourcils et le haut de ses pommettes.

En marchant de chez elle au journal, Frieda réfléchissait à la journée ennuyeuse qui l'attendait. L'*Independent* ayant été mis en vente la veille au soir, elle aurait du mal à s'occuper. Les magasins étaient encore fermés et on voyait peu de monde dans les rues. Quand Frieda s'approcha du journal, elle vit qu'un carton de bière Miller fermé par du papier collant argenté pendait à la poignée de la porte. Il arrivait qu'un correspondant local laisse un article concernant un match nocturne ou même un accident de la route scotché sur la porte, mais c'était la première fois qu'elle trouvait un carton.

Le papier collant entourait le bouton de porte et Frieda se servit de son couteau suisse pour le trancher. Elle ouvrit la porte, entra et posa le carton sur son bureau. Avant de regarder ce qu'il contenait, elle nourrit ses chats. Puis elle ouvrit le colis. Quand elle souleva le couvercle, la première chose qu'elle vit fut une main, la paume vers le haut, avec des ongles ensanglantés. Elle recula de quelques pas, renversant une chaise. Il lui fallut un moment pour réaliser que la main était fausse, une main de caoutchouc remplie de plâtre. Elle reposait sur une pile de vêtements pliés.

Frieda appela Chuck Hawley au poste de police et Franklin chez lui. Puis, en attendant la police, elle prit plusieurs photos du carton avec la main, qui parurent dans le journal du jeudi suivant. Comme Frieda savait que la police surveillait le commissariat, elle ne fut pas surprise que le carton ait été déposé au journal.

Le capitaine Percy arriva le premier. Il semblait être en colère, mais c'était sans doute la déception.

« Pourquoi avez-vous ouvert le carton ? demanda-t-il à Frieda.

— Comment aurais-je su ce qu'il y avait dedans sans l'ouvrir ? »

Franklin arriva quelques minutes plus tard pour trouver son bureau envahi par les policiers. En fait, il dut entrer par la porte de service, pendant qu'on photographiait la porte principale, qu'on y cherchait des empreintes et que les alentours étaient fouillés.

Quand Franklin entra, il vit Percy sortir une enveloppe du carton et la mettre dans sa poche.

« Qu'est-ce que c'est ? demanda-t-il.

— Ça ne vous regarde pas. Je ne veux pas de vous ici.

— Vous allez me chasser de mon propre bureau ?

— Exactement », répondit Percy, et c'est ce qu'il fit.

En plus de la main, le carton contenait les vêtements que Meg portait le soir de Halloween. Les taches rouges sur la chemise blanche causèrent d'abord beaucoup d'émoi, puis il devint clair qu'il s'agissait de peinture et que cela faisait partie du déguisement de Meg. Ses parents reconnurent les vêtements. Il était affreux de se dire que Sharon et Meg étaient nues quelque part. Du moins était-ce ce qu'il semblait, maintenant que leurs habits avaient été restitués.

Le rapport du laboratoire d'Ithaca, qui arriva dans l'après-midi, disait que rien, dans ou sur la boîte, ni aux alentours de la porte du journal, ne révélait qui l'avait déposée. Personne n'avait rien vu. Roy Hanna avait fait sa patrouille dans Main Street vers cinq heures, et il affirmait que rien n'était attaché à la porte de l'*Independent* à quatre heures et demie. Des membres des Amis décidèrent de leur propre chef de demander aux habitants du centre-ville s'ils avaient vu quoi que ce soit de suspect. Ils faisaient parfois leur apparition juste au moment où les policiers partaient. Bien sûr, ils posaient les mêmes questions qu'eux.

Percy se plaignit à Paul Leimbach des activités des Amis ; d'un point de vue technique, il aurait dû s'adresser aux coprésidents, Sandra Petoski et Rolf Porter.

« Nous voulons nous assurer que tout ce qui peut être fait est bel et bien fait », dit Leimbach sur un ton plutôt agressif.

Ryan pensait que, même si Percy n'aimait pas Leimbach et le considérait comme une source de problèmes, il était heureux de disposer de volontaires pour les recherches et conscient de leur pouvoir, de leur influence politique. Il prenait donc soin de ne pas offenser Leimbach.

« Je vous assure que nous faisons tout ce qui est possible, dit Percy.

— Les filles n'ont pas été retrouvées, répondit Leimbach.

— Cela ne nous aide pas d'avoir vos gens dans les jambes.

— Ils veulent s'assurer que rien n'est oublié. »

Percy avait les joues rouges, pas d'un rouge naturel mais plutôt comme passées au papier de verre. Par contraste, son front semblait très pâle.

« Et vous croyez que nous avons oublié quelque chose ? demanda Percy.

— Les filles ont-elles été retrouvées ? »

Franklin, qui assistait à cette conversation, me dit que la voix de Percy était aussi sèche que du bois mort. Il se tenait très droit, les bras croisés. Les confrontations publiques entre gens qui se détestent mais ne peuvent le montrer sont extrêmement pénibles.

« Que feriez-vous que nous ne faisons pas ? demanda Percy.

— Je fouillerais toutes les maisons de la ville, dit Leimbach. Toutes les maisons du comté.

— Ce serait illégal.

— Est-ce que les filles ne sont pas plus importantes ? »

Quand ils furent seuls ce matin-là, Percy et le chef Schmidt ouvrirent l'enveloppe que le capitaine avait sortie du carton. Ils se trouvaient dans le bureau de Schmidt.

À nouveau, il y avait une liste de mots faits de lettres découpées dans un journal et collées sur une feuille de papier. Certaines lettres avaient été barrées, presque arrachées, au stylo, si bien que « PUTE » devenait « UTE » et « SALOPE » « SALPE ». La feuille de papier ne portait pas d'empreintes.

Les psychologues envoyés par le FBI trouvaient très important le fait que les vêtements de Meg aient été renvoyés plus rapidement que ceux de Sharon. Ils parlaient aussi de la difficulté qu'il y avait à laisser le carton à la porte du journal et de l'ingéniosité dont avait fait preuve le ravisseur. Toutefois, la restitution des vêtements était une forme de déclaration publique.

Les psychologues affirmaient que, même si la personne en question essayait de se protéger, une partie d'elle-même souhaitait se faire prendre. À un certain niveau, cet homme était horrifié par ce qu'il faisait. En conséquence, il se mettrait à courir de plus grands risques et agirait plus souvent – non par bravade mais par désir d'être arrêté.

Ryan Tavich était présent à ces réunions.

« Vous assisterez, dit un psychologue venu de la grande ville, à une augmentation de la brutalité et de l'audace du criminel, qu'on pourrait presque interpréter comme un appel à l'aide. »

C'était un petit homme à la barbe noire, avec une veste en tweed. Ryan raconta qu'il avait l'air d'un rat maigre.

« Vous voulez dire qu'il y aura d'autres enlèvements ? demanda Schmidt.

— Certainement, répondit le psychologue. Il y aura au moins des tentatives. Tout cela correspond aux schémas classiques d'accélération. »

Ryan n'aimait pas ces experts, estimant qu'ils prenaient avantage de nos ennuis pour toucher des honoraires élevés.

« Tout ce que je sais, dit-il plus tard, c'est qu'on a une ville pleine de connards. »

Il convient à ce point de mentionner un autre incident. Mme Respighi, la voyante, se trouvait toujours au motel, plongée dans ses mystérieuses investigations. Deux jours après la découverte du carton de vêtements au bureau de l'*Independent*, on lui confia la chemise blanche aux taches de peinture pour qu'elle la renifle ou se concentre dessus, suivant ses méthodes. La police n'y était pas favorable, mais les parents de Meg le demandaient, comme les Amis de Sharon Malloy. En fait, ils insistaient. Le capitaine Percy trouvait absurde de donner cette chemise à une voyante, mais il ne pouvait refuser.

Mme Respighi reçut le vêtement et se retira dans ses appartements privés pendant que certains des Amis attendaient à l'extérieur. Il y avait Donald Malloy et cinq ou six autres, dont Sandra Petoski. Sandra était une de ces personnes qui ont besoin de faire partie de tout ce qui se passe et d'en parler sans fin. On se demande ce que ses élèves durent subir pendant cette période.

Au bout de dix minutes, Mme Respighi les appela. Comme je l'ai dit, c'était une femme d'allure plutôt ordinaire, qui portait des tailleurs gris et des lunettes à monture de corne. En fait, les tailleurs gris étaient sa marque distinctive. Elle vivait dans le nord de la Californie, mais elle avait gardé un léger accent de Brooklyn, où elle avait grandi.

« Plusieurs images se sont manifestées », leur dit-elle. Elle était assise sur une chaise devant une table, les autres se tenaient debout. La chambre ressemblait à toutes les chambres de motel, confortable et impersonnelle. Elle tenait la chemise tachée de peinture dans ses mains – dans ses poings serrés, en fait.

« Je vois une cave avec un sol en terre battue », dit-elle.

Je ne vous infligerai pas tout son discours, fort long. Bien sûr, les Amis étaient suspendus à ses paroles. Elle décrivit une maison qui avait besoin d'un coup de peinture, une maison blanche, vieille de peut-être cent cinquante ans. Elle décrivit une véranda. C'était une maison longue et étroite, avec deux étages et un garage pour une voiture à l'arrière. Elle décrivit une fenêtre en saillie, des volets noirs, et des érables dans le jardin. Elle décrivit également un homme y vivant seul. Nombre de maisons d'Aurelius correspondaient à cette description, mais plus elle donnait de détails, plus les Amis se faisaient d'idées.

« Pouvez-vous nous donner un nom de rue ? demanda Donald Malloy.

— Un explorateur célèbre, dit Mme Respighi. Un navire.

— Hudson Street », dit Sandra Petoski.

Je précise qu'il y a aussi à Aurelius des rues portant les noms de Cook, De Soto et Francis Drake.

D'autres questions furent posées, un plan d'Aurelius consulté, et il fut décidé que Mme Respighi parlait d'Irving Powell, qui habitait dans Hudson Street et avait découvert le corps de Chihani. C'était le samedi, en fin de matinée.

« Voyez-vous un chien ? demanda Sandra Petoski, qui pensait à Sidney, le labrador marron de Powell.

— Non, je ne vois pas de chien », répondit Mme Respighi.

Donald Malloy voulait aller immédiatement chez Powell, mais Sandra dit qu'il vaudrait mieux appeler la police. Elle téléphona à Ryan Tavich.

« Nous ne pouvons pas fouiller la maison de Powell sans mandat de perquisition, et nous ne pouvons pas obtenir de mandat sur la foi des déclarations d'une voyante, lui dit Ryan après qu'elle lui eut expliqué ce qu'avait dit Mme Respighi. Allons, Sandra, réfléchissez un peu. »

On critiqua plus tard le manque de tact de Ryan.

« À partir de maintenant, lui dit le capitaine Percy, c'est moi qui parle à ces gens. »

Sandra raconta à Malloy et aux autres comment Ryan avait réagi.

« Alors, on va y aller nous-mêmes », dit Donald.

Irving Powell travaillait dans les services comptables de la mairie depuis trente ans, et la chef comptable, Martha Schroeder, affirmait que rien ne pouvait se faire sans lui. Il était veuf, ses enfants avaient grandi, et il vivait seul avec son chien. Il faisait partie du groupe de lecture de la bibliothèque, d'un club de jardinage et d'un club d'échecs. Pour autant que je sache, il n'était pas homosexuel, heureusement.

Vers midi, Malloy, Sandra Petoski et plusieurs autres se rendirent chez Powell et lui expliquèrent ce qu'ils voulaient. Il ne les fit pas entrer, le chien aboyait à l'intérieur. Il lui fallut dix minutes pour comprendre de quoi ils parlaient. Powell était un homme osseux, un peu voûté, qui portait souvent des cardigans et se penchait vers ses interlocuteurs pour mieux entendre.

« Je ne vous autorise évidemment pas à fouiller ma maison », dit-il.

Malloy et les autres reculèrent jusqu'au trottoir. Ils pensaient que, si Powell était coupable, il risquait de détruire les preuves. Sandra dit qu'il leur fallait plus de monde, et Tom Simpson alla au bureau des Amis chercher de l'aide. À midi et demi, cinquante volontaires se pressaient autour de la maison. Quand Powell s'en aperçut, il appela la police, prétendant qu'on attaquait sa maison. Quatre voitures de patrouille arrivèrent en quelques minutes, et le capitaine Percy peu après. Il ne fut pas content de voir les Amis.

« Pourquoi ne nous avez-vous pas appelés ? demanda Percy.

— Nous l'avons fait, répondit Malloy, nous avons parlé à Ryan Tavich. Ça ne l'intéressait pas. »

À ce moment, une foule importante s'était réunie. Irving Powell était sur sa véranda, tenant Sidney par le collier. On ne savait pas trop lequel protégeait l'autre. Franklin était arrivé et interviewait Sandra Petoski. « Nous avons pensé que nous n'avions pas le choix, qu'il fallait agir », répétait-elle. Quelqu'un traita Powell de pervers. Cela semblait d'abord être une plaisanterie, mais la tension de la foule était telle qu'il suffit d'un moment pour que ce propos fût pris au sérieux. Ils espéraient qu'un indice serait découvert et que Powell serait arrêté, mettant un point final à toute l'histoire. Des rumeurs couraient dans la foule. Certaines personnes prétendaient que Chihani était encore vivant quand Powell l'avait découvert, et qu'il l'avait achevé. Beaucoup de gens étaient prêts à penser le pire de Powell, qui avait pourtant, autant que je sache, mené une vie irréprochable. Mais le fait qu'il soit irréprochable n'avait aucune importance. Qui savait ce qu'il pouvait faire tout seul au cœur de la nuit ?

Le capitaine Percy monta sur la véranda parler à Powell.

« Le mieux, dit-il, serait que vous fassiez entrer deux ou trois d'entre eux chez vous ; je les accompagnerai, ainsi que le chef Schmidt. Ou alors, vous pouvez appeler votre avocat.

— Mais c'est absurde, dit Powell.

— Je ne veux pas vous dicter votre conduite, dit Percy.

— Si je les laisse entrer, est-ce que les autres sortiront de mon jardin ?

— S'ils sont satisfaits.

— Je déteste ça », dit Powell

Le capitaine Percy essaya de prendre un air patient, mais il ne réussit qu'à produire une grimace. Chuck Hawley me raconta que Powell était au bord de la crise d'hystérie, mais je ne sais pas si c'est vrai. Imaginez que vous avez passé toute votre vie dans une ville, en membre respecté de la communauté, et qu'on vous soupçonne soudain de perversion et de meurtre, et que plus de cent personnes encerclent votre maison. Même dans ses pires cauchemars, Powell n'aurait jamais imaginé une chose pareille.

« Entrez, alors. »

Donald Malloy, Sandra Petoski et Dave Bauer du YMCA représentaient les Amis, Percy, le chef Schmidt et Chuck Hawley la police. Powell leur fit visiter sa maison.

« Dave Bauer rampait dans le bas des placards, me dit Chuck. Le sol de la cave n'était pas en terre battue, c'était une chape de béton. »

Powell avait passé sa vie entière dans cette maison et y avait accumulé énormément de choses. Et les possessions de sa défunte femme étaient restées là ; ses trois enfants, maintenant grands, avaient laissé des affaires. Une camionnette de télévision vint bientôt s'arrêter devant la maison. Le fait que Mme Respighi ait apparemment désigné Irving Powell était une nouvelle intéressante.

Les policiers et les Amis passèrent une heure à l'intérieur, sans rien trouver.

« Bien sûr, il pourrait encore y avoir des choses cachées, dit Malloy.

— Faites venir les gens de votre laboratoire, dit Powell, proche de la panique. Passez-y autant de temps que vous voudrez. Vous pouvez faire tout ce que vous voulez.

— Je ne pense pas que ce soit nécessaire, dit Sandra Petoski.

— Alors, comment pourrons-nous être sûrs ? » demanda Malloy. Ils se trouvaient sur la véranda. Il y avait des caméras de télévision et des photographes.

« Je vous en prie, dit Powell, si vous avez besoin du laboratoire, allez-y. »

Le capitaine Percy appela donc le laboratoire. Pourquoi prolonger le récit ? Rien ne fut découvert. Mais, Powell ayant été suspecté, il était difficile de le laver de tout soupçon. Plusieurs des Amis, y compris Donald Malloy, suggérèrent que l'équipe du laboratoire aurait pu fouiller plus consciencieusement. Dans la soirée, quelqu'un lança une pierre dans une des fenêtres d'Irving Powell. En conséquence, un policier fut mis en faction devant chez lui vingt-quatre heures sur vingt-quatre pour les cinq journées suivantes. Powell se porta volontaire pour venir en aide aux Amis. Il avait eu peur et faisait peine à voir.

Mme Respighi ne s'excusa pas, mais ce n'était pas forcément la maison de Powell qu'elle avait vue dans ses « images ». Pour moi, c'était le soupçon qui était responsable de toute l'affaire, le Soupçon avec un grand S. C'était comme un projecteur mobile qui illuminait tantôt l'un et tantôt l'autre. Irving Powell vécut quelque temps dans un état proche de la terreur, puis l'attention se porta ailleurs.

Parmi la foule réunie devant la maison de Powell se trouvaient Barry Sanders et Jaime Rose, qui passaient par là. Le salon de coiffure fermait à midi le samedi. Barry allait à la faculté, et Jaime l'accompagnait parce qu'il n'avait rien d'autre à faire. C'était une douce journée d'automne, et beaucoup de gens faisaient leurs derniers travaux de jardinage avant l'hiver. Barry portait, ainsi qu'il en avait l'habitude dans la journée, un chapeau – en fait une casquette de golf – et des lunettes noires. Jaime, qui aimait le cuir, portait un pantalon de cuir et un blouson de la même matière sur un chandail. Ils avaient tous deux l'air plutôt déplacé à Aurelius.

J'avais mentionné à Franklin ma conversation avec Jaime quelques jours auparavant, et peut-être avais-je un peu exagéré pour rendre mon récit plus intéressant. Franklin se dit qu'il s'adresserait lui-même à Jaime, aussi traversa-t-il la foule pour l'aborder. Le coiffeur et lui se connaissaient un peu.

« Ooh, dit Jaime, un journaliste de choc.

— J'aimerais en savoir plus sur ce que vous pensez des habitants d'Aurelius, dit Franklin.

— Il faut que j'aille à l'école », fit Barry qui s'éloigna en hâte. C'était peut-être par timidité, mais un observateur aurait pu penser autre chose, et le problème était là, il y avait des observateurs, plus de cent personnes qui pouvaient les avoir vus ensemble tous les trois.

« Je pense beaucoup de choses, dit Jaime.

— Quelqu'un m'a dit que vous n'étiez pas surpris de ce qui se passe ici, dit Franklin en déformant un peu mes paroles.

— La salope », fit Jaime. Quand il jouait les folles, il y allait à fond, alors qu'il se comportait de façon tout à fait normale la plupart du temps. Évidemment, il était conscient d'avoir un public.

« J'ai horreur des gens qui bavardent à tort et à travers », ajouta-t-il.

Franklin et Jaime partirent en direction du centre-ville, marchant lentement. Ils étaient de la même taille, minces tous les deux. Franklin portait son chapeau de pêche irlandais, Jaime avait la tête nue. Il était fier de ses cheveux et n'aimait pas les couvrir.

« Avez-vous une idée sur le ravisseur ? demanda Franklin.

— Je n'ai jamais dit que j'en avais une, répondit Jaime. J'ai seulement dit que je connaissais des gens qui n'étaient pas très gentils.

— Qui ça ?

— Ne soyez pas idiot. Vous croyez que j'ai envie de vous voir publier leurs noms dans le journal ?

— Mais, s'ils avaient quelque chose à voir avec Meg et Sharon ?

— Je n'ai jamais dit ça, répondit Jaime, l'air méprisant. Ces gens ont juste des désirs qui sortent un peu de l'ordinaire.

— De combien de personnes s'agit-il ? demanda Franklin, qui en imaginait des dizaines.

— Deux ou trois, pas plus.

— Jesse et Shannon Levine en font-ils partie ?

— Bien sûr que non. Ce sont des rustres, voilà tout.

— De quels genres de désirs parlez-vous ?

— Voilà le problème. Ce n'est pas parce qu'un membre respecté de la communauté aime être attaché et fessé qu'il a quelque chose à voir avec ces disparitions. Et que se passerait-il si je vous donnais des noms ?

Pensez à Irving Powell. Qui diable croirait que cet idiot peut être coupable de quoi que ce soit ? Et voilà maintenant qu'on chamboule sa maison. Je crois que cette conversation a assez duré.

— Mais si un de ces hommes…, commença Franklin.

— Non, dit Jaime. On ne devrait même pas me voir parler avec vous. »

Mais il était déjà trop tard.

## 35

J'avais du mal à comprendre l'idée de la violence en tant qu'appel à l'aide. Cela rendait encore plus énigmatiques les motivations du ravisseur. La restitution des vêtements de Meg nous confirmait – comme s'il en était besoin – que celui-ci non seulement vivait à Aurelius, mais savait ce que faisait la police.

Nous avions besoin de telles démonstrations ; sans elles, nous nous serions peut-être dit que le criminel ne pouvait pas être des nôtres.

Le dimanche soir, je somnolais sur un livre quand on frappa soudain à la porte. Surpris, je laissai tomber le volume, un roman de Daphné du Maurier que je relisais. Il était près de onze heures, et je faillis ne pas ouvrir, mais je me forçai à me lever. C'était Sadie.

« Quelqu'un essaie de rentrer par la porte de derrière », dit-elle. Elle portait une chemise de nuit en flanelle, à l'ancienne, et avait les pieds nus. Elle ne cessait de regarder par-dessus son épaule. Je la fis entrer.

Rien n'est aussi contagieux que la peur, et j'aurais voulu avoir un pistolet ou un fusil. Beaucoup de gens en avaient acheté, mais mes seules armes étaient quelques couteaux de cuisine émoussés.

« Où est Franklin ?

— Il n'est pas rentré.

— Et Mme Sanders ?

— Endormie sur le canapé devant la télévision. Je n'arrive pas à la réveiller. Shadow est enfermée dans la cave. Elle n'arrête pas d'aboyer. »

Sadie se tenait près de la cheminée. Avec sa taille svelte et ses petits seins, elle me fit penser à une plante avant la floraison. Elle rejeta ses cheveux en arrière.

« Que s'est-il passé ? demandai-je.

— J'ai entendu grincer l'écran de la porte de derrière, et puis quelqu'un a tourné la poignée. C'était fermé à clef, et on a essayé d'ouvrir de force. Je me suis enfuie à ce moment-là. »

Je voyais bien sa peur, mais je ne voulais pas y croire. Il y avait du vent, peut-être l'écran battait-il seul. L'espoir qu'il n'y ait personne m'empêcha d'appeler la police. On m'avait raconté beaucoup de fausses alertes ridicules. La vieille Mme Sherman s'était enfermée dans sa salle de bains après avoir entendu des souris dans le placard de la cuisine et avait refusé de sortir, même à l'arrivée de la police. Il avait fallu faire venir sa fille de Norwich. Chuck Hawley avait bien ri.

« Allons voir, dis-je.

— Tout seuls ? »

Sadie ne bougeait pas. Je pris le tisonnier de la cheminée.

« On peut au moins réveiller Mme Sanders. »

Sadie hocha la tête et me suivit. Je lui donnai une vieille veste de laine et mis mon manteau. Nous sortîmes sans bruit. La rue était déserte. Le vent poussait quelques feuilles mortes dans les jardins. La plupart des maisons étaient sombres, mais la chambre de la jeune aveugle était allumée. Un étroit croissant de lune devant lequel passaient des nuages noirs planait au-dessus du centre-ville. Sadie me donna un coup de coude et je sursautai. Je n'ai jamais été particulièrement courageux. Enfant, j'avais même peur de faire du camping.

Nous traversâmes le jardin de Pete Daniels. Le lampadaire de la rue projetait nos ombres jusqu'à sa porte. Nous entrâmes dans le jardin de Sadie. Dans la maison, seul le salon était allumé. Même la lampe de la véranda était éteinte. Je tenais le tisonnier le long de ma jambe pour qu'il ne soit pas trop visible. Je me demandais si les gens se mettent souvent en danger simplement par crainte qu'on se moque d'eux.

Les marches du perron craquèrent sous nos pas. Sadie restait juste derrière moi. J'ouvris la porte et nous entrâmes. Shadow aboyait toujours dans la cave, des jappements réguliers. Le salon se trouvait à gauche de l'entrée. La télévision était en marche. Aux nouvelles, on annonçait un double mariage à l'hôpital Saint-Joseph de Syracuse et on diffusait des images de la fête. Mme Sanders gisait sur le canapé, un coussin sous la tête et la bouche ouverte. Elle avait enlevé ses chaussures. Sans ses ronflements, je me serais demandé si elle n'avait pas eu une attaque. C'était une grosse femme aux cheveux argent, avec une permanente agressive. Sa jupe écossaise était remontée et je vis la peau blanchâtre de l'intérieur de sa cuisse. Je détournai les yeux. La télévision babillait en sourdine.

Je m'approchai du canapé pour secouer l'épaule de Mme Sanders. Elle ne réagit pas. Je la secouai plus fort, sa tête glissa du coussin, elle ouvrit les yeux et s'assit.

« Que faites-vous ici ? demanda-t-elle.

— Sadie n'arrivait pas à vous réveiller. Elle était inquiète.

— J'ai le sommeil lourd », dit Mme Sanders.

Sadie était toujours derrière moi. Je me dirigeai vers la porte.

« Où allez-vous ? » demanda Mme Sanders. Elle regardait le tisonnier et je compris que je lui faisais un peu peur. Je baissai moi aussi les yeux vers mon arme de fortune.

« On n'est jamais trop prudent », dis-je. J'allai dans la cuisine.

« Je n'aime pas qu'il soit là », entendis-je Mme Sanders dire derrière moi.

Je ne pus entendre la réponse de Sadie. Je m'approchai de la porte de derrière, qui était verrouillée. J'allumai la lampe extérieure et ouvris la porte. Il y avait une poubelle sur la véranda, le couvercle relevé. Nous avons parfois la visite de ratons laveurs et je me demandai si c'était ce qu'avaient entendu Sadie et la chienne. Rien n'indiquait une tentative d'effraction, mais je ne savais pas quels en seraient les signes. Quelque chose de cassé, sans doute. Sadie avait laissé Shadow sortir de la cave ; la chienne me sauta aux jambes, descendit les marches et se mit immédiatement à aboyer.

Je levai les yeux. Quelqu'un s'approchait de moi entre les arbres. Je levai instinctivement le tisonnier.

« Vous allez vraiment m'attaquer ? » fit une voix. C'était Aaron. Je reconnus sa queue-de-cheval avant de voir son visage.

« Qu'est-ce que vous faites ici ? demandai-je.

— Un raccourci. Sadie est-elle toujours debout ? »

Shadow cessa d'aboyer et courut vers lui. Aaron se pencha pour gratter les oreilles du chien.

« Vous étiez là tout à l'heure ?

— Que voulez-vous dire ?

— Sadie a cru entendre quelque chose. »

Celle-ci m'avait rejoint sur la véranda.

« Aaron », dit-elle.

Aaron s'arrêta au pied des marches et leva les yeux vers nous. Sa queue-de-cheval était tirée en arrière et donnait à ses yeux un air un peu asiatique.

« J'ai des nouvelles pour toi, dit-il à Sadie. Ton père va épouser ma sœur. Ils vont faire ça cette semaine. »

Je pensais que c'était plutôt une bonne nouvelle mais, en regardant Sadie et Aaron, je vis qu'ils ne partageaient pas mes sentiments.

« Qu'est-ce qui se passe dehors ? cria Mme Sanders.
— Une noce », dit Aaron avec un rire.

Après avoir rendu visite à Jaime, je commençai à remarquer l'hostilité dont les frères Levine faisaient preuve envers lui. Bien sûr, Jaime m'avait parlé de leur altercation au Gillian's Bar, mais il ne m'avait pas précisé ce qu'il leur avait dit. Il était possible que Jaime leur ait adressé la parole et que les frères n'aient pas aimé son ton. Mais, en fait, ce qui leur déplaisait, c'était l'amitié du coiffeur et de Barry Sanders.

Le lundi matin, alors que les deux frères passaient devant le salon de coiffure, ils s'arrêtèrent pour jeter un œil à l'intérieur. Jaime posait des bigoudis à Mme Adams, dont le mari était conseiller municipal. Sur le seuil, Jesse et Shannon montrèrent Jaime du doigt en riant d'un rire de dessin animé, à la Woody Woodpecker. Cookie les chassa. Au début, ils ne voulaient pas s'en aller, mais elle les aspergea d'un parfum à l'odeur sucrée, ce qui les vexa beaucoup.

Le mardi, Jesse et Shannon entrèrent à l'Aurelius Grill alors que Jaime et Barry déjeunaient ensemble. Je pense que ces deux-là étaient simplement amis, ou ne faisaient que commencer une relation plus poussée, mais les frères Levine trouvaient cette amitié déplorable. Ils paraissaient avoir confondu le marxisme avec une sorte de puritanisme, et peut-être considéraient-ils que Barry trahissait le GRJ.

Barry et Jaime étaient assis à table et les deux frères se joignirent à eux. Leurs barbiches blondes identiques leur donnaient l'air un peu idiot.

« Personne ne vous a proposé de vous asseoir, dit Jaime.

— Si, Petit Rose, dit Jesse.

— Il nous a fait un clin d'œil, ajouta Shannon.

— Pas du tout, se défendit Barry.

— Qu'y a-t-il pour déjeuner ? demanda Jesse.

— Laissez-nous tranquilles, dit Jaime.

— On n'a pas le droit de manger ? demanda Shannon.

— Il veut nous empêcher de manger », intervint Jesse.

Jaime fit signe à Ralph Stangos, le propriétaire. Ralph est aussi un athlète, et pompier volontaire. Quelle que soit son opinion sur Jaime, celui-ci était un habitué. Stangos s'essuya les mains sur un torchon et s'approcha lentement.

« On dirait que vous mangez de la soupe, dit Shannon en désignant la soupe à la tomate de Jaime.

— J'aimerais bien en avoir aussi, dit Jesse.

— Je vais t'en donner un peu », dit Shannon. Il posa le doigt sous le rebord du bol et le renversa sur les genoux de Jaime, qui recula sa chaise.

« Oh pardon, fit Shannon.

— Tu l'as fait exprès ! » dit Barry.

À ce moment, Ralph Stangos saisit Shannon à la nuque.

« Dehors, dit-il. Dehors tous les deux. »

Ce fut sans doute l'incident le plus significatif, mais il y en eut d'autres, et j'en ai peut-être oublié certains. Les frères huèrent à deux reprises le coiffeur dans la rue. Tout cela dura plusieurs jours, et je sais que Jaime envisageait de demander une injonction du tribunal à leur encontre.

Barry vint chez moi ce soir-là et me raconta ce qui s'était passé au restaurant.

« Jaime a dû rentrer chez lui se changer, dit-il. Son pantalon était plein de soupe. »

Nous buvions du thé, assis dans des fauteuils de part et d'autre de la cheminée.

« Pourquoi s'en prennent-ils à lui ? » demandai-je.

Derrière ses verres épais, les yeux de Barry n'étaient qu'une tache rose floue.

« Shannon dit que l'homosexualité est réactionnaire. Mais je crois qu'ils n'ont pas aimé ce que Jaime leur avait dit l'autre fois. »

Barry buvait son thé en clignant des yeux. Nous parlâmes du mariage de Franklin et Paula, qui devait avoir lieu le lendemain au tribunal de Potterville.

« Sadie est complètement bouleversée », dis-je à Barry.

Franklin se disait que Sadie devrait bien accepter sa relation avec Paula s'ils se mariaient, et ils en parlaient depuis quelques mois. Il se sentait coupable de laisser Sadie seule et pensait qu'il serait préférable que Paula soit à la maison. Elle était gentille et intelligente, et Franklin ne voyait aucun motif rationnel pour que Sadie continue à lui en vouloir. Bien sûr, la petite n'avait besoin d'aucun motif rationnel.

Je réfléchissais aussi à ce que Jaime m'avait dit des secrets de certains habitants d'Aurelius, et je songeais à l'homme avec lequel Barry avait eu une brève liaison quand il était au lycée.

Je demandai à Barry s'il avait des relations sexuelles avec Jaime.

« Non, pas du tout. Nous sommes juste amis.

— Vois-tu parfois cet homme avec lequel tu sortais à une époque ?

— Quel homme ? demanda Barry, immédiatement sur la défensive.

— Quand tu étais au lycée.

— Je n'ai pas envie de parler de lui.

— Il est toujours en ville ? »

Barry répéta qu'il ne voulait pas en parler.

« Jaime le connaît-il ?

— Je ne sais pas. »

Barry se leva et dit qu'il devait partir. Je m'excusai et essayai de le calmer.

« Prends encore du thé, dis-je.

— Il faut vraiment que je m'en aille. »

Impossible de le retenir. Sa mère lui avait dit de venir chez Sadie à huit heures, et il était un peu plus tard. J'en voulais à Barry. Nous nous connaissions depuis longtemps, et je trouvais qu'il aurait dû me faire confiance.

Pendant ce temps, les Amis continuaient leurs patrouilles. Ils restaient en contact avec d'autres groupes dans le pays. Même s'il paraissait évident qu'Irving Powell n'avait rien à voir avec les disparitions, ils avaient interrogé ses voisins. Ils avaient leurs propres scanners permettant de capter les fréquences de la police et quand quelqu'un croyait avoir entendu un bruit bizarre, ou vu une chose sortant de l'ordinaire et appelait la police, les Amis arrivaient eux aussi, parfois même avant les forces de l'ordre. Le capitaine Percy protesta plusieurs fois auprès du conseil municipal, mais celui-ci n'intervint pas. Dans ce climat de peur, quelques personnes supplémentaires déménagèrent et d'autres envoyèrent leurs filles chez des parents, dans des villes où ils pensaient qu'elles seraient en sécurité. Il y avait des sièges vides dans mes salles de cours. Quand je le signalai, on me répondit que telle ou telle fillette avait été temporairement transférée dans une école de Rome ou Baldwinsville. Le mot *temporairement* planait dans l'air, et personne ne le mettait en question.

Le soupçon grandissait, et les rumeurs, les allégations empiraient, souvent à la limite de la diffamation. Je sais avec certitude que les gens parlaient de moi, mais avec une telle ignorance que c'en était plus énervant qu'effrayant. Par exemple, j'entrai une fois dans la salle de classe après le déjeuner pour trouver « Paid » écrit au tableau. Quelques années plus tôt, nous avions un professeur d'histoire nommée Margaret Paid et je crus d'abord qu'il s'agissait d'elle. Mais un regard aux visages ricanants de mes élèves me fit comprendre qu'il s'agissait d'une faute d'orthographe.

L'attente joyeuse qu'exprimaient leurs visages était répugnante. Je fus tenté de dire quelque chose, mais j'effaçai le tableau et commençai mon cours. Il y eut une interrogation surprise pendant cette heure, où personne n'obtint de bons résultats. Le message fut compris.

Mais le soupçon était perceptible au sein du lycée. La salle des professeurs était de plus en plus silencieuse. D'habitude on y entendait des critiques, des échanges acerbes et des ragots. Mais maintenant, les gens ne savaient plus vraiment à qui ils parlaient. La Sandra Petoski qui était coprésidente des Amis était-elle la même Sandra Petoski que je voyais tous les jours depuis des années ? Et s'il y avait une troisième Sandra Petoski, quelqu'un de plus sinistre ?

J'emploie d'ordinaire le terme *face cachée* de façon presque comique. La passion de Mme Hicks pour le chocolat était sa face cachée, comme la liaison de Harry Martini avec l'enseignante d'Utica. Mais nous étions maintenant confrontés à des choses vraiment cachées, qui nous faisaient comprendre combien les secrets peuvent être profondément enfouis. L'un d'entre nous avait enlevé deux fillettes. Et qu'en avait-il fait ? C'était la question que personne ne posait. Dans le silence de la salle des professeurs, je n'avais jamais l'impression que mes collègues n'avaient rien à dire ; ils avaient peur de ce qu'il y avait à dire.

Le mercredi après-midi, Franklin et Paula furent mariés à Potterville. Ryan leur servit de témoin. Ils s'étaient tous trois absentés une heure de leur travail. Ryan avait sauté le déjeuner. L'employé de mairie, Mitchell Friedman, faisait des plaisanteries sur les liens du mariage et les honnêtes femmes mais, selon Ryan, Franklin et Paula étaient aussi sérieux qu'à un enterrement. Quand ce fut terminé, Franklin embrassa la mariée et Ryan leur serra la main à tous deux. Ils retournèrent à Aurelius. Quand Sadie revint de l'école peu après trois heures, ce fut pour apprendre qu'elle avait une belle-mère. Elle ne fut pas contente. Franklin et Paula passèrent environ une heure à déménager certaines des affaires de la jeune femme ; la maison de son père serait mise en vente. Franklin n'avait pas beaucoup de temps, parce que le journal devait être à l'imprimerie à cinq heures. Le chien de Paula, Fletcher, posait un problème parce qu'il ne s'entendait pas avec Shadow. Des amis qui habitaient à la campagne se chargèrent de Fletcher jusqu'à ce que Paula et Franklin décident de son sort.

Franklin écrivit un court article sur leur mariage. En fait, il devait l'avoir rédigé avant la cérémonie. Le texte ne donnait que des détails sommaires, mais précisait que Franklin était rédacteur en chef de l'*Independent* (comme s'il en était besoin) et Paula conseillère psychologique du bureau du doyen à la Faculté d'Aurelius. Les gens lurent l'article en secouant la tête. Beaucoup d'entre eux trouvaient qu'ils en savaient déjà bien assez sur la famille McNeal. Les gens souhaitèrent bonne chance à Franklin, bien sûr, mais je ne crois pas qu'il y eut de réjouissances.

## 36

Les Malloy et les Shiller ne devinrent jamais vraiment amis, mais ils étaient très proches à cette époque. Toutefois, le chagrin même qui les rapprochait les séparait aussi. Après tout, ils pleuraient deux fillettes différentes. Mais ils étaient constamment en rapport, se demandant mutuellement s'il y avait du nouveau. Ralph et Helen Shiller ne participaient pas directement aux activités des Amis mais le frère de Ralph, Mike, y consacrait ses journées. Il travaillait à la poste et avait pris un congé. Un autre de ses frères, Albert, donnait également un peu de son temps aux Amis. Et Helen Shiller avait elle aussi deux frères, ainsi qu'un cousin, qui faisaient des patrouilles.

Ralph et Helen Shiller essayaient de continuer à vivre, mais ils se trouvaient dans un état de quasi-paralysie. Ils se montraient actifs quelques minutes, puis réalisaient à nouveau que leur fille avait disparu et s'effondraient. Heureusement, Ralph avait des employés qui faisaient tourner son entreprise. Ce qui était affreux, c'était de ne rien savoir, et ils ne pouvaient pas s'empêcher d'imaginer les choses abominables qui avaient peut-être été faites à leur enfant. La bizarrerie de la restitution des vêtements accompagnés d'une main factice rendait imaginables les scénarios les plus macabres. Ralph se mit à rouler en ville dans sa camionnette, sans but précis, se contentant de regarder autour de lui. On voyait la camionnette passer lentement – une Ford bleue avec « Ralph Shiller, électricien » écrit en blanc sur le côté – et on voyait le visage sombre et triste de celui-ci au-dessus du volant.

Quant à Helen, elle sortait rarement de chez elle. J'avais Henry, le frère de Meg, dans ma classe de biologie, et il était souvent absent. Je ne pouvais pas le sanctionner pour ça. Il avait toujours été heureux de vivre, mais à présent son visage était inexpressif et il semblait incapable de se concentrer. Certains élèves lui parlaient à voix basse, mais la plupart d'entre eux préféraient le laisser tranquille. Son jeune frère, Bobby, était en septième et je ne sais rien de lui, ce qui ne m'empêche pas de m'interroger à son sujet.

Les Malloy étaient dans le même état. Le docteur Malloy avait complètement arrêté de se rendre à son cabinet. Il restait seul chez lui ou allait au poste de police. Comme Henry Shiller, son fils Frank, en première, manquait souvent les cours. La petite Millie était en huitième. Le médecin la conduisait tous les jours à l'école et venait la rechercher. Il l'amenait chez ses amies et restait dehors pendant qu'elle jouait. Il était hanté par la crainte qu'il lui arrive quelque chose.

Sa femme, Catherine, ne sortait que pour aller voir les Leimbach ou les Shiller. Ils avaient tous conscience de la compassion des gens, et d'être observés par tous. Ils étaient heureux de la gentillesse qu'on leur témoignait mais, chaque fois qu'ils voyaient quelqu'un les regarder avec tristesse, ils se souvenaient de leur douleur et la disparition leur revenait en mémoire. Le docteur Malloy conduisait une camionnette Chevrolet marron. Un jour, je remarquai un râtelier à fusils sur la vitre arrière. Quand je vis de nouveau la voiture, plusieurs jours après, il y avait un fusil accroché au râtelier. Nous étions en novembre, dans l'État de New

York, et beaucoup de gens chassaient. Mais je ne pensais pas que c'était pour tirer le cerf que le docteur Malloy avait un fusil. Lui aussi patrouillait en ville, tournant lentement les coins de rue, regardant les maisons.

C'était souvent Paul Leimbach qui dirigeait les patrouilles des Amis. Il y avait vingt voitures en tout, dont cinq tournaient en permanence. Leimbach appliquait aux patrouilles la précision qui faisait de lui un excellent comptable. Chaque voiture avait un secteur déterminé et le parcourait suivant un itinéraire donné avant d'en changer brusquement, comme si cette modification soudaine pouvait surprendre un rôdeur, un homme portant aux fillettes un intérêt diabolique.

J'ai connu Paul Leimbach toute ma vie, mais pas intimement. Avec sa passion pour les cartes de baseball dans son enfance et celle pour les chiffres à l'âge adulte, il paraissait vouloir transformer le monde en informations qu'on puisse mesurer et peser. Il était mince et musclé, sans graisse superflue. On m'avait dit qu'il ne dormait pas plus de quatre heures par nuit. Il avait un visage sombre et attentif, il semblait étudier son environnement, immobile comme un faucon perché sur un arbre mort. On ne pouvait l'imaginer pris par surprise, et pourtant il n'était pas préparé à la disparition de sa nièce. Aucun de ses mécanismes ne pouvait digérer cette information.

La fille de Leimbach, Jenny, avait douze ans, et il était terrorisé à l'idée qu'elle puisse être en danger. Sa femme, Martha, voulait envoyer Jenny ailleurs, mais Leimbach refusa. Il trouvait que ce serait mal vis-à-vis du docteur Malloy. Il ne pensait pas qu'il faisait courir un risque à sa fille parce que Sharon avait disparu, mais il trouvait – Dieu sait comment il rationalisait ça – qu'il serait injuste de trop mettre Jenny en sûreté. Toutefois, il s'assurait que sa fille ne fût jamais seule. Si Martha ou lui ne l'accompagnaient pas, c'était Mark, âgé de quinze ans, ou Scott, en dernière année de lycée, qui le faisaient.

Je suppose que Donald Malloy consacrait plus de quarante heures par semaine aux Amis. De plus en plus, c'était Mildred Porter qui s'occupait de la pharmacie ; Donald venait une ou deux fois par jour pour remplir les ordonnances. Il habitait seul dans Dodge Street, avec un chat, je crois, une maison de deux étages, très étroite mais sur un grand terrain. Pendant quelques années, les gens s'étaient dit qu'il se marierait, pourtant il ne le fit pas. Comme il était divorcé, peut-être ne voulait-il pas faire de nouvelle tentative. Il n'avait pas d'enfant. Pendant un certain temps, après son installation à Aurelius, il avait fréquenté quelques femmes. Il était alors plus mince et se déplaçait plus vite. On aurait dit qu'il avait joué au football à l'école et que ses muscles s'étaient lentement transformés en graisse. Il n'était pas obèse, mais avait de l'embonpoint. Peut-être voyait-il encore des femmes à l'occasion, mais je n'en savais rien.

Agnès Hilton, Dave Bauer et lui se rendirent chez beaucoup de gens comme ils l'avaient fait chez moi. Ils essayaient toujours de se montrer amicaux, mais il était impossible de cacher le fait que la personne en question était suspectée, si peu que ce soit. Donald organisait des réunions chez lui pour faire le point sur les recherches, et ces réunions conduisaient à de nouvelles visites. Bien sûr, toutes n'étaient pas amicales, et certaines personnes commencèrent à craindre Donald et à faire de leur mieux pour rester dans ses bonnes grâces.

Franklin avait de nouveau essayé de l'interviewer à cette époque, mais sans succès ; ou plutôt, Donald répondit qu'il serait heureux de répondre à n'importe quelle question mais refusait d'être le sujet unique d'une interview.

« Je ne suis qu'un instrument, répétait-il. Mon seul but est de retrouver les filles. Je n'ai rien d'autre à faire.

— Mais vous pourriez parler de votre vie.

— Peut-être plus tard, quand tout cela sera fini. »

La passion qu'il apportait à cette quête aurait pu paraître étonnante si son frère, Leimbach, Ralph et Mike Shiller n'avaient pas manifesté le même fanatisme. Je les connaissais tous depuis des années. Leimbach m'aidait à remplir ma déclaration d'impôts. J'allais voir le docteur Malloy quand j'avais besoin d'un médecin, Ralph Shiller avait fait des travaux d'électricité chez moi, j'achetais des timbres à Mike et des médicaments à Donald. Ils figuraient parmi les gens les plus serviables et amicaux d'Aurelius. Leurs enfants étaient mes élèves et ceux de mes collègues. Maintenant, ils étaient mis à part, comme marqués au front d'une terrible empreinte. D'une certaine façon, ils avaient été retranchés de notre communauté et formaient maintenant leur propre groupe. Les autres voyaient cette marque et priaient pour être épargnés.

« Je ne suis qu'un instrument », disait Donald. Qui pouvait le blâmer de vouloir laisser de côté son aspect humain, la partie de lui qui souffrait ? Alors, quelle importance s'il s'imposait chez les gens pour poser des questions ? Nous étions tristes pour lui. Et son embonpoint même, le poids qu'il cachait sous ses costumes sombres ou sa blouse blanche de pharmacien, semblait être l'incarnation de son chagrin, comme s'il eût été mince sans celui-ci.

Le docteur Allen Malloy était souvent en compagnie du capitaine Percy et lui rendait visite dans sa maison de Norwich. Les deux hommes se ressemblaient par leur sens du devoir et leur désir de se montrer fiables et honnêtes. Ils avaient tous deux une attitude plutôt stoïque, étaient tous deux rubiconds et d'extérieur calme, comme si leur teint fleuri témoignait de la violence cachée de leurs sentiments. Ils avaient des enfants approximativement du même âge, et le capitaine Percy pouvait certainement sympathiser avec les sentiments du docteur Malloy.

Selon Ryan, l'amitié croissante de Percy pour le docteur Malloy ne faisait qu'augmenter son sentiment de culpabilité de ne pas encore avoir découvert le ravisseur. Le capitaine établissait de longues listes de possibilités, puis les discutait et enquêtait. Il ressemblait en cela aux Amis de Sharon Malloy, examinant minutieusement les éventualités puis les explorant une à une. Il commença même à se confier à Ryan, qu'il avait jusqu'ici ignoré, lui préférant ses collègues de la police de l'État.

Mais Percy se sentait mal à l'aise avec les Amis, ou plutôt, leurs tentatives d'effectuer un travail de police lui déplaisaient. Il était en termes amicaux avec le docteur Malloy, mais pas avec Leimbach ou Donald. Percy désapprouvait les patrouilles et s'opposait à ce que Donald interroge les habitants d'Aurelius. Ce n'était pas par rivalité professionnelle ; Percy pensait que, sans les patrouilles, le ravisseur s'exposerait peut-être plus facilement, et il trouvait que les interrogatoires de Donald ne servaient qu'à mettre les gens sur leurs gardes.

Pour le capitaine Percy, tous les habitants d'Aurelius étaient suspects, même Ryan, même le docteur Malloy. Il n'aimait pas que les lièvres se mettent à courir avec les chiens. Il se souvenait que Ryan s'était vu enlever l'enquête sur le meurtre de Janice, et avait bien compris l'importance du motif sanglant des mains. On peut considérer que toute communauté renferme des secrets en son sein, et Percy considérait que son travail était de soulever le voile qui recouvrait ces secrets, jusqu'à ce qu'il découvre enfin celui des fillettes disparues. Dans son ordinateur, il avait des dossiers sur tous les habitants d'Aurelius, sauf peut-être les plus jeunes et les plus âgés, mais je suis certain que même les noms de ceux-là y figuraient. Quand Harry Martini fut emmené au poste pour y avouer sa liaison avec une enseignante d'Utica, le capitaine Percy était déjà au courant, et je suis persuadé qu'il savait tout de mon malencontreux séjour à New York. Il savait tout de nos habitudes cachées, ou presque.

Il est terrifiant de ne pas pouvoir garder de secrets. Il y a des années, j'ai par hasard déterré un nid de bébés taupes dans mon jardin, et je les ai vus se tordre pitoyablement sous la lumière du soleil. Nous leur ressemblions. Percy voulait retirer sa coquille protectrice à chacun de nous. On pouvait l'imaginer en train de jeter des regards indiscrets dans les salles de bains et les chambres à coucher pendant la nuit. Je ne savais rien des convictions politiques de Percy, mais il était, au fond, totalitaire. Pour lui, la liberté recouvrait la possibilité de se cacher, et il voulait y mettre fin. Bien sûr, il considérait que les renseignements qu'il obtenait étaient entre de bonnes mains. N'était-ce pas une forme d'ignorance ? Qu'est-ce que de bonnes mains, et comment s'en assurer ?

Le problème pour le capitaine Percy n'était pas seulement celui des filles disparues – bien sûr affreux –, mais aussi celui d'une personne qui cherchait à lui échapper. Il serait faux de dire que le deuxième problème lui semblait pire que le premier, mais il n'était pas négligeable. Un habitant d'Aurelius s'était emparé des fillettes, un homme que Percy voyait sans doute souvent, un homme qui le défiait en rendant les vêtements. Il était vraiment difficile pour le capitaine de ne pas réduire l'affaire à une lutte entre lui-même et cet inconnu dont le but paraissait être de le ridiculiser. Percy avait des supérieurs, et ils avaient dû lui demander pourquoi l'enquête n'avançait pas. Ils avaient certainement confiance en lui, mais peut-être jugeraient-ils nécessaire de le remplacer. Percy savait que s'il échouait à découvrir le ravisseur, sa carrière en souffrirait. C'était devenu pour lui une affaire personnelle, il avait l'impression que le coupable s'en prenait à lui aussi. Il avait l'impression qu'on se moquait de lui.

Ryan avait parlé au capitaine Percy de sa conversation avec Sheila Murphy et de ce qu'elle avait dit de « l'homme de profession » de Janice. Et il avait également évoqué le professeur Carpenter, dont on vérifiait l'alibi pour le soir de l'assassinat.

« Comment avez-vous découvert ça ? » demanda Percy. Ryan et lui se trouvaient dans le bureau du commissariat assigné à Percy.

« J'avais longtemps pensé qu'Aaron n'avait aucune raison de mordre Sheila, qu'il avait agi par perversité ou parce qu'il était ivre. Mais s'il avait eu une raison, pas une bonne raison mais une raison quand même ? Quand j'ai compris qu'Aaron cherchait à savoir qui avait tué sa mère, il semblait évident que l'agression commise envers Sheila était liée à Janice. Elle cherchait toujours de nouveaux moyens de rencontrer des hommes, et Sheila lui permettait d'en trouver un tas.

— Mais ce n'aurait pas été des "hommes de profession".

— Je suis sûr que Janice employait ce terme de façon ironique. Était-ce ainsi que l'homme se présentait ? Était-il médecin, avocat, haltérophile, ou était-ce un homme qui n'était pas vraiment viril mais paraissait seulement l'être ?

— Que voulez-vous dire ?

— Je ne sais pas au juste. Janice était toujours moqueuse. Il pourrait s'agir d'un homme qui semble aimer les femmes sans que ce soit vrai. »

Percy décida que Ryan devait retourner voir Mme Porter. Ryan la rencontra à nouveau dans la salle des dictionnaires de la bibliothèque. Elle avait refusé de venir jusqu'à ce que Ryan lui dise qu'il serait alors obligé d'aller la voir à la pharmacie.

« Je n'aime pas ça, dit-elle en s'asseyant en face de lui. J'ai l'impression que vous trahissez ma confiance.

— Il ne s'agit pas d'Aaron, répondit Ryan en se demandant si c'était bien vrai. Je pense que vous connaissiez mieux Janice que vous ne me l'avez dit. Vous étiez amies, n'est-ce pas ?

— Cela est-il bien nécessaire ?

— Je pense que oui. »

Elle regarda Ryan en face, puis détourna les yeux.

« Je suis allée chez elle à quelques reprises, mais je ne crois pas qu'on puisse dire que nous étions amies. »

Mme Porter avait autour du cou une écharpe de soie blanche maintenue par un camée. Elle ne cessait de toucher le bijou du bout des doigts tout en parlant.

« J'étais encore mariée à l'époque. Elle connaissait mes relations avec Rolf, qui... n'étaient pas satisfaisantes. » Mme Porter s'interrompit.

« Rencontriez-vous des hommes chez elle ? »

Mme Porter hocha la tête et regarda à nouveau Ryan dans les yeux, presque avec colère.

« Aaron vous a-t-il interrogée sur ces hommes et sur tous ceux que fréquentait sa mère ?

— Je lui ai donné cinq noms, et il a paru s'en contenter.

— Certains d'eux étaient-ils ce qu'on pourrait appeler des professionnels ?

— Il y a vous, bien sûr, dit Mme Porter en haussant les sourcils. Janice venait de rompre avec vous. Et Henry Swazey, l'avocat. Elle l'avait apprécié un certain temps.

— Elle sortait avec lui après notre liaison ?

— Pendant, je crois. »

Ryan crut déceler un peu de malveillance dans sa voix. Il décida de changer de sujet.

« Je me pose des questions sur votre relation avec Donald Malloy. »

Mme Porter lui lança un regard aigu.

« Je vous assure que c'est une relation purement professionnelle.

— Savez-vous quelque chose de sa vie en dehors de la pharmacie ?

— Rien. Bien sûr, je connais son frère et je sais à quel point Donald a été bouleversé par ce qui est arrivé à sa nièce…

— Et avant la disparition de Sharon ?

— Je ne sais rien de sa vie privée.

— Savez-vous s'il sort avec des femmes ?

— Il n'a jamais mentionné personne. Il ne parle pas beaucoup et je suppose qu'il m'apprécie parce que je ne suis pas très bavarde non plus.

— Vous l'aimez bien ?

— Nous avons une relation professionnelle tout à fait satisfaisante.

— C'est ainsi qu'il formule la chose, “une relation professionnelle” ?

— Bien sûr que non – c'est ce dont il s'agit.

— Savez-vous si Donald est jamais sorti avec Janice McNeal ?

— Je n'en ai aucune idée.

— Mais il parlait avec elle à l'occasion.

— Il l'a servie un certain nombre de fois à la pharmacie. Je vous l'ai déjà dit.

— Lui a-t-il vendu des préservatifs ?

— Peut-être.

— Donald a-t-il des amis ?

— Il est très proche de la famille de son frère et de celle de Paul Leimbach.

— L'avez-vous jamais vu chez Janice ?

— Jamais. Qu'est-ce que vous sous-entendez ? »

Ryan dit plus tard qu'il ne pouvait s'empêcher de penser à Mme Porter et Aaron. Il convient de répéter que rien en elle n'évoquait le sexe. Elle était bien habillée et en bonne condition physique, mais n'avait absolument rien de provocant. Pourtant, Ryan imaginait Aaron et Mme Porter nus dans le lit de celle-ci. Il s'était senti embarrassé durant toute la conversation. Il était terrifié à l'idée de rougir, et en conséquence c'est ce qui arriva.

Le capitaine Percy s'intéressait maintenant aux « professionnels » : un dentiste, l'avocat Henry Swazey, Paul Leimbach, le docteur Malloy, un architecte d'Aurelius et Donald. Ils furent tous interrogés. Percy apprit bientôt que Donald avait fréquenté trois femmes quelques années plus tôt et qu'il avait fait l'amour avec une d'elles, Joan Thompson, une infirmière de l'hôpital. Elle avait quarante ans et était célibataire, mais disait avoir un petit ami régulier.

« Je me souviens à peine de Donald Malloy, dit-elle à Ryan. C'était il y a des années.

— Y avait-il quoi que ce soit de remarquable à son sujet ? » demanda Ryan. Ils s'entretenaient dans la cafétéria de l'hôpital. Joan Thompson portait un uniforme blanc d'infirmière et une petite coiffe.

« Rien. Peut-être cela est-il remarquable en soi. Il était très ennuyeux. Quand nous dînions dehors ensemble, il parlait à peine.

— Comment l'avez-vous rencontré ?

— Par son frère, le pauvre. Et puis Donald m'a téléphoné. Ou c'est peut-être moi qui l'ai appelé, je ne m'en souviens pas.

— Comment était-il au lit ? » Ryan avait horreur de poser ce genre de question.

« Rien d'inoubliable. (Joan Thompson rit.) Ou du moins j'ai oublié. Ce n'est arrivé qu'une ou deux fois. Il ne semblait pas très intéressé. Mais il était très propre, je m'en souviens, et il avait de belles mains. »

Ryan alla aussi voir Leimbach. Ils s'entretinrent dans une petite pièce, à l'arrière de la permanence des Amis de Sharon Malloy. Dans la salle principale, les téléphones sonnaient sans arrêt. Il y avait vingt personnes au travail. Ryan avait l'impression que quelque chose n'allait pas. Puis il réalisa qu'il n'entendait aucun rire.

Leimbach était assis derrière un bureau. Il avait tendance à manger ses mots et à parler comme une mitrailleuse. Il portait un costume sombre et une cravate bleue rayée dont le nœud était parfait.

« Je ne pense pas que mes relations avec ma femme regardent qui que ce soit, dit Leimbach.

— Il ne s'agit pas de votre relation avec votre épouse, mais avec d'autres femmes. »

Leimbach avoua de mauvaise grâce avoir deux ou trois fois vu une femme de Syracuse.

« Mais c'était il y a longtemps », dit-il. Il avait les mains posées à plat sur le bureau devant lui.

« Vous considérez-vous comme un homme de profession ? » Au moment même où il posait la question, Ryan réalisa qu'elle était maladroitement formulée.

« Que voulez-vous dire ? Vous croyez que je creuse des tranchées ? Je suis comptable.

— Parlez-moi de vos relations avec Janice McNeal.

— Quelles relations ?

— Vous le savez très bien.

— Je ne sais pas de quoi vous parlez.

— Vous oubliez que j'avais moi-même une liaison avec elle », dit Ryan en se penchant sur le bureau. Il ne souhaitait pas dire que des voisins avaient vu Leimbach entrer chez Janice.

« Elle vous en a parlé ? demanda Leimbach, parfaitement immobile.

— Contentez-vous de me raconter, dit Ryan.

— Elle était folle, complètement folle. Je ne l'ai vue que deux fois. Elle m'a fait mal.

— Comment vous a-t-elle fait mal ?

— Elle… vous le savez. Elle m'a griffé le pénis avec ses ongles. Bon Dieu, c'était une erreur de ma part. Elle vous a vraiment raconté ?

— Je me demande à qui d'autre elle en a parlé », dit Ryan, incapable de se retenir.

Leimbach serra le bord du bureau.

« On ne se débarrasse jamais de ces choses-là, n'est-ce pas ? »

Après avoir quitté Leimbach, Ryan se rendit au cabinet du docteur Malloy. L'infirmière le fit entrer dans une salle de consultation. Ryan allait s'asseoir sur la table d'examen, puis finalement choisit une chaise. Au bout de cinq minutes, il commençait à s'ennuyer ; il enleva ses mocassins et se pesa : soixante-seize kilos. Il se trouvait encore sur la balance quand le docteur Malloy entra.

« Je croyais que vous veniez me voir pour l'enquête, dit Malloy en regardant les chaussures de Ryan, qui rougit un peu.

— C'était juste pour passer le temps. (Il enfila ses mocassins.) Je dois vous poser une question personnelle. Avez-vous eu une liaison avec Janice McNeal ?

— Bien sûr que non. » Le docteur Malloy portait un costume trois pièces bleu, un stéthoscope dans une poche. « Elle m'a appelé plusieurs fois sans que j'en comprenne bien la raison et elle est une fois venue au cabinet en prétendant souffrir de l'estomac.

— Comment savez-vous qu'elle ne souffrait pas vraiment ?

— Je n'ai rien trouvé qui n'aille pas. Disons simplement que je n'étais pas la personne appropriée pour ce qu'elle voulait.

— Avez-vous eu des liaisons avec d'autres femmes ?

— Ça ne vous regarde pas. »

Ryan se dit qu'il eût été préférable d'interroger le médecin au poste de police plutôt que sur son terrain.

« Et Paul Leimbach ou votre frère, ont-ils jamais eu une liaison avec Janice ?

— Vous devriez leur poser la question. » Le docteur Malloy posa la main sur la poignée de la porte.

« Janice a-t-elle dit expressément qu'elle voulait faire l'amour avec vous ?

— Il s'agissait plutôt de regards et de sous-entendus que j'ai pu ignorer.

— Quand était-ce ?

— Juste avant sa mort. Peut-être une semaine avant.

— Vous arrive-t-il de vous considérer comme un homme de profession ? » Ryan tressaillit intérieurement en posant la question.

Le docteur Malloy regarda Ryan un moment avant de cligner des yeux.

« Je me considère comme un médecin », dit-il.

Ryan parvint à trouver Donald Malloy au moment où le pharmacien revenait d'une patrouille. Ils se tenaient sur le trottoir, devant le siège des Amis. C'était le milieu de l'après-midi et le soleil était déjà bas. Donald semblait pressé, et les questions de Ryan l'agaçaient.

« Rappelez-moi qui c'était ? »

Ryan regarda Donald dans les yeux, qui étaient bleu pâle et ne cillaient pas.

« Vous ne vous en souvenez pas ?

— Était-ce la mère d'Aaron McNeal, celle qui a été assassinée ?

— Êtes-vous jamais sorti avec elle ?

— Évidemment pas.

— Pourquoi le dites-vous de cette façon-là ?

— Sa réputation. Je n'aurais pas pu me permettre d'être vu avec elle. Et je ne la trouvais pas attirante.

— Je croyais que vous ne vous rappeliez pas qui c'était ? » Ryan essaya de se placer de façon à ne pas voir directement les photos de Sharon et Meg.

« Ça me revient. (Donald regardait Ryan comme s'il le prenait pour un parfait idiot.) Ne comprenez-vous pas que la seule chose à laquelle je pense en ce moment, c'est ma nièce ?

— Janice est venue dans votre pharmacie.

— Oui, je m'en souviens.

— Qu'achetait-elle ?

— Je ne m'en souviens pas.

— Achetait-elle des préservatifs ? »

Donald parut choqué.

« Vous ne pouvez pas espérer que je vous dise ce qu'achète un client. Je ne crois même pas qu'un tribunal ait le pouvoir de m'y forcer. »

Le quatrième professionnel auquel Ryan parla ce jour-là était Harry Martini. Ryan se rendit au lycée juste avant la sortie des classes. Martini nia avoir jamais eu de liaison avec Janice. Il dit qu'il n'aimait pas sortir avec des femmes qui habitaient Aurelius.

« J'ai été tenté, dit-il, mais il ne faut pas chasser trop près de son terrier. » Étant donné les liaisons qu'il avait admises, Ryan le crut. Plus tard, il transmettrait à Percy les informations qu'il avait réunies sur les quatre hommes.

En sortant du bureau de Martini, Ryan vit Sadie prendre un manteau dans son casier. Il lui offrit de la reconduire chez elle, ce qu'elle accepta.

« Ce serait plus excitant de rentrer dans une voiture de police, dit-elle en montant dans la Ford Escort de Ryan.

— Peut-être la prochaine fois. »

Sadie parlait de l'école et des gens qu'elle connaissait.

« Comment t'entends-tu avec Paula ? demanda Ryan.

— Elle fait trop d'efforts. » Sadie portait un manteau rouge et une grande casquette de ski grise, avec un pompon qui pendait dans son dos.

« Peut-être es-tu jalouse.

— Et alors ? Pourquoi n'a-t-elle pas trouvé un autre homme ?

— Ils s'aiment.

— Et ma mère ?

— Elle n'est plus là », dit Ryan. Il avait commencé à dire « elle est morte », mais s'était repris.

« La seule chose positive, c'est qu'Aaron peut venir à la maison sans que mon papa soit mécontent.

— Il traîne beaucoup par là ? demanda Ryan.

— Il ne traîne pas, il nous rend visite. »

Ryan se gara devant la maison et entra dire bonjour à Paula. Elle se trouvait dans la cuisine et portait un tablier sur ses jeans. Ses lunettes étaient embuées par la vapeur du lave-vaisselle, elle les essuya sur son chandail. Elle avait fait des biscuits. Quand elle vit Ryan, elle rit. Sadie était allée dans sa chambre.

« C'est difficile d'essayer de se montrer gentille, dit-elle. Je croyais être déjà gentille. Je n'ai pas fait de biscuits depuis qu'Aaron était petit.

— Et comment arrives-tu à quitter ton travail assez tôt pour faire de la pâtisserie ? demanda Ryan.

— Je commence à huit heures et je pars à deux. Je saute le déjeuner. Quand j'arrive ici, je suis affamée.

— Une femme au foyer heureuse », dit Ryan. Il envisagea de parler de Sadie, mais se tut.

« Je suis heureuse, dit Paula. J'aime Franklin plus que je ne pourrais le dire. »

## 37

Quand Cookie Evans arriva au salon de coiffure vers sept heures et demie le vendredi matin, elle trouva la porte entrouverte. Elle supposa que Jaime était déjà là, même s'il n'arrivait d'habitude pas avant huit heures. Elle poussa la porte et vit la pagaille. C'est le premier mot qui lui vint à l'esprit, « pagaille ». Le deuxième fut « saccage ». Les fauteuils étaient renversés, le miroir brisé, une table cassée. Des magazines étaient répandus sur le sol. Cookie remarqua sur ceux-ci des taches de sang, ainsi que sur les morceaux de miroir. Le papier peint représentait des caniches en train de se livrer à des activités de toilettage, qui se parfumaient, se peignaient, se tondaient, se faisaient gonfler le poil et se mettaient des rubans. Il était lui aussi éclaboussé de sang. Un présentoir contenant des bouteilles de shampooing et d'autres produits avait été renversé. Les bouteilles brisées répandaient une odeur douceâtre. Cookie embrassa l'ensemble de la scène d'un seul coup d'œil, puis prêta attention aux détails. Elle dit plus tard qu'elle avait cru s'être trompée d'endroit. Un mocassin italien noir, avec un petit gland, se trouvait par terre. Elle reconnut une des chaussures de Jaime.

« Jaime ? » appela-t-elle. Il n'y eut pas de réponse.

Elle aurait dû refermer la porte et appeler la police, mais un mélange d'indignation et de curiosité la poussa en avant. Pour petite qu'elle soit, Cookie n'avait jamais eu peur de rien. De plus, Louise Talbot avait rendez-vous à huit heures, et Cookie allait devoir la décommander. La radio marchait, une station de rock d'Utica, mais le poste était mal réglé, il y avait de la friture et la musique s'affaiblissait parfois.

« Jaime ? » appela de nouveau Cookie. Elle entra, laissant la porte ouverte derrière elle. Un triangle de soleil s'étala sur le sol, faisant briller le shampooing répandu.

Derrière le salon lui-même se trouvaient une réserve et une petite pièce que Cookie appelait la salle de consultation, réservée aux clientes qui souhaitaient ne pas être vues. Il y avait aussi des toilettes. Cookie regarda d'abord dans la réserve, elle n'avait pas été touchée. Mais la salle de consultation avait été saccagée : des chaises renversées, des bouteilles cassées, l'ordinateur jeté par terre. Cookie vit son visage stupéfait se refléter dans des morceaux de miroir. Elle se dirigea vers les toilettes. Il n'y avait pas de fenêtre et la lumière était éteinte. Elle alluma, et c'est alors qu'elle trouva Jaime Rose.

Il était penché sur le lavabo, la tête coincée entre les robinets. Il ne portait qu'un tee-shirt noir et des chaussettes blanches. Un mètre de manche à balai jaune sortait de son rectum. La tête arrachée du balai se trouvait entre les pieds de Jaime, les poils noirs vers le haut. Un long filet de sang sinuait sur le manche et avait formé une mare sombre sur le sol. Les mains de Jaime étaient attachées dans son dos avec une rallonge électrique et son visage était tourné vers Cookie. Il était bâillonné par de la gaze sanglante enroulée autour de sa tête. Ses yeux étaient révulsés, et son tee-shirt déchiré ; Cookie vit des blessures et du sang sur sa peau. Deux filets de sang séché sortaient de ses narines et disparaissaient dans sa moustache et sa barbe.

Cookie s'entendit émettre un son, un gémissement entre ses dents serrées. Le téléphone avait été arraché du mur. Elle courut dans la rue pour appeler la police de chez l'agent d'assurances voisin. Une des voitures de patrouilles des Amis, avec ses triangles orange, descendait State Street. Cookie lui fit signe en criant.

La voiture, une Mazda couleur crème, s'arrêta au bord du trottoir et le conducteur baissa sa vitre. C'était Paul Leimbach. Deux autres hommes se trouvaient avec lui, Russ Fusco et Bud Shiller, un cousin de Ralph et Mike, conducteur de camion pour Aurelius Oil. Leimbach sourit à Cookie.

« Quelqu'un a tué Jaime. Il faut appeler la police. »

Leimbach jaillit de la voiture, sans prendre le temps de se garer. Les deux autres le suivirent.

« Où est-il ?

— Il est déjà mort. Il est dans les toilettes. Quelqu'un… » Cookie ne put se forcer à décrire le manche à balai.

« Appelez la police par radio, dit Leimbach à Shiller. Russ Fusco et lui se précipitèrent vers le salon de coiffure.

— Attendez, dit Cookie. Vous ne devriez pas entrer. »

Ils étaient déjà à l'intérieur. Cookie les suivit. Le shampooing répandu rendait le sol glissant. Quand elle arriva aux toilettes, Fusco, plié en deux, vomissait. Leimbach regardait Jaime fixement.

« La police est en route, dit Bud Shiller en traversant le salon. (Il jeta un coup d'œil dans les toilettes.) Seigneur Dieu ! »

Le capitaine Percy arriva quelques minutes plus tard avec deux policiers. D'autres voitures de police suivirent, et bientôt Chuck Hawley tendait des bandes de plastique jaune pour délimiter les lieux. Ryan Tavich se trouvait à Potterville, témoignant au tribunal dans une affaire de cambriolages multiples, une affaire qui durait depuis plusieurs mois.

Percy était furieux contre Leimbach.

« Vous n'aviez pas le droit de rentrer ! Vous n'êtes pas des policiers ! Vous n'êtes rien du tout ! Dieu sait combien d'indices vous avez détruits.

— Nous pensions pouvoir être utiles, dit Leimbach.

— En dégueulant sur les indices ? »

Ils se trouvaient sur le trottoir, et une foule se rassemblait. Paul Leimbach était tenu en haute estime à cause de son travail avec les Amis, et les gens furent choqués du ton de Percy. Le chef Schmidt intervint et éloigna le capitaine. De nouvelles voitures de police arrivaient. C'était une de ces journées où alternent nuages et soleil. Quelques gouttes de pluie tombèrent.

Le chef Schmidt s'approcha de Leimbach.

« Vous devriez vraiment faire plus attention », dit-il.

Leimbach estimait ne rien avoir fait de mal ; Russ Fusco était honteux d'avoir vomi et espérait que personne n'en parlerait. L'équipe du laboratoire arriva finalement et, une demi-heure plus tard, le corps de Jaime fut emporté du salon de coiffure sur un brancard. Le manche à balai n'avait pas été retiré, il ne le serait qu'à l'autopsie. Avec ce bout de bois dressé sous la couverture rouge, Jaime semblait faire un mètre de large.

Peter Marcos, le lieutenant de la police de l'État, emmena deux hommes à l'appartement de Jaime, près de l'hôtel de ville. C'était la même résidence que celle où habitait Aaron, mais dans un immeuble différent. L'appartement se trouvait au rez-de-chaussée. La porte était verrouillée, et Marcos la fit ouvrir par le gérant. À l'intérieur, un grand nombre de disques compacts étaient répandus sur le tapis. Une copie en plâtre du *David* de Michel-Ange avait été renversée, la tête s'était cassée. Un des agents marcha dessus par accident. Marcos vérifia la chambre et la cuisine, mais seul le salon avait été dérangé.

Marcos envoya ses hommes interroger les voisins. Au premier étage, Clara Schloss, qui faisait partie de l'équipe de l'après-midi à la corderie, dit qu'elle avait dû taper du pied sur le sol vers deux heures du matin tant la musique, de la « musique étrangère » selon elle, était forte. Jaime, ou quelqu'un d'autre, avait alors baissé le son. Plusieurs autres voisins déclarèrent avoir entendu la musique, même dans d'autres immeubles. C'était de la salsa, le même disque qui passait encore et encore. Marcos vérifia le lecteur et y trouva un CD de Juan Luis Guerra. Personne n'avait entendu de cris ou d'autres bruits, peut-être à cause de la musique.

Tout le monde parlait de Jesse et Shannon Levine et de leur antagonisme envers Jaime. À dix heures, Percy envoya deux voitures de police ramasser les frères. Les voitures roulaient vite, utilisant leurs sirènes aux carrefours. L'appartement des Levine se trouvait au premier étage et faisait toute la longueur de l'immeuble, ils pouvaient donc voir la police arriver de leurs fenêtres. Six policiers, commandés par Marcos, montèrent l'escalier quatre à quatre et frappèrent violemment. Il n'y eut pas de réponse. Les policiers enfoncèrent la porte. Il y avait de la nourriture sur la table – des bols de corn flakes et du lait frais. La porte du fond était ouverte. Les policiers dévalèrent l'escalier de service et arrivèrent dans la cour à temps pour voir Jesse et Shannon escalader une palissade.

Pendant les quelques semaines suivantes, les habitants du quartier racontèrent comment les policiers avaient traversé leurs jardins en courant. Comme les Amis de Sharon Malloy écoutaient la radio de la police, vingt de leurs membres se mirent bientôt à la recherche de Jesse et Shannon. Certains policiers étant en civil et bon nombre des Amis sachant seulement qu'on recherchait deux jeunes hommes, il y eut des confusions d'identité. Des chiens aboyaient, et un coup de feu fut tiré, mais les policiers affirmaient que ce n'était pas par eux. Un jeune agent fut plaqué au sol par Russ Fusco et Bud Shiller. Quelques personnes, voyant des inconnus dans leur jardin, appelèrent la police.

On découvrit finalement Jesse dans une cabane installée dans un arbre, appartenant à Bobby Hicks, dont la mère était professeur d'anglais au lycée. Un des Amis avait vu une chaussure de basket dépasser d'un trou dans la cloison de la cabane. Bien sûr, il ne savait pas qu'elle appartenait à Jesse. L'Ami, Don Evans, qui travaillait à la scierie, grimpa à l'échelle d'accès. Quand il voulut entrer dans la cabane, son occupant lui donna un coup de pied et il tomba en arrière. Don attrapa une branche et s'y accrocha, mais il était encore à six mètres du sol. L'arbre était un vieil érable. Trois policiers se précipitèrent dans le jardin, virent Don suspendu à sa branche et supposèrent qu'il s'agissait de Jesse ou de Shannon. Don avait à peu près le même âge. Ils lui ordonnèrent de se laisser tomber sur le sol. Don refusa et dit aux policiers que Jesse (ou peut-être Shannon) se trouvait dans la cabane. Les policiers ne le crurent pas. Don parvint à lancer ses jambes sur la branche, si bien qu'il pendait, un peu comme un singe. Il criait, et les agents aussi. De la monnaie, des clefs et un peigne tombèrent de ses poches sur les policiers. De nombreuses personnes se précipitèrent dans le jardin, dont quelques Amis, qui purent identifier Don. Plusieurs d'entre eux partirent en hâte chercher une échelle.

Jesse se trouvait toujours dans la cabane, hors de vue. Les policiers essayèrent de lui parler, mais il ne répondit pas. Quatre agents escaladèrent l'échelle, de simples morceaux de bois cloués au tronc. Quand le premier arriva en haut, Jesse lui donna un coup de pied dans la tête. Heureusement, il tint bon, mais il glissa et celui qui le suivait faillit tomber. Les choses restèrent un moment en suspens ; les policiers criaient des ordres à Jesse – qui n'avait toujours pas été identifié, et qui refusait de répondre. D'autres policiers arrivèrent, ainsi que de nouveaux Amis, des voisins, et Franklin. Un châssis fut brisé, et un chien noir courait partout.

Marcos arriva pour diriger les opérations, et il ordonna à ses hommes de prendre la cabane d'assaut. Les deux premiers furent accueillis à coups de pied par Jesse, mais seul l'un d'eux chuta jusqu'au sol. Un autre policier fit tomber un de ses collègues. Quand ils parvinrent en haut de l'échelle et se mirent à lutter avec Jesse, il devint évident que la cabane ne pouvait résister au poids de tant d'hommes ; elle commença à se disloquer. Franklin, qui avait son appareil, prit plusieurs photos d'agents de la police de l'État accrochés aux branches, mais on lui demanda par la suite de ne pas les publier. Des planches tombèrent par terre au milieu de cris d'avertissement.

Jesse s'était glissé sur une branche. Les pompiers arrivèrent, traversant plusieurs jardins. Des échelles furent dressées et les policiers accrochés aux branches tirés d'affaire. Jesse grimpa alors jusqu'au sommet de l'arbre et se mit à insulter ses assaillants, les traitant par exemple de « chiens du capitalisme ». Sa barbiche blonde flottait au vent. Un agent le suivit et parvint à lui passer une menotte à la cheville. On offrit alors à Jesse le choix : ou il descendait ou on l'arrachait de l'arbre. Il descendit, aidé (sans douceur) par plusieurs policiers. On l'enfourna alors dans une voiture de service pour l'amener au poste.

Quand Ryan revint de Potterville à une heure de l'après-midi, Jesse se trouvait en cellule mais refusait de parler. On n'avait pas encore retrouvé Shannon. Selon le rapport préliminaire du médecin légiste, Jaime Rose avait été étranglé et poignardé. Le manche à balai avait été enfoncé dans son rectum après la mort. Les policiers interrogèrent des dizaines de personnes, mais aucune n'avait vu quelqu'un emmener Jaime hors de chez lui ou entrer dans le salon de coiffure. Il avait quitté son travail à six heures et était allé dîner, seul, au Grill. On n'en savait pas plus.

Il fallut une heure à Ryan pour comprendre ce qui s'était passé. Il parla à Cookie puis à Franklin. Il alla voir Jesse, qui avait l'air morose, dans sa cellule. Il se souvint que Jesse – ou était-ce Shannon ? – avait renversé une assiette de soupe sur les genoux de Jaime au Grill.

Pendant le reste de l'après-midi, Ryan participa aux recherches pour retrouver Shannon. Des barrages routiers avaient été mis en place jusqu'à l'entrée de l'autoroute. L'appartement des deux frères fut fouillé, dans l'espoir de découvrir des indices relatifs au meurtre de Jaime ou à la disparition des filles. Vers quatre heures de l'après-midi, la nuit tomba. On fit venir des chiens policiers d'Utica, mais tant de gens tentaient de mettre la main sur Shannon que les chiens, trop énervés, ne servirent pas à grand-chose. Les Amis étaient heureux de se rendre utiles. Je ne sais pas si les gens croyaient vraiment que Shannon pouvait être responsable des disparitions, mais ils ne semblaient pas douter que les frères aient tué Jaime. Il n'y avait toutefois aucune preuve, sinon que les frères Levine s'en prenaient à lui depuis plusieurs semaines. En fait, tout le monde souhaitait que Jesse et Shannon soient coupables.

À sept heures, Ryan rentra chez lui et se gara dans son allée. Il n'avait rien mangé depuis le matin et était affamé. Il ouvrit la porte, alluma la lumière, entra dans la cuisine et s'arrêta net. Il y avait une miche de pain sur la table, un pot de mayonnaise ouvert, et quelques tranches de jambon sur une assiette, à côté d'un morceau de fromage. Le jambon sentait un peu fort. Ryan remarqua qu'un carreau de la fenêtre était cassé.

Il entendit une voix derrière lui et se retourna vivement.

« Je suis désolé d'avoir cassé la fenêtre. Je vous rembourserai, et je vous rembourserai aussi la nourriture. Je mourais de faim. »

C'était Shannon. Il était assis dans la pénombre, sur le canapé du salon, où il dormait à l'arrivée de Ryan. Le chat ronronnait sur ses genoux.

« Qu'est-ce que tu fais ici ? » demanda Ryan. Il se dit que Chef, le chat, ne ronronnait presque jamais quand lui le prenait.

« Je me rends.

— Pourquoi ?

— Aucune idée. Pourquoi est-ce que tous ces flics nous pourchassaient ? »

Ryan alluma une lampe. Shannon portait des jeans et un pull gris. Il y avait de la boue sur ses vêtements, et aussi sur le canapé. Ses chaussures boueuses étaient par terre.

« Quelqu'un a assassiné Jaime Rose, dit Ryan.

— Vous vous foutez de moi ? » Le chat sauta sur le sol.

« C'est toi ?

— Sûrement pas.

— Pourquoi t'es-tu enfui ?

— Vous fileriez aussi si un million de flics vous couraient après. Qu'est-ce qu'on aurait dû faire, rester là ? Comment a-t-il été tué ? »

Ryan choisit de ne pas répondre.

« Je vais devoir t'emmener au poste. »

Quand Ryan amena Shannon au commissariat, sans lui passer les menottes, le capitaine Percy continuait à diriger les recherches. Ryan savait bien qu'il aurait dû passer un coup de téléphone, mais il avait craint que toute une troupe d'agents déferle sur sa maison. Une dizaine d'hommes se trouvaient dans le bureau, y compris mon cousin, et ils regardèrent Shannon comme si c'était un extraterrestre. Ryan l'enferma dans une cellule voisine de celle de Jesse. Les deux frères se regardèrent sans rien dire.

Ryan fit face à Percy.

« Ces gosses n'ont tué personne.

— Ce n'est pas à vous d'en décider », répondit Percy.

Plus tard dans la soirée, Ryan se mit à la recherche de Barry. Il n'était pas chez lui, et sa mère non plus. Elle gardait Sadie. Ryan se rendit à la faculté, jeta un œil dans la bibliothèque, et décida finalement de passer chez Aaron.

Il était neuf heures et demie. Aaron ouvrit sa porte, et Ryan vit derrière lui Barry assis sur le canapé, un verre de lait dans une main et un sandwich dans l'autre. Il avait un peu de beurre de cacahuète sur la joue.

Barry avait peur.

« Quelqu'un me cherche, dit-il à Ryan. Quelqu'un téléphone chez moi et, quand je décroche, il n'y a personne. »

Ni Barry ni Aaron ne savaient ce qui était arrivé à Jaime. Quand Ryan le leur apprit, Barry se jeta sur le canapé ; il resta immobile un moment, puis il commença à sangloter.

« Qui a fait ça ? » demanda Aaron. Il paraissait inquiet et regardait Ryan d'un air soupçonneux.

« Nous ne le savons pas encore. »

Le policier était sûr que Aaron se demandait si lui, Ryan n'avait pas tué Janice, mais il était surpris que le jeune homme puisse le croire lié à la mort de Jaime. Il avait envie de dire à Aaron qu'il avait aimé sa mère et ne lui aurait jamais fait de mal, mais l'idée d'un rapport entre les meurtres de Janice et Jaime lui était soudain venue à l'esprit.

« Tu as une idée de qui aurait pu faire ça, Barry ? demanda Ryan.

— Pourquoi j'aurais une idée ? (Barry avait toujours le visage enfoncé dans les coussins.)

— Parce que c'est peut-être la même personne qui te recherche. »

## 38

Pendant toute la semaine suivante, on eut l'impression que la personne responsable de la disparition des filles se montrait plus téméraire, même si on ne pouvait savoir si cela venait du désir de se protéger ou de se perdre. Je songeais à la terreur de Sadie quand elle avait cru que quelqu'un essayait de rentrer dans la maison le dimanche soir. Je me disais qu'elle avait eu peur d'un rien, tout simplement parce que je ne voulais pas y croire. Je me répétais que c'était impossible, que personne ne pouvait avoir tenté de pénétrer chez elle. Mais cela se produisit une deuxième fois, et de façon plus effrayante encore.

Imaginez que vous êtes seul dans une maison pendant la nuit et que vous entendez des bruits, une lame de plancher qui craque ou un volet qui claque. Votre esprit interprète immédiatement ce bruit comme inoffensif ou inquiétant. Vous attendez un autre son, et vous entendez la chaudière se mettre en route, un néon bourdonner ou une horloge faire tic-tac. Des possibilités diverses se présentent à vous. Si vous vous sentez coupable ou effrayé, peut-être craindrez-vous le pire. Si vous êtes heureux et vivez dans un endroit que vous considérez comme sûr (mais qu'est-ce qu'un endroit sûr ?), vous reprendrez votre livre. Et à ce moment résonnera un autre bruit.

Samedi soir, Franklin et Paula sortirent dîner pour fêter leur mariage vieux de trois jours. Ryan devait se joindre à eux avec Cookie Evans, mais il fut finalement retenu, et Cookie se décommanda aussi. Elle était si bouleversée par la mort de Jaime qu'elle avait fermé le salon jusqu'à la fin du mois. Elle aurait quitté la ville si la police ne lui avait pas demandé de rester.

Franklin et Paula allèrent au Colgate Inn de Hamilton. Franklin avait dit qu'ils seraient de retour à neuf heures et demie. Mme Sanders vint préparer le dîner de Sadie. Elle ne savait pas jusqu'à quelle heure elle pourrait rester, mais il fut décidé que, si elle devait partir tôt, Sadie viendrait chez moi.

Comme d'habitude, Mme Sanders passa la soirée à regarder la télévision. Shadow était enfermée dans la cave à cause des allergies de Mme Sanders. Sadie prit une douche, puis se mit à lire dans sa chambre, au rez-de-chaussée. Elle entendait parfois le rire de Mme Sanders couvrir les rires enregistrés de la télévision. À neuf heures et demie, le téléphone sonna.

Sadie pensa que ce devait être son père annonçant qu'il serait en retard, mais elle entendit Mme Sanders dire : « Qui est-ce ? » puis « Comment ça, il est blessé ? ».

Sadie sortit de sa chambre, en pyjama, au moment où Mme Sanders raccrochait.

« Il est arrivé quelque chose à Barry, dit-elle. Il faut que je rentre immédiatement chez moi.

— Voulez-vous que je m'habille et que je vienne avec vous ? demanda Sadie.

— Ton père devrait arriver d'un moment à l'autre. Il vaut mieux que tu ailles chez cet homme. »

C'était de moi qu'elle parlait.

« Il faut qu'on se dépêche », dit Mme Sanders en enfilant son manteau.

Sadie mit une veste par-dessus son pyjama et suivit Mme Sanders sur le porche. Sa voiture était garée dans l'allée.

« File maintenant, dit-elle. Je te surveille de la voiture. »

Sadie était au milieu du jardin des Daniels quand Mme Sanders sortit de l'allée en marche arrière. À ce moment, la gamine entendit aboyer sa chienne. Shadow se trouvait toujours à la cave. Mme Sanders arrêta sa voiture. Sadie était alors entre ma maison et celle des Daniels, elle fit signe à Mme Sanders de partir, et celle-ci démarra. Mais, au lieu d'aller chez moi, Sadie fit demi-tour. Shadow était malheureuse d'être enfermée, et sa maîtresse savait que sa présence ne me dérangerait pas.

Sadie traversa en courant son jardin et monta les marches du porche. Il est sans doute heureux qu'elle n'ait pas fait de bruit. La chienne continuait à aboyer, et Sadie réalisa soudain que Shadow avait peur. Les aboiements étaient affolés. Sadie courut dans le couloir et, alors qu'elle allait ouvrir la porte de la cave, la chienne se tut et quelqu'un secoua la porte de derrière.

Sadie crut que c'était le vent mais, en regardant dans la cuisine obscure, elle distingua la silhouette d'un homme. Elle pensa d'abord que c'était peut-être Aaron, mais l'homme était trop corpulent. Shadow se mit de nouveau à aboyer et Sadie vit l'homme poser ses mains gantées sur la vitre, doigts écartés, et approcher son visage, une tache ronde et floue. Il tourna lentement la tête pour essayer de regarder dans la cuisine.

Sadie avait peur de retourner à la porte d'entrée, parce que les lumières étaient encore allumées dans le salon ; l'homme la verrait passer, et elle craignait qu'il fasse le tour de la maison. Il y avait un téléphone dans sa chambre, et elle décida d'appeler la police. Mais elle ouvrit d'abord la porte de la cave. Shadow sauta sur elle, puis fila dans la cuisine en aboyant. Ses griffes cliquetaient sur le carrelage.

Sadie se précipita dans sa chambre, décrocha le téléphone et s'aperçut qu'il était coupé. La chienne aboyait et sautait sur la porte de la cuisine. Sadie ouvrit la fenêtre de sa chambre, qui donnait sur le côté de la maison, en direction de la mienne. Je suppose que nous devons nous féliciter de ce que les multiples activités de Franklin ne lui aient pas laissé le temps d'installer les écrans de protection d'hiver. Sadie passa les jambes sur le rebord et se laissa tomber sur le sol. À ce moment, Shadow entra dans la chambre et posa les pattes sur l'appui de la fenêtre. Sadie la souleva et la prit dans ses bras. Elle entendit soudain un bris de verre : la vitre de la porte arrière s'était cassée sur le sol.

Sadie lâcha Shadow. Au lieu de rester avec elle, la chienne se précipita vers l'arrière de la maison en aboyant. Sadie était trop effrayée pour la rappeler et risquer d'attirer l'attention sur elle. Elle courut jusque chez moi.

À neuf heures et demie, je songeais à aller me coucher. J'aime lire au lit jusqu'à ce que j'aie sommeil. Comme je n'avais pas de nouvelles de Sadie, je supposais que Franklin était rentré. Il serait peut-être plus juste de dire que je ne pensais pas à eux. Je lisais toujours Daphné du Maurier, *L'Auberge de la Jamaïque*, et j'étais plongé dans la désolation et les tempêtes du récit.

Toutefois, quand j'entendis les pas de Sadie sur ma véranda, je me levai en hâte de mon fauteuil. La lampe extérieure était allumée et je la voyais par la vitre. Elle continuait à frapper à coups redoublés, alors qu'elle devait me voir approcher. Elle portait une veste trop grande pour elle et ne cessait de regarder par-dessus son épaule. Je sentis son effroi avant même d'ouvrir la porte, et j'en eus un frisson.

« Il est revenu ! cria-t-elle. Je l'ai vu ! »

Je regardai dans la nuit, et ne vis personne.

« Qui ? demandai-je.

— Je ne sais pas, dit-elle presque avec colère. Celui qui essayait de rentrer dans la maison. »

Je la conduisis dans le salon et lui demandai de s'expliquer. Elle était paniquée et refusait de s'asseoir. Sa veste était une canadienne rouge appartenant à Franklin, elle disparaissait presque à l'intérieur. Elle avait de vieilles pantoufles aux pieds.

Pendant la semaine, j'avais songé à acheter une arme, comme l'avaient fait beaucoup de mes voisins, cependant l'idée même d'une arme à feu m'effrayait, et je n'avais rien fait. Je n'avais tiré qu'une seule fois dans ma vie, quand j'étais enfant, dans une fête foraine, mais je suppose que ce n'était pas un vrai fusil et, de toute façon, j'avais manqué la cible. Cependant, j'avais une lampe torche ; je sortis sur le porche et balayai le jardin du faisceau. Je n'entendis aucun bruit. Le chien avait cessé d'aboyer. Je voulais appeler la police mais je vis une voiture passer dans la rue, avec des triangles orange sur les portes. Je fis signe avec ma lampe et la voiture, une Mazda couleur crème, s'arrêta le long du trottoir. Je reconnus la voiture avant même que le conducteur en sorte. C'était Leimbach, et il était seul.

L'incongruité de sa présence ici, seul, ne me frappa d'abord pas. J'étais heureux de le voir et je me hâtai vers lui.

« Que se passe-t-il ? » demanda Leimbach. Il portait un gros manteau et une écharpe.

Je lui expliquai que quelqu'un avait essayé de forcer la porte de la cuisine de Sadie. Leimbach partit immédiatement vers la maison, et je courus derrière lui, surtout parce que je ne voulais pas rester seul. Sadie me suivit. J'avais encore ma lampe à la main et, le rayon tombant sur Leimbach, je vis qu'il tenait un pistolet, ce qu'on appelle un automatique. J'aurais dû en être réconforté, mais ce ne fut pas le cas. Les pans de son manteau battaient derrière lui pendant qu'il courait. Sadie siffla Shadow, mais la chienne ne réagit pas.

Nous entrâmes dans la maison. Tout était calme. Leimbach allumait les lumières une par une. Nos pas semblaient faire beaucoup de bruit. La vitre de la porte de la cuisine était brisée. Leimbach essaya d'éviter les morceaux de verre, mais certains se cassèrent sous ses pieds. Il ouvrit la porte. L'écran en grillage était entrouvert ; on l'avait découpé pour pouvoir soulever le crochet.

« Je vais appeler la police », dit Leimbach. Il était à la fois sérieux et excité, et tenait son pistolet le long de sa jambe. Avec son manteau, il avait l'air plus massif que d'habitude et je pensai à la silhouette qu'avait vue Sadie. Il décrocha le téléphone de la cuisine.

« Il est coupé. »

Leimbach avait le téléphone dans sa voiture et nous ressortîmes. Le vent avait forci, il faisait froid.

Sadie continuait à siffler sa chienne.

« Où est Shadow ? dit-elle. Elle ne veut pas venir. »

Après avoir appelé la police, Leimbach alla voir l'endroit où la ligne téléphonique arrivait. Nous l'accompagnâmes, alors même que le hasard qui l'avait fait apparaître si opportunément commençait à m'étonner. D'un autre côté, Leimbach passait des heures chaque jour à patrouiller dans les rues. Son arrivée à ce moment ne suffisait pas à le rendre suspect. Je restai avec lui pour l'éclairer. Le câble téléphonique arrivait au coin nord de la maison et descendait le long du mur jusqu'à la véranda. Il avait été tranché, et le cuivre brillait à la lumière. Quand elle le vit, Sadie se rapprocha de moi.

Nous revînmes vers le devant de la maison et je montai les marches ; Sadie et Leimbach se trouvaient quelques pas derrière moi. Je braquais ma lampe sur les coins sombres en me disant que, s'il se passait quelque chose, je serais trop effrayé pour crier. La véranda faisait toute la largeur de la maison et, à une extrémité, un planeur pendait du plafond. Il se balançait doucement, et il y avait quelque chose sur le siège. Je m'approchai.

Je dus émettre un son, parce que Leimbach me rejoignit.

« Qu'y a-t-il ?

— Une main », dis-je. J'avais peur de laisser tomber la lampe.

Elle reposait sur le siège du planeur, une main de femme, rose et fine. Je crus d'abord qu'elle était vraie jusqu'au moment où je vis comment le poignet se terminait : c'était une main de mannequin.

« Bon Dieu, dit Leimbach à côté de moi.

— Ce n'était pas là avant », dit Sadie. Elle me prit le bras. Je balayai le jardin de ma lampe, sans rien voir. Le planeur se balançait et la main bougeait un peu, presque comme si elle était vivante. Je sentis Sadie frissonner.

« Où est Shadow ? demanda-t-elle. Pourquoi ne vient-elle pas ? »

Je n'avais pas de réponse à lui donner.

Les policiers et Franklin et Paula arrivèrent ensemble, une minute plus tard environ. Il y avait deux voitures de police et mon cousin faisait partie des quatre hommes à bord. Leimbach leur dit que quelqu'un avait tenté de rentrer par la porte de derrière et que la vitre en était brisée. Chuck et deux autres hommes se précipitèrent. Ils avaient des lampes électriques et les faisceaux lumineux éclairaient les jardins voisins. J'essayais d'expliquer à Franklin et Paula ce qui s'était passé.

Sadie tenait serrée la main de son père. La grosse canadienne lui donnait l'air d'une version miniature de Franklin. Elle ne craignait plus rien pour elle-même, mais s'inquiétait de son chien. « Shadow ! appelait-elle. Viens, ma jolie ! » Puis elle s'arrêtait pour écouter.

Au bout de quelques minutes, Chuck revint en courant. Il dit à l'autre policier d'appeler Ryan et le capitaine Percy. Ensuite, il se tourna vers Franklin, parlant bas dans l'espoir que Sadie ne l'entende pas.

« Il y a un chien mort derrière, un cocker. On lui a brisé le cou. »

Sadie s'élança, suivie de son père. La chienne gisait près d'un arbre à quelques mètres de la porte, une tache sombre sur le sol. Sadie se jeta sur elle, la serrant dans ses bras et criant son nom. Du sang coulait de la gueule de l'animal et tacha la canadienne et le visage de Sadie. Franklin l'écarta doucement de Shadow, la prit dans ses bras et l'emporta dans la maison. Sadie avait la figure enfouie dans le cou de son père. Je les suivis dans le salon.

« Où est Mme Sanders ? demanda Franklin.

— Elle a dû partir », répondis-je.

Je n'avais jamais vu Franklin aussi affecté. Assis à côté de Sadie, il lui caressait les cheveux. Il prit un torchon humide et essuya le sang du chien sur son visage. Sadie, recroquevillée sur le canapé, pleurait. Au bout d'un moment, elle finit par s'endormir. Paula la recouvrit d'une couverture et resta près d'elle. Je m'imaginai à la place de Franklin : avoir failli perdre sa fille à cause d'un retard. Peut-être Franklin et Paula avaient-ils pris un deuxième café ou un cognac. Peut-être s'étaient-ils arrêtés pour s'embrasser avant de rentrer à Aurelius, et Sadie avait failli en mourir.

Il y eut beaucoup de confusion pendant l'heure qui suivit ; de nouveaux policiers arrivaient, auxquels il fallait expliquer ce qui s'était passé. On ne trouva aucune trace de l'individu qui avait tenté de pénétrer dans la maison, mais des empreintes furent relevées. Le cadavre de la chienne fut envoyé au laboratoire, dans l'espoir que Shadow ait griffé ou mordu celui qui l'avait tuée. Percy se montra particulièrement sec envers Paul Leimbach, lui demandant comment il se trouvait sur les lieux et pourquoi il était seul alors que les Amis patrouillaient d'habitude par deux ou trois. Leimbach répondit qu'il était souvent seul et qu'il passait quatre fois par nuit dans Van Buren Street. Percy exigea aussi de voir le permis de Leimbach pour son pistolet. Ce dernier se montra froid mais prêt à collaborer. L'antipathie de Percy pour Leimbach était à l'évidence réciproque. Percy laissait entendre, sans jamais le dire ouvertement, que c'était peut-être Leimbach que Sadie avait vu à la porte. Ryan n'intervint pas, mais il regardait Leimbach comme pour lire dans ses pensées.

Aaron apparut vers onze heures. Il avait entendu des rumeurs en ville et était venu s'assurer que Sadie allait bien. La question se posa de savoir pourquoi Mme Sanders était partie en avance. Sadie expliqua qu'il était arrivé quelque chose à Barry, et Ryan le répéta à Aaron.

« Il n'est rien arrivé à Barry, dit Aaron. Il est resté avec moi toute la soirée. »

Percy envoya deux policiers chez Mme Sanders pour l'interroger sur ce coup de téléphone. Notre naïveté était étonnante. Nous étions stupéfaits de nous dire que la même personne pouvait avoir appelé Mme Sanders et essayé d'entrer par effraction chez Franklin, ébahis de penser que cet homme connaissait Barry et sa mère, qu'il savait tant de choses sur nous. Même si tout indiquait que le ravisseur faisait partie de la communauté, nous ne parvenions pas à y croire. Comment pouvait-il être un de nous ? Et qui ? Un policier ? Un voisin ?

Le lendemain, dimanche, il neigea. Je me réveillai le matin dans le silence que crée une épaisse couche de neige. J'entendis ma chaudière se déclencher. Je voyais de gros flocons dériver devant la fenêtre de ma chambre. En les regardant, je me mis à penser à d'autres hivers de ma petite enfance. Nous avions eu un peu de neige fondue pour Halloween et quelques flocons ensuite, mais c'était la première vraie chute de neige de l'hiver. J'avais beau approcher de la cinquantaine, je trouvais ça excitant. Un lundi, les classes auraient été annulées, et je regrettai un instant que nous soyons dimanche. Quand j'étais enfant, j'allais faire de la luge sur la colline de Lincoln Park, près de l'hôpital. J'avais une luge montée sur patins, une Flexible Flyer. De nos jours, les enfants ont des luges en plastique, mais on en voit encore quelques-unes en bois. À huit heures, je préparai mon petit déjeuner. En regardant par la fenêtre, je vis une voiture de police garée devant la maison de Franklin. Le toit du véhicule était couvert de neige et je me dis qu'il devait donc être resté là toute la nuit. Un petit nuage de fumée indiquait que le moteur tournait.

Le calme des rues évoquait la peur qui nous enserrait tous. J'ai dit que les gens achetaient des armes. À cause du délai nécessaire à l'obtention d'un permis de port d'arme, beaucoup de personnes avaient acheté des fusils. George Fontini avait un magasin d'articles de sport dans Main Street, et il avait vendu tous ses fusils, même les plus chers, ainsi que bon nombre de pistolets et revolvers. Il disait même, par plaisanterie, qu'il avait vendu tous ses arcs et s'attendait à être à court de fléchettes.

Jesse et Shannon passèrent le week-end en prison. Ils niaient toute implication dans le meurtre de Jaime, même s'ils n'avaient pas d'alibi. Le médecin légiste affirmait que Jaime était mort entre minuit et quatre heures du matin, et, à cette heure-là, rares sont les gens qui disposent de bons alibis. Le rapport du laboratoire indiquait que les empreintes de Jesse et de Shannon n'avaient pas été retrouvées dans l'appartement de la victime ni au salon de coiffure. Les frères n'avaient pas été inculpés. Pour le moment, Jesse était accusé de coups et blessures sur un policier, et Shannon d'avoir pénétré par effraction chez Ryan.

Les gens se demandaient qui pouvait bien être le coupable si Jesse et Shannon n'avaient rien à voir avec le meurtre de Jaime, et quel en était le motif. J'avais du mal à ne pas penser à ce que Jaime m'avait dit des secrets de certaines personnes, et qu'il avait sans doute répété à d'autres. Il paraissait évident qu'il avait été tué par quelqu'un avec qui il avait des relations sexuelles et qui ne voulait pas que cela se sache. Restait à savoir si cette personne était liée aux disparitions. S'agissait-il du même individu, ou de quelqu'un d'autre qui se servait des enlèvements comme d'un écran de fumée ?

Les policiers interrogèrent tous ceux qui pouvaient avoir connu Jaime, moi entre autres. Un détective en civil de la police de l'État, nommé Mitchell, vint chez moi.

« Je ne sais rien de lui, lui dis-je. Il m'a coupé les cheveux il n'y a pas longtemps. Je vais d'habitude chez Jimmy, mais il avait fermé une semaine pour aller chasser.

— Qui étaient les amis de Jaime ?

— Je n'en ai aucune idée. Peut-être Cookie Evans le sait-elle. »

Nous étions dans l'entrée, je n'avais pas invité Mitchell à entrer dans mon salon, et je voyais qu'il m'en voulait. Je ne me montrais pas du tout coopératif, mais je trouvais désagréables les suppositions qu'on faisait sur mon mode de vie.

Barry fut lui aussi interrogé. Il dit qu'il connaissait un peu Jaime, sans plus. Il déclara qu'il avait l'impression d'être guetté par quelqu'un, sans toutefois avoir d'explication logique à cela. Comme Barry, nerveux, bégayait, les policiers supposèrent qu'il était hystérique ou mentait pour se donner de l'importance. Barry ne raconta rien de ses expériences avec des hommes habitant Aurelius et laissa plutôt entendre qu'on lui en voulait à cause de sa participation aux Recherches sur la justice. Il expliqua que certains membres du groupe avaient été obligés de quitter la ville. Par malchance, dit Barry, il n'avait nulle part où aller. Les policiers le trouvèrent plus inquiet que de raison. Il paraissait si insignifiant qu'il était difficile d'imaginer qu'il puisse détenir la moindre information importante.

Les policiers avaient l'impression de resserrer leur filet. Percy dissimulait ses soupçons la plupart du temps, mais il montrait maintenant plus de vigueur, surtout depuis la conversation de Ryan avec Sheila Murphy. Il était persuadé que l'assassin de Janice était aussi le ravisseur et le meurtrier de Jaime. Il songeait à ce que Sheila lui avait dit du « professionnel » de Janice. Il fit par deux fois venir Sheila au poste pour l'interroger personnellement. Il interrogea aussi le docteur Malloy, qui jura n'avoir jamais eu de liaison avec Janice. Il convoqua même Donald, qui se montra indigné.

« Comment osez-vous suggérer que j'aie pu avoir des relations avec une telle femme, dit-il. Ce n'était qu'une pute ! »

Le samedi soir, après qu'on eut essayé de rentrer par effraction chez Franklin, Percy avait fait fouiller le quartier. Certaines maisons étaient vides, pas beaucoup, peut-être vingt dans la ville, mais des gens effrayés avaient quitté Aurelius. Il y avait des retraités qui étaient allés passer l'hiver dans le sud, mais aussi des familles avec des filles adolescentes. D'autres ne tarderaient pas à partir. Selon Percy, les maisons vides pourraient offrir un abri à un rôdeur nocturne.

En fait, la maison située derrière celle de Franklin était vide. Elle appartenait à Maggie Murray, une institutrice à la retraite. Elle partait chaque 1^er^ janvier chez sa sœur à Fort Lauderdale pour le reste de l'hiver. Cette année, elle était partie peu après le 1^er^ novembre. Percy pensait qu'une voiture avait pu être garée dans l'allée de Maggie et que le conducteur pouvait avoir traversé les jardins derrière les maisons jusqu'à celle de Franklin. C'était une des raisons pour lesquelles il se méfiait de Leimbach, dont la voiture était apparue juste au bon moment.

Le dimanche, Percy eut une nouvelle raison de soupçonner Leimbach. Une grande enveloppe au nom du capitaine figurait dans le courrier du poste de police. Personne ne put par la suite déterminer sa provenance, si elle était arrivée le samedi par la poste – bien qu'elle ne porte pas de timbre – ou si elle avait été laissée devant la porte. Des dizaines de personnes entraient et sortaient toute la journée et n'importe qui aurait pu la ramasser pour la poser sur un bureau, juste pour rendre service.

Quand l'enveloppe fut remise à Percy, elle avait déjà été manipulée à de nombreuses reprises. Percy l'ouvrit debout, près du bureau de l'entrée. Ryan se trouvait près de lui et il vit Percy sursauter. À l'intérieur se trouvait un morceau de papier portant le nom de Leimbach en capitales. Les lettres avaient été tracées au crayon, et leur auteur était repassé dessus de nombreuses fois, avec des crayons de couleurs différentes. Il semblait qu'on avait d'abord écrit « Leimbach » en noir en repassant une dizaine de fois sur les lettres, puis qu'on avait recommencé avec des crayons vert, rouge, bleu, marron et jaune, jusqu'à ce que les lettres fassent trois centimètres de largeur. La cire colorée était épaisse, un peu grasse, et les traits de crayon donnaient une impression de violence.

## 39

Après la disparition de Meg Shiller, le capitaine Percy avait mis en œuvre plusieurs stratégies qui, espérait-il, mèneraient à l'arrestation du responsable. Par exemple, dix filles ressemblant à Sharon et Meg – grandes et minces, avec les cheveux longs – étaient sous surveillance discrète. Les numéros d'immatriculation des voitures qui passaient à divers endroits étaient entrés dans un ordinateur pour voir si on pouvait déterminer un schéma récurrent, ou si les numéros correspondaient à ceux d'une centaine de personnes qui se trouvaient dans leur voiture au moment des disparitions. Et il y avait d'autres projets dont je ne savais rien. Tout cela coûtait cher, mais il avait été décidé en haut lieu qu'il valait mieux payer le prix que perdre une autre fillette. Malheureusement, la dépense ne servit à rien – du moins pas à cet égard.

Une des stratégies de Percy impliquait un appât. Il fit venir de Corning Becky DeMarino, une policière de trente-cinq ans qui était de très petite taille. Lorsqu'elle était vêtue en adolescente, on pouvait la prendre pour telle. Elle devait marcher dans les petites rues, surveillée par des policiers dissimulés. En fait, c'était plus compliqué, et je ne donne qu'une vague idée du plan. Je sais par exemple que Percy disposait d'une camionnette portant le nom d'une compagnie d'électricité où se trouvaient un opérateur radio et deux policiers.

Becky DeMarino portait un pistolet et un micro ; si quelqu'un lui adressait la parole, la conversation serait entendue dans la camionnette. Elle arriva à Aurelius le mercredi 15 novembre. Le lieutenant Marcos était responsable de l'opération, si on peut lui donner ce nom, qui devait commencer le vendredi. Mais ce jour-là on découvrit le corps de Jaime, et elle ne débuta que le dimanche.

Quand elle arpentait les rues, Becky DeMarino portait une parka rose et tirait une luge en plastique rouge. Avec une casquette de ski et une écharpe autour du cou, elle paraissait avoir douze ans. On m'a raconté qu'elle s'était entraînée à marcher comme une enfant – c'est-à-dire en faisant des détours, sans but défini. Ryan disait qu'elle était censée glisser de temps en temps. On peut en conclure que les policiers n'avaient guère d'espoir. Malgré le climat de terreur qui pesait sur la ville, les enfants faisaient de la luge à Lincoln Park ce dimanche, et Becky devait parcourir les rues du voisinage en tirant sa luge. Une jeune fille dans la pénombre du soir, peut-être le ravisseur serait-il tenté.

Une fois de plus, le problème était que beaucoup de gens connaissaient ce plan. Les policiers étaient au courant, bien sûr, et puis, alors que Becky marchait dans Walnut Street avec sa luge, une voiture des Amis s'arrêta près d'elle. Le conducteur – je crois que c'était Henry Polaski – voulait lui dire de rentrer chez elle, il était prêt à la raccompagner. Il y avait aussi un autre homme dans la voiture. Évidemment, ils virent que Becky n'était pas une enfant et, après une brève conversation, ils reprirent leur chemin. Avaient-ils compris qu'elle faisait partie de la police ? Parlèrent-ils d'une femme qui tirait une luge et paraissait âgée de douze ans mais en avait en fait trente-cinq ?

À cette époque de l'année, il fait noir vers seize heures à Aurelius, en particulier quand il neige. Becky longeait le parc, près de la colline où les gosses faisaient de la luge depuis le matin. Il y avait des arbres isolés entre lesquels les enfants passaient. Le trottoir se trouvait à une cinquantaine de mètres du bas de la colline et seules les luges les plus rapides arrivaient jusque-là sur leur élan. Les enfants étaient venus soit avec leurs parents, soit en groupe. La crainte qu'il se passe quelque chose était si générale qu'aucun enfant n'était venu seul, et que beaucoup n'avaient pas eu la permission de venir du tout. Je me souviens de journées où plus de cent enfants faisaient de la luge dans le parc, mais ce dimanche-là il n'y en avait guère plus de vingt. On entendait pourtant des cris, et des chiens couraient partout. Toutefois, vers trois heures, les gens commencèrent à rentrer chez eux.

Il était environ quatre heures moins le quart quand Becky s'engagea dans Johnson Street, qui longeait le parc. Les lampadaires s'étaient allumés, mais il faisait encore assez jour pour que Becky voie une demi-douzaine d'enfants sur leurs luges ; les couleurs vives de leurs parkas étaient assombries par la pénombre.

En approchant du bas de la pente, elle vit une luge verte sur le trottoir, une luge bon marché en plastique avec une cordelette orange. Elle s'arrêta et entendit un appel.

« Karla ! Karla ! »

Becky se retourna et vit une femme descendre en courant la colline dans sa direction. Elle se trouvait encore à une centaine de mètres. La femme tomba et se releva.

« Karla, où étais-tu ? »

Becky attendit pendant que la femme courait et marchait alternativement. Elle paraissait à la fois furieuse et effrayée. C'était une femme assez jeune, portant une veste trois-quarts verte et une casquette bleue et rouge.

« Karla, je t'avais dit de revenir immédiatement en haut de la colline ! »

À une vingtaine de mètres, la femme comprit sa méprise.

« Vous n'êtes pas Karla ! Où est-elle ? » La femme se remit à courir.

« C'est sa luge », dit-elle. Puis elle s'arrêta, porta les mains à son visage et se mit à hurler.

Dans la camionnette, le technicien qui portait les écouteurs les arracha de sa tête. Le conducteur alluma ses phares et accéléra, les pneus dérapant dans la neige.

La femme continuait à hurler. C'est ainsi qu'on apprit la disparition d'une troisième fillette.

La femme s'appelait Louise Golondrini. C'était une mère célibataire de trente ans qui travaillait à la corderie. Elle avait un petit ami, mais il avait un poste temporaire en Floride, dans la construction. Elle habitait avec une autre femme seule, Pam O'Brien, qui avait un fils de huit ans nommé Harry. Pam travaillait elle aussi à la corderie, mais dans une équipe différente. Louise venait d'Utica et s'était installée à Aurelius deux ans plus tôt, quand elle avait trouvé ce travail.

J'avais eu sa fille, Karla, comme élève en cours de sciences l'année précédente. Elle souffrait de ce qu'on appelle des troubles de l'attention, c'est-à-dire qu'elle regardait rêveusement par la fenêtre ou dessinait des chevaux dans son cahier. J'aurais pu la recaler, mais je lui avais donné un D par gentillesse. Elle était assez jolie dans son genre, pâle et mince avec de longs cheveux noirs. Toutes ces fillettes âgées de treize ou quatorze ans sont si clairement en phase de transition qu'elles ne sont presque rien de défini à cette période. Ce n'est pas tout à fait exact, mais on a tendance à considérer plus ce qu'elles vont devenir que ce qu'elles sont. Et maintenant, Karla Golondrini ne deviendrait plus jamais rien.

La parka rose de Becky DeMarino était presque de la même couleur que celle de Karla, selon sa mère. C'était pour cela qu'elle avait pris Becky pour sa fille. Elles faisaient de la luge depuis deux heures de l'après-midi et Louise Golondrini voulait rentrer chez elle ; elle avait froid et les pieds mouillés. Sa voiture était garée en haut de la colline. Karla voulait faire une dernière descente. Sa mère finit par accepter, mais lui dit qu'elle l'attendrait en haut. Karla avait descendu la pente et sa mère l'avait perdue de vue dans le soir qui tombait. Elle attendit, et cinq minutes passèrent. Un chien sautait autour d'elle et l'avait distraite. Elle appela sa fille. Debout sur la colline, n'entendant pas de réponse, elle commença à se dire qu'il était peut-être arrivé quelque chose d'affreux. C'est à ce moment qu'elle s'était mise à courir dans la neige. Quand elle avait aperçu Becky DeMarino dans sa parka rose, elle avait ressenti un grand soulagement, qui n'avait pas duré longtemps.

Karla était partie depuis moins de dix minutes quand sa mère se mit à hurler. À cause de la camionnette radio, la police fut immédiatement alertée. Une douzaine d'agents se déployèrent sur la colline à sa recherche. Les policiers visitèrent les maisons du secteur pendant que des volontaires fouillaient le voisinage. À quatre heures et demie, des barrages furent installés sur toutes les routes sortant d'Aurelius, et d'autres sur l'échangeur de l'autoroute. Mais, comme le dit Chuck, « nous savions tous que la fillette était toujours quelque part dans Aurelius ».

Louise Golondrini voulait rester à Lincoln Park, mais on la convainquit finalement de venir au poste de police. « Mon bébé », répétait-elle sans cesse. On appela Roberta Fletcher, l'infirmière qui travaillait pour le docteur Malloy. Celui-ci vint aussi, comme sa femme. Le docteur Malloy essaya de donner un sédatif à Louise, mais elle n'en voulait pas. Ils s'installèrent dans le bureau du chef Schmidt. Il n'y avait pas d'autre endroit où attendre. Les Shiller arrivèrent bientôt. Ce devait être affreux pour Louise de réaliser qu'elle faisait maintenant partie de leur groupe.

À cinq heures, plus de cent personnes recherchaient la fillette disparue. Il avait neigé faiblement toute la journée, parfois seulement quelques flocons, mais avec le soir la neige se mit à tomber plus dru. Des équipes de télévision arrivèrent de Syracuse, d'Utica et même de Binghampton; leurs projecteurs faisaient étinceler la neige fraîche. Lincoln Park n'est pas loin de chez moi, et j'allai en compagnie de Sadie voir ce qui se passait. C'est elle qui m'avait appris l'enlèvement de Karla, alors que j'étais en train de lire le journal. Quelqu'un avait appelé Franklin, qui s'était précipité hors de chez lui. Paula ne voulait pas que Sadie sorte, mais elle s'était décidée à l'accompagner. Sadie marchait à ma gauche et Paula à ma droite, comme si je constituais une barrière entre elles. Paula était un peu plus grande que moi et Sadie un peu plus petite. La neige était épaisse, j'étais heureux d'avoir mis des bottes.

La nouvelle d'une troisième disparition nous frappa comme la foudre. On avait l'impression que ce n'était pas dû à un humain, que notre ville était victime d'une de ces calamités de l'Ancien Testament. Les gens se parlaient à voix basse et avaient les traits tirés; certains pleuraient, et ils semblaient tous ployer sous le poids du malheur. Les seules taches de couleur venaient des gyrophares de la police, qui coloraient en bleu les visages et les larmes. Je vis des gens aux fenêtres des maisons voisines du parc.

« Je savais qui c'était, dit Sadie, mais je ne crois pas lui avoir jamais parlé.

— Sa pauvre mère », répétait Paula.

Le silence était sinistre. Les gens qui se trouvaient sur le flanc de la colline étaient engoncés dans d'épais manteaux, et portaient chapeaux et écharpes; ils avaient l'air d'esquisses malhabiles. Leur démarche raide me rappela celle des cadavres dans le film *La Nuit des morts vivants*. Les policiers étaient très occupés. Des voix excitées, brouillées par les parasites, sortaient des radios des voitures de patrouille, et semblaient surtout énoncer des chiffres. À six heures, nous revînmes chez moi et je fis du thé.

Le capitaine Percy voulait savoir au plus vite où se trouvaient environ cinquante personnes lors de l'enlèvement, des gens que je n'ai jamais mentionnés et aussi Harry Martini, Sherman Carpenter et Henry Swazey. Je figurais moi aussi sur la liste. Un des hommes qui reçurent la visite de la police fut Greg Dorough, un avocat qui se trouvait être homosexuel et vivait avec un technicien de la compagnie pharmaceutique de Norwich. On n'aurait jamais cru qu'ils étaient homosexuels. En tout cas, la chose déplaisante était que Greg reçut cette visite seulement, j'en suis sûr, parce qu'il était gay. Ce fut très bref, les policiers voulaient juste savoir où il se trouvait dans l'après-midi. Mais une telle visite n'est pas anodine. Sadie était chez moi quand les policiers vinrent me voir, et je fus heureux que Paula soit là aussi. J'aurais sinon pu entendre de nouvelles remarques au sujet de l'intérêt que je portais aux jeunes filles.

Les policiers s'intéressèrent aussi à Paul Leimbach, à Donald Malloy, à Mike Shiller et à d'autres proches des disparues. Ils trouvèrent Aaron chez lui, en compagnie de Harriet. Ils déclarèrent avoir passé l'après-midi à préparer une cérémonie pour Houari Chihani. Mike Shiller affirma qu'il était à la pêche. On ne put d'abord trouver Donald Malloy puis Percy réalisa qu'il faisait partie des volontaires en train de fouiller le parc ; il était parmi les premiers à être arrivés.

Percy apprit que Paul Leimbach se trouvait seul dans sa voiture en train de patrouiller le secteur qui lui avait été assigné lorsque l'enlèvement avait eu lieu.

Les gens dirent plus tard que Percy avait réagi trop brutalement, mais on ne voit pas comment il aurait pu faire autrement, surtout depuis qu'il avait reçu ce morceau de papier portant le nom de Leimbach inscrit de façon aussi bizarre. Quoi qu'il en soit, il convoqua Leimbach au poste de police et fit examiner sa voiture par le laboratoire. Chihani était mort, Jaime Rose aussi, Oscar Herbst se trouvait à Troy, d'autres membres du GRJ avaient quitté la ville, Hark Powers et les frères Levine étaient en prison – maintenant que les individus considérés comme suspects étaient hors de cause, il lui fallait se tourner vers les autres, et même les plus insoupçonnables.

Leimbach n'était accusé de rien, mais on lui demanda de rendre compte de ses mouvements. Tout le monde se montra très poli, ou essaya de l'être. Ils étaient dans un coin du poste, puisque Louise Golondrini se trouvait toujours dans le bureau du chef Schmidt. Chuck Hawley assistait à la scène. Il me dit que Leimbach portait un pantalon sombre, un chandail à col roulé foncé et une veste noire. Presque une tenue de commando, dit mon cousin. Leimbach déclara avoir tourné dans les rues d'Aurelius pendant trois heures. Jamie Fendrick se trouvait avec lui pendant la première heure, mais il dut ensuite retourner à son travail au supermarché Wegmans. Ainsi, de deux heures et demie à quatre et demie, quand les policiers l'interceptèrent, Leimbach était resté seul.

Connaissait-il Karla Golondrini ?

Non, il ne l'avait jamais rencontrée.

On lui montra sa photo. La reconnaissait-il ?

Il ne se souvenait pas l'avoir jamais vue.

On fit entrer la mère de Karla pour savoir si elle reconnaissait Leimbach. Elle ne l'avait jamais vu, mais demanda soudain si c'était « l'homme qui avait pris son bébé ». Elle se mit à crier et une femme agent de police dut la faire sortir de la pièce.

« Pourquoi suis-je ici ? demanda Leimbach. C'est absurde. »

Ryan sortit la feuille de papier portant le nom de Leimbach en plusieurs couleurs. Plus tôt dans la journée, Ryan avait essayé de faire la même chose, repasser encore et encore sur les lettres d'un nom. Il avait choisi celui de Janice, et s'était aperçu qu'il fallait au moins une heure pour obtenir un résultat comparable.

« Vous m'avez traîné ici à cause de ça ? demanda Leimbach.

— On ne vous y a pas traîné, répondit Ryan.

— Vous devez comprendre qu'il nous faut envisager toutes les possibilités », dit le lieutenant Marcos.

Ryan savait que tout dépendait de la voiture de Leimbach. Si on y trouvait une trace de Karla, Leimbach serait mis en état d'arrestation. Sinon, on le relâcherait, bien que cela ne prouve pas forcément son innocence. On interrogeait déjà les habitants du quartier où Leimbach faisait soi-disant des rondes pour savoir s'ils l'avaient vu. Certains avaient remarqué une voiture portant des triangles orange sur les portes, mais ne pouvaient dire quels en étaient la marque ou le conducteur.

À un moment, un technicien du laboratoire vint murmurer quelques mots à l'oreille de Marcos.

« Avez-vous renversé quelque chose dans votre voiture ? demanda celui-ci à Leimbach.

— J'ai acheté un Coca et un hamburger au McDonald's, et j'ai renversé un peu de Coca, dit Leimbach.

— Et vous l'avez nettoyé avec de l'eau ?

— Je me suis arrêté à une station-service pour prendre un peu d'eau, oui.

— Et vous n'avez nettoyé que le Coca renversé ?

— Bien sûr. »

À six heures du soir, on renvoya Leimbach chez lui. À peu près au même moment, une écharpe rouge, en laine, fut découverte dans la neige, au coin nord-ouest de Lincoln Park. Louise Golondrini la reconnut comme étant celle de sa fille quand on la lui montra. Les policiers isolèrent ce secteur du parc et le fouillèrent centimètre par centimètre, passant même la neige au tamis. Au bout de deux heures, ils trouvèrent un stylo, un stylo à plume Cross en argent, à environ trois mètres de l'endroit où l'écharpe avait été découverte.

« Ils espèrent que le stylo appartient au type qui a enlevé Karla, me dit Ryan. Mais peut-être n'est-ce pas le cas. »

Le seul endroit en ville qui vendait des stylos Cross était la papeterie de Jefferson Street, Letter Perfect, où travaillait Florence Martini. On dit que le stylo appartenait peut-être à son mari, bientôt son ex-mari. Il avait affirmé aux policiers qu'il était resté chez lui la plus grande partie de l'après-midi mais qu'il était allé faire des courses chez Wegmans vers trois heures.

Le lieutenant Marcos se rendit avec le stylo chez Martini, et celui-ci dit qu'il ne lui appartenait pas. Il avait bien un stylo Cross, mais façon bois, avec un anneau doré. Marcos demanda s'il pourrait le voir, et Martini chercha dans les tiroirs de son bureau au sous-sol. Sa femme se tenait à la porte.

« Je ne le trouve pas, dit Martini. Il est sans doute au lycée.

— Est-ce que je ne t'avais pas offert aussi un Cross en argent ? demanda sa femme.

— Non, jamais », répondit Martini.

Marcos alla vers neuf heures voir le propriétaire de Letter Perfect, Noah Frankenmuth, qui habitait dans Butler Street. Il repeignait une chambre au premier étage de sa maison et fut mécontent d'être dérangé. Il avait un teckel nain, Fritz, qui ne cessait d'essayer de mordre les chevilles de Marcos. Celui-ci avait peur de marcher sur le chien.

« J'ai au magasin une liste sur ordinateur des gens qui ont acheté des stylos Cross. Ça ne peut pas attendre demain ?

— Non », dit Marcos.

Ils allèrent au magasin. Frankenmuth vérifia ses dossiers informatiques, puis édita une liste de vingt-cinq personnes qui avaient acheté des stylos Cross depuis deux ans. Cinq de ces stylos étaient en argent. L'une des personnes figurant sur la liste était la femme de Paul Leimbach, Martha, qui l'avait acheté en février.

« Elle m'a dit que c'était un cadeau d'anniversaire », indiqua Frankenmuth.

Marcos retourna chez les Leimbach. Il conduisait vite, dérapant dans les virages.

Les Leimbach vivaient dans une des maisons les plus récentes de Myrtle Street, une maison de style Nouvelle-Angleterre avec une grande baie vitrée donnant sur le jardin. Ils regardaient la télévision.

« On dirait le mien, dit Paul Leimbach. En tout cas, j'avais un Cross en argent. Je l'ai perdu cet été. C'était un cadeau, et j'ai été ennuyé de l'avoir égaré. Où l'avez-vous trouvé ?

— Je n'ai pas le droit de vous le dire », expliqua Marcos.

Plus tard, Marcos dit qu'il avait eu envie d'arrêter Leimbach à ce moment même, mais qu'il s'était retenu. Il n'avait pas encore dit au capitaine Percy ce qu'il avait appris, aussi il retourna au poste de police.

Percy ne fut pas content.

« Maintenant, il va se méfier », dit-il.

Percy chargea un homme d'enquêter sur les quatre autres personnes qui avaient acheté des stylos Cross en argent. Il semblait toutefois clair que le stylo appartenait à Leimbach, mais cela ne prouvait pas qu'il l'avait lui-même perdu dans la neige. Deux hommes furent envoyés demander aux employés de Leimbach s'il avait mentionné la perte d'un stylo.

Il neigea encore plus pendant la nuit. Les policiers abandonnèrent leurs recherches dans le parc vers onze heures et demie. Il ne restait plus un centimètre carré de neige intacte. Donald Malloy s'était montré très consciencieux, conduisant vingt membres des Amis dans une centaine de cours et jardins. Partout dans Aurelius, la neige avait été piétinée et transformée en boue. Mais il en tomba encore quinze centimètres pendant la nuit. Cours, jardins, trottoirs et le parc même disparurent sous la neige fraîche. Le lundi matin, rien n'indiquait qu'une fouille avait eu lieu.

## 40

Il était difficile d'imaginer que nous n'étions qu'à une semaine de Thanksgiving. Nous n'avions aucune raison de rendre grâce. L'année dernière, j'avais acheté une petite dinde et invité Franklin et Sadie. Pour cette année, je n'avais pas de projets. Le lycée serait fermé, bien sûr. J'envisageai d'aller dîner seul au restaurant à Utica, mais j'aurais eu l'impression de trahir mes amis d'Aurelius, comme si je prenais du bon temps en cachette.

Jaime Rose fut inhumé le mardi. J'avais l'intention d'aller à l'enterrement, puis je changeai d'avis. Je ne voulais pas être la cible des regards. Mon téléphone sonnait une demi-douzaine de fois par nuit, et il n'y avait personne quand je décrochais. Cela me perturbait et je fis changer mon numéro. Je découvris plus tard que d'autres gens recevaient des appels, mais je croyais alors être le seul.

La cérémonie fut sobre. Cookie Evans s'y rendit, et quelques amis de Jaime avaient fait le déplacement depuis New York. Sa mère vint de Clinton. Barry y alla, bien que Mme Sanders le lui ait interdit. Aaron et Harriet l'accompagnèrent. Il y avait aussi quelques inconnus, poussés par la curiosité. Un policier en civil dressa une liste des personnes présentes. Ryan disait que l'assassin de Jaime se montrerait peut-être.

Ce même mardi, Jesse et Shannon furent libérés sous caution. On ne leur reprochait rien en ce qui concernait Jaime, juste la tentative de fuite et une effraction ; Ryan pensait que les poursuites seraient abandonnées. Les policiers se demandaient si Jaime avait été victime d'une liaison homosexuelle ayant mal tourné ou s'il y avait un lien avec les filles disparues. Cela augmenta encore la pression pesant sur la population gay d'Aurelius. Des homosexuels de villes aussi éloignées que Norwich furent interrogés. Mais je me souvenais que Franklin s'était entretenu avec Jaime le jour où la maison d'Irving Powell était assiégée par les Amis de Sharon Malloy. Beaucoup de gens avaient vu Franklin et Jaime ensemble, et quelqu'un avait peut-être eu peur de ce que Jaime pourrait dire. Et Barry était avec eux.

Le capitaine Percy attachait beaucoup d'importance au coup de téléphone passé à Mme Sanders le samedi soir. D'après elle, une voix d'homme lui avait dit que Barry était tombé dans l'escalier et avait la jambe cassée. Elle s'était donc précipitée chez elle. Certaines personnes pensaient qu'il s'agissait juste d'une mauvaise plaisanterie, mais Percy était convaincu que le ravisseur avait passé cet appel. Ce qui, souligna-t-il devant Ryan, impliquait qu'il sache que Franklin était absent et que Mme Sanders se trouvait là.

Percy convoqua aussi Aaron au commissariat et l'interrogea avec Ryan. Le capitaine était assis d'un côté du bureau et Aaron de l'autre ; Ryan se tenait debout près de la porte. Aaron lui lançait de fréquents coups d'œil et à chaque fois Ryan réalisait à quel point le jeune homme le détestait.

Percy commença par dire qu'il savait qu'Aaron était revenu à Aurelius pour découvrir qui avait tué sa mère. Il savait aussi qu'Aaron avait interrogé les voisins de Janice et qu'il s'en était pris à Sheila parce qu'elle refusait de lui dire quelque chose. Puis il regarda son interlocuteur en face, comme s'il s'attendait à ce qu'il nie.

« Vous êtes intelligent, dit Aaron.

— Ne faites pas le malin, répondit Percy. Avez-vous parlé à votre mère avant sa mort ?

— Nous nous parlions au téléphone environ deux fois par semaine.

— Vous parlait-elle des hommes qu'elle fréquentait ?

— Elle pouvait me dire qu'elle avait rencontré quelqu'un qui lui plaisait, mais elle ne mentionnait jamais de noms.

— Avez-vous une idée de qui peut être ce professionnel ? »

Aaron étendit ses jambes devant lui et se croisa les bras sur la poitrine.

« Peut-être Tavich, peut-être vous.

— Cela aurait-il pu être le docteur Malloy ?

— C'est possible.

— Mais vos soupçons ne sont pas plus précis ?

— C'est possible.

— N'êtes-vous pas ami de Sadie Moore ? Elle a failli être enlevée l'autre soir. En nous cachant ce que vous savez, vous mettez sa vie en danger. »

Aaron détourna le regard sans répondre. Percy lui posa quelques autres questions, sans arriver à rien, puis le renvoya chez lui.

« Il s'imagine qu'il trouvera cet homme tout seul », dit Percy.

Ryan se sentait déprimé par cette entrevue.

« C'est ça, ou bien il ne nous fait pas confiance. Connaissiez-vous Janice ?

— Vous voulez dire, si j'avais une liaison avec elle ? Bien sûr que non.

— Elle était aussi entêtée que lui. »

Pendant quelques jours, Barry eut l'impression d'être suivi, puis cela cessa, ou peut-être s'était-il trompé. Il disait avoir entendu la porte de service bouger ou la sonnette résonner quand sa mère n'était pas à la maison. Il parlait aussi d'une voiture qui passait lentement, mais il ne se souvenait pas de la marque. Elle était bleue ou crème, il n'en était pas sûr. Et il y avait des coups de téléphone, la personne au bout du fil ne disant rien. Bien sûr, d'autres gens que son assassin potentiel pouvaient l'appeler. Nous étions nombreux à recevoir ces coups de fil. On apprit plus tard que des membres des Amis de Sharon Malloy passaient ces appels pour harceler ceux qu'ils considéraient comme suspects. C'était une idée de Donald Malloy. Il disait que si on mettait une pression suffisante sur un certain nombre de suspects, le coupable se trahirait peut-être. Toutefois, on ne savait pas si les Amis étaient responsables de *tous* ces appels.

Aaron pensait que les appels reçus par Barry étaient importants, et il décida de découvrir ce que celui-ci lui cachait. Qui était cet homme qu'il fréquentait au lycée, et qu'avait-il fait pour effrayer Barry ? Ni la police ni Franklin ne savaient rien de tout cela. Mais Aaron et moi étions au courant, même si nous n'avions aucun nom. Aaron emmena Barry chez lui après l'enterrement de Jaime et lui fit peur. Barry disait même qu'Aaron l'avait giflé. Il était très perturbé et m'en parla peu après.

« Que lui as-tu dit ? demandai-je.

— Rien. J'ai refusé de lui répondre. J'ai seulement dit ce que je vous ai déjà dit, que c'était un "homme de profession". Je n'aurais jamais cru qu'Aaron me ferait du mal. Il avait complètement perdu les pédales. »

Sur le moment, je ne réalisai pas ce que cela signifiait pour Aaron, mais il se montra méchant, et Barry finit par lui donner le nom de l'homme.

Le lundi, dix adolescentes furent retirées du lycée par leurs parents. La plus âgée avait seize ans, la plus jeune douze. Elles allaient toutes séjourner chez des parents dans d'autres villes. Une quinzaine de fillettes avaient déjà quitté l'école, et leur absence laissait des trous visibles dans nos classes. Karla Golondrini avait peu d'amies mais de nombreuses connaissances ; il y eut beaucoup de pleurs ce lundi, et la présence de journalistes de la télévision aggrava les choses. On suggéra même de fermer le lycée jusqu'à ce que tout soit fini. Mais Harry Martini dit qu'il fallait aux enfants un endroit où aller. Au moins, ils étaient en sécurité à l'école, alors qu'ailleurs, qui pouvait savoir ? Lou Hendricks dit, assez fort pour être entendu, que puisque Harry avait deux fois reçu la visite de la police, il avait peut-être une raison perverse de vouloir que les filles restent à l'école. Je trouvai cela très injuste, comme de nombreuses personnes. Mais pas toutes, ainsi que je m'en aperçus.

Personne ne blâmait les familles qui retiraient leurs enfants de l'école ou même quittaient la ville. Je suis certain que d'autres auraient fait la même chose s'ils l'avaient pu. Au lycée, il y avait moins de cris dans les couloirs et moins de conversations dans la salle des professeurs. Le silence s'étendait aussi à d'autres endroits. On voyait moins de gens se parler au supermarché. Les restaurants étaient presque vides, le cinéma désert. Les clubs divers, de lecture, de couture et de jardinage avaient tous suspendu leurs activités. Seules les boutiques de vidéo faisaient de bonnes affaires, et les pizzerias, du moins celles qui livraient à domicile.

Le mercredi, il y eut une cérémonie pour Karla à l'église évangélique. Ils appelaient ça un Service d'Espoir. De nombreuses personnes y assistèrent, l'église était bondée. Louise Golondrini parla de sa fille, qui aimait les chiens, collectionnait les poupées Barbie et voulait devenir infirmière. Elle donnait à manger aux chats errants et jetait des miettes aux oiseaux. Elle adorait Aurelius et attachait beaucoup d'importance à ses amies. Tout le monde priait pour qu'on la retrouve saine et sauve. Je fus heureux de ne pas y être allé, je n'aurais pas pu le supporter.

La photo de Karla prit place sur les poteaux téléphoniques et les vitrines. Quelqu'un fit remarquer que les trois filles avaient les cheveux longs, et beaucoup d'adolescentes coupèrent les leurs, comme si ça pouvait les protéger.

Les policiers étaient découragés. Des recherches furent effectuées, des experts consultés. Le capitaine Percy avait perdu beaucoup de son aplomb. « Si vous avez des idées, des suggestions, dites-le-nous », déclara-t-il à plusieurs reprises. Quelqu'un suggéra qu'on fasse passer un certain nombre de gens au détecteur de mensonges. Percy n'y était pas très favorable, il disait que ces tests n'étaient pas entièrement fiables, mais il ne repoussa pas définitivement cette possibilité.

On retrouva les propriétaires des quatre autres stylos en argent. Deux vivaient en dehors de l'État. Un troisième habitait Aurelius, mais se trouvait en Floride pour l'hiver. Le quatrième résidait à Norwich et travaillait pour la compagnie pharmaceutique. Tous quatre avaient leurs stylos. C'est à ce moment que Percy commença à faire surveiller Leimbach vingt-quatre heures sur vingt-quatre. C'était un secret bien gardé mais, une fois de plus, il était difficile de garder un secret. On proposa une nouvelle fois à Percy de recourir au détecteur de mensonges. Leimbach y serait soumis, et d'autres gens aussi.

« Bon Dieu, dit mon cousin, ils étaient prêts à faire passer le test à la ville entière. »

Il y avait beaucoup de récriminations au sein des Amis. Donald Malloy disait qu'il fallait chasser Percy de la ville et le remplacer par quelqu'un qui s'y prendrait mieux. Il se montrait véhément à ce sujet. Le docteur Malloy avait encore confiance en Percy, ou du moins ne le critiquait pas en public. Mais son frère se plaignit au maire, Bernie Kowalski, le poussant à prendre les choses en main. Donald s'adressa aussi au directeur exécutif, Will Fowler, qui s'occupait de la gestion au quotidien d'Aurelius.

« Et votre sens de la responsabilité ? » demanda-t-il à Fowler.

Celui-ci soutenait Percy. Le capitaine était un professionnel, et Fowler se considérait lui aussi comme tel. C'étaient des amateurs comme Donald qui causaient des ennuis. Fowler ne s'exprima pas ainsi, il dit que nous traversions des moments difficiles et que chacun devait se montrer patient.

Le sentiment de communauté avait disparu d'Aurelius. Notre satisfaction habituelle avait été arrachée pour révéler ce qu'il y avait toujours eu en dessous, incertitude et peur. Les hommes et les femmes qui étaient censés nous diriger se querellaient, les meilleurs d'entre nous étaient soupçonnés du pire, et l'hiver approchait. Il y avait tous les jours une minute ou deux de soleil en moins et, toutes les nuits, les rues étaient vides, à part quelques policiers et les voitures de patrouille des Amis.

À l'époque, je me disais que le ravisseur devait se sentir invincible. Nous étions des jouets entre ses mains et ne pouvions rien faire. Mais, malgré son sentiment d'omnipotence, quelles pouvaient être ses peurs ? Trois fillettes avaient disparu, et il avait failli enlever Sadie. Ne se demandait-il pas où sa folie l'emporterait ? Et, quand il prenait des risques, était-ce pour défier les policiers ou pour leur offrir une chance de le capturer ?

Le mercredi après-midi, Chuck Hawley fit tomber un sac en papier du bureau de Ryan. Il le ramassa et jeta un coup d'œil à l'intérieur pour voir si rien n'était cassé. Le poste de police était plein de gens qui allaient et venaient. Une conférence de presse avait eu lieu dans la matinée. Ensuite, le chef Schmidt avait essayé de coordonner les efforts de la police et ceux des Amis. Ceux-ci se plaignaient de l'attitude des policiers, qui les trouvaient trop agressifs.

Dans le sac de papier se trouvaient une parka rouge, des vêtements soigneusement pliés, et une main de mannequin sur le dessus.

« Merde ! » cria Chuck.

Il s'ensuivit un mélange de gêne et d'incrédulité. Au moins vingt personnes firent cercle autour de mon cousin.

Percy vida le contenu du sac sur une table : des jeans, une culotte, un chemisier, un pull vert, des chaussettes, une parka, une main. Il y avait aussi cinquante-sept *cents*, deux tablettes de chewing-gum, un emballage de bonbon, une chaînette en or avec un cœur sur lequel était gravé *Amis pour toujours*, une bague représentant deux mains serrées, et deux barrettes de plastique bleu. Au fond du sac se trouvaient une paire de bottines rouges et des moufles de la même couleur, ainsi qu'une enveloppe blanche que Percy glissa dans sa poche.

« Il est venu ici même, dans cette pièce », dit Chuck.

Comme deux cents autres personnes, pensa Ryan.

Le capitaine Percy, le lieutenant Marcos et le chef Schmidt se demandèrent si la restitution des vêtements devait être prise pour un message. Ryan écoutait la discussion sans y participer. Il pensait que le coupable avait adopté une conduite qui mènerait à son identification. Peut-être était-il horrifié par ses actes, peut-être devenait-il fou, peut-être était-il ivre d'orgueil et de pouvoir. Ryan ne se souciait pas de la raison pour laquelle il se découvrait ainsi, il voulait seulement le trouver.

l'enveloppe contenait à nouveau une feuille de papier avec une liste de mots amputés. « CHATTE » devenait « CHTTE », « CUL » « CL », « PUTAIN » « TAIN ». Les lettres avaient été effacées au crayon de couleur. Percy posa le papier sur une table à côté de celui qui portait le nom de Leimbach.

« C'est forcément le même type, dit Ryan. Complètement dingue.

— Cela signifie-t-il que Leimbach est innocent ? demanda Marcos.

— Il pourrait s'accuser lui-même, dit Percy. Ça s'est déjà vu. »

La restitution des vêtements amena Percy à changer d'avis quant au détecteur de mensonges. « Je vais faire passer le test au comté entier s'il le faut », dit-il. Il téléphona à Albany et demanda qu'on procède au test dès que possible.

Les Amis eux aussi intensifièrent leurs activités, ignorant ouvertement la requête de Percy qui leur avait demandé de ne rien faire sans en informer la police. À la suite de la disparition de Karla, le fait qu'on ait essayé de rentrer par effraction chez Franklin et qu'une main factice ait été retrouvée sous le porche semblait particulièrement inquiétant. La police surveillait la maison de Franklin vingt-quatre heures sur vingt-quatre, mais les Amis trouvaient que ça ne suffisait pas. Donald Malloy annonça que son groupe maintiendrait deux hommes devant chez Franklin. Mieux, il suggéra que ces hommes soient postés dans la maison. Franklin refusa. Il appréciait l'aide des Amis, mais ne voulait pas que sa maison soit pleine d'inconnus. Donald répliqua en accusant le journaliste de mettre en danger la vie de sa fille. Donald et quatre des Amis se rendirent dans les bureaux de l'*Independent* pour lui parler.

Celui-ci affirma qu'il ne mettait nullement Sadie en danger. Donald dit que Franklin l'utilisait comme appât pour attraper le coupable afin d'obtenir un scoop et de griller les autres journaux et les télévisions. Les deux hommes échangèrent des mots assez âpres jusqu'au moment où Frieda Kraus leur dit qu'ils se conduisaient de façon infantile. À ce moment, Mike Shiller se précipita dans le bureau pour annoncer que les vêtements de Karla avaient été retrouvés et que le capitaine Percy avait l'intention de passer au détecteur de mensonges tous les habitants d'Aurelius, ce qui fit sensation. Quoi qu'il en fût, une voiture des Amis resta garée en permanence à partir de ce soir-là devant la maison de Franklin dans Van Buren Street, à côté d'une voiture de police.

On pense à l'emploi de la pression. Une personne agit parce qu'elle y est poussée par quelque chose. Mais n'est-ce qu'un seul élément ou la combinaison de plusieurs ? L'idée de passer au détecteur de mensonges gênait quelques personnes. Harry Martini déclara qu'il démissionnerait plutôt que de subir un tel test. Il contacta même des organisations s'occupant des droits civiques. Comme moi, la plupart des gens n'avaient qu'une idée très vague de ce qu'était un détecteur de mensonges, et certains s'imaginaient que c'était une sorte de sérum de vérité qui les forcerait à révéler leurs péchés, en remontant à leur petite enfance. La menace de ce test devait avoir exercé une pression supplémentaire sur le ravisseur. Il se demandait sans doute s'il pourrait éviter cette épreuve et, si cela lui était impossible, s'il serait découvert.

C'est à ce moment où nous étions le plus aveugles qu'Aaron fit faire un grand pas à son enquête privée, en partie à cause de ce que Barry lui avait appris et en partie parce qu'il craignait que Sadie ne soit en danger. Peu après la découverte des vêtements de Karla le mercredi, Aaron se procura une demi-douzaine de mains de mannequins à Utica. Il plaça chaque main dans une boîte à chaussures, sur un coussin de velours rouge, avec dans la paume une photo de sa mère au dos de laquelle il avait écrit : « Avec tout mon amour, Janice ». Il mit par-dessus les mains du papier de soie rose, puis enveloppa les boîtes dans du papier rouge, avec un ruban de la même couleur. Il chargea Harriet et Barry de les déposer. Il semblait logique que ce travail soit fait par les derniers membres des Recherches sur la justice. Une boîte fut déposée au bureau de Paul Leimbach, une autre à la pharmacie de Donald Malloy, la troisième au cabinet du docteur Malloy. La quatrième était adressée à Ryan Tavich, au poste de police, la cinquième à Sherman Carpenter à la faculté et la sixième à Henry Swazey, qui avait été l'avocat de Patrick McNeal et un des amants de Janice. Ryan fut le seul à recevoir la boîte en mains propres.

« Qu'est-ce que c'est que ça ? demanda-t-il à Barry.

— Je ne sais pas, répondit Barry en rougissant. Il se dirigea vers la porte.

— Attends, dit Ryan. Tu ne partiras pas avant que je sache de quoi il s'agit. »

Il ouvrit la boîte et enleva le papier de soie rose, découvrant la main et la photo de Janice.

« Nom de Dieu ! dit-il.

— Je peux m'en aller maintenant ? demanda Barry.

— Qui t'a dit de m'amener ça ?

— Il ne m'est pas permis de vous le dire. Je n'ai pas le droit...

— Mets-moi ce gosse en cellule, cria Ryan à Chuck Hawley. Une semaine de prison l'aidera à reprendre ses esprits. »

Barry décida de parler.

« C'est Aaron, dit-il. Aaron m'a dit de le faire. »

Ryan fut si étonné qu'il laissa partir Barry sans lui demander si d'autres personnes avaient reçu la même boîte.

« C'est pour ça qu'il lui a dit de coucher avec moi », dit-il à haute voix.

Chuck Hawley crut avoir mal entendu.

« Hein ? » fit-il.

Ryan ne répondit pas. Il se disait que Harriet était sortie avec lui juste pour lui poser des questions sur Janice. « C'était son soldat », dit-il.

En sortant du poste de police, Barry déposa la deuxième boîte au cabinet du docteur Malloy. Le médecin n'était pas là, et Barry fut heureux de ne pas devoir la lui remettre en personne. Il laissa la troisième boîte au secrétariat du département d'histoire de la faculté.

C'était Frank Kanter, l'associé de Leimbach, qui s'occupait du bureau en l'absence de celui-ci. Il dit à Harriet qu'il téléphonerait à Leimbach pour le prévenir qu'il avait un colis.

« Un cadeau, c'est ça ? demanda Frank.

— Un genre de cadeau, oui », répondit Harriet.

Elle remit la boîte destinée à Henry Swazey à sa secrétaire, dans le bureau de Main Street. Elle était sortie avec lui, comme avec Carpenter et Ryan, et fut donc heureuse de ne pas le voir en personne.

Mildred Porter se trouvait à la pharmacie quand Harriet déposa le dernier colis. Mme Porter dit que Donald arriverait vers six heures.

Le lendemain, Mme Porter raconta à Franklin ce qui s'était passé.

« Je lui ai donné le paquet dès son arrivée, en lui disant qui l'avait apporté. Il était pressé, mais il l'a emmené derrière le comptoir, et m'a demandé si c'était important. J'ai dit que je n'en savais rien. Il me tournait le dos. Quand il a ouvert le colis, son corps entier s'est raidi. Et puis il a refermé la boîte et s'est précipité hors de la pharmacie, en l'emportant avec lui. »

À sept heures, Roy Hanna, qui était de service au poste de police, reçut un appel téléphonique d'un homme qui refusa de donner son nom.

« C'est Paul Leimbach qui a tué ces filles », dit l'homme avant de raccrocher.

Il n'y avait pas de système de repérage d'appels à Aurelius, aucun moyen de savoir d'où venait le coup de fil. Roy prévint immédiatement le chef Schmidt. Des appels similaires furent reçus par les services du shérif à Potterville et la police de l'État. Le capitaine Percy se trouvait avec le docteur Malloy, chez celui-ci. Quand le téléphone sonna, le frère aîné de Sharon, Frank, décrocha.

« Quoi ? dit-il. Quoi ? (Il posa la main sur le combiné.) Quelqu'un raconte qu'oncle Paul a tué Sharon et les autres filles », dit-il à son père.

Le capitaine Percy prit le téléphone, mais on avait coupé.

« Était-ce un homme ou une femme ?

— Un homme.

— As-tu reconnu la voix ?

— Elle était déformée, ça ne ressemblait à personne. »

Le même appel fut reçu par les Amis de Sharon Malloy. Leimbach n'était pas là. Sandra Petoski prévint la police. Elle appela aussi le coprésident, Rolf Porter, à son bureau, et il dit qu'il venait immédiatement. Un peu plus tard, Donald Malloy arriva, il dit à Sandra d'appeler d'autres volontaires. Il demanda où se trouvait Leimbach. Sandra l'ignorait.

« Il faut qu'on le trouve », dit Donald. Le téléphone sonnait sans cesse et des gens entraient dans la permanence. Avec la porte ouverte, il faisait froid, et les gens apportaient de la neige fondue sous leurs semelles. Des voitures klaxonnaient dans la rue.

Le manteau de Donald était ouvert et Mme Petoski vit un pistolet passé dans sa ceinture.

« Il se passe quelque chose, dit Donald. Sadie Moore est peut-être en danger. »

Mike Shiller entra, avec plusieurs autres hommes. Donald Malloy lui donna la boîte contenant la main.

« Regarde ce qu'un de ces gosses marxistes a laissé pour moi. »

Shiller ouvrit le carton.

« Seigneur, dit-il.
— Va voir ce qu'ils font.
— Pourquoi pas, dit Shiller. (Il fit signe à deux autres hommes.) Allons-y. »
Franklin se trouvait au journal. Vers huit heures, Sandra Petoski l'appela du bureau des Amis pour lui parler des coups de téléphone concernant Leimbach.
« Les gens sont bouleversés, et Donald disait quelque chose au sujet de Sadie. »
Franklin partit immédiatement.
Au même moment, trois hommes arrivèrent chez Barry. Mme Sanders les reconnut, ils étaient membres des Amis. Elle leur dit que Barry n'était pas là. Les hommes – Mike Shiller en faisait partie – l'ignorèrent, entrèrent dans la maison et y cherchèrent Barry.
« J'espère que vous réalisez que ce que vous faites est illégal, dit Mme Sanders.
— C'est ce que vous croyez », dit Shiller. Mme Sanders appela le poste de police, mais la ligne était occupée. Une fois convaincu de l'absence de Barry, Shiller partit avec ses acolytes.
Les voisins de Harriet dirent que trois hommes vinrent aussi chez elle. C'étaient peut-être les mêmes. Harriet n'était pas là. Les trois hommes frappèrent, puis l'un d'eux pesa de l'épaule sur la porte.
« Je crois qu'il aurait défoncé la porte si je n'étais pas sorti sur le palier, raconta l'étudiant qui habitait à côté. Ils m'ont demandé qui j'étais et ont pris mon nom. »

# 41

Sadie était à la maison avec Paula. Ne supportant pas sa nouvelle belle-mère, Sadie passait de plus en plus de temps dans sa chambre. Elle avait une petite chaîne stéréo et écoutait un groupe nommé les Indigo Girls, trop fort de l'avis de Paula, qui décida de ne rien dire. Elle se trouvait dans le salon, essayant de lire. Peu avant huit heures, on frappa violemment à la porte. Paula l'entrouvrit à peine. C'était Donald Malloy, portant un gros manteau et une casquette de tweed.

« Sadie est peut-être en danger, dit-il. Il faut que j'entre.

— Je ne vous laisserai pas entrer », déclara Paula. Elle voyait d'autres hommes dans la rue, peut-être une demi-douzaine. La voiture de police était toujours garée le long du trottoir, mais elle paraissait vide. Une heure plus tôt, Aaron l'avait appelée pour lui parler des mains qu'il avait fait livrer. En conséquence, elle se méfiait de Donald, elle en avait même un peu peur.

« Est-elle à la maison ? » demanda Donald.

Paula voulut fermer la porte, mais Donald pesa dessus, repoussant la jeune femme dans l'entrée. Deux hommes le suivirent à l'intérieur.

« Sortez, dit Paula. Vous n'avez pas le droit d'être ici.

— C'est pour son bien, dit un des autres hommes.

— Avez-vous vu Paul Leimbach ? demanda Donald.

— Je n'ai vu personne. Et maintenant, sortez ! » Elle essaya de leur barrer le passage, se mettant entre eux et le salon. Ils avaient laissé la porte ouverte et elle entendait des cris dans la rue.

« Où est Sadie ? demanda Donald.

— Dans sa chambre.

— Vérifiez qu'elle est là.

— Bien sûr qu'elle y est. Sortez d'ici ! » Paula avait maintenant vraiment peur.

« Je veux vérifier », dit Donald.

Paula s'approcha de la porte de Sadie et frappa. Il n'y eut pas de réponse. La musique continuait. Elle tourna la poignée, la porte était fermée à clef. Donald l'écarta et Paula vit un pistolet dans sa main.

« Laissez-la tranquille, dit Paula. Elle m'en veut, c'est pour ça qu'elle n'ouvre pas.

— Qu'a-t-elle fait de la main découverte sur la véranda ? »

Paula dit par la suite que les yeux de Donald avaient l'air plus grands que la normale, les iris entourés de blanc.

« La police l'a prise.

— Vous mentez !

— Qu'est-ce qui vous prend ?

— Sadie est en danger. Il faut que je la voie. »

Donald secoua la poignée de porte, puis recula et enfonça la porte d'un coup d'épaule. Le battant rebondit sur le mur. Donald se précipita dans la chambre. La fenêtre était ouverte, Sadie n'était pas là.

C'est à ce moment que Franklin arriva chez lui pour apprendre que sa fille avait disparu.

Dans la neige, deux séries d'empreintes partaient de la fenêtre à travers le jardin. Les plus petites devaient être celles de Sadie, mais les autres, de grande taille, appartenaient certainement à un homme ; c'étaient des chaussures de marche. À une vingtaine de mètres de la maison, les empreintes de Sadie s'arrêtaient, comme si l'homme l'avait emportée dans ses bras. En arrivant au trottoir, les empreintes se mêlaient à d'autres et la trace se perdait. On pouvait toutefois voir qu'elle partait vers l'ouest, à l'opposé du centre-ville. Le policier de la voiture de patrouille arriva en hâte, tenant une tasse de café, et dit à Donald et aux autres de s'écarter des empreintes.

En quelques minutes, trois voitures de police supplémentaires arrivèrent, sirènes hurlantes. Je regardai de ma véranda les hommes en jaillir et se mettre à courir. Ryan se trouvait parmi eux. Je pris mon manteau dans le placard de l'entrée.

Donald Malloy ne cessait de demander à Paula qui avait pu enlever Sadie.

Paula se tenait au bord du trottoir, regardant au loin. Elle était affolée et refusait de rentrer, alors qu'elle n'avait pas de veste.

« Je n'ai rien entendu, disait-elle, rien du tout. »

Franklin voulait qu'on lui indique une direction pour avoir une chance de partir à la recherche de sa fille. Il se tourna vers Paula, puis avança dans la rue et regarda autour de lui. Il ne cessait d'enlever son chapeau pour passer la main dans ses cheveux. Il donnait l'impression de se sentir trahi, d'avoir été victime d'une affreuse malveillance qu'il ne parvenait pas à comprendre. D'autres gens arrivèrent en courant. Ryan Tavich parlait à la police de l'État à la radio. On entendait des sirènes au loin. Il était incroyable que deux fillettes aient disparu en trois jours. Je pris un manteau chez moi et le donnai à Paula. L'idée qu'une chose affreuse soit arrivée à Sadie me remplissait d'horreur.

Donald Malloy était affolé lui aussi, et ne cessait de courir entre la maison et le bord de la rue. Il avait pris un mince attaché-case dans sa voiture ; avec son manteau et sa casquette, il avait l'air d'un homme d'affaires en retard à un rendez-vous.

« Ce n'est pas normal qu'elle ait disparu », disait-il.

Les gens disaient toutes sortes de choses, si bien que ses mots ne paraissaient pas inhabituels. Des voitures de police ne cessaient d'arriver et de repartir. La nuit fraîchissait et le vent balayait la neige.

Franklin hurla soudain : « Où est-elle ? » Paula se précipita vers lui et ils se tinrent enlacés dans le jardin couvert de neige. Personne ne s'approcha d'eux.

À ce moment, une camionnette Chevrolet marron s'arrêta. C'était le docteur Malloy, qui avait entendu les appels radio de la police. Sans couper le moteur, il sauta de la cabine, regarda autour de lui, puis courut vers son frère. Il ne paraissait guère s'intéresser à ce qui se passait et à ce que Franklin pouvait avoir.

Le médecin saisit d'une main les revers du manteau de Donald.

« Pourquoi accuses-tu Paul ? cria-t-il. Que sais-tu au juste ? »

Je me trouvais à quelques mètres d'eux. Bien sûr, je ne savais pas de quoi il parlait, mais je fus frappé par son visage, par le mélange de colère et d'incompréhension qui s'y peignait. Donald me tournait le dos, ses épaules semblèrent rapetisser. Il tenait toujours son attaché-case. Il portait une paire de bottes jaunes en caoutchouc qui brillaient sur la neige.

« Je n'ai rien fait », dit Donald. D'autres personnes s'étaient arrêtées pour regarder la scène. Ryan fit un pas vers eux, puis s'immobilisa.

« Tu fais croire aux gens que Paul a enlevé Sharon ! cria le médecin.

— Comment sais-tu que ce n'est pas vrai ? » dit Donald en repoussant son frère.

Le médecin glissa et reprit son équilibre.

« C'est ton ami ! Tu sais qu'il est innocent ! »

Donald se pencha et siffla quelque chose à l'oreille du docteur Malloy. Je suis certain que très peu de gens l'entendirent.

« C'est un imbécile ! » avait-il dit.

À ce moment, un policier bondit hors de sa voiture et courut vers Ryan.

« On signale un homme portant une petite fille sur la colline de Lincoln Park.

— Allons-y ! » cria quelqu'un.

Le docteur Malloy regarda autour de lui. Il nous avait sûrement vus en arrivant, mais il parut soudain frappé du fait qu'il se passait quelque chose.

« Qu'y a-t-il ? demanda-t-il.

— La fille de Franklin a disparu, lui dit quelqu'un.

— Au parc ! » cria Donald en se précipitant dans la rue. Il monta dans une voiture conduite par un des Amis.

« Non, attendez ! » cria Ryan, debout sur le trottoir, bras écartés. La plupart des gens ne lui prêtèrent aucune attention. Les Amis en particulier se hâtaient vers leurs voitures. Franklin était parti en courant dans la rue. Le docteur Malloy regardait fixement son frère. Une voiture de police fit crisser ses pneus sur la glace avec un son aigu.

« C'est Leimbach ! cria Donald par la fenêtre ouverte de la voiture. Leimbach a enlevé la fille !

— Non ! » hurla le docteur Malloy. Il courut vers sa camionnette. Beaucoup de gens criaient, et le bruit de tous ces moteurs évoquait la colère ou la frénésie. Des phares balayaient les façades des maisons et les arbres dénudés. Je restai à côté de Paula pendant que des gens couraient autour de nous dans la pénombre.

« Attendez ! » cria de nouveau Ryan. Puis il se précipita lui aussi vers une voiture. Il ne resta bientôt plus personne dans le jardin de Franklin. Je voyais des visages à quelques fenêtres. Le vent soufflait sur la neige piétinée.

« Emmenez-moi là-bas », me demanda Paula.

Situé en bordure de la ville, Lincoln Park comptait une trentaine d'hectares de terrain boisé où avaient été aménagées des pistes de ski de fond. Dimanche, la police avait mené des recherches très soigneuses, délimitant des sections par des cordes et les passant au crible. Ce mercredi soir, il n'y avait aucun plan. Quand Ryan arriva au parc, des dizaines de personnes couraient dans la neige, et la plupart d'entre elles n'avaient pas de lampes. L'enlèvement, ou l'enlèvement présumé de Sadie avait suffi à leur faire perdre la tête. Trois personnes, une femme et deux hommes, avaient appelé la police pour dire qu'un individu portait une jeune fille dans le parc. Il paraissait clair que l'homme était Paul Leimbach, mais je ne sais pas si les gens se demandaient pourquoi ils en étaient sûrs. Ils désiraient passionnément que le coupable soit identifié, et on leur avait jeté en pâture le nom de Leimbach. Mais c'était plus compliqué que cela, parce que le nom leur avait été donné par Donald Malloy. Et n'était-il pas censé savoir de quoi il parlait ?

On dit plus tard que plus de deux cents personnes, en majorité des hommes, avaient fouillé le parc et les bois alentour. À cause du manque de coordination, des ténèbres, des cris et du sentiment que l'affaire approchait de sa fin, il y eut beaucoup de fausses alertes, des gens qui repéraient d'autres volontaires et les prenaient pour le ravisseur. Ryan parvint à organiser les efforts des policiers et fit apporter des lampes. Il envoya des hommes encercler le secteur, mais il était si étendu – plus de cent hectares – qu'ils étaient ridiculement éloignés les uns des autres. Il demanda aussi des renforts, et ses appels radio furent captés par de nombreuses personnes disposant de scanners ; bientôt les gens convergeaient de partout vers le parc, du moins était-ce ce qu'il paraissait. Bien entendu, les équipes de télévision furent prévenues. Je conduisis Paula au parc et me garai dans Johnson Street. On voyait des dizaines de personnes sur le flanc de la colline, parmi les arbres. Des faisceaux lumineux oscillaient dans le noir. Je laissai tourner le moteur, pour le chauffage. Paula enserrait ses genoux des bras, les pieds sur le siège. Elle portait encore le gros manteau que je lui avais posé sur les épaules, un manteau foncé que mon père portait cinquante ans plus tôt. Elle regardait par la vitre sans dire un mot, et frissonnait parfois.

Ryan faisait de son mieux pour coordonner les efforts de tant de personnes, il avait mis en place un poste de commandement en lisière du parc, au coin de Johnson et Walnut Street. Il était sceptique quant aux appels signalant un homme portant une jeune fille sur la colline, et aussi quant aux empreintes partant de la fenêtre de Sadie. Pourquoi aurait-elle marché ? Pourquoi n'avait-elle pas crié ? Mais il ne pouvait pour l'instant enquêter là-dessus. Il ne contrôlait plus rien. Il envoya pourtant un policier chez Aaron.

Ryan avait l'impression d'entendre des cris venant de toutes les directions. Il y avait des formes indécises et des lumières mobiles. Puis il entendit soudain un coup de feu. Il envoya plusieurs policiers voir de quoi il s'agissait et appela une ambulance. Il était effrayant de penser que la nuit durerait encore dix heures, et Ryan ordonna à deux hommes – des volontaires, pas des policiers – de construire un feu pour que les gens puissent se réchauffer. Il entendit alors deux autres coups de feu et se mit à gravir la colline en courant.

Franklin avait couru jusqu'au parc, qui se trouvait à quatre blocs de chez lui. Il avait une lampe torche et escalada la colline en glissant dans la neige, tombant et se remettant sur pied. Il crut, à cause des cris, qu'on avait retrouvé Sadie et il courut dans leur direction. Il s'égara, comme les cris venaient de partout, et s'enfonça dans le parc. Il y avait du bruit devant lui, et du bruit derrière. Des gens le dépassaient en courant, mais aucun ne savait rien, ils se contentaient de dire qu'on avait vu la fille dans telle ou telle direction. Deux hommes lui affirmèrent qu'on avait repéré Leimbach. Franklin portait des bottines de randonnée qui ne le protégeaient pas de la neige. Son chapeau de pêche irlandais fut arraché par une branche. Son écharpe anglaise s'accrochait partout. Il ne cessait de trébucher et de glisser dans la neige, qui faisait parfois plus de trente centimètres d'épaisseur. À défaut de retrouver Sadie, il voulait courir jusqu'à l'évanouissement. Quand il se blessa en tombant, la douleur lui fit du bien, comme si elle prouvait quelque chose, la pureté de ses souhaits, l'intensité de ses efforts. Il valait bien mieux s'épuiser, courir aussi vite qu'il le pouvait, se remplir la tête d'efforts physiques, que de nourrir des pensées de désolation.

Franklin dépassa le sommet de la colline et entra dans la zone boisée où d'autres cris retentissaient. Les branches lui cinglaient le visage. Il appelait sa fille, mais personne ne répondait. Ici, entre les arbres, la neige n'était pas aussi épaisse, mais il y avait des branches sur le sol, et des troncs abattus. Il gardait un bras levé devant lui pour se protéger. À un moment, il arracha son écharpe et la jeta. Il ne voyait rien d'autre que le faisceau de sa lampe qui oscillait devant lui. Quand son pied se prit entre deux branches mortes et qu'il tomba en avant, il eut l'impression qu'on lui avait saisi la cheville. Il s'affala sur un tronc couché et, lâchant sa lampe, glissa lourdement dans la neige qui s'insinua sous son col. La douleur lui incendiait la cheville. Il gisait dans la neige, haletant ; il avait envie de vomir. Puis il récupéra sa lampe et essaya de se relever. Il retomba immédiatement, sa cheville ne supportait pas son poids. La sensation lui rappelait la fois où il s'était fait une entorse quelques années auparavant, en jouant au basket. Il avait mal au cœur et des lumières lui passaient devant les yeux. Allongé dans la neige, il redressa lentement sa jambe. Franklin se releva une nouvelle fois en s'accrochant à une branche et fit porter son poids sur sa jambe gauche. Il était furieux contre tout ce qui l'entourait, la neige, ses bottines, et lui-même. Il avait l'impression de mériter la douleur de sa cheville. Il essaya de porter son poids sur celle-ci, mais la souffrance était trop forte, sa jambe ne le soutenait pas. Il s'accrocha à l'arbre en essayant de ne pas laisser tomber sa lampe.

Franklin ne savait pas où il se trouvait, sinon qu'il était dans les bois. Il avança en sautillant d'arbre en arbre, appelant de temps en temps. Il essaya de casser des branches pour s'en servir comme béquille et finit par trouver un bout de bois mort. Il en arracha les branchettes et le cogna contre un tronc d'arbre pour le raccourcir. Le bout de bois ne faisait plus qu'un peu plus d'un mètre, courbé à son extrémité. Franklin s'appuya dessus et se mit à avancer en boitillant.

Au bout de dix minutes, Franklin atteignit une piste de ski de fond. Il avait fait du ski dans ces bois avec Sadie lors de précédents hivers et savait qu'il y avait des abris où les skieurs pouvaient se reposer. Il tourna à gauche et continua d'avancer, mais il ne savait s'il se dirigeait vers l'orée du bois ou s'y enfonçait plus profondément. Il ne pouvait pas peser sur sa cheville et n'osait pas trop s'appuyer sur la branche morte. Il tomba deux fois. L'idée que la douleur pourrait le détourner de la recherche de sa fille lui était insupportable. Puis il entendit un coup de feu derrière lui. Il s'arrêta et essaya de voir entre les troncs. Sa lampe semblait faiblir.

Franklin trouva un abri trois cents mètres plus loin, mais il lui fallut dix minutes pour l'atteindre. Il entendit deux autres coups de feu dans l'intervalle. Sa chemise était trempée de sueur et ses chaussettes trempées de neige. Il se glissa sous l'abri et s'affala sur le banc qui courait le long de la paroi. Il posa la branche morte à côté de lui. Au moins, il n'était plus exposé au vent. Il aperçut un petit réchaud, mais il n'avait pas d'allumettes. Il éteignit sa lampe, s'installa plus confortablement sur le banc, penché en avant, et commença à se masser la cheville. Après quelques minutes, Franklin vit une lumière approcher sur la piste. Il appela et tenta en vain de se remettre sur pied.

Quelqu'un apparut à l'entrée de l'abri et l'éclaira avec sa lampe.

« Qui êtes-vous ? demanda une voix.

— Franklin Moore, répondit-il en clignant des yeux.

— Le type du journal, c'est ça ? Et c'est votre gamine qu'on recherche.

— Oui. Qui êtes-vous ?

— Martin Farmer. Qu'est-ce que vous faites ici ? »

Franklin ne reconnut pas le nom, et il ne distinguait pas l'homme derrière sa lampe.

« Je me suis tordu la cheville, dit-il.

— Et vous ne pouvez pas marcher ? C'est embêtant.

— Pouvez-vous m'aider ?

— Bien sûr, je vais dire que vous êtes là. »

L'homme se détourna.

« Attendez ! » cria Franklin. Il alluma sa lampe, mais le visage de Farmer restait indistinct, Franklin ne vit qu'une casquette de chasse rouge foncé et une veste de laine rouge.

« Je ne peux pas vous porter, dit Farmer, j'ai mal au dos. Je vais aller chercher du monde. C'est drôle d'être tombé sur vous. »

L'homme disparut. Franklin s'adossa au mur et posa son pied sur le banc. Même le plus léger mouvement le faisait souffrir. Il vit à sa montre qu'il était dix heures et éteignit sa lampe. L'air avait une odeur mouillée, comme s'il allait se remettre à neiger. Le vent soupirait dans les arbres. Il entendit quelqu'un courir sur la piste.

« Hé, aidez-moi », appela Franklin.

La personne en question continua à courir. S'était-il trompé, n'était-ce que le vent ?

Cinq minutes plus tard, Franklin entendit une nouvelle course, des pas lourds. Il allait appeler quand il entendit qu'on criait son nom.

« Franklin, Franklin ! » C'était une voix haute et flûtée.

« Ici ! » cria Franklin.

Une silhouette apparut à l'entrée de l'abri, et Franklin tourna sa torche dans cette direction. La lueur était si faible qu'il put à peine distinguer des jambes sombres et des bottes jaunes.

« Vous êtes là », dit la voix. C'était Donald Malloy.

« Je me suis tordu la cheville », dit Franklin. Il se sentait infiniment heureux de le voir, et commença à se détendre.

« C'est ce qu'on m'a dit. »

Donald s'assit lourdement sur le banc et Franklin le sentit ployer. Donald éclaira brièvement de sa lampe le visage de Franklin, qui cligna des yeux et se détourna. Puis Donald éteignit sa torche, et devint une masse indistincte à la lueur mourante de celle de Franklin.

« Ils sont là, dehors, dit Donald. Ils courent dans tous les sens.

— Et à propos de Sadie ? demanda Franklin.

— Une autre petite fille, dit Donald avec un soupir.

— Seigneur. C'est ma fille ! »

Donald s'adossa au mur. Sa respiration faisait un bruit rauque, comme une scie mordant le bois.

« Je n'ai jamais eu d'enfants », dit-il.

Franklin essaya de le distinguer dans le noir. Il se dit que Donald devait être épuisé par la course.

« A-t-on retrouvé une trace ? demanda Franklin. Il faut que je sorte d'ici.

— Il doit y avoir une trace quelque part, dit Donald. Mais il n'y a rien ici. La fin approche.

— Que voulez-vous dire ?

— Ce sera bientôt terminé. Peut-être ce soir, peut-être demain.

— C'était quoi, ces coups de feu ?

— C'était moi, des signaux », dit Donald. Il sortit son pistolet, le montra à Franklin et le posa sur le banc à côté de lui.

« À qui faisiez-vous signe ? »

Donald ne répondit pas. Sa respiration était toujours lourde. La lampe de Franklin se reflétait sur le canon du pistolet.

« Pourquoi ne m'avez-vous pas interviewé ? demanda Donald après un moment.

— Pour le journal ? dit Franklin, qui pensait avoir mal compris.

— J'aurais pu vous raconter beaucoup de choses.

— Vous m'avez dit que vous ne vouliez pas être interviewé.

— Je n'étais pas encore prêt.

— Je comptais vous le demander à nouveau.

— Vous auriez dû le faire plus tôt », siffla Donald en se redressant.

Sa casquette de tweed avait glissé sur son front quand il s'était adossé à la paroi. Franklin vit que Donald portait toujours son attaché-case. Il ne s'imaginait pas qu'on puisse emporter un attaché-case dans les bois. Il comprit que quelque chose n'allait pas.

Donald se pencha et ramassa la branche que Franklin utilisait comme béquille. Soudain, il la jeta au loin.

Franklin l'entendit heurter un arbre de l'autre côté de la piste. Il commença à dire quelque chose, puis se tut. Le vent agitait les branches qui se cognaient les unes contre les autres.

« Vous n'aurez pas besoin de ça », dit Donald.

## 42

Paul Leimbach se trouvait dans les bureaux de la police de l'État à Potterville, en train d'examiner les photos anthropométriques d'agresseurs d'enfants, quand on apprit par radio que Sadie Moore avait disparu. Bien sûr, il avait obtenu la permission du capitaine Percy pour étudier ces photos, Percy savait qu'il était là. Leimbach courut vers sa voiture. En sortant de la ville, il entendit sur sa radio qu'on avait vu un homme portant une fillette monter sur la colline de Lincoln Park. Il appela sa femme avec le téléphone de la voiture.

« Des gens ont appelé, dit-elle. Ils sont même venus te chercher à la maison. »

Leimbach pensait qu'elle parlait d'Amis. La route avait en grande partie été dégagée, mais il y avait des plaques de verglas dans certains virages. Il conduisait vite, mais six voitures de patrouille de la police de l'État le dépassèrent, se dirigeant vers Aurelius avec leurs gyrophares en marche.

Il appela Sandra Petoski au quartier général des Amis.

« Quelque chose ne va pas, dit-elle. Les gens racontent des choses. Je pense que vous devriez aller au poste de police. »

Le pistolet de Leimbach se trouvait dans un tiroir de son bureau, aussi s'y rendit-il d'abord. Sur le bureau se trouvait un carton à chaussures enveloppé de papier rouge et portant son nom. Il prit la boîte et le pistolet, et retourna en hâte à sa voiture. En roulant vers Lincoln Park, il ouvrit le carton et découvrit la main et la photo de Janice McNeal. Il faisait trop sombre pour lire ce qui était écrit au dos, mais la main lui donna un frisson. Il ne comprenait pas pourquoi on lui avait envoyé ça. Il savait que son nom avait été mentionné au sujet des disparitions et que les policiers étaient au courant de sa brève liaison avec Janice, mais rien de tout cela n'avait de sens pour lui. Il se gara dans Johnson Street, le long du parc, et descendit de voiture. Près du coin de Walnut Street, il vit un grand feu autour duquel se trouvaient quelques hommes. Huit ou neuf voitures de police étaient garées, gyrophares en marche, et il y avait des lumières mouvantes sur le flanc de la colline. Des hommes criaient. Il voyait leurs silhouettes sombres passer en courant entre les arbres. Le vent balayait la neige sur le sol. Leimbach s'arrêta sous un lampadaire pour boutonner son manteau. Il mit son pistolet dans sa poche et enfila ses gants.

Il n'avait pas fait trois mètres dans le parc quand il entendit son nom prononcé d'une voix forte. Deux hommes couraient vers lui, et d'autres les suivirent. En regardant vers la colline, il vit d'autres hommes s'arrêter puis venir dans sa direction. Dix, quinze hommes. Leur réaction le surprit. Au début, il se sentit presque fier, comme si c'était la reconnaissance de ses talents de chef. Puis il s'étonna de la rapidité de la course de ces gens et de la colère dans leur voix.

Leimbach reconnut Mike Shiller en tête du groupe. Il fit un pas vers lui ;

« Mike... », commença-t-il. Il réalisa que le visage de l'homme était déformé par la colère et la violence.

« Salopard ! » cria Shiller.

Leimbach leva une main, mais Shiller ne s'arrêta pas. Il bondit, donnant un coup d'épaule dans la poitrine de Leimbach et le projetant en arrière dans la neige. D'autres hommes arrivèrent en courant. Leimbach leva le bras pour se protéger, mais Shiller le frappa au visage. Deux hommes saisirent Leimbach par le col et commencèrent à le traîner vers la rue. Il essaya de prendre son pistolet dans sa poche mais, à cause des gants, il ne trouvait pas la détente. Quelqu'un lui donna un coup de pied et le pistolet partit, la détonation claquant par-dessus les cris. Les hommes qui traînaient Leimbach le lâchèrent et sautèrent en arrière. Il se roula dans la neige en se tenant la jambe. Une demi-douzaine de lampes électriques se braquèrent sur lui et la neige devint rouge à leur lumière. Les voix se turent.

D'autres hommes arrivaient en courant, Ryan parmi eux. Il entendit quelqu'un crier de douleur, mais ne réalisa pas que c'était Leimbach avant d'écarter ceux qui l'entouraient.

« Qui lui a tiré dessus ? » demanda Ryan. Il repoussa Mike Shiller. Ryan était hors d'haleine et furieux contre tout le monde.

« Il s'est blessé lui-même, dit Shiller.

— C'était un accident, ajouta un autre homme.

— Il a essayé de se suicider, dit un troisième.

— J'espère qu'il va mourir », fit Shiller.

Ryan déchira le pantalon de Leimbach au-dessus du genou gauche.

« Amenez cette ambulance ici », ordonna-t-il.

L'ambulance était garée une centaine de mètres plus loin, au coin de la rue. Plusieurs hommes se mirent à crier dans sa direction et l'ambulance démarra.

Shiller éclaira Ryan pendant qu'il faisait un garrot avec un mouchoir. L'ambulance franchit le rebord du trottoir, son gyrophare rouge colorant le visage des hommes.

« C'est lui qui a enlevé les filles, dit Shiller.
— Vous n'avez aucune preuve, dit Ryan, accroupi près de Leimbach, qui semblait à peine conscient.
— Alors, on va trouver des preuves, dit Shiller. Dans sa maison.
— S'il y en a, dit Ryan, la police les trouvera.
— Vous êtes trop lents, bande de cons. »
À ce moment, un des hommes, près de la Mazda de Leimbach, poussa un cri.
« Regardez ce qu'il avait sur le siège avant ! »
Une demi-douzaine de lampes se braquèrent sur lui ; l'homme tenait une main de mannequin aux ongles rouge vif. Tout le monde se tut un moment.
« Venez ! cria Shiller.
— Allons fouiller la maison de Leimbach ! » hurla un autre.
Shiller et deux autres hommes fendirent la foule. Un autre se détacha du groupe qui entourait Leimbach pour les rejoindre, puis un deuxième et un troisième.
« Attendez ! » cria Ryan.
Mais les hommes couraient déjà vers leurs voitures. Ryan s'apprêtait à les suivre lorsque les roues de l'ambulance se mirent à patiner dans la neige. Leimbach gémit.
« Amenez une civière ! » cria Ryan.

Il n'y avait pas de lumière dans la maison des Leimbach, sauf la lampe qui surmontait la porte d'entrée, et une autre à l'arrière, près du garage, là où il y avait un panier de basket-ball. Martha et les enfants étaient allés chez le docteur Malloy. Mike Shiller et les autres arrivèrent dans trois voitures. Ils étaient huit au total. Plus tard, Fritz Mossbacher, un postier qui travaillait avec Shiller, raconta au capitaine Percy ce qui s'était passé.
« Il n'y avait personne à la maison et Mike a fait le tour. Toutes les portes étaient verrouillées. Mike a

ramassé un caillou et cassé la vitre de la porte de service pour nous faire entrer. Comme s'il savait exactement ce qu'il voulait faire. »

Mike Shiller pensait trouver des preuves dans la maison de Leimbach. Peut-être y avait-il une arme quelconque, peut-être du chloroforme, peut-être la taie d'oreiller pleine de bonbons de Meg, qui n'avait jamais été retrouvée.

« Donald nous avait dit que Leimbach n'arrêtait pas de tripoter Sharon, expliqua Mossbacher, qu'il la chatouillait et la taquinait, qu'il ne pouvait pas s'empêcher de la toucher. Mike était certain que Leimbach était coupable. Et puis il y avait l'histoire du stylo, et tous ces coups de fil. Et enfin cette main dans sa voiture. Alors on a tout foutu en l'air. On a fouillé la cave et toutes les pièces. On ne faisait pas trop attention à ce qu'on cassait. »

Mais ils ne découvrirent rien. Ils s'excitèrent un peu en trouvant des vêtements d'adolescente, mais ils appartenaient à la fille de Leimbach. La maison était très bien rangée. La vaisselle se trouvait dans des placards, les habits dans des commodes ou sur des cintres, les journaux étaient empilés dans la poubelle bleue destinée au recyclage. Au lieu d'interrompre leur fouille, les hommes se mirent en colère.

« Mike ne cessait de dire que le fait de ne rien trouver ne prouvait absolument rien », dit Mossbacher.

Les hommes se mirent donc à dévaster la maison. Je suis sûr qu'il y avait là autre chose que la certitude de la culpabilité de Leimbach. Il y avait aussi des semaines de frustration et d'incertitude, des semaines de colère accumulée. Les hommes étaient bouleversés et remontés à bloc, prêts à laisser éclater leurs sentiments sur n'importe quoi ; c'est presque par hasard que l'objet de leur défoulement se trouva être la maison de Leimbach.

« Ils ont commencé à lancer des assiettes contre les murs, dit Mossbacher. Je suppose que j'en ai fait autant. Un type a fracassé le micro-ondes, un autre a commencé à tout sortir des placards, les provisions, tout. Mike et Charlie Potter ont balancé le frigo dans l'escalier de la cave. Bon Dieu, quel boucan ça a fait. Les Leimbach avaient un matelas d'eau, et un des gars l'a crevé à coups de couteau, l'eau traversait le plafond, un vrai Niagara. Ils ont balancé un lit d'enfant par la fenêtre. Les gars riaient. Certains d'entre eux se sont vraiment excités. Je veux dire, pourquoi bousiller la télé ? C'est devenu pervers. »

On demanda à Mossbacher si Shiller leur avait dit de faire tout cela.

« Nous l'avons tous fait. Personne n'a eu besoin de nous le dire. »

Heureusement, un voisin appela la police et, heureusement, il y avait quelqu'un au poste pour répondre à l'appel. Chuck Hawley arriva avec deux autres policiers et fit sortir Shiller et sa troupe de la maison.

« Vous devriez être de notre côté, pas du sien ! cria Shiller. Vous n'avez pas de gosses ? »

Chuck tenait Shiller par le bras, et celui-ci se libéra d'une secousse. Il y avait une vingtaine de personnes sur le trottoir, regardant la scène. L'allée des Leimbach était bordée de pierres passées à la chaux, qui dépassaient de la neige. Shiller se pencha, attrapa une pierre et la lança dans la baie vitrée du salon.

« La baie vitrée s'est désintégrée, dit Mossbacher, elle a presque explosé. Il y a une haie devant, elle était couverte d'éclats de verre. Les rideaux se gonflaient dans le vent. C'était un vrai bordel. Chuck Hawley était fou de rage. Il a mis les menottes à Mike, et il ne s'est pas montré trop doux pour le balancer sur le siège arrière de la voiture de police. »

Plus tard, quand tous les détails furent connus, il parut ironique qu'au moment même où Mike Shiller et les autres démolissaient la maison de Leimbach, le docteur Malloy soit allé chez son frère. Il était seul et dut casser une vitre pour entrer. Le lendemain, le médecin déclara qu'il n'avait pas compris pourquoi Donald s'était mis à accuser Paul Leimbach alors qu'ils avaient toujours été amis. Il ne comprenait pas pourquoi son frère agissait ainsi, et il espérait trouver dans sa maison une explication. Et peut-être avait-il d'autres soupçons, presque informulés, bien qu'il le niât par la suite. Mais qui sait si ces dénégations étaient vraiment sincères ? Bien sûr, le docteur Malloy était souvent venu chez son frère, mais il était rarement monté à l'étage et n'avait jamais vu le grenier.

Franklin tenait son bloc-notes sur son genou, parce que Donald Malloy voulait le voir. La lampe de Franklin n'éclairait presque plus. Il n'y voyait pas assez pour écrire et le froid avait figé l'encre de son stylo. Mais il traçait quand même quelques mots. Il ne voulait pas mettre Donald en colère. Il discernait à peine, dans le noir, la forme de l'homme à ses côtés. Donald dicta à Franklin les éléments de base de sa vie : sa naissance à Rochester, les années où il avait travaillé à Buffalo, l'échec de son mariage.

« Quelqu'un a fait quelque chose qui m'a perturbé, dit Donald.

— Que s'est-il passé ?

— Quelqu'un m'a envoyé une main, une main dans un carton à chaussures. Il y avait une photo de Janice avec, et Janice avait écrit “avec tout mon amour” au dos. C'est cette fille marxiste qui me l'a envoyée.

— Harriet Malcomb ? » Franklin se demandait s'il pouvait croire Donald à quelque sujet que ce soit.

« Vous souvenez-vous des yeux de Janice ? Je détestais ses yeux.

— Était-ce une plaisanterie ?

— Ça m'a perturbé, dit Donald. Ce n'était pas une vraie main, juste une main de mannequin. Il y avait un ruban autour de la boîte.

— L'avez-vous donnée à la police ?

— Pourquoi m'a-t-elle envoyé ça ? » demanda Donald, moins à Franklin qu'à lui-même. Il remua sur le banc qui trembla un peu.

« Ça devait être la main qu'ils ont trouvée chez vous, la main destinée à Sadie. Ça ne pouvait pas être une plaisanterie. (Il s'interrompit, puis reprit avec colère :) Pourquoi n'écrivez-vous pas tout ça ?

— J'écris, dit Franklin en griffonnant le nom de Harriet dans le noir.

— Ne me mentez pas ! » dit Donald.

Ils restèrent assis en silence, à part la respiration lourde de Donald. Le pistolet se trouvait sur ses genoux.

« Celui qui m'a envoyé la main sait que je protégeais quelqu'un. C'est mon devoir de le protéger – même ma mère le disait. C'est une chance qu'elle soit morte maintenant, elle ne saura jamais rien. Est-ce que vous réalisez à quel point tout ça a été terrible ? »

Franklin remua les jambes et la douleur lui fouailla la cheville.

« Qui donc est-ce que vous protégez ?

— Vous ne voyez pas qui est le coupable ? demanda Donald, élevant la voix. Ne soyez pas stupide !

— Qui est-ce ? Leimbach ?

— Leimbach est un imbécile ! dit Donald d'une voix perçante.

— Est-ce votre frère ? Allen ?

— J'ai honte de lui !

— Allen a enlevé sa propre fille ? » Franklin avait peur de l'homme assis à côté de lui.

« Les gens trouvent qu'il est si bien. Docteur ceci et docteur cela. Ma mère le protégeait et je l'ai protégé moi aussi. Mais c'est un animal. Un fruit pourri.

— Personne ne le savait », dit Franklin. Il aurait aimé

voir le visage de Donald, mais il éteignit sa lampe. Mieux valait la conserver pour plus tard, quand il en aurait peut-être vraiment besoin.

« Comment pouvez-vous écrire sans lumière ? demanda Donald.

— La pile est presque épuisée.

— Tenez, prenez la mienne. » Donald alluma sa lampe et la posa sur le banc. Le faisceau intense éclairait la piste de ski et les arbres dénudés. Franklin vit que Donald souriait, un sourire vague et imbécile.

« Mon frère est intelligent, dit le pharmacien. Bien sûr, je savais tout. J'ai toujours été au courant de ses mauvaises habitudes.

— Le détecteur de mensonges le démasquera », dit Franklin, d'une voix aussi neutre que possible.

« Allen veut me faire du mal, dit Donald. Il s'arrangera pour que le test dise que c'est moi qui ai tout fait.

— Mais vous le protégiez.

— J'ai toujours été un bon frère. J'ai essayé de toutes mes forces. J'ai caché ses fautes. Pourquoi m'a-t-elle envoyé la main à *moi* ? Ne voyait-elle pas que c'était Allen ?

— Votre frère avait-il une liaison avec Janice McNeal ?

— Bien sûr que oui, dit Donald en élevant de nouveau la voix. Vous ne comprenez donc rien ?

— Racontez-moi ça.

— Ce n'est pas une jolie histoire... » Donald s'interrompit.

Franklin attendit que Donald continue. Il entendait des cris au loin. Le faisceau de la lampe faisait briller les bottes du pharmacien.

« Pouvez-vous m'aider à descendre la colline ? demanda Franklin.

— Attendez une minute, dit Donald. Vous essayez de me presser. Pourquoi n'écrivez-vous pas ?

— J'écris, j'écris, dit Franklin en traçant quelques mots sur son bloc. Était-ce une main d'homme ou de femme dans la boîte ? »

Donald saisit son pistolet et se tourna brutalement vers lui.

« Vous vous moquez de moi ! » Il frappa Franklin sur la tempe avec son arme. Franklin tomba du banc et essaya de se protéger la tête des mains.

« Vous ne comprenez pas que je pourrais vous tuer ? » cria Donald.

Franklin frotta son visage engourdi par le froid. Il ne sentait rien. Il se mit à genoux. Donald lui allongea un coup de pied.

« Revenez sur le banc et faites ce que vous êtes censé faire ! »

Franklin se hissa péniblement sur le banc. Avec la lampe de Donald, il chercha le stylo et le bloc. Chaque mouvement lui faisait mal à la cheville. Il les retrouva et se rassit.

« Je ne vous aime pas, dit Donald. Je ne vous ai jamais aimé. J'ai été content quand votre femme est morte. »

Franklin essuya la boue de son stylo. Il essayait de parler calmement, sans montrer sa colère.

« OK, dit-il. Parlez-moi de votre frère et de Janice.

— Cette femme lui a fait mal, dit Donald après une autre pause.

— Que lui a-t-elle fait ?

— Chut, fit Donald dans un murmure. Elle lui a fait mal avec sa main. Elle l'a saisi et lui a fait mal.

— Je croyais qu'il aimait ça, le poussa Franklin.

— Il n'a jamais aimé ça. C'est un mensonge de le prétendre.

— Votre frère ?

— Allen. Elle enfonçait la main dans le pantalon d'Allen et en sortait son robinet, et puis elle le secouait et le serrait. Elle disait qu'elle aimait le voir cracher. Il avait horreur de ça.

— Alors pourquoi la laissait-il faire ?

— Parce qu'une partie de lui était malade. Je vous l'ai déjà dit.

— Mais il continuait à la voir.

— C'était sa maladie, dit Donald en chuchotant toujours.

— A-t-il tué Janice ? » Franklin réalisa qu'il saignait là où Donald l'avait frappé. Il s'essuya la joue avec sa manche.

« Quand elle l'a saisi à nouveau, Allen l'a prise à la gorge. Il l'a serrée comme elle le serrait, mais il a serré jusqu'à ce qu'elle ne fasse plus de bruit.

— Et la main de Janice ?

— Les mains suivent leurs appétits. Une main est sale et l'autre est propre. Il a pris la main sale.

— Il l'a toujours ?

— Bien sûr. Elles sont toutes ensemble. »

Franklin eut un frisson. Donald était penché en avant et parlait à voix basse. Franklin voyait le pistolet près de sa jambe mais n'osait pas essayer de s'en emparer.

« Et Sharon ? demanda Franklin. Était-elle sale elle aussi ?

— Elle avait des pensées sales, répondit Donald.

— Vous l'avez touchée ?

— Je ne l'ai jamais touchée ! (Puis, plus calmement :) Allen a touché toutes les filles.

— Est-ce Allen qui a arrêté Sharon sur la route ?

— Sa bicyclette était cassée et il s'est arrêté. Il l'avait touchée avant et il avait peur. Il lui a demandé si elle allait le dire. Elle ne voulait pas lui répondre. Il ne voulait pas la toucher mais elle l'avait forcé. Elle voulait lui montrer sa fourrure. Il avait peur qu'elle le dise. C'était une amie de Sadie Moore. Elle le dirait peut-être à Sadie ; peut-être même à Aaron. Aaron posait des questions au sujet de sa mère. Alors Allen lui a dit de promettre de ne pas le raconter mais elle ne voulait pas répondre. Et puis il lui a mis la main sur la bouche. Elle a essayé de crier et il ne l'a pas laissée faire. Il a maintenu sa prise. Quand Sharon était petite, elle était gentille, mais elle ne l'était plus. Elle devenait trop grande pour être gentille. Elle l'a forcé à la toucher et puis, elle a prétendu que c'était sa faute. Et ses doigts sentaient l'odeur de sa fourrure. Ça lui avait sali la main. Elle grandirait et attraperait les hommes comme le faisait Janice. Mon frère voulait la sauver de ça. Il voulait faire d'elle une église. »

Au loin résonnaient des coups de sifflet.

« Vous n'écrivez pas, dit Donald avec colère.

— Si, dit Franklin. C'est de la sténo. Je remettrai tout en ordre plus tard. Et la main de Sharon ?

— Vous ne voyez pas ? (Donald baissa la voix.) C'est la faute de la main. Elle aime empoigner et serrer. Elle mange. Les mains mangent. Elles sont couvertes de pisse et de merde, et même de choses pires encore. Elles aiment les toucher, se frotter dedans.

— Qu'a-t-il fait ?

— Vous savez ce qu'il a fait, dit Donald avec un rire très bas.

— Il a coupé la main ?

— C'est comme ça qu'on se débarrasse de la saleté. C'est la main gauche la mauvaise. Il fallait qu'il les lave, qu'il lave toutes les filles.

— Et la main de Meg ?

— Toutes les mains sont ensemble. »

Il y eut un bruit sourd, répété, et Franklin vit avec horreur que Donald tapotait son attaché-case.

« Elles sont là ? » murmura Franklin.

Donald eut un claquement de langue.

« Voulez-vous que je vous les montre ? »

Franklin essayait de ne pas penser à l'attaché-case mais son esprit refusait de s'attacher à autre chose.

« Pourquoi Meg et Karla ? insista Franklin.

— Elles ne valaient pas mieux, dit Donald. Elles étaient venues à la pharmacie. Mon frère a vu comme elles étaient. Elles avaient des pensées sales. Elles faisaient sortir leur petite poitrine, leurs petits nichons. Je les voyais. Elles riaient et elles flirtaient. Elles montraient leurs jambes nues. Elles voulaient elles aussi empoigner les robinets. Et, en plus, Sharon se sentait seule. Il fallait qu'Allen lui trouve de la compagnie, des filles aussi vilaines qu'elle. Des filles avec de la fourrure. Mais il ne voulait pas leur faire de mal, il voulait les rendre meilleures.

— Comment les a-t-il attrapées ?

— Dans sa voiture. Il s'arrêtait à côté d'elles, les attrapait et les mettait dans le coffre.

— Pourquoi ne s'enfuyaient-elles pas ?

— Pourquoi l'auraient-elles fait ? La voiture avait des triangles orange. C'était un Ami.

— Et Sadie aussi ? » Franklin arrivait à peine à prononcer son nom, qui le remplissait de chagrin.

« Elle est vilaine. Elle est venue à la pharmacie. Elle s'était blessée et j'ai dû toucher sa jambe. Aaron l'accompagnait et ils posaient des questions. Mais elle avait fait semblant de se blesser. Elle voulait que je touche sa jambe. Elle portait une bague avec une colombe. Aaron l'avait rendue mauvaise. Il voulait la rendre comme Janice.

— Allen ne l'a pas enlevée ?

— Il a essayé. Je ne veux pas en parler. »

Ce que Franklin commençait à ressentir n'était pas tout à fait de l'espoir, c'était plutôt comme un espace dégagé qui s'ouvrait devant lui, et où se trouvait Sadie.

« Alors, il n'a pas attrapé Sadie ?

— J'ai dit que je ne voulais pas en parler ! » cria Donald. Il se tut un moment avant de reprendre la parole d'une voix plus calme.

« Les filles s'aiment entre elles et elles aiment leur saleté. Vous avez vu la façon dont elles sourient ? Vous ne pensez pas que ce sont de vrais sourires, si ? Allen pensait que personne ne découvrirait rien, il croyait que seule ma mère savait. Mais il est mauvais. N'a-t-il pas une fille mauvaise ? C'est de lui qu'elle a attrapé ça. Et maintenant mon frère a construit une église avec trois filles. On pourrait croire qu'elles sont mortes, mais pas du tout. Elles bougent et elles brillent, elles étincellent dans la lumière. Tous les mots sales ont été lavés. Vous savez qu'il y a des chiffres bons et des chiffres mauvais ? Tous les bons chiffres les protègent. Mon frère prie là. Il veut devenir meilleur, mais son côté mauvais va jusqu'au fond de lui. Même des couteaux ne pourraient pas le nettoyer. Je devrais parler de lui à la police, mais c'est mon frère. Je suis censé l'aimer.

— Et Jaime Rose ? demanda Franklin en écrivant le nom de Jaime sur son bloc.

— Il était comme Janice. Ces gens ont des visages comme des masques. Ils sourient et ont l'air heureux. Ils font semblant de vous aimer. Vous savez à quel point le crâne est laid quand on retire la peau ? À ce moment-là, on voit les dents. Leurs vrais visages sont comme ça. Mon frère lui a réglé son compte, oui. Jaime avait mis la main dans le pantalon d'Allen. Il avait serré le robinet d'Allen, et il allait tout raconter. Allen ne pouvait laisser ça se produire ; il l'a ramené au salon de beauté. Ce nom, c'est presque drôle. Un salon de saleté, un salon de chiennes !

— Et Barry ?

— Oh, il mourra bientôt. Il a parlé après que je lui avais dit qu'il ne devait pas, que ce serait mal de parler. Il faut lui apprendre comment rester silencieux. Mon frère va s'en occuper. Il sait faire ça.

— Mais Allen est dangereux.

— Oh oui, il est très dangereux, dit Donald avec un petit rire.

— Il faudrait l'arrêter.

— Oui, je suis d'accord. Il s'est rendu sale, très sale. »

Donald fit une pause.

« Il fait froid, mais pas trop froid, vous ne trouvez pas ? Quand Allen sera parti, et les autres aussi, les choses iront mieux. Nous n'avons pas beaucoup de temps. N'est-ce pas affreux de courir partout comme ça ? Il faut ramener la tranquillité. Les gens ont peur de la mort, mais ils ont tort. La mort est très tranquille. Les filles sont si tranquillement assises. Parfois, je me dis qu'elles prient.

— Vous devriez aller voir la police. »

Donald rit.

« Ils ne croiraient jamais que c'était lui. Vous voyez, il a toujours eu l'air bon. Il réussissait si bien à l'école. Mais je l'ai vu pendant son sommeil, quand il grince des dents. Je l'ai observé quand il ne savait pas que je le regardais.

— Vous devriez parler à Ryan Tavich.

— Vous essayez de me tromper, dit Donald.

— Non, répondit Franklin. Je suis votre ami.

— Vous faites semblant d'écrire mais vous n'écrivez rien. »

Donald arracha le bloc à Franklin et braqua sa lampe dessus. Il y avait des gribouillages sur le papier, des lettres à demi formées.

« Vous essayez de vous moquer de moi ! cria Donald en jetant le bloc sur le sol.

— Tout ça est dans ma tête, dit Franklin. Je le rédigerai plus tard. »

Donald émit un bruit sifflant.

« Je pourrais vous forcer à me croire.

— Je vous crois. J'ai tout en tête. » Franklin se sentait en proie au désespoir. Il entendit un déclic, puis un autre, les serrures de l'attaché-case s'ouvraient.

« Voilà, regardez ! » dit Donald.

Franklin se tourna, s'appuyant sur sa bonne jambe. Donald tenait la lampe d'une main et une chose affreuse de l'autre. Franklin s'écarta d'un sursaut puis bondit hors de l'abri, il s'accrocha au montant et traversa la piste en poussant sur sa bonne jambe. Il trébucha sur un arbre, tomba à plat ventre et se mit à ramper dans la neige. Le faisceau de la lampe de Donald passait au-dessus de lui. Franklin rampait entre les arbres, puis il se hissa de l'autre côté d'un tronc couché et s'immobilisa, épuisé.

« Je suis content d'avoir pu vous parler », dit Donald. La lumière ne cessait de repasser au-dessus de Franklin, sans se poser sur lui.

« C'est un joli nom, Sadie, dit Donald. Je suis sûr que nous la retrouverons. »

# 43

Donald sortit du bois du côté du parking. Une voiture de l'Armée du Salut était arrivée d'Utica et une femme en uniforme sombre distribuait des tasses de café. Pour les autres, Donald n'était qu'une personne de plus qui fouillait les bois. Sans s'arrêter, il traversa le parking vers la colline aux luges. C'était le chemin le plus court pour rentrer en ville.

Ryan le vit descendre la pente, ou plutôt il vit un homme portant un attaché-case, et il vit les bottes jaunes. Il savait que c'était Donald. Il avait une façon de courir, penché en avant et n'allongeant jamais complètement les jambes, qui évoquait à Ryan un animal. La lampe de Donald projetait une flaque de lumière sur la neige devant lui. Chuck Hawley se trouvait avec Ryan, ils se dirigeaient vers Aaron qui venait apparemment d'arriver. Ryan pensait qu'Aaron savait peut-être quelque chose sur Sadie. En voyant Donald, il s'arrêta et se tourna vers lui.

« C'est Donald Malloy, dit Chuck.

— Hé ! » cria Ryan. Il se mit à courir à petites foulées vers Donald. Il voulait lui demander ce que le docteur Malloy lui avait dit, et l'attaché-case l'intriguait. Il avait bien l'intention de regarder ce qu'il y avait dedans.

Donald s'immobilisa à flanc de colline, éteignit sa lampe et la mit dans la poche de son manteau. Il fit face à Ryan, tenant à deux mains l'attaché-case contre son ventre. Sa casquette était rejetée en arrière. Vu d'en contrebas, il paraissait énorme. En s'approchant, Ryan vit que Donald souriait. Ryan pointa sa lampe sur lui à temps pour le voir sortir la main droite de derrière l'attaché-case. Quand Ryan aperçut le pistolet, il crut d'abord se tromper, ce qui le retarda un instant. Il sauta de côté juste au moment où Donald tirait. Son corps se tordit, il eut l'impression de recevoir un violent coup de pied et sa lampe vola en l'air. Une deuxième détonation retentit. Ryan roula dans la neige. Il essaya de prendre son arme, mais ses muscles refusaient de faire ce qu'il voulait.

Aaron se trouvait à mi-pente quand il entendit le coup de feu. Il vit tomber un homme, mais ne savait pas que c'était Ryan. Il y eut un second coup de feu, et Aaron se mit à courir. Devant lui, Chuck Hawley, ne voyant que Donald, était en train de sortir son pistolet de son étui.

« Donald ! » cria Chuck. Puis il tira une, deux, trois fois.

Donald Malloy se détourna et courut vers le sommet de la colline, passant derrière quelques arbres. Il s'arrêta pour tirer en contrebas. Aaron vit les hommes autour du feu s'immobiliser avant de se jeter à terre. Il ne pensa pas un instant qu'il pourrait être touché. Il vit Chuck courir vers l'homme qui gisait sur le dos dans la neige. Aaron le suivit. La lampe du blessé marchait toujours, pointée vers le ciel. Son faisceau conique semblait effleurer les nuages bas. C'est seulement quand Aaron arriva près de la lampe et regarda en direction de Chuck qu'il réalisa que l'autre homme était Ryan Tavich.

« Oh merde, répétait Chuck, oh merde. » Il était accroupi dans la neige près de Ryan, qui se tordait sur le sol.

Aaron saisit la lampe et se précipita vers le haut, sur les traces de Donald qui arrivait au sommet de la colline. On entendait des cris venant de là. Aaron glissa, puis reprit son équilibre. Quand il atteignit le parking, il vit des hommes, une vingtaine peut-être, courir vers lui. Il n'aperçut pas Donald.

« Est-ce Leimbach ? cria quelqu'un.

— Où est Donald Malloy ? » demanda Aaron. Il vit la voiture de l'Armée du Salut, et la femme à l'intérieur qui le fixait. Plusieurs policiers avaient sorti leurs armes. Des gens couraient dans toutes les directions.

« Qui est mort ? » lui cria un homme qu'il n'avait jamais vu en le saisissant par le bras.

Aaron fit un geste en direction du bas de la colline, puis se libéra d'une secousse et fonça vers les bois. Sa lampe éclaira un panonceau montrant un skieur stylisé et une flèche. Il pensait à Donald Malloy qui courait sur la piste, devant lui. Il savait que le pharmacien avait fricoté avec Barry Sanders. Il savait maintenant que Donald avait tué sa mère. Un homme de profession, c'était ainsi qu'il se décrivait lui-même. Aaron désirait tant se venger qu'il en avait un goût de métal dans la bouche. Il allait si vite qu'il ne cessait de glisser, et tomba à un moment.

Aaron fendait la piste, balayant les côtés de sa lampe pour s'assurer que des traces ne s'enfonçaient pas dans les bois. Il y avait les traces parallèles de skis de fond, et par-dessus de profondes empreintes. Il commençait à craindre que Donald ne soit pas devant lui, qu'il l'ait perdu. Aaron s'arrêta pour écouter. Il entendit un appel au-dessus de lui.

« Hé ! Quelqu'un ! »

Aaron ne reconnut pas la voix mais se hâta, sans tout à fait courir. Il se demanda si c'était un piège, mais ne voyait aucune raison pour ça. Il s'imagina à quel point il serait affreux que Donald lui échappe. La neige tombait à nouveau, de gros flocons passaient devant sa lampe.

« Hé ! À l'aide ! »

Avant même de voir la silhouette indistincte qui se tenait sur la piste, Aaron reconnut la voix de Franklin. Il se dit que Franklin était son beau-frère et se crispa, non tant de déplaisir que par une sorte d'embarras.

« À l'aide ! » cria Franklin en voyant approcher la lampe d'Aaron.

Aaron maintenait le faisceau sur le visage de Franklin, qui dut détourner les yeux. Il se tenait sur une jambe, comme un échassier, pensa Aaron.

« Franklin », dit-il.

Celui-ci leva une main pour s'abriter les yeux. Il s'appuyait de l'autre contre un arbre.

« Aaron ? Je me suis tordu la cheville. Je ne peux pas marcher.

— Donald Malloy a tiré sur Ryan, dit-il en s'approchant.

— Bon Dieu, est-ce qu'il l'a tué ? » Franklin faillit tomber et dut se rattraper des deux mains à l'arbre.

« Je ne crois pas. Malloy s'est enfui dans les bois.

— Il cherche Sadie. Il faut le retrouver, dit Franklin, affolé.

— Il ne la trouvera pas, dit Aaron en détournant sa lampe du visage de Franklin. C'est moi qui l'ai cachée. »

Aaron avait emmené Sadie au Motel Aurelius. Harriet lui tenait compagnie. Il avait fait cela pour la protéger. Il espérait que les mains qu'il avait envoyées forceraient l'assassin à se découvrir, mais il voulait s'assurer que Sadie était en sécurité. Puis il avait eu l'idée de donner à sa disparition l'apparence d'un autre enlèvement. Cela n'amènerait-il pas le coupable à penser qu'on essayait de lui voler ses crimes ? Depuis que Barry avait parlé à Aaron de sa brève relation avec Donald et de la façon dont Donald l'avait effrayé, Aaron était convaincu que le pharmacien avait tué sa mère et enlevé les fillettes. Mais il n'en était pas entièrement sûr, il voulait pousser le criminel à passer publiquement aux actes, à se dévoiler de façon à ce que sa culpabilité ne fasse aucun doute.

« Mais quelqu'un a vu un homme l'emporter dans le parc et a appelé la police. Elle est vraiment en sécurité ?

— C'est ce que je viens de dire. » Aaron était furieux contre son beau-frère.

« Il faut que tu m'aides à redescendre d'ici.

— Je dois trouver Malloy. »

Franklin saisit Aaron par le bras et faillit perdre l'équilibre.

« Aaron, je vais mourir ici. Je gèle.

— C'est lui qui a tué ma mère. » La voix d'Aaron était dénuée de toute intonation, comme s'il parlait du temps.

« Je sais, dit Franklin après un silence.

— Fils de pute ! » s'exclama Aaron en s'écartant.

Franklin tomba avec un gémissement. Aaron resta immobile, sa lampe braquée sur lui. Ils ne parlèrent ni l'un ni l'autre. Franklin essaya de s'asseoir. Son manteau de peau de mouton était couvert de neige, et il en avait aussi dans les cheveux.

Aaron envisagea de le laisser là. Il se dit que Franklin gèlerait, se transformerait en bloc de glace qui se briserait en mille morceaux quand on le toucherait.

Il tendit le bras et saisit Franklin par le poignet. Le journaliste se hissa sur sa bonne jambe et Aaron le prit par la taille.

« Mettez le bras sur mon épaule. »

Franklin s'accrocha à l'épaule d'Aaron et avança à cloche-pied. C'était lent, mais ils se déplaçaient.

« À un moment, j'étais sur le point de tuer Ryan moi-même, dit Aaron, mais je n'avais pas de certitude. »

Il leur fallut dix minutes pour sortir du bois. Ils n'avaient vu personne mais, à la limite du parc, ils trouvèrent deux hommes de la police de l'État. La voiture de l'Armée du Salut était partie. Les policiers aidèrent Franklin à descendre la colline. Aaron les regarda partir, précédés de la lumière vacillante de leurs torches. Il pensa qu'il avait laissé Donald s'enfuir, et essaya de se dire que ça valait mieux. Il pensa que Donald passerait en jugement. Ce n'était pas un châtiment suffisant.

Donald Malloy n'avait traversé qu'une section du bois et retrouva bientôt la rue. Il devait trouver amusant que la police fouille les bois pendant qu'il courait dans la ruelle reliant Juniper Street et Spruce Street. Il tenait son pistolet d'une main et l'attaché-case de l'autre. Son manteau brun foncé lui descendait juste en dessous du genou. Il avait perdu sa casquette. Des voitures étaient garées dans la ruelle, mais il n'y avait personne. Depuis un mois qu'il les hantait, il connaissait toutes les ruelles et arrière-cours d'Aurelius.

Donald entra par-derrière dans le jardin de Barry Sanders puis fit une pause au coin de la maison pour s'assurer qu'il n'y avait personne alentour. La neige s'était remise à tomber. Il attendit deux minutes que la rue soit déserte. Il savait sûrement qu'il était recherché par la police, que son nom était sur toutes les radios. Il enjamba la balustrade et marcha lourdement sur le plancher de la véranda. Il frappa brutalement à la porte.

Quand Mme Sanders l'entrouvrit, Donald donna un coup d'épaule qui la repoussa de côté et entra.

« Où est votre fils ? » demanda-t-il. Il y avait de la neige dans ses fins cheveux blonds.

« Sortez d'ici, dit Mme Sanders. Sortez de chez moi. »

Donald la frappa violemment sur le côté du visage avec son pistolet et elle tomba.

« Où est Barry ? Où est-il ? » Sa voix était haut perchée, presque un couinement animal.

« Il n'est pas ici. » Mme Sanders se mit à genoux et porta la main à sa joue ensanglantée.

— Vous mentez. Ne savez-vous pas à quel point il est mauvais ?

— Il n'est pas ici », répéta Mme Sanders. Elle essaya de se remettre sur pied.

Donald la frappa de nouveau avec son pistolet et elle retomba à genoux.

« Ne savez-vous pas que c'est mal de mentir ? Vous pouvez être châtiée ! Ne savez-vous pas que je suis responsable du châtiment ? Regardez ! »

Il s'agenouilla près d'elle et, sortant une petite clef de sa poche, il ouvrit les serrures de l'attaché-case. Les deux languettes de métal brillant se relevèrent avec un claquement.

Mme Sanders se mit à hurler.

Donald referma l'attaché-case et courut dans le salon.

« Barry ! cria-t-il. J'arrive ! »

Barry se trouvait à l'étage. Il s'enferma en hâte dans la salle de bains. Donald l'entendit sans doute, car il se précipita dans l'escalier. Mme Sanders hurlait toujours. Barry se dit qu'elle avait été blessée ; il aurait voulu venir à son aide, mais il avait trop peur. Il se cacha derrière le rideau de douche et ferma très fort les yeux. Il aurait aimé pouvoir disparaître.

« Barry, tu es un vilain garçon ! » cria Donald. Les portes claquaient alors qu'il passait de pièce en pièce.

« Je vais te rendre propre ! Je vais faire de toi une église ! »

Barry bondit hors de la douche et courut à la fenêtre. Donald essaya d'ouvrir la porte verrouillée de la salle de bains.

« Barry, je ne veux pas te faire de mal. Il faut te guérir et te rendre meilleur ! »

Barry essaya d'ouvrir la fenêtre, qui donnait sur le toit de la véranda latérale, mais elle était coincée.

« Ouvre la porte, Barry, et je ne te ferai qu'un tout petit peu mal. » Donald jeta tout son poids contre le battant, et les panneaux de bois craquèrent. Il grogna puis donna un coup de pied qui brisa le panneau inférieur ; Barry vit sa grosse botte jaune.

Il y avait dans la salle de bains un tabouret sur lequel sa mère s'asseyait parfois pour se brosser les cheveux devant le miroir. Barry le ramassa et fracassa la fenêtre.

« Barry ! hurla Donald. Je vais devoir te faire souffrir terriblement ! »

Il projeta à nouveau son poids contre la porte, mais elle résista. Il recommença, toujours en vain, puis tira à travers. Les balles ricochèrent sur le lavabo.

« Barry, tu es très mauvais ! »

Mais Barry était déjà sur le toit de la véranda. Il rampa jusqu'au bord et regarda en bas. C'était un saut de plus de quatre mètres. Barry s'assit sur le rebord, les jambes pendantes. Le vent soufflait et il avait froid. Il essaya de se forcer à sauter, mais il ne pouvait pas. À ce moment, il entendit céder la porte de la salle de bains sous un nouvel assaut de Donald. Jetant un coup d'œil par-dessus son épaule, il vit l'immense silhouette de Donald traverser la pièce sur son élan. Barry sauta. Il toucha le sol genoux pliés et roula sur l'épaule. Il avait mal partout, mais parvint à se relever.

« Barry ! » cria Donald, à moitié engagé dans la fenêtre. La neige lui fouettait le visage.

Barry s'enfuit.

Donald ne sauta pas, il se précipita dans l'escalier et sortit par la porte. Mme Sanders était cachée dans la cuisine, elle entendit claquer la porte. Donald traversa le jardin en direction de la ville. Il suivait les traces de Barry, mais les perdit en arrivant à la rue. Barry était déjà loin, il traversait une arrière-cour pour rejoindre une ruelle.

Donald courut dans les jardins, parallèlement à la rue, vers le centre-ville. Il laissait derrière lui une ligne droite de traces de pas. On ne sait trop où il allait. Plus tard, certaines personnes suggérèrent qu'il allait peut-être au poste de police. D'autres dirent qu'il se rendait au quartier général des Amis, où sa voiture était garée. Plusieurs personnes le virent passer devant chez eux, et dirent qu'il était penché en avant, comme s'il suivait une piste. Il paraissait immense avec son manteau ouvert qui battait derrière lui. Les gens parlèrent aussi de l'attaché-case qui lui cognait la jambe.

Sheila Murphy se trouvait sur le seuil de la Taverne de Bud. Il n'y avait pas de clients à part un ivrogne, Tommy Shepherd, et elle était allée regarder tomber la neige. Elle se demandait où était tout le monde. Puis elle vit un homme arriver en courant au milieu de la rue, courbé en deux, « comme s'il reniflait quelque chose », dit-elle. Elle réalisa qu'il s'agissait de Donald. La chaussée était boueuse, mais la neige fraîche tombait dru.

Sheila vit une camionnette descendre la rue derrière Donald, et elle cligna des yeux, éblouie par les phares. Leur lumière passa sur Donald et le conducteur freina brusquement, faisant déraper son véhicule jusqu'à ce que les roues arrière heurtent le trottoir.

Le conducteur ouvrit sa portière et descendit. Il prit lentement un fusil sur le râtelier à l'arrière. Il se déplaçait sans hâte. Il avait laissé la portière ouverte et les phares allumés. Dans leur faisceau, les flocons de neige paraissaient énormes. Sheila ne distinguait pas le visage de l'homme, la neige était trop dense. Elle se retourna pour crier à Bud dans la salle qu'il y avait un homme armé d'un fusil et qu'il fallait appeler la police, puis s'avança dans la rue en se frottant les bras pour lutter contre le froid.

Donald Malloy traversa Main Street en direction du commissariat et du monument de la guerre de Sécession, où le soldat de bronze était au garde-à-vous avec son fusil et sa baïonnette. Sur l'obélisque se trouvaient les noms des habitants d'Aurelius qui avaient pris part à la guerre. Des étoiles de bronze indiquaient ceux qui y étaient morts. La neige semblait décrire des spirales autour du monument.

Donald s'arrêta à côté pour reprendre son souffle. À ce moment, l'homme de la camionnette épaula son fusil. Étouffé par la neige, le coup de feu eut un son creux. Donald tressaillit, faillit tomber et se rattrapa à la jambe du soldat de bronze. Il se tourna vers l'homme qui lui avait tiré dessus, et fit un pas en commençant à dire quelque chose. L'homme au fusil gardait son arme épaulée, comme pour faire feu à nouveau. Donald s'arrêta et resta immobile, puis secoua la tête, plus pour s'éclaircir les idées qu'en signe de protestation.

Il se tenait près du monument, la neige tourbillonnant autour de lui. Sa tête parut s'enfoncer dans ses épaules, lui donnant, dans son gros manteau, une silhouette épaisse et rectangulaire. « En forme de cercueil », dit Sheila. Puis il se détourna et se mit à suivre le trottoir. Il ne marchait pas droit. L'homme au fusil épaulé le visait. Il aurait pu lui faire sauter la tête, mais il ne tira pas. Il baissa lentement son arme et le suivit. Sheila leur emboîta le pas.

Donald fit quelques pas en titubant puis tomba à genoux. Il jeta au loin son pistolet qui glissa sur la neige. Toujours à genoux, il se pencha en avant jusqu'à ce que son front touche la neige et resta immobile un moment. Puis il fouilla sans hâte dans ses poches et en sortit une clef qu'il inséra dans la serrure de l'attaché-case. Il ouvrit la mallette et en sortit ce que Sheila crut d'abord être un bout de métal rectangulaire. La lumière se refléta dessus, et Sheila vit que c'était un hachoir. Donald leva le hachoir. Il avait posé l'avant-bras gauche à plat sur le trottoir enneigé. Le hachoir était maintenant au-dessus de sa tête. Quatre voitures s'arrêtèrent près du monument aux morts, dont un véhicule de police. Donald abattit soudain le hachoir sur son poignet. Son corps entier s'arqua et son cou se tordit, tournant son visage vers le haut. Ses bottes jaunes eurent une secousse et le sang gicla sur la neige. Il leva à nouveau, lentement, le hachoir et l'abattit encore, puis recommença une troisième fois. Sheila hurla. La main de Donald Malloy gisait sur le sol. Le sang jaillissait du poignet, éclaboussant la neige. Donald se remit sur pied en trébuchant et laissa tomber le hachoir.

« Malloy ! » cria quelqu'un.

Donald ne parut pas entendre. Il ramassa avec douceur la main tranchée, essuya sur son manteau la neige qui la couvrait et la déposa dans l'attaché-case dont il referma le couvercle. Sheila entendit le déclic que firent les serrures. Le sang continuait à jaillir de son poignet. Donald se redressa et fit un pas, s'éloignant des hommes qui sortaient de leurs voitures. Le bras auquel il manquait une main se balançait à son côté. Les hommes s'approchèrent de lui. Donald fit un autre pas, puis s'arrêta, vacilla, leva les yeux vers les flocons blancs qui se détachaient dans la lumière des lampadaires et tomba à plat ventre. Des gouttelettes rouges inscrivirent un demi-cercle dans la neige.

Les hommes qui se trouvaient là se précipitèrent, mais le docteur Malloy arriva le premier. Il s'approcha de l'attaché-case et en ouvrit le couvercle du canon de son fusil. Quatre mains, maintenues par un élastique, reposaient sur un coussin. Une cinquième main, celle de Donald, se trouvait dessus. À part celle-ci, elles n'avaient rien d'humain. Les doigts étaient recroquevillés, comme si elles essayaient de saisir quelque chose, une balle ou un souffle d'air. La main la plus ancienne était momifiée, brun foncé, on aurait dit du cuir. Les ongles étaient vernis d'un rouge éteint. La main la plus récente avait encore la couleur de la chair, et l'apparence d'une main d'enfant. Les deux autres étaient recroquevillées et desséchées, des mains de singe. Au poignet, la peau était déchirée et plissée. En comparaison, la main de Donald était rose vif et avait un air de bonne santé absurde. Elle gisait en travers des autres comme un tubercule mou. Du sang coulait du moignon sur le velours rouge du coussin.

Allen Malloy fixait les mains quand les autres le rejoignirent.

« Qu'est-ce que c'est ? demanda Sheila Murphy, qu'est-ce que c'est ? » Elle se fraya un passage pour voir.

« Docteur Malloy », dit quelqu'un qui écartait les spectateurs. C'était le capitaine Percy.

Le médecin se retourna, essuyant la neige de son visage. Il parut surpris de voir des gens, et tendit son fusil à Percy.

# 44

Voilà à quoi elles ressemblaient, trois filles mortes, calées sur trois chaises à dossier droit. Celle qui avait quatorze ans était assise au milieu. Elle avait une demi-tête de plus que les deux autres. Une corde formait un X sur chaque poitrine, passait sur les épaules et autour de la taille pour se nouer dans le dos. Les trois filles avaient les pieds nus et leurs chevilles étaient attachées à la traverse des chaises.

Donald Malloy avait complètement fermé le grenier, il avait enlevé la porte et les moulures et mis une feuille d'isolant sur l'ouverture. Puis il avait collé du papier peint sur le mur, si bien que personne n'aurait pu dire du palier du premier étage qu'il y avait eu une porte à cet endroit. Le papier peint était bleu clair avec de petits bouquets de fleurs bleu foncé. Entre les bouquets se trouvaient des guirlandes de boutons d'or en diagonale, comme du grillage. Le docteur Malloy avait découvert la trappe du placard plus tôt dans la soirée, il était entré le premier dans le grenier. Il avait ensuite arraché l'isolant à coups de pied pour que les policiers puissent passer par l'escalier ; dans sa colère, il avait frappé si fort que des morceaux avaient volé partout. Et après, il était parti à la recherche de Donald.

Chuck Hawley prit des photos du grenier pour la police. Il dit qu'il n'a pas besoin de revoir ces photos pour savoir ce qu'elles montrent, il dit qu'il le revoit sans cesse de toute façon, trois filles mortes attachées sur des chaises à dossier droit.

Une stèle fut érigée dans Lincoln Park en mémoire des fillettes, et inaugurée au printemps. C'est un parallélépipède d'obsidienne, haut d'un mètre quatre-vingts et large de quatre-vingt-dix centimètres, et le nom des trois filles ainsi que la date de leur naissance et de leur mort sont gravés sur chacun des quatre côtés. La moitié de la ville assista à l'inauguration, moi y compris. Bernie Kowalski fit un discours. Le père Murphy de St. Mary's Church parla longtemps lui aussi, les gens avaient du mal à suivre. Rien de ce qu'ils dirent n'arrangea les choses. Ils parlèrent de l'horreur que nous avions traversée, mais ça n'arrangeait rien. On avait proposé aux parents des mortes de prendre la parole, mais ils avaient refusé. Ralph Shiller dit ensuite qu'il était heureux que ce soit fini, et qu'il ne voulait pas parler devant une foule. Paul Leimbach était là, s'appuyant sur une canne ; Mike Shiller également, avec quelques amis du bureau de poste, le groupe qui avait dévasté la maison de Leimbach. On aurait pu croire qu'ils prendraient un air coupable, mais pas du tout. À mon sens, ils paraissaient toujours en colère, comme si celle-ci faisait maintenant partie intégrante d'eux-mêmes et ne les quitterait jamais. Le père de Karla était un type de Californie qui n'avait jamais vu sa fille. Pourtant, il était venu de là-bas. Mon collègue Lou Hendricks dit qu'il était celui des parents qui avait le plus de chance, mais beaucoup de gens trouvèrent cela trop cynique.

Aaron McNeal n'était pas là, il avait déjà quitté la ville. Franklin vint, entre Sadie et Paula, leur tenant discrètement la main. Il avait belle allure dans un costume noir en tweed. Paula portait une robe sombre, et ses cheveux noirs brillaient. Nous n'étions qu'en avril mais il faisait chaud pour la saison, des jonquilles pointaient déjà. Ryan Tavich avait accompagné Franklin, mais lui non plus ne tarderait pas à quitter la ville. Finalement, il s'installa quelque part dans l'Ouest.

Certaines personnes avaient trop de souvenirs, trop de choses à oublier. Il leur était difficile de rester à Aurelius. Le docteur Malloy et sa famille retournèrent à Rochester. Le fait qu'Allen ait tué son frère était trop dur à avaler pour notre ville ; abattre son propre frère dans le dos d'un coup de fusil... Et Franklin avait raconté que Donald avait accusé Allen, comme si c'était le docteur Malloy et non Donald qui avait tué les filles. Pour certains, l'affaire restait mystérieuse, et ils se méfiaient du docteur Malloy. Comment aurait-il pu exercer dans ces conditions ? Même Paul Leimbach faisait l'objet de ragots. Et certaines personnes approuvaient Mike Shiller d'avoir dévasté sa maison, disant qu'il avait fait ce qu'il fallait à ce moment-là. Il y eut beaucoup de discussions à ce sujet, même de violentes disputes. La suspicion n'avait pas disparu, elle était retournée là où elle se cachait. J'avais le sentiment qu'elle resterait toujours avec nous, que nous ne serions jamais capables de nous regarder sans le voile du soupçon. C'est pour ça que le discours de Bernie Kowalski, oublier tout cela, était un mensonge. Et cette grosse stèle noire qui semblait vouloir maintenir le soupçon sous terre... Mais les choses ne se passent pas ainsi.

Par exemple, le départ de Ryan. Je pense qu'il a voulu couper les liens, essayer d'oublier Janice et les filles mortes. Il avait reçu une balle dans l'épaule. Maintenant, quand il bouge cette épaule, il pense à nous. Il ne peut se libérer entièrement d'Aurelius, qui l'accompagnera partout. Et Aaron. La tombe de sa mère se trouve ici, sa sœur vit ici. Quand il regarde par la fenêtre et laisse vagabonder son esprit, ne pense-t-il pas à Aurelius, même s'il hait la ville ? Tous ces gens qui essaient de continuer leurs vies se détacheront-ils de leurs souvenirs ? Et Franklin, quand il s'éveille la nuit, n'entend-il pas dans le noir la voix flûtée de Donald lui parlant encore de saleté ? Je suis sûr que ça lui est arrivé. Je suis sûr qu'il se tourne vers Paula pour l'enlacer et se rassurer.

Pour moi en tout cas, le travail est un meilleur remède, en lequel je peux avoir confiance, un horaire quotidien, des tâches routinières qui, j'imagine, profitent à la communauté. Je donne plus de cours. J'ai mes hobbies. Je passe plus de temps avec mes élèves. Il me semble parfois que je pense plus souvent à eux sous un angle sexuel que par le passé, non que je les touche, bien sûr. Mais je songe à Donald en train de parler à Franklin dans les bois. Si on pouvait voir tout au fond d'un être humain, quels désirs trouverait-on ? Quels désirs sont dissimulés derrière ma chemise blanche et mon nœud papillon, mon vernis civilisé ?

Donald Malloy avait longtemps vécu avec ses désirs. Qui sait combien de temps il a lutté ? Il devait les voir sur son visage chaque fois qu'il se regardait dans un miroir. Nous avons appris par la suite que, pendant qu'il habitait à Buffalo, il s'était livré à des attouchements sur une fillette dans sa pharmacie. Il lui avait pris la main et l'avait frottée sur son sexe. Elle en avait parlé à ses parents, qui étaient venus le voir. Il les avait suppliés de ne pas rendre l'affaire publique, avait promis de consulter un médecin et de quitter la région. Il les avait suppliés de ne pas ruiner sa carrière. Personne n'était au courant, pas même le frère de Donald. Les parents de la fillette s'étaient tus jusqu'à ce que les journaux annoncent sa mort. Combien d'autres fillettes avait-il tripotées ? Quelles affreuses délices trouvait-il à ces expériences ? Et quand il avait tué Janice McNeal, quelles délices y avait-il trouvées ?

Que ces délices devaient le tenter, et qu'elles devaient se montrer insistantes pour qu'il ait pris tant de risques ! Est-il possible qu'une telle voix existe en chacun de nous, qu'elle soit simplement inaudible chez la plupart ? Quand j'aide un jeune élève à faire un devoir de biologie et que je sens la chaleur de son corps près du mien, la chaleur de sa joue, n'entends-je pas l'appel des délices ? Bien sûr, je ne fais rien. Je m'écarte ou je renvoie le garçon à sa table, mais j'ai parfois des fantasmes. Dans mes rêves, je fais des choses que je ne devrais pas faire. Mais je suis un homme convenable, j'ai une position respectée, je ne ferais jamais rien de mal. Cependant, n'est-ce pas par crainte que je vis seul ? Que faites-vous de vos craintes ? Et rêvez-vous ?

Je pense à mes voisins. Je vois des hommes regarder des jeunes filles dans la rue. Je vois comment hommes et femmes observent les jeunes athlètes de la faculté. Quels sont les désirs enfouis de ces gens ? Est-il bon de faire semblant de ne pas avoir de tels désirs ?

Et l'endroit où Donald idolâtrait la propreté. Je ne suis sûrement pas le seul à songer à lui dans so nier – son église. D'autres ne se demandent-ils quoi cela pouvait ressembler de céder à des d pareils ?

Les trois filles ont été enterrées au début de semaine de Thanksgiving. Leurs familles avaient déc de se réunir pour une cérémonie unique à l'église St. Mary. Des cercueils identiques se devant l'église, qui bien sûr était pleine. Des journalistes de la télévision et de la presse écrite étaient venus de partout. Franklin dit qu'on se serait cru au zoo. Toute une foule se rendit au Homeland Cemetery. Il n'y eut pas de discours, et les funérailles furent aussi simples que possible. La montagne de fleurs qui se trouvait à l'église fut distribuée parmi les malades de l'hôpital et les pensionnaires d'une maison de retraite. Je suis certain que nombre de fleurs furent mises immédiatement à la poubelle.

Houari Chihani eut lui aussi son service funèbre. Il y en eut beaucoup à la fin de l'affaire. Ces choses-là ne concernent bien sûr que les vivants, qu'est-ce que les morts en auraient à faire ? Aaron et Harriet avaient organisé les funérailles de Chihani début décembre. Ils s'étaient adressés à l'Église unitarienne, pensant sans doute que celle-ci aurait le moins déplu à Chihani. En fait, l'endroit évoquait plus une salle de réunion qu'une église. Tous les membres des Recherches sur la justice étaient là. Les étudiants se cotisèrent pour financer une plaque qui fut apposée dans le couloir du département d'histoire de la faculté. La plaque indiquait le nom de Chihani, la date de sa naissance et de sa mort, et portait le titre *Professeur.* C'était tout. Je suis sûr que les gens oublièrent vite ce que ça signifiait.

Donald Malloy fut lui aussi enterré au Homeland Cemetery. Sa stèle ne faisait qu'à peine trente centimètres de large et était très basse. Elle portait son nom – D. Malloy – et les dates de sa naissance et de a mort. Certains ne voulaient pas qu'il soit enterré à omeland, comme si son corps pouvait corrompre eurs défunts bien-aimés. Je sais que le problème fut voqué au conseil municipal. Mais, à ce moment, Donald avait déjà été enseveli et l'exhumer pour le ettre ailleurs aurait causé une publicité malvenue. e docteur Malloy, Ryan Tavich et le capitaine Percy se rendirent à l'enterrement de Donald. Ils furent les seuls à y assister. Bien sûr, le docteur Malloy l'avait gardé aussi secret que possible. Ryan s'était entendu avec Ralph Belmont, l'ordonnateur des pompes funèbres avec qui il jouait au basket le jeudi soir, du moins avant sa blessure. La grande majorité des gens ne sut rien de l'enterrement avant qu'il ait lieu. Le docteur Malloy avait attendu décembre, après les funérailles des trois filles ; c'était une journée pluvieuse, et il tomba du grésil dans l'après-midi. Personne ne voulait voir réapparaître les équipes de télévision. Nous en avions assez de la célébrité. Il y eut toutefois un petit mystère à propos de cet enterrement, une petite énigme. Le corps de Donald Malloy avait été conservé chez Belmont, tout le monde le savait. La dépouille avait été préparée, et la main coupée de Donald gisait à son côté. Le cercueil fermé se trouvait en chambre froide, même si ce n'est sans doute pas le nom correct. Mais la grande porte chromée ressemblait à celle d'un réfrigérateur de restaurant.

Quand vint le moment d'enterrer Donald, lors de la première semaine de décembre, Ralph Belmont ouvrit le cercueil et vit que la main avait disparu. Il pensa d'abord qu'il avait fait une erreur et il examina l'intérieur du cercueil, mais la main ne s'y trouvait pas. Il réalisa alors qu'elle avait été volée. Il en parla à Ryan – après tout, ils étaient amis –, mais pas au docteur Malloy ; il espérait que celui-ci ne voudrait pas voir le corps de son frère. Allen n'avait aucune envie de revoir le visage de Donald, et il ne se rendit sans doute à l'enterrement que par devoir. Peut-être cela n'est-il pas vrai, peut-être voulait-il être là quand on mettrait Donald six pieds sous terre, dans un coin du cimetière éloigné des trois filles. Il voulait que son frère soit enterré et oublié.

Ryan essaya de découvrir ce qu'était devenue la main, mais il se montra prudent. Il avait peur que les gens apprennent ce vol. Il savait que certaines personnes raconteraient que la main n'avait pas été volée, qu'elle s'était enfuie en marchant sur ses doigts. Les gens croient n'importe quoi. Aussi Ryan se contenta de poser quelques questions et, n'apprenant rien, il décida de se taire. Bizarrement, Mme Respighi prétendit avant de quitter Aurelius que Donald avait été enterré sans sa main, mais personne ne la crut. Elle disait avoir vu la main de Donald flotter dans un bocal, parmi d'autres bocaux. Les gens se moquèrent d'elle, mais elle avait foi en ses visions.

Elle ignora les critiques, haussa les épaules et prit le car pour Utica, ou peut-être Syracuse.

Il n'était certainement pas difficile de voler la main. La porte de derrière n'était pas verrouillée, pas plus que la chambre froide. Ralph Belmont se trouvait toujours en compagnie de Franklin et Ryan le jeudi soir, même s'ils ne jouaient plus au basket en attendant la guérison du policier. Le couvercle du cercueil n'avait pas encore été vissé. La femme de Belmont se trouvait de l'autre côté de la maison, et qu'est-ce qu'on aurait pu voler dans un salon funéraire, de toute façon ?

Dans la mort, le visage de Donald était parfaitement inexpressif. Ses cheveux fins étaient bien coiffés, et il ne semblait pas dormir, ni attendre. Son corps n'était qu'une coquille, une enveloppe. Toutes les pensées mauvaises avaient disparu. Son église des filles mortes avait été effacée de son cerveau. Il me suffit de soulever le couvercle du cercueil, de prendre la main, de la mettre dans un sac plastique et de refermer le couvercle. Bien sûr, j'avais une lampe électrique.

Ma collection de spécimens biologiques se trouve maintenant au-dessus de mon bureau, mes monstres en conserve. Les grenouilles, le rat, les serpents, les yeux de vache, le fœtus de cochon, le fœtus humain aux yeux fermés. Je ne les montre plus à mes élèves. Ils me tiennent compagnie à leur triste façon. Je me demande ce que ces yeux de vache ont pu voir, et quelle aurait pu être la vie du fœtus humain. La main gauche de Donald Malloy est maintenant parmi eux, s'assombrissant lentement dans son bocal de formol. Elle est au milieu, à la place d'honneur, entre les fœtus. C'est pour moi le rappel de ce qui existera toujours, des désirs profondément enfouis en chacun de nous. Je regarde la main de Donald qui baigne dans le liquide, et je pense à elle comme à mon précepteur, mon université à moi. Elle m'instruit. Maintenant, la main droite et le reste du corps de Donald ont pourri, mais la main gauche est en sûreté. Le poignet est déchiqueté, mais on voit les veines et les artères, les tendons et les muscles, et bien sûr les os. Je regrette parfois de ne pouvoir la montrer à mes élèves, elle rend tout si clair. J'essaie de songer à ce que ces doigts ont pu ressentir, et je me fais peur ; le cou des trois filles, si tendre.

Donald Malloy prenait grand soin de ses mains. Je me souviens qu'elles étaient très roses quand il me servait à la pharmacie, avec des cuticules bien nettes et des ongles polis. Il mettait même parfois du vernis incolore. Maintenant, les doigts pointent vers le bas et le poignet vers le haut du bocal. Il n'y a pas beaucoup de poils sur le dos de la main, juste quelques dizaines de courts poils roux. Les doigts sont recourbés, les jointures sont enflées. Le pouce est tendu, comme s'il pensait partir de son côté. Les os du poignet brillent. Et que les ongles avaient été bien limés !

# Dans la même collection

| | | |
|---|---|---|
| Claude Amoz | Le caveau | 5741 |
| | Dans la tourbe | 5854 |
| William Bayer | Mort d'un magicien | 6088 |
| Philippe Bouin | Les croix de paille | 6177 |
| Laurent Botti | Pleine brume | 5579 |
| Philippe Bouin | Les croix de paille | 6177 |
| Serge Brussolo | Le livre du grand secret | 5704 |
| Philippe Carrese | Graine de courge | 5494 |
| Thomas H. Cook | Les instruments de la nuit | 5553 |
| Philippe Cousin | Le pape est dans une pièce noire, et il hurle | 5764 |
| Stephen Dobyns | Persécution | 5940 |
| Stella Duffy | Les effeuilleuses | 5797 |
| | Beneath the Blonde | 5766 |
| James Elliott | Une femme en danger | 4904 |
| Linda Fairstein | L'épreuve finale | 5785 |
| | Un cas désespéré | 6013 |
| Christopher Fowler | Psychoville | 5902 |
| Nicci French | Jeux de dupes | 5578 |
| | Mémoire piégée | 5833 |
| Lisa Gardner | Jusqu'à ce que la mort nous sépare | 5742 |
| | La fille cachée | 6238 |
| Andrea H. Japp | La voyageuse | 5705 |
| | Petits meurtres entre femmes | 5986 |
| | Le ventre des lucioles | 6361 |
| Robert Harnum | La dernière sentinelle | 6087 |
| Yasmina Khadra | Le dingue au bistouri | 5985 |
| Andrew Klavan | À la trace | 6116 |
| Guillaume Lebeau | L'agonie des sphères | 5957 |
| Éric Legastelois | Putain de cargo! | 5675 |
| Philip Le Roy | Pour adultes seulement | 5771 |
| | Couverture dangereuse | 6175 |

| | | |
|---|---|---|
| L. Lindsey | Mercy | 3123 |
| Philippe Lobjois | Putsch rebel club | 5998 |
| Colette Lovinger-Richard | Crimes et faux-semblants | 6261 |
| Jean-Pierre Maurel | Malaver s'en mêle | 5875 |
| Nigel McCrery | L'oiseau de nuit | 5914 |
| | Effets secondaires | 6012 |
| Estelle Monbrun | Meurtre chez tante Léonie | 5484 |
| | Meurtre à Petite Plaisance | 5812 |
| T. Jefferson Parker | Pacific Tempo | 3261 |
| | L'été de la peur | 3712 |
| Michael Prescott | L'arracheur de visages | 6237 |
| Robert Richardson | Victimes | 6248 |
| John Saul | La présence | 5961 |
| Jacques Sadoul | Carré de dames | 5925 |
| Walter Satterthwait | Miss Lizzie | 6115 |
| Laurent Scalese | L'ombre de Janus | 6295 |
| Whitley Strieber | Billy | 3820 |
| Dominique Sylvain | Travestis | 5692 |
| | Techno bobo | 6114 |
| Maud Tabachnik | Un été pourri | 5483 |
| | La mort quelque part | 5691 |
| | L'étoile du Temple | 5874 |
| | Le festin de l'araignée | 5997 |
| | Gémeaux | 6148 |
| Carlene Thompson | Tu es si jolie ce soir | 5552 |
| | Noir comme le souvenir | 3404 |
| | Rhapsodie en noir | 5853 |
| Fred Vargas | Debout les morts | 5482 |
| | Un peu plus loin sur la droite | 5690 |
| | Ceux qui vont mourir te saluent | 5811 |
| | Sans feu ni lieu | 5996 |
| | L'homme à l'envers | 6277 |
| | L'homme aux cercles bleus | 6201 |

6359

Composition Chesteroc International Graphics
Achevé d'imprimer en Europe (France)
par Brodard et Taupin à la Flèche
le 27 août 2002. 14138
Dépôt légal août 2002. ISBN 2-290-31994-5

Éditions J'ai lu
84, rue de Grenelle, 75007 Paris
*Diffusion France et étranger : Flammarion*